Kriminaldirektorin Liane Brennecke hätte eigentlich Angst um ihr Leben haben müssen, aber dem war nicht so. Sie betrachtete sich im Spiegel. Sie war sich selbst fremd geworden. In diesem Folterkeller war etwas mit ihr geschehen. Etwas war aus dem Körpergefängnis geflohen und hatte sich in Sicherheit gebracht. Ein Seelenanteil von ihr war entkommen.

Sie sorgte sich um ihre geistige Gesundheit. War sie kurz davor, verrückt zu werden, oder hatte sie diese Schwelle bereits in dem Rattenloch überschritten, in dem er sie gefangen gehalten hatte? Um wieder ganz zu werden, musste sie ihn erledigen. Dazu brauchte sie einen Köder und ein Werkzeug. Niemand erschien ihr geeigneter als dieser Rupert alias Frederico Müller-Gonzáles.

Klaus-Peter Wolf, 1954 in Gelsenkirchen geboren, lebt gemeinsam mit seiner Frau, der Kinderbuchautorin Bettina Göschl, als freier Schriftsteller in der ostfriesischen Stadt Norden, in derselben Straße wie seine berühmte Kommissarin Ann Kathrin Klaasen. Seine Bücher wurden mit zahlreichen Preisen ausgezeichnet, in 26 Sprachen übersetzt, und über 13 Millionen mal verkauft. Mehr als 60 seiner Drehbücher wurden verfilmt, darunter viele für »Tatort« und »Polizeiruf 110«. Der Autor ist Mitglied im PEN-Zentrum Deutschland. Für seinen Roman »Ostfriesenhölle« (Februar 2020) erhielt Spiegel-Bestseller-Autor Klaus-Peter Wolf den Media Control Award für das meist verkaufte Buch im ersten Halbjahr 2020. Mehrere Bände der Serie mit Ann Kathrin Klaasen wurden bereits prominent fürs ZDF verfilmt, weitere werden folgen. Sie finden und begeistern ein Millionenpublikum.

Weitere Informationen finden Sie auf www.fischerverlage.de

KLAUS-PETER WOLF

RUPERT UNDERCOVER

Ostfriesische Jagd

Kriminalroman

FISCHER Taschenbuch

Originalausgabe
Erschienen bei FISCHER Taschenbuch
Frankfurt am Main, Juni 2021

© 2021 S. Fischer Verlag GmbH,
Hedderichstraße 114, D-60596 Frankfurt am Main

Satz: Dörlemann Satz, Lemförde
Druck und Bindung: CPI books GmbH, Leck
Printed in Germany
ISBN 978-3-596-70007-3

»Dieses vegane Essen ist gar nicht so schlecht – wenn man ein bisschen Hack reinwirft oder eine Knackwurst …«
Hauptkommissar Rupert, Kripo Aurich,
Mordkommission

»Männern, die Prosecco trinken, kann man einfach nicht trauen.«
Hauptkommissar Rupert, Kripo Aurich,
Mordkommission

»Irgendwann werde ich dem Land Niedersachsen eine Rechnung für meine Überstunden schreiben. Dann ist der Laden sowieso pleite.«
Hauptkommissar Rupert, Kripo Aurich,
Mordkommission

George hieß eigentlich Wilhelm Klempmann. Er wurde Willi gerufen. Aber vor einem Willi Klempmann hatten die Leute vielleicht Respekt. Angst hatten sie vor einem, der so hieß, nicht.

Als Gangsterboss lebte er aber davon, dass man ihn fürchtete. George klang irgendwie geheimnisvoll, fand er. Manche sprachen den Namen deutsch aus, mit »e« am Ende, wie bei *Götz George*. Früher hatte er sie dann selbst korrigiert, jetzt taten das seine persönliche Assistentin oder sein Bodyguard.

Die meisten Menschen wurden schon, bevor sie auf ihn trafen, von Mitarbeitern darauf hingewiesen, dass sein Name englisch ausgesprochen werde, wie bei *George Clooney*. Er selbst sah nicht gerade aus wie der erwähnte Filmstar, sondern eher wie der Fußballfunktionär *Reiner Calmund* – vor seiner Diät.

Früher war George als Boxer recht erfolgreich gewesen. Jetzt hätte er als Sumoringer eine gute Figur gemacht, aber Sport war nicht mehr sein Ding. Zumindest nicht aktiv. Er träumte immer davon, einen Boxstall zu leiten und einen Champion zu trainieren.

Jetzt weinte er. Ja, er weinte tatsächlich. Richtige, echte Tränen flossen über sein aufgedunsenes Gesicht bis hin zu seinen Lippen.

Carl und Heiner waren tot. Er hatte sie geliebt, wie andere Menschen ihre eigenen Kinder lieben. Hatte ihnen eine Chance gegeben. Eine Zukunft.

Frederico Müller-Gonzáles, auch *Der Kronprinz* genannt, hatte sie auf dem Gewissen. Im Norddeicher Yachthafen, vor dem *Skipperhuus*, waren beide erschossen worden.

Am liebsten hätte er in seiner Trauer das ganze Gebäude in die Luft gesprengt, dabei mochte er es eigentlich. Mehrfach hatte er dort gegessen und den Blick auf die Nordsee und den Hafen genossen. Das Haus war wie ein Schiff gebaut, mit großen Glasfenstern, die, besonders wenn es heftig stürmte oder ein Gewitter tobte, einen unwiderstehlichen Ausblick auf die Naturgewalten ermöglichten.

Er erinnerte sich an den letzten Besuch dort. Heiner und Carl hatten mit ihm Schollen gegessen und dazu viel Bier getrunken. Und jeder drei oder vier eiskalte Aquavit.

Sie waren seine Jungs gewesen. Seine! Treu ergeben. Dankbar. Sie hätten ihn einst beerben sollen. Noch hatten sie nicht das Zeug dazu gehabt. Nicht sein Format. Aber er war geduldig mit ihnen gewesen. Ihre Loyalität war ihm wichtiger als alles andere. Bildung konnte sich jeder Papagei aneignen, der in der Lage war, etwas auswendig zu lernen. Charakter hatte man oder eben nicht.

Jetzt waren die beiden tot, und im *Skipperhuus* hatte er, als der Regen gegen die Scheiben prasselte, gesagt: »Draußen wütet eine Sturmflut, und wir sitzen hier schön warm und gucken zu.«

Heiner hatte ihm recht gegeben: »Ja, hier sind wir sicher.«

Welch ein Irrtum! Sein lebloser Körper war zwischen Glasscherben auf der Terrasse gefunden worden. Der Terrasse, auf der sie letzten Sommer noch Eis gegessen hatten.

George schwor Rache. Vendetta. Das Wort kreiste in seinem Gehirn. Er musste es alle paar Minuten aussprechen: »Vendetta!« Es hörte sich italienisch furchterregender an als das deutsche Wort *Blutrache*, glaubte er. Er, der keine Fremdsprache wirklich beherrschte, fand Deutsch oft zu spießig oder zu provinziell. Deshalb schmückte er seine Reden gern mit ausländischen Vokabeln. *Vendetta* wurde jetzt zu seinem Lieblingswort.

Frederico Müller-Gonzáles sollte sterben. Und mit ihm sein

ganzer Clan. Auge um Auge. Zahn um Zahn. So sah es der Ehren-kodex vor.

Zunächst wollten Weller und Rupert sich im *Mittelhaus* an der Theke treffen, um die Probleme einzudeichen. Es gab eine Menge zu besprechen und zu klären. Noch wusste keiner von beiden, ob sie sich am Ende weinend als Freunde in den Armen liegen wür-den oder ob ihnen eine Schlägerei bevorstand.

Mehr als einmal hatten sie sich Rücken an Rücken irgendwo freigekämpft. Jeder den jeweils anderen deckend und füreinan-der einstehend, waren sie meist ganz gut klargekommen. Doch diesmal war es möglich, dass sie gegeneinander statt miteinander gegen andere kämpfen würden.

Sie hatten sich dann vorsichtshalber lieber zu einem Spazier-gang am Deich verabredet. Der Wind konnte die überkochenden Gefühle vielleicht ein bisschen abkühlen. Die Weite eröffnete manchmal auch in Gesprächen einen neuen Horizont. Einen Blick über Denkbarrieren hinweg. Das Meer bot eine Erweiterung der Perspektive. Die beiden fühlten sich hier geistig weniger ein-gemauert. Oder, wie der ehemalige Kripochef Ubbo Heide es ih-nen beigebracht hatte: *Ein Blick aufs Meer relativiert alles.*

Sie hatten sich so viel zu sagen, doch jetzt gingen sie schwei-gend auf der Deichkrone nebeneinander her in Richtung Westen. Sie wurden immer schneller. Je fester sie die Lippen geschlossen hielten, umso mehr legten sie die unausgesprochene Wut in ihre Beinmuskulatur. Ihr Spaziergang ähnelte eher einem militäri-schen Gewaltmarsch. Rupert wurde schon kurzatmig und griff sich in die Seite.

Vor ihnen wich eine Schafherde aus. Fünfzig, sechzig Tiere

flohen deichabwärts in Richtung Watt, die anderen Schafe liefen landeinwärts. Zum Glück hinderte ein Zaun sie daran, auf die Straße zu kommen. Normalerweise waren Schafe friedlich und eher faul. Sie machten zwar Spaziergängern bereitwillig Platz, gingen aber einfach nur kurz zur Seite und gaben den Weg frei.

Vor unbekannten Hunden hatten sie Angst. Weller hatte mal ein Schaf gesehen, das einen Herzinfarkt bekam und den Deich runterrollte, weil ein Hund auf die Herde zugelaufen kam. Schafe spürten aufkeimende Gefahren oder Aggressionen sofort. Insofern, dachte Weller, müsste Rupert auf die Tiere wie ein hungriger Wolf wirken.

Er schloss aus, dass es an ihm selbst liegen könnte. Obwohl er mit Rupert Schritt hielt, kam Weller sich ausgeglichen, ja friedlich vor. Rupert hingegen kochte spürbar.

Endlich platzte Rupert damit raus: »Was läuft zwischen dir und Beate?«

Weller blieb stehen. Rupert tat es ihm gleich. Der Wind blies Weller jetzt ins Gesicht und Rupert in den Rücken. Seine Jacke flatterte in Richtung Weller, und sein Hemd blähte sich auf.

Weller lachte, ein bisschen aus Verlegenheit und ein bisschen, weil es ihm so blöd vorkam: »Du bist ja eifersüchtig!«

»Ja, verdammt, bin ich! Sie ist *meine* Frau!«

»Gut, dass du dich daran erinnerst. Wenn mich nicht alles täuscht, hast du ja noch eine Miet-Ehefrau. Wie geht's der denn?«

»Nicht ich«, wehrte Rupert ab, »ich habe keine Miet-Ehefrau, sondern Frederico!«

»Oh ja, verzeih, alter Kumpel. Wie konnte ich euch beide nur verwechseln … Ach, by the way, mit wem rede ich eigentlich gerade? Mit meinem Kollegen Rupert oder mit dem Gangsterboss Frederico Müller-Gonzáles?«

Rupert machte eine schneidende Bewegung durch die Luft, als müsste er etwas durchtrennen. »Fang jetzt bloß nicht diese Haarspalterei an!«

»Haarspalterei?«, hakte Weller nach.

»Hast du Ehekrüppel jetzt etwas mit meiner Beate oder nicht?«

Weller lachte für Ruperts Gefühl ein bisschen zu herausgestellt. Solch demonstratives Lachen kannte Rupert aus Verhören von Ganoven, wenn sie mit der Wahrheit konfrontiert wurden. Sie versuchten, mit einem Lachen ganze Indizienketten zu widerlegen, aber es ging meist schief, weil er clever genug war, ihr falsches Lachen richtig zu deuten.

»Ich habe«, erklärte Weller und wählte seine Worte mit Bedacht, »sie in Sicherheit gebracht, weil wir befürchtet haben, dass sich die Schweine Beate greifen, wenn du auffliegst.«

Rupert schluckte schwer daran, es klang aber ehrlich für ihn. »Und dann«, folgerte Rupert provokativ, »hast du mit ihr auf Norderney ein Doppelzimmer genommen?«

Weller wehrte ab: »Nein, nein, das stimmt nicht, Rupert.«

»Lüg mich nicht an!«, brüllte Rupert.

Weller blieb dabei: »Nicht auf Norderney. Auf Juist haben wir uns ein Doppelzimmer genommen.«

Rupert schlug sich mit der rechten Faust in die offene linke Handfläche. Er trampelte wild auf dem Boden herum.

Die ersten mutigen Schafe, die sich gerade den ruhig stehenden Männern vorsichtig näherten, verzogen sich sofort wieder.

»Deine Beate ist eine ganz wunderbare Frau, Rupert«, schwärmte Weller.

Rupert biss in den Rücken seiner rechten Hand. Nur so konnte er verhindern, Weller die Faust ins Gesicht zu hauen. Er hätte ihm zu gern die Zähne eingeschlagen. Gleichzeitig wusste er, dass er Weller brauchte. Der fuhr fort: »Ich mag ihre Leidenschaft … «

Rupert tänzelte herum wie ein Boxer, der eine Lücke in der Deckung seines Gegners suchte.

Weller musste niesen. Irgendwelche Gräserpollen flogen hier herum, gegen die er allergisch war.

»Ihre Leidenschaft?«, fragte Rupert ungläubig nach. »Da muss mir was entgangen sein.«

»Ja. Ihre Leidenschaft für gute Bücher. Sie ist so gar kein oberflächlicher Mensch – also, sie ist echt ganz anders als du, Rupert.«

»Ja klar«, bestätigte Rupert, »sie ist eine Frau, und ich bin ein Mann.«

»Das ist zu einfach gedacht, Rupert. Sie ist feinsinnig, spirituell, eine Seele von Mensch.«

Weller putzte sich die Nase. Sobald er das Taschentuch einsteckt, semmel ich ihm eine rein, dachte Rupert. Ein Mann, der eine Hand in der Tasche hat, macht seine Deckung sträflich weit offen.

Noch mit dem Taschentuch in der Hand, fuhr Weller kopfschüttelnd fort: »Völlig unverständlich, wieso sie ausgerechnet einen wie dich liebt.«

»Heißt das«, fragte Rupert, »du hast sie nicht flachgelegt?«

Weller schüttelte tadelnd den Kopf: »Denkst du das wirklich, Alter? Nee, deine Beate ist nicht so eine. Die hat sich nur Sorgen um dich gemacht.«

»Wie? Echt jetzt?«

»Ja, Rupert, echt.«

»Wollte sie nicht oder du?«, hakte Rupert nach.

»Das kommt dir vielleicht komisch vor, aber wir hatten keinen Sex und haben uns trotzdem nicht gelangweilt.«

Rupert staunte. Er wollte Weller nur zu gern glauben.

»Und jetzt erzähl mir mal, wie es mit dir und deiner Miet-Ehefrau so läuft. Ist sie so eine scharfe Schnitte, wie man sich erzählt?«

Rupert erschrak. »Wer erzählt das? Wer weiß davon? Verdammt! Das ist ein Dienstgeheimnis!«

»Dienstgeheimnis«, grinste Weller. »Schon klar. Also von mir aus muss Beate nichts erfahren.«

Rupert war erleichtert. Weller legte einen Arm um ihn und zog ihn nah zu sich. »Machst du den Job jetzt nur weiter, weil du dann zwei Frauen haben kannst? Eine als Rupert und eine als Frederico?«

Rupert überlegte einen Moment. »Nein«, sagte er, »ich mache es, weil ein Mann einfach tun muss, was ein Mann eben tun muss.«

»Ja«, grinste Weller, »schon klar. Und normalerweise sagt ihm seine Frau dann, was das genau ist.«

Rupert ging ein paar Schritte. Unter seinen Füßen zerkrachten Austernschalen, die Möwen hier abgeworfen hatten.

»Ja«, sagte er, »bei dir ist das bestimmt so, und bei den meisten Kollegen auch. Wahrscheinlich trifft es sogar auf mich zu. Aber als Frederico kann ich über so was nur lachen, verstehst du, Weller? Wenn ich Frederico bin, tanzen alle nach meiner Pfeife.«

Weller gab ihm mit einer kleinen Einschränkung recht: »Ja, wenn sie dich nicht vorher umlegen.«

Kriminaldirektorin Liane Brennecke hätte eigentlich Angst um ihr Leben haben müssen, aber dem war nicht so. Sie betrachtete sich im Spiegel. Sie war sich selbst fremd geworden. In diesem Folterkeller, wo sie, an den Zahnarztstuhl gefesselt, den Gynäkologenstuhl als Drohung vor Augen hatte, war etwas mit ihr geschehen. Ihr fehlten noch die Worte dafür. Etwas hatte sich von ihr abgespalten, war aus ihrem Körper ausgetreten. Ein Teil von ihr war wie weg.

Sie trauerte dem fehlenden Anteil nicht nach. Im Gegenteil, es war wie ein Triumph. Etwas war aus dem Körpergefängnis geflohen und hatte sich in Sicherheit gebracht. Ein Seelenanteil von ihr war entkommen.

Sie wollte so nicht von sich denken. Sie sorgte sich um ihre geistige Gesundheit. War sie kurz davor, verrückt zu werden, oder hatte sie diese Schwelle bereits in dem Rattenloch überschritten, in dem er sie gefangen gehalten hatte?

Um wieder ganz zu werden, musste sie ihn erledigen. Dazu brauchte sie einen Köder und ein Werkzeug. Niemand erschien ihr geeigneter als dieser Rupert alias Frederico Müller-Gonzáles.

Sie hatte sich auf das Gespräch gut vorbereitet. Sie wusste immer genau, was sie wollte, und sie verstand es, Prioritäten zu setzen. Das verhalf ihr zu einem wesentlichen Vorsprung gegenüber allen Zauderern und Bedenkenträgern. Sie schuf Fakten, und damit musste die Welt dann eben leben.

Sie galt zu Unrecht als Aktenfresserin. In Wirklichkeit war sie einfach nur in der Lage, Wichtiges von Unwichtigem zu unterscheiden und sich das Wichtige dann zu merken.

An die neue Frisur musste sie sich noch gewöhnen. Sie hatte früher einmal lange, glatte hellblonde Haare gehabt und sie gerne mit emotional aufgeladenen Bewegungen nach hinten geworfen. Sie konnte das kokett, genervt, anmutig, verführerisch, streng, aber trotz ihrer vierzig Jahre auch schulmädchenhaft.

Sie wusste, dass sie Männer damit verunsichern, ja manipulieren konnte. Wenn sie dazu noch ihre langen Beine einsetzte, vergaßen manche Männer schnell, dass sie es mit einer hochintelligenten Frau zu tun hatten.

Dieser sadistische Folterknecht, der von allen *Geier* genannt wurde, hatte ihr die rechte Kopfhälfte mit einem scharfen Rasiermesser kahl rasiert.

Sie hatte die Haare jetzt wie zum Turban gebunden und ein buntes Tuch hineingeflochten. Sie betrachtete sich im Spiegel. Sie sah ein bisschen aus wie eine höhere Tochter, die gegen den Willen ihrer Eltern in eine Hippiekommune gezogen war.

Ihre Sachen passten noch nicht ganz zum neuen Lebensstil. In der Gefangenschaft hatte sie abgenommen. Das blaue Kostüm war jetzt fast ein bisschen zu groß, ja schlabberte. Dabei hatte es mal sehr eng gesessen.

Immer noch warf sie ihre Haare nach hinten. Sie hingen aber gar nicht mehr bis zur Schulter hinab. Die Bewegungen wirkten daher komisch.

Sie brauchte ganz neue Gesten. Das verunsicherte sie, und sie hasste es, verunsichert zu sein. Noch mehr hasste sie es, einen verunsicherten Eindruck zu machen. Das ging gar nicht! Sie übte neue Gesten vor dem Spiegel.

Sie würde eine Weile in Norden bleiben und erst wieder in ihr altes Leben zurückkehren, wenn diese Sache erledigt war. Sie wollte nicht die ganze Zeit im Hotel wohnen. Sie hatte sich im Distelkamp 1 in die Ferienwohnung von Rita und Peter Grendel zurückgezogen. Hier war es ruhig. Es gab eine richtig große Küche. Ein Wohnzimmer, zwei Schlafzimmer. Genug Platz, um eine Party zu feiern, doch das hatte sie nicht vor.

Früher war das mal die Wohnung von Rita und Peter gewesen. Jetzt lebten sie unten. Liane Brennecke hatte ihr Reich oben ganz für sich allein. Sie benutzte sogar einen separaten Eingang.

Sie mochte Ritas burschikose Art. Das alles hier war wohltuend normal. Bodenständig. Kein Schickimicki. Kein intellektuelles Gehabe, sondern ostfriesisch unaffektiert.

Liane Brennecke erwartete Rupert. Sie wollte hier allein mit ihm sprechen. Nicht in der Polizeiinspektion. Zeugen konnte sie bei diesem Gespräch nun wahrlich nicht gebrauchen.

Sie hatte Kaffee aufgesetzt. Sie mochte ganz ordinären Filterkaffee. Auf dem Tisch stand ein Baumkuchen von *ten Cate* mit fünf Ringen. Er ragte, mit dunkler Schokolade überzogen, vom Teller hoch wie ein schwarzer Leuchtturm aus Butter, Eiern und Mehl.

Der Baumkuchen, obwohl noch nicht angeschnitten, verströmte ein Aroma, das sie jede Kalorientabelle vergessen ließ. Neben dem Kuchen auf dem Tisch lag ihre Dienstwaffe, die sie, um sich zu beruhigen, jeden Morgen auseinander- und wieder zusammenbaute. Unter dem blauen Kissen auf dem Sofa hatte sie eine zweite Waffe versteckt. Einen Double-Action-Revolver. Der kurze Colt Cobra, Kaliber .38, hatte sechs Patronen in der silbernen Trommel. Der Lauf war sehr kurz. Die Waffe wog nur 700 Gramm. Ideal, um sie zu verstecken.

Wer immer mich überraschen will, wird, wenn er meine Dienstwaffe unter seiner Kontrolle hat, kaum einen Verdacht schöpfen, wenn ich lässig eine Hand auf ein Kissen lege, dachte sie. Im Ernstfall konnte das Kissen dann auch als Schalldämpfer dienen. In diesem friedlichen, ruhigen Viertel im Norden von Norden würde ein Schuss für eine Menge Aufregung sorgen. Das wollte sie den Bewohnern ersparen. Richtige Schalldämpfer aber machten Waffen zu unhandlich und zu schwer.

Sie stellte sich vor, der aufgescheuchte Geier würde hier reinkommen, um sie ein zweites Mal zu holen und sein Werk zu vollenden. Sie würde nicht die Dienstwaffe nehmen, sondern den Colt, und sie würde das Magazin leer schießen. In seine Hände und Beine würde sie feuern.

In ihrer Phantasie sah sie ihn schon vor sich am Boden liegen, mit Wunden wie der gekreuzigte Jesus.

Aber dann klingelte nicht der Geier, sondern Rupert. Er lief die Treppe zu ihr hoch und gab dabei ganz bewusst den sportlich durchtrainierten Mann.

Sie bat ihn ins Wohnzimmer, und er nahm im Sessel Platz. Er setzte sich breitbeinig hin. Sie servierte ihm einen Kaffee. Er nahm ihn schwarz.

Sie setzte sich ihm gegenüber aufs Sofa. Zwischen ihnen auf dem Tisch der duftende Baumkuchen und die frisch gereinigte Dienstwaffe. Rupert tat, als wäre das alles ganz normal.

Er fand ihre Beine sensationell, und er liebte das Knistern ihrer Strumpfhose, wenn sie die Beine übereinanderlegte. Leider knisterten die neuen aus Mikrofaser nicht mehr so schön wie damals, als sie noch aus Nylon waren. Aber sie umgab sich immer noch mit diesem penetranten Erdbeergeruch. Rupert fand, nach ihrer Rettung aus dem Folterkeller war es noch schlimmer geworden als vorher, so als müsste sie mit diesem Erdbeergeruch irgendetwas überdecken.

»Am Ende der Straße«, sagte er, »wohnt Kommissarin Ann Kathrin Klaasen.«

Liane Brennecke nickte. »Ich weiß.«

Dies war kein rein dienstliches Gespräch. Das ahnte Rupert. Aber richtig privat war es auch nicht. Ob sie ihn verführen wollte?

Die Waffe auf dem Tisch irritierte ihn.

War der Baumkuchen ein Phallussymbol? Wollte sie jetzt mit ihm eine wilde Nummer schieben? War das ihre Art, danke zu sagen? Hatte es sie scharfgemacht, wie entschlossen er bei ihrer Befreiung vorgegangen war?

Sie breitete ihre Arme aus und legte eine Hand auf das blaue Sofakissen. »Ich bin Ihnen etwas schuldig, und ich möchte etwas von Ihnen …«, sagte sie und machte eine vielversprechende Pause.

Er bekam sofort einen trockenen Mund und nahm einen Schluck Kaffee.

Sie fuhr fort: »Sie werden von mir jede Rückendeckung bekommen, Rupert. Jede. Meine Arme reichen weit. Es gibt eine Menge hochrangiger Menschen, die mir verpflichtet sind.«

Das glaubte er ihr sofort. Er fragte sich, ob auch einige Politiker ihren Verführungskünsten erlegen waren, doch sie enttäuschte seine diesbezüglichen Phantasien mit der schnöden Aussage: »Ich weiß eine Menge Dinge über mächtige Leute, die besser nie herauskommen sollten … Die meiste Macht ist ja eh nur geliehene Macht. Das Volk kann sie jederzeit entziehen und sie jemand anderem geben, der weniger Dreck am Stecken hat. Dieses Wissen macht einige vorsichtig, ja mir gegenüber geradezu freundlich bis demütig.«

Rupert war ein bisschen enttäuscht. Eine leidenschaftliche Affäre mit einem hochrangigen Politiker wäre ihm lieber gewesen als politische Intrigen, aber er tat, als hätte er nichts anderes erwartet.

»Sie werden als Frederico Müller-Gonzáles zurückkehren, Rupert. Sie sind jetzt Vorstandsvorsitzender einer Onlinebank mit Sitz in Dortmund.« Sie ließ sich etwas Zeit, als müsste sie über den Namen der Bank erst nachdenken, als hätte sie ihn vergessen. »Kompensan!«

Rupert lachte: »Kompensan? Das klingt wie ein Abführmittel.«

Es freute Liane, dass er sich den Humor bewahrt hatte.

Rupert gefiel das. »Eine Onlinebank aus Dortmund … Meine Mutter war aus Dortmund.«

»Wir haben«, klärte sie ihn auf, »die Mehrheit der Anteile übernommen. Das wird *die* Bank für das organisierte Verbrechen. So kontrollieren wir dann sämtliche Geldflüsse.«

»Ich weiß«, bestätigte Rupert. »Ich soll aus schwarzem Geld weißes machen. Aus Drogengeldern werden Parfümerie- oder Bäckereiketten. Aus Waffenschmuggel Mietshäuser.«

Sie freute sich, dass er es kapiert hatte, aber ihm war klar, dass dieses Abfragen von Selbstverständlichkeiten nicht der Grund ihres Treffens war.

»Was ist«, fragte Rupert, »mit den zwölf Millionen, die ich für Sie bezahlt habe? Es war das Geld …« Er sah sie über den Rand der Tasse an.

»Der Kurdenmafia, ich weiß«, gab sie zu, wirkte dabei aber keineswegs schuldbewusst. Mit einem Gesicht, als würde sie ihm einen selbstgemachten Eierlikör anbieten, sagte sie: »Die zwölf Millionen sind kein Problem.«

Rupert schluckte. »Kein Problem? Die schneiden mir die Eier ab, wenn ich das Geld nicht bringe!«

»Niemand wird merken, dass Geld fehlt«, behauptete sie.

Rupert guckte ungläubig. Seine Ehefrau Beate merkte es schon, wenn hundert Euro in der Haushaltskasse fehlten. Da sollten zwölf Millionen nicht auffallen?

Er staunte die Leitende Kriminaldirektorin an. Sie setzte sich anders hin. Er hörte wieder das Knistern ihrer Strumpfhose. Oder bildete er sich das nur ein, um auf andere Gedanken zu kommen?

Sie klärte ihn auf: »Sehen Sie, Rupert, was ist heutzutage schon Geld?« Sie fixierte ihn, und da er nicht antwortete, fuhr sie fort: »Für viele die Hauptantriebsfeder, ich weiß. Grund für Mord, Grund für Kriege und Verbrechen. Aber was ist Geld wirklich?«

»Ein Zahlungsmittel?«, riet Rupert.

Sie sprach zu ihm wie eine Lehrerin zu einem folgsamen, aber nicht sehr hellen Schüler: »Ja, das war es früher einmal. Stimmt schon. Zu einer Zeit, als man Muscheln, Perlen oder Gold gegen Waren tauschte. Aber was ist Geld heute, Rupert?«

Rupert kam sich vor wie in der mündlichen Abiturprüfung. Er zückte sein Portemonnaie und wedelte mit einem blauen Zwanzig-Euro-Schein. »Geld ist bedrucktes Papier.«

Er hoffte, damit zu punkten. Sie hatte sichtlich Spaß an seiner

Antwort: »Ja, früher war das einmal so. Und damals hatte es auch einen realen Wert.«

»Damals …«, wiederholte Rupert unsicher.

»Ja, damals, als die Regierung noch jede Mark in Gold hinterlegte. Falls es nicht damals schon eine Lüge war. Damals gab es mal für jeden Schein, für jede Münze, irgendwo einen real hinterlegten Goldwert.«

Rupert schmunzelte. So weit konnte er ihr folgen.

»Die Regierung«, behauptete sie, »konnte nicht einfach drucken, so viel sie wollte. Nein, es gab immer einen realen Wert hinter jedem Geldschein. Erst als man zügellos Geld druckte, um Kriege zu finanzieren, wurde es immer weniger wert. Es gab eine Inflation.«

Um überhaupt etwas zu tun, schnitt Rupert den Baumkuchen an. Er benutzte dazu die Säge seines Leatherman. Als Polizist hatte er immer ein Schweizer Messer mit sich geführt, aber er fand, ein Gangsterboss brauche ein Leatherman. Obwohl Bosse für Arbeiten mit Werkzeugen eigentlich immer ihre Leute hatten.

Die schwarze Schokolade brach. Ein paar Splitter verteilten sich auf dem Tisch. Einer fiel auf Liane Brenneckes Dienstwaffe. Rupert pflückte die Schokolade von der Heckler & Koch wie eine Blume und aß sie auf.

Die Pistole lag da wie eine Antwort auf eine nicht gestellte Frage.

Liane Brennecke sah ihn durchdringend an und wollte von ihm wissen: »Und was, lieber Rupert, ist Geld heute? Nun?«

Er überlegte. Blamier dich jetzt nicht, ermahnte er sich, das ist die Eine-Million-Euro-Frage. Leider hatte er keinen Publikumsjoker. Hoffentlich wurde das hier nicht gleich zu *Alles oder nichts*.

Er zuckte mit den Schultern und guckte wissbegierig. Seiner Frau Beate gefiel es manchmal, wenn er ihr das Gefühl gab, sie sei schlauer als er. Mit der Leitenden Kriminaldirektorin Brenne-cke, die ihn an Sharon Stone in *Basic Instinct* erinnerte, machte er es genauso. Es hieß ja, dass Männer auf dumme Frauen stan-den. Nach seiner Erfahrung war es aber genau umgekehrt. Frauen wollten Männern überlegen sein. Zumindest die Sorte Frauen, mit denen er oft leichtes Spiel hatte.

Ganz den wissbegierigen Schüler spielend, gab er ihr nun die Möglichkeit, ihre Überlegenheit zu genießen, und aß dabei noch köstlichen Baumkuchen. Er kam sich vor wie ein Kaugummi kau-ender Grundschüler.

»Heute«, verkündete sie mit großer Geste, »ist Geld nur noch eine Illusion.« Sie wischte mit den Armen durch die Luft wie ein Zauberer, der das weiße Kaninchen verschwinden lässt.

»Eine Illusion?«, fragte er und verschluckte sich am Baumku-chen. Er hustete.

Beate wäre jetzt aufgesprungen, hätte ihm auf den Rücken ge-klopft, seine Arme hochgehoben und ihn aufgefordert, ruhig zu atmen. Nicht so Liane Brennecke. Sie dozierte weiter, ignorierte seinen Erstickungsanfall: »Es sind nur noch virtuelle Zahlen auf Konten. Die Regierung muss nicht einmal mehr Geld drucken lassen. Der Gegenwert spielt überhaupt keine Rolle mehr. Er exis-tiert gar nicht. Deshalb spricht man von einer Realwirtschaft. Die hat mit der Finanzwirtschaft überhaupt nichts mehr zu tun. Es gibt zum Beispiel die EZB. Die Europäische Zentralbank. Die ist für die Überwachung der Geldmenge in Europa zuständig.«

Das war Rupert im Grunde schon alles viel zu hoch und zu theoretisch. Ihre Beine fand er nach wie vor interessanter.

»Die EZB versucht, die Geldmenge zu regulieren, damit nicht alles völlig unkontrolliert aus dem Ruder läuft.«

»Ja, und was heißt das jetzt für mich als Bankdirektor?«, wollte Rupert wissen.

»Sie sind nicht der Bankdirektor, Rupert. Sie sind der Vorstandsvorsitzende. Sie passen nur auf, dass die anderen keinen Mist bauen.«

»Gut. Das ist gut«, freute Rupert sich. »Aber was heißt das denn nun für mich?«

Sie strahlte ihn an. »Es bedeutet, dass die zwölf Millionen keine Rolle spielen. Es sind nur Zahlen, die einer in den Computer tippt. Ihr könnt euch virtuell bei der Zentralbank fünfzig oder hundert Millionen leihen. Das wird sogar von euch erwartet. Und ihr könnt euer Geld da parken. Dafür müsst ihr allerdings Minuszinsen zahlen.«

»Minuszinsen.« Rupert tippte sich an die Stirn.

»Ja, so ist es. Aber es fährt doch heutzutage kein Lastwagen mehr durch die Gegend, voll mit Geldsäcken, und liefert die irgendwo ab. Das ist vorbei, Rupert! Es braucht nur noch Millisekunden auf einem Rechner, um Geld von hier nach da zu schieben. Mehr nicht.«

»Geld, das es eigentlich gar nicht gibt?«, fragte er.

»Ja. Virtuelles Geld. Sag ich doch.«

Er zeigte sich beeindruckt, und das war er auch.

Und warum verdiene ich dann so wenig?, fragte er sich, schämte sich aber, es auszusprechen.

»Gehen Sie zurück in das Leben des Frederico Müller-Gonzáles, mein lieber Rupert. Genießen Sie die Zeit mit Ihrer Miet-Ehefrau und bringen Sie mir diesen Geier.«

Rupert hakte nach: »Woher wissen Sie von Frauke?«

»Ach, nennt sie sich jetzt nicht mehr Chantal?« Es war Liane Brennecke gelungen, Rupert komplett zu verunsichern. Mit ihren Beinen, mit ihrem Gerede über Millionen, die keine Rolle spielten, und mit ihrem Wissen über seine Miet-Ehefrau. Die Leitende Kriminaldirektorin wohnte hier im Distelkamp, nicht weit von seinem Haus entfernt. Es waren, so schätzte er, vielleicht zweihundert Meter Luftlinie bis ins Neubauviertel. Mit diesem Wissen war sie also sehr nah bei seiner Ehefrau Beate. Das fürchtete Rupert noch mehr als die Gangsterbanden, die ihm nach dem Leben trachteten.

Als hätte sie seine Gedanken erraten, ermahnte Liane Brennecke ihn: »Ein gewisser George, der eigentlich Wilhelm Klempmann heißt, hat ein Kopfgeld auf Sie ausgesetzt, Rupert. Das pfeifen die Tauben in Köln und Düsseldorf von den Denkmälern, die sie bekacken. Er ist mächtig sauer auf Sie. Er will Sie lebendig, und wie er angekündigt hat, möchte er Ihnen dann die Haut vom Leib ziehen und Sie grillen wie ein Spanferkel. Ja, ich glaube, das waren wohl die Worte von dem geizigen Hund.«

»Geiziger Hund?«

»Ja, er hat fünfhunderttausend auf Sie ausgesetzt. Das ist im Grunde doch eine Beleidigung. Nicht mal eine Million …«

Rupert verzog den Mund. Irgendwie hatte sie ihm gerade genüsslich einen Seitenhieb verpasst, fand er.

Damit er es wirklich kapierte, setzte sie noch eine Frage nach: »Was haben Sie wirklich für mich bezahlt, Rupert?«

»Zwölf Millionen«, gab er zu, und um nicht ganz so blöd dazustehen, ergänzte er: »Eigentlich wollte ich dafür ein Bild kaufen, von diesem russischen Maler, Malewitsch, oder wie der heißt. Ein schwarzes Quadrat. Sonst nix. Nur Leinwand mit schwarzer Farbe.«

Sie blickte ihn mit einer Mischung aus Misstrauen und Unverständnis an. »Und was haben Sie für sich abgezweigt? Ich meine, mir können Sie es doch sagen. Sie werden doch ein, zwei Millionen für sich beiseitegelegt haben, oder?«

Er schüttelte den Kopf. »Nein, habe ich nicht. Wahrscheinlich war das dämlich von mir, oder?«

Sie zwinkerte ihm zu. »Hauptsache, wir wissen beide, wie viel wir wert sind«, raunte sie komplizenhaft.

Rupert spürte, dass sie ihm nicht glaubte. Er kam sich fast ein bisschen dämlich dabei vor, nichts auf die Seite gebracht zu haben. Waren nur Idioten ehrlich?, fragte er sich.

Sie stand auf. Rupert erhob sich ebenfalls. Das Gespräch war für sie wohl beendet, folgerte er. Aber er zögerte noch. Er hatte noch etwas auf dem Herzen. Es war nur so schwer auszusprechen.

Sie bemerkte sein Zaudern und fand es irgendwie süß. »Raus mit der Sprache«, ermunterte sie ihn. »Was kann ich für Sie tun, Rupert?«

Er druckste weiter herum. Er hatte plötzlich zu viel Speichel im Mund und konnte gar nicht so schnell schlucken, wie sich neuer bildete. Am liebsten hätte er ausgespuckt wie ein Stürmer auf dem Fußballplatz, bevor er den entscheidenden Elfmeter verschießt.

Sie drehte sich zu ihm und machte eine einladende Handbewegung. »Genieren Sie sich nicht. Sagen Sie es mir einfach frei heraus. Wenn ich etwas für Sie tun kann, dann …«

Ein Außenstehender hätte das auch so interpretieren können, als böte sie ihm gerade Freuden an, die sie mit ihrem Körper spendieren wollte. Sie leckte sich dabei auch noch über die Lippen, was es Rupert nicht leicht machte, bei dem zu bleiben, was er vorbringen wollte. Sexuell war er durch Frauke, Beate und seine Nachbarin ja eigentlich gut versorgt. Darum ging es ihm nicht, auch wenn Liane Brennecke ihn ganz schön anmachte.

Er ging vorsichtshalber einen Schritt zurück und versuchte es: »Also, es gibt da etwas, das mich schon lange umtreibt … Ich weiß nicht, wie ich es sagen soll. Es ist mein geheimster Wunsch … Bitte lachen Sie mich nicht aus …«

»Nur raus damit. Ich bin Spezialistin für geheime Wünsche, das können Sie mir glauben.« Sie sagte das wie eins dieser leichtbekleideten Cam-Girls, die nachts im Fernsehen versprachen: »Ich habe Sachen drauf, die würde deine Frau sich nie trauen ...« Dann wurde immer die Telefonnummer eingeblendet, die man anrufen sollte.

Rupert trat von einem Bein aufs andere. Seine Nervosität wuchs. »Also, es ist nämlich so ... Ich habe da ein Problem ... Also, eigentlich ist es gar kein richtiges Problem ... Ich habe auch noch nie mit jemandem darüber gesprochen ...«

Sie setzte sich wieder und deutete ihm an, er solle doch auch wieder Platz nehmen. Sie schlug die Beine übereinander und sah ihn erwartungsvoll an. Das hier war der Auftakt für ein längeres Gespräch, so vermutete sie. Sie freute sich, dass er bereit war, sich ihr gegenüber zu öffnen, ja sich ihr anzuvertrauen.

»Ich glaube, ich brauche erst dringend Alkohol«, sagte er. Sie deutete an, das sei kein Problem. Er befürchtete schon, jetzt ein Likörchen oder einen Prosecco angeboten zu bekommen, aber stattdessen rief Liane Brennecke unten bei Rita Grendel an und fragte, ob sie ihr mit einem Drink für einen Freund aushelfen könne.

Ja, sie sagte *Freund*, das registrierte Rupert wohl. Allerdings hatte er überhaupt kein Interesse daran, jetzt Rita Grendel zu begegnen.

Schon wenige Augenblicke später stand Rita in der Tür und bot ihren selbstgemachten Eierlikör an oder einen eisgekühlten Klaren. Großzügig wie sie war, ließ sie beide Flaschen da.

Rupert nahm beides. Erst einen Eierlikör, den er gemeinsam mit Liane trank, dann goss er zum Nachspülen zwei Klare hinterher. Er schüttelte sich wie ein nasser Pudel.

Nachdem Liane Brennecke sich wieder gesetzt hatte, fragte Rupert sie: »Was hat Rita Ihnen beim Abschied zugeflüstert?«

»Vorsicht, das ist ein Windhund«, lachte Liane.

Der Schnaps brannte noch in der Speiseröhre, kam aber schon wärmend im Magen an. Rupert war bereit, jetzt auszupacken. Er drückte die Finger zusammen, wie die Kanzlerin es gerne tat, und begann: »Ich gelte ja überall als ostfriesisches Urgestein.«

Liane nickte. »Das kann man wohl sagen.«

»Und ich bin auch echt stolz darauf, ein Ostfriese zu sein.«

»Ja. Gut. Und wo ist jetzt das Problem?«

»Ich lebe und arbeite da, wo andere Urlaub machen.«

Sie bestätigte das. »Ja. Wie schön für Sie. Das ist wirklich beneidenswert.«

»Ja, aber …«

»Aber was? Raus mit der Sprache, Rupert!«

Er sah auf seine Füße und sprach es leise aus: »Ich bin kein echter Ostfriese.«

Sie konnte seine Not spüren. Er ertrank ja fast in Peinlichkeit. »Sondern?«, fragte sie.

Rupert erklärte händeringend: »Meine Mutter … das war eine ganz wunderbare Frau … ein Dortmunder Mädchen … Sie hat mir viel von ihrer Lebenseinstellung mitgegeben … Also, als die meinen Vater kennenlernte, da war das Liebe auf den ersten Blick. Mein Vater war Ostfriese aus Emden-Uphusen. Gemeinsam sind sie nach Norden gezogen, in eine Doppelhaushälfte.«

Liane Brennecke befürchtete, jetzt eine langatmige Lebensbeichte zu hören. Sie schaltete innerlich schon auf Durchzug, machte dabei aber ein hochinteressiertes Gesicht. Das hatte sie bei endlosen Konferenzen und Dienstbesprechungen gelernt. Sie konnte abschalten, ja meditieren, dabei aber Aufmerksamkeit heucheln, ja sogar durch Nicken oder Grunzlaute ihre Zustimmung bekunden.

Doch Rupert kam jetzt rasch auf den Punkt: »Als meine Mutter hochschwanger war, ist sie noch mal mit meinem Vater in ihrem VW-Käfer ins Ruhrgebiet gefahren. Meine Oma – also ihre Mutter – wurde nämlich fünfzig. Sie hat sogar noch eine Torte gebacken und mitgenommen. Ja, und dann ist es passiert ...« Rupert schwieg und bog sich durch, als hätte er sich völlig verspannt.

»Ja, was denn?«, ermunterte Liane Brennecke ihn, weiterzureden.

Bisher war es für Rupert leichter gewesen, als er gedacht hatte. Aber den Rest bekam er kaum heraus. Er seufzte: »Ich kam«, flüsterte er kaum hörbar, »drei Wochen zu früh.«

Na und?, wollte Liane Brennecke schon sagen, aber dann verstand sie. »Sie sind ein Dortmunder, Rupert!«

Er legte den Zeigefinger über seine Lippen. »Pssst!«

Rita Grendel sollte das auf gar keinen Fall hören. Vielleicht war sie im Garten. Ein Fenster war nur gekippt, und hier in der Siedlung war es bis auf ein paar Vogelstimmen um diese Zeit sehr ruhig.

»Ich habe«, gab Rupert zu, als wäre es ein Verbrechen, »die ersten drei Tage meines Lebens in Dortmund verbracht. Dann sind wir zurück nach Norden. Dort bin ich aufgewachsen und zur Schule gegangen. Außerdem ...«

»Ja, und wo ist jetzt das Problem?«, wollte die Leitende Kriminaldirektorin wissen.

Rupert machte eine Bewegung, als müsste er einen schweren Gegenstand von sich wegschieben. Er sah aus wie ein Mann, der sich von einer unsichtbaren Last befreite. »In meiner Geburtsurkunde steht Dortmund.«

»Na und?«

Rupert staunte. Er hatte mehr Einfühlungsvermögen von Frau Brennecke erwartet. »Wissen Sie überhaupt, was das heißt? Können Sie sich vorstellen, wie peinlich mir das ist? In meinem Ausweis steht: Geburtsort Dortmund!« Er machte eine lange Pause und atmete schwer.

Rita Grendel hatte zum Glück die Flaschen dagelassen. Rupert nahm noch einen, allein schon gegen Liane Brenneckes Erdbeergeruch. Er war überaus froh, dass Rita, die geradezu ein Denkmal für eine echte Ostfriesin war, die Ferienwohnung verlassen hatte. Sie wäre die Letzte gewesen, der er jetzt, in der Stunde dieser Niederlage, hätte begegnen wollen.

»Das«, staunte Liane Brennecke, »sind also die Probleme des Mannes, der mich gerettet hat und nun für ein Gangstersyndikat mit falscher Identität als Vorstandsvorsitzender einer Bank arbeitet, um internationale Drogengelder zu waschen?« Als müsse sie ihn zur Besinnung bringen, trompetete sie es geradezu heraus: »Eine Menge Leute wollen Sie lieber tot als lebendig sehen, Rupert!«

»Ja«, gestand Rupert, »weiß ich doch. Aber ich wäre so gerne in Ostfriesland geboren worden. Kann man das denn nicht irgendwie hinkriegen?«

»Hinkriegen? Wie soll man denn so etwas nachträglich hinkriegen?«

Jetzt, da raus war, was ihn seit Jahrzehnten quälte, spielte der Rest schon keine Rolle mehr. »Ich habe alles getan, um es ändern zu lassen. Man kann heutzutage alles ändern. Du kannst deinen Namen ändern. Deinen Wohnort. Deine Religion. Deinen Familienstand. Deine Steuerklasse. Alles überhaupt kein Problem. Ich könnte mich statt Rupert auch *Leckt-mich-doch-alle-am-Arsch-Kaiser-Wilhelm* nennen, aber seinen Geburtsort, den kann man nicht ändern. Ich war noch sooo klein, ich habe die Stadt praktisch nie gesehen, aber ich werde den Stallgeruch nicht los.«

»Aber«, fragte Liane, »kann man denn nicht stolz darauf sein, ein Dortmunder Kind zu sein?«

»Klar«, machte Rupert deutlich, »besonders, wenn man in Dortmund wohnt. In Gelsenkirchen kann es aber schon zum Problem werden. Als Düsseldorfer ist man in Köln auch nicht gut angesehen …«

Sie seufzte. »Ja, was soll denn dann erst jemand sagen, der aus einem anderen Land oder einem ganz anderen Kulturkreis kommt?«

Rupert klopfte auf die Sessellehne. »Dortmund *ist* ein anderer Kulturkreis!«

»Was«, fragte Liane Brennecke, »erhoffen Sie sich nun von mir, Rupert?«

Er setzte sich anders hin. Er wirkte auf sie wie ein Jagdhund, der Witterung aufgenommen hat und kurz vor dem Sprung ist. »Was glauben Sie, was ich alles angestellt habe … Ich habe im Einwohnermeldeamt Frauen flachgelegt wie ein Gigolo auf Speed. Sie waren bereit, ihre Männer für mich zu verlassen, ihre Bausparverträge zu kündigen, ihre Kinder in Heime abzuschieben, um mit mir nach Ostfriesland durchzubrennen. Aber glauben Sie ja nicht, auch nur eine sei bereit gewesen, meine Geburtsurkunde zu ändern!«

Sie begriff immer noch nicht, warum das für ihn so wichtig war. »Meine Mutter war aus Altenessen«, sagte sie, »und mein Vater …«

Rupert machte eine schneidende Geste: »Können Sie das für mich tun, Frau Brennecke?«

»Was?«

»Na, einen waschechten Ostfriesen aus mir machen! Man kann mir doch nicht ewig vorwerfen, dass ich drei Tage in Dortmund …«

»Ich soll ernsthaft meine Beziehungen einsetzen, um Ihre Geburtsurkunde und damit letztendlich Ihren Personalausweis zu fälschen?«

Endlich fühlte Rupert sich richtig verstanden. Er breitete die Arme aus, als wollte er sie an sich drücken, blieb aber dabei sitzen. Sie bewegte sich auch nicht in seine Richtung.

»Liebe Frau Brennecke, Sie haben aus mir einen Vorturner bei der Sparkasse gemacht …«

Sie unterbrach ihn und korrigierte: »Vorstandsvorsitzender einer Internetbank. Um Himmels willen, nicht Sparkasse!«

»Ja, meine ich ja. Und Sie haben mich, den ostfriesischen Hauptkommissar Rupert, zum Gangsterboss Frederico Müller-Gonzáles gemacht. Ich habe einen neuen Lebenslauf bekommen, teure Autos und Klamotten, eine Kreditkarte, einen neuen Führerschein, eine neue Ehefrau … Das alles haben Sie praktisch im Handumdrehen hingekriegt …«

Sie wiegte den Kopf hin und her, als sei es ganz so einfach, wie er dachte, wohl doch nicht gewesen.

»Und jetzt erzählen Sie mir nicht«, rief Rupert mit erhobenem Zeigefinger, »dass es so schwer sein kann, aus mir einen Ostfriesen zu machen!«

Dieser Mann verblüffte sie immer wieder aufs Neue. Er hätte von ihr eine Finca auf Mallorca, mit Orangen- und Olivenhain fordern können, eine Liebesnacht oder eine Beförderung im Polizeidienst. Alles wäre für ihn drin gewesen. Aber er kam mit solchen Kinkerlitzchen.

Sie stand auf und ging vor zur Tür. »Ich will sehen, was ich für Sie tun kann«, sagte sie.

Das hörte sich für Rupert nach einer Zusage an. »Ich auch«, versprach er.

Karl-Heinz Kleebowski war als Alexander von Bergen im *Savoy* abgestiegen. Er liebte dieses Kölner Hotel. Hier fühlte er sich nicht wie ein gesuchter Zuhälter unter Bankräubern, sondern wie ein Adliger unter Filmstars.

Er bewohnte eine Suite mit Blick auf den Dom und hatte einen Whirlpool im Wohnbereich. Täglich genoss er ein orientalisches Pflegezeremoniell im Rasulbad und eine spezielle ayurvedische Fuß- und Beinmassage mit anschließender Entspannungsmassage. Dabei sollten jeder Stress und jede Art von Verkrampfung gelöst werden, ja von ihm abfallen. Doch trotz der täglichen Anwendung und obwohl sich verschiedene bestens ausgebildete und hochmotivierte Masseurinnen viel Mühe mit ihm gaben, wollte sich keine Tiefenentspannung bei ihm einstellen.

Immer wieder dachte er über die Schießerei im Norddeicher Yachthafen nach. Er war sonst nicht so zimperlich. Er konnte einen Gegner mitleidlos töten. Er hatte sich immer eingebildet, das sei so, wie eine lästige Wespe zu erschlagen, bevor sie zusticht. Er machte sich doch, wenn er ein Filetsteak aß, auch keine Gedanken darüber, wie das Rind gestorben war.

Aber Frauke, dieses zierliche Wesen, hatte die beiden Schergen von George so kaltblütig ausgeknipst, dass es ihm fast Angst machte. Sie war eine Kampfmaschine, getarnt als Edelhure. Nein, nicht einmal das. Sie wirkte, als sei sie echt in Frederico verliebt. Klar bekam sie als Miet-Ehefrau eine Stange Geld dafür, aber sie war auch verdammt gut. Er kannte keine bessere. Und welche richtige Ehefrau legte für ihren Typen schon zwei Kerle um?

Frauke war auf Nummer sicher gegangen und hatte erst Heiner und dann Carl mit einem Kopfschuss aus nächster Nähe erledigt. Sie wollte damit auch ein Signal an alle schicken: Wir nehmen keine Gefangenen, und wir fackeln nicht lange. Wer sich mit uns anlegt, ist tot.

Er kannte eine Menge Miet-Ehefrauen und leistete sich selbst ständig eine oder zwei. Einige waren auch als Bodyguards oder Fahrerinnen sehr gut, aber diese Frauke hatte echte Killerinstinkte. Er persönlich schätzte an Frauen ja andere Qualitäten, aber bitte, Frederico musste ja wissen, wen er da zu seiner Lebensabschnittsbegleiterin gemacht hatte. Auf jeden Fall war auf sie Verlass.

Sie wohnte ebenfalls im *Savoy*. Nicht in einer Suite, aber in einem sehr komfortablen Doppelzimmer. Sie wartete hier auf ihren Frederico. Er würde kommen, daran glaubte sie genauso fest wie Kleebowski.

Zweimal hatten sie gemeinsam auf der Dachterrasse gegessen. Sie sprachen wenig. Sie beobachtete die Leute, und er hätte einen Tausend-Euro-Chip darauf gewettet, dass sie unterscheiden konnte, ob die Beule in der Jacke von einer Brieftasche kam, einer Brille oder einer Zimmerflak. Er gestand es sich ein: Diese Frau faszinierte ihn und machte ihm gleichzeitig Angst.

Natürlich konnte er nicht die Miet-Ehefrau seines Chefs übernehmen. Das wäre eine unverzeihliche Ehrverletzung gewesen.

In den verschiedenen Verbrecherorganisationen, die er kannte, gab es überall starke, ja mächtige Frauen. Fredericos Mutter war so eine. Sie herrschte unumstritten. Sie entschied nicht nur über Karrieren, sondern auch über Leben oder Tod. Sie verfügte über gewaltige finanzielle Mittel. Aber sie hätte sich nie im Leben selbst die Hände schmutzig gemacht. Undenkbar, dass es eine Waffe mit ihrem Fingerabdruck darauf gab. Sie tötete, indem sie bei Nennung eines Namens den Mund verzog oder den Blick senkte. Weitere Details interessierten sie nicht.

Oder Mai-Li, die alterslose Kettenraucherin, und Charlotte, dieses gefährliche Vollweib … Jemand hatte sie mal *die beiden Omis* genannt. Es war ihm nicht gut bekommen. Er wurde im Altonaer

Volkspark am Eingang des Dahliengartens mit chinesischen Essstäbchen in den Nasenlöchern gefunden. Jemand hatte sie ihm bis ins Gehirn geschoben. Es waren edle Stäbchen aus Elfenbein, je 27 Zentimeter lang. Das sprach sich rasch herum, und niemand nannte die Damen mehr *Omis.*

Aber auch, wenn die Essstäbchen vermutlich eine Art Verbeugung vor Mai-Li waren, so war doch jedem klar, dass sie es nicht selbst getan hatte. Sie war zu der Zeit nicht einmal in Hamburg gewesen, sondern hatte mit ihrer Freundin Charlotte in Baden-Baden beim Pferderennen ein kleines Vermögen gesetzt. Also, für sie war es klein. Für andere Menschen war es eine Summe, die ihre Risikolebensversicherung locker überstieg.

Frauke, da gab es gar kein Vertun, hätte es selbst gemacht. War das die neue Frauengeneration? Ein Ergebnis der Emanzipation?

Ihn hatte in letzter Zeit immer öfter das Gefühl beschlichen, die Zeit der Männerherrschaft sei vorbei. Frauke war so etwas wie die fleischgewordene Theorie vom Ende einer großen Zeit.

Wir Männer sind nur so lange die Herrscher der Welt, wie diese überlegenen Wesen uns lassen, dachte er. Oder waren wir es vielleicht nie? Haben sie es uns nur vorgegaukelt und sich dabei über unsere Blödheit kaputtgelacht?

Wo steckte Frederico? Bekir, dieser Kurde, hatte nach ihm gefragt. Das verhieß im Moment nichts Gutes. Bekir galt als einer, der einen guten Draht zu bewaffneten kurdischen Freiheitskämpfern hatte, ja, ihnen Waffen und Geld beschaffte. Vielleicht war das aber auch nur das Image, mit dem der Geschäftsmann sich gern schmückte. Fast jeder in Kleebowskis Branche pflegte eine offizielle, nach außen hin gut darzustellende Tätigkeit. Einige waren Geschäftsführer von GmbHs, die im In- und Export arbeiteten, besaßen kleine Geschäfte, Diskotheken oder Kneipen. Geld verdiente man anders. Ganz anders. Sie förderten mit ihrem Vermögen Sportvereine oder Parteien, traten als Kunstmäzene auf und spendeten für wohltätige Zwecke.

Es gab eigentlich nur zwei Möglichkeiten: Entweder war Frederico einem der Clans in die Hände gefallen und wurde gerade gefoltert, bis er auch das letzte Geheimnis verraten hatte, oder er lag längst aufgeschlitzt in irgendeiner alten Industrieanlage.

Frauke wusste das genauso gut wie Kleebowski. Aber keiner von beiden wollte es aussprechen. Sie warteten hier auf Frederico, als könnte er jeden Moment quietschfidel in der Bar erscheinen, sich einen Drink bestellen und fragen: »Na, wie ist es bei euch denn so gelaufen? Ich war zum Skifahren in Ischgl ... Hust, hust, hahaha ...«

Für Kleebowski gab es nur einen Grund, warum Frauke in einem Doppelzimmer statt in einer Suite lebte: Sie war sparsam geworden, weil sie, wenn Frederico nicht zurückkam, das Zimmer selbst zahlen musste. Vorbei das süße Leben. Sie verdiente zwar als Miet-Ehefrau ganz gut, aber eben nicht gut genug, um das Leben zu führen, das sie an Fredericos Seite gewohnt war.

Kleebowski stellte sich vor, wie der tote Frederico gefunden wurde. Er müsste dann die Nachricht dessen Eltern überbringen. Der Mutter, der er geschworen hatte, auf ihren Sohn aufzupassen. Es waren gruselige Gedanken. Sie führten bei ihm zu Muskelverkrampfungen, Kopfschmerzen und Durchfall. Aber was am schlimmsten war – er verlor jede sexuelle Lust. Er hatte einfach kein Interesse mehr daran. So kannte er sich gar nicht. Normalerweise hätten sich in seinem Whirlpool eine, vermutlich gar zwei Schönheiten befunden, die die Suite mit ihm teilten.

In seinen Heldenträumen befreite er Frederico aus einem dunklen Verließ. Gemeinsam schossen sie sich den Weg frei. Rücken an Rücken kämpften sie siegreich gegen eine Übermacht und lagen sich dann triumphierend in den Armen.

All seine Gedanken, all seine Phantasien drehten sich um Frederico. Er spielte alle möglichen Szenarien durch: Was, wenn George ihn hatte? Was, wenn er den Tschetschenen in die Hände gefallen war, den Düsseldorfern, den Kölschen Jungs oder den Clans, die im Ruhrgebiet um die Vorherrschaft kämpften? Nur auf eins wäre er nie gekommen: dass Frederico in der ältesten ostfriesischen Stadt, Norden, mit seiner richtigen Ehefrau, mit der er kirchlich und standesamtlich verheiratet war, in seinem Einfamilienhaus saß und die Buttercremetorte seiner Schwiegermutter aß.

Beide Frauen hingen an Ruperts Lippen, denn er tischte ihnen eine seiner Lügengeschichten auf. Vermutlich wussten beide, dass er log, denn zum einen kannten sie ihn, zum anderen waren sie nicht blöd genug, jeden Unfug zu glauben. Doch sie freuten sich, dass er gesund wieder aufgetaucht war.

Die letzte Zeit hatte er angeblich damit verbracht, eine wichtige Zeugin in einer anonymisierten Wohnung in Wilhelmshaven zu bewachen. Eine Dame von zweiundachtzig Jahren. Sie sei ihm so dankbar, dass sie ihn als Erben einsetzen wolle, und ihr Vermögen sei beträchtlich. Damit wollte Rupert vorbereiten, dass er in nächster Zeit zu Geld kommen würde, denn er hatte durchaus vor, ein paar Euro abzuzweigen, um diesen Neubau hier, für den er sich auf dreißig Jahre bei der Sparkasse Aurich-Norden verschuldet hatte, abzubezahlen.

Nein, er war als Polizist nie bestechlich gewesen. Aber als Gangsterboss Frederico Müller-Gonzáles unterlag er anderen Regeln. Das konnte man überhaupt nicht vergleichen. Es ging eh jeder davon aus, dass er von den zwölf Millionen, mit denen er Liane Brennecke freigekauft hatte, ein hübsches Sümmchen für sich abgezweigt hatte. Doch da hatte er noch als ehrlicher ostfriesischer Polizist gehandelt. Als Frederico Müller-Gonzáles lachte er über so etwas. Dieses ständige Herumknapsen kurz vor dem

Ersten hätte endlich ein Ende. Er brauchte nur eine plausible Geschichte, wie er zu dem Geld gekommen war. Eine Erbschaft schien ihm da seriös.

Die Grillsaison stand bevor, und er wollte nicht ständig mit diesem billigen Holzkohlekugelgrill herummachen. Er wünschte sich einen Gasgrill. So etwas wie eine Outdoorküche, komplett aus Edelstahl, mit Infrarot-Backburner. Der hatte sogar einen beleuchteten Innenraum. Da warf man nicht einfach ein Würstchen auf den Rost, da wurde das Grillen zur Kunst. Fast tausend Euro kostete das Teil, und Beate war ausgerastet, als er damit geliebäugelt hatte.

Außerdem brauchte er ein neues Auto. Die alte Schrottkiste wurde nur noch von Lack und Rost zusammengehalten. Sie hatte 250 000 Kilometer drauf, und der Motor musste kurz nach dem Mauerfall gebaut worden sein. Jedenfalls hörte er sich an wie ein kaputter Lada, war aber nicht aus Russland, sondern aus Frankreich.

Beate und ihre Mutter waren froh, dass Rupert mit der Schießerei im Yachthafen nichts zu tun hatte. Immer noch war sie das Gesprächsthema Nummer eins in Ostfriesland.

Er kündigte ihnen jetzt an, er werde wieder für einige Zeit von der Bildfläche verschwinden. Er müsse als verdeckter Zielfahnder einem Gangsterboss folgen. Möglicherweise sogar ins Ausland.

Beate wollte ihm gleich noch ein paar Brote schmieren und für ihn Wäsche einpacken, aber seine Schwiegermutter funkte dazwischen: »Wie naiv bist du eigentlich, Töchterchen? Der macht sich ein paar schöne Tage ohne uns. Das ist alles. Immer wenn er hier gebraucht wird, ist er nicht da. Als die schlimme Sache im Norddeicher Hafen passierte, wo war er da? In Wilhelmshaven in der Altenbetreuung! Angeblich! Falls sie wirklich zweiundachtzig ist!«

Rupert stöhnte. Er wünschte ihr die Pest an den Hals, aber obwohl sie voll zur Risikogruppe gehörte, hatte sie Corona natürlich problemlos überlebt. Nicht mal einen leichten Husten hatte sie bekommen.

Heute Nacht würde er noch bleiben. Beate hatte ihn darum mit einem Blick gebeten, der ihm die Liebesnacht seines Lebens versprach. Morgen würde er dann aufbrechen. Neue Abenteuer warteten auf ihn und seine Miet-Ehefrau Frauke. Er hoffte, dass sie nicht inzwischen von jemand anderem gemietet worden war, denn er hatte sich echt in sie verguckt, was aber an seinen Gefühlen für Beate nichts änderte. Ein Mann wie er, mit zwei Identitäten, konnte eben auch zwei Ehefrauen haben und sie beide lieben.

Geier hatte einen langen Spaziergang gemacht und den Vogelstimmen gelauscht. Es war, als würden sie ihm ihre Geheimnisse erzählen. Er war an der Emscher entlanggelaufen, bis dahin, wo sie in den Rhein mündete. Hier stand er manchmal stundenlang und vergaß die Zeit.

Jetzt, da er für Liane Brennecke genug Geld bekommen hatte, um für immer irgendwo ein zufriedenes Leben zu führen, wollte er hier nicht mehr weg. Er hatte begriffen, dass er sich hier in Dinslaken-Eppinghoven am wohlsten fühlte. Es war nicht die faszinierende Auenlandschaft, nicht der Rotbachsee, sondern sein Keller, der ihm wahres Glück spendete.

Er hatte sich die Gegend erwandert, kannte hier jeden Baum, hatte in jedem Biergarten der Umgebung gesessen. Aber sein Keller war der Mittelpunkt – wie die Sonne, um die die Planeten kreisten. Eine dunkle, eine versteckte Sonne.

Einer wie er brauchte keine Gesellschaft. Er war ein einsamer Wanderer, der Gruppen mied und niemals einem Verein beitreten würde. Wenn er das schon hörte: Wanderverein. Kegelverein. Fußballverein. Schützenverein. Karnevalsverein …

Er mochte Menschen nicht. Schon mal gar nicht, wenn sie in Rudeln auftraten.

Er besaß jetzt mehr Geld, als er im Rest seines Lebens ausgeben konnte. Genug für eine fürstliche Villa, ja, um ein kleines Schloss zu kaufen. Doch der schönste Ort auf Erden für ihn war hier. Er brauchte die Nähe der Gewässer. Die Flüsse zogen ihn an. Er konnte am Ufer im Schatten der Bäume sitzen und dem Fluss beim Fließen zusehen. Nein, das war ganz und gar nicht langweilig. Es war vielleicht seine Art, zu meditieren. Andere hockten an der Theke und glotzten der Wirtin beim Bierzapfen auf den Busen, während ihre Frauen zu Hause auf sie warteten. Er saß am Fluss und sah aufs Wasser, während in seinem Keller eine Frau, an den Zahnarztstuhl gefesselt, darauf wartete, dass er zurückkam und ihr Schmerzen zufügte.

Wie sehr sich die Situationen glichen, dachte er und grinste. Er schnitt besonders gern Polizistinnen in Stücke. Das gab ihm am meisten. Er hatte es auch mit anderen Frauen versucht. Mit Stricherinnen, einer Stripteasetänzerin, Studentinnen und Hausfrauen. Mit denen war es auch ganz nett, aber Polizistinnen waren doch immer noch am besten. Nie wieder würde er sich eine Drogensüchtige vom Straßenstrich holen. Nach denen suchte zwar niemand, aber sie waren als Opfer für ihn einfach uninteressant. Sie waren sofort auf Entzug. Er betrieb hier doch keine Nasenbleiche!

Obwohl es ihn finanziell unabhängig gemacht hatte, die Kriminaldirektorin Liane Brennecke zu verkaufen, bedauerte er, es getan zu haben. Es war nicht einmal halb so schön, hier spazieren zu gehen oder am Fluss zu sitzen, wenn kein heulendes Stück Fleisch im Keller auf ihn wartete.

Ja, er gestand es sich ein: Er brauchte das. Es war mehr als ein Broterwerb. Mehr als ein Hobby. Es war seine eigentliche Bestimmung.

So wie jeder Bauer den Feiertag mit der Familie genoss, wissend, dass im Stall gutgenährte Schweine darauf warteten, geschlachtet zu werden und seinen Geldbeutel zu füllen, so war für ihn alles, was er tat, umso schöner, wenn er wusste, dass er eine Polizistin gefangen hielt. In seinem Hobbyraum.

Es war gut, dass sie ihm Geld brachten, aber es war nicht das Eigentliche. Er konnte dadurch, dass ihn jemand dafür bezahlte, alles so schön professionalisieren. Kam sich dann geistig gesund vor. Er wusste, dass er verrückt war, aber er wollte es nicht sein. Manchmal tat es gut, wenn er sich selbst vorgaukeln konnte, es sei sein Beruf.

Jetzt merkte er schmerzlich, wie sehr er das alles brauchte. Er war trotz der Millionen unzufrieden. Ja, verdammt, das Geld bedeutete ihm nichts. Was sollte er mit Koffern voller Geldscheine anfangen? Er brauchte Geld zum Essen, zum Trinken und zum Tanken. Das Haus hier war längst bezahlt.

Um vor sich selbst besser dazustehen, war ein Auftraggeber wichtig. Dann kam er sich weniger verrückt vor. Insofern machte das viele Geld ihn nicht frei, sondern sogar unfrei. Jetzt, da er bis ans Ende seines Lebens tun und lassen konnte, was er wollte, wurde ihm klar, wer er wirklich war. Er konnte es vor sich selbst nicht mehr verstecken. Es gab Phasen, da brauchte er eine Rechtfertigung vor sich selbst. Nicht immer, aber manchmal.

Vielleicht, dachte er, sollte ich sie mir noch einmal holen und es dann zu Ende bringen.

Er hatte sie an Charlie übergeben, und der hatte ihm die vielen schönen Scheine von diesem Frederico Müller-Gonzáles überreicht. Das Geschäft war gelaufen. Aber was immer Frederico mit ihr angestellt hatte, sie lebte. Ja, diese Brennecke war wieder frei.

Er hatte das Interview mit ihr gelesen. Holger Bloem hatte das Gespräch mit ihr geführt. Darin bezeichnete sie ihn einmal als *schwer gestörten Geisteskranken*, zweimal als *übles Monster* und dreimal als *sadistischen Mörder*. Aber immer nannte sie ihn *hochgefährlich*.

Sie konnte nicht ahnen, wie sehr ihm dieses Interview in der Szene genutzt hatte, ja, zu welchem Ruhm sie ihm damit verholfen hatte. Jeder wollte jetzt mit ihm arbeiten. Die Summen, die ihm geboten wurden, erinnerten ihn an Markenklamotten. Man zahlte mehr für den Namen als für die Ware. Jeder Clan wollte ihn als Mitarbeiter haben. Die Drohung: »Dann schicke ich euch eben den Geier«, erschreckte jeden Gegner.

In der Branche war er ohnehin eine Legende, aber der gute Ruf konnte auch schnell zur Falle werden. Als Berufskiller gab man keine Autogramme. Der beste Hitman war immer noch der, der unerkannt blieb. Ein Gespenst aus einem Horrorfilm. Eine unfassbare Bedrohung.

Aber er war nicht einfach ein Auftragskiller. Er war einer, der Menschen zum Sprechen brachte. Bei manchen reichte es, seinen Namen zu nennen, und sie redeten schon wie ein Wasserfall. Ja, er war dafür bekannt, jede Information aus jedem herausholen zu können.

Charlie versuchte, ihn zu erreichen. Charlie, auch *Der Notar* genannt. Er vermittelte Geschäfte. Alle kannten Charlie. Es gab das Gerücht, er sei früher mal ein richtiger Rechtsanwalt gewesen, dem man aber die Zulassung entzogen habe. Andere erzählten, er habe sogar ein Richteramt bekleidet, sei aber damit aufgeflogen, Freisprüche für viel Geld verkauft zu haben. Der Geier hatte auch mal gehört, Charlie sei einmal Staatsanwalt gewesen … Jedenfalls galt er heute als seriöser Vermittler krimineller Geschäfte. Er war unabhängig. Er stielte große Deals ein. Es hätte Geier nicht gewundert, wenn Charlie in der Lage gewesen wäre, neben einem Rembrandt und einem Zentner Heroin auch noch eine Atombombe zu beschaffen.

Wenn Charlie anrief, ging es um viel Geld. Doch Geld hatte für den Geier jeden Reiz verloren. Ja, es wurde immer klarer für ihn: Er wollte nicht irgendeine Frau. Er wollte diese Brennecke.

Je länger er darüber nachdachte, gab es nur noch eine, die ihn genauso reizte: diese berühmte ostfriesische Kommissarin, diese Ann Kathrin Klaasen. Er hatte sie in Norden beobachtet, während er auf eine Gelegenheit wartete, sich Liane Brennecke zu schnappen. Diese Klaasen hatte so etwas an sich, das er gern zerbrechen sah: weiblichen Stolz. Für ihn hatte das immer auch etwas Hochmütiges an sich. Er fühlte sich dann klein und dumm und ausgegrenzt, und er bekam Lust, mit seinem Messer an solchen Frauen herumzuschneiden. Er sah gern Tieren zu, die an ihnen knabberten, und er hörte sie gern schreien und um Gnade betteln.

Für morgen war ein Treffen der Führungsebene angesagt, und Karl-Heinz Kleebowski hatte keine Ahnung, wo sich sein Boss Frederico Müller-Gonzáles befand. Er war so nervös, dass er sich am Haustelefon, als ein Anruf von der Rezeption kam, mit »Kleebowski« gemeldet hatte statt mit »Alexander von Bergen«.

Es war ein Paket für ihn abgegeben worden. Als er es öffnete, erwartete er, einen Finger von Frederico zu finden, vielleicht gar die ganze Hand. Aber darin war ein selbstgebackener Kuchen seiner letzten Miet-Ehefrau. Sie hatte echt ein paar hausfrauliche

41

Fähigkeiten. Sie nannte sich Uschi und sprach den Namen, wenn sie allein waren, gern so aus, als würde er am Anfang mit *M* geschrieben. Sie hatte ihn eine Weile begleitet.

Sie war so gar keine Frau für das Leben in Hotels, für große Gesellschaften oder Empfänge. Nein. Sie war eher die, mit der man sich für ein paar Wochen vor der Polizei in einer Berghütte versteckte. Sie machte jeden Raum wohnlich. Streit und Stress waren so gar nicht ihr Ding.

Sie wartete immer noch auf ihn und wünschte sich Kinder von ihm. Ja, wenn er eine wirklich geheiratet hätte, um sich zur Ruhe zu setzen, dann vermutlich sie. Doch die Verhältnisse waren nicht so.

Die Suite im *Savoy* duftete jetzt nach ihrem saftigen Kokos-Mandel-Kuchen im Schokomantel. Er wollte jetzt nicht probieren. Ihm war nicht danach.

Er ging runter an die Bar. Er musste unter Menschen und wollte gleichzeitig allein sein. Dafür war eine gut sortierte Theke mit einem geschulten Barkeeper genau der richtige Ort. In der *Divas-Bar* hatte er so manchen Triumph gefeiert und so manche Niederlage mit harten Drinks weggespült. Hier hatte er mit Schauspielerinnen und Gangsterbossen gefeiert.

Als er gerade unten aus dem Fahrstuhl stieg, kam Frederico zur Tür herein. Er sah gut gelaunt aus, trug einen leichten Sommeranzug und war unverletzt. Ja, Kleebowski hatte einen Blick dafür. Sein Boss besaß noch alle Gliedmaßen.

Freundlich, mit ausgebreiteten Armen, begrüßte er Kleebowski ganz selbstverständlich, hatte aber überhaupt keine Zeit für ihn. Nein, er wollte gleich zu Frauke, und obwohl er behauptete, einen Mordshunger zu haben, hatte er keine Lust auf die *Sky Lounge*. Er wollte sich lieber später ein Drei-Gänge-Menü, Currywurst mit Pommes und Mayonnaise, auf die Suite bestellen. Ja, es gab hier nicht nur Schickimicki-Essen für Sushi-Lutscher, sondern auch genau das, was Rupert gerne aß. Unverschämt teuer, aber auch unverschämt gut.

Kleebowski hatte sich wohl noch nicht ganz daran gewöhnt, dass sich sein Chef vom Vegetarier mit Hang zum Veganen plötzlich zum Fleischfresser gewandelt hatte, aber das war im Moment sein geringstes Problem. Schwieriger zu händeln war die Tatsache, dass es keine freie Suite mehr gab und Frauke in einem Doppelzimmer wohnte. Das ging natürlich gar nicht.

Frederico fixierte den Rezeptionisten, als suchte er die beste Stelle, um ihm ein Messer in die Brust zu stechen. Frederico beugte sich vor und raunte: »Können Sie das noch mal wiederholen? Es ist keine Suite für mich frei?!«

Kleebowski mischte sich ein und bot seine Suite an. Er könne ja ins Doppelzimmer gehen, er sei doch sowieso alleine. Er würde gern tauschen.

Er in der Suite mit Domblick und Whirlpool und der Boss im einfachen Doppelzimmer – nein! Das wäre undenkbar gewesen.

Frauke hätte es wohl nichts ausgemacht. Sie freute sich irre, Frederico zu sehen, sprang an ihm hoch, schlug die Beine um ihn, ließ sich von ihm durchs Zimmer tragen und rief dabei immer wieder: »Ich wusste, dass du lebst! Ich wusste es!«

Kleebowski sah den beiden zu. Er lief dann schnell zu sich rüber, packte seine Sachen und räumte die Suite für das knutschende Pärchen.

Frederico trug Frauke über den Flur ins andere Zimmer. Aber es gab da noch eine Kleinigkeit. Kleebowski wollte Frederico die Laune nicht verderben, aber er musste es ihm eigentlich sagen.

Frauke hatte das Hotel nur zweimal verlassen. Natürlich ließ Kleebowski sie beschatten. Zu ihrer und zu seiner Sicherheit gab es drei Bodyguards. Einer beobachtete den Eingang des Hotels.

Einer den Flur, auf dem ihre Zimmer waren, und ein anderer übernahm unauffällig den Personenschutz, wenn sie oder er sich aus dem Hotel wegbewegten. Das war das Mindeste an Sicherheit.

Einmal war sie spazieren gegangen. Im Zoo hatte sie einen Typen getroffen und exakt zwölf Minuten und einunddreißig Sekunden mit ihm geredet, während sie einen großen Ameisenbären beobachteten, bis sie zur Tapir-Anlage weitergingen.

Überhaupt, so stand im Bericht, habe sie sich auffällig lange im Südamerika-Bereich des Zoos aufgehalten, so als hätte sie dort noch auf jemanden gewartet.

Denselben Mann traf sie einen Tag später zum zweiten Mal. Sie war ins *Café Reichard* geschlendert, hatte sich vorher noch den Dom angesehen, aber Zufall sei das auf keinen Fall gewesen. Sie hätten sogar einen Kaffee miteinander getrunken und gemeinsam an einem Tisch gesessen. Später seien sie dann zum Wallraf-Richartz-Museum gegangen, aber am Eingang habe es wohl Streit gegeben. Der Mann sei dann wutentbrannt in Richtung Hohe Straße gelaufen. Sie habe sich die Sammlung *Von der Romantik bis zum Aufbruch der Moderne* angesehen. Sie habe Postkarten mit Motiven von van Gogh, Cézanne und Gauguin gekauft, aber nicht abgeschickt.

Er musste Frederico darüber unterrichten. Er konnte sich zwar nicht vorstellen, dass sie ein falsches Spiel spielte, aber man konnte in ihrem Beruf gar nicht vorsichtig genug sein.

Frederico hatte keine Zeit für ihn und machte ihm das auch unmissverständlich klar. In der Suite roch es nach Kokos und Mandeln. Frauke fand den Kuchen und ebenfalls die Postkarte: *Vergiss mich nicht, Liebster! Ich liebe dich, egal, was du gerade tust. Deine Uschi*

Für Frauke war es undenkbar, dass eine Frau solche Zeilen für

Kleebowski geschrieben hatte. Dies hier stammte ganz klar von einer Konkurrentin, die um Frederico buhlte, was sie gut verstehen konnte. Er war ja auch ein verdammt heißer Typ.

Sie hatten sich bis zur Erschöpfung in Stellungen geliebt, die kannte Rupert noch gar nicht. Eine nannte sie *Chinesische Schlittenfahrt*. Jedenfalls war Rupert jetzt fix und alle und beneidete diesen Frederico um sein Leben. Ganz ohne Medikamente oder Dopingmittel würde Rupert es aber nicht mehr lange durchhalten, den Frederico zu spielen.

Jetzt lagen sie zusammen im Whirlpool. Die Luft ließ das Wasser plätschern, und sie sagte: »Ich weiß doch, wie sehr du moderne Kunst liebst, Frederico. Im Wallraf-Richartz-Museum, das sind nur ein paar Schritte von hier, gibt es eine umfangreiche Sammlung impressionistischer und neoimpressionistischer Kunst. Wenn du Lust hast, dann könnten wir …«

Er wollte sich eigentlich endlich die Currywurst aufs Zimmer kommen lassen, und er brauchte auch dringend ein Bier.

Mit keinem Wort hatte sie ihn bisher auf die Schießerei im Norddeicher Yachthafen angesprochen. Sie hatte auch keine Frage gestellt, wo er die ganze Zeit gesteckt hatte oder was aus der Frau geworden war, die er vom Geier freigekauft hatte. War das ihre Art von Professionalität, die Dinge knochentrocken zu erledigen und dann nicht mehr darüber zu reden? Oder war es ihre Art, damit fertigzuwerden?

Eigentlich sprach seine Frau Beate ihm, also ihrem Rupert, solche Eigenschaften zu. Sie hatte ihn manchmal ihrer zänkischen Mutter gegenüber in Schutz genommen und behauptet: »Er ist nicht vergesslich, Mama. Er verdrängt die Dinge nur. Das hat er sich in seinem schrecklichen Beruf zu eigen gemacht. Es ist eine Art Selbstschutz. Er erlebt so viel Furchtbares. Mord und Totschlag. Er ist ständig mit all diesem Leid, mit all diesen Schmerzen, mit all diesem Dreck in Berührung. Da muss er das tun, um seelisch gesund zu bleiben. Die Verdrängung, ja das Vergessen, kann ein sehr gesunder seelischer Rettungsversuch sein.«

Beate hatte so über ihn gesprochen, aber war Frauke nicht genauso? Hatte ihm die angetraute Ehefrau erklärt, wie seine Miet-Ehefrau tickte?

Er war ein bisschen verwirrt. Aber Frauen, die nicht zu viele Fragen stellten, schätzte er eigentlich sehr. Er sprach es selber an: »Du warst gut im Norddeicher Hafen. Sehr gut!«

Das Lob gefiel ihr, aber sie tauchte einmal ganz mit dem Kopf ab und hielt sich eine Hand vors Gesicht, als wäre es ihr peinlich.

Er ergänzte: »Ich konnte mich vollständig auf dich verlassen. Du bist ein echtes Flintenweib.«

Sie nahm es als Kompliment und bestätigte: »Ich hab sie ausgeknipst.«

»Richtig gemacht«, sagte er. »Keine Zeugen.«

Sie kämmte sich die nassen Haare hinter die Ohren und sagte: »Es waren Carl und Heiner. George wird mächtig sauer sein. Ich habe ein bisschen recherchiert. Sie waren so etwas wie Söhne für ihn.«

Frederico nickte: »Er wird einen Krieg beginnen. Schon klar. Wir sind im Grunde bereits mittendrin. Die Verteilungskämpfe werden ohnehin immer härter. Die Szene ist ausgetrocknet. Sie haben alle kein Heroin mehr, kein Koks und kein Opium. Höchstens noch ein bisschen Shit ist im Umlauf.« Er lachte. »Selbstgezüchtet oder aus den Niederlanden. Und rate mal, wer genug Stoff hat, um sie alle zu versorgen?«

Sie wunderte sich, wie offen er sprach. Ja, er gab vor ihr richtig an damit. Es ehrte sie, wie sehr er sie ins Vertrauen zog, aber es war auch nicht ungefährlich für sie. Je mehr sie wusste, umso riskanter wurde es für sie, wenn irgendwo etwas herauskam. Man galt schnell als undichte Stelle. Und solche Stellen wurden gerne gestopft.

Sie hielt sich deshalb demonstrativ die Ohren zu. »Ich will von deinen Geschäften gar nichts wissen.«

Er lachte: »Du hast mit mir im Kugelhagel gestanden. Das war unsere Feuerprobe. Ich habe vor dir keine Geheimnisse mehr ...«

Sie stieg aus dem Whirlpool und trocknete sich mit einem großen, flauschigen Badetuch ab. Er sah ihr zu.

Sie rieb sich kurz die Haare trocken und wickelte sich ein Handtuch um den Kopf. »Und was«, fragte sie, »hast du als Nächstes vor, Frederico?«

Er stand auf und verließ ebenfalls das sprudelnde Wasser. »Ich werde mir eine Currywurst aufs Zimmer bestellen. Extrascharf, mit Pommes und doppelt Mayonnaise. Willst du auch etwas?«

Sie nickte: »Einen Wildkräutersalat und Carpaccio. Oder nein, doch lieber Vitello tonnato.« Sie zeigte auf ihn, als wollte sie ihn mit einer Kugel stoppen. »Nein, doch nicht. Lieber Carpaccio. Ich will das Fleisch nicht gegart. Heute besser blutig.«

So gefiel sie ihm. Fast hätte er ihr erzählt, dass seine Frau Beate normalerweise vegan kochte, aber das ließ er jetzt lieber. Beates veganes Essen war gar nicht so schlecht, fand Rupert. Wenn er sich ein Würstchen reinschnitt oder ein bisschen Hack dazutat, fand er es sogar lecker. Trotzdem war ihm jetzt eine Currywurst lieber.

Frühstück im Bett, das klingt immer so toll, war aber in Wirklichkeit, so fand Rupert, eine höchst unbequeme Sache. Bei jeder Bewegung wackelte alles. Der Orangensaft verklebte das Kopfkissen, der heiße Kaffee konnte auf den Brustwarzen ganz schön brennen, und was das Schlimmste war: Immer fehlte etwas. Weil es aber eine geradezu artistische Glanzleistung war, unter dem Betttischchen hervorzukriechen, ohne alles umzuschütten, wurde man gleich abhängig von jemandem, den man um jeden Gefallen bitten musste.

»Liebling, könntest du mir noch ein frisches Messer ... An dem hier klebt leider Marmelade ...«

Er kam sich dabei immer ein bisschen vor wie bettlägerig im Krankenhaus.

Er brachte nach einer Liebesnacht gern der Geliebten das Frühstück ans Bett, denn Frauen waren doch so dankbar dafür. Fühlten sich wertgeschätzt, ja wie Prinzessinnen behandelt. Sie brauchten auch nicht ständig irgendetwas, sie waren meist mit dem zufrieden, was er brachte, und er suhlte sich in dem Vergnügen, ein Gentleman zu sein.

Aber wenn er so nett behandelt wurde, egal ob von Beate, Frauke oder seiner Nachbarin in Norden, dann war er froh, alles überstanden zu haben, ohne sich zu beschlabbern und zu verbrühen. Das Bett und sein Pyjama waren dann sowieso vollgekrümelt und bekleckert.

Einer seiner Grundsätze seit der Junggesellenzeit war: Schlaf nie noch eine Nacht in einem Bett, in dem du gefrühstückt hast. Es sei denn, es wurde vorher frisch bezogen. Ja, er war eben ein Mann mit Prinzipien.

Jetzt erfreute es ihn, als Kleebowski hartnäckig blieb. Frauke wollte ihn abschütteln, doch Kleebo bestand darauf, mit Frederico zu reden: »Ich habe unten im Frühstücksraum geschlagene zwei Stunden auf euch gewartet. Ich muss mit dir sprechen, Frederico. Die Dinge dulden keinen Aufschub.«

Frederico winkte vom Himmelbett aus: »Ich habe im Bett gefrühstückt.«

Frauke bestätigte: »Ja, wir haben uns ein Honeymoon-Frühstück aufs Zimmer kommen lassen.« Unter ihrem hellblauen seidenen Nachthemd zeichneten sich nicht nur ihre weiblichen Formen ab, sondern auch ihre durchtrainierte, kampferprobte Muskulatur.

Kleebowski seufzte: »Verflucht nochmal, die Welt um uns herum steht in Flammen, und du trinkst hier Prosecco und knabberst an deinem Croissant.«

»Das ist kein Prosecco«, korrigierte Frauke ihn, »das ist Champagner.«

Rupert hätte den Unterschied eh nicht geschmeckt. Er bekam von beidem einen sauren Magen.

Kleebowski stand immer noch mit dem Bauch in der Suite und mit dem Rücken im Flur. Hinter ihm ging jemand zum Fahrstuhl. Kleebowski schob Frauke zur Seite und trat ungebeten ein. Sie schloss die Tür hinter ihm.

»Es gibt eine Familienkonferenz. Eigentlich sollte sie in New York stattfinden, aber das wird jetzt sowieso nichts mehr. Wie willst du da bis heute Abend sein? Außerdem will deine Mutter nicht aus Medellín raus. Dein Vater wird inzwischen praktisch überall gesucht. Du musst nach Kolumbien, anders geht es nicht. Das Treffen findet in Bogotá statt.«

»Was heißt Familienkonferenz?«, fragte Rupert. Ihm war natürlich klar, dass es ihm vielleicht gelingen konnte, die halbe Welt zu täuschen, aber Fredericos Vater und seine Mutter würden doch sofort merken, dass er nicht ihr Sohn war.

»Es ist einiges schiefgelaufen in der letzten Zeit, Frederico, glaub mir. Große Familien verbünden sich gegen uns. Sogar die Russen und die Tschetschenen, die sich normalerweise spinnefeind sind, schließen sich gegen uns zusammen. Da ist ein großes Ding gegen uns im Gange in Europa. Wir müssen aufpassen, dass es hier nicht genauso läuft wie in Lateinamerika. Die wollen uns rauskicken.«

Rupert gab jetzt ganz den coolen Gangsterboss. Er wollte das Tischchen vorsichtig wegstellen und dann schwungvoll aufstehen. Aber erst schwappte Kaffee ins Rührei, dann fiel die Champagnerschale in die Erdbeeren, und das Müsli klatschte aufs Kopfkissen.

Sofort war Frauke bei ihm und half ihm, halbwegs würdevoll aus dem Bett zu kommen. Er trug ein Oberteil aus weißem Samt mit großen braunen Kaffeeflecken drauf.

Kleebowski war das völlig egal. »Wir müssen nach Bogotá, Boss«, behauptete er.

Frederico sah Frauke an, dann reckte er das Kinn vor und blaffte: »Nein! Das geht nicht!«

Kleebowski lachte, als würde er die Weigerung für einen Scherz halten: »Du kommst aus der Nummer nicht raus, Frederico. Es ist eine Krisensitzung, keine Einladung zu einer Cocktailparty.«

»Ich werde hier gebraucht«, stellte Frederico klar und wischte sich den Mund ab.

Kleebowski schüttelte den Kopf: »Alle Bosse, die noch zu uns stehen, werden sich an einem Tisch versammeln. Die Rossi. Die Peacemakers und … «

Frederico unterbrach die weitere Aufzählung: »Viel zu gefährlich … «

»Häh? Was? Willst du kneifen? Erzähl mir nicht, du hättest Schiss, Boss!«

»Hab ich nicht. Ich bin nur vorsichtig. Ich muss meine Familie schützen. Wenn wir alle zusammen auf einem Haufen sitzen, ist die Gefahr eines Attentats in dieser explosiven Situation viel zu groß. Wir sollten nicht einmal zur gleichen Zeit in einem Land sein, geschweige denn in einer Stadt oder einem Haus. Selbst ein

Kontinent ist schon so eine Sache. Was glaubst du, warum ich in Europa bin und meine Eltern in ...«

Er überlegte. Ja, wo waren die eigentlich? Wo genau lag Kolumbien überhaupt?

Rupert war durcheinander. Er hatte das Gefühl, ein Fehler könnte ihn das Leben kosten. Er trat selbstsicher auf, war es aber überhaupt nicht. Vielleicht war es sein fragender, um Hilfe heischender Blick. Jedenfalls mischte Frauke sich ein, was eigentlich für eine Miet-Ehefrau ungebührlich war.

Kleebowski staunte nur noch. Ihr Vorschlag verblüffte ihn genauso wie Frederico, der darin sofort einen Ausweg sah. Einen kleinen zwar nur und einen schwer gehbaren, aber immerhin einen Ausweg.

»Warum«, fragte Frauke, »macht ihr kein Hangout?«

Für Rupert hörte sich das an wie ein amerikanisches Wort für Katerfrühstück, aber als Frederico kapierte er schon, dass es etwas mit dem World Wide Web zu tun hatte.

»Hangout?«, fragte Kleebowski, und Frauke erklärte: »Heutzutage sind Videokonferenzen doch etwas ganz Normales. Da muss man doch nicht für ein Briefing durch die halbe Welt düsen.«

Ihre Erklärung saß wie ein Treffer gegen die Kinnspitze des deckungslosen Gegners. Die Erkenntnis in ihrer monströsen Einfachheit ließ die beiden Männer geradezu angeschlagen durch den Ring taumeln.

Als wäre noch ein letzter Hieb für den Knockout nötig, setzte sie leicht, wie mit links, nach: »Das geht doch sogar per Handy.«

Frederico fing sich und spielte sofort wieder den großen Boss. Wer sich die klugen Erkenntnisse Untergebener zu eigen macht, kann sie später als seine eigenen Ideen ausgeben. Ja, sie wurden dem Chef im Laufe der Zeit fast ohne sein eigenes Zutun zugesprochen. Diesen Führungsstil hatte Rupert sich bei Politikern abgeguckt. Bei völliger Ahnungslosigkeit den einzig Wissenden zu spielen, der den Ausweg kennt, das hatte er inzwischen auch drauf.

Er richtete den Zeigefinger der rechten Hand auf Kleebo und kniff das linke Auge zu, als würde er mit dem rechten zielen. Dann feuerte er seine Worte wie Kugeln ab: »Na klar, genauso machen wir es.« Schulterzuckend fügte er hinzu: »Wie denn sonst?«

Er führte seinen Zeigefinger an seine Lippen und pustete den imaginären Qualm vom Lauf.

Kleebowski schluckte. »Bei der angespannten Sicherheitslage und dem Zeitdruck scheint das sogar der richtige Weg zu sein …«

Rupert pellte sich aus der verklebten Nachtwäsche und zog sich frische Unterwäsche an. Frauke warf seinen champagnerfarbenen Anzug für ihn aufs Bett. Der Ärmel lag nun verdächtig nah auf dem Kopfkissen am Müsli.

»In einer Krisensituation muss der Boss Ruhe ausstrahlen«, sagte sie, »Sicherheit vermitteln und allen das Gefühl geben, er habe die Dinge in der Hand und alles könne gut werden.«

»So ist es auch«, behauptete Frederico. Rupert sah sich selbst im großen Spiegel. Er hatte in der kurzen Zeit in Norden sofort zugenommen. *Gittis Grill.* Die guten Sachen von *ten Cate.* Die Buttercremetorte seiner Schwiegermutter. Die Sanddornkekse bei den Dienstbesprechungen. Das ruhige Leben hinterm Deich. Man konnte ihm all das ansehen, fand er.

Kleebowski hatte noch einen Einwand: »Es gibt Gründe, warum solche Besprechungen nie per Internet stattgefunden haben.«

Frauke beugte sich übers Bett und sammelte Brötchenreste auf. Vorsichtig zog sie Fredericos Anzugärmel vom Kopfkissen. Dann strich sie das Laken glatt.

Frederico zog sich weiter an. Niemand schien sich für Kleebowskis Bedenken zu interessieren. Er sagte es trotzdem: »Was, wenn jemand mithört, Boss? Es könnte alles aufgezeichnet oder zurückverfolgt werden.«

Frederico knöpfte sich das Hemd von unten nach oben falsch zu. Am Kragen fehlte jetzt ein Knopf. Frauke sah das, lächelte und war mit zwei anmutigen Schritten bei ihm, hauchte einen Kuss auf sein Kinn und knöpfte sein Hemd wieder auf. Während sie das tat und sich Mühe gab, dabei nicht wie eine Mutter zu wirken, die ihrem Kind beim Anziehen hilft, sondern wie eine Geliebte, die ihren Typen vernaschen will, klärte sie die Jungs auf: »Man kann es über Google machen oder über Zoom. Das ist eine App, die ich öfter benutze. Skype ist vielleicht wirklich zu unsicher, aber … «

»Das sind«, polterte Kleebowski, »amerikanische Systeme. Wenn wir Pech haben, hört sogar die CIA mit.«

Frederico genoss es, wie Frauke an ihm herummachte. Er fühlte sich dadurch so umsorgt. Er machte eine lässige Handbewegung in Richtung Kleebowski, als wären seine Bedenken nur kleine Fische für ihn und als würde er die CIA sowieso nicht ernst nehmen. »Haben wir keine eigenen Systeme?«, fragte er.

Kleebowski guckte irritiert.

Frederico erläuterte unwirsch wie ein Chef, der sich über seine dummen Mitarbeiter ärgert: »Das sind doch nur so scheiß Apps! Warum haben wir so etwas nicht? Wir haben Nachtclubs, wir haben Mohnfelder, wir haben eine eigene Armee, eigene Ärzte und Gefängnisse, aber keine Apps?«

Kleebowski schüttelte den Kopf: »Haben wir nicht, Boss.«

Frauke unterstützte ihren Frederico sofort. Ohne Kleebowski anzusehen, rief sie verständnislos kopfschüttelnd: »Ja, warum habt ihr so etwas nicht?« Dabei streichelte sie über Fredericos Bauchansatz.

Kleebowski guckte ihr die ganze Zeit auf den zweifellos schönen Po, aber das registrierte Rupert, und es gefiel ihm nicht. Als

Frederico konnte er solche Respektlosigkeiten seiner Miet-Ehe-frau gegenüber nicht zulassen. Gleichzeitig gefiel es ihm, mit dieser heißen Schnitte anzugeben. Ihre Liebe und Zuneigung werteten ihn in den Augen eines jeden Mannes auf.

»Wieso«, fragte er, »kaufen wir den Scheiß nicht einfach?«

»Google?«, entfuhr es Kleebowski.

»Ja. Ich habe gerade eine Bank gegründet, damit wir unsere Geschäfte sicher abwickeln können. Da soll es doch wohl an so einer scheiß App nicht scheitern. Das ist sicherheitsrelevant, Mensch!«

»Du willst Google kaufen?«, hakte Kleebowski nach.

»Ja. Wem gehört der Laden denn? Mach ihm ein Angebot. Eins, das er nicht ablehnen kann ...«

Kleebowski kannte den Satz, er war aber durchaus beeindruckt von Fredericos forscher Herangehensweise. Auch Frauke gefiel das. Trotzdem sah Kleebowski es als seine Aufgabe an, ihn wieder auf den Boden der Tatsachen zurückzuholen. »Du könntest ja auch gleich das ganze Internet kaufen.«

»Gute Idee«, gab Frederico ihm recht. »Gute Idee. Dann kontrollieren wir den Laden und nicht irgendwelche Amis.«

»Ja«, fragte Kleebowski, »ist das jetzt ein Auftrag, ein Befehl, oder was?« Er wirkte völlig überfordert.

»Organisiere erst mal die Konferenz, und dann frag, was Google kosten soll ...«

»Und wenn die nicht verkaufen wollen?«, erkundigte Kleebo sich vorsichtig.

Mit einer unwirschen Bewegung schickte Frederico ihn raus. »Dann mach ihnen halt Druck, verdammt nochmal!«

George und der Geier hatten eine lange Geschichte miteinander, aber verglichen mit Geier war George ein sentimentaler Hund. Er hatte zwar wesentlich mehr Menschen auf dem Gewissen als Geier und galt als ganz harter Kerl, aber George glaubte noch an Werte. Das machte ihn in Geiers Augen berechenbar und verletzlich.

George forderte nicht nur Loyalität von seinen Leuten ein, nein, er stand selbst auch zu seiner Truppe. Er gab gern den strengen, aber gerechten Vater. Freundschaften waren für ihn wichtig. Treue und Disziplin. Ja, er glaubte an Ehre, auch wenn er darunter sicherlich etwas ganz anderes verstand als Oberstudienräte, die am Gymnasium Ethik unterrichteten.

Geier glaubte an gar nichts. Er konnte Menschen gegenüber kaum positive Gefühle entwickeln. Mitleid, Hilfsbereitschaft oder gar Trauer waren ihm fremd. Er konnte sich nicht binden. An niemanden. Er fühlte sich nirgendwo zugehörig. Er pflegte Freundschaften nur, solange sie ihm nutzten. Auch Menschen, die sich eine Zeitlang als seine Freunde empfanden, hätte er jederzeit ohne Gewissensbisse für einen kleinen Vorteil verraten oder töten können.

Lange Zeit hatte er geglaubt, dass alle anderen Menschen auch so seien wie er. Dieses ganze Getue um Liebe, Freundschaft, Ehe war für ihn verlogenes Gequatsche. Die Leute im Film liebten sich doch auch nicht wirklich. Sie taten nur so, weil sie Schauspieler waren. Dazu erklang dann noch Geigenmusik aus dem Off.

Für ihn war das alles nur Kitsch. Kino. Unecht.

Selbst Hass nachzuempfinden, fiel ihm schwer. Er war höchstens mal genervt von Menschen und wollte seine Ruhe haben. Weil die Geräusche, die sie machten, ihn störten, oder ihr Geruch.

George zum Beispiel schwitzte manchmal sehr und benutzte deshalb ein Achselspray, das in Geier einen Brechreiz auslöste, den er nur schwer unterdrücken konnte. Mit Georges Zähnen stimmte auch etwas nicht. Er roch manchmal säuerlich aus dem Mund. Sein Atem hatte etwas Verfaultes an sich, so als würde er innerlich bereits verwesen. Vielleicht waren es gar nicht die Zähne, sondern seine verrottenden Innereien.

Der Geier hatte für George gearbeitet, aber die Kontakte immer auf ein erträgliches Minimum reduziert. Geier war nicht gerade ein geselliger Typ. Am liebsten war es ihm, wenn Charlie das Gequatsche mit den Auftraggebern übernahm und die geschäftliche Seite abwickelte. Sollte er sich doch ruhig ein gehöriges Stück vom Kuchen abschneiden. Hauptsache, Geier konnte ihm diese schreckliche Kontaktpflege überlassen. Wenn es nach Geier gegangen wäre, hätte er nur den Wald gebraucht, den Fluss und natürlich seinen Keller.

Jetzt hatte er George am Handy. Immerhin, beim Telefonieren musste er ihn weder sehen noch riechen.

George sprach so, als wäre Geier ihm noch etwas schuldig. Als wäre zwischen ihnen eine Rechnung offen. Aber alles, was früher gewesen sei, spiele angesichts der neuen Situation praktisch keine Rolle mehr, betonte George. Er wollte nur noch eins: diesen Frederico Müller-Gonzáles.

Am liebsten hätte George die ganze Familie ausgerottet. Sein Hass auf Frederico brannte so heiß, dass er bereit war, alles zu opfern, was er sich im Laufe der Jahre aufgebaut hatte, nur um seine Rache zu befriedigen.

Geier nahm ihm das nicht wirklich ab. War nicht auch ein Teil Berechnung dabei? Wollte er Frederico Müller-Gonzáles fertigmachen, um dann seine Organisation zu übernehmen?

Geier kannte so ein Vorgehen. Wer den Kopf einer Bande tötete, wurde vom Rest der Gruppe gern als neuer Boss anerkannt. Ja, bei einer Motorradgang aus dem Ruhrgebiet war es noch vor knapp einem halben Jahr genauso gelaufen.

In diesem Fall konnte sich George dabei aber auch mächtig verspekulieren, denn der Gonzáles-Familienclan war keine Rockerbande. Die hatten militärische Strukturen, und Geier bezweifelte, dass Frederico der einzige Kopf des Drachen war. Da gab es immerhin auch noch seinen Vater, seine Mutter und ein paar ranghohe Offiziere.

Für Frederico Müller-Gonzáles interessierte Geier sich nicht im Geringsten. Er sagte das auch ganz klar: »Such dir einen anderen Hitman. Charlie kann dir Scharfschützen vermitteln, die den Kronprinzen ausknipsen. Das ist doch überhaupt kein Problem.«

Aber George hatte ganz andere Pläne. Er lachte hämisch: »Ich will ihn leiden sehen! So richtig, verstehst du? Schnapp dir seine junge Frau, diese Madonna Rossi, und schneid sie in Stücke. Danach seine Mutter. Ich will, dass alle sterben, die ihm etwas bedeuten. Alle! Er soll heulen und jammern. Er soll sich wünschen, tot zu sein. Wenn wir ihn so weit haben, dass er versucht, sich selbst umzubringen, dann hoffe ich, dass wir ihn retten können, um sein Leiden zu verlängern, kapierst du?«

Geier gestand sich ein, dass dies eine durchaus reizvolle Idee war. Er wollte sich eh wieder eine Neue holen. Warum also nicht Fredericos Frau?

Er kannte sie nicht, aber er konnte sich vorstellen, dass Frederico einen guten Frauengeschmack hatte. Sie musste ihm auch gefallen. Er wollte nicht irgendeine, nein, das machte keinen Spaß. Er hatte Ansprüche.

George wusste, wie ungern Geier international operierte. Sein Jagdrevier war Deutschland. Mit Mühe, Überredungskünsten und viel Geld konnte man ihn vielleicht dazu bewegen, einen Job im alten Europa zu erledigen, aber mehr war nicht drin. Geier hatte die Globalisierung nie verstanden oder nur als lästig empfunden. Er hasste es, zu verreisen. Er hatte mehr von einem Grottenolm als von einem Geier, fand George. Dieser ständige Rückzug, dieses ewige Versteckspiel, dieses Sich-unerreichbar-Machen gingen George ganz schön auf den Sack, und das sagte er auch deutlich.

Er wollte die Leute in seinem Team jederzeit erreichen können. Vierundzwanzig Stunden am Tag. Sieben Tage die Woche. Da stellte niemand sein Telefon ab. Da machte keiner Urlaub. Da schlief jeder in Alarmbereitschaft, mit dem Handy neben dem Kopfkissen und der Knarre darunter.

Aber Geier nahm sich das Recht heraus, nicht ans Handy zu gehen oder auch die Nummer zu wechseln und niemanden darüber zu informieren. Geier meldete sich, wenn er es für richtig hielt. Er gehörte im Grunde nie irgendwo zu einem Team, egal ob er jahrelang auf der Gehaltsliste stand oder nicht. Vielleicht trug all das auch dazu bei, aus ihm einen so gefürchteten Mann zu machen. Es waren nicht allein die Morde. Nicht nur die Foltermethoden. Nicht seine Erfolgsquote, wenn es darum ging, Leute zum Sprechen zu bringen. Nein, es war der Mythos des Unerreichbaren, ja Unsichtbaren. Ein gespensterhafter Nimbus umgab ihn. Er war wie eine Figur aus einem Horrorfilm, einem Freddy Krueger ähnlicher als einem realen Menschen, und genau deshalb wollte George ihn für diesen Job haben. Er war der Mann, der Angst und Schrecken verbreiten konnte wie kein anderer. Und zwar in Polizei- und in Gangsterkreisen.

»Alle glauben«, fuhr George komplizenhaft fort, »dass die kleine Rossi sich in Argentinien aufhält und bei irgend so einem scheiß Flamencowettbewerb mitmacht.«

»Aber das stimmt nicht?«, fragte Geier und ärgerte sich, weil George jetzt glaubte, dass er angebissen hatte.

»Sie ist in good old Germany. Ich glaube«, George kicherte wie ein Schulmädchen, »sie will ihren Frederico mit einem Besuch überraschen.«

»Das gefällt mir«, behauptete Geier, klang aber wenig erfreut.

»Sie ist gestern in Frankfurt gelandet und hat sich ein Zimmer in der *Villa Orange* gemietet.«

»Nicht im *Hessischen Hof*?«, fragte Geier nach.

»Nein, sie liebt es wohl eher bodenständig.«

Ein bisschen unwillig stimmte Geier zu: »Okay. Ich hol sie mir.«

»Wenn du sie hast, bekommt sie deine beste Spezialbehandlung. Ich will, dass du Videos machst, die ich ihm zeigen kann, und ich will Einzelteile, die an ihn verschickt werden. Er ist im Moment im *Savoy* in Köln. Sie wollte ihn ja sowieso dort besuchen. Wird sie ja jetzt auch machen. Stückchenweise.«

Diese Suite hatte etwas von einem Serail. Für Rupert fühlte es sich an, als würde er in einem Harem wohnen. Das waren keine einfachen Räume. Das waren Gemächer, die lustvolle Phantasien beflügelten. Jedes Zimmer ein Hohngelächter auf den Alltag in funktional eingerichteten Büros.

Hier zu leben, bedeutete für ihn, jede langweilige Spießigkeit hinter sich zu lassen. Alles wurde auf eine unwirkliche Art leicht. Es war, als würde dieses Hotel eine eigene Wirklichkeit kreieren, wie eine von guten Szenenbildnern ausgestattete Filmkulisse.

Kleebowski und Frauke stellten in der Suite einiges um. Gemeinsam deckten sie ein recht freizügiges Bild ab. Es sollte bei der Videokonferenz nicht gleich zu erkennen sein, wo Frederico sich aufhielt.

Ihr Sohn vor dem Fenster mit Blick auf den Dom – das hätte Fredericos katholischer Mutter vermutlich sehr gut gefallen. Aber der Rest der Suite eher nicht.

Rupert übte im Bad vor dem Spiegel noch ein wenig den Frederico Müller-Gonzáles. Angeblich sprach der Kerl ja fünf Sprachen fließend. Rupert würde es einfach mit Deutsch versuchen. Sein Vater, Harm Müller, war ja aus dem Hamburger Rotlichtmilieu, falls Rupert sich richtig erinnerte.

Er sprach sich selbst Mut zu: »Du schaffst das, Alter! Du schaffst das!«

Er hatte Mühe, sich selbst zu glauben.

Er betrat den vorbereiteten Konferenzraum wie eine Schlachtbank. Seine Knie zitterten, was ihm echt peinlich war.

Kleebowski und Frauke hatten für einen seriösen Hintergrund gesorgt und sogar noch ein Glas Wasser für ihn neben die Computertastatur gestellt. Frauke bemerkte Ruperts Zögern und zupfte seine Kleidung zurecht: »Wir werden uns links und rechts von dir aufhalten«, schlug sie vor, »also praktisch unsichtbar sein für die anderen, aber nicht für dich.«

Das wäre mir jetzt auch am liebsten, dachte Rupert, unsichtbar sein.

»In fünf Minuten beginnt die Besprechung«, mahnte Kleebowski. Er wusste, wie sehr Frau Gonzáles auf Pünktlichkeit achtete. Sie zu ärgern, war unklug.

»Wer wird alles dabei sein?«, fragte Rupert. Seine Stimme hörte sich brüchig und wenig energisch an. Ein Gangsterboss, fand Frauke, sollte anders klingen.

»Ich glaube«, sagte Kleebowski, »Mai-Li und Charlotte wollten sich zuschalten, aber im Grunde habe ich keine Ahnung, wer genau alles zum inneren Kreis dazugehört. Ich weiß nur eines: Es brennt, Chef! Es müssen Entscheidungen getroffen werden. Wir müssen handeln. Ich beneide dich gerade wirklich nicht, Boss.«

»Aber ich will, dass du eins weißt – egal, was passiert, ich halte zu dir«, versprach Frauke.

»Ich natürlich auch«, versicherte Kleebowski.

Für Rupert hörte sich das fast so an, als wäre Frauke auch bereit, ohne fürstliche Bezahlung seine Miet-Ehefrau zu bleiben. Machte sie sich gar Hoffnungen auf mehr?

Sie schaltete den Computer ein und rief die Seite auf. Kleebowski schob Rupert den Stuhl passend hin.

Auf dem Bildschirm erschien der Text: *Außer dir ist niemand da.*

»Na klasse«, sagte Rupert und wollte sich schon wieder erheben, doch Kleebo deutete ihm aus zwei Metern Entfernung an, er solle besser sitzen bleiben.

Das Bildchen eines Drachen erschien, und eine weibliche Stimme, die sich rau und verlebt anhörte, krächzte: »Da bist du ja, mein kleiner Liebling! Endlich sehe ich dich mal wieder. Ich habe mir solche Sorgen um dich gemacht! Mein Gott, du hast ja schrecklich abgenommen! Und diese Ränder unter deinen Augen! Geht's dir gut, Chiquillo?«

Rupert klickte mit einer schnellen Bewegung die Kamera weg.

»Mama! Mama«, rief er gespielt aufgeregt, »ich kann dich nicht sehen! Geht es dir gut?« Er stöhnte: »Oje, oje, ich verstehe nichts, ich höre nichts, die Verbindung ist gestört … Was für ein stümperhafter Mist! Wer hat das denn gemacht?«

Er schaltete den Computer aus.

Kleebo sah ihn irritiert, ja verzweifelt an: »Was soll das? Du kannst doch nicht einfach so die Konferenz unterbrechen!«

Rupert wandte sich an Frauke: »Ich sehe sie nur als Drachen. Sehr passend übrigens … Aber wieso kann sie mich sehen, wenn für mich nur dieses Bildchen erscheint?«

»So ein Hangout«, erklärte Frauke ganz langsam und ruhig, als müsste sie jedes Wort sorgfältig wählen, »ist auch als reine Audiokonferenz nutzbar. Man kann ein Symbol wählen, ein Foto einblenden oder…«

»Und warum sagt ihr mir das erst jetzt?«, beschwerte Rupert sich.

Frauke entschuldigte sich: »Ich wusste nicht, dass es wichtig für dich ist. Du siehst doch, wie sehr deine Mutter sich freut, dich zu sehen.«

»So, findest du?«, stöhnte Rupert.

»Ja, gönn ihr das doch. Sei ein guter Sohn!«

Kleebowski verstand überhaupt nicht, worum es ging. Er versuchte erneut, auf den Ernst der Situation aufmerksam zu machen: »Boss, uns brennt die Hütte! Jetzt ist Führung gefragt. Deine Führung! Zeig uns, wo es langgeht!«

Rupert räusperte sich und fuhr sich mit dem Handrücken über die Lippen. »Also gut, verbindet mich wieder. Aber ich will auch nur als Symbol erscheinen. Sie müssen mich doch nicht sehen.«

Frauke war sofort da, um das zu erledigen. Sie fragte: »Was für ein Bild soll denn erscheinen?«

»Ein Arsch mit Ohren«, schlug Kleebowski vor und erschrak über seinen eigenen Witz. Es gab Bosse, die hätten ihn für so eine Unverschämtheit liquidieren lassen, doch die letzte Zeit an Fredericos Seite gab Kleebo das Gefühl, in ihm einen wirklichen Freund gefunden zu haben.

Der Bildschirm baute sich flackernd neu auf. Mai-Li erschien in Übergröße. Die dicke Schminkschicht aus Puder, mit der sie die Falten in ihrem Gesicht zugekleistert hatte, war durch die trockene Luft rissig geworden. Ihre Wangen und die Partie um den Mund erinnerten Rupert an in der Hitze aufgeplatzten Straßenasphalt auf der A27 bei Achim.

Die Mutter war weiterhin nur als Drache zu sehen, aber dafür zeigte sich Harm Müller mit sorgenvollem Gesicht. Der Bildschirm flackerte mehrfach.

»Es ist eine kluge Überlegung von dir, mein Sohn, dass wir uns in diesen Tagen nicht alle gemeinsam irgendwo zur Zielscheibe machen ... Du schätzt das schon richtig ein. Das war ein konsequenter Schritt«, lobte er Frederico.

Mai-Li forderte hart: »Aber jetzt müssen Nägel mit Köpfen gemacht werden. Die Düsseldorfer schmieden ein großes Bündnis gegen uns, und sie haben schon die Russen im Boot und die Tschetschenen.«

»Wir dürfen jetzt nicht nervös werden«, mahnte Rupert. Kleebowski, der am Fenster stand, zeigte ihm den erhobenen Daumen.

»Die Szene ist völlig ausgetrocknet. Sie haben kein Heroin mehr, kein Koks. Sie sind bereit, jeden, wirklich jeden Preis zu zahlen. Warum, Frederico, gibst du ihnen nicht, was sie wollen? Für einen Straßenverkaufswert von einst hundert Millionen legen die jetzt gleich zweihundert Millionen auf den Tisch. Mach den Deal, Junge, dann ist Ruhe«, forderte Mai-Li.

»Ja«, bestätigte Fredericos Vater, »wenn die erst wieder genug Stoff zum Dealen haben, dann kümmern die sich nicht mehr um uns. Dann machen die ihre Geschäfte – und wir wieder unsere.«

Der Bildschirm flackerte, dann wurde plötzlich oben links Charlotte eingeblendet. Ihre mondäne Frisur füllte fast das ganze Bild aus. Sie schüttelte ihre Haarpracht und behauptete: »Die wollen den Preis drücken, deswegen tun sie sich zusammen. Die wollen gemeinsam einkaufen, statt sich weiterhin gegenseitig zu überbieten. Wir dürfen wirklich nicht mehr allzu lange warten, Frederico.«

Mama Gonzáles mischte sich heiser ein: »Wir müssen ein großes Konsortium verhindern. Teile und herrsche, das ist die Devise, Chiquillo. Du darfst nicht alles an einen verkaufen. Lass auch keine Preisabsprachen zu. Gib ihnen den Stoff nur in kleinen Häppchen, für zehn, höchstens zwanzig Millionen, hörst du? Sie müssen hungrig bleiben. Nur hungrige Kunden sind gute Kunden.«

»Verdammt, das sind keine Kunden, das sind selber Drogendealer«, wandte Rupert ein. Hart fügte er hinzu: »Das sind unsere Konkurrenten!«

»So spricht man nicht mit seiner Mutter!«, wies der Vater ihn zurecht, und Mai-Li ermahnte ihn: »Für uns sind sie Kunden, nichts weiter. Wir liefern, und sie zahlen. So wird es noch lange bleiben.«

Charlotte lachte: »Wir lassen sie eine Weile Geschäfte machen und zappeln, dann nehmen wir ihnen den Rest vom Stoff wieder ab und verkaufen ihnen alles erneut.«

Fredericos Mutter hustete ungesund und klang fast wie ein bellender Hund, obwohl sie sehr salbungsvoll sprechen wollte: »Du bist jetzt der Herrscher der Welt, Frederico.«

»Okay«, sagte Rupert, »kleine Päckchen, zehn, zwanzig Millionen höchstens. Ich teile es unter ihnen auf und werde keine Absprachen akzeptieren.« Er schielte zu Frauke, als er stolz die Meinung seiner Mutter bestätigte: »Wir bestimmen, wie der Hase läuft.«

»Das war's. Länger sollten wir die Verbindung nicht aufrechterhalten«, erinnerte Mai-Li an Spielregeln, die sie vorher gar nicht festgelegt hatten.

Rupert war es recht. Er verabschiedete sich höflich, dann erst stellte er fest, dass er klatschnass geschwitzt war.

Kleebowski war gar nicht zufrieden. Er tigerte durch den Raum und sagte: »Sie wissen es noch gar nicht. Verdammt, sie wissen es noch gar nicht.«

»Was?«, fragte Rupert.

Kleebowski sah zu Frauke. Er war immer noch der Meinung, dass die Dinge nicht für ihre Ohren bestimmt waren und Frederico viel zu vertrauensvoll mit ihr umging. Aber er fügte sich seinem Chef. »Dass uns der Stoff gestohlen wurde ...«

»Was?«

Kleebowski erhob wütend die Faust: »Es war ein abgekartetes Spiel in Oldenburg. Sie sind vor der Verbrennungsanlage vorgefahren, haben behauptet, in deinem Auftrag zu handeln. Sie haben zwölf Zentner Heroin und eine Menge Koks auf ihren Lkw geladen – ich bin mir nicht mal sicher, wie viel Koks. Mit der Buchführung haben sich unsere Leute nicht viel Mühe gegeben. Da müssen wir auch mal aufräumen!«

»Und was heißt das jetzt?«, fragte Rupert.

Kleebowski zeigte jetzt seine offenen Handflächen. »Zunächst mal haben wir dich nicht erreicht. Wir wussten nicht, ob die wirklich in deinem Auftrag handeln oder nicht. Ich hab es von Anfang an nicht geglaubt, ich dachte: Heißt das, ich bin draußen? Willst du mit mir nicht mehr arbeiten? Machst du jetzt Dinge ohne mich? Langsam, aber sicher sickerte dann durch, dass die Türken wieder genug Stoff haben und sogar was an die Russen verkaufen. Der Markt wird gerade echt neu verteilt, Frederico, und wir sind ganz schön am Arsch. Du wirst den eigenen Leuten erklären müssen, wo der Stoff geblieben ist, der in deinem Namen abgeholt wurde.«

Rupert haute mit der Faust auf den Tisch, dass der Laptop hochhopste. »Kann man nicht mal ein paar Tage Urlaub machen, ohne dass gleich zentnerweise Stoff geklaut wird?«

Kleebowski befürchtete, das Ganze könnte sich jetzt gegen ihn richten. Er begann, sich zu rechtfertigen: »Ich habe zunächst mal Zürich gesichert. Immerhin haben wir da ja noch eine Verbrennungsanlage. In unserem Schweizer Domizil lagert noch mehr Stoff, als wir in Oldenburg gehortet hatten. Meine besten Jungs sind da, und die lassen sich nicht so leicht übers Ohr hauen.«

»Sind wir«, fragte Frauke, und Kleebowski registrierte genauso

65

wie Rupert, dass sie »wir« sagte, als würde sie bereits zur Familie gehören, »in Oldenburg von den eigenen Leuten betrogen worden?«

Kleebo hob und senkte die Schultern. »Es war eine Art Trickbetrug, so wie ein Taschenspielertrick, verstehst du? Es sah alles nach einer ganz normalen Transaktion aus.«

Die Klamotten klebten an Rupert. Er wusste, dass er handeln musste, aber die Dienstvorschriften halfen ihm jetzt nicht viel weiter.

»Ich dachte, dass deine Familie es dir sagt, aber die haben ja noch keine Ahnung. Du musst alle, die damit zu tun hatten, liquidieren«, schlug Kleebowski vor.

Rupert erschrak, doch Frauke nickte, als wäre das die einzig mögliche Konsequenz.

»Ja, wen denn? Ich weiß doch gar nicht, wer es war«, entfuhr es Rupert, doch Kleebowski lächelte: »Das nicht. Aber alle unsere Leute, die in Oldenburg dafür zuständig waren, solltest du liquidieren. Und zwar persönlich. Einer von ihnen wird dir dann flüstern, wo unsere Ware ist, und dann holen wir sie uns zurück.«

Rupert wollte einwenden, dass die eigenen Leute ja möglicherweise wirklich hereingelegt worden waren, aber ihm war klar, dass das der Einwand eines ostfriesischen Polizisten war, oder zumindest der eines netten Familienpapis. Ganz sicher aber war es keine Meinung, die man in der Gonzáles-Familie vertreten konnte. Wem zwölf Zentner Heroin gestohlen worden waren, der war entweder so blöd, dass er sterben musste, oder ein Verräter.

»Ich will«, sagte Rupert, »eine Nacht drüber schlafen. Keine Hektik.«

Frauke sah das sofort ein. Sie winkte Kleebo zu sich heran wie einen Dienstboten und flüsterte dann: »Sind wir hier sicher?«

»Wo ist man in diesen Zeiten schon sicher?«, antwortete Kleebowski und rückte jetzt mit dem raus, was ihn schon die ganze Zeit bedrückte: »Da wir schon mal dabei sind – Boss, tut mir leid, ich kann dir das nicht ersparen …«

»Was?«, fragte Rupert und griff sich zum Magen. Langsam spürte er einen Druck in den Gedärmen.

Kleebowski stellte Frauke bloß: »Wen hast du im Zoo getroffen und dann ein zweites Mal im *Café Reichard*?«

»Du lässt mich beschatten?«, fragte sie.

»Natürlich«, antwortete Kleebowski und schielte zu Frederico, als erwarte er dafür ein Lob von ihm.

Frauke reckte sich und gestand: »Meinen Ex, den erbärmlichen Jammerlappen. Er will, dass ich zu ihm zurückkomme.«

»Na, du musst ja eine ganz scharfe Schnitte sein«, grinste Kleebowski.

»Stimmt«, sagte Rupert, »ist sie. Aber bitte rede nicht so mit ihr. Ich mag das nicht.«

Kleebowski drehte sich um. Er äffte Frederico nach: »Ich mag das nicht …« Für heute hatte Kleebowski genug. Er beschloss, an die Bar zu gehen und sich zu betrinken.

Ann Kathrin Klaasen sah auf ihre Armbanduhr. Sie war stehengeblieben. Sie schüttelte die Hand, aber der Sekundenzeiger bewegte sich nicht mehr. Diese Uhr hatte sie von ihrem Vater. Sie trug sie nicht oft. Manchmal lag sie wochenlang in einer Schachtel im Wohnzimmer. Aber dann wieder, meist im Frühling oder im Sommer, trug sie sie gern. Sie war eine Erinnerung an einen Mann, der immer wusste, wann es fünf vor zwölf war, dachte sie. Und jetzt, so fand sie, war es fünf vor zwölf, wenn nicht sogar bereits zwei vor zwölf.

Sie verließ den Distelkamp Nummer 13 und ging die Straße runter zum Haus Nummer 1. Diesmal leider nicht, um dort ihre Freundin Rita Grendel zu besuchen. Ein zwangloses Stündchen mit Rita bei dem tollen Wetter im Garten hätte Ann Kathrin bestimmt gutgetan. Sie musste dringend wieder mal die Seele baumeln lassen.

Die Sehnsucht, auf eine Insel zu fahren, einfach auf dem Fahrrad zu sitzen oder aufs Meer zu schauen, wurde übermächtig in ihr. Mehrfach am Tag schloss sie die Augen und versetzte sich kraft ihrer Erinnerung an ihre einsame Lieblingsstelle am Deich oder nach Juist oder auf den Balkon von Ubbo Heides Ferienwohnung auf Wangerooge. Egal, wohin sie sich träumte, Hauptsache an einen Ort mit unverbautem Meerblick, ohne Autoverkehr.

Im Büro gab sie sich solchen Tagträumen immer wieder hin. In Besprechungen konnte das manchmal peinlich werden. Die anderen spürten ihre Abwesenheit. Am Steuer ihres Dienstwagens war es lebensgefährlich.

Jetzt, da sie geklingelt hatte und hörte, dass die Leitende Kriminaldirektorin Liane Brennecke zur Tür kam, schloss Ann Kathrin noch einmal kurz die Augen. Sie hatte das Gefühl, auf der Fähre zu stehen und sich Norderney zu nähern. Sie spürte den Wind in den Haaren. Sie hörte die Möwen schreien. Sie roch die metallisch-salzige Meerluft.

Liane Brennecke öffnete und sah in das Gesicht einer Frau, die kurz davor war, von der Fähre zu steigen, um ihren Inselurlaub zu beginnen.

Ann Kathrin wurde mit einem kurzen »Moin« sofort wieder professionell. »Ich muss mit Ihnen über Rupert reden.«

Liane Brennecke ging voran. Auf dem Tisch oben standen nach dem Treffen mit Rupert noch der angeschnittene Baumkuchen, Ritas selbstgemachter Eierlikör und die Flasche Klarer. Aber er war nicht eisgekühlt. Anns fachkundigem Blick entging nicht, dass der Flasche die typische weiße Eisschicht fehlte, von der ihr toter Vater gern gesagt hatte: *Morgens auf der Autoscheibe ärgerlich, abends auf der Doornkaat-Flasche unverzichtbar.*

Die Ferienwohnung roch nach frischen Erdbeeren. Liane Brennecke benutzte einfach zu viel von diesem Parfüm. Der eigentlich angenehme Duft war zu aufdringlich, fand Ann Kathrin. Kein Wunder, dass Liane in Gangsterkreisen *Strawberry* genannt wurde.

Ann Kathrin fragte sich, ob es niemanden gab, der ihr das sagen konnte. Für genau so etwas hatte man doch Freunde, Vertraute oder auch Arbeitskollegen. Aber ab einer bestimmten beruflichen Position gab es nicht mehr viele Leute, die einem solche Dinge frei ins Gesicht sagten. Dann brauchte man echte Freunde oder aber Verwandte. Menschen, die es gut genug mit einem meinten, um auch mal respektlos zu werden.

Sie fragte sich, ob sie solche Menschen in ihrer Nähe hatte. Wer würde es mir sagen, wenn meine Frisur eine Katastrophe ist, wenn ich aus dem Mund rieche oder einen Popel an der Nase kleben habe?

Aber jetzt wollte sie sich mit solchen Kleinigkeiten nicht aufhalten. Sie stellte sich näher an das gekippte Fenster. Der Nordwestwind brachte frische Nordseeluft mit sich.

»Liebe Frau Brennecke«, begann Ann Kathrin bewusst freundlich und ruhig, »ich hoffe von Herzen, dass es Ihnen besser geht und dass Sie die schrecklichen Ereignisse verarbeiten können …«

Liane Brennecke reagierte gereizt, ja fast aggressiv: »So etwas kann man weder verarbeiten noch vergessen! Man findet sich auch nicht damit ab, Frau Klaasen. Man schläft damit ein, und man wacht damit wieder auf.«

»Sie sollten sich eine Auszeit nehmen. Sie brauchen professionelle Hilfe. Sie sind einfach sofort wieder in die Arbeit eingestiegen, statt … «

Liane Brennecke unterbrach Ann Kathrin barsch mit einem wütenden Blick. »Sind Sie gekommen, um mir das zu sagen?«

Ann Kathrin überlegte noch. Sie rang mit dem richtigen Satz, der nicht zu sehr nach Verteidigung, aber auch nicht nach Angriff klang. Es war, als würde Liane Brennecke diesen ungeschützten Moment des Innehaltens ausnutzen, um noch schnell eine klare Grenze zu ziehen. Sie klang vorwurfsvoll, weil sie selbst mit Vorwürfen rechnete: »Sie würden es doch genauso machen, Frau Klaasen. Sie lösen doch auch jedes private Problem, indem Sie sich in die Arbeit stürzen, stimmt's? Dann tut doch alles ein bisschen weniger weh, weil man das Gefühl hat, dass es noch Dinge gibt, die man beeinflussen kann, oder?«

Ann Kathrin stellte die Blumenvase weg und öffnete das Fenster ganz. Sie sah Rita unten im Garten. Sie setzte sich aufs Fensterbrett. Mit dem Wind im Rücken fühlte sie sich schon besser. Ihre Haare flatterten in den Raum, als wollten sie davonfliegen.

»Ja«, sagte Ann Kathrin, »vielleicht sind wir uns in der Frage sehr ähnlich. Aber deshalb bin ich nicht hier.«

»Sondern?«

»Ich wollte Sie bitten, Rupert abzuziehen. Er ist extrem gefährdet. Es wurde bereits eine Kopfgeldprämie auf Frederico Müller-Gonzáles ausgesetzt.«

Liane Brennecke winkte ab. »Ach, das ist ein Bluff, das hat George nur gemacht, um ihn zu beleidigen. Damit soll er gedemütigt werden, nichts weiter. Sie wollen ihn nicht töten. Sie brauchen ihn lebendig.«

Ann Kathrin sprang vom Fensterbrett und trat fest auf. »Unser Rupert ist nicht Ihre Schachfigur, Frau Brennecke! Sie führen einen persönlichen Rachefeldzug – das kann ich sogar gut nachvollziehen. Aber wir wollen, dass dieser unverantwortliche Unsinn aufhört.«

Liane Brennecke zog die Augenbrauen hoch: »Wir?«

»Ja, meine Kollegen und ich.«

Liane Brennecke suchte für das, was sie zu sagen hatte, eine günstige Position im Raum, wie eine Schauspielerin, die auf der Bühne sichergehen will, von allen Zuschauern gesehen und gehört zu werden: »Ihr Rupert ist ein erwachsener Mann. Sie treten hier aber auf wie seine Erziehungsberechtigte. Er weiß genau, was er tut, Frau Klaasen. Und er macht seinen Job verdammt gut. Ja, er spielt mit hohem Risiko, aber er erhofft sich auch einen hohen Gewinn. So ist das immer. Risiko und Gewinn stehen in einer Relation zueinander.«

»Was haben Sie ihm versprochen?«, wollte Ann Kathrin wissen. »Dass Sie seinen Geburtsort im Ausweis ändern lassen?« In ihrem Blick lag unverhohlener Spott.

»Sie unterschätzen Ihren Kollegen, Frau Klaasen. Mir kommt es ein bisschen so vor, als würde es Ihnen schwerfallen, hier nicht mehr die unumstrittene Nummer eins zu sein. Ist das Ihr Problem?«

»Was?«, empörte Ann Kathrin sich.

Liane Brennecke lächelte süffisant. »Wenn er mit seiner Aktion Erfolg hat, wird das der größte Schlag gegen das organisierte Verbrechen, der je in Europa geführt wurde. Wir misten mit seiner Hilfe den Laden so richtig aus. Und diesmal kassieren wir nicht nur ein paar kleine Straßendealer ein, sondern nehmen die ganz großen Bosse hopp. Und Sie wissen genau, wie gut Ihr Kollege Rupert ist. Er stand hier in Ostfriesland nur in Ihrem Schatten und konnte nie zeigen, was er wirklich draufhat. Jetzt ist seine große Stunde gekommen. Er nutzt seine Chance. Machen Sie ihm das nicht kaputt, Frau Klaasen.«

Ann Kathrin hatte daran schwer zu kauen. Sie tippte auf ihre Uhr. »Wissen Sie, Rupert ist wie meine stehengebliebene Armbanduhr. Zweimal am Tag zeigt sie die richtige Zeit an. Wenn ich dann draufgucke, denke ich, sie tickt richtig. Das stimmt aber nicht.«

Liane Brennecke zeigte energisch zur Tür und verabschiedete Ann mit den Worten: »Ganz im Gegensatz zu Ihnen weiß Ihr Kollege Rupert genau, wem die Stunde geschlagen hat …«

Ann Kathrin ließ sich in Richtung Tür abdrängen, zitierte dabei aber aus dem Kopf Hemingway: »Versuche nie, zu wissen, wem die Stunde schlägt. Vielleicht schlägt sie dir selbst.«

Liane Brennecke verzog den Mund: »Sehr theatralisch, Frau Klaasen. Und auch fast richtig zitiert.«

Rupert stand mit Frauke am Fenster. Sie sahen auf den Dom. Es war eine eigenartige Stimmung zwischen ihnen. Sie verharrten in fast religiöser Andächtigkeit. Sie waren beide nackt, und es hatte etwas Zwangloses an sich, so als würden sie sich gegenseitig zeigen, wie sie wirklich waren, ohne Masken, ohne Lügen, ohne Tricksereien.

Sie standen barfuß auf einem Teppich. Unter ihren Fußsohlen fühlte der Teppich sich an wie frisch gemähtes Gras, und so roch es auch in dieser Suite, fand Rupert. Irgendwie so, als wären sie nicht in einem Hotel in der Kölner Innenstadt, sondern als stünden sie auf einer Waldlichtung.

Sie sagte es ruhig, ohne ihn anzusehen. Sie guckte weiterhin zum Dom, als ginge von dort irgendeine unbegreifliche Faszination aus. Sie hielt Rupert bei der Hand: »Wir sind ein bisschen wie Hänsel und Gretel, die sich im Wald verlaufen haben.«

Rupert schielte zum Spiegel und betrachtete dort ihr Bild.

Stimmt, dachte er und hoffte, dass die böse Hexe nicht bald kommen würde, um sie zu mästen. Oder war dieses Hotel schon der Käfig, und der Ofen, in dem sie geröstet werden sollten, wurde bereits angeheizt?

Er versuchte, sich ganz genau an den Ausgang des Märchens zu erinnern. Es war alles schon so lange her, aber seine Oma aus dem Ruhrgebiet hatte es ihm, wenn sie zu Besuch in Norden war, oft zum Einschlafen erzählt. Im Nachhinein betrachtet, hatte sie ihn immer mit gruseligen Gutenachtgeschichten erschreckt. Es waren mehr Bösenachtgeschichten als Gutenachtgeschichten gewesen. Zunächst ließen sie ihn nicht einschlafen, und später bescherten sie ihm böse Träume.

Er hatte die Oma eigentlich als nette Frau in Erinnerung, aber er fragte sich jetzt, warum sie so gerne und ausführlich darüber gesprochen hatte, wie Leute zerhackt oder verbrannt wurden. Wie die reinste Horror-Oma kam sie ihm plötzlich vor.

»Die Frage ist«, sagte er sanft und streichelte über Fraukes Rücken, »werden wir am Ende nicht nur gemästet, sondern auch gefressen?«

»Oder befreien wir uns und finden den Weg nach Hause?«, ergänzte sie.

Sie schwiegen eine Weile, und Rupert bekam eine Gänsehaut. Die Klimaanlage funktionierte prächtig. Ihm war nicht wirklich kalt. Er spürte nur so einen Luftzug am Rücken.

Er wollte mit Frauke unter die Bettdecke oder in den Whirlpool, aber sie zog es vor, einfach dazustehen und auf den Dom zu schauen.

»War das wirklich dein Ex?«, fragte er.

»Ja«, sagte sie nach einer langen Bedenkzeit, so als wisse sie nicht mehr genau, wer ihr Ex gewesen war. »Lass uns immer ganz ehrlich zueinander sein, Frederico.«

Das war ein guter Satz von einer Frau, die sich ihm als Chantal vorgestellt hatte und deren richtigen Namen er gar nicht kannte. Den Namen Frauke hatte er ihr gegeben, und sie war sofort bereit gewesen, ihn anzunehmen.

»Klar«, versicherte er, »Ehrlichkeit ist in einer Beziehung das Wichtigste.«

Es musste aus dem Mund eines Undercoveragenten wie ein Witz klingen, dachte er.

Aber so hörte es sich für sie nicht an. Sie gab zu bedenken: »Ich habe ein paar Sachen mitbekommen, die ich besser nicht wissen sollte, oder?«

Er brummte nur: »Hm.« So machte es Ann Kathrin Klaasen manchmal, und es hatte ihn immer verunsichert.

»Es gibt im Grunde nur zwei Sorten von Partnerinnen. Die, die von nichts etwas wissen wollen«, sie hielt sich demonstrativ erst die Augen und dann die Ohren zu, »oder die, die alles ganz genau wissen wollen.«

»Und du gehörst zur zweiten Sorte, stimmt's?«

»Eigentlich nicht. Es war mir immer egal, mit wem mein Ehemann auf Zeit seine Geschäfte machte. Um es deutlich zu sagen, es hat mich einen Scheiß interessiert, Frederico. Aber bei dir ist das anders. Ganz anders …«

»Warum?«, fragte Rupert. Er sah sie dabei nicht misstrauisch an, sondern wissbegierig.

Sie rang damit, es wirklich auszusprechen. Für einen Moment sah es aus, als würde sie es doch lieber für sich behalten, aber dann sagte sie: »Weil du mir etwas bedeutest.«

Rupert schluckte. War das eine Liebeserklärung? Sie konnte Sachen sagen wie Beate, da fühlte er sich besonders und richtig, ja, gemeint. Er selbst war in so etwas nicht so gut, sondern eher unbeholfen, das wusste er. Er flüsterte: »Du mir auch.«

Das war zwar ostfriesisch knapp, kam aber ehrlich rüber, denn sie seufzte, wie nur verliebte Frauen seufzen können. »Ich habe Angst um dich«, gestand sie. »Was läuft da für ein Krieg, Frederico?«

Es kam Rupert vor, als könnte er sich selbst dabei beobachten, wie er ihr alles erzählte. Als würde er es dadurch, dass er es ihr gestand, selbst besser verstehen. Nur eine Kleinigkeit verschwieg er: Er sagte ihr nicht, dass er Rupert hieß und ein Polizist aus Ostfriesland war. Er gab weiterhin ganz den Frederico Müller-Gonzáles.

Frauke stieg in den Whirlpool.

Es kam Rupert vor wie eine Reinigung. Er glitt zu ihr in das blubbernde Wasser. Sie saßen sich gegenüber. Ihre Beine berührten sich in der Mitte.

Seine Beichte hatte sie mehr erleichtert als ihn. Er fühlte sich jetzt schwerer.

Sie wiederholte: »Also, du lieferst den Bullen Informationen über die Drogendeals deiner Konkurrenten. Die Cops kassieren den Stoff ein und lassen sich als erfolgreiche Drogenfahnder feiern …«

Er nickte. »Hm.«

»Dann bringen die Cops all das Heroin und das Koks und den Shit zu einem chemischen Labor, wo es CO_2-neutral verbrannt wird.«

»Hm. Eins ist in Zürich und eins in Oldenburg.«

»Und diese beiden Labore gehören dir …« Sie hatte es offensichtlich begriffen und fuhr fort: »Du kassierst sogar für das Verbrennen, und dann verkaufst du die Drogen, die du vorher den Russen, den Türken, den Tschetschenen und den Düsseldorfern abgenommen hast, gleich wieder an sie zurück? Sie denken aber, du hättest eine große Ladung nach Europa geschmuggelt? Sie müssen dir also praktisch noch dankbar sein?«

»Ja, so machen wir es«, sagte er und hätte am liebsten von dem Blubberwasser getrunken, so trocken war sein Hals, während sie weitersprach. Er rechnete mit einer sehr moralischen Predigt, denn er betrog doch im Grunde alle. Doch sie war nicht wie seine Ehefrau Beate, die das alles abscheulich gefunden hätte: *Nur Lug und Trug. So produziert man schlechtes Karma.* Er musste sie gar nicht erst fragen, er wusste auch so, was sie darüber dachte. Er kannte sie einfach seit Jahrzehnten.

Frauke dagegen lachte und strahlte ihn an. Sie reckte die Arme aus dem Wasser. »Das ist ja genial! Du bist der Größte, Frederico! Genial! Und in deiner Genialität einfach und klar.«

Das gefiel Rupert. Irgendwie fühlte er sich in Fraukes Nähe toll. Vielleicht, weil sie einfach alles, was er machte, gut fand. Oder wenigstens so tat, was für ihn auf dasselbe hinauslief. Jedenfalls pushte ihre Sicht auf ihn sein Selbstwertgefühl in unbekannte Höhen. Er war zwar verletzlich, aber gleichzeitig kam er sich unbesiegbar vor. Er begriff, dass er alles sein konnte: König oder Bettler. Held oder Schuft. Es war seine Entscheidung.

»Und was machst du jetzt mit den Typen, die dir in Oldenburg zwölf Zentner Heroin geklaut haben?«, fragte sie und spielte dabei mit ihren Zehen an seinen Brusthaaren herum. Sie stupste mit dem dicken Zeh verliebt gegen seine Nase und warf ihm einen Kussmund zu.

»Ich werde ihnen von *ten Cate* ein paar Pralinen schicken lassen. Deichgrafkugeln und einen Seehund«, scherzte er. Er mochte es, sie zum Lachen zu bringen, und sie lachte gerne und herzerfrischend oft.

»Aber was«, fuhr er fort, »mache ich mit deinem Ex? Das ist doch die Frage.«

Ihr Gesichtsausdruck veränderte sich. Rupert versuchte, in ihrem Gesicht zu lesen. Hatte sie Angst um den Typen, oder freute sie sich darauf, dass er mal eine Abreibung verpasst bekam? Rupert wurde nicht schlau aus ihr. Sie war eine harte Kämpferin. Sie hatte Carl und Heiner liquidiert. Sie brauchte ihn doch nicht, um sich ihren Ex vom Leib zu halten, es sei denn, da spielten Gefühle noch eine Rolle. Gefühle, die sie hemmten.

Er erwischte sich dabei, dass er eifersüchtig war.

Sie ließ sich Zeit, tauchte unter, wischte sich dann die Tropfen vom Gesicht und prustete: »Ach Gott, der. Machst du dir jetzt wirklich Sorgen wegen meines Ex?«

»Nein, meine Süße, ich mache mir höchstens Sorgen um ihn. Er sollte sich Sorgen machen, finde ich.«

Während Rupert die unverhohlene Drohung freundlich aussprach, betrachtete er sich im Spiegel. Ja, dachte er, so muss ein Gangsterboss aussehen. Lässig. Leicht arrogant. Völlig entspannt, aber zu allem entschlossen.

»Du kannst denen das nicht durchgehen lassen«, mahnte sie.

Er verstand sie absichtlich falsch: »Deinem Ex?«

»Nein, den Typen, die dich beklaut haben. So was spricht sich rum. Du musst ein Exempel statuieren.«

»In so was«, behauptete Rupert, »bin ich gut.«

Madonna Rossi hatte keineswegs vor, ihren Frederico zu kontrollieren. Es war ihr nicht wichtig, was er trieb oder mit wem. Ihre Ehe war von Anfang an ein Zweckbündnis zweier mächtiger Familien gewesen. Sie fand Frauen interessanter als Männer und hatte das vor ihrer Familie mit Fredericos Hilfe notdürftig verbergen können.

Jetzt saß sie hoch über Frankfurt im 39. Stock des neueröffneten Henninger-Turmes. Sie fühlte sich in Panoramarestaurants wohl. Sie genoss ihr Essen mit einem Blick über eine Großstadt erst richtig. In New York gab es viele solcher Rooftops über den Dächern. Dort saß sie am liebsten im *Westlight* mit Blick über Manhattan, Queens und Brooklyn. Oder, wenn sie dort keinen guten Tisch bekam, im 60. Stock im *Manhatta*-Restaurant.

Hier fühlte sie sich ein bisschen wie in New York oder wie im *Fenchurch* in London.

Das *Franziska* war angenehm dunkel. Sie mied Restaurants mit Neonbeleuchtung. Sie hatte keine Lust, in einem Operationssaal zu dinieren.

Die Speisen auf dem Teller waren hier kaum sichtbar. Das Licht kam nicht, wie in den meisten Räumen, von oben oder von der Seite, sondern hauptsächlich von unten. Von den Häusern der Stadt. Eine leichte Bewegung des Kopfes reichte aus, und sie hatte das Gefühl, zu schweben. Sie fühlte sich erhaben in solchen Restaurants. Probleme wurden klein, wenn man selbst über den Hochhäusern und Banken thronte und sich dort bedienen ließ.

Fast hätte sie dem Kellner die Auswahl der Speisen überlassen. Sie suchte immer das Besondere. Den noch nicht bekannten Geschmack. Den Aha-Effekt.

Da ihr Besuch sie warten ließ, was sie nicht gewohnt war, tröstete sie sich mit zwei Vorspeisen. *Leberwurst Crème brûlée* mit geröstetem Nussbrot und *Austern Ebbelwoi Royal*. Während sie den Weißwein probierte, beschlich sie das Gefühl, reingelegt worden zu sein. Er verspätete sich nicht einfach. Nein, er war wahrscheinlich schon längst da und beobachtete sie.

Sie hätte nicht sagen können, wer es war. Sie spürte keinen Blick in ihrem Rücken, nein, so einfach war es nicht. Aber obwohl sie hier alleine am dunklen Vierertisch saß, spürte sie nah am Fenster genau, dass jede ihrer Bewegungen bewusst von einer anderen Person wahrgenommen wurde.

Sie war mit Personenschützern in ihrer Nähe aufgewachsen. Wenn sie als Jugendliche mit ihren Freundinnen ein Eis essen ging, wurden sie von mindestens drei Anzugträgern mit Knopf im Ohr beschattet. Nie hätte sie alleine Bus fahren oder ins Schwimmbad gehen dürfen. Ihre Eltern hatten immer schreckliche Angst, ihre Tochter könnte entführt werden. »Wer liebt«, hatte ihr Vater gesagt, »ist erpressbar. Und wir lieben dich, mein Kind.«

Andere lehnten sich in der Pubertät gegen ihre Eltern auf. Sie kämpfte gegen Privatlehrerinnen und Bodyguards. Sich unbeobachtet fühlen zu können, wurde zu ihrem größten Wunsch. Sie hasste es immer mehr, von Personal umgeben zu sein. Sie floh aus Toilettenfenstern vor den Menschen, die zu ihrem Schutz engagiert worden waren. In ihrer aufmüpfigsten Phase hatte sie sich vor muskelbepackten Kerlen ungeniert aus- und umgezogen. Nicht einmal das hatte etwas gebracht. Sie drehten ihr dezent den Rücken zu und checkten die Umgebung.

Manchmal hatte das sogar weh getan. Sie fühlte sich wie ein Kunstwerk, für das sich niemand interessierte, das aber sehr wertvoll war und deswegen beschützt werden musste.

Inzwischen genoss sie jeden unbewachten, unbeobachteten Moment als persönliche Freiheit. Je höher sie war, je besser der Ausblick, umso freier fühlte sie sich. Flugzeuge konnten aber Penthouses auf Wolkenkratzern nicht ersetzen. In Flugzeugen hatte sie zu sehr das Gefühl, die Bodenhaftung zu verlieren. Dieses Panoramarestaurant auf dem Henninger-Turm war im Grunde ein idealer Ort für sie. Trotzdem fühlte sie sich beobachtet und daher zunehmend unwohl.

Der Mann, der ihr dieses Treffen vorgeschlagen hatte, nannte sich am Telefon *Baal*, wie der Dichter in Bertolt Brechts gleichnamigem Stück. Sie hatte sich mit theologischen Schriften beschäftigt. In der Dämonologie galt Baal als Meister, König, ja

Fruchtbarkeitsgott. Sie konnte ihre katholischen Eltern damit zur Weißglut bringen, wenn sie sich mit Dämonen, mit gefallenen Engeln, beschäftigte. Dabei kamen ihr gerade ihre Eltern manchmal vor wie gefallene Engel.

Sie selbst empfand sich als eine Art Teufelsbrut. Sie glaubte lange, eine Prinzessin in einem Himmelreich zu sein. Dann wieder fühlte es sich an, als wäre sie in der Hölle geboren worden.

Baal sollte seinen Anhängern die Kunst zeigen, sich unsichtbar zu machen. Er hatte auf ihren Wunsch hin einen Tisch für vier im *Franziska* reserviert. So hatten sie wenigstens Platz, und es rückte ihnen niemand zu nah auf die Pelle. Der Gedanke war wichtig für sie. In vielen Restaurants standen die Tische zu nah beieinander. Sie ließ immer für mehr Personen reservieren, als sie einlud.

Ihre Gucci-Tasche passte zu den Gucci-Sommerstiefeln. Sie hatte die Tasche am Flughafen für 2390 Euro gekauft. Darin befanden sich nur ein bisschen Kosmetik und ihr Handy samt Ladekabel und Powerbank. Mit dem Gucci-Kleid wirkte alles zusammen etwas zu herausgestellt gediegen, als würde sie von einer Modefirma gesponsert. So wurde sie unterschätzt, und das gefiel ihr.

Sie hatte die Tasche neben sich auf den Stuhl gestellt. Sie wollte, dass Baal, sollte er kommen, ihr gegenüber Platz nahm, nicht neben ihr.

Sie suchte einen Weg, aus ihrem alten Leben auszusteigen. Sie wollte mit ihrer Freundin ein ganz neues Leben beginnen. Sie stellte sie gern als *meine Frau* vor, was im alten Europa kaum noch schockierte.

Ja, je besser sie sich auf der Welt auskannte, je mehr Länder und Gesellschaften sie kennenlernen durfte, umso mehr wusste sie die Toleranz im alten Europa zu schätzen. Davon war man in anderen Gesellschaften noch weit entfernt.

Sie hatten beschlossen, in Deutschland zusammenzuwohnen.

Laura, ihre Frau, lebte in Hannover, sprach vier Sprachen und hatte in London und München Psychologie studiert. Ihre Eltern kamen aus Frankfurt, wo sie mehrere Mietshäuser besaßen. Ihr Vater war gestorben. Zur Beerdigung wollte sie ihre Frau nicht allein lassen. Das ging einfach nicht. Doch in den letzten Stunden hatte Madonna begriffen, dass ihre Beziehung längst nicht so stark war, wie sie geglaubt hatte.

Lauras Mutter durfte nicht wissen, dass die beiden ein Paar waren. Angeblich wäre das zu viel für sie gewesen, was immer dieser Ausdruck bedeutete.

Jetzt saß Madonna hier in Frankfurt und schmollte. Sie wusste, dass ihr offizieller Ehemann, Frederico Müller-Gonzáles, hier von Deutschland aus sein europäisches Imperium ausbaute. Aber sie hatte keine Lust, ihn zu treffen.

Dann war dieser Anruf von Baal gekommen, der ihr Informationen von äußerster Sprengkraft versprach, aber angeblich ganz ohne finanzielle Interessen war. Sie hatte geglaubt, es gehe um ihre Eltern oder um ihren Ehemann, aber nein, es ging um Laura, ihre Frau.

Madonna hatte dem Treffen im Henninger-Turm sofort zugestimmt. Sie bat jetzt den Kellner, den Hauptgang zu bringen. Sie wollte nicht länger warten. Sie behauptete, die anderen Gäste hätten abgesagt. Der Sauerbraten vom japanischen Wagyu-Rind war schon sehr gut. Aber sie aß eilig und ohne den Ausblick noch länger zu genießen, denn sie hatte soeben einen Entschluss gefasst. Sie würde Schluss machen mit Laura. Eine Geliebte, von der sie nicht mit Tränen in den Augen am Flughafen abgeholt wurde, brauchte sie nicht. Und eine, die sie nicht bei der Beerdigung ihres Vaters dabeihaben wollte, erst recht nicht. Sie brauchte eine Frau, die zu ihr stand.

Sie bat um die Rechnung. Sie war bekannt dafür, fürstliche

Trinkgelder zu geben. Spätestens wenn sie zum zweiten Mal irgendwo essen ging, wurde sie behandelt wie eine Königin. Kreditkarten benutzte sie nicht gern. Kreditkarten ließen sich zurückverfolgen.

Ihr Vater war der Meinung, nur völlige Idioten würden mit Kreditkarten zahlen: »Sie machen gläserne Menschen aus uns. Gib mir deine Kreditkartennummer und deine Handynummer, und ich sage dir genau, wann du wo warst und was du wann wo gemacht hast. Dazu vielleicht noch deine Onlinebestellungen, und ich habe ein perfektes Profil deiner Persönlichkeit. Es ist so, als würdest du ein elektronisches Tagebuch führen und das anderen zur Verfügung stellen. Die wissen am Ende mehr über dich als du selbst.«

Sie hörte förmlich ihren Vater sprechen. Seine Stimme und die von Baal waren sich sehr ähnlich. So freundlich ihr Vater auch reden konnte, in seiner Stimme lag immer auch die Botschaft: Ich kann sehr, sehr böse werden, wenn man mich reizt.

Sie legte drei Hundert-Euro-Scheine in den Umschlag. Mindestens einer davon war echt. Sie wusste, dass die Scheine überprüft werden würden. Das war hier garantiert nicht anders als an jeder Supermarktkasse oder in einer Boutique. An den meisten Kassen wurde dafür ein Safescan-Stift benutzt, den man für sechs oder sieben Euro in jedem Schreibwarenladen kaufen konnte. Andere hatten angeblich von der Europäischen Zentralbank lizenzierte Infrarot-Geldscheinprüfer. Mit diesem Plastikmüll konnte man auch ganz sicher billige Fotokopien von echten Scheinen trennen. Aber ihr Geld stammte nicht aus einem Malkurs an der Volkshochschule. Ihre Scheine nahm sogar die Bank.

Für ihren Vater war das eine Art Hobby. Er hatte mit Glücksspiel, Prostitution und Immobilien sehr viel Geld verdient. Für einige seiner Unternehmungen musste er in verschiedenen Staaten sogar Steuern zahlen, was er als Unverschämtheit empfand. Das Geld, das der Staat von ihm wollte, druckte er selbst. Er hatte die gleichen Druckmaschinen, er verwendete das gleiche Papier. Bei ihm arbeiteten Leute, die er den staatlichen Druckereien mit besseren Gehaltsversprechungen abgeworben hatte. Seine Scheine waren besser als die echten.

In seinen Casinos wurden Gewinner grundsätzlich mit selbstgemachtem Spielgeld ausbezahlt. Von ihrem Vater stammte der Satz: »Bessere Geldwaschmaschinen als Casinos gibt es nicht.«

Ja, er war schon ein Schatz, und er liebte sie über alles. Er wäre sofort bereit gewesen, jeden zu töten, der seiner Tochter weh tat. Da war er wahrscheinlich wie alle Väter, nur hatte er eben auch die Möglichkeit dazu, weil auf seiner Gehaltsliste einige der gefragtesten Profikiller standen. Die besten, wie er gerne behauptete. Überhaupt hatte er gerne von allem das Beste.

Doch an diesem denkwürdigen Abend war sie ganz ohne seinen Schutz. Sie hatte sich ihm bewusst entzogen, um zu sich zu kommen und sich entfalten zu können.

Sie war eine großartige Bogenschützin und Reiterin. Aber all das nutzte ihr jetzt nichts mehr. Die Stunde ihres Todes hatte begonnen.

Sie trank ihr Weißweinglas aus. Er war nicht mehr richtig kalt. Weißwein mit Zimmertemperatur mochte sie nicht. Sie verzog den Mund. Der edle Tropfen schmeckte ihr nicht mehr. Welch eine Ironie: Sie, die gute, wohltemperierte Weine schätzte und deren Familie mehrere Weinberge besaß, genoss als letzten Schluck einen zu warmen Weißwein.

Sie fuhr die 140 Meter im Fahrstuhl nach unten. Sie betrachtete sich in den Spiegeln. Sie ahnte, dass etwas zu Ende ging. Eine ganze Ära war vorbei oder zumindest für sie ein Lebensabschnitt.

Sie drehte sich und genoss die Spiegel. Sie wollte ein Stückchen zu Fuß durch die Stadt schlendern, die gerade von oben so einen freundlichen, einladenden Eindruck auf sie gemacht hatte.

Sie beachtete den Mann mit dem Kapuzenshirt nicht. Er hatte den Stoff weit ins Gesicht gezogen und stand so linkisch da, dass er eher verklemmt wirkte als gefährlich. Eher wie ein Schüler, der in der Pause raucht und Angst hat, dabei erwischt zu werden, und nicht wie ein Schwerverbrecher, der ihr im Auftrag eines Fremden auflauerte.

Er hielt alles für sie bereit. Er war bestens vorbereitet. Draußen parkte sein VW-Transporter, dessen Ladefläche er zu einem schalldichten Gefängnis umgebaut hatte, mit Handschellen, Ketten und Betäubungsspritzen. Er hatte ihn oft in ähnlichen Fällen benutzt. Er verstand sein Geschäft. Doch heute versagte er kläglich. Er folgte ihr ein paar Schritte auf dem Hainer Weg.

Wie allein man doch nachts in den Straßen einer Großstadt sein konnte, dachte sie und schaute zum Henninger-Turm hoch, wo sie gerade eben noch gespeist hatte. Baal war nicht gekommen. Vielleicht war es besser so.

Denn eigentlich wollte sie nichts Neues über Laura erfahren. Dort oben hatte sie stattdessen mit dem Blick auf das Lichtermeer viel über sich selbst gelernt.

Dort war ich nicht zum letzten Mal, sagte sie sich. Es ist ein magischer Ort. Dort kann ich sitzen und in Ruhe über mich nachdenken.

Aber das war ein Irrtum. Sie wusste ja noch nicht, dass sie diesen Abend nicht überleben würde.

Vielleicht ahnte sie es in dem Moment, als er sie ansprach. Sie war ohnehin nicht dumm genug, Männern zu trauen, von denen sie nachts auf der Straße angequatscht wurde. Aber von diesem Kapuzenträger ging plötzlich eine Bedrohung aus. Etwas stimmte nicht mit ihm, das nahm sie aus der Nähe wahr.

»Lassen Sie mich in Ruhe!«, ermahnte sie ihn, doch er lächelte nur und kam noch einen Schritt näher.

»Keine Angst«, raunte er, »ich habe doch nur eine Frage.«

Diese Stimme, dieses heisere Krächzen, kannte sie. »Baal?«, entfuhr es ihr.

Drei Autos rauschten an ihnen vorbei, als würden sie sich ein Rennen liefern. Jedes Fahrzeug hatte den Besitzer mehr als 60 000 Euro gekostet.

Madonna überlegte nicht. Sie handelte. Sie trat ihm in den Unterleib und setzte dann ihre Handtasche als Wuchtwaffe ein, wie ein Ritter eine Eisenkugel an einer Kette. Das große G an der Tasche verletzte seine Augenbraue über dem rechten Auge und riss die Haut an der Stirn auf.

Mit so plötzlich ausbrechendem Widerstand hatte er nicht gerechnet. Normalerweise lief so etwas anders. Frauen begannen seiner Erfahrung nach den Kampf nicht. Sie führten nie den ersten Schlag. Sie hofften immer viel zu lange, dass sich alles für sie zum Guten wenden würde, oder auf Einsicht ihres Gegners.

Manche Frauen ahnten vielleicht schon, dass sie sich in einer schwierigen Situation befanden, aber sie schrien trotzdem nicht gleich um Hilfe, traten nicht, boxten nicht und schossen schon mal gar nicht, sondern wollten nicht zu früh eine gewaltsame, Aufsehen erregende Lösung suchen. Oder sie hatten Angst davor.

Er verstand Frauen nicht. Überhaupt wurde er aus Menschen nicht schlau. Aber aus Frauen am allerwenigsten. Viele rangen so lange um eine freundliche, friedliche Lösung, bis ihnen auch die größte Kratzbürstigkeit nicht mehr weiterhalf. Sie ließen sich von ihm in Situationen drängen, aus denen sie nicht wieder herauskommen konnten.

Diese Frau war anders. Ihre Instinkte funktionierten wie bei einer Ratte, die sofort begriff, dass sie bedroht wurde, wenn sie die Schlange sah. Er hielt in seinem Keller Ratten, Schlangen und Spinnen. Mit solchen Tieren kannte er sich aus.

Diese Madonna hatte einen irren Überlebenswillen und war dabei hoch aggressiv. So etwas paarte sich nach seinen Beobachtungen oft, meistens allerdings bei Männern.

Er nahm keine Rücksicht darauf, dass sie vielleicht aus einem Auto heraus beobachtet wurden. Die meisten Menschen mischten sich nur ungern ein. Sie sahen lieber weg oder erfanden sich eine Erklärung für das Geschehen, eine Erklärung, die ihr Eingreifen unnötig machte.

Er wollte ihren Hals packen, aber sie wich rückwärts aus und ließ noch einmal ihre Tasche gegen seinen Kopf sausen. Dabei öffnete die sich. Cremedöschen und -tuben regneten auf den Boden. Das Handy blieb mit dem Kabel am Gucci-G hängen. Er bekam einen Griff ihrer Tasche zu fassen und riss daran. Das Handy knallte auf den Boden. Das Display zersplitterte.

Er sprang hoch und wollte sie unter Kontrolle bringen, um sie zum VW-Transporter zu tragen. Die Leute würden sie für ein streitendes Ehepaar halten. Er schaffte es, hinter ihren Rücken zu kommen und einen Arm um ihren Hals zu legen.

Gleich habe ich dich, dachte er. Er drückte ihr die Luft ab und hob sie dabei ein Stückchen hoch. Irgendwo rief jemand: »Hey, was ist denn da los?«

Er brüllte zurück: »Meine Frau ist besoffen! Willst du sie haben, Arschloch? Ich bin froh, wenn ich die Schlampe los bin!«

Wie leicht doch Hilfe abzuwehren war … Das Pärchen auf der anderen Straßenseite entfernte sich sofort. Sie wollten nicht verstrickt werden.

Madonna Rossi stieß ihren rechten Ellbogen gegen seine kurze Rippe. Ein heftiger Schmerz jagte durch seinen Körper und nahm ihm die Luft. Er stellte sich wütend vor, wie er sich in seinem Keller an ihr rächen würde. Er wollte dabei zusehen, wie die Ratten an ihr knabberten. So etwas ließ sich mit hungrigen Tieren und einem Körper, der an den richtigen Stellen blutige Verletzungen aufwies, gut organisieren. Seine Phantasien, während er um Luft rang, lenkten ihn zu sehr ab. Er war sich seiner Sache mit ihr zu sicher gewesen. Dass eine Frau in solchen Schickimicki-Klamotten eine echte Gegnerin war, hätte er nicht gedacht. Es war vielleicht auch schon zu oft gut gegangen. Er kassierte Frauen auf offener Straße ein, so wie andere am Schnellimbiss Pommes aßen und dazu ein Bier tranken. Es war für ihn Alltag geworden.

Sie bildete mit Mittel- und Zeigefinger ihrer rechten Hand ein V und versuchte, ihm die gut geschliffenen Fingernägel in beide Augen gleichzeitig zu treiben. Es misslang ihr, weil er sich wegduckte, aber ihre Nägel hinterließen in seinem Gesicht tiefere Kratzspuren als das Gucci-G.

Madonna rannte los. Das war gar nicht gut. Er folgte ihr. Ihre Schritte hallten durch die Straßenschlucht wie Stöckelabsätze in einer Leichenhalle. Sie versuchte, die andere Straßenseite zu erreichen. Das Pärchen beschleunigte, aus Angst, in etwas hineingezogen zu werden, seine Schritte.

Madonna sah nicht nach rechts oder links. Die andere Seite kam ihr vor wie das rettende Ufer.

Die BMW-Fahrerin hatte wirklich auch nur zwei Gläser Prosecco getrunken und gerade noch behauptet, klar könne sie fahren, auf jeden Fall besser als ihr Mann mit seiner Vorliebe für Obstbrände, der natürlich nach dem Essen noch einen Williams kippen musste, als hätten die zwei Weizenbiere nicht gereicht.

Madonna Rossi wurde vom Kühler voll erfasst. Sie flog hoch, und ihr Körper dellte die Motorhaube ein. Im Auto blähten sich Airbags auf, und eine Alarmanlage jaulte völlig sinnlos los. Der Mann auf dem Beifahrersitz schimpfte: »Scheiße, Scheiße,

Scheiße«, und bedauerte für einen kurzen Moment, nicht selbst gefahren zu sein.

Geier sah nur kurz aus gebührender Entfernung zu. Er wollte nicht abwarten, bis Polizei und Rettungskräfte anrückten.

Er hatte versagt.

Er fühlte sich schrecklich.

Er warf alles, was auf dem Bürgersteig herumlag, in die Gucci-Tasche und floh damit zu seinem Auto. Die Kosmetikartikel würde er später entsorgen, aber das Handy konnte vielleicht noch wichtig werden.

Er hörte schon Polizeisirenen, als er den VW-Transporter bestieg.

Wie, fragte er sich, soll ich das nur George klarmachen? George war ohnehin sauer und in seiner Wut unberechenbar. Manchmal, so wusste Geier aus Erfahrung, konnten sehr zornige oder verletzte Menschen ihre Wut nicht kanalisieren und agierten sie gegen irgendwen aus, wenn die Person, die alles verursacht hatte, gerade nicht zur Verfügung stand. Jemand sollte für ihren Schmerz büßen. Er wollte auf keinen Fall der Sündenbock für George sein.

Eigentlich hatte er vor, gleich bis Dinslaken durchzufahren und sich erst mal für eine Weile in seinem Loch zu verkriechen, doch dann, nach gut hundert Kilometern Autobahn, entschied er anders. Er beschloss, sich Ersatz zu holen. Dieser Frederico Müller-Gonzáles hatte doch eine Miet-Ehefrau. Man sagte den beiden ein ungewöhnlich inniges, über die reine Professionalität hinausgehendes Verhältnis nach.

Er rief George an, der noch nichts von der Niederlage wusste.

»Ich bin in Frankfurt.«

»Gut.«

»Es ist schiefgegangen.«

»Wie, schiefgegangen?«

»Sie ist vor ein Auto gelaufen.«

»Tot?«

»Keine Ahnung.«

Es entstand eine kurze Sprechpause, bis George unverständliches Zeug grummelte. Als würde er in einer fremden Sprache sprechen. Langsam erst fand er wieder zum Deutschen zurück: »Woher du sie holst, ist mir egal. Ob aus einer Intensivstation oder einer Hotelsuite. Sterben muss sie doch sowieso.«

»Ich soll sie aus dem Krankenhaus entführen?«, fragte der Geier empört.

»Ja, warum nicht?«

»Nee, ich bin doch kein Leichenfledderer! Es macht keinen Spaß, Leute in Stücke zu schneiden, die das Schlimmste schon hinter sich haben. Aber ich könnte mir seine Miet-Ehefrau holen.«

»Diese Frauke?« George war sofort besser drauf. »Die war sowieso Anlass für den ganzen Ärger. Du hättest sehen sollen, wie die sich aufgeführt hat. Sie ist mit Carl und Heiner auf meinem Boot aneinandergeraten. Ihr Treffen war wie ein Autocrash …« George seufzte: »Vielleicht hast du recht, Geier. Nicht dass wir ihm noch einen Gefallen tun.«

»Gefallen?«

»Viele haben zu ihren Miet-Ehefrauen oder Geliebten ein besseres Verhältnis als zu ihren Ehefrauen. Wenn du da die Ehefrau entführst, um eine Lösegeldsumme rauszuhandeln, dann zocken die so lange herum, bis du die Alte umbringst. Damit ersparst du ihnen noch eine Menge Kohle, die sie bei der Scheidung hätten berappen müssen, während sie sofort ganz kleinlaut werden, wenn du dir ihre Miet-Ehefrau oder irgendeinen anderen Engel vorknöpfst, auf den sie gerade besonders scharf sind.«

»Ja«, lachte Geier und war froh, mit George scherzen zu können, statt seine Wut aushalten zu müssen. »Erinnerst du dich noch an diesen Auto-Manager aus Wolfsburg? Der hätte am liebsten noch was draufgelegt, wenn er dafür seine Ehefrau nicht lebendig wiedergekriegt hätte, hahaha.«

»Na ja, den Gefallen haben wir ihm ja dann getan …«

»Heißt das, du bist einverstanden?«

Wieder grummelte George etwas, als würde er in einer fremden Sprache mit jemandem reden, der neben ihm stand. Geier wusste, dass dies nicht so war. Diese merkwürdige Verhaltensweise kannte er von George. Es war dann, als hätte er Kontakt zu irgendwelchen russischen Urahnen, Geistern, Gespenstern, oder er brabbelte einfach nur Schwachsinn vor sich hin, das wusste niemand so genau. Angeblich sprach George keine Fremdsprachen.

»Hol sie dir. Aber diesmal keine Fisimatenten.«

»Wird sie schwer bewacht?«, fragte Geier.

»Die Sicherheitsvorkehrungen sind sogar für ihn absolut lächerlich. Man könnte ihn aus nächster Nähe an der Hotelbar abknallen oder vom Zimmerkellner erledigen lassen. Aber das alles will ich nicht. Ich will ihn leiden sehen!«

»Hast du wirklich eine halbe Million als Kopfgeld auf ihn ausgesetzt?«

»Ja«, lachte George, »und weißt du, was ich mir überlegt habe?«

»Nein.« Geier fuhr auf der rechten Spur im Windschatten eines Lkws. So konnte er sich besser auf das Gespräch konzentrieren. Normalerweise verließ er auf der Autobahn die linke Spur nur, wenn er eine Ausfahrt nehmen musste.

»Ich werde ab jetzt täglich das Kopfgeld auf ihn herabsetzen. 400 000, 300 000, 200 000 …«

Geier, der nicht gerade als besonders humorvoll galt, konnte vor Lachen kaum noch lenken. »Das ist gut«, rief er, »das ist sehr gut! Es wird ihn zur Weißglut treiben. Mach ihn zum Gespött!«

»Am Ende werden wir bei 5000 Euro landen. Dann wissen alle, dass er erledigt ist.«

»Ja, und in der Zwischenzeit hole ich mir seine Frauke.«

Geier wollte das Gespräch eigentlich wegklicken. Er hatte das Gefühl, es dauerte für ein professionelles Telefonat per Handy schon viel zu lange. Doch George hatte noch etwas auf dem Herzen: »Zerschneid ihr das Gesicht zuletzt.«

»Warum?«

»Es ist für die Frauen doch immer so wichtig, gut auszusehen. Sie können alles unter ihren teuren Klamotten verbergen. Nur ihr Gesicht, das tragen sie ständig offen mit sich rum. Wenn sie erst keine Nase mehr hat, glaub mir, dann will er sie auch nicht zurück. Entstelle zu Anfang nichts, was nicht operativ wieder hergerichtet werden kann.«

»Du kannst dich auf mich verlassen, Boss.« Dann blinkte er und wechselte auf die linke Spur. Es war nicht mehr weit bis nach Köln.

Weller saß draußen auf der Terrasse am Holzofen. In der Glut knisterten noch zwei dicke Holzscheite. Er hatte sie gerade erst nachgelegt.

Gab es etwas Schöneres, als unter dem Sternenhimmel mit einem bauchigen Glas Rotwein in der Hand am offenen Kamin neben seiner im Sessel eingeschlafenen Ehefrau entspannt die Beine auszustrecken?

Er hatte einen dicken Roman neben sich liegen: *Kill the Rich* von Lucas Fassnacht. Der Titel klang blutrünstiger und linksradikaler, als das Buch war. Der junge Autor hatte es geschafft, Weller ins Geschehen zu ziehen. Manchmal, wenn er einen spannenden Roman las, bewegte Weller sich einige Tage lang in Parallelwelten. Er ging dann zwischen Romanhandlung und dem Alltagsgeschehen hin und her. Bei Filmen passierte ihm so etwas nicht. Manche Literatur erreichte ihn an Stellen, da kamen Filme einfach nicht hin. Er las ja auch selten einen Roman an einem Tag durch. So dicke wie den von Lucas Fassnacht schon mal gar nicht.

Er litt mit den Figuren, begann, wie sie zu denken und zu fühlen. Das erst machte Lesen für ihn zu einem großen Erlebnis: die Möglichkeit der Verwandlung in andere Gestalten. Ja, er wollte manchmal denken und fühlen wie ein Serienkiller, dann aber auch wieder wie das Opfer.

Manche Frauengestalten waren ihm näher als die der Männer. Ja, ein guter Autor konnte aus ihm für eine kurze Zeit des Lesens eine Frau machen. Oder ihm zumindest vermitteln, wie eine Frau eine Situation empfand.

Frank Weller ignorierte sein Handy. Er betrog es gern mit einem Roman. Ja, so kam er sich heute beim Lesen vor – als würde er sein Handy hintergehen.

Er holte eine Decke für Ann Kathrin. Er sah ihr Handy auf ihrem Schoß. Es drohte gleich runterzufallen. Er stellte es auf lautlos und brachte es ins Haus. Als er es auf den Tisch legte, leuchtete ein Anruf von Kripochef Martin Büscher auf.

Wie gut, dachte Weller, dass ich den Ton ausgeschaltet habe. Wenn der jaulende Seehund erklang, wäre Ann Kathrin doch bestimmt sofort aufgewacht.

Sie hatte den Heuler vor Borkum aufgenommen. Das Tier suchte auf einer Sandbank nach seiner Mutter. Ann Kathrin war darauf konditioniert, diesen Ton unter hundert anderen, auch bei großem Lärm, wahrzunehmen. Er weckte sie jedes Mal sofort.

Frank ging zu ihr zurück. Sie bemerkte nicht, dass er ihren Körper liebevoll mit einer Decke einhüllte. Neben ihr auf einer Holzkiste stand ihr halbvolles Weinglas. Sie war am Feuer eingeschlafen, nachdem sie nur kurz an ihrem Wein genippt hatte. Sie hatte noch anerkennend gesagt: »Du, der ist aber gut …« Dann war ihr Kinn nach unten gesunken.

Weller nahm vorsichtig das Glas und trank es noch im Stehen leer. Es wäre doch schade um den guten Wein gewesen.

Er schaffte es, wenn auch mit bohrend schlechtem Gewissen, noch ein bisschen nebenan am Feuer zu sitzen und den Flammen zuzusehen. Nach einer gefühlten Stunde, von der die real existierende Uhr aber nur elf Minuten abgezählt hatte, sah er doch auf seinem Handy nach, was los war. Er hielt es einfach nicht länger aus. Auch er hatte einen Anruf von Martin Büscher erhalten und einen von Dirk Klatt.

Diesen BKAler konnte er nicht leiden. Ihre Abneigung beruhte auf Gegenseitigkeit. Wenn Klatt anrief, ging es garantiert um Ruperts Undercovermission. Klatt gehörte für Weller zu den Typen, die sich gern wichtigmachten, indem sie sich nur um besonders spektakuläre Fälle kümmerten. Verbrechen, über die die Menschen redeten und die in der Presse für Aufregung sorgten. Mit Kleinkram gab Klatt sich nicht gern ab. Er delegierte so etwas nach unten, lebte dann aber in der ständigen Angst, die Kontrolle über die Dinge zu verlieren.

Er war genau der Chef, der Untergebene gern nachts anrief und dafür sorgte, dass sie nicht mehr gut weiterschlafen konnten. In seiner Familie hassten ihn alle, und in seiner Dienststelle ebenfalls. Eigentlich müssten sie von den Kollegen aus Wiesbaden ständig Dankesbriefe erhalten, weil sie den Tyrannen hier in Norden beschäftigten, dachte Weller.

Klatt betrachtete Rupert und dessen Mission als seinen ureigenen Fall. Es passte ihm nicht, dass Liane Brennecke noch mit im Rennen war. Er wusste, dass Rupert sich ihr verpflichtet fühlte und von ihr Instruktionen annahm. Die beiden kochten ihr eigenes Süppchen, und das gefiel Klatt nicht.

Liane ging es nur darum, ihren ehemaligen Peiniger, der in Verbrecherkreisen Geier genannt wurde, aus dem Verkehr zu ziehen. Rupert, diese primitive Frohnatur, wollte nur eine Weile das süße Leben als Gangsterboss genießen. Edelnutten. Koks. Wilde Partys und jede Menge Bargeld. Der eigentliche Fall war diesem Rupert egal, davon war Klatt überzeugt.

Auf keinen Fall wollte Weller sich von Klatt den Abend verderben lassen, und Ann sollte endlich zur Ruhe kommen. Aber in einer WhatsApp-Nachricht fand Weller dann doch etwas, das ihn umstimmte. Martin Büscher schrieb: *In Frankfurt wurde Madonna Rossi getötet.*

Frank Weller griff sich an die Brust. Es war, als hätte er einen heftigen Faustschlag erhalten. Er ging mit dem Handy ins Wohnzimmer, um Ann Kathrins Schlaf nicht zu stören.

Weiß man schon mehr?, wollte er fragen. Er tippte aber zu schnell, und bei Martin Büscher kam die Frage an: *Wer am schönen Meer?*

Büscher rief sofort an. Jetzt musste Weller drangehen, es war ja klar, dass er sein Handy in der Hand hielt. Die ersten Töne von *Piraten ahoi!* erklangen, und Weller hatte sein Handy sofort am Ohr: »Moin«, sagte er mit brummiger Neugier.

»Das ist kein Zufall, Frank, und bestimmt kein normaler Autounfall. Wir müssen Rupert sofort abziehen.«

»Unsere Rede«, bestätigte Weller erleichtert.

»Die wollen ein Exempel statuieren. Die rotten schon mal gerne eine ganze Familie aus, um zu zeigen, wo der Hammer hängt«, behauptete Büscher.

Weller fand, dass er sich damit ein bisschen zu sehr als der große Durchblicker aufspielte, der er aber, verglichen mit ihrem ehemaligen Chef Ubbo Heide, ganz und gar nicht war. Weller stimmte ihm trotzdem zu. Hauptsache, sie bekamen Rupert wieder heil aus dieser Sache raus.

»Beordere ihn zurück«, verlangte Weller.

Büscher räusperte sich. Die Sprechpause dauerte Weller schon zu lange. Wenn Büscher über eine so einfache Sache erst nachdenken musste, dann wurde sie garantiert gleich sehr kompliziert, zerfiel dabei in mindestens drei Teile, und jeder Teil davon hatte einen eigenen Haken.

»Das würde ich gerne, Frank, das kann ich aber nicht. Das weißt du doch. Rupert untersteht mir in seiner Eigenschaft als Undercoveragent nicht. Wir haben ihn praktisch an das BKA ausgeliehen.«

»Ausgeliehen?«, ereiferte Weller sich.

»Ja, er ist eigentlich nicht mehr bei uns, sondern …«

»Eigentlich?«, hakte Weller sauer nach.

»Ja, es musste doch alles so schnell gehen. Wir hatten nur Stunden und wahrlich andere Sorgen, als das Beamtenrecht zu studieren …«

»Was bist du bloß für eine Pfeife?«, pflaumte Weller seinen Chef an.

Der wurde ganz kleinlaut: »Na ja, ich könnte ja versuchen, auf Klatt einzuwirken, damit der …«

»Jetzt hör mir mal gut zu!«, brüllte Weller. »Wenn du Rupert sagst, dass die Party vorbei ist und er hier gefälligst wieder antanzen soll, dann …«

»Dann lacht der mich aus, Frank. Der hat gerade so eine Art Höhenflug. Er hält sich für den Größten.«

»Das war schon immer so«, schimpfte Weller.

Ann Kathrin kam von der Terrasse. Sie zog die Wolldecke, mit der Weller sie zugedeckt hatte, hinter sich her. Ihre Haare waren zerwuschelt. Sie sah schlaftrunken und total süß aus, fand Weller.

»Du weckst die Nachbarn, Frank«, tadelte sie ihn. »Warum ereiferst du dich so?«

Sie fragte ihn das zwar, schien sich aber nicht wirklich für die Antwort zu interessieren. Sie ging gleich durch ins Schlafzimmer. Sie kuschelte sich in die Laken. Da fiel ihr auf, dass ihr Handy nicht auf dem Nachttisch lag. Sie stand noch einmal auf, um es zu suchen. Von draußen zog eine Qualmfahne durchs Wohnzimmer bis in die Küche. Der Wind hatte die Richtung geändert.

Weller schloss, das Handy am Ohr, die Küchentür zur Terrasse und fragte: »Wann hatten wir den letzten Kontakt zu ihm? Lebt er überhaupt noch?«

Mit einem Schlag war Ann Kathrin richtig wach. Ihre suchenden Blicke interpretierte Weller richtig. Seine Ehefrau wusste nicht, wo ihr Handy war. Weller deutete darauf. Sie nahm es dankbar und sah sofort in ihren Mails nach. Sie musste nicht lange suchen.

»Madonna Rossi ist tot«, sagte sie sachlich und fügte hinzu: »Die Jagd beginnt.«

Sie sah plötzlich kraftlos aus, wie manche Menschen, kurz bevor sie ohnmächtig wurden. Sie setzte sich zunächst nur an den Rand des Sessels. Das Handy hielt sie noch locker in der schlaffen Hand. Langsam rutschte sie dann ganz in den Sessel hinein.

»Alles okay mit dir, Ann?«, fragte Weller.

Sie nickte. Das beruhigte ihn aber nicht.

»Wir dachten, dass wir sie jagen. Dabei jagen sie uns«, sagte Ann Kathrin und schob ihre Beine weit von sich. Sie sank noch tiefer in den Sessel. »Wie konnten wir nur so vermessen sein, zu glauben, dass sie sich von uns Provinzbullen ihre Milliardendeals kaputt machen lassen?«, fragte sie.

Weller kümmerte sich nicht mehr um Büscher, der wesentliche Dinge, die Ann gesagt hatte, mithören konnte.

»Hast du gerade Provinzbullen gesagt?«, wollte Weller von seiner Frau wissen. Er hatte sich nicht verhört. Sie bestätigte: »Ich sage immer nur, was ich denke, Frank…« Dann relativierte sie: »Na ja, meistens.« Sie dachte nach und schränkte noch einmal ein: »Oft.«

»Ann, wir sind Polizisten. Vielleicht gibt es bessere als uns, aber wir machen einen ehrlichen Job.«

»Wen hast du am Apparat? Büscher oder Klatt?«

»Macht das einen Unterschied?«

»Ja.«

Weller guckte nur und wartete auf eine Erklärung. Rauchschwaden, die noch durchs Wohnzimmer zogen, verfingen sich in seinen Haaren. Da Ann nicht mit der Sprache herausrückte, fragte er: »Und welchen?«

Ann Kathrin seufzte und guckte ihren Mann an, als hätte sie von ihm erwartet, dass er auch ohne Erklärung genau Bescheid wusste.

»Dem Klatt hätte ich gesagt, dass er seinen Scheiß in Zukunft ohne uns regeln soll.«

Weller nickte. So ähnlich wären seine Worte auch gewesen. Er deutete auf sein Handy: »Und Martin?«

Ann war bewusst, dass Martin Büscher mithörte. »Dem hätte ich gesagt, dass er Klatt ausrichten kann, dass der seinen Scheiß in Zukunft ohne uns regeln muss.«

Weller hob das Handy an seine Lippen. »Ich denke, das war deutlich, Martin, oder?«

»Wir können da nicht so einfach rein und raus. Das ist keine Boßelpartie, die man abbrechen kann, wenn es regnet«, gab Büscher mit trockenem Mund zu bedenken.

»Hier bricht keiner eine Boßelpartie ab, weil es regnet«, konterte Weller und unterstrich damit, ohne es ausdrücklich zu erwähnen, dass der Chef der ostfriesischen Kripo, Martin Büscher, aus Bremerhaven war.

Büscher punktete noch schnell mit dem Satz: »Ich konnte die Frankfurter Kollegen dazu bewegen, den Namen der Toten zurückzuhalten. Sobald ihre Angehörigen informiert sind, bricht hier die Hölle los. Wir werden es mit einem Gangsterkrieg sondergleichen zu tun bekommen.«

»Und unser Rupert ist mittendrin!«, rief Ann Kathrin empört.

Sie bat Weller um sein Handy. Er gab es ihr wortlos. Er setzte sich nebenan auf den Teppich und zog die Füße an den Körper. So hatte er als Kind oft dagesessen, wenn er sich einsam und verlassen gefühlt hatte oder einfach nur ratlos gewesen war.

Ann Kathrin lobte Martin Büscher: »Das war sehr umsichtig von dir, Martin. Ich danke dir ausdrücklich dafür. Aber jetzt setze bitte alle Hebel in Bewegung und hol ihn da raus. Es gibt keine Ausreden mehr.«

Sie drückte das Gespräch weg.

»Ich glaube nicht«, sagte Weller nach einer Weile des Schweigens, »dass er das wirklich tun wird. Ich glaube, er hat nur angerufen, um uns zu sagen, dass er es gerne möchte, aber dass es aus irgendwelchen scheißbürokratischen Gründen nicht geht.«

Ann Kathrin versuchte, sich im Sessel wieder aufrecht hinzusetzen. Es fiel ihr schwer. Sie hatte Kreislaufprobleme und fragte sich tatsächlich, ob sie krank werden würde. Mit dem Schluck Wein konnte es ja wohl kaum etwas zu tun haben.

»Wir geben ihm«, sagte sie, »jetzt die Chance, das zu regeln. Immerhin ist er unser Chef. Aber wenn er es nicht hinkriegt, dann machen wir es. Auf unsere Weise.«

Rupert entschied, dass er sich von Kleebowski und Marcellus nach Oldenburg begleiten lassen wollte. Marcellus mit seiner tätowierten Spinne auf der rechten Wange und seinem Goldzahn links rang mit Kleebowski immer noch darum, wer Fredericos Erster Offizier war. Dieser Posten, den es offiziell gar nicht gab, war heiß begehrt. Beide hatte Rupert in Verdacht, als Spione für Frau Gonzáles zu arbeiten. Fredericos Mutter ließ ihren Sohn nicht nur beschützen. Sie wollte auch wissen, ob er alles zu ihrer Zufriedenheit erledigte. Und sie war eine Frau, die man besser nicht enttäuschte. Ihre Rache konnte biblische Ausmaße annehmen, so ging zumindest die Mär.

Er baggerte sich die Rühreier mit dem Löffel rein, den kross gebratenen Speck aß er mit den Fingern. Er krachte so schön zwischen den Zähnen.

Sie frühstückten aus Sicherheitsgründen auf dem Zimmer. Inzwischen war Rupert als real agierender Frederico schon besser geworden als seine Vorlage. Er hatte sie zu seinen Gunsten verändert. Es hatte nicht nur auf Rupert Auswirkungen, Frederico zu spielen, sondern Frederico war auch nicht mehr der, den alle gekannt hatten. Der Kunstliebhaber, Vegetarier und Weinkenner war zum Fleisch fressenden Biertrinker geworden. Alle hatten das geschluckt, denn er war immer noch ihr Boss.

Zum Glück begann es zu regnen. Das half gegen Ruperts Schniefnase. Er war gegen irgendeinen Pollenflug hier allergisch. Das gehörte zu den wenigen Dingen, die er mit seinem Kollegen Frank Weller gemeinsam hatte. Er hatte das Gefühl, es käme vom Rheinufer, jedenfalls wurde es schlimmer, je näher er dem Rhein kam, und in Köln war es nicht gerade leicht, weit weg vom Rhein zu sein.

Die lange Trockenheit hatte es für Rupert immer schwieriger gemacht. Selbst seine Augen tränten manchmal, dabei war gar nichts Trauriges passiert. Und wie sah das aus – ein Gangsterboss mit Schniefnase und verheulten Augen? Manchmal half ein guter Whisky gegen die aggressiven Pollen, aber nicht immer.

Der Regen reinigte die Luft, und Rupert konnte wieder freier atmen.

»Ich werde dich selbstverständlich nach Oldenburg begleiten«, stellte Frauke klar. Kleebowski gefiel das überhaupt nicht, aber seit der Schießerei im Norddeicher Yachthafen hatte er großen Respekt vor Frauke als Kämpferin.

Rupert guckte seine Miet-Ehefrau fragend an. Sie ergänzte und warf ihm dabei ein Küsschen zu: »Ich lasse meinen Mann doch in so einer schwierigen Situation nicht im Stich.«

Rupert zerkrachte noch ein knuspriges Stück Speck und wischte sich mit dem Handrücken über die Lippen. Das gab ihm Zeit, nachzudenken.

Falls es zu harten Auseinandersetzungen kommen würde, wäre Frauke an seiner Seite eigentlich sogar besser als Kleebowski und Marcellus zusammen, dachte er. Sie war wacher. Schneller. Blitzgescheit, und vermutlich war sie auch besser ausgebildet als die beiden. Treffsicherer. Aber er wollte ja genau das vermeiden. Es sollte zu keiner Schießerei kommen. Er wollte keine Toten. Es ging für ihn nur darum, herauszufinden, wie alles zusammenhing, um es dann an seine Dienststelle weiterzuleiten. Das sagte der Polizist in ihm. Der Gangsterkönig war ganz anderer Meinung. Aber jetzt dachte er wie der Polizist, der einen Auftrag zu erledigen hatte. Frederico dagegen wusste, dass Frauke ihm sicher den Rücken decken könnte und ohne zu zögern schießen würde.

Er lächelte: »Willst du nicht lieber shoppen gehen, Schatzi?

Ich glaube, es gibt da in Oldenburg ein paar schicke kleine Boutiquen ...«

Sie empörte sich: »Ich bin Frauke! Nicht die hochnäsige Schnepfe, mit der du offiziell verheiratet bist! Die macht das vielleicht so, aber ich stehe zu meinem Mann!«

Rupert wollte nicht zulassen, dass jemand so über seine Beate sprach. Zum Glück wurde ihm aber noch in letzter Sekunde klar, dass sie gar nicht von seiner ostfriesischen Ehefrau sprach, sondern von Fredericos Madonna. Die durfte sie gerne hochnäsige Schnepfe nennen, das war ihm völlig egal. Er holte also tief Luft und sagte: »Du bist wirklich etwas ganz Besonderes, Frauke. Ich will dich nur nicht in Gefahr bringen.«

Als wären seine Sätze eine Beleidigung für sie, wehrte sie auch das ab: »Ich bin vielleicht nicht deine richtige Frau – im Sinne dieser Spießergesellschaft –, aber ich bin deine *echte* Frau, wenn es darum geht, zu dir zu stehen. Ich gehe mit dir durch die Hölle, und entweder finden wir da gemeinsam auch wieder raus, oder wir schmoren da gemeinsam.«

Rupert staunte. »In der Hölle«, behauptete er, »sind ein paar meiner besten Kumpel. Wir könnten dort gemeinsam eine Revolte anzetteln und dann den ganzen Laden übernehmen.«

»Ich bin dabei«, stimmte Kleebowski zu. »Jagen wir den Teufel zum Teufel!«

Er deutete an, dass er Frederico gern allein sprechen wollte. Rupert ignorierte das, aber Frauke verstand sofort und verzog sich in Richtung Toilette. Sie kommentierte das mit dem Satz: »Ich geh mir dann mal kurz die Nase pudern.«

Kaum hatte sie die Tür hinter sich geschlossen, rückte Kleebowski näher zu Rupert und raunte: »Du weißt schon, dass das Schmu ist ...«

»Was?«

»Na, dieses Herumgesülze, dieses ganze einstudierte Schmierentheater.« Er äffte Frauke nach: »Ich bin deine echte Frau … Ich geh mit dir durch die Hölle …«

Rupert rückte von ihm ab und funkelte ihn an.

»Aber bitte, Boss«, grinste Kleebowski, »ich meine, sie macht das ja wirklich gut. Aber es ist doch nur Show, vergiss das nicht! Sie bekommt zehntausend im Monat dafür. Dazu die ganzen Reisen und Klamotten. Das ist mehr Taschengeld, als die Typen im Bundestag verdienen, und die sitzen sich dafür den Arsch breit.«

Rupert schlug seinen berühmten ansatzlosen Aufwärtshaken. Er traf Kleebowskis Nase härter, als er eigentlich wollte. Kleebowski flog im Sessel zurück und saß jetzt da, als hätte er mit dem Auto einen Auffahrunfall gehabt.

Klar musste Rupert ihm eine Lektion verpassen, aber er wollte ihn nicht gleich zum Schönheitschirurgen schicken. Aus beiden Nasenlöchern schoss das Blut. Ja, es lief nicht raus, es spritzte.

Kleebowski sprang jetzt zu allem Überfluss auf, als wäre der Sessel plötzlich heiß geworden. Dabei stieß er das Glas mit dem Milchkaffee um und verteilte auf dem Weg zum Bad eine deutliche Blutspur durchs Zimmer.

Die Badezimmertür war abgeschlossen. Er wollte nur ein Handtuch für seine rote Nase, aber das konnte Frauke, die sich auf der Toilette nicht die Nase puderte, sondern andere Dinge erledigte, nicht ahnen. Sie rief laut: »Besetzt!«

Kleebowski brüllte: »Scheiße! Scheiße! Scheiße!« Er fischte Servietten vom Tisch, formte daraus Tampons für seine Nasenlöcher und knubbelte sie hinein. Seine Ärmel sahen aus, als hätte er im Anzug geschlachtet.

Rupert tat es leid. »Ich … ich wollte nicht so hart zuhauen«, stammelte er.

Frauke kam aus dem Bad. Kleebowski stürmte an ihr vorbei, und auf Ruperts Handy kamen zwei Nachrichten fast gleichzeitig an.

Die eine war von Mai-Li: *Deine Frau soll in Deutschland sein. Angeblich ermordet. Weißt du etwas darüber? Küsschen, Mai-Li und liebe Grüße auch von Charlotte.*

Die andere war von Ann Kathrin Klaasen: *Rückzug! Wir brechen die Aktion sofort ab! Madonna ist tot.*

Rupert schaltete das Handy erst einmal aus. Er lief hinter Kleebowski her ins Badezimmer. »Es tut mir echt leid, Kleebo. Ich wollte das nicht.«

Kleebowski drückte sich ein Handtuch gegen die Nase und betrachtete sich im Spiegel: »So gehst du also mit deinem besten Freund um?!«, krächzte er vorwurfsvoll.

»Tut es weh?«, wollte Rupert wissen.

»Was ist das denn für eine dämliche Frage?«, regte Kleebowski sich auf.

»Wenn das genäht werden muss, das kann ich erledigen«, bot Frauke an.

»Nein danke!«, brüllte Kleebowski.

Rupert wollte irgendwie wieder die Oberhand zurückgewinnen. Er griff in seine Hosentasche, holte ein Geldscheinbündel hervor, das von einem blauen Gummiband zusammengehalten wurde. Er zählte zwei Hunderter davon ab.

Kleebowski schimpfte: »Ich hab sowieso eine viel zu brutale Fresse, um hier den adeligen Alexander von Bergen glaubhaft zu geben. Und du haust mir auch noch die Nase platt! Danach sehe ich aus wie Graciano Rocchigiani nach seinem letzten Kampf.«

Frauke befürchtete, dass Frederico vorhatte, Kleebowski die zweihundert Euro als Schmerzensgeld anzubieten. Sie wusste, dass das eine unverzeihliche Kränkung für diesen gewesen wäre und viel schlimmer als der Faustschlag. Also hob sie abwehrend die Hände. Doch Rupert bekam gerade noch die Kurve. Er hielt Frauke das Geld hin und fragte: »Meinst du, das reicht fürs Zimmermädchen, weil wir hier so eine Schweinerei angerichtet haben?«

Frauke nickte erleichtert und griff nach dem Geld. Rupert legte großzügig noch einen Schein drauf und fühlte sich gleich viel besser.

Seine rechte Hand schmerzte von dem Schlag, den er Kleebowski verpasst hatte. Er versuchte, den Schmerz zu ignorieren. Als richtiger Gangsterboss, dachte er, müsste er so etwas locker wegstecken.

Ann Kathrin Klaasen wollte von Harle nach Wangerooge zu ihrem ehemaligen Chef Ubbo Heide fliegen. Auf der Fahrt zum Flugplatz im Wangerland kam sie an der Harle vorbei, wo Schwäne schwammen und ihrem froschgrünen Twingo hinterherschauten, als wäre er essbar. Diese Idylle, mit den in den Fluss gebauten Pfahlhäusern, die nur durch einen Steg mit dem Ufer verbunden waren, wirkte in der angespannten Situation geradezu absurd friedlich und einladend auf Ann Kathrin.

An den Wasserhäusern paddelten Kajaks vorbei. Zwei Familien lieferten sich in Tretbooten ein Rennen. Jeder Papa ein schwitzender Piratenkapitän, der von seinen Kindern zu Höchstleistungen angespornt wurde. Die Muttis stolze Piratenprinzessinnen auf großer Abenteuerfahrt.

Dass hier auf der Harle keine Motorboote zugelassen waren, war umstritten, wirkte sich aber nicht nur auf die Natur aus, sondern auch auf die Art des Tourismus. Harlesiel und Carolinensiel lockten viele Familien an. Im Hafen lagen auch ein paar mondäne Yachten, aber das alles hier wirkte auf Ann Kathrin wie eine Mischung aus Bullerbü und Freizeitspaß, geradezu unwirklich und doch bodenständig.

Sie verstand nur zu gut, dass Ubbo Heide sich auf den *Sandhaufen im Meer* zurückgezogen hatte, wie er Wangerooge gern nannte. Falls er nicht von *meiner Insel* sprach, ganz so, als würde sie ihm gehören und nicht den Möwen oder dem Wind und dem Meer.

Der Flug dauerte leider nur vier Minuten. Ann Kathrin hätte gerne noch etwas länger den Ausblick aus 250 Metern Höhe genossen. Aus ihrer Perspektive sah es aus, als würde der Krabbenkutter da unten von einer Möwenarmee angegriffen. Es waren Hunderte. Einmal hatte Ann mit dem Traditionskutter NORD-MEER eine solche Tour gemacht. Dabei hatte sie echt Angst vor den Möwen bekommen. Respekt hatte sie vor den scharfen Schnäbeln der Raubtiere schon immer gehabt, aber an Bord der NORDMEER fühlte sie sich ein bisschen wie die Beute dieser Tiere.

Am schlimmsten waren die Schreie gewesen, die sie sonst, am Deich, sehr mochte. Aber damals, draußen auf dem Meer, waren sie ihr unendlich viel lauter und bedrohlicher vorgekommen, obwohl die Tiere keinem etwas taten. Die Mannschaft musste Nerven haben wie Drahtseile, oder gute Ohrstöpsel.

Die gelben Augen der Möwen fand Ann Kathrin vorher eigentlich recht interessant, doch als plötzlich auf einen Menschen mehrere Dutzend Möwen kamen, da wurden diese hungrigen, kalten Augen zu etwas, das sie erschaudern ließ. Einmal hatte sie sogar nachts davon geträumt.

Die Männer an Bord hatten nicht einmal den Versuch gemacht, die Möwen zu vertreiben. Warum auch? Sie ignorierten sie. Sie hatten sich damit abgefunden, dass sie eben da waren, wie die Wolken am Himmel, wie Bakterien oder Viren auf der Haut. Die meisten Seeleute blendeten Möwen einfach aus. Hoffentlich gelang denen da unten das auch, dachte Ann.

Der Pilot landete die Maschine sicher und wünschte Ann Kathrin einen schönen Urlaub. Er flog hier wohl aushilfsweise, denn die anderen Piloten kannte Ann Kathrin alle persönlich.

Sie hatte für Ubbo Heide von *ten Cate* ein Päckchen mit Marzipanseehunden und Deichgrafkugeln mitgebracht. Er saß auf dem Balkon mit Blick auf die Nordsee und winkte ihr zu, als er sie über die Obere Strandpromenade kommen sah. Sie tranken gemeinsam schwarzen Tee. Er genoss ihn stark, aber mit einem Pfefferminzblatt darin. Mit Kluntje und Sahne, so behauptete er, würde der Tee zu süß und überdecke dann den zarten Mandelgeschmack des Marzipans. Aber durch das Pfefferminzblatt im Tee würden die Geschmacksknospen auf der Zunge geöffnet.

Ubbo verspeiste zuerst den Schwanz des Seehunds. Mit geschlossenen Augen schmatzte er: »Das sind siebzig Prozent mallorquinische Mandeln und dreißig Prozent kalifornische … aber nicht von dieser Ernte …«

Ann Kathrin sah ihm gerne zu. Das Teetrinken und Marzipanessen war ein Ritual. Sie machte es gerne mit. Sie kannte jeden Spruch, jede Geste, die er machte, doch sie tat jedes Mal, als würde sie das alles zum ersten Mal erleben oder zumindest noch immer darüber staunen.

Er wusste, was ihr auf den Nägeln brannte, aber er lebte hier auf Wangerooge getreu dem Spruch: *Gott schuf die Zeit, von Eile hat er nichts gesagt.*

Ubbo lebte mit dem Wechsel der Gezeiten. Mit Tag und Nacht. Mit Ebbe und Flut. Mit Regen und Trockenheit. Er weigerte sich, den Alltagsstress der Welt weiterhin in sein Leben zu lassen. Das war sein Grundrecht als Rollstuhl fahrender Pensionär, fand er. Hier mit ihm im *Anna-Düne*-Gebäude zu sitzen und auf die Nordsee zu gucken, tat Ann Kathrin gut. Sie kam innerlich runter. Allein Ubbos Nähe reichte aus, um vielen Problemen die Spitze zu nehmen, denn er erkannte längst nicht alles als Problem an, was die Zivilisation ihm als solches anbot.

Sie drängte ihn nicht. Trotzdem war sie erleichtert, als er endlich seine Meinung zum Fall kundtat. Wie immer hatte er einen sehr praktischen Vorschlag: »Sprich mit den Kollegen und der Staatsanwaltschaft in Frankfurt. Sie dürfen die Leiche nicht freigeben. Sie sollen das so lange wie möglich hinauszögern.«

»Warum?«, fragte Ann.

Er lächelte und schob den Seehundkopf zwischen seine Lippen. Er schloss die Augen, genoss erst in Ruhe, spülte mit Tee nach und erklärte dann: »Die Beerdigung könnte zu eurem größten Problem werden.«

Sie kapierte sofort, doch er dozierte jetzt: »Alle werden kommen. Ihre Eltern. Seine Eltern. Alle Bosse. Sie müssen ihr die Ehre erweisen. Rupert kann vielleicht ein paar Zuhälter in Köln täuschen, meinetwegen auch ein paar ehemalige Vertraute, aber nicht alle Familienangehörigen und Clanchefs gleichzeitig. Er würde auffliegen und das dann ganz sicher nicht überleben. Da er die Beerdigung seiner Frau nicht schwänzen kann, muss die Beerdigung so lange wie möglich hinausgeschoben werden.«

Ubbo reckte sich, nahm sein Fernglas und beobachtete ein Schiff, das vom Jade-Weser-Port in Wilhelmshaven nach Indien zum Containerdepot Neu-Delhi unterwegs war. Er erzählte ihr, was er über das Schiff wusste, und sprach über die Güter, die es transportierte. Sie hörte ihm nicht wirklich zu. Sie war in der Lage, Wichtiges von Unwichtigem zu unterscheiden und aus einem Gespräch für den Fall die entscheidenden Informationen mitzunehmen, nichts weiter. Sie wollte sich unnötigen Ballast erst gar nicht merken. Bei zu vielen Menschen wurde die Festplatte im Gehirn von Mist belegt. Den hätten sie auf ihrem Computer längst gelöscht. Und dann wunderten sie sich, dass sie ihre Instinkte verloren und ihr Blick für Notwendigkeiten von Klatsch, Tratsch oder unsinnigen Informationen verstellt wurde.

»Du hast recht, Ubbo«, sagte sie, »die Beerdigung ist der Knackpunkt. Bis dahin müssen wir Rupert zurückgezogen haben und ihn und seine Frau irgendwohin in Sicherheit bringen.«

Ubbo sah zu ihr auf. Sie stand am Geländer und blickte aufs Meer.

»Seine Wohnung muss vollständig anonymisiert werden. Ihr werdet irgendeine Erklärung brauchen, was mit dem richtigen Frederico Müller-Gonzáles geschehen ist. Nur so wird der Druck auf Rupert und seine Familie langsam abnehmen.«

Ann Kathrin drehte sich um. Sie stand jetzt mit dem Rücken zum Meer. Das Rauschen trug sie gleichsam. »Der richtige Frederico Müller-Gonzáles kann uns da leider nicht mehr helfen. Er wurde in Lingen im Gefängnis ermordet.«

»Sie werden es nennen: *unter staatlicher Aufsicht hingerichtet*«, gab Ubbo Heide zu bedenken.

»Sie werden es nie erfahren, Ubbo. Der Leichnam wurde verbrannt, seine Asche anonym beigesetzt. Offiziell ist Frederico Müller-Gonzáles niemals in unserer Hand gewesen. In Lingen im Gefängnis ist ein anonymer Junkie gestorben. So die Legende.«

»Keine Angehörigen«, ergänzte Ubbo, »und die Staatskasse kommt für die Beerdigung auf.«

Ann Kathrin stöhnte. Neben ihr auf dem Geländer landete eine Möwe und sah ungeniert auf die Marzipanseehundreste. Eine einzelne Möwe machte Ann Kathrin keine Angst. Sie wollte das Tier gerade wegscheuchen, da sprach Ubbo Heide mit ihm: »Na, meine süße Klara, möchtest du ein bisschen Marzipan? Ja, du weißt, was gut ist.«

Ann Kathrin hoffte, dass er genügend Respekt vor dem scharfen Schnabel hatte, dem Tier das Marzipan nicht mit seinen Fingern anzubieten. Doch er hob das letzte Stück bedenklich vorsichtig vom Teller, führte es dann aber rasch zu den eigenen Lippen.

»Tut mir leid, Klara. Geh Krebse jagen, oder hol dir Pommes von den Touristen.«

Als würde die Möwe ihn verstehen, flog sie beleidigt davon.

»Du nennst sie Klara?«, fragte Ann Kathrin.

»Ja, ich habe ihr einen Namen gegeben. Sie kommt mich immer wieder besuchen. Ich füttere sie nie, aber sie gibt die Hoffnung nicht auf. Das beeindruckt mich. Menschen sind oft leicht zu frustrieren, werfen gleich die Flinte ins Korn, geben auf, bevor sie alle ihre Möglichkeiten durchgespielt haben. Klara ist da anders.«

Sie flog noch eine Ehrenrunde für ihn. Sie hatte eine gewaltige Flügelspannweite.

»Ich würde dich gern zum Abendessen in den *Compass* einladen«, sagte er. Sie wusste, wie gern er dort essen ging. Er hatte da einen Stammplatz und führte all seine Gäste einmal dorthin aus. Während sie noch darüber nachdachte, wie sie ihm absagen konnte, ohne ihn zu verletzen, machte er ihr selbst ein Angebot: »Ich weiß, dass du zurückwillst, Mädchen. Du hast wahrlich andere Sorgen, als mit einem alten Mann Fisch essen zu gehen. Ich würde dir ohnehin nur etwas über die Schifffahrtswege vor Wangerooge erzählen.«

»Ja«, lachte sie, »falls du nicht über Wolkenformationen sprichst oder über Marzipan.«

Ihr Satz gefiel ihm. »Du hast viel zu regeln«, sagte er. »Auf deinen Schultern lastet eine große Verantwortung. Manchmal denke ich, es ist alles nur ein Spiel, Ann. Das Blöde ist, dass bei dem Spiel die Bösen bessere Karten bekommen haben als die Guten. Aber wir können das ausgleichen.«

»Wie denn?«, fragte sie.

»Zum Beispiel, indem wir schummeln.«

»Schummeln?«

»Na, macht ihr das nicht gerade? Spielt nicht Rupert einen Gangsterboss?«

»Ja«, sagte Ann Kathrin, »und ich fürchte, er hat Spaß daran gefunden. Im Grunde steht ihm die Rolle gut. Er spielt sie sogar verdammt gut. Klatt will ihn nicht zurückholen. Liane Brennecke verspricht ihm das Blaue vom Himmel, wenn er für sie diesen Geier jagt.«

»Du hast viel größeren Einfluss auf ihn, als du denkst«, behauptete Ubbo und nahm ihr damit den Wind aus den Segeln. Er ahnte, dass sie ihn gleich bitten würde, Rupert zurückzurufen. Genau das tat sie auch: »Ich nehme die nächste Maschine zurück zum Festland, Ubbo. Ich wünsche dir ein paar schöne Stunden im *Compass*. Vielleicht kannst du für mich eine gute Fischsuppe essen, ich glaube kaum, dass ich heute noch dazu kommen werde. Und bitte denk darüber nach, ob du mir nicht einen Gefallen tun kannst.«

»Nämlich?«, fragte er.

»Sag Rupert, dass er zurückkommen soll.«

Er wehrte ab. »Ich bin pensioniert, Ann. Ich sitze hier und schaue aufs Meer. Ich bin glücklich über jeden Tag, der mir geschenkt wird.«

Sie wiegelte ab: »Niemand will dich ins operative Geschäft zurückholen. Ein paar Worte von dir würden reichen.«

»Du glaubst wirklich, er würde tun, was ich von ihm verlange?«

»Ja«, sagte sie und nickte, um ihre eigenen Worte zu unterstrei-
chen, »ja, innerlich bist du doch für uns alle noch der Chef.« Sie
klopfte an ihre Brust.

»Du meinst, so wie man immer Papa bleibt und immer Mama?«

»Ja, vielleicht.«

»Aber irgendwann beginnen die Kinder, sich gegen ihre Eltern
aufzulehnen, Ann. Dann tun sie genau das Gegenteil von dem,
was die von ihnen verlangen, nur um ihre Unabhängigkeit zu beweisen.«

»Und du meinst, so ist es mit Rupert?«

Als wäre die Möwe Karla eifersüchtig auf Ann Kathrin, schiss sie
direkt über ihrem Kopf.

»Vorsicht!«, rief Ubbo. Ann Kathrin duckte sich weg. Möwen-
schiet klatschte aufs Balkongeländer.

»Das Zeug ist echt eklig ätzend«, kommentierte Ubbo. »Da hast
du aber noch mal Glück gehabt.«

»Sie mag mich nicht«, folgerte Ann Kathrin.

»Sie mag niemanden, der mir zu nahe kommt.« Ubbo sagte es
ihr auf den Kopf zu: »Du hast versucht, Rupert zurückzuholen,
und er kommt nicht, stimmt's?«

»Ja«, gab Ann Kathrin zu.

»Kein Wunder«, sagte Ubbo und nahm wieder sein Fernglas.
Diesmal wollte er gar kein Schiff beobachten. Ann Kathrin spürte,
dass er eigentlich nur etwas brauchte, was er mit seinen Händen
festhalten konnte, und vielleicht nutzte er das Fernglas auch, um
sein Gesicht zu verdecken. Was er sagen wollte, war ihm unangenehm: »Ich verstehe, dass Rupert nicht zurückwill, Ann. Er hat
bei uns doch immer nur das fünfte Rad am Wagen gespielt. Ich
meine, da waren du und ich und Weller – wer hat ihn denn schon
ernst genommen? Die Frauen doch sicherlich alle nicht. Marion
Wolters, Sylvia Hoppe, Rieke Gersema … Die kriegen doch alle so-

fort so 'nen Hals, wenn man nur den Namen Rupert erwähnt. Alle halten ihn im Grunde für unfähig.«

Ann Kathrin erwischte sich dabei, dass sie beinahe reflexhaft geantwortet hätte: *Das ist er doch auch.* Zum Glück schluckte sie die Worte im letzten Moment runter.

Ubbo stellte das Fernglas neben sich und breitete die Arme aus. Er sprach jetzt, als hätte er weit draußen auf dem Meer mit dem Fernglas die Antwort gefunden: »Das ist jetzt seine ganz große Nummer, Ann. Plötzlich wird er ernst genommen. Plötzlich ist er für alle wichtig. Ja, ihr habt sogar Angst um ihn, und selbst das wird er genießen. Er hat keine Angst um sein Leben, Ann. Er hat Angst, dass es wieder so werden könnte, wie es einmal war.«

»Das heißt, du meinst ...«

»Ja. Er wird so lange wie möglich Frederico Müller-Gonzáles bleiben. Und ich fürchte, auch wenn das alles vorbei ist und er es überlebt hat, wird er nie wieder wirklich der Rupert werden, der er einmal war. Ich habe viele Undercoveragenten erlebt. Dein Vater war einer von ihnen. Die Dinge machen etwas mit uns. Man kann nicht einfach eine Rolle übernehmen, sie spielen und danach ablegen wie einen alten Anzug, der einem nicht mehr passt.«

Der Duft von frisch gebratenem Fleisch zog vom *Friesenjung* unten hoch zu ihnen auf den Balkon. Ann Kathrin drehte Ubbo wieder den Rücken zu und lehnte sich über die Brüstung. Sie wusste, dass er recht hatte, und es gefiel ihr nicht. »Du meinst«, fragte sie, »er wird ein richtiger Gangster werden?«

Ubbo Heide lachte. »Nein, das meine ich nicht, und das weißt du auch ganz genau. Aber er wird nie wieder der kleine, dumme Macho sein, über den alle so gerne grinsen, weil er außer Sprechblasen doch nichts draufhat. Etwas in ihm, Ann, wächst gerade zu heldenhafter Größe. Zumindest erlebt er es so.«

»Als Polizist kann man auch zum Helden werden, wenn es das

ist, was er will«, wehrte Ann Kathrin ab. Doch Ubbo ließ den Einwand nicht gelten: »Er ist Polizist und Gangster. Wir haben es aus ihm gemacht, Ann. Warum will er diesen Geier fangen? Warum zieht er all diese Dinge ab?«

»Na ja, weil … weil … «

Ubbo Heide half ihr: »Weil er unsere Anerkennung will, Ann. Deine, meine, die der ganzen Abteilung und mit Sicherheit auch die seiner Beate.«

Darüber konnte Ann Kathrin nicht mal lachen. »Ja, welche Ehefrau wünscht sich nicht einen Gangsterboss aus dem Rotlichtmilieu?«

»Gib ihm«, schlug Ubbo vor, »was er haben will, und er wird zurückkommen.«

»Wie soll ich das denn machen?«, wollte Ann Kathrin wissen.

Ubbo zuckte mit den Schultern. »Keine Ahnung. Lasst euch was einfallen.«

»Du glaubst nicht, dass er auf dich hört?«

»Habt ihr denn je wirklich auf mich gehört?«

Ann Kathrin staunte über diese Frage.

»Nein, Ann, das habt ihr nicht. Es ist mir nur manchmal gelungen, euch zu überzeugen, und das konnte ich immer nur, wenn ich authentisch war. Wenn ihr genau gespürt habt: Der sagt die Wahrheit. Der meint das so.«

»Und du meinst, das können wir zu Rupert nicht sagen?«

Ubbo Heide lachte und klatschte sich auf die Schenkel: »Du liebe Güte! Wenn ihr ihm die Wahrheit sagen wollt, wie würde die denn lauten? Dass er ein kleiner Idiot ist, für den Polizeidienst eigentlich ungeeignet? Intellektuell auf dem Niveau eines Neandertalers? Wenn ich ihm also einen ehrlichen Rat geben müsste, dann könnte ich ihm nur sagen: Pass auf dich auf, Junge. Das ist die große Chance deines Lebens. Hol dir diesen Geier. Zeig allen, wer du wirklich bist. Lass diese ganze Gangsterbande auffliegen. Zeig uns ihre Finanzströme, gib der Staatsanwaltschaft die Möglichkeit, eine juristisch haltbare Anklage zu erheben. Und dann, Rupi, dann komm zurück. Sei nett und bescheiden. Das erwartet man nämlich von Legenden, wie du dann eine sein wirst.«

Ann Kathrin gestand sich ein, dass sie Gänsehaut bekam, während Ubbo Heide sprach. Hart konterte sie: »Das sind doch alles Traumtänzereien! Sie werden ihn töten, Ubbo.«

So wie er aussah, zog er durchaus in Betracht, dass sie damit recht haben könnte. Trotzdem sagte er: »Fahr zurück. Verschiebe die Beerdigung, so lange du nur kannst.«

Sie umarmte Ubbo, bevor sie das *Anna-Düne*-Gebäude verließ. Ubbo flüsterte ihr ins Ohr: »Dein Vater wäre stolz auf dich, Ann.«

Der Satz erreichte sie und tat ihr gut. Sie wusste, wie nah Ubbo Heide und ihr Vater sich gewesen waren.

Sie lief zum Flugplatz und fragte: »Wann geht die nächste Maschine zurück nach Harle?«

Die blonde Mitarbeiterin lächelte sie an. »Das war ja ein kurzer Besuch.«

»Kann man wohl sagen.«

»Die nächste Maschine geht in zehn Minuten. Wir haben vier Gäste. Es sind also noch Plätze frei.«

»Danke«, sagte Ann Kathrin. Sie ging raus zu den Schafen. Zwei kamen zu ihr, kuschelten sich mit den Köpfen an sie und ließen sich von ihr streicheln.

»Ihr habt's gut«, sagte sie. »Ihr habt genügend Gras, den Himmel über euch und keinerlei Dienstvorschriften. Eure Möglichkeiten, Fehler zu machen, halten sich echt in Grenzen.«

Ihre dagegen erschienen ihr gerade grenzenlos.

Ubbo Heides Satz *Dein Vater wäre stolz auf dich, Ann* begleitete Ann Kathrin und ließ sie nicht mehr los. Es war, als würde dieser Satz sich in ihr geradezu ausbreiten und sie mit Freude und Trauer gleichzeitig fluten. Ubbo hatte das nicht einfach so dahingesagt. Ubbo wusste immer genau, was er tat. Er pflanzte etwas in Menschen, wie andere in einen Garten. Etwas, das dann in ihnen begann, Wurzeln zu schlagen. Er konnte Sätze platzieren wie andere Kinnhaken oder Wundpflaster.

War es das, worum es ging?, dachte sie. Kämpfen wir alle letztendlich nur um die Anerkennung durch unsere Eltern, selbst wenn die schon lange tot sind? War es bei Rupert nicht anders? Wann, fragte sie sich, habe ich selbst zum letzten Mal meinem Sohn Eike gesagt, dass ich stolz auf ihn bin?

Mai-Li und Charlotte hatten ihm einen gepanzerten Mercedes zum *Savoy* geschickt. Kugelsicheres Glas, Türen und Unterbodenschutz boten auch bei Sprengladungen oder Handgranateneinsatz Sicherheit. Im Wagen gab es Überrollbügel. Auf den ersten Blick sah das Fahrzeug ganz normal aus, nur eben mit dunklen Scheiben, so dass man nicht sah, welcher Promi drinsaß. Doch der Innenraum war praktisch ein gepanzerter Käfig.

Sollte ich jemals einen Unfall haben, dachte Rupert, dann hoffentlich in so einem Auto.

Trotz der 320 PS war der schwere Diesel langsam. Am Steuer saß Dickie, Charlottes und Mai-Lis ergebener Sklave. Eine Mischung aus wortkargem Fleischkloß, Kampfmaschine und gut ausgebildetem Stuntfahrer. Trotzdem schickte Rupert ihn weg. Er nahm den Wagen, aber nicht den Mann dazu.

»Dickie, geh zu Mai-Li und Charlotte. Du bist mir persönlich für ihre Sicherheit verantwortlich. Schöne Grüße an die beiden. Ich regle das in Oldenburg, und dann melde ich mich wieder.«

Dickie fügte sich sofort. Er sah trotz Pokerface erleichtert aus, als würde sein spannungsgeladener Körper relaxen. Ahnte er, dass der Besuch in Oldenburg zu einem Himmelfahrtskommando werden könnte?

Er nickte Rupert zum Abschied nur cool zu. Von dem Wagen aber verabschiedete er sich, indem er ihn streichelte wie ein Pferdeliebhaber seinen Hengst.

Marcellus steuerte den Wagen. Er war sichtlich stolz, dem Boss wieder so nah sein zu dürfen. Kleebowski rieb sich ständig das rechte Ohrläppchen. Er sah sauer, ja zerknirscht aus. Er gab heute so gar nicht den Gewinner beim Angriff, sondern kam eher wie ein Verlierer auf dem Rückzug rüber.

Frauke nahm hinten mit Rupert Platz. Kleebowski auf dem Beifahrersitz.

Eine gelbe Corvette mit 620 PS fuhr vorweg. Darin zwei Bodyguards.

»Warum«, maulte Marcellus, »fahren die in dem Chevy und wir in diesem T-34?«

Kleebowski konterte: »Weil jeder Anschlag auf den amerikanischen Playboy-Schlitten da vor uns ausgeführt werden würde und sicherlich nicht auf dieses Opa-Auto hier.«

Während Kleebowski das sagte, starrte er auf das Spinnentattoo auf Marcellus' Wange, als wollte er die Spinne am liebsten mit einem Faustschlag töten. Das Tattoo war so angebracht, dass sich die Spinnenbeine wie echt bewegten, wenn Marcellus' Kiefer arbeitete, und da er ständig auf etwas herumkaute, vom Streichholz bis zum Hustenbonbon, sah das Spinnentattoo oft sehr lebendig aus, als würde tatsächlich eine Spinne über sein Gesicht krabbeln.

»Ein kluges Täuschungsmanöver«, lobte Frauke.

»Warum siehst du so besorgt aus, Kleebo?«, fragte Rupert.

Kleebowski seufzte und drehte sich nach hinten um, während

Marcellus der Corvette zum Rheinufer folgte. In Kleebowskis dicker Nase steckten immer noch zwei Tampons, und ein weißes Pflaster klebte breit unter seinen Augen. Er sah brutal aus, wie ein Mann, der keinem Duell aus dem Weg ging. Da er die ganze Zeit durch den Mund ein- und ausatmen musste, war sein Hals ständig trocken, und seine Stimme klang auf eine heisere Art gefährlich: »George, die verdammte Ratte, hat das Kopfgeld auf dich herabgesetzt.«

»Was?«, empörte Frauke sich, »herabgesetzt? Ist Frederico jetzt etwa weniger wert?«

»Ja. Nur noch vierhunderttausend. Ab morgen dreihunderttausend.«

Marcellus schlug auf das Lenkrad. »Diese Unverschämtheit können wir nicht ungesühnt lassen. Wir sollten den Typen endlich …«

Rupert unterbrach ihn: »Das will der doch nur. Wir sollen ausflippen und ihn angreifen.«

Kleebowski fragte: »Ja, und warum tun wir das nicht, Frederico? Machen wir das fette Schwein doch fertig!«

Rupert versuchte, überlegen zu lächeln: »Er will uns nur von den eigentlichen Dingen ablenken. Das Ganze ist ein Täuschungsmanöver, wie die Corvette da vorne.«

»Es geht um unsere Ehre«, schimpfte Marcellus. »Von was will der uns denn ablenken?« Für ihn gab es nichts Wichtigeres als die Ehre – seine Eier vielleicht mal ausgenommen.

»Von zwölf Zentnern Heroin, die sie uns in Oldenburg geklaut haben«, erklärte Rupert und wusste, dass er jetzt sprach, wie man es von einem Gangsterboss erwartete. Ja, er wurde wirklich zu Frederico Müller-Gonzáles.

Es tat ihm gut, diese Kraft zu spüren und das Leben wie ein Schachspiel zu betrachten. Nur war er immer ein lausiger Schachspieler gewesen und hatte nur selten eine Partie gewonnen, aber das sollte sich jetzt ändern.

»Du meinst«, fragte Kleebowski, »George hat unseren Stoff?«

»Ich glaube nicht, dass es so einfach ist, mein Freund. Er ist nur eine Schachfigur. Ein Bauernopfer. Ich denke, irgendjemand hetzt ihn auf, hier mit uns den Molli zu machen. Und während wir uns dann um ihn kümmern, verhökern die unser Heroin.«

Marcellus leuchtete das sofort ein. Er pfiff anerkennend und nickte. »Genau, Boss. Genau so wird es sein.«

»Sobald irgendwo größere Mengen auftauchen, haben wir sie sowieso an den Hammelbeinen«, tönte Kleebowski.

»Die sind doch nicht verrückt«, sagte Rupert. »Die fluten damit jetzt nicht die Straße. Das ist viel zu riskant. Wer immer es hat, wird versuchen, es an eine andere Gruppe zu verkaufen, und dann sollen die sich damit die Finger verbrennen.«

»Damit wir«, kombinierte Kleebowski, »Krieg gegen die falschen Leute führen?«

Rupert schnalzte. »Ja. Und ihre Konkurrenz ausschalten. Hier geht es nicht einfach um zwölf Zentner Heroin. Hier wird der Markt ganz neu verteilt. Kapiert ihr?«

Marcellus und Kleebowski verstanden. Rupert hatte das Gefühl, gerade wirklich Führungsqualitäten zu entfalten, aber je mehr Eindruck er bei den Jungs machte, umso weiter entfernte Frauke sich von ihm. Sie saß neben ihm, als hätte sie sich völlig aus dem Gespräch ausgeklinkt, und schaute so staunend auf die Gegend draußen, als wäre sie ihr unbekannt.

Rupert legte einen Arm um sie und zog sie zu sich. Sie hatte etwas auf dem Herzen, das spürte er genau. Er fragte sie nicht, weil er befürchtete, in Marcellus' und Kleebowskis Anwesenheit könne es ihr peinlich sein, über ihre Gefühle zu reden.

Doch Frauke war nicht wie Beate, die Beziehungsgespräche in

Gesellschaft von Fremden mied. Ohne ihn dabei anzusehen, als würde sie mit den Stützpfeilern der Rheinbrücke sprechen, sagte sie: »Du hast sie nie geliebt, Frederico.«

»Wen?«, wollte Rupert wissen.

Sie lächelte in sich hinein, als wäre die Frage bereits eine klare Antwort gewesen. »Deine Frau«, entgegnete sie.

Rupert schluckte. Er ahnte, dass er jetzt über dünnes Eis ging. »Ich … Also, ich …«

Kleebowski nahm ihm die Peinlichkeit ab und sprang für ihn ein: »Die Ehe hat zwei starke Familien vereinigt und einen langen Krieg beendet.«

»Jaja, ich weiß, die Wirklichkeit ist auch nur ein Shakespeare'sches Drama«, behauptete Frauke.

Rupert hatte keine Ahnung, was sie damit meinte, und fragte: »Wie kommst du denn darauf, Frauke, dass ich meine Bea…«, er räusperte sich, »Madonna nicht geliebt habe? Ist es am Anfang nicht immer Liebe? Erst kommt man tagelang nicht aus dem Bett, und dann …«

Sie ließ das nicht gelten. »Weil du, mein lieber Frederico, nicht erschrocken bist. Weil du nicht nach ihr fragst. Weil du nicht trauerst.«

»Der Tod gehört zum Leben«, verteidigte Marcellus seinen Boss.

Rupert fand genau die Sätze, die Frauke hören wollte: »Seit ich dich kenne, habe ich kein Interesse mehr an anderen Frauen. Unsere Ehe bestand ohnehin nur noch auf dem Papier.«

Frauke kuschelte sich an ihn.

Vor ihnen entstand eine komplizierte, nicht ungefährliche Verkehrssituation. Die Corvette musste scharf bremsen. Fast wären sie mit dem gepanzerten Mercedes hintendrauf gefahren, doch Marcellus reagierte geistesgegenwärtig. Das hätte Dickie so nicht besser gemacht. Kleebowski zog seine Waffe, weil er mit einem

Angriff rechnete, aber nichts dergleichen geschah. Alles blieb ruhig. Kleebowski sagte: »Wenn die auch nur eine Schramme in den Chevy fahren, leg ich beide um.«

Als sie auf der Autobahn waren, fuhr die gelbe Corvette mal vor und mal hinter ihnen. Als würden sie sich ein Rennen mit den beiden Security-Leuten liefern. Kleebowski behauptete, einer von denen käme aus einer Kölner Stuntschule und würde manchmal das Leben mit einem Film verwechseln.

Dann klappte er den Sonnenschutz herunter und betrachtete seine Nase im Spiegel, der hinten auf der Klappe klebte. Dabei sprach er mit seiner krächzenden Stimme merkwürdig oberlehrerhaft: »Wir werden zu unser aller Bedauern nicht ins *Savoy* zurückkehren. Ich habe uns bereits etwas Neues gemietet. In Bremen. Unsere Leute checken gerade im *Parkhotel* die Sicherheitslage.«

»Aber«, protestierte Frauke, »warum sagt mir das denn niemand? Ich habe all meine Sachen noch oben in der Suite! Ich hätte doch die Koffer gepackt und …«

Kleebowski schmunzelte über so viel Naivität: »Aber dann hätte jeder gewusst, dass wir abreisen. Genau das wollte ich verhindern. Wir haben ja auch nicht ausgecheckt.«

»Wenn wieder Ruhe eingekehrt ist, hole ich alle Klamotten ab oder lasse sie holen. Solange bleibt ihr offiziell Gäste im *Savoy*«, erklärte Marcellus.

»Wir zahlen in mehreren Hotels gleichzeitig die Zimmer, obwohl wir gar nicht dort wohnen?«, staunte Frauke, die inzwischen schon daran dachte, das Vermögen ihres zukünftigen rechtmäßigen Ehemanns zusammenzuhalten, wie sich aus ihrer empörten Tonlage heraushören ließ.

Kleebowskis Antwort war nur ein Grunzen, als könnte man gar nicht anders leben.

Rupert wollte, plötzlich sparsam geworden, gegen diese Verschwendung protestieren, schwieg dann aber lieber, wie es sich für einen millionenschweren Gangsterboss gehörte.

Kleebowski beendete die Diskussion mit einem einzigen Satz in Richtung Frauke: »Das *Savoy* ist nicht mehr sicher für Frederico.«

Niemand hakte nach, wie er zu dieser Einschätzung gekommen war.

Geier sah die beiden Wagen mit den dunklen Scheiben abfahren. Er fand das Täuschungsmanöver mit der Corvette geradezu amateurhaft und amüsierte sich darüber. Aber es war doch schwieriger, an diese Frauke heranzukommen, als er gedacht hatte. Er hätte Frederico Müller-Gonzáles und diesen Alexander von Bergen, den alle Kleebo nannten, umbringen müssen, um sie sich zu schnappen. Aber genau das sollte er ja nicht tun. Schließlich konnten sie schlecht dem toten Frederico die einzelnen Körperteile seiner Miet-Ehefrau zuschicken, um ihn zu erschrecken.

Es wurmte Geier. Er kam sich zur Untätigkeit verdammt vor. Am liebsten hätte er diesen Frederico Müller-Gonzáles samt Miet-Ehefrau zu sich in den Keller geholt. Er stellte sich vor, ihn ans Andreaskreuz zu binden und ihm die Augenlider an die Brauen zu tackern, damit er zugucken musste, wie seine Frau in Stücke geschnitten wurde. Ja, diese Phantasie nahm immer mehr Raum in ihm ein, aber er wusste, dass er es so nicht verwirklichen konnte. Stattdessen würde Frederico in irgendeinem Luxushotel sitzen, und dorthin würden ihm die Körperteile seiner Frau geschickt werden und dazu vielleicht ein paar schöne Videos.

Diese Frauke gefiel ihm. Er könnte Sachen mit ihr machen, die würden sogar den Gangsterboss schockieren, da war er sich ganz sicher.

Er hatte nicht vor, jetzt hinter denen herzufahren. Er wollte nicht auffallen. Marcellus und Kleebowski waren clevere Jungs, die merkten schnell, wenn sie verfolgt wurden. Im Gegensatz zu allen anderen hatte er Zeit. Finanzielle Probleme gab es ja nicht. Er musste sich nur beschäftigen.

Er rieb seine Fingerkuppen gegeneinander. Er sah einer Joggerin nach, aber die war ihm zu mager. Er ging jetzt auf der Domplatte spazieren, kaufte sich ein Eis und schleckte daran. Männer mit einem Eis in der Hand wirkten harmlos. Menschen ließen sich so leicht täuschen …

Zwei junge Frauen mit sehr langen, braun gebrannten Beinen und wippenden Röcken erregten kurz seine Aufmerksamkeit. Draußen im *Café Reichard* saß eine Frau um die fünfzig, die war viel eher sein Fall. Er liebte es, diese wallenden Klamotten zu zerschneiden, die die eine oder andere Speckrolle verdecken sollten. Sie hatte diesen überheblichen Zug um die Mundwinkel, der Menschen auszeichnete, die glaubten, ihre Schäfchen im Trockenen zu haben, deren Einfamilienhaus abbezahlt war und bei denen die Lebensversicherung kurz vor der Auszahlung stand. Sie zu verunsichern und schreien zu hören, war für ihn viel schöner, als diesen ohnehin unsicheren jungen Frauen Angst einzujagen.

Er dachte darüber nach, sie als kleine Fingerübung mitzunehmen. Er ging rüber zu *Merzenich* und kaufte sich dort einen Kaffee im Becher und eine Apfelschnecke. Auch damit war er sich absolut sicher, sofort zur unscheinbaren, harmlosen Person zu werden. Niemand erwartete, dass einer wie er, der mit einem Kaffeebecher in der Hand und an seinem Gebäck knabbernd, sich Zucker von den Lippen leckend, vor dem Kölner Dom stand, ein Lustmörder sein könnte.

122

Doch dann, kurz bevor er die Dame vor dem *Café Reichard* ansprechen wollte, hatte er plötzlich eine Idee. Er würde sich Madonna trotzdem holen. Sie war überfahren worden. Na und? Alle freuten sich jetzt auf eine rührselige Beerdigung. Die würde er ihnen versauen und ihnen stattdessen Einzelteile zuschicken.

Er fühlte sich frisch, jung, durchtrieben. Ja, was für eine Idee! Genau so würde er es machen.

Es kostete ihn nur einen einzigen Anruf, um herauszufinden, wo sie war. Er machte es noch von der Domplatte aus, während er den Tauben dabei zusah, wie sie den Dom vollschissen.

In einer Villa in der Kennedyallee in Frankfurt-Sachsenhausen stand eines der größten rechtsmedizinischen Institute Europas. Dort wurden mehrere hundert Obduktionen jährlich durchgeführt. Dort lag Madonna Rossi in einem Kühlfach und wartete auf ihn. Jede Provinzsparkasse, jedes Juweliergeschäft, ja, jeder Kiosk war in Deutschland aus seiner Sicht besser gesichert als Leichenhallen oder gerichtsmedizinische Institute.

Als Jugendlicher war er einmal mit zwei Freunden in Bochum in eine Leichenhalle eingebrochen. Ihre Sportlehrerin, die ein gemeines Aas gewesen war, hatte beim Training für einen Marathonlauf einen Herzinfarkt erlitten. Sie nahmen die Gelegenheit wahr, um der Toten zu sagen, was sie zu Lebzeiten von ihr gehalten hatten.

Die beiden anderen fanden es witzig, ihr die Zunge rauszustrecken und böse Dinge zu sagen, die sie sich niemals getraut hätten, der Lebenden gegenüber auszusprechen. Doch ihm waren die Kumpels sehr schnell lästig geworden, ja, er fühlte sich unfrei in ihrer Nähe, und nachdem sie die Leichenhalle gemeinsam verlassen hatten, war er noch einmal zurückgekehrt und hatte Sachen mit der Sportlehrerin angestellt, da hätte er sich im Beisein seiner Kumpels geniert.

Später hatte er das immer wieder getan. Manchmal war er dafür weit gefahren, hatte die Todesanzeigen studiert und geguckt, ob es irgendwo interessante Leichen für ihn gab. Es gefiel ihm, wenn sie ein bisschen älter waren als er. Männer waren für ihn völlig uninteressant.

Manchmal nahm er Andenken mit und kniff einen Zeh ab. Das ließ sich am besten verbergen. Nie hatten seine Taten Aufsehen erregt, nie war in den Zeitungen darüber geschrieben worden. Entweder hatte es niemand bemerkt, oder man verschwieg so etwas aus Pietätsgründen den Angehörigen gegenüber.

Nie hatte er etwas mit den Gesichtern der Toten angestellt. So konnte die Beerdigung stattfinden, auch wenn sich alle noch am offenen Sarg verabschieden wollten. Manchmal war er hingegangen, um bei der Beerdigung dabei zu sein.

Nein, er fühlte sich nicht schuldig. Er achtete darauf: Was macht das mit mir? Wie geht es mir dabei? Er hoffte zu spüren, dass irgendwelche Gefühle in ihm aufstiegen, aber das war nicht so. Scham spielte keine Rolle. Manchmal nur eine gewisse Erhabenheit, weil er mehr wusste als alle anderen.

Er betrachtete die weinenden Verwandten, die bereits die Erbschaft unter sich verteilt hatten und glaubten, die Tote gut gekannt zu haben. Doch niemand von ihnen wusste, dass der kleine Zeh fehlte oder dass er ihr das Wort *Schlampe* auf den Hintern geritzt hatte.

Bei Madonna Rossi würde er auf das Gesicht keine Rücksicht nehmen. Im Gegenteil. Diesmal sollte jeder mitkriegen, was er getan hatte. Das galt dann auch direkt als Signal, als Drohung für das, was als Nächstes geschehen würde, nur eben nicht mit einer Leiche, sondern mit einer lebenden Person.

Als er nach Frankfurt fuhr, hatte er das Gefühl, wieder dort zu beginnen, wo er einst angefangen hatte.

Die Dienstbesprechung fand am runden Tisch in Norden in der Polizeiinspektion am Markt statt. Dirk Klatt sprach mit schmalen, wutblassen Lippen. Liane Brennecke saß da wie auf einer Anklagebank, war aber nicht bereit, auch nur den geringsten Vorwurf zu akzeptieren oder gar von ihren Plänen abzuweichen. Auf kuriose Weise bildete sie so eine Allianz mit Klatt, gegen die ostfriesischen Freunde, die einfach nur ihren Rupert zurückholen wollten.

Martin Büscher hatte Mühe, sich auf das Gespräch zu konzentrieren. Er träumte davon, bald einen großen Aktiengewinn einzustreichen. Er war dem Tipp seines Vermögensberaters gefolgt und hatte zwanzigtausend Euro in Wirecard-Aktien angelegt. Hier sollte es schon bald eine Kursexplosion geben. Ein ungeahnter Ausbruch nach oben wurde vorausgesagt. Vielleicht genug, um früher in Pension gehen zu können … Dieser Wunsch in Martin Büscher war so groß, dass er sich noch einmal zwanzigtausend Euro geliehen hatte, um Aktien nachzukaufen.

Klatt schrie: »Niemand wird weiterhin in dieser Sache unqualifiziert herumrühren! Das ist nicht euer Teig, das wird mein Kuchen!«

»Wir haben ohnehin keinen Kontakt zu Rupert«, warf Ann Kathrin ein. »Eure Leute doch auch nicht, oder?«

»Wir wissen nicht einmal«, gab Büscher kleinlaut zu, »ob er überhaupt noch lebt.«

Weller schwieg die ganze Zeit, blieb ganz in Ann Kathrins Nähe. Etwas gärte in ihm. Sie kannte ihn sehr gut. Sie wusste, dass er ein sehr geduldiger, ruhiger Mensch war, der oft mehr Verständnis für andere zeigte, als gut für ihn war. Aber er konnte auch ausrasten. Dann ging er los wie ein Stier und war nicht mehr zu halten. Weit war er nicht mehr davon entfernt.

Ann Kathrin nahm sich vor, auf jeden Fall zu verhindern, dass hier seine Karriere durch einen Wutanfall beendet werden würde. Sie traute Weller zu, dass er gleich auf Klatt losgehen würde. Klatt hatte nicht die geringste Chance gegen Weller, und das wusste auch Klatt. Vielleicht trat er gerade deshalb so provozierend auf. Wollte er, dass Weller ihm eine reinhaute, um ihm dann ein Disziplinarverfahren anhängen zu können?

»Was hier geschieht«, behauptete Klatt, »ist größer als Sie alle!« Er schlug sich mit der flachen Hand gegen die Stirn. »Geht das gar nicht rein in eure Köpfe? Das ist eine historische Situation, da dürfen wir nicht versagen! Dieses ganze Chaos – komm zurück, nein, bleib da –, stellt euch doch mal vor, was für eine Verwirrung das in dem Mann anrichtet. Und was, wenn irgendjemand diese Nachrichten mitliest?«

Ann Kathrin blies heftig Luft aus. »Ich fordere Sie hiermit letztmalig offiziell auf, Rupert zurückzuziehen. Er ist dieser Situation nicht gewachsen. Er hat keinerlei Unterstützung vor Ort.«

Klatt klatschte die Hände hoch über seinem Kopf zusammen: »Oh nein, er hat keinerlei Unterstützung! Wir haben ihn gerade zum Vorstandsvorsitzenden einer Bank gemacht. Helfen Sie uns lieber dabei, ihn auf die erste Vorstandssitzung vorzubereiten.«

»Dort werden nämlich nicht nur unsere Leute sitzen, sondern auch ganz normale Gangster«, grummelte Weller.

»Und richtige Banker.« Klatt betonte das Wort *richtige* und fügte zur Erklärung noch hinzu: »Leute, die das Bankgeschäft gelernt haben. Das sind nicht irgendwelche Provinzfuzzis, sondern zum Beispiel ein Börsenmakler aus London, der auf dem internationalen Parkett … «

Jeder der Kollegen sah, dass Klatts Worte bei Weller geradezu einen Brechreiz auslösten. Er sah aus, als könnte er sich gleich quer über den Tisch übergeben.

Liane Brennecke räusperte sich und sprach Ann Kathrin an, so als würde die Entscheidung hier zwischen ihnen beiden fallen: »Wäre es nicht schöner, Frau Klaasen, Sie würden Ihren Rupert unterstützen, statt ihm in den Rücken zu fallen?«

»Ich falle ihm nicht in den Rücken!«, schrie Ann Kathrin getroffen.

Aus Weller platzte es heraus: »Für euch ist Rupert doch nur irgendeine ostfriesische Arschgeige, und ihr seid bereit, ihn zu opfern! Aber soll ich euch mal was sagen? Er ist nicht irgendeine Arschgeige! Er ist die Stradivari unter den Arschgeigen. Und er wird nicht euer Konzert spielen, sondern seine eigene Musik machen. Glaubt mir, wir kennen ihn besser.«

Das *Parkhotel* in Bremen fand Rupert standesgemäß. Er sah auch Fraukes Reaktion. Ja, dieses schlossartige Gebäude war genau nach ihrem Geschmack. Sie fühlte sich innerlich bereits als die zukünftige Frau Müller-Gonzáles, die bereit war, an der Seite ihres Mannes ein Imperium zu verwalten und ihm eine treue Weggefährtin in allen Krisensituationen zu sein.

Hotelpagen in ihren Phantasieuniformen standen am Eingang sofort bereit, allerdings liefen sie zum gelben Playboy-Auto und nicht zur weißen Opa-Schaukel. Ein bisschen pikiert darüber, dass die Bodyguards wie die eigentlichen Herrschaften behandelt wurden, während sie in der Warteschlange standen, war Rupert schon, doch Frauke lobte Kleebowski: »Die Täuschung funktioniert ja bestens. Sie vermuten die wichtigste Person im Chevy, nicht hier.«

Rupert klopfte Kleebowski von hinten auf die Schultern. Der bat: »Und redet mich ab jetzt bitte nicht mehr mit Kleebo an oder

Kleebowski. Und wenn einer Heinz sagt, dann hau ich ihm eine rein!«, tönte er in Richtung Marcellus, der mit feuchten Händen am Steuer saß.

Kleebowski trichterte es ihm noch einmal ein, wie ein gestrenger Lehrer, der ohnehin nicht daran glaubt, dass seine Schüler sich die schwere Formel merken können: »Mein Name ist Alexander von Bergen.«

»Alles klar, Alex«, grinste Rupert. Er wollte aussteigen, doch Kleebo hinderte ihn, als schiene ihm das zu riskant: »Eins noch. Mai-Li ist schon da. Sie will dich begleiten.«

»Mai-Li?«, fragte Rupert entgeistert.

»Ja, Frederico. Sie wird zunehmend so etwas wie die Stellvertreterin der Muttergottes auf Erden«, spottete Kleebowski und blickte hoch zu den Überrollbügeln, die den Mercedes sicherer machten.

Rupert hob mahnend den Zeigefinger: »Du sprichst von meiner Mutter, Kleebo.«

»Du sollst mich Alexander nennen!«

»Sag ich ja.«

Einer der Pagen bekam den Schlüssel für die Corvette und fuhr den Wagen in die Tiefgarage. Die beiden Bodyguards bewegten sich auf den Mercedes zu und bemühten sich, dabei so lässig auszusehen, als wollten sie nur einen Freund oder Verwandten abholen. Gleichzeitig traten sie mit der Ernsthaftigkeit von Männern auf, denen bewusst war, dass es bei ihrer Arbeit um Leben oder Tod ging.

Kleebowski verließ den Mercedes, blieb in der geöffneten Tür stehen, sah sich nach links und rechts um, eine Hand direkt über seiner Waffe. Nachdem er die Gegend gecheckt hatte und einer seiner Kleiderschränke aus dem gelben Chevy bei ihm war, um Frederico Müller-Gonzáles nach hinten hin abzusichern, öffnete

Kleebowski die Tür und half zunächst Frauke mit einem galanten Handkuss heraus. Dann stieg Rupert aus. Die Bodyguards schützten sein Leben mit ihren eigenen Körpern gegen Scharfschützen. Das beeindruckte Rupert durchaus.

An der Rezeption stand eine kleine Schlange quirliger Japanerinnen, die laut durcheinanderredeten. Eine von ihnen schöner als die andere, und wäre Rupert nicht mit Frauke da gewesen, hätte er sicherlich versucht, eine von ihnen abzuschleppen. Jetzt überließ er die Formalitäten seinen Leuten und begab sich mit Frauke auf die Terrasse, um mit Blick in den Park einen Kaffee zu genießen.

Zwei Security-Leute waren bereits vor seiner Anreise im Hotel angekommen und hatten sowohl die Gästeliste gecheckt als auch mögliche Sicherheitslücken in Fluren und Zimmern. Sie waren zu der Überzeugung gekommen, dass Frederico Müller-Gonzáles sich hier problemlos aufhalten konnte.

Einer von ihnen, mit einer Krawatte, die aussah wie ein Buchregal und die seine breite Brust in zwei Hälften teilte, begleitete Rupert und Frauke zur Terrasse, wo Mai-Li unter einem Sonnenschirm an einem Tisch saß. Sie kaute auf ihrer goldenen Zigarettenspitze herum. Der Geruch des verglimmenden Tabaks zog Rupert in die Nase.

Mai-Li hatte vor sich ein Erdbeertörtchen stehen, in dem eine Gabel steckte, und sie trank bereits den dritten Espresso. Sie strahlte, als sie Rupert sah, und deutete ihm an, ihr gegenüber Platz zu nehmen. Sie saß an einem Tisch, der sechs Personen Platz bot, hatte den Kellner aber gebeten, die anderen Stühle wegzuräumen, so dass ihr gegenüber nur ein freier Platz für ihren Gesprächspartner blieb.

Sie ignorierte Frauke ebenso wie die Wespe, die um ihr Erdbeertörtchen herumsurrte. Frauke verstand die Geste sehr wohl und blieb einfach neben dem Bodyguard stehen, der die beiden in Richtung Tür abschirmte. Das sollte wohl unauffällig aussehen, weil er sich hinstellte, als würde er nur auf jemanden warten und dabei die Sonne genießen, doch er trat auf so demonstrative Weise dezent auf, dass selbst den Leuten, die unten im Bürgerpark spazieren gingen, klar wurde: Da oben bewachte ein Security-Mensch eine wichtige Person. Seine Anzugjacke wurde sicherlich nicht von seiner Brieftasche ausgebeult.

Rupert setzte sich und sagte zu seinem Leibwächter: »Nun bring ihr doch einen Stuhl, Stoffel!«

Der tat sofort, was Rupert von ihm verlangte, ahnte aber, dass Mai-Li damit ganz und gar nicht einverstanden war. Mai-Li wusste nur zu genau, dass es in ihren Kreisen unmöglich war, dem Chef der Organisation vor Angestellten zu widersprechen oder ihn gar bloßzustellen. Sie verzog deshalb nur den Mund und sog durch ihre Zigarettenspitze den Rauch so tief in die Lunge, als hätte sie vor, sich damit gleich jetzt und hier umzubringen. Sie wirkte aber, als würde sie Kraft daraus ziehen.

»Charlotte wollte uns eigentlich auch begleiten«, sagte sie. »Schöne Grüße. Aber es geht nicht. Sie hat einen Arzttermin, den sie leider nicht verschieben kann.«

Rupert gab sich besorgt. »Oh, was ist mit Tantchen?« Er hoffte, dass er mit der Bezeichnung *Tantchen* richtiglag. Die beiden verhielten sich ja wie seine Tanten beziehungsweise Zieheltern. Immerhin hatte er als kleiner Junge schon auf Mai-Lis Schoß gesessen, sie hatte Frederico gewippt und gewickelt, wie sie jedem gern erzählte, ob man es wissen wollte oder nicht.

»Krebs«, sagte sie, »ist ein Arschloch. Wenn es nach mir ginge, hätten wir den einfach umgelegt.«

Rupert gab ihr sofort recht: »Ja, wäre Krebs ein Typ, würde ich ihn voll Blei pumpen und mit genügend Gips an den Füßen in der Nordsee versenken. Muss ich mir Sorgen machen?«, fragte er.

Mai-Li blies den Qualm auf den Erdbeerkuchen, als wollte sie die Sahne räuchern. »Ich sag immer, besser Sonne im Herzen als einen Schatten auf der Lunge.«

»Lungenkrebs?«, entfuhr es Frauke, die sich eigentlich vorgenommen hatte, bei diesem Gespräch den Mund zu halten.

Der Kellner trat jetzt an den Tisch. Er fühlte sich durchaus ein wenig unwohl, denn der Security-Mann mit der Buchregalkrawatte checkte ihn ab, als wäre er bereit, ihn augenblicklich niederzuschießen, wenn er auch nur den kleinsten Fehler machen würde. Rupert dagegen, die Person, um die es offensichtlich ging, zeigte sich freundlich, jovial, ja fast bescheiden. Das kannte der Kellner von vielen Promis, die hier abstiegen. Ihre Entourage machte oft viel mehr Aufhebens um sich selbst als die eigentlichen VIPs.

Rupert fragte Frauke, was sie denn haben wolle. Da sie mit den Schultern zuckte, bat er den Kellner: »Bringen Sie uns doch auch so ein wunderschönes Stückchen Torte, und ich hätte gerne Kaffee.«

»Ich auch«, bestätigte Frauke.

Um harmlos zu beginnen, zog Rupert Mai-Li ins Vertrauen: »Ich hoffe, die Torten sind gut hier. Wir sind das ja von *ten Cate* gewöhnt. Ich gehe auch manchmal zu *Remmers*, weil Ann Kathrin sich da nicht rumtreibt, aber …«

Ihm stockte der Atem. Mein Gott, was mache ich hier? Ich rede wie Rupert, der ostfriesische Kripomann. Ich bin doch Frederico Müller-Gonzáles … Was soll Mai-Li jetzt denken?

Selbst Frauke schaute irritiert.

Zu seinem großen Glück ging Mai-Li gar nicht darauf ein. Für sie war es so, als hätte Frederico nur irgendeinen Müll erzählt, solange der Kellner noch zuhören konnte.

Rupert fragte sich, ob sie sich absichtlich so hingesetzt hatte, dass der Rauch ihm ins Gesicht ziehen musste. Er unterdrückte ein Husten, und er wusste, dass es eine Beleidigung gewesen wäre, wenn er mit der Hand vor seinem Gesicht herumgefuchtelt hätte, um den Qualm zu vertreiben.

»Die Welt«, sagte Mai-Li, »ist nicht gerecht, mein Lieber. Und schon mal gar nicht fair. Ich rauche achtzig Zigaretten am Tag, und sie kriegt Lungenkrebs.«

»Kann ich ihr Blumen schicken?«, fragte Rupert. Auch dabei kam er sich dämlich vor, so als gehöre das zu einer ganz anderen Welt.

Mai-Li konzentrierte sich auf das Wesentliche: »Was hast du heute Abend vor? Gibt es einen Plan?«

Rupert räusperte sich und lehnte sich im Stuhl zurück. Verdammt, dachte er, was wird jetzt von Frederico erwartet?

»Alle denken«, sagte er, »dass ich dort aufkreuzen werde wie ein Racheengel und die gesamte Führungsspitze umlege.«

Mai-Li nickte, als wäre das sowieso selbstverständlich.

»Ich denke, deshalb – werde ich genau das nicht tun.«

Ihre Augen wurden zu Schlitzen. Sie konnte das auf eine Art tun, die dem Gegenüber Angst machte. Man sollte sich durchschaut fühlen, ja, überführt.

»Ich werde ihnen«, lächelte Rupert und versuchte, dem durchdringenden Blick charmant zu begegnen, »die Chance geben, alles wiedergutzumachen.« Er zählte auf: »Wir wollen den Stoff zurück und alle Namen.«

Mai-Li nickte. »Brav, mein Junge, brav. Und wenn wir alles haben, legst du sie alle um.« Sie drückte ihre Zigarette in der Erdbeertorte aus. Neben der Espressotasse lag ihr goldenes Zigarettenetui mit integriertem Feuerzeug. Sie klickte es auf, fischte einen neuen Glimmstängel heraus und pflanzte ihn in die Zigarettenspitze.

Der Kellner brachte die Bestellung. Er sah, was Mai-Li angestellt hatte, kommentierte das aber nicht, sondern tat so, als hätte er nichts bemerkt.

Rupert befürchtete schon, er könne gleich so eine Blödheit fragen wie: *Hat es Ihnen etwa nicht geschmeckt?* Aber das tat er nicht, denn er sah sehr wohl, dass die Torte unberührt war.

Rupert war froh, sich mit dem Kaffee und dem Essen beschäftigen zu können. Er verbot sich selbst, irgendeinen neuen Vergleich zwischen diesem Stück Kuchen und dem, was Jörg Tapper daraus gemacht hätte, zu ziehen. Auch wollte er auf keinen Fall erwähnen, dass zu ostfriesischer Erdbeertorte eigentlich ein wenig Pudding gehörte.

Noch einmal sagte er sich: Du bist nicht Rupert, du bist Frederico Müller-Gonzáles.

Hier, auf der großzügigen Terrasse mit dem weiten Blick in den Bürgerpark, bei dem herrlichen Wetter, fiel es ihm besonders schwer, und ja, er gestand es sich ein, er spürte hier in Bremen zwar schon die Nähe des Meeres, aber für ihn war das alles noch viel zu weit im Inland. Dieser Teich da vorne war wunderbar, riss es aber für ihn nicht raus. Er wünschte sich ans Meer zurück, an seine geliebte Nordsee.

Dann kam Mai-Li auf ihr eigentliches Thema zu sprechen: »Bist du naiv genug, zu glauben, dass deine Ehefrau einen Unfall hatte?«

Rupert schüttelte den Kopf: »Natürlich nicht.«

»Weißt du, was einige Leute behaupten?«

»Nein, ich gebe nichts auf das Geschwätz von Leuten. Was erzählen sie denn?«

Mai-Li schien jetzt zum ersten Mal Frauke zur Kenntnis zu nehmen und warf ihr einen Blick zu, der sie wie eine vergiftete Messerspitze traf.

Frauke setzte sich anders hin.

Mai-Li zündete sich die neue Zigarette an und formte einen Rauchkringel, der sich Rupert näherte wie eine Schlinge, die sich um seinen Hals legen wollte. Er hatte Mühe, die Situation auszuhalten und sich nicht vor dem Kringel wegzuducken. Schon kam ein zweiter. Niemand konnte das so gut wie Mai-Li. Er stellte sich vor, dass sie es geübt hatte. Die ganze Nummer war zirkusreif.

»Es gibt ein paar Leute, die behaupten, dass du daran nicht ganz unschuldig bist, Frederico.«

»Ich?« Ruperts Gabel klirrte auf das Desserttellerchen. Auch Frauke zuckte zusammen. Sie begriff sofort, dass dies eine Attacke auf sie war.

»Sie denken, dass du eine Neue hast«, sagte Mai-Li. »Dass da jemand die neue Nummer eins werden möchte.«

»Aber bitte, Tante, du glaubst doch nicht im Ernst, dass ich …« Rupert griff sich ans Herz, fragte sich aber gleichzeitig, was ein Gangsterboss wohl tat, wenn er zeigen wollte, dass er die Wahrheit sagte. Oder war das sowieso ein in sich lächerliches Unterfangen?

Sie fuchtelte mit ihrer Zigarettenspitze durch die Luft. Es sah fast so aus, als wollte sie mit der Glut der Zigarette geheime Botschaften in die Luft kritzeln. »Nun«, raunte sie, »es gibt durchaus zwei Sichtweisen. Die einen sagen, man wollte dich treffen, um dir Druck zu machen.«

»Und die andere?«, fragte Rupert.

»Die andere ist, dass du versuchst, die Rossi-Familie auszustechen. Hinter unserem Rücken reden sie bereits darüber, ob die zwölf Zentner nicht einfach in deinen Bestand gelaufen sind und jetzt von der Gonzáles-Familie verkauft werden, während die Rossi in die Röhre gucken. Und nun ist auch noch ihre Tochter tot, und du erweckst den Eindruck, als würdest du dich ernsthaft für eine andere interessieren.«

Frauke hatte das Gefühl, die Sitzfläche unter ihr würde glühen. Sie legte die Beine übereinander, drückte den Rücken durch und saß so gerade da, dass Heidi Klum stolz auf sie gewesen wäre. Aber wenn sie etwas nicht wollte, dann ein Lob von Heidi Klum.

»Das alles ist eine hochexplosive, für uns sehr gefährliche Situation. Du bist Teil eines Intrigenspiels, mein Lieber. Zieh einen klaren Strich. Zeig klare Kante.«

Rupert nickte, nur zu bereit, ihren Rat anzunehmen. Er schielte zu seinem Bodyguard rüber und fühlte sich jetzt wirklich besser, weil er sah, wie aufmerksam der die Gegend beobachtete. Ein weiterer hatte an der Tür Aufstellung genommen. Jetzt musste der Kellner an ihm vorbei, der ihm freundlich zunickte. Sie trugen ihre Krawatten wie Schwerter, die sie sich um den Hals gebunden hatten, so als könnten diese breiten bunten Seidenschlipse jederzeit zu Stahlklingen mutieren.

Mai-Lis Stimme veränderte sich. Sie sprach jetzt in einem scharfen Befehlston: »Trenn dich von ihr. Finde sie vernünftig ab, und jag sie zum Teufel.«

»Von Frauke?«, fragte Rupert entgeistert.

»Nenn sie nicht so. Das ist ein guter, bürgerlicher Name. Solide Frauen heißen so. Aber sie ist eine …« Mai-Li sprach es nicht einmal aus.

Frauke fuhr dazwischen: »Wir sollen uns trennen, weil irgendwelche Leute irgendetwas behaupten?«

Mai-Li würdigte Fraukes Frage nicht einmal mit einer Antwort. Sie fixierte nur Rupert mit eiskaltem Blick, um in seinem Gesicht und in seiner Körperhaltung zu lesen, wie er dazu stand.

»Ich erwarte ja gar nicht von dir, dass du sie liquidierst«, beschwichtigte Mai-Li, denn sie merkte, dass sich in ihm gerade mächtiger Widerstand aufbaute. »Ich sage ja, finde sie gut ab. Meinetwegen scheiß sie mit Geld zu. Aber dann werde dir wieder der Verantwortung bewusst, die du für die Organisation hast. Nimm dir so viele Flittchen, wie du magst, das stört keinen Menschen. Aber häng dein Herz nicht an sie, verdammt nochmal!«

Frauke beugte sich vor: »Ich will Ihr Geld nicht!«, zischte sie. »Wir … wir lieben uns, nicht wahr, Frederico? Nun sag du doch auch mal was!«

Rupert schlug mit der Faust auf den Tisch. Die Tassen und Teller klirrten. Fraukes Erdbeertortenstück fiel um.

Rupert versuchte jetzt, den wütenden Frederico Müller-Gonzáles zu geben. Es tat ihm sehr leid, dass Barnaby Metschurat, den er als Schauspieler immer mehr bewunderte und den er mal im *Savoy* an der Theke getroffen hatte, ihm nicht noch ein paar Schauspielertricks beigebracht hatte. Barnaby wollte ihm immer zeigen, wie man einen guten Polizisten spielt, weil er ihn für einen Gangster hielt, doch er hatte versucht, von Barnaby zu lernen, wie man einen Gangster spielte …

Bewusst nahm Rupert keine Rücksicht darauf, ob andere ihn hörten oder nicht. Der Bodyguard mit der Lesen-macht-Spaß-Krawatte räusperte sich laut, um zumindest so Ruperts Worte abzuschirmen.

»Ich werde das alles verdammt nochmal nicht tun! Ich heiße Frederico Müller-Gonzáles! Ich lasse mir nicht von irgendwem vorschreiben, was ich zu tun habe! Ich erwarte, dass sie«, er zeigte auf Frauke, »mit Respekt behandelt wird. Von jedem! Auch von dir, Mai-Li. Ich werde der Rossi-Familie die Mörder meiner Frau Madonna auf einem silbernen Tablett servieren. Ich werde alles zurückholen, was man uns gestohlen hat, und die Organisationen mit Stumpf und Stiel ausrotten, die dumm genug waren, zu glauben, dass sie damit durchkommen.«

Frauke war stolz auf ihren Frederico. Sie himmelte ihn an. In ihr ging eine Sonne auf. Welch ein Kerl, dachte sie. Alle, mit denen sie vorher zusammen gewesen war, wurden, verglichen mit ihm, doch zu lächerlichen Muttersöhnchen. Endlich war da jemand, der zu ihr stand, der bereit war, Nachteile in Kauf zu nehmen, ja, der für sie kämpfte. Eine Träne lief aus ihrem linken Auge und hinterließ eine schwarze Mascara-Spur.

»Das war«, sagte Mai-Li, »nicht einfach nur meine Meinung, Frederico. Das war auch keine höfliche Bitte. Die Familie erwartet es von dir. Oder willst du wirklich, dass deine Mutter hierherkommt, um sich mit diesem …«, sie machte wieder eine Geste, als hätte sie Wortfindungsschwierigkeiten. Dann sprach sie weiter, als hätte sie sich für den harmloseren Ausdruck entschieden, weil sie Rücksicht darauf nehmen musste, dass Kinder zuhörten, obwohl hier weit und breit keine Kinder zu sehen waren: »… diesem Schmutz zu beschäftigen.«

Bei dem Wort *Schmutz* verzog sie ihre Lippen. Dann machte sie zwei tiefe Züge, als müsste sie ihren Mund und ihre Lungen damit reinigen.

Rupert schnaufte. »Mit wem ich ins Bett gehe, geht niemanden etwas an. Ich schlafe mit so vielen Frauen, wie ich will!«

Frauke fragte sich, ob das sein Ernst war.

»Wir werden die Rossi-Familie reich machen. Es wird eine gute Allianz für alle. Und ich stehe zu meinem Wort.«

»Die Rossi sind reich«, konterte Mai-Li scharf.

»Und weißt du, was wir jetzt machen, Mai-Li?«

Sie sah ihn fragend an.

»Frauke und ich werden in unser Zimmer gehen und uns da in allen Stellungen lieben, bevor wir nach Oldenburg fahren, um dort aufzuräumen. Und wann und wie ich Madonna räche, ist einzig und allein mein Ding. Und glaub mir, ich werde es so tun, dass niemand jemals wieder ein Mitglied meiner Familie anrührt.«

Er stand auf und wollte zur Tür. Dabei wäre er fast gegen seinen Bodyguard gerannt, der mit dem Rücken zu ihm stand, um ihn abzuschirmen.

Auch Frauke erhob sich. Sie rang mit sich, ob sie Mai-Li noch irgendetwas Gehässiges sagen sollte oder nicht. Gleichzeitig war sie unfassbar stolz auf ihren Frederico.

Mai-Li winkte ihr mit dem kleinen Finger. Es war nur eine winzige, aber sehr klare Bewegung. Sie sollte noch einen Moment bleiben.

Sie warteten, bis Frederico mit seinem Bodyguard durch die Tür ins Innere des Hotels verschwunden war, dann sagte Mai-Li: »Ist er nicht wundervoll? Wie sein Vater. Unbeugsam. Wild. Zu allem entschlossen, scheut er keine Gefahr.«

Frauke wusste nicht genau, ob Mai-Li sie jetzt verspottete oder ob wirklich Bewunderung aus ihr sprach. War das Ganze ein Test?

»Verglichen mit ihm«, behauptete Mai-Li und deutete mit der Zigarettenspitze hinter ihm her, »sind die heutigen Clanchefs und Bosse nur noch Pipi-Jungen. Hosenscheißer. Muttersöhnchen, die an Mamis Rockzipfel hängen. Der da – das ist ein richtiger Mann. Alte Schule!«

Beate machte sich Sorgen um ihren Rupert. Sie wusste, dass er etwas machte, das sehr gefährlich war, und weil er so ein guter Kerl war, versuchte er, sie und ihre Mutter aus allem rauszuhalten, um seine Familie zu beschützen.

Manchmal hatte er behauptet, sie sei eigentlich zu gut für diese Welt, doch es war genau umgekehrt. Im Gespräch mit einer

Freundin war ihr klargeworden: Rupert gehörte zu den Männern, denen es unmöglich war, einer Frau gegenüber nein zu sagen.

Ja, er konnte ein harter Kämpfer sein. Männern gegenüber galt er als eisenhart, druckunempfindlich, ja angstfrei. Bereit, jedes Duell anzunehmen. Aber nur ein freundlicher Blick einer Frau reichte aus, um ihn butterweich zu machen.

Wenn ein Mann aus der Nachbarschaft ihn mit der flehentlichen Bitte anrufen würde: »In meinem Garten sind randalierende Jugendliche mit Kettensägen, die gerade meinen alten Baumbestand zu Kleinholz machen«, so würde Rupert garantiert sagen: »Ja, Alter, da hast du jetzt aber ein echtes Problem.«

Würde ihn aber um die gleiche Uhrzeit eine Frau mit sanfter Stimme am Telefon darum bitten, ihren randalierenden Ehemann oder Schwiegersohn zur Räson zu bringen, so wäre doch für ihren Rupert nur die Frage: Ziehe ich mir vorher noch etwas anderes an, oder laufe ich gleich im Schlafanzug rüber, um dem Typen was auf die Zwölf zu hauen?

Sie liebte diesen Zug an ihm sehr. Diesen unbedingten Willen, sie zu beschützen. Er tat einfach alles, um in ihren Augen als toller Hecht dazustehen. Das wusste sie, aber leider wussten ihre Freundinnen es auch. Deshalb war er schon oft in Schwierigkeiten geraten.

Aber diesmal, das spürte Beate genau, ging es um mehr. Ihm hatte nicht einfach irgendeine einsame Frau den Kopf verdreht. Das hier war mehr. Es war grundsätzlicher. Wenn er von einem seiner One-Night-Stands nach Hause kam, wirkte er für sie immer ein bisschen wie ein Sportler, der aus dem Trainingslager zurückkam, und der eigentliche Wettkampf wartete noch auf ihn. Er hatte sogar einmal – allerdings unter dem Einfluss von reichlich schottischem Whisky – erzählt, sie solle das alles nicht so ernst nehmen. Er brauche eben andere Frauen manchmal, wie ein Boxer einen Sparringspartner. Es seien sozusagen Übungskämpfe.

»Aber beim Sex«, hatte sie entgegnet, »geht es doch nicht um Sieg oder Niederlage, Liebster.«

»Ja«, hatte er zugegeben, »das stimmt. Aber es ist doch immer wieder gut, wenn man ein paar neue Tricks lernt, findest du nicht?«

Am nächsten Tag, als er seinen Rausch ausgeschlafen hatte, wollte er nichts mehr davon wissen, denn er befürchtete, dass sie nun auch losziehen würde, um sich Trainingspartner fürs Ehebett zu suchen. Und das wiederum passte ihm überhaupt nicht, denn er hatte auch eine sehr eifersüchtige Ader. Er, der über Eifersucht von ihr nur lachen konnte und sie albern, ja spießig und unnötig fand, rastete selber fast aus, wenn sie mal zu positiv über einen Seminarleiter sprach – er nannte sie ja grundsätzlich *Möchtegerngurus* –, womit er versuchte, jeden Mann abzuwerten, von dem sie etwas lernen wollte. Zum Glück waren in ihren Reiki-Gruppen wesentlich mehr Frauen als Männer, davon hatte er sich immer wieder überzeugt, wenn er sie von Seminaren abgeholt hatte.

Während ihres Seminars *Heilen durch Handauflegen in Zeiten von Corona* hatte er den blond gelockten Seminarleiter sogar in seinen Verbrecherdateien überprüft und herausgefunden, dass er seinen Doktortitel, genau wie seinen Adelstitel, im Internet gekauft hatte.

Jetzt, da Rupert so viel unterwegs war, hatte ihre Mutter Herrn von Oertzen eingeladen. Sie hatte ihn schon vor zwanzig Jahren zum Lieblingsschwiegersohn erkoren. Von Oertzen hatte feine Manieren, kam aus einer wohlhabenden Familie. Er war gerade von einer Weltreise zurückgekehrt, und Edeltraut hatte ihn zu einem Diaabend eingeladen.

Diaabend! Das klang so dermaßen nach den Siebzigern, dass

Beate darüber nur den Kopf schütteln konnte. Aber genau das gefiel ihrer Mutter an von Oertzen. Sie liebte das Altmodische an ihm, dieses Gestelzte, Gentlemanhafte. Wie umständlich er einer Dame die Tür aufhielt, ihr in den Mantel half und auch wieder heraus …

Für Beate hatte es fast etwas Lächerliches an sich. Es amüsierte sie, dass ihre Mutter immer noch vorhatte, sie mit von Oertzen zu verkuppeln. Gleichzeitig machte es sie auch ein bisschen sauer, denn ihre Mutter mischte sich dadurch doch sehr in ihr Privatleben ein, fand sie. Statt sich mit dem Schwiegersohn Rupert zu arrangieren, sah sie sich ständig nach einer besseren Partie für ihre Tochter um. Ja, das waren ihre Worte: Von Oertzen sei einfach die bessere Partie gewesen, die sie damals dummerweise ausgeschlagen habe. Aber jetzt sei von Oertzen wieder frei, und er sei ein Mann, der sich seine Hörner bereits abgestoßen habe, ganz im Gegensatz zu Rupert, der immer wieder mit dem Kopf gegen die Wand renne.

Beate saß jetzt auf ihrem Meditationskissen. Sie hatte es unter den Kirschbaum im Garten gelegt. Leider war die Hecke noch nicht hoch genug, so dass alle Nachbarn sie sehen konnten. Das störte sie aber nicht. Wenn sie die Augen schloss, war sie trotzdem ganz allein in ihrem eigenen Kosmos. Sie stellte sich vor, dass ihre Aura sie umgab wie die schützende Schale eines Eis.

Sollten die Nachbarn ruhig schauen und von ihr lernen. Eine Nachbarin hatte sie bereits angefixt. Sie hatte sich bei ihr schon zwei Reiki-Behandlungen abgeholt. Die erste war noch kostenlos gewesen, für die zweite hatte sie schon bezahlt. Mit einem selbstgemachten Pflaumenkuchen und handgehäkelten Topflappen. Diese Art von Tauschwirtschaft war Beate sehr nah. Es war irgendwie fairer, richtiger, als anonyme Zahlungsmittel zu benutzen. Duftete so ein Zwanzig-Euro-Schein? Hatte er einen Geschmack, wenn man hineinbiss? So ein Pflaumenkuchen hingegen …

Beate wollte solche Gedanken nicht denken. In der Meditation gehörte es für sie dazu, sie zuzulassen, aber nicht festzuhalten, sondern ziehen zu lassen wie die Wolken am Himmel. Genau so stellte sie es sich vor: Ihre Gedanken schwebten vorbei, ohne irgendetwas zu verändern. So fand sie in der Tiefe zu sich selbst. Es entstand aber auch so etwas wie eine emotionale Verbindung zu ihrem Ehemann. Sie hätte nicht sagen können, wo er sich befand, in welcher Stadt er sich herumtrieb oder mit wem er gerade zusammen war. Und trotzdem fühlte sie sich ihm ganz nah, als könnte sie sich in seiner Aura bewegen.

Sie nahm eine Erschütterung wahr, die ihr Angst machte. Genauer gesagt glaubte sie, seine Angst spüren zu können, und er war nun wahrlich kein unsicherer, ängstlicher Mensch. Im Gegenteil: Sie kannte ihn als Draufgänger.

Sie war von tiefer Liebe zu ihm geflutet. Sie drückte ihre Fingerspitzen neben sich auf den Boden, um Sorgen und Nöte abgleiten zu lassen, ja, an den Erdboden abzugeben.

Du schaffst das, Rupi, dachte sie. Du schaffst das. Ich bin bei dir. Und mach dir keine Sorgen wegen Herrn von Oertzen. Der ist gegen dich doch sowieso chancenlos.

Sie hörte die Stimme ihrer Mutter im Wohnzimmer. Sie versuchte, trotzdem draußen in der Meditationshaltung zu bleiben und völlig zu ignorieren, was die Mutter von ihr wollte. Es fiel ihr schwer. Ihr letzter Gedanke, bevor sie aufstand, war: Konnte es sein, dass ihr Rupert sich Sorgen machte, sie könne was mit von Oertzen anfangen? War es das, oder gab es etwas anderes, das ihm Angst machte?

Mai-Li hatte zwei Stapel Akten in die Suite bringen lassen. Sie lagen, ordentlich zu Türmen aufgebaut, nebeneinander auf dem breiten Mahagonischreibtisch. Beim ersten Blick auf die Papiersammlung musste Rupert an die Twin Towers in New York denken. Dann an sein Büro in Norden. Wenn er etwas an der Polizeiarbeit hasste, dann diesen ewigen Papierkram. Dieses Ausfüllen von Fragebögen. Allein eine Anzeige aufzunehmen oder eine Zeugenaussage, glich für ihn immer dem Versuch, seine Steuererklärung selbst zu machen. Er war der Meinung, dass Bürokraten die Welt mindestens so sehr verwüsteten wie das organisierte Verbrechen. Es galt für ihn, beides zu bekämpfen, wenn man die Welt zu einem besseren Ort machen wollte.

Plötzlich schien sich hier alles zu vereinigen. Das Verbrechen und die Bürokratie. Eine sehr gefährliche, hochexplosive Mischung entstand so.

Nie hätte er gedacht, dass er als Gangsterboss jemals mit Aktenbergen konfrontiert werden würde. Er dachte, das sei nur eine perfide, aber unblutige Foltermethode, erfunden, um Staats- und Landesbeamte von der eigentlichen Arbeit abzuhalten.

Beate hatte ihm gesagt, ganze Arztpraxen würden durch Bürokratie geradezu ausgehebelt, ja lahmgelegt. Sie regte sich immer darüber auf, dass Heilung nicht mehr an Körper und Seele, sondern auf dem Papier oder am Computer stattfinden sollte.

Und jetzt diese Aktenberge hier … Sie forderten Aufmerksamkeit von ihm, schrien geradezu nach Beachtung und gaben ihm gleichzeitig das Gefühl, ein unwissender Depp zu sein. Er hatte Mühe, auch nur einen Aktendeckel anzuheben. Aber es war ihm gelungen.

Mai-Li hatte tatsächlich über alle Mitarbeiter etwas gesammelt. Hier der erste, ganz obendrauf: Chef der Forschungsabteilung. Ausgebildet in Harvard und Yale. In dritter Ehe verheiratet. Zwei

Kinder. Mehrere Ehrenämter. Er sammelte heimlich Kinderpornografie und fuhr alle zwei Jahre nach Thailand, um seinen pädophilen Neigungen nachzugehen. Das hatte ihm zu dem Eintrag *Kinderficker* verholfen. Das Wort stand unter seinem Foto auf seinem Personalbogen. In der weiteren Anlage der Akte hauptsächlich Beweise. Fotos und ein Protokoll über ein Gespräch mit einem neunjährigen thailändischen Jungen.

Die Personalakten glichen sich. Oben direkt unter dem Foto stand immer dick unterstrichen die Verfehlung, die man der Person anlasten konnte. Es waren nur Stichworte: *Geliebte. Auf Koks. Spieler. Verschuldet.*

Bei einem stand: *Omamörder.* Das interessierte Rupert nun wirklich. Er blätterte und bekam rasch das Bild eines verwöhnten, hochgebildeten Mannes, der es am Ende nicht abwarten konnte, seine Großmutter, die ihn die ganze Zeit gepampert hatte, zu beerben.

Rupert beschlich der Gedanke, dass die Organisation möglicherweise Leute sogar nach ihren Verfehlungen aussuchte. In hohe Posten ließ man nur Mitarbeiter, gegen die man etwas in der Hand hatte. Wer keinen Dreck am Stecken hatte, kam karrieremäßig einfach nicht weiter. Der kluge, ehrgeizige Forscher wurde von dem koksenden Kinderficker auf der Karriereleiter rasch überholt. In verantwortungsvolle Positionen ließ man nur erpressbare Menschen.

Rupert fragte sich, ob dieses Karriereprinzip nur in Gangsterkreisen galt oder vielleicht überall. War das der Grund, warum er bei der ostfriesischen Polizei nie wirklich aufgestiegen war? Warum man ihn beim BKA nie genommen hatte? War er zu anständig, um befördert zu werden? Hatte man einfach zu wenig gegen ihn in der Hand? Musste man erpressbar sein, um aufzusteigen?

Stehend blätterte er in einer weiteren Akte. So, dachte er, arbeiten nicht nur Geheimdienste und Verbrecherorganisationen, sondern vermutlich auch Regierungen. Da kann sich ein ehrlicher, fleißiger Mensch sein ganzes Leben lang abrackern, und aus ihm wird nie etwas, weil es da einen kleinen Haken in seinem Lebenslauf gibt: Er hat sich nichts zuschulden kommen lassen. Er will einfach nur ein gutes Leben führen und dabei anständig bleiben. Aber die Anständigen sind eben auch unabhängig, auf geradezu unzumutbare Weise frei, und deshalb müssen sie sich mit den schlechtbezahlten Jobs zufriedengeben. *Beförderungen nach dem Arschlochprinzip* nannte Rupert das.

Er legte die Akte zurück und klopfte auf den Stapel. Das war brisantes Material, mit dem er viele Existenzen aus der Bahn werfen konnte. Aus diesem Wissen entstand Macht. Endlich begriff er, was der Spruch *Wissen ist Macht* wirklich bedeutete.

Er drehte sich langsam um. Er kam sich geradezu erleuchtet vor.

Frauke lag auf dem Bett, vier Kissen im Rücken, und las Gedichte. Ja, sie dirigierte mit der linken Hand den Rhythmus und sprach die Zeilen sichtlich bewegt vor sich hin, als würde sie für einen öffentlichen Auftritt üben oder wolle das Gedicht auswendig lernen. Doch so war es nicht. Ihr Tun hatte kein Ziel. Das Gedicht gefiel ihr einfach, und sie genoss die schöne Sprache. Darum beneidete Rupert sie. Für ihn war das nur Klinkelklankel.

Kleebowski, der in die Frederico-Suite rübergekommen war, um alles einmal in Ruhe mit seinem Boss durchzugehen, nervte Fraukes Singsang sehr. Er sagte das aber nicht. Ihre malerisch ausgestreckten Beine verunsicherten ihn. Er zwang sich krampfhaft, nicht hinzusehen. Begehrliche Blicke auf die Frau vom Boss verboten sich von selbst.

Frederico hatte so einen befriedigten Gesichtsausdruck, um den Kleebowski ihn beneidete. Dadurch hatte sein Auftreten auch in dieser zweifellos druckvollen Situation immer noch etwas sehr Entspanntes, so als wäre alles nur ein Spiel, das es zu gewinnen gelte.

Rupert wusste, dass Bosse wie Frederico oder George, die immer damit rechnen mussten, Ziel eines Anschlags oder einer Blutrache zu werden, gerne im letzten Moment den Treffpunkt änderten. *Sei nie berechenbar*, war die Devise. *Überrasche deine Gegner und durchkreuze ihre Pläne.*

»Wie heißt der Chef von unserem Labor?«, fragte Rupert.

»Dr. Philipp Muhlhausen.«

»Wie – ist der noch nicht mal Professor?«, grinste Rupert.

»Ich glaube nicht, Frederico.« Kleebowski schaute zu den Akten. Die Antwort musste da drinstehen. Wurde er gerade abgefragt? Vom Chef examiniert, ob er auch gut vorbereitet war? Oder wollte Frederico gar andeuten, dass die Akten unvollständig waren?

Kleebowski begann, zu schwitzen und sich unwohl zu fühlen.

Rupert ging im Zimmer auf und ab und streichelte immer wieder die kleinen Porzellanelefanten, die auf einer Anrichte standen, die aussah, als wäre sie aus der Kaiserzeit. Rupert guckte in den Park, auf die Wasserfontäne. »Haben wir ihm den Doktortitel gekauft, oder ist er echt?«, wollte er wissen.

Kleebowski druckste herum und schielte wieder zu den Akten. Er gab solche Wissenslücken nicht gern zu. »Es arbeiten da nicht nur unsere eigenen Leute. Es gibt Typen, die haben wir da eingeschleust, aber es gibt auch welche, die waren halt schon da. Mai-Li weiß da mehr. Es müsste eigentlich alles in den Akten stehen …« Er deutete auf die zwei Stapel und fuhr fort: »Weißt du, das ist ja ein richtiges Labor. Die forschen auch nach Mitteln gegen Prostatakrebs, glaube ich. Also, das ist nicht alles nur Bluff, sondern ein echtes Forschungslabor.« So wie er *echtes For-*

schungslabor sagte, klang es, als könne er es selber kaum glauben. Vielleicht erklärte er es deshalb noch einmal: »Der ganze Laden ist echt, Boss. Wir haben ihn nur gekauft. Der Laden lief nicht. Die haben bloß geforscht. Von Geschäften hatten die keine Ahnung. Die waren von Staatsgeldern abhängig, von Zuschüssen, Bewilligungen und diesem ganzen Förderungsscheißdreck …«

Rupert nickte. Ihm war es eigentlich egal. »Die wissen, dass wir heute Abend kommen, alles besichtigen und dann dort bei ihnen eine Gerichtsverhandlung abhalten …«

Kleebowski hob die Arme. »Der Wissenschaftsrat denkt da eher an eine Besprechung. Keine Gerichtsverhandlung. Die wollen so eine Konferenz, in der die Probleme analysiert werden. Die brauchen, glaube ich, frisches Geld. Labore brauchen immer Geld. Forschung ist teuer.«

Rupert tippte sich gegen die Stirn. »Am Arsch, Konferenz. Wir verlegen das Treffen.«

Die entschlossene Haltung seines Chefs gefiel Kleebowski. Er hätte fast die Hacken zusammengeknallt.

»Gibt es hier eine Sauna?«

»Ja, das OLantis Huntebad. Ich war mal da. Klasse Holzhütten. Eine super Birkensauna. Kenne ich aus Russland.«

»Gut«, unterbrach Rupert, »ich will diesen Müller im Dampfbad sprechen, nicht in seinem Büro. Dann merkt der schon mal, dass die Kiste heiß wird.« Rupert grinste Kleebowski breit an.

Kleebowski korrigierte: »Der heißt nicht Müller, sondern Dr. Philipp Muhlhausen.«

Rupert lachte: »Interessiert sich einer für seinen scheiß Namen?«

Frauke sah von ihrem Buch auf. Sie hatte zwar die ganze Zeit Verse vor sich hin zitiert, aber auch genau zugehört. »Ich weiß, wer sich für seinen Namen interessiert, Schatz«, flötete sie.

»Nämlich?«, fragte Rupert.

»Der Steinmetz, der seinen Grabstein macht«, antwortete sie lachend.

So redet eine Gangsterbraut, dachte Kleebowski und fügte laut hinzu: »Falls man seinen Leichnam je findet.«

Frauke beschloss, mit in die Oldenburger Sauna zu gehen, und niemand wagte, ihr zu widersprechen. Sie hätten sich aus dem *Parkhotel* flauschige Bademäntel und dicke Saunatücher mitnehmen können, aber sie liehen sich stattdessen im OLantis-Bad alles Nötige.

Das Lichtkonzept mit den wechselnden warmen Farben gefiel Frauke. Sie hatte sich vorgenommen, einen Peelingaufguss mit Saunahonig und Joghurtcreme zu machen. Dafür war Kleebowski ganz und gar nicht zu begeistern. Er wollte auch um Himmels willen keine Klangschalenmeditation.

»Verdammt, Boss, wir sind hier, um Geschäfte zu machen«, raunte er, der sonst Wellness gegenüber sehr aufgeschlossen war.

Marcellus stieß Rupert an: »Muhlhausen ist schon da«, flüsterte er und deutete in die Richtung, wo der wartende Doktor in sein Saunatuch gehüllt auf einem Stuhl hockte.

»Lass ihn warten«, befahl Rupert und fügte belehrend hinzu: »Bei den Germanen waren die, die zuletzt kamen, immer die Ehrwürdigsten. Wir machen also jetzt erst mal in Ruhe einen Saunagang.«

Da Rupert mit Frauke unbeschwert zum Peelingaufguss ging, wo sie sich zunächst genüsslich gegenseitig die Haut mit Salz abrieben, verzog Kleebowski sich in die russische Sauna. Es roch, als er die Tür öffnete, nach Eukalyptus und Birke.

Marcellus zögerte. Einerseits hatte er das Bedürfnis, Frederico und Frauke alleine zu lassen. Die beiden wirkten so, als suchten sie die Zweisamkeit, und da wollte er nicht stören. Andererseits war er aber für ihre Sicherheit verantwortlich, was in der Sauna ohnehin ein Problem war. Er konnte schlecht nackt und mit Gummilatschen eine Waffe tragen.

Er wäre gern mit Kleebowski in die russische Sauna gegangen, obwohl er Kleebowski nicht leiden konnte und ihm zutiefst misstraute. Er beschloss, Frederico und Frauke nicht in die Sauna zu folgen. Er hasste den Gedanken, sich mit Honig und Joghurt einzureiben.

Er nahm vor der Peelingsauna Aufstellung und musterte jeden, der reinging. Er tastete sie mit den Augen auf Waffen ab. Er war gut in so etwas, und die Menschen in den Handtüchern machten es ihm leicht. Sie bewegten sich arglos. Jeder Zweite stellte seine Latschen direkt bei ihm ab, als wäre hier die Fußpilzsammelstelle.

Er blickte zu Dr. Philipp Muhlhausen rüber, der ziemlich zerknirscht vor der Dampfsauna saß, auf Frederico wartete und genau wusste, dass Frederico Müller-Gonzáles es sich leisten konnte, ihn warten zu lassen.

Rupert und Frauke verließen die Sauna fröhlich, dampfend und nach Honig riechend. Sie benahmen sich wie ein frischverliebtes Pärchen in den Flitterwochen.

Frederico Müller-Gonzáles kam für Dr. Philipp Muhlhausen fast beängstigend entspannt rüber. Scherzend und kichernd wie Teenies schlenderten die zwei an ihm vorüber, aber ohne ihn zu beachten. Er spürte, dass er bei diesem Gespräch bereits den Kürzeren gezogen hatte, bevor es überhaupt begann. Und genau das wollte Frederico ihm demonstrieren.

Muhlhausen war sich nicht sicher, ob er diesen Tag überleben würde. Er schwitzte vor der Sauna mindestens so sehr wie die

Leute, die drinnen saßen. Aber er hatte dabei eiskalte Hände und Füße. Sie fühlten sich für ihn tot an, so als wäre ein Teil von ihm bereits gestorben.

Er sah die Fußbecken und hätte sich gerne dorthin gesetzt, um die Füße im warmen Wasser zu baden, aber er schaffte es nicht, sich zu erheben. Er kam sich vor wie auf dem Stuhl festgeklebt. Er hatte alles, was geschehen war, aufgeschrieben und bei einem Rechtsanwalt in Oldenburg deponiert. Das war sein letzter Trumpf. Seine Lebensversicherung. Er hatte vor, diese Karte zu spielen, wenn nichts anderes mehr lief, wenn sie ihn in die Enge treiben würden. Er wollte die Worte klug wählen. Wenn es einmal ausgesprochen war, wären die Fronten dadurch sofort verhärtet, und der Schaden, den so eine Drohung anrichtete, ließ sich nicht mehr kitten.

Sein Herz pochte heftig und unregelmäßig. Er fühlte sich selbst mit kalten Fingern den Puls. Er glaubte, sich verzählt zu haben. Er kam auf 121 Schläge pro Minute.

Eine Frau, die aussah, wie er sich Kleopatra vorstellte, lächelte ihn an, wie eine Altenpflegerin einen ihrer neuen Bewohner im Flur begrüßt. Dann wickelte sie sich aus dem Tuch und stellte, ganz nah bei ihm, aber bereits völlig nackt, ihre Badelatschen zu den anderen. Er glotzte sie an und schluckte.

»Alles okay?«, fragte sie ihn mit freundlicher Altenpflegerinnenstimme.

Er nickte, und sie beachtete ihn nicht weiter, sondern verschwand im Dampfbad.

Zeit verging, und er begann, in seinem feuchten Handtuch zu frieren.

Frederico Müller-Gonzáles kam, seine Frauke im Arm, flankiert von Kleebowski und Marcellus, auf ihn zu. Frederico kaute etwas und war gut gelaunt. Frauke trat – sich ihrer Schönheit bewusst –

geradezu kokettierend auf, als wolle sie die Männer verunsichern. Die ignorierten ihre Reize aber demonstrativ.

Frederico Müller-Gonzáles und seine Miet-Ehefrau gingen an ihm vorbei, als wäre er gar nicht da. Sie ignorierten ihn nicht einmal, es war, als würden sie ihn gar nicht erst bemerken. Die beiden waren sich selbst genug, und das sollte auch jeder wissen.

Ganz im Gegensatz zu dem Liebespaar wirkten Kleebowski und Marcellus angespannt, wie Geschäftsleute kurz vor dem Abschluss eines großen Deals. Marcellus bemühte sich um eine entschlossene, ja geradezu gnadenlose Ausstrahlung, was ihm mit der Spinne auf der Wange nicht schwerfiel. Er kaute genauso auf etwas herum wie Frederico.

Marcellus fixierte Dr. Muhlhausen streng und deutete ihm mit einer schneidigen Geste an, er solle jetzt ins Dampfbad kommen.

Als er die Sauna betrat, beschlug seine Gleitsichtbrille sofort. Er wäre fast über Kleopatras Beine gestolpert.

Frederico Müller-Gonzáles und Frauke waren ganz nach hinten gegangen und dort in den Rauchschwaden verschwunden.

Er wusste nicht wohin mit seiner Brille, wollte aber auch nicht wieder rausgehen, um sie dort ins Regal zu legen, wo die Bademäntel hingen. Es wäre ihm wie Flucht vorgekommen, und er hatte das Bild von einem Menschen in sich, der auf der Flucht von hinten erschossen wurde.

In seiner Jugend hatte er dieses Bild bei einer Kunstausstellung gesehen. Es ließ ihn nicht los. Er wurde in seinen schlimmsten Träumen während seiner Studentenzeit manchmal zu diesem Zivilisten, der die Arme hochriss, als eine Kugel ihn in den Rücken traf und bei der Brust wieder austrat.

Im Traum hatte dieser Mensch sein Gesicht.

Ja, er bekam solche Rückenschmerzen, als wäre er tatsächlich getroffen worden. Die Schmerzen hielten oft wochenlang an. Kein Orthopäde konnte ihm helfen. Er nahm starke Schmerzmittel, wusste aber, dass eine Psychotherapie besser für ihn gewesen wäre. Doch davor hatte er Angst.

Er wachte morgens oft mit dem Gefühl auf, an irgendetwas schuld zu sein. Er wusste nicht wirklich, woran. Es war aber ein bohrendes Gefühl, das ein Ziel suchte.

Vielleicht lag seine Schuld damals ja noch vor ihm, dachte er jetzt. In der Zukunft. Inzwischen war er schuldig geworden. Wahrlich. Die Möglichkeit, tatsächlich durch einen Schuss in den Rücken getötet zu werden, stieg für ihn von Tag zu Tag. Er fühlte sich zwar ungerecht behandelt, aber trotzdem kam es ihm so vor, als habe er die schreckliche Situation, in der er sich jetzt befand, redlich verdient.

Die meditative Musik machte ihn nervös.

Rupert saß neben Frauke. Sie massierte wortlos mit einer Hand seinen Nacken und seine Schultern. Es war mehr ein Streicheln als ein Massieren, aber ihm gefiel es.

Ihm gegenüber nahm Dr. Philipp Muhlhausen Platz, weil Marcellus ihn dorthin drängte. Muhlhausen kapierte, dass die Gangster das Setting bis ins kleinste Detail bestimmen wollten.

Rupert betrachtete sein Gegenüber in Ruhe. Allen war klar, dass er beginnen würde. Der Boss entschied, wann alles anfing. Immer. Und er legte schon durch den Tonfall von vornherein den Stil und den Härtegrad eines Gesprächs fest.

Bei Fredericos Vater hätten Marcellus die ersten zwei Töne gereicht, um zu wissen, ob am Ende der Befragung ein Todesurteil stand oder ein Daumen hoch. Frederico kannte er dafür noch nicht gut genug. Er wusste aber, dass Urteile immer bereits vor der Gerichtsverhandlung feststanden, genauso wie Gesprächsergebnisse bei Konferenzen. Das war wie bei Gerichtsgutachten.

Niemand gab so etwas in Auftrag, wenn er das Ergebnis nicht bestimmen konnte.

Rupert nahm sich ungewöhnlich viel Zeit, den Doktor durch die Nebelschwaden anzuschauen. Nur das Tropfen des Wassers von der Decke war zu hören. Sonst nichts. Selbst die Meditationsmusik lief nicht mehr.

Plötzlich begann Rupert lauthals zu lachen. Er kriegte sich gar nicht mehr ein vor Freude. Er zeigte auf Muhlhausen und feixte: »Im ersten Moment dachte ich, er ist schuldig, ganz klar. Ich meine, guckt ihn doch mal an, wie er dasitzt! Da weiß doch jeder sofort: Mit dem stimmt was nicht.«

Auch Kleopatra nickte und hob ihre schweren Brüste an, um das Wasser, das sich darunter gesammelt hatte, mit einem Tuch abzuwischen.

»Die Wahrheit ist«, lachte Rupert, »er ist ein verklemmtes akademisches Würstchen. Er schämt sich seiner nackten Haut. Falls der je in einer Uni war, hat er nie das fröhliche Studentenleben mitgemacht, sondern war ein Streber. Er weiß immer noch nicht, wo er hingucken soll, wenn er einen nackten Körper sieht!«

Dr. Philipp Muhlhausen glotzte verschämt auf seine Füße und rieb sie gegeneinander.

»Ist mir lieber, als wenn der mir dauernd auf die Möpse starrt«, sagte Frauke.

Kleopatra nickte.

Kleebowski fragte sich, ob sie einfach nur ein Saunagast war oder ob sie Muhlhausen kannte. Gehörte sie als Mitarbeiterin zu seinem Labor, oder war sie eine Spionin der Truppe, die ihnen das Heroin geklaut hatte, und sollte nun aufpassen, dass Muhlhausen nicht zu viel ausplapperte?

Der Doktor fühlte sich kaum noch in der Lage, seine Schließmuskeln zu kontrollieren, so groß war jetzt seine Angst.

»Nun, was denkst du, Müller? Was soll ich mit dir machen?«, fragte Rupert.

Kleebowski erwähnte nur der Korrektheit halber noch einmal: »Er heißt Muhlhausen. Dr. Philipp Muhlhausen.«

»Wenn es mir Spaß macht, nenne ich ihn Pinocchio oder wie die scheiß Puppe hieß, die beim Lügen immer so eine lange Nase bekam.«

»Ich meine ja nur. In unserem Labor arbeiten noch zwei, die in echt Müller heißen.« Kleebowski deutete auf Muhlhausen: »Der ist keiner davon.«

Muhlhausen hörte sein eigenes Blut rauschen. Seine Ohren fühlten sich pelzig an, und im Kopf wuchs ein Druck. Er befürchtete, kurz vor einem Hörsturz zu stehen, aber immerhin verstand er alle noch sehr gut.

Rupert wischte sich Feuchtigkeit vom Körper und schüttelte seine Hand so, dass Tropfen in Muhlhausens Gesicht landen mussten.

»Also«, fragte Rupert, »was denkst du, Doktorchen? Was soll ich mit dir machen?«

Er antwortete nicht, er hielt nur die Luft an und presste die Lippen fest aufeinander.

Rupert konkretisierte: »Was erwarten nur alle von mir, hm? Was denkst du?«

Marcellus setzte sich zu Kleopatra und raunte ihr ins Ohr: »Ich würde an Ihrer Stelle jetzt draußen an der Theke einen grünen Tee trinken gehen.«

Sie verstand und erhob sich. Marcellus sah ihr nach. Sie ging ohne Eile, auf eine aristokratische Art, als hätte sich eine Königin unters Volk verirrt und müsse jetzt zu Ihresgleichen zurück.

Frauke dagegen gehörte genau hierhin. Das waren ihre Leute. Und genau ihr Ding.

So wie Muhlhausen guckte, kannte er die Antwort genau, brachte es aber nicht fertig, sie auszusprechen.

Kleebowski tat es für ihn: »Dass du ihn und seine Mitverschwörer umlegst, Frederico, genau das erwarten alle.« Er machte eine kurze Pause, um die Worte wirken zu lassen, und fügte dann hinzu: »Und zwar zu Recht.« Er stand schwerfällig auf, als wäre er bereit, das Urteil jetzt und hier sofort zu vollstrecken.

Doch Rupert hob die rechte Hand, als wollte er um Ruhe bitten: »Falsch. Ganz falsch.«

In Muhlhausen baute sich Hoffnung auf.

Frauke staunte und fragte sich, was Frederico vorhatte.

»Klar haben wir Leute, die gerade das von mir erwarten. Aber ein paar kluge Köpfe – sehr kluge Köpfe –, die wollen etwas anderes.«

»Was?«, fragten Marcellus und Kleebowski gleichzeitig.

Rupert sah sie nicht an. Er fixierte nur Muhlhausen, der nicht aussah, als könne er noch lange durchhalten. Niemand musste ihn töten. Er würde diese Dampfsauna ohnehin nicht lebend verlassen. Für sein verfettetes Herz war das alles zu viel.

»Die Leute mit Köpfchen bei uns – und die haben wir auch«, behauptete Rupert und pochte gegen seinen Schädel, »die wollen, dass ich den Stoff zurückbringe, und zwar jedes scheiß Gramm.«

Muhlhausen sackte zusammen. Kleebowski stieß ihn an. »Ey, schlaf jetzt nicht ein! Du hängst hier rum wie ein Schluck Spülwasser in der Kurve. Dein Boss spricht mit dir! Setz dich ordentlich hin!«

Rupert lächelte. »Und wenn ich alles, was uns gehört, zurückhabe, dann muss ich natürlich trotzdem alle umlegen, die damit zu tun hatten oder die davon wussten. Mir bleibt gar nichts anderes übrig. Das ist ein Naturgesetz. Wenn ich das nicht tue, tanzen uns bald alle auf der Nase herum.«

»Genau, Boss«, bestätigte Marcellus.

Rupert hob beide Arme: »Aber ich habe ganz andere Pläne …«

Kleebowski konnte es nicht glauben. »Andere Pläne?«, wiederholte er.

»Ja«, sagte Rupert aufgeräumt. »Ich möchte dir ein Angebot machen, Müller.«

»Ein Angebot?«, empörte Kleebowski sich.

Rupert deutete ihm gestisch an, er solle jetzt schweigen. »Ja, ich möchte dir ein Angebot machen, Doktorchen. Wir können alles als Missverständnis hinstellen.«

Trotz Redeverbot platzte es aus Kleebowski heraus: »Missverständnis? Die haben unseren Stoff geklaut, Frederico!«

»Mach kurzen Prozess«, forderte Marcellus. »Was soll das Gequatsche?«

Rupert streichelte über Fraukes Wange und sprach zu ihr. »Sie sind ungestüme Hitzköpfe, Liebste. Sie brauchen Führung.«

»Ich weiß«, bestätigte sie. »Ich weiß.«

Rupert erklärte seinen Plan: »Wir können alles wie ein ganz normales Geschäft aussehen lassen. Wir haben unseren Stoff halt verkauft. Du gibst mir jetzt das Geld dafür, und alles ist in Ordnung. Was zunächst wie ein Raubüberfall aussah, wird dann ein ganz normaler Deal. Kein böses Blut. Kein Ärger. Alle sind zufrieden.«

Kleebowski war beeindruckt.

»Das Zeug hatte einen Straßenverkaufswert von hundert Millionen«, behauptete Rupert ins Blaue hinein.

Marcellus lästerte: »Die Straße möchte ich sehen …«

Muhlhausen sah seine letzte Chance schwinden. »Hundert Millionen?«, stammelte er.

Frauke bestätigte durchaus selbstbewusst: »Ja, hundert Millionen.«

»Aber wo soll ich denn das Geld hernehmen? So viel haben sie doch gar nicht gezahlt.«

»Sondern?«, fragte Rupert höflich.

»Es waren Schmiergelder, mehr nicht. Ehrlich.«

Rupert war stolz auf sich. Diese Verhörmethode hatte er von Ann Kathrin Klaasen gelernt. Sie galt zu Recht als Verhörspezialistin und hatte einen ganz eigenen Stil entwickelt. »Der Täter«, hatte sie ihm erklärt, »leugnet oft, weil er so dumm und böse, wie er war, jetzt nicht gewesen sein möchte. Sein Motiv erscheint ihm angesichts der drohenden Strafe plötzlich falsch, ja idiotisch. Wir müssen ihm die Gelegenheit geben, in einem besseren Licht zu erscheinen, dann fällt es ihm leichter, zu seiner Tat zu stehen. Mit Sätzen wie: *Das wollten Sie doch bestimmt nicht* oder *Sie wurden aber arg provoziert* öffnen wir Tür und Tor für ein Geständnis. Vielen fällt es schwer, sich innerlich mit ihrer Tat zu identifizieren, und deswegen leugnen sie sie. Wir müssen ihnen eine Möglichkeit geben, dass die Bestrafung für sie so milde wie möglich ausfällt und sie gleichzeitig in den Augen ihres Gegenübers nicht ganz so schlecht abschneiden.«

Innerlich bedankte Rupert sich bei Ann Kathrin und fuhr dann als Frederico fort: »Wurdet ihr betrogen? Wie viel Geld ist denn geflossen?«

»Vielleicht fünf Millionen. Höchstens. Ich gebe gerne alles, was ich bekommen habe. Ich weiß, dass es ein Fehler war, aber die Scheidung hat mich so viel Geld gekostet. Ich wurde total ausgepresst. Ich wollte doch das Haus nicht verlieren … Mein Sohn ist auf einem Internat …«

Kleebowski griff sich an den Kopf: »Vier bis fünf Millionen«, grummelte er.

Muhlhausen heischte um Verständnis: »Ich habe achthunderttausend bekommen. Eine Million haben sie mir versprochen, aber es mussten ja noch andere Leute von dem Geld bestochen werden ...«

»Wer alles?«, fragte Rupert.

»Insgesamt ...«, Muhlhausen guckte, als müsse er nachrechnen. »Neun. Höchstens zehn. Die Security-Leute haben jeder nur hunderttausend bekommen.«

»Weißt du, was mich am meisten wundert?«, fragte Rupert.

»Nein«, antwortete Muhlhausen.

»Nun, ich wundere mich nicht, dass ihr bestechlich seid. Das kennt doch jeder aus der Politik. Ich wundere mich, dass ihr so billig seid. Und offen gestanden ärgert mich das auch. Ihr habt mich also tatsächlich für ein paar Kröten verraten?«

»Wir sollten sie alle umlegen, Boss. Alle«, forderte Kleebowski.

Frauke guckte zwar erschrocken, weil jetzt alles so real und irgendwie unausweichlich wurde, aber sie nickte mit ihrem nassen Gesicht. An ihrer Nase hing ein Tropfen, den sie nicht bemerkte.

Muhlhausen versuchte, sich zu retten: »Ich habe alles bei einem Anwalt deponiert. Wenn mir etwas zustößt, wird er die Akten an den Staatsanwalt weiterleiten«, sagte er in Richtung Kleebowski.

Rupert sprach mit mildem, pastoralem Ton: »Es gibt Wölfe, und es gibt Schafe.« Damit erntete er Zustimmung von Marcellus und Kleebowski. Sie waren Wölfe. Ganz klar.

»Und dann«, fuhr Rupert fort, »gibt es auch noch ein paar ganz dumme Schafe. Die glauben nämlich, Wölfe zu sein. So ein dämliches Exemplar sitzt hier vor uns. Er geht zu einem *unserer* Anwälte und händigt ihm seine Lebensversicherung aus.« Rupert griff sich demonstrativ an die Stirn. »Mensch, Muhlhausen, das war ein schwerer Fehler.«

Muhlhausen stöhnte: »Altig arbeitet für euch?«

Rupert grinste. Er warf seinen Männern einen Blick zu, der ihnen andeuten sollte: *Seht ihr, Jungs, so macht man das.*

Muhlhausen wusste nicht, ob er gerade reingelegt worden war oder ob es stimmte. Er traute diesem Frederico Müller-Gonzáles alles zu. Auf jeden Fall wusste er jetzt, dass er ihm in keiner Weise gewachsen war. Er hatte nicht vor, noch einmal den Versuch zu unternehmen, schlauer zu sein als Frederico.

Der Doktor wollte aufstehen und den Versuch machen, die Dampfsauna zu verlassen. Kleebowski drückte ihn auf seinen Platz zurück.

»Ich kann nicht mehr. Mein Kreislauf. Ich bin das nicht gewöhnt ...«, stöhnte Muhlhausen.

Die Tür öffnete sich. Ein älterer Herr mit dickem rundem Bauch und strahlender Glatze, auf dessen Saunatuch *53° 47' N, 7° 54' O Wangerooge* stand, wollte sich zu ihnen gesellen. Frauke rief: »Besetzt!«, und der Herr trat, peinlich berührt, um Verzeihung bittend, zurück, als hätte er versehentlich die Tür zur Damentoilette geöffnet. Er drehte sich sofort um und ging.

Marcellus war beeindruckt, wie einfach das funktioniert hatte. Diese Frauke hatte es drauf, das war ihm inzwischen klar.

»Bitte, mir wird schwindlig«, jammerte Muhlhausen.

»Würde mir an deiner Stelle auch«, kommentierte Kleebowski.

Rupert sagte: »Ich werde dir jetzt ein Angebot machen, das du nicht ablehnen kannst.« Er stach mit dem Zeigefinger in Muhlhausens Richtung, aber ohne ihn zu berühren. »Du wirst mir einen Bericht darüber verfassen, wie alles genau gelaufen ist. Wer wen angesprochen hat, wer wie viel bekommen hat. Die Namen aller Auftraggeber und Hintermänner. Das unterschreibst du ...«

»... mit deinem Blut!«, forderte Kleebowski.

»Und dann?«, frage Muhlhausen bestürzt.

Rupert setzte sich neben ihn und nahm ihn väterlich in den Arm. »Dann hole ich uns alles zurück, was die uns weggenommen haben. Und alles, was sie sonst noch besitzen, auch. Strafe muss sein. Ihre Konten werden meine Konten. Ihre Häuser werden meine Häuser. Ihre Frauen werden meine Frauen.«

Frauke wusste nicht, was sie davon halten sollte. Sie war zwischen Empörung und Zustimmung. Sie kapierte, dass Frederico Muhlhausen nur Angst machen wollte, wahrscheinlich mehr als nötig.

»Und du, mein lieber Doktor, du arbeitest als unser Spion in deren Reihen …«

»Das heißt, ihr werdet mich nicht töten?«, fragte Muhlhausen.

»Warum sollten wir? Du bist uns doch sehr nützlich«, lachte Rupert. Er klopfte ihm auf die Schulter. »So, und jetzt essen wir eine Kleinigkeit, und dann besichtigen wir unsere Verbrennungsanlage. Ich war doch noch nie in unserem Labor in Oldenburg. Jetzt wollen wir den Laden mal anschauen und dann auf Vordermann bringen. Und natürlich zeigst du uns auch dein schönes Büro, nicht wahr, Müller?« Er klatschte ihm ins Gesicht. Sein Schweiß spritzte von der Wange.

Muhlhausen rechnete sich wieder eine echte Chance aus, mit dem Leben davonzukommen, und war bereit, alles und jeden dafür zu verraten. Und Frederico Müller-Gonzáles auf Knien die Treue zu schwören.

Sie verließen gemeinsam die Sauna.

»Wenn alles gut läuft, Jungs, dann kauft ihm auch einen Professorentitel. Das kann doch nicht so teuer sein. Ich hätte gern einen Professor Doktor als Aushängeschild für unseren Laden«, tönte Rupert. »Solche akademischen Orden sind heute besser als Adelstitel. Wer nimmt denn noch einen Grafen, einen Baron oder einen Fürsten von und zu ernst? Das klingt doch gleich so …«, Rupert suchte nach dem richtigen Ausdruck, »… desinfiziert.« Er wusste, dass er das falsche Wort gewählt hatte, aber das richtige fiel ihm nicht sofort ein. Er korrigierte sich: »Wollte sagen: deeskaliert.«

Frauke half ihm: »Degeneriert, Frederico.«

»Ja, mein ich ja.«

Hinter ihm flüsterten jetzt Marcellus und Kleebowski miteinander.

»Ich hätte gar nicht gedacht, dass diese Pfeife die Sauna lebendig wieder verlässt«, argwöhnte Kleebowski.

Marcellus aber war begeistert: »Der Boss hat das großartig gewuppt. Er verändert das Spiel zu unseren Gunsten. Er beendet es nicht einfach, sondern er dreht das große Rad. Am Schluss werden wir gestärkt aus all dem hervorgehen.«

Sie sahen Kleopatra. An ihr liefen dicke Schaumwolken herunter. Sie wusch sich die Haare und genoss es, dabei von allen, die vorübergingen, beobachtet zu werden.

»Woher kenne ich die?«, fragte Marcellus mehr sich als Kleebowski.

»Wie deine Ex sieht sie nicht gerade aus«, grinste Kleebowski und fuhr fort: »Wie der Boss ihm mit dem Anwalt, der angeblich für uns arbeitet, den Wind aus den Segeln genommen hat, das war schon ganz große Klasse.«

Marcellus nickte beeindruckt: »Ja, man konnte zusehen, wie er ihn aufs Glatteis lockte und dann einbrechen ließ. Der hat es gar nicht nötig, Leuten die Finger abzuschneiden, um sie zum Reden zu bringen. Der lockt auch so alles aus ihnen raus.«

Während die Männer redeten, scannte Frauke jede Person, die sich Frederico auch nur auf zwanzig Meter näherte. Sie hatte vollständig in den Beschützer- und Verteidigungsmodus geschaltet.

Kleebowski sagte nachdenklich: »Frederico verblüfft mich immer wieder. Manchmal benimmt er sich wie einer von der Gegenseite.«

»Wie ein Bulle?«, fragte Marcellus leise, als dürfte man so eine Frage nicht stellen.

»Ja. Als hätte er da die Verhörmethoden gelernt. Die haben mich mehr als einmal in die Zange genommen, und glaub mir, er hat da was von …«

Marcellus raunte hinter vorgehaltener Hand: »Legen wir diesen Altig oder wie der Anwalt hieß eigentlich um …«

Kleebowski zeigte auf Frederico, der mit Frauke ein paar Schritte vor ihnen herging: »Wenn du ihn fragst, wird er sagen, das ist gar nicht nötig. Es reicht, ihm ein bisschen Angst zu machen, und ab dann arbeitet er wirklich für uns.«

Es war schon kurz nach 22 Uhr. Sie setzten sich zum Essen in den Restaurantbereich.

Frauke nahm einen OLantis-Gesundheitssalat mit Walnüssen und Granatapfelkernen. Rupert ein Rumpsteak mit Bohnen und Röstzwiebeln, Marcellus und Kleebowski OLantis-Cheeseburger mit Pommes und jeweils doppelt Mayonnaise.

Muhlhausen war blass und zittrig. Er hätte eh keinen Bissen runterbekommen. Während alle fröhlich mit ihren Weizenbiergläsern anstießen, trank er ein Mineralwasser mit wenig Kohlensäure, und auch das war für seinen nervösen Magen eigentlich schon zu viel.

Rupert schickte ihn weg. »Wir kommen dann um zwölf zur Besichtigung.«

»Morgen Mittag?«, fragte Muhlhausen.

Rupert lachte: »Nein, zur Geisterstunde, du Idiot.«

»Also praktisch gleich«, erläuterte Marcellus. In seiner Stimme lag ein drohender Unterton.

»Ich erwarte dann von dir eine Namensliste, kapiert, Müller? Und eine genaue Schilderung der Ereignisse. Außerdem will ich natürlich alles Geld, das du auftreiben kannst.« Rupert zielte mit dem Zeigefinger auf Muhlhausens Kopf. »Nutz deine Chance, Doktorchen! Deine Zeit läuft! Die Uhr tickt.«

Muhlhausen lief zum Ausgang. Er sah aus wie ein Mann, der kurz davor war, sich in die Hose zu machen.

Marcellus rief ihm hinterher: »Ticktack, ticktack, ticktack!«

Als Muhlhausen verschwunden war, fragte Kleebowski, noch bevor das Essen gebracht wurde: »Was machen wir, wenn er uns nicht mit einer Liste und einem Stapel Bargeld erwartet, sondern mit einem Erschießungskommando?«

Frauke reagierte auf die Frage mit sehr besorgtem Blick.

»Wir drei gehen alleine hin«, stellte Rupert klar.

»Und ich?«, fragte Frauke empört.

»Du fährst zurück nach Bremen ins *Parkhotel*, und die Bodyguards passen da gut auf dich auf, Liebste.«

Sie war gerührt. Er liebte sie wirklich und wollte sie keiner Gefahr aussetzen. Aber sie protestierte trotzdem: »Kommt gar nicht in Frage. Ich weiche nicht von deiner Seite, und die beiden Kleiderschränke aus Bremen können uns besser hier den Rücken decken, wenn wir reingehen.«

Rupert guckte seine beiden Komplizen an und freute sich: »Na«, rief er laut, »ist das ein Weib?! Keine Barbiepuppe, sondern ...« Er wollte sagen, *ein Flintenweib*, hielt aber lieber den Mund, um es nicht zu vergeigen. Er wusste, dass Ann Kathrin Klaasen auf das Wort *Flintenweib* immer sehr sauer reagierte. Er hatte es jetzt als Lob gemeint. Er suchte einen besseren Ausdruck, fand aber so schnell keinen.

Alle guckten ihn an, als würden sie mitsuchen.

»Also, ich wollte sagen ... Keine Barbiepuppe, sondern eine ...«

Frauke half ihm aus der Klemme: »Eine bestens ausgebildete Nahkämpferin.«

»Genau«, sagte Rupert erleichtert und war dann froh, sich endlich seinem Rumpsteak widmen zu können.

Marcellus beugte sich zu Kleebowski vor und flüsterte: »Seitdem der Boss Fleisch isst und Bier trinkt, ist er irgendwie ganz anders geworden.«

Rupert hatte das mitgekriegt und reagierte gelassen: »Ihr habt wirklich geglaubt, Frederico Müller-Gonzáles sei so ein Feingeist, ja? Ein vegetarischer Weinkenner?«

Kleebowski und Marcellus nickten im Takt.

Rupert lachte laut und stieß Frauke an. »Die sind alle drauf reingefallen. War doch nur Show, Jungs, um den Gegner zu verwirren. Der eine spielt den treuen Ehemann, hat aber jede Menge Affären, der andere den braven Bürohengst, der gern kostenlose Überstunden kloppt, betrügt aber heimlich die Firma, der nächste …«

»Ich hab's kapiert«, gestand Marcellus.

Kleebowski lachte, traute dem Braten aber irgendwie nicht. Bei Frederico wusste er nie so genau, woran er war. Zwischen Scherzen und Drohung, zwischen Wahrheit und Wirklichkeit konnte er oft nicht unterscheiden, wenn Frederico sprach.

Verunsichert fragte er: »Arbeitet dieser Altig wirklich für uns?«

»Der Rechtsanwalt?«, fragte Rupert und lachte: »Natürlich nicht. Ich kenne den gar nicht.«

Geier parkte seinen umgebauten VW-Bus in der Frankfurter Kennedyallee, wo in einer alten Villa das Institut für Rechtsmedizin untergebracht war. Er hatte noch kurz überlegt, mit einer der beiden Straßensperren, die er immer im Wagen dabei hatte, die Einfahrt zum Parkplatz abzusichern, aber er entschied sich dagegen. Er benutzte nicht einmal die rot-weißen Flatterbänder mit der Aufschrift *Polizei*.

Die berühmte Gerichtsmedizin war eigentlich gut gesichert.

Gut genug, um Junkies auf Entzug abzuhalten oder neugierige Gymnasiasten. Für einen Profi wie ihn stellten die Sicherungssysteme nicht mehr als eine sportliche Herausforderung dar.

Er nutzte ein Offenbacher Nummernschild für den Bus und hatte ihn mit Werbung für eine Lebensversicherung beklebt. Er fand das witzig, damit vor einem der größten europäischen rechtsmedizinischen Institute zu parken, wo im Jahr bis zu sechshundert Leichen obduziert wurden. Er würde ihnen heute eine dieser Leichen stehlen.

Er hatte zwei Masken zur Verfügung und überlegte einen Moment, ob er die Totenkopfmaske aufsetzen sollte oder lieber das grinsende Clownsgesicht. Die Totenkopfmaske hätte gut hierher gepasst. Sie ließ sich rasch überstreifen, aber die Gummis scheuerten hinter den Ohren. Nach kurzer Zeit bekam er dann wunde oder schorfige Stellen.

Das Clownsgesicht war dem Clown aus Stephen Kings Film *Es* nachempfunden. Das störte ihn ein wenig. Er wollte nicht als Nachmacher dastehen. Aber die Maske wurde nicht mit Gummis, sondern mit Stoffbändern am Kopf befestigt. Es dauerte wesentlich länger, sie aufzusetzen, für schnelle Aktionen war sie ungeeignet, aber er hatte ja genügend Zeit.

Er band das Clownsgesicht mit zwei Schleifen fest. Manche Menschen hatten vor unbeweglichen Clownsgesichtern mehr Angst als vor Totenköpfen. Man würde ihn vermutlich auf mehreren Überwachungsvideos sehen. Aber das war ihm gleichgültig.

Als er ankam, hatte er noch vor, den Job rasch zu erledigen und dann sofort nach Dinslaken zurückzufahren, um in seinem Haus die Tote zu zerlegen. Doch als er einmal im Gebäude war, konnte er nicht anders. Er begann zu spielen. Erinnerungen an seine Jugend stachelten ihn zu immer neuen Taten an. Damals, als er oft kurz davor gewesen war, sich selbst umzubringen, hatten diese

Spiele mit Toten ihm das Leben zurückgebracht. Ja! Im Zusammensein mit ihnen fühlte er sich richtig und lebendig. Mit ihnen hatte er alles unter Kontrolle. Nie tat eine Leiche etwas Unvorhergesehenes. Sobald er wieder unter Lebenden war, wurde gleich alles schwierig. Von Lebenden hatte er Ablehnung erfahren. Von Toten nie.

Der Geruch hier störte ihn nicht. Im Gegenteil. Er fand so manches Damenparfüm oder Herrenrasierwasser wesentlich unangenehmer.

Beim Spiel in der Rechtsmedizin hinterließ er nicht das sonst übliche erschreckende Chaos. Wer hier arbeitete, war es gewohnt, Dinge zu sehen, bei denen andere schreiend weggelaufen oder ohnmächtig geworden wären. Er fühlte sich den Mitarbeitern hier geradezu kollegial verbunden.

Er drapierte eine halbverweste Frauenleiche so, als würde sie am Daumen lutschen, und einen Mann, an dem die langen Fingernägel das Auffälligste waren, zog er mit Seilen hoch und ließ ihn unter der Decke schweben wie einen Engel.

Er stellte sich die Verwirrung vor, wenn die ersten morgens reinkamen. Vielleicht würden sie es zunächst sogar für einen blöden Studentenstreich halten. Sie mussten erst einiges aufräumen und in Ordnung bringen.

Wer weiß, dachte er, wie lange es dauert, bis sie draufkommen, dass ich Madonna Rossi nicht irgendwo im Gebäude versteckt habe, sondern dass ihre Leiche tatsächlich verschwunden ist. Geklaut.

Er verließ das Institut gut gelaunt. Schon morgen, dachte er, werde ich das erste Päckchen an Frederico Müller-Gonzáles abschicken. Dann weiß er nicht nur, dass ich genau weiß, wo er ist, sondern auch, was ich getan habe und was ihm als Nächstes blüht.

Nach dem Rumpsteak nahm Rupert noch ein Eis mit heißen Himbeeren. Frauke entschied sich für einen Obstsalat. Kleebowski und Marcellus waren im Grunde schon satt und standen auch nicht so sehr auf Nachtisch, aber wenn der Boss ein Dessert aß, dann wollten sie ihn damit nicht alleine lassen.

Marcellus bestellte sich Crêpes mit Peperoni und Ananas. Kleebowski sagte schnell: »Für mich auch«, und jetzt ärgerte er sich, weil er eigentlich auch lieber ein Eis gehabt hätte, aber nicht als wankelmütiger Zauderer dastehen wollte.

Rupert holte sein Handy und rief Muhlhausen an. Kurz und knapp gab Rupert seine Anweisungen. Frauke gefiel das. Ihr Zukünftiger wusste halt, was er wollte.

»Wenn ich komme, möchte ich sämtliche Mitarbeiter der oberen Ebene sehen.«

»Um diese Zeit? Ich kann doch jetzt nicht alle aus dem Bett klingeln«, zeterte Muhlhausen.

»Nein, du kannst ihnen auch morgen meine Kündigungsschreiben überreichen. Das geht natürlich auch.« Wesentlich härter fuhr Rupert fort: »Sie stehen alle auf meiner Gehaltsliste, und ich will, dass sie antanzen. Alle. Ist das klar?! Wer für mich arbeitet, für den beginnt nicht um sechzehn Uhr am Freitag das Wochenende, sondern dann, wenn ich es sage.«

Muhlhausen schluckte schwer. Er hatte so etwas noch nie erlebt: »Das sind Wissenschaftler«, gab er zu bedenken. »Die sind es nicht gewohnt, dass man so mit ihnen umspringt.«

»Wie viel Minus hat euer Scheißladen gemacht, bevor ich ihn aufgekauft und in die Gewinnzone gefahren habe?«, fragte Rupert.

Kleebowski half ihm aus: »21 Millionen pro Jahr.«

Rupert wiederholte die Summe laut und vorwurfsvoll.

Muhlhausen wand sich wie ein Aal, der das Feuchte sucht: »Forschung ist zunächst immer teuer, das ist auf der ganzen Welt so. Man muss viel investieren, bis man Ergebnisse hat. Später dann aber, wenn man zum Beispiel Patente verkaufen kann oder ...«

»Ich will alle sehen. Habe ich mich klar ausgedrückt, Doktorchen?«, zischte Rupert.

»Ja.«

»Wer nicht erscheint, ist gefeuert. Mir scheißegal, woran er gerade forscht.« Rupert drückte das Gespräch weg und schnalzte mit der Zunge.

»Warum machst du das?«, fragte Frauke.

Kleebowski und Marcellus interessierte das ebenfalls. Sie hätten sich nur nicht so ohne weiteres getraut, zu fragen, denn Frederico wirkte sehr entschlossen auf sie, und niemand hatte Lust, ihn zu reizen.

»Ich wollte etwas klarstellen.«

»Was?«, fragte Frauke.

»Dass ich die Führung in der Hand habe und der Schlendrian vorbei ist«, erklärte Rupert ruhig und warf ihr ein Küsschen zu.

Kleebowski nickte. »Das wird sich rumsprechen, Boss.«

»Genau das will ich. Die denken, sie könnten uns auf der Nase herumtanzen ... Die einen setzen eine lächerliche Summe auf meinen Kopf aus ... Die anderen klauen unseren Stoff und töten meine Frau. Und jetzt zeige ich ihnen mal, wo der Hammer hängt. Alle sollen wissen, dass ich die Zügel fest in der Hand halte und ab jetzt den Takt angebe.«

Marcellus hatte Bedenken. Er formulierte sie sehr vorsichtig: »Bald werden wir eine Armee brauchen, um dich zu schützen, Frederico. Du lässt ihnen keine Wahl. Sie werden dich direkt attackieren.«

Rupert lehnte sich lächelnd zurück, als sei genau das sein Plan.

Kleebowski deutete auf Marcellus: »Wir beide reichen nicht aus, um dich zu schützen, Chef. Wir …«

Frauke ergriff Ruperts Hand. »Ich bin ja auch noch da. Aber du solltest wirklich vorsichtiger sein, Liebling, und sie nicht so sehr provozieren.«

Rupert war jetzt genau der Köderfisch, den Liane Brennecke im trüben Wasser des Verbrechens zappeln sehen wollte, damit der Geier kam, um sich ihn zu schnappen. Rupert erfüllte seine Aufgabe sehr gut, und es machte ihm sogar großen Spaß. Aber auch ihn beschlich langsam das Gefühl, über dünner werdendes Eis zu gehen. Zwischendurch fragte er sich manchmal: Was tue ich hier eigentlich?, und dann hätte er am liebsten die Klamotten hingeworfen und wäre nach Ostfriesland zu seiner Beate zurückgefahren. Aber dann sah er Frauke an und wusste wieder, warum es klug war, zu bleiben. Wenigstens noch eine Nacht. Für sie drehte er ganz groß auf, und er genoss es, in ihren Augen ein ganz toller, gefährlicher Hecht zu sein.

Als sie – natürlich eine Stunde zu spät – im Forschungslabor erschienen, waren außer Dr. Muhlhausen nur drei weitere festangestellte Wissenschaftler anwesend. Die anderen hatte er entweder nicht erreicht, oder sie sahen es überhaupt nicht ein, zu kommen. Falls sie nicht schlicht und einfach Angst um ihr Leben hatten.

Kleebowski und Marcellus hatten im Gebäude sofort ihre Waffen gezogen, und nun scannte Marcellus jede Tür, jeden Vorhang, jedes mögliche Versteck. Sogar Kleiderschränke riss er auf. Kleebowski ließ derweil keine der anwesenden Personen aus den Augen. Er bedrohte sie durch seine reine Anwesenheit. Es war allen klar, dass er auf einen Wink von Frederico hin jeden sofort getötet hätte.

Frauke tastete die drei Männer genauso ab wie die einzige Frau, die sich um diese Zeit an ihre Arbeitsstelle begeben hatte. »Ich zahle alles zurück«, bot sie ungefragt an. Als niemand auf ihr Angebot reagierte, legte sie noch etwas drauf: »Ich habe in Sachsenhausen eine Eigentumswohnung. Die könnte ich verkaufen.«

»Halten Sie den Mund!«, zischte Frauke.

Die Frau weinte leise.

Rupert sah zu und spielte den Gangsterboss, der seine Macht genoss und sich amüsierte. Dabei musste er immer wieder an Beate denken. Sie hatte ihm gesagt, jeder Mensch habe eine Aura. Er stellte sich das als eine Art Ausstrahlung vor. Diese Menschen, die sie nachts aufgeschreckt hatten, waren für ihn umgeben von einer Wolke aus Angst und Schuldgefühlen.

Er lachte demonstrativ und spottete: »Das ist jetzt alles, ja? Mehr habt ihr nicht zu bieten? Ein Doktor, kurz vor dem Herzinfarkt, zwei Typen, die aussehen, als bräuchten sie dringend Physiotherapie, und eine Heulsuse mit Eigentumswohnung! Ihr jämmerlichen Gestalten wart verrückt genug, mir meinen Stoff zu klauen?«

»Wir haben«, versuchte sich der mit den silbernen Haaren zu verteidigen, »im engeren juristischen Sinne nichts gestohlen oder unterschlagen, sondern …«

Rupert sah ihn nur streng an, und er schwieg sofort wieder. »Ich akzeptiere keine Ausreden«, stellte Rupert klar, und Kleebowski unterstrich den Satz mit einem: »Schreib dir das hinter die Ohren, Wichser!«

Eine unerträglich lange Zeit schwiegen alle. Nur Marcellus machte Lärm, weil er weiterhin die Räume nach einem versteckten Killer durchsuchte. Er war sehr gründlich.

»Woran forscht ihr hier eigentlich?«, fragte Frauke, um das Schweigen zu brechen.

Die einzige Dame der Gegenseite verstand die Frage als Gesprächsangebot und versuchte zu erläutern, warum sie bei der Entwicklung eines Hautaufhellers gerade kurz vor einem bahnbrechenden Durchbruch standen.

Rupert spottete: »Hautaufheller? Wo alle Welt braun werden will! Seid ihr völlig bescheuert?«

»In Asien«, behauptete Muhlhausen, »gibt es dafür einen Riesenmarkt.«

»Wo«, fragte Rupert, um das Thema weg von der Forschung zu bringen, »wo ist denn der Ofen?«

»Welcher Ofen?«

»Na, wo wird das Heroin denn verbrannt?«

»Angeblich verbrannt«, korrigierte Kleebowski.

Muhlhausen nahm das als Scherz: »Es gibt keinen Ofen«, lächelte er gequält. »Wir haben lediglich ein chemisches Verfahren entwickelt, wie Rauschgifte CO_2-neutral vernichtet werden können.«

»Ihr langweilt mich«, gab Rupert zu. Er streckte seine rechte Hand aus, schnippte zweimal und verlangte: »Die Liste, Müller.«

Muhlhausen gab sie ihm.

Rupert warf einen Blick darauf und sagte streng: »Jeder, der damit zu tun hatte, gibt mir ein schriftliches Geständnis.«

Alle Anwesenden, die sich schuldig fühlten, nickten eifrig.

»Dazu eine Kontovollmacht«, ergänzte Rupert.

Das schien schlimmer für sie zu sein als ein Todesurteil. »Kontovollmacht?«, hakte Muhlhausen ungläubig nach.

»Der Boss wiederholt sich nicht gerne«, belehrte Kleebowski ihn.

Frauke gab ihm eine Hoffnung: »Ihr könnt«, sagte sie, »alle überleben, wenn ihr euch ab jetzt als treue Weggefährten der Gonzáles-Familie erweist.«

»Schreibt eure Geständnisse und geht nach Hause«, befahl Rupert.

Kleebowski brachte sich noch einmal mit seinem Vorschlag in Erinnerung: »Wir sollten ein Zeichen setzen und sie alle umlegen.«

»Genau«, riet Marcellus, »und die anderen auf der Liste klingeln wir noch heute Nacht aus den Betten und knallen sie ebenfalls ab.«

Frauke machte eine einladende Geste: »Oder ihr folgt meinem Vorschlag.«

Der mit den silbernen Haaren fiel auf die Knie: »Bitte, nicht! Bitte tun Sie mir das nicht an, Herr Müller-Gonzáles!«

Rupert schüttelte den Kopf. »Frag nicht mich. Frag sie. Sie kann dich begnadigen. Glaub mir, wir würden nichts lieber tun, als euch alle miteinander umzulegen. Aber wer kann schon einer so schönen Frau«, er verbeugte sich vor Frauke, »eine Bitte abschlagen?«

Der Mann auf den Knien robbte zu Frauke. Sein silbernes Haar war wie elektrisiert und gab auch die Glatzenstellen frei, die er eigentlich geschickt versucht hatte, zuzukämmen.

»Gib ihnen noch eine Chance, Frederico«, bat Frauke.

»Wenn du es wünschst, mein Engel«, gestand er großzügig zu. Dann pflaumte er die anderen an, die mit weitaufgerissenen Augen bewegungslos die Szene verfolgten: »Bedankt euch bei ihr. Sie hat euch diese Gnade gewährt.« Er zeigte auf Frauke, die gar nicht wusste, wie ihr geschah.

Sekunden später knieten drei Männer und eine Frau vor ihr und dankten ihr für ihren Großmut. Das, so spürte sie, war ihre Inthronisation als seine Frau. Als Königin im Reich der Ganoven.

So wütend hatte Ann Kathrin Klaasen Martin Büscher und Dirk Klatt noch nie gesehen. Zumindest nicht beide gleichzeitig. Sie kamen aus Büschers Büro und waren sich in ihrer Wut auf fast beängstigende Weise einig.

Innerlich wappnete Ann Kathrin sich. Auch Frank Weller zog seine imaginäre Ritterrüstung an, als er die beiden durch den Flur stampfen sah. Sie hatten etwas von gereizten Bullen, die auf den Torero losgingen. Weller hatte Stierkämpfe immer dämlich gefunden. Er wollte auch jetzt an keinem teilnehmen.

Marion Wolters öffnete eine Tür, guckte kurz in den Flur und schloss sie gleich wieder.

Ann Kathrin drehte sich so, dass ihr Rücken durch die Wand geschützt war, an der ein Möwenbild von Hösti hing. Die eine Möwe fragte die andere: *Wollen wir Touristen vollkacken?*

Ann Kathrin suchte festen Stand, die Füße schulterbreit auseinander. Sie warf die Haare zurück und atmete ruhig ein und aus.

Weller verlagerte sein Gewicht von einem Bein aufs andere. Er deckte Ann Kathrins rechte Flanke. Er kam sich dabei aber dämlich vor, denn es würde hier ja sicherlich nicht zu Handgreiflichkeiten kommen. Aber sie beide verhielten sich, als würden sie mit dem Beginn einer Schlägerei rechnen.

Büscher und Klatt stoppten ihre Schritte wie auf Kommando gleichzeitig direkt vor ihnen. Büscher suchte Blickkontakt zu Ann Kathrin. Klatt funkelte Weller an und wippte mit den Zehen auf und ab, so dass er rhythmisch kleiner und wieder größer wurde. Wenn er auf Zehenspitzen stand, kam seine Nase fast an die von Weller heran. Er roch säuerlich aus dem Mund.

Büscher begann. »Was habt ihr euch dabei gedacht?«

»Wobei?«, fragte Ann Kathrin.

Klatt brüllte: »So etwas habe ich in meiner ganzen Laufbahn noch nicht erleben müssen!«

Weller drehte den Kopf zur Seite, um Klatts Mundgeruch auszuweichen. »Was haben Sie noch nicht erlebt? Polizisten, die einen eigenen Kopf zum Denken haben?«

»Ihr habt die Leiche verschwinden lassen!«, keifte Klatt.

»Welche Leiche?«, wollte Ann Kathrin wissen und bat, nun mal die Bälle flachzuhalten.

Büscher blies heftig aus. »Ihr habt bei der Staatsanwaltschaft Frankfurt versucht, darauf einzuwirken, dass ...«

Ann Kathrin ergänzte Büschers Satz, weil er so atemlos war, dass er um Luft rang: »... dass sie die Leiche von Madonna Rossi noch nicht freigeben. Ja, das haben wir getan. Wir wollen die Beerdigung so lange hinauszögern, wie es nur geht, bis unser Kollege Rupert in Sicherheit ist ...«

Büscher benutzte seinen Zeigefinger wie ein Dirigent einen Taktstock. Er versuchte, sich selbst und seinen Worten damit das Tempo vorzugeben, aber es gelang ihm nicht so schnell, seine Atmung unter Kontrolle zu bekommen. Er japste.

Klatt übernahm nur zu gern und schrie Weller an: »Und weil das nicht geklappt hat – weil die Frankfurter Justiz nicht wie die ostfriesische ist! Die arbeiten da korrekt, da wäscht nicht einfach eine Hand die andere wie hier in eurem Schlampladen ...« Klatt setzte noch einmal an, weil er sich verrannt hatte und den Satz grammatikalisch nicht mehr richtig zu Ende bekam: »Und weil das alles nicht geklappt hat, darum habt ihr die Leiche aus der Gerichtsmedizin verschwinden lassen!«

»Das ist ungeheuerlich!«, empörte Ann Kathrin sich.

Frank Weller dagegen gab sofort alles zu. »Es nutzt nichts mehr, zu leugnen, Ann. Du siehst doch, sie wissen schon alles.«

Büscher schnaufte. Klatt wippte hektisch auf und ab. Seine Schuhsohlen knarrten. Er klemmte beide Daumen hinter den Gürtel seiner Hose.

»Also gut«, gestand Weller, »wir wollten eigentlich aus Tarnungsgründen mit dem grünen Twingo nach Frankfurt fahren und so tun, als wären wir ostfriesische Polizisten.«

Marion Wolters, die hinter ihrer Tür stand und lauschte, öffnete sie jetzt doch einen Spalt und lugte neugierig in den Flur.

»Aber dann«, erläuterte Weller, »haben wir uns doch hinbeamen lassen. Ich sagte noch, Ann, lass uns lieber das Raumschiff nehmen, aber sie ...«

»Ich lass mich doch von euch nicht verarschen!«, keifte Klatt.

Weller staunte und sprach Büscher an: »Ach, hast du ihm nicht gesagt, dass wir Aliens sind, Commander? Glaubt der wirklich noch, wir seien Polizisten?«

Büscher schüttelte den Kopf. »Ihr könnt doch nicht leugnen, dass ihr etwas damit zu tun habt! Die Staatsanwältin, mit der ihr gestern gesprochen habt, hat gerade angerufen. Dass ihr eurem Kumpel Rupert helfen wollt, in allen Ehren, aber das geht ganz einfach zu weit!«

»Irrtum«, sagte Ann Kathrin hart. »Wir sind zu weit gegangen, als wir Rupert in diesen Irrsinn geschickt haben.«

Klatt forderte von Büscher: »Suspendiere sie sofort!« Der druckste herum.

Weller provozierte ihn: »Ja, los, Martin, suspendiere sie. Und dann bitte mich gleich mit. Ich wollte hier sowieso in den Sack hauen, und ich glaube, es gibt einige Kollegen, die sehen das genauso.«

Büscher wollte es nicht auf einen Machtkampf mit Ann Kathrin ankommen lassen. Er war zwar der offizielle Chef hier, aber ihr vertrauten die Kollegen. Im Zweifelsfall würden sie zu ihr und Weller halten, fürchtete er. Das Team konnte ihn leicht unter Druck setzen. Bei der engen Personaldecke reichten ein paar Krankmeldungen aus, und er würde mächtig in Schwierigkeiten geraten.

Klatt blieb kalt und zischte böse: »Hat Ihr Kollege Rupert Ihnen schon ein Angebot gemacht? Entscheiden Sie sich für eine Karriere in seiner Verbrecherorganisation?«

»Nein«, konterte Weller, »aber vielleicht fange ich ja bald in seiner Bank an.«

»Das läuft doch auf dasselbe raus!«, schimpfte Klatt.

Ann Kathrin stellte klar: »Wir holen Rupert jetzt zurück, ob mit eurer Unterstützung oder ohne. Das ist mir inzwischen völlig egal.«

Büscher versuchte, die hitzigen Gemüter zu beruhigen, kam aber selbst nicht runter. Seine Lippen bebten beim Sprechen, seine Lunge pfiff: »Rupert leitet morgen die Vorstandssitzung der Kompensan-Bank.«

Weller machte eine eindeutige Geste, als wären seine Arme Scheibenwischer: »Ihr seid doch alle nicht mehr ganz dicht!«

»Wir müssen das durchziehen. Es geht um alles oder nichts«, behauptete Klatt.

Ann Kathrin fuhr ihn an: »Das Leben ist keine Spielshow, Kollege!«

»Wo soll die Vorstandssitzung denn stattfinden?«, fragte Weller lauernd.

Büscher kannte Weller gut genug, um zu wissen, dass er den Ort nur herausfinden wollte, um dann dort zu erscheinen. Er würde versuchen, seinen Einfluss auf Rupert einzusetzen, um ihn zum Aufgeben zu bewegen. Von Büscher hätte Weller es folglich nie erfahren, doch Klatt trumpfte geradezu damit auf. Obwohl Liane Brennecke es organisiert hatte, tat er, als wäre es seine Idee gewesen: »In der Kunsthalle in Emden.«

Ann Kathrin schrie auf: »Wo?«

Klatt betonte stolz: »Das Henri-Nannen-Museum ist ein angemessener Ort, um den neuen Vorstandschef einzuführen. Eins der schönsten Museen an der Küste. Da haben sie sich etwas bei gedacht. Immerhin gilt Frederico Müller-Gonzáles als Kunstkenner und -liebhaber. Da bietet die Kunsthalle mitten in der Seehafenstadt den passenden Rahmen für eine repräsentative, niveauvolle Präsentation des neuen Vorstands.«

Weller stöhnte: »Rupert ist kein Kunstliebhaber. Er ist auch nicht niveauvoll. Er ist einfach nur unser Rupert.«

»Der Vorstandsvorsitzende«, bellte Klatt, »heißt aber nicht Rupert, sondern Frederico Müller-Gonzáles!«

Büscher dachte daran, wie schön es sein müsste, in Rente zu gehen.

Klatt klang, als hätte er es auswendig gelernt: »Die Neoexpressionisten stellen da gerade aus.« Er fischte einen Zettel aus seiner zerknitterten Anzugjacke und guckte darauf. »Georg Baselitz, Markus Lüpertz und Jörg Immendorf.«

Weller klatschte ihm Beifall. »Mensch, da wird Rupert aber begeistert sein.«

Marion Wolters trat jetzt hinter Klatt aus der Tür. Alle bemerkten sie, nur er nicht.

Klatt wollte sich die Sache nicht aus der Hand nehmen lassen. Er betonte geradezu triumphierend: »Als euer Rupert unsere Mission übernahm, da habe ich ihm keine vierundzwanzig Stunden gegeben. Ich dachte, der Trottel überlebt den ersten Abend nicht. Wo stehen wir heute?« Stolz breitete Klatt die Arme aus.

Sein deckungsloses Gesicht und sein feistes Grinsen waren eine Einladung, der Weller nicht widerstehen konnte. Er dachte nicht den Bruchteil einer Sekunde lang nach.

Ann Kathrin sah den Schlag kommen, bevor Weller wusste, dass er zuhauen würde. Vielleicht war es weibliche Intuition, jedenfalls sprang sie an Büscher vorbei, um Weller daran zu hindern, trotzdem kam Wellers Faust, wenn auch nicht mehr ganz so heftig, zu Klatt durch. Weller erwischte Klatt über dem linken Auge. Der stolperte nach hinten.

Marion Wolters versuchte, ihn zu halten. Gemeinsam fielen sie hin.

In diesem Moment kam Kommissaranwärterin Jessi Jaminski, die lange im Norder Boxverein trainiert hatte, die Treppe hoch. Sie hatte eine Packung Pommes mit Ketchup und Mayonnaise in der Linken und aß mit der Rechten.

Klatt und Marion lagen auf dem Boden. Klatt fluchte. Marion schwieg verbissen.

Büscher hob die Arme und hielt die Hände über die beiden, als wollte er sie segnen. Dabei guckte er Weller scharf an. »So, wir werden jetzt alle mal tief Luft holen und uns beruhigen. Und dann vergessen wir das alles. Es ist nie geschehen, kapiert, Leute? Nie geschehen.«

Jessi nickte und stippte eine Fritte in die Mayonnaise. Sie fragte: »Will jemand ein paar Pommes? Mich beruhigt das immer.«

»Ja, ich«, sagte Ann Kathrin und griff beherzt zu.

»Wir haben«, sagte Weller, »gestern zwar in Frankfurt keine Leiche geklaut, aber ich habe ein Konto bei der Kompensan-Bank eröffnet. Das geht online. Ist ganz einfach. Sieht alles aus wie eine ganz normale Bank. Zunächst mal muss man alle möglichen datenschutzrechtlichen Dinge unterschreiben, aber dann fluppt es.«

Jessi half Klatt, aufzustehen. Dabei fielen zwei Fritten aus ihrem Pommesschälchen. Ein Kartoffelstäbchen landete auf Klatts Hosenbein und hinterließ dort einen rot-weißen Streifen.

»Das kann daran liegen«, knurrte Klatt, »dass es sich um eine ganz normale Bank handelt, Herr Weller.«

Büscher deutete an, Weller solle jetzt lieber den Mund halten, schließlich sollten weder Jessi noch Marion zu viel mitbekommen.

Mai-Li trank zum Frühstück – also so zwischen elf und zwölf Uhr – nur schwarzen Kaffee. So früh aß sie nur selten etwas. Sie hatte aber dann meist schon mehrere Stunden Aktenstudium hinter sich. Sie schlief nicht mehr gut, dafür rauchte sie umso mehr.

Sie studierte Lebensläufe von Untergebenen genauso intensiv wie die von allen Gegnern der Familie. Lebensläufe und wie sie geschrieben waren verglich sie gern mit Geschäftsberichten von Unternehmen, die Anteile oder Aktien verkaufen wollten. Diese Dokumente sagten meist mehr aus über den, der sie verfasst hatte, als über den Betrieb oder die Person, die angeblich objektiv dargestellt wurden. Es gab Berichte, die lasen sich schon wie Todesurteile, und es gab dieses geschönte Gequatsche, das nur Idioten ernst nahmen. Wer so etwas ablieferte, beleidigte ihre Intelligenz und war damit sofort für sie erledigt. Nur selten suchte jemand in einem Geschäftsbericht oder einem Lebenslauf nach der Wahrheit, auch wenn diese in ihrer unterwürfigen Selbstbezogenheit oft eher Wunschdenken waren als klare Urteile.

Mai-Li hatte, auf ihrem Bett im *Parkhotel* liegend, am offenen Fenster mit Blick auf den Teich, alles gelesen, was Frederico ihr aus Oldenburg übermittelt hatte. Sie fand, dass aus den Schriftsätzen der Angstschweiß der Verräter tropfte. Es gefiel ihr, dass Frederico diese Gestalten noch nicht hingerichtet hatte. Er drehte an einem größeren Rad. Er wollte alle verunsichern und das Spiel ganz neu ordnen. Seine Schachzüge waren nur schwer vorauszuberechnen. Die Verräter hatten zwar alles zugegeben, aber entweder kannten sie ihre Auftraggeber gar nicht, oder sie hatten mehr Angst vor denen als vor der Gonzáles-Familie.

Mai-Li tippte auf Unwissen. Es waren dumme Jungs, die glaub-

179

ten, sich ein Stück vom Kuchen abschneiden zu können. Mehr nicht. Sie hielten sich für intelligent, weil sie Universitätsabschlüsse vorweisen konnten. Aber dies hier war nicht die Uni, dies hier war die richtige Welt. Hier bestand man keine Prüfungen, indem man etwas auswendig lernte.

Sie hatten zwar ihre Auftraggeber nicht namentlich verraten, doch Mai-Li tippte auf die Düsseldorfer. Alles sprach dafür, dass die es organisiert hatten. In jedem Geständnis stand etwas darüber, dass sie zunächst geglaubt hätten, es mit richtigen Polizisten zu tun zu haben.

Mai-Li saß jetzt Frederico im Speisesaal gegenüber und sah ihm zu. Sie mochte seine gierige Art, zu essen. Er aß die dritte Portion Rühreier, dazu Räucherfisch und gebratenen Speck. Er schlürfte schwarzen Kaffee und goss Wassermengen in sich hinein, als ginge es dabei um sein Leben.

Die Gier, die er beim Essen und in seinen Frauenbeziehungen zeigte, wertete sie als Ausdruck seiner Lebensgier. Sie war froh, dass er kein Vegetarier mehr war. So musste ein richtiger Boss sein. Ein Fleisch fressendes Raubtier. Sie hielt große Stücke auf ihn. Er würde der Familie zu neuer Größe verhelfen.

»Ich habe«, sagte sie ruhig, »alles gelesen. Es sind zweifellos Idioten.«

»Stimmt«, nickte Rupert.

»Sie tun so, als wären sie hereingelegt worden, und möglicherweise ist das auch so. Aber einer von ihnen verschweigt uns etwas.«

»Wer?«, fragte Rupert.

Sie wischte mit der linken Hand über die Damasttischdecke. »Irgendjemand, mein Lieber«, sagte sie, »hat ihnen den Tipp gegeben. Und das kann nur einer von Muhlhausens Leuten gewesen sein. Einer von denen quatscht. Und der ist viel gefährlicher für uns als die armen Schlucker, die sich nur ein paar Dollar extra verdienen wollen.«

Kleebowski, Frauke und Marcellus saßen an einem anderen Tisch, nicht weit von Rupert und Mai-Li. Jeder Kellner musste erst an ihnen vorbei. Niemand, den sie nicht durchlassen wollten, wäre in der Lage gewesen, zu den beiden zu kommen. Sie schirmten Mai-Li und Frederico unauffällig, aber doch perfekt ab. Um ihr Gespräch zu belauschen, hätte man eine hochsensible Abhöranlage benötigt. Mai-Li sprach ohnehin in einem leisen Singsang, so dass man ein Hörgerät brauchte, um sie genau zu verstehen, und wenn Rupert mal zu laut war, übertönte Kleebowski ihn gleich mit seiner Stimme, indem er laut lachte oder andere Geräusche machte.

Nicht bei allen Gästen im Frühstücksraum kam das gut an. Ein Pärchen setzte sich so weit wie möglich von ihnen weg. Damit hatte Kleebowski genau erreicht, was er wollte.

Mai-Li sah auf ihre Uhr. »Verlassen sie gerade diese Erde, oder sind sie schon gestern Abend in die Hölle gefahren?«

Mit vollem Mund antwortete Rupert: »Ich habe sie leben lassen.«

»Ich weiß«, lächelte Mai-Li. »Warum solltest du dir die Hände schmutzig machen? Die Düsseldorfer werden das für uns erledigen.«

Rupert zuckte zusammen und hatte Mühe, Frederico Müller-Gonzáles zu bleiben. Er spielte den Gelassenen und zerkrachte ein knuspriges Stück Speck.

»Du hast sie mächtig aufgescheucht«, lobte Mai-Li. »Einer von ihnen hat die Auftraggeber garantiert noch gestern Nacht angerufen und informiert.«

»Davon gehe ich aus«, lächelte Rupert.

»Wenn es die Düsseldorfer sind«, erläuterte Mai-Li, »wird keiner von den Verrätern überleben. Es ist deren professionelle Methode, nach jedem großen Deal alle Brücken hinter sich abzubrechen. Alle polizeilichen Ermittlungen gegen die Düsseldorfer versanden immer irgendwann, weil alle, die noch was sagen könnten, tot sind.«

»Deshalb macht auch niemand so gerne Geschäfte mit ihnen«, verriet Rupert.

Mai-Li ließ das nicht gelten: »Deshalb findest du keinen, der bereit wäre, sie zu verpfeifen. Ihr Laden wird strenger geführt als unserer.«

Rupert schob den Teller ein Stückchen von sich weg und spülte sich den Mund mit Mineralwasser aus. »Du glaubst also wirklich, dass sie es waren?«

Mai-Li antwortete nicht mit den Lippen, sondern mit den Augen. Es war ganz klar, dass sie die Düsseldorfer verdächtigte. Vielleicht hatte sie auch noch eine Rechnung mit ihnen offen, dachte Rupert. Eine, die er jetzt begleichen sollte.

»Man sagt«, flüsterte Rupert, »dass der Geier für sie arbeitet.«

Mai-Li verzog die Lippen. »Das ist keine Sache für den Geier. Niemand will diese Jammerlappen zum Sprechen bringen.« Sie schmunzelte. »Im Gegenteil. Es geht wohl eher darum, sie zum Schweigen zu bringen. Und das kann jeder Holzfäller. Sie werden ein paar junge Talente schicken. Sozusagen Praktikanten.«

»Es wäre schade, wenn sie sterben, bevor sie uns das Geld zurückzahlen können. Aber weißt du, Mai-Li, ich habe kein Interesse an irgendeinem Massaker. Ich will Geschäfte machen. Sonst nichts. Ich will unseren Reichtum mehren. Und wer immer den Stoff bei uns geklaut hat, dem müssten wir eigentlich dankbar sein.«

»Dankbar?«, fragte Mai-Li irritiert.

»Ja, dankbar. Er hat uns auf eine Sicherheitslücke aufmerksam gemacht. Und diese Lücke werde ich finden. Und dann schließen.«

Marcellus traute einem Kellner nicht. Er kam ihm unecht vor. Er hätte nicht sagen können, warum, doch Marcellus hatte jetzt seine rechte Hand direkt an seiner Beretta.

Rupert zeigte auf Frauke und schmunzelte. »Gestern«, erzählte er, »haben sie sich vor Frauke hingekniet und sich bei ihr bedankt, weil sie ihr jämmerliches bisschen Leben noch eine Weile genießen dürfen. So wird bald die ganze Düsseldorfer Blase vor Frauke knien. Wir übernehmen ihren Laden.«

Mai-Li lehnte sich zurück. Dann federte sie vor, griff auf Ruperts Teller, nahm sich selbst ein Stück von seinem gebratenen Speck und schob es sich zwischen die kirschrot gefärbten Lippen. »So gefällst du mir, Frederico. Ich höre dich reden, und ich sehe deinen jungen Vater vor mir …«

Rupert fragte sich, ob sie früher mal was mit dem alten Gangsterboss gehabt hatte, bevor er Valentina Gonzáles geheiratet hatte. Oder vielleicht sogar danach. So wie sie über ihn sprach, hatte es immer etwas mit Liebe zu tun und nicht nur mit Loyalität, fand er.

»Wie läuft es mit der Bank?«, fragte sie. »Du musst nach Emden? Soll ich mitkommen?«

Er breitete die Arme aus. »Aber bitte!« Es sah aus wie eine einladende Geste, war aber eine Abwehrreaktion.

»Es spricht sich herum, dass es eine Bank gibt, die problemlos schwarzes Geld in weißes verwandelt. Nirgendwo in Europa ist die Geldwäsche so einfach wie in Deutschland. Die Gesetze dagegen sind ein Witz. An einigen haben unsere Leute selbst mitgewirkt, damit sie freundlich für uns ausfallen …«

Rupert tat so, als wäre das selbstverständlich, staunte aber: »Wir beraten Parlamentarier?«

Mai-Li lächelte breit und fuhr fort: »Was wären Politiker ohne unsere freundlichen Ratschläge? Die brauchen doch Fachleute, um ihre Gesetze zu machen.«

Sie malte mit ihrem Zeigefinger etwas auf den Tisch, das sich Rupert aber nicht erschloss. Fragend sah er sie an.

Sie lächelte. »Im Ausland sind viele Gelder geparkt. Die werden jetzt zu uns kommen. Es ist deine Verantwortung, sie unterzubringen.« Sie triumphierte: »Allein aus Italien warten zwölf«, sie hustete und nahm einen Schluck Kaffee, »darauf, von dir legalisiert zu werden. Kauf, was du für richtig hältst, Immobilien oder Industriebetriebe, und enttäusch sie nicht. Dann kommt noch mehr. Unsere Beziehungen nach Italien sind bestens.«

»Zwölf Millionen?«, fragte Rupert.

Sie nahm das als Scherz. »Milliarden, mein Kleiner.« So wie sie es sagte, wuchs der Druck auf ihn. »Sie wollen uns alle als Hausbank. Der Umsatz des organisierten Verbrechens, wie sie es immer so schön nennen, ist, wenn wir nur von Europa reden, wesentlich höher als das Bruttosozialprodukt des gastfreundlichen Landes, in dem wir hier gerade speisen. Du führst nicht irgendeine kleine Provinzsparkasse. Wenn alles in trockenen Tüchern ist, werden Milliarden über deine Konten gepumpt werden.«

Rupert tat, als wäre das selbstverständlich. »Ich weiß. Wir kontrollieren den Geldfluss, und wer das in der Hand hat, der weiß nicht nur alles, sondern dem gehört auch alles.«

Marcellus war sich nicht sicher, ob der Kellner vielleicht eine Waffe trug. Marcellus wollte kein Risiko eingehen. Er stellte ihm ein Bein. Der junge Mann krachte übel auf den Boden. Sofort war Marcellus bei ihm, um ihm hoch zu helfen, und tastete dabei die Beule an seiner rechten Brust ab. Zu Marcellus' Beruhigung befand sich dort keine Waffe, sondern eine dicke Kellnerbörse.

Der junge Mann brach sich bei dieser kleinen Aktion den Unterarm, was für jemanden, der im Service arbeitet, sehr unangenehm ist. Trotzdem entschuldigte er sich bei Marcellus, nicht umgekehrt.

George war keineswegs begeistert. Er tobte.

Geier hatte tatsächlich mit Lob gerechnet und war jetzt enttäuscht wie ein kleiner Junge, der seinem Vater ein Geburtstagsgeschenk machen wollte und nun erleben musste, dass es dem Papa überhaupt nicht gefiel.

»Du spielst da rum und machst dir einen schönen Abend in der Gerichtsmedizin, statt diesen Frederico unter Druck zu setzen?! Bist du völlig verrückt geworden? Nennst du das Vendetta?«

Geier schluckte und verteidigte sich. Dabei sprach er mit kindlicher, um Anerkennung heischender Stimme: »Ich dachte, es macht ihn völlig fertig, wenn ich ihm die Einzelteile seiner Ehefrau …«

George ließ ihn nicht weiterreden, sondern posaunte ins Telefon: »Hast du Angst vor dieser Miet-Ehefrau, oder warum holst du dir das Luder nicht? Du bist alt geworden, Geier! Lahm und träge. Das ist es. Es gibt ein paar junge Wölfe da draußen, die würden nur zu gern deine Jobs übernehmen. Die sind heiß auf so was.«

»Ich habe mich nicht drum gerissen, das für dich zu erledigen«, protestierte Geier. »Warum ich? Dann lass es doch deine jungen Wölfe machen!«

Dieser Vorschlag brachte die Situation zwischen ihnen sofort zum Kippen. George wollte Geier nicht verlieren. Was er sagte, tat seinem Folterknecht gut: »Ich will dich, weil du eine Legende bist. Niemand hat jemals so viel Angst und Schrecken verbreitet wie du. Schon wenn man deinen Namen nennt, schlottern den meisten die Knie.«

George spürte, wie Geier wuchs. Er sah ihn praktisch vor sich stehen, zwischen seinen Folterinstrumenten, in seinem Hobbyraum, von dem niemand genau wusste, wo er sich befand.

Geier schwankte manchmal zwischen übersteigertem Selbstbewusstsein, ja Größenwahn, und Unterwürfigkeit. Durch ihre lange Zusammenarbeit hatte George viel über den Mann gelernt, der Geier genannt wurde. Er konnte an seiner Stimme erkennen, wo er innerlich gerade war. Falls er nicht hoch über den Wolken schwebte, kroch er wie eine Küchenschabe hinter der Fußleiste her. Geier kannte nur schwarz oder weiß, und er wechselte die Seiten schnell. Wenn er seinem Chef gegenüber dienstbeflissen war, tobte er sich später in seinem Keller umso wilder aus.

George wusste, dass er es nicht mit einem normalen, ausgeglichenen Menschen zu tun hatte, sondern mit einem, der in Extremen lebte. Er durfte sein Ego auch nicht zu sehr füttern. Sonst machte Geier, was er wollte, und hielt sich fürs Zentrum des Universums.

»Wenn du eine Legende bist, dann musst du dich auch wie eine verhalten. Es gibt schon die Ersten, die herumtönen, dass du alt und träge geworden bist, nur noch ein Schatten deiner selbst. Vom reißenden Wolf zum Schoßhündchen. Wenn wir dies hier gemeinsam durchziehen, mein Lieber, dann wird damit die Legende manifestiert. Dann werden sie dich nicht mehr Geier nennen, sondern vielleicht wieder *Die Bestie*. Weißt du, dass du mal so genannt wurdest? So habe ich dich kennengelernt. Als *Die Bestie*.«

»Du lügst«, schimpfte Geier. »Man hat mich nie so genannt.«

George gab ihm recht und holte damit zu einem verbalen Tiefschlag aus: »Stimmt. Als ich zum ersten Mal von dir hörte, nannten sie dich *Leichenfledderer*.«

Geier warf etwas gegen die Wand. Er schimpfte und fluchte. Für einen Moment fürchtete George, den Kontakt zu ihm zu verlieren. Er hörte ihn schwer atmen.

»Zeig uns, dass du es noch draufhast«, forderte George. »Hol dir endlich diese Frauke. Oder soll ich ein paar andere Jungs losschicken, die heiß drauf sind, sich einen Namen zu machen?«

Geier knirschte mit den Zähnen vor Wut. Auch das kannte George an ihm. Einmal hatte er in seiner Anwesenheit so mit den Zähnen geknirscht, dass eine Goldkrone herausgebrochen war. Er hatte sie auf den Tisch gespuckt und dann dort liegen lassen, als wäre sie ein Krümel, der zwischen seinen Zähnen geklebt hatte.

»Noch heute schicke ich dir eine WhatsApp mit ihren Schreien«, versprach Geier. »Noch heute!«

Er beendete das Gespräch, was eigentlich George gegenüber ungehörig war. In ihren Kreisen war ein Gespräch erst dann vorbei, wenn der Chef es sagte. Und der Chef war immer noch George.

Eigentlich war er ganz froh darüber, dass Geier den Anruf weggedrückt hatte. Jetzt wusste er, dass er den Jungen heißgemacht hatte. Jetzt würde er richtig loslegen. Er hatte ihn bei seiner Ehre gepackt.

Geier hatte vorgehabt, sich Zeit zu lassen und es zu genießen. Er hatte das Chirurgenbesteck schon ausgepackt und fein säuberlich neben Madonna aufgereiht. Auch die Knochensäge lag bereit. Er machte so etwas eigentlich gern in Handarbeit. Doch für solche Feinheiten hatte er jetzt keine Zeit mehr. Er holte die Kreissäge.

Rupert hatte sich in die Raucherlounge des *Parkhotels* zurückgezogen, nicht weil er eine Zigarre rauchen wollte, sondern er suchte eine Möglichkeit, ungestört zu telefonieren. Das war gar nicht so einfach für ihn, weil Frauke nicht von seiner Seite wich und die Bodyguards ständig in Hörweite waren.

Rupert stand vor dem begehbaren Humidor, schaute auf die im Holzregal ausgestellten Zigarren und rief Liane Brennecke an. Sie befand sich noch im Distelkamp. Da in Grendels Ferienwohnung nicht geraucht werden durfte, saß Liane Brennecke auf der kleinen Terrasse mit Vorgarten und genoss die klare ostfriesische Luft.

Peter Grendel hatte einen ein- und ausfahrbaren Sichtschutz zur Straße hin installiert. Dahinter fühlte sie sich umso wohler. Sie beobachtete eine Möwe, die durch den Vorgarten spazieren ging, als würde er ihr gehören. Liane fragte sich: Belauert die Möwe mich oder belauere ich die Möwe?

»Ich brauche«, sagte Rupert, »ein paar Informationen.«

Sie ließ sich nicht gerne wie Google benutzen, doch sie wusste, dass sie Rupert unterstützen musste, wenn seine Aktion von Erfolg gekrönt sein sollte. Eigentlich interessierte sie nur eins: »Haben Sie den Geier?«, fragte sie. »Wissen Sie, wo er ist?«

»Nein«, antwortete Rupert wahrheitsgemäß, »aber er wird kommen, um mich zu holen. Ich provoziere ihn, so gut ich nur kann. Meine Frau, also Madonna, hat er ja schon ins Jenseits befördert.«

Liane Brennecke glaubte das nicht: »Das war er nicht. Es ist nicht sein Stil, Leute zu überfahren.«

Rupert gab ihr recht: »Nein, das ist es nicht. Aber eine Leiche zu klauen, schon. Er muss sehr wütend sein. Weil es ihm nicht gelungen ist, Madonna Rossi lebendig zu kriegen, hat er sich jetzt ihren Leichnam geschnappt. Oder wart ihr das?«

»Ich fürchte, in dem Fall sind wir unschuldig, Rupert.«

»Ich würde gerne noch länger schwätzen, aber ich stehe ein bisschen unter Druck«, gab Rupert zu. »Sie haben ein ganzes Netz von Spitzeln in allen Organisationen und konnten deswegen jeden Drogendeal auffliegen lassen.«

»So ist es. Das war es ja, was dieser Geier aus mir herauskriegen wollte. Die Namen der Spitzel.«

»Existiert das Netz noch?«

Sie räusperte sich: »Nun, an einigen Stellen ist es brüchig geworden, was Fischernetze, die oft im Einsatz sind, nun mal so an sich haben. Aber ja, im Prinzip existiert es noch. Ich habe es nur lange nicht mehr geflickt und die Löcher gestopft.«

»Also, was ich wissen will, ist: Wer hat das Heroin und all den anderen Stoff in Oldenburg geklaut?«

Sie lachte: »Warum wollen Sie das wissen?«

Er antwortete ernsthaft: »Weil ich Frederico Müller-Gonzáles bin und mir das nicht gefallen lassen kann.«

»Tut mir leid, mein Guter, davon weiß ich nichts. Aber wenn jemand versucht, große Mengen zu verticken, wird mir das nicht lange verborgen bleiben.«

Die Tür zur Raucherlounge öffnete sich. Marcellus und Kleebowski polterten herein. Rupert wollte das Gespräch jetzt nicht hektisch beenden, um sie nicht misstrauisch werden zu lassen.

»Mensch, Boss, wir haben dich überall gesucht! Du kannst doch nicht einfach so … Wir dachten schon, du seist entführt worden.«

Rupert lachte. »Wer soll mich denn entführen?« Er hob demonstrativ sein Jackett und zeigte sein Schulterholster mit der Glock darin. Unterhalb des rechten Knies trug Rupert einen Beingurt; von der Hose verdeckt, steckte darin ein flacher Dolch. Das hatte Rupert von Dr. Bernhard Sommerfeldt gelernt. Er war zwar mit dem Messer nicht so gut und geübt wie Sommerfeldt, aber eine zweite, versteckte Waffe am Körper zu tragen, erschien ihm im Moment sehr klug, und selbst der kleinste Damenrevolver war unter der Hose noch sichtbar, bildete Beulen. Außerdem hielten die Holster nicht wirklich. Der Beingurt schnürte ihm immer wieder das Blut ab und kniff unanständig. Er musste aufpassen, dass er beim Sitzen nicht die Beine übereinanderschlug und sich dort kratzte, aber trotzdem gab ihm dieses Messer ein gewisses Sicherheitsgefühl.

Er zeigte es nicht mal Kleebowski oder Marcellus. Das Ding war sein Geheimnis. Genauso wie sein richtiger Name.

Er flötete ins Handy: »Ich dich auch, Süße«, hauchte noch ein Küsschen aufs Display und glaubte, Marcellus und Kleebowski so perfekt getäuscht zu haben.

Kleebowski trat ganz nah an Rupert heran und schnüffelte, als würde er erst den Geruch aufnehmen, um zu überprüfen, ob er auch mit dem Richtigen sprach. Dann flüsterte er: »In Oldenburg haben sie eine Riesenschweinerei veranstaltet. Gerade eben. Wir haben es über den N-TV-Liveticker gesehen. Zwei Typen sind mit ihren Schnellfeuerwaffen einfach so in die Büros reinspaziert und haben um sich geballert. Die Traumtänzer vom Fernsehen sprechen von einem terroristischen Anschlag.«

»Ja«, grinste Rupert und versuchte, nicht zu zeigen, wie erschrocken er war. »Lasst die das ruhig glauben. Wir wissen, was in Wirklichkeit geschehen ist.«

»Das kannst du laut sagen. Da macht einer reinen Tisch und sorgt dafür, dass ihn niemand mehr belasten kann.«

Rupert lächelte.

Marcellus stand an der Tür und passte auf, dass sie von niemandem gestört wurden. Die Beinchen der Spinne an seiner Wange zitterten.

»Da hat«, beruhigte Rupert seine Leute, »jemand unseren Job

erledigt. Und jetzt hat er die Bullen an den Hacken, nicht wir. Wir haben stattdessen freie Bahn.«

»Du bist ein verdammt cleverer Hund«, sagte Kleebowski anerkennend und fügte die Frage hinzu: »Hast du das von deinem Vater oder von deiner Mutter gelernt?«

Marcellus wartete auf Fredericos Antwort. Da sie nicht kam, sagte er einfach, was er dachte: »Die hätten es selbst erledigt. Dein Papa hätte sie persönlich geköpft. Das hätte der sich gar nicht nehmen lassen. Deine Eltern hätten mit ihnen gekämpft. Du spielst mit ihnen. Und du bist ihnen haushoch überlegen. Mit Köpfchen … «

Kleebowski sah Marcellus empört an, denn der hatte durch seine Bewunderung für Frederico gleichzeitig die Loyalität zu Harm Müller und Valentina Gonzáles aufgekündigt. Kleebowski deutete Marcellus' Worte so, dass er ab jetzt im Zweifelsfall Frederico folgen würde und nicht den Befehlen seiner Eltern. Der eigentliche Generationswechsel fand in diesem Moment statt, in der Raucherlounge des *Parkhotels* in Bremen.

Weller hatte sich nicht davon abhalten lassen. Er hatte sich bei *Valentino* drei Kugeln Eis im Becher geholt – zweimal Erdbeer, einmal Zitrone und doppelt Sahne – und saß nun auf der Sitztreppe am Bootsanleger, als wollte er an einer Grachten-Bootstour teilnehmen. In Wirklichkeit beobachtete er den Eingang zur Kunsthalle.

Er stand auf und schlenderte auf das gläserne Foyer zu. Der blaue ostfriesische Himmel spiegelte sich in den Scheiben. Eine vorüberziehende Wolke ließ die gesamte Vorderfront zu einem beweglichen Kunstwerk werden.

Weller begann zu begreifen, was die Architekten mit der Erweiterung des Henri-Nannen-Museums am Emder Stadtgraben geleistet hatten. Er empfand fast so etwas wie Bewunderung für den Bau. Es ärgerte ihn, dass er den Skulpturengarten so lange nicht besichtigt hatte, und er fragte sich, ob es dort etwas Neues gab. Wie viele der 1500 Kunstwerke, die das Museum beherbergte, hatte er schon gesehen? Emden, das war für ihn nicht einfach VW. Nicht ein großer Autoverladehafen. Emden war für ihn auch mehr als Offshorewindenergieanlagen und Matjes. Wenn er an Emden dachte, dann an die Johannes a Lasco Bibliothek, das Henri-Nannen-Museum und ein paar gute Konzerte in der Nordseehalle.

Wann, fragte er sich, war ich zum letzten Mal im Feuerschiff-Restaurant oder im *Goldenen Adler* Fisch essen?

Während er hier im Herzen der Stadt darauf hoffte, seinen Kollegen Rupert aus dem Gangsterclub herauszuholen und wieder zum Polizisten werden zu lassen, überkam ihn eine schier unstillbare Sehnsucht nach Kultur, nach Bildern, Skulpturen, Romanen, Musik und einem guten Essen. Zu lange schon hatte er sich mit Schwerverbrechern beschäftigt.

Ann Kathrin hatte ihn gewarnt: »Deine Anwesenheit könnte Rupert gefährden. Vielleicht weiß jemand, wer du bist, vielleicht riecht einer Lunte. In eurer Nähe spürt jeder sofort, dass euch eine lange Beziehung verbindet.«

Sie sagte nicht *Freundschaft*, sondern *Beziehung*. Wahrscheinlich traf es das auch besser, denn es hatte viele Tage gegeben, an denen hätte Weller geleugnet, Ruperts Freund zu sein. Manchmal hatte er sich so sehr über ihn geärgert, dass er ihn am liebsten an die Wand geklatscht hätte. Aber jetzt fehlte er ihm in der Polizeiinspektion. Seine blöden Bemerkungen. Seine Verständnisfragen, die manchmal eine Situation auf den Punkt brachten. Sein respektloses Verhalten. Seine Chauvi-Witze. Dieser Pommesbuden-geruch, der ihm nicht aus den Kleidern ging, obwohl seine Frau Beate vegan kochte.

Das alles vermisste Weller jetzt sehr. Rupert war der bunte Fleck im manchmal so grauen Polizeialltag. Wenn Weller mit ihm zusammen war, fühlte er sich nie unterlegen. Erst durch Rupert wurde deutlich, wie sehr manch anderer Kollege seine Bildung und Intelligenz vor sich hertrug wie ein Aushängeschild.

Das Museum schloss für Besucher. Ein Opa verließ mit seinem Enkelkind die Ausstellungsräume. Sie kamen an Weller vorbei.

»Na«, fragte der Opa, »was hat dir denn am besten gefallen?«

»Die blauen Pferde«, lachte der Kleine. »Ich werde später auch mal Maler, Opa. Dann mal ich deinen Garten.«

Dem Opa gefiel das. Er sah glücklich aus.

»Dann mal ich dir da richtig schöne Blumen rein, und die doofen Kräuter mach ich alle weg.«

Der Opa grinste. Er legte seinen Zeigefinger über die Lippen und raunte: »Pssst! Lass das aber nicht die Omi wissen.«

Ann Kathrin schickte Weller eine Nachricht aus Oldenburg: *Es hat fünf Tote gegeben, unter ihnen Dr. Philipp Muhlhausen, und ein paar Schwerverletzte. Ich habe noch nicht alle Namen. Wir könnten dich jetzt hier gut brauchen, Frank. Das Chaos ist größer, als du dir vorstellen kannst. Wer immer das war, hat nicht nur hier gewütet. Ein Mitarbeiter des Labors wurde in seinem Haus in Hinte erschossen. Nachbarn haben die Polizei gerufen. Wir nehmen Kontakt zu allen Angestellten auf. Die jagen praktisch jeden Einzelnen.*

Weller stellte seinen Eisbecher neben sich auf die Treppe und tippte: *Ich kann nicht, Ann, ich habe Wichtigeres zu tun.* Dann schien es ihm unangemessen. Er löschte *ich habe Wichtigeres zu tun* und ersetzte die Worte durch *tut mir leid, Liebste.*

Er kämpfte durchaus mit einem schlechten Gewissen und

schickte zwei Herzchen hinterher und dann die Nachricht: *Ich freue mich auf einen schönen Abend mit dir, Ann.* Er ärgerte sich sofort, sie abgeschickt zu haben. Das las sich ganz so, als hätte er ein schlechtes Gewissen und würde befürchten, mit dem, was er tat, die Beziehung aufs Spiel zu setzen.

Sie antwortete: *Das hier wird länger dauern, Frank. Pass auf dich auf. Wir haben es mit einer hohen kriminellen Energie zu tun.*

Weller sah sich die verschiedenen Nachrichtendienste an. Die halten das alle wirklich für einen terroristischen Akt, dachte er. Die haben nicht kapiert, dass das internationale organisierte Verbrechen sich Deutschland ausgesucht hat, um die Verteilungskämpfe auszufechten. Und mittendrin in diesem mörderischen Spiel unser Rupert.

Oldenburg ... Emden ... Das alles kam Weller viel zu nah. Hier in Ostfriesland war man auf Touristen vorbereitet. Aber doch nicht auf so etwas.

Er blickte in seinen Eisbecher. Die Kugeln waren geschmolzen, der Sahneberg darauf zusammengesackt.

Eigentlich, dachte Weller, bin ich eine Umweltsau. Statt mir dieses köstliche Eis in einer Waffel zu holen und aufzuessen, lasse ich es im Becher zu Matsch werden. Und jetzt kann ich zusehen, wie ich das Zeug entsorge.

Er gelobte innerlich Besserung, geriet aber in das Gefühl, alles falsch zu machen. Vielleicht waren sie der Übermacht, der sie sich im Moment stellten, einfach nicht gewachsen. Forderten sie das Böse nur heraus? War es dumm von ihnen? Hätte man besser weggucken sollen und warten, dass der Sturm vorüberzog? Beschworen sie herauf, was sie bekämpfen wollten?

Er war immer ein Zweifler gewesen und hatte sich damit oft selbst im Weg gestanden. Manchmal hatte er so lange abgewogen, was richtig und was falsch war, bis er die Dinge nicht mehr beeinflussen konnte. Während andere längst Fakten schufen, überlegte Weller gern noch, was der richtige Weg war. Selbst den Heiratsantrag an Ann Kathrin hatte er damals so lange hinausgezögert, weil immer etwas nicht stimmte – der falsche Ort, die falsche Stimmung, die nicht passende Kleidung, oder der Wein hatte nicht die richtige Temperatur gehabt – bis sie schließlich ihn gefragt hatte. Peinlicher ging es ja wohl kaum.

Diesmal wollte er nicht zu spät sein. Er wollte nicht zu den Zauderern gehören. Die Guten, dachte er, müssen schneller und entschlossener sein als die Bösen. Wir müssen versuchen, ihre Spielräume einzuengen.

Auf der Fahrt von Bremen nach Emden las Kleebowski vor, was er über die Kompensan-Bank aus dem Internet wusste.

Marcellus steuerte den Wagen, Frauke saß mit Rupert hinten. Eigentlich gehörte Frederico auf den Beifahrersitz, fand Kleebowski, aber er ahnte, warum der Boss lieber hinten saß. Nicht nur wegen Frauke und weil er mit ihr auf der Rückbank knutschen und fummeln wollte, nein, ganz so einfach war es nicht. Der Sitz neben dem Fahrer galt als Todessitz. Jeder Scharfschütze, der von vorn durch die Windschutzscheibe feuerte, würde zunächst auf den Fahrer und dann auf den Beifahrer schießen. Die Leute hinten kamen erst dran, wenn sie ausstiegen.

Sie waren seitlich durch dunkel getönte Scheiben geschützt. Sie hatten zwar kugelsicheres Panzerglas, aber Kleebowski fühlte sich trotzdem wie auf dem Präsentierteller. Eine Attacke würde von vorne erfolgen, falls man ihnen keine Sprengladung unter die Karosserie legte.

Nach den Ereignissen in Oldenburg war Kleebowski echt erschrocken. Er war einiges gewöhnt, aber die Jungs, mit denen sie es jetzt zu tun hatten, machten keine halben Sachen.

»Der Aufsichtsrat besteht aus Professor Dr. Flickteppich … Die arme Sau, ich kann mir vorstellen, wie sie den in der Schule genannt haben …«, grinste Kleebowski.

Der Scherz war ganz nach Marcellus' Geschmack. Er prustete los. Frauke verdrehte die Augen.

Kleebowski fuhr fort: »Frau Dr. Bumfidel …«

Marcellus wiederholte kichernd: »Bumsfidel?!«

Frauke ermahnte Kleebowski und Marcellus: »Hört auf! Nachher verspricht Frederico sich noch, wenn er den Vorstand leitet.«

Der Gedanke gefiel Marcellus. Er legte los, als wäre er Frederico: »Küss die Hand, Frau Dr. Bumsfidel, ist das da der Herr Fickteppich?«

Frauke boxte von hinten gegen Marcellus' Schulter und warnte Rupert: »Sag bloß nicht Frau Bumsfidel, Frederico!«

»Keine Angst«, lachte Rupert, »ich höre mir an, was die zu erzählen haben, und dann sage ich ihnen, wie der Hase in Zukunft zu laufen hat und …«

»Wir haben einundfünfzig Prozent der Anteile, stimmt das, Boss?«, fragte Kleebowski.

Rupert nickte stolz und richtete seinen Hemdkragen.

Marcellus sah sich nach hinten zum Boss um und staunte: »Wie? Gehört dir der Laden nicht ganz?«

Rupert sagte dazu nichts. Kleebowski erklärte: »Das ist unser altes Geschäftsmodell. So haben wir mal ganz klein angefangen. Damals, als dein Vater, Frederico, und deine Mutter noch …« Kleebowski winkte sentimental ab. »Ach!«

»Wie jetzt?«, wollte Marcellus wissen.

Kleebowski erläuterte: »Wir mussten doch unsere auf der Straße schwer verdienten Gelder vom Drogenstrich, vom Glücksspiel und Waffenhandel irgendwo unterbringen. Du willst doch nicht auf einem Kopfkissen voller Geldscheine schlafen. Damit haben wir immer kleinen Restaurants in Not geholfen. Hier hat eine Pizzeria einen Kredit bekommen, da haben wir Anteile an einem Hotel erworben oder Häuslebauer unterstützt, die ihre Hypotheken nicht mehr zahlen konnten ...«

»Damit hat sich die Gonzáles-Familie bestimmt beliebt gemacht«, schwärmte Frauke.

»Ja«, lachte Kleebowski, »und irgendwann haben wir den Laden dann immer ganz übernommen und in unserem Sinne weitergeführt.«

»Wird das jetzt mit der Bank auch so laufen?«, erkundigte Frauke sich bei Rupert. Sie wollte solch wichtige Geschäftsdinge lieber mit ihm statt mit seinen Angestellten besprechen, aber es tat ihr gut, wie sehr Kleebowski sie ins Vertrauen zog.

»Wie sonst?«, fragte Rupert zurück.

»Gehen wir mit rein?«, wollte Marcellus wissen.

Kleebowski ruckelte auf seinem Sitz hin und her. Vom ständigen Nach-hinten-Umdrehen schmerzte schon sein Nacken.

Rupert überlegte: »Ich kann da nicht mit Bodyguards auftauchen.«

»Besser ist das aber«, behauptete Kleebowski.

»Ich begleite dich auf jeden Fall!«, rief Frauke.

Marcellus feixte: »Der Vorstandsvorsitzende hat heute seine Miet-Ehefrau mitgebracht ... Ach, ist das hier sonst nicht so bei euch?«

Frauke boxte ihn erneut. Diesmal fester. »Ich gehe als seine persönliche Assistentin«, schlug sie vor.

»Ich glaube, in den Kreisen heißt das Referentin«, meinte Kleebowski klugscheißerig.

»Ja, Alexander von Bergen muss es ja wissen«, stichelte Rupert.

Als sie ankamen, war das Museum von innen beleuchtet. Durch die Glasfassade und den Stadtgraben hatte das Gebäude viel vom Wasserschloss Dornum während des Weihnachtsmarktes, fand Rupert. Ihm fehlte nur der Geruch von Bratwurst und gebrannten Mandeln.

»Welches Museum«, fragte Frauke, »hat schon einen eigenen Schiffsanleger vor der Tür?« Sie fand jetzt tatsächlich, dass dies ein angemessener Rahmen war, ja, sie war stolz auf ihren Frederico und schritt mit ihm über die Brücke zum Eingang.

Sie wurden von einer Gruppe Banker empfangen, die erstaunlich schlicht gekleidet in ihren Sommeranzügen mit locker gebundenen Krawatten dastanden. Sparkassenrot dominierte bei den Schlipsen. Dunkelblau und Silbergrau bei den Anzügen. Die Damen trugen gediegen geschnittene Kostüme. Hier sollte Modernität mit Stil und Tradition verbunden werden. Alle Röcke endeten kurz über den Knien. Die Farben der Kostüme waren deutlich heller als die Anzüge der Herren.

Nur ein Mann mit Vollbart, er war Anfang sechzig, hatte eine Jeans an und darüber locker ein hellblaues Hemd, am Hals zwei Knöpfe offen. Ein paar silberne und schwarze Brusthaare guckten wie unabsichtlich hervor. Seine Schuhe waren klassische Budapester, aber maßgefertigt. In ihnen steckten gut fünfzig bis sechzig Arbeitsstunden. Seit er seinen Schuhen genauso viel Aufmerksamkeit widmete wie dem Wagen, den er fuhr, ging er wieder aufrecht und hatte keine Knieprobleme mehr. Vielleicht wirkte er deswegen entspannter als alle anderen.

Rupert sah sofort, dass er es mit einem Alphatier zu tun hatte. Vermutlich mit Professor Dr. Flickteppich.

Rupert hatte sich die Mitglieder des Aufsichtsrats einer Bank eher dicklich vorgestellt. Blasse Büromenschen. Erbsenzähler mit wenig Humor und steifem Benehmen. Dieses Klischee traf auf die Leute hier überhaupt nicht zu. Er ging auf eine Gruppe gut-gelaunter und gutsituierter Fitnessstudiodauergäste zu. Blass war hier niemand.

Kleebowski und Marcellus blieben am anderen Ende der Brü-cke. Rupert hörte noch, dass Marcellus zu Kleebowski sagte: »Ich hab ein scheiß Gefühl dabei, ihn alleine reingehen zu lassen. Wenn ihm was passiert, dann …«

»… möchte ich nicht in unserer Haut stecken«, fuhr Kleebowski fort.

Tatsächlich war der mit dem Vollbart und der Jeans Dr. Flick-teppich. Er löste sich sofort aus der Gruppe und bewegte sich auf Rupert zu. Der war eine Sekunde lang verunsichert, denn er sah Weller unten auf der Treppe beim Landungssteg. Weller machte ein Gesicht, als hätte er Magenkrämpfe. Er vermied aber, mit irgendwelchen Gesten Aufmerksamkeit auf sich zu ziehen. Er wollte ihm etwas sagen, das war Rupert ganz klar. Gleichzeitig hielt er Abstand, um seinen alten Kumpel nicht zu gefährden.

Dr. Flickteppich stellte sich vor und schüttelte Rupert heftig die Hand. Es fiel Frauke auf, dass er keineswegs die Dame zuerst be-grüßte. Nun nahm er das selber auf und sagte: »Oh, entschuldi-gen Sie den Fauxpas. Ladies first. Aber ich war gerade so sehr von Ihrer Persönlichkeit fasziniert. Es ist eine große Freude, Sie heute kennenlernen zu dürfen, Herr Müller-Gonzáles. Als Kunstsamm-ler eilt Ihnen ein legendärer Ruf voraus.«

Flickteppich machte eine Geste in Richtung Frauke. Er wusste nicht, ob er ihr die Hand geben oder sie mit einem Handkuss be-grüßen sollte, denn Fraukes Rang war ihm noch nicht klar. Ru-pert machte das deutlich: »Darf ich vorstellen: meine Stellvertre-terin.«

Flickteppich wusste nicht, ob man sich gerade einen Scherz mit ihm erlaubte und er lachen sollte oder ob dies eine Provokation war. »Aber«, lachte er gekünstelt, »ich bin Ihr Stellvertreter, Herr Müller-Gonzáles.«

Rupert klopfte ihm gegen den linken Oberarm. »Na klasse, dann besorgen Sie mir mal 'n Bier. Aber eiskalt.«

Flickteppich schluckte. Er hatte einiges über die originellen Verhaltensweisen des neuen Mehrheitsanteilseigners gehört. Er galt als Weinkenner, deswegen hatte man für das Get-together im Anschluss einige edle Weine besorgt. Er bemühte sich, Ruperts Auftreten nicht als Unverschämtheit zu werten, sondern als originelle Art. Das alles waren wahrscheinlich verunglückte Scherze.

Flickteppich hatte im Laufe seiner Karriere genug übers Bankgeschäft gelernt, um zu wissen, dass jemand, der einundfünfzig Prozent der Anteile hält, recht hat, egal wie dumm er ist oder was er sagt.

Seit Stunden lungerte Attila Wunstmann, Fraukes Ex, wieder vor dem *Savoy*-Hotel herum. Dreimal hatte er an der Rezeption versucht, sie zu sprechen, und er hatte auch einen Brief für sie hinterlassen. Entweder war das Personal dort sehr diskret und man hatte ihnen eingeimpft, nichts über den Aufenthaltsort der Gäste verlauten zu lassen, oder seine Ex war wirklich abgereist.

Er hoffte, dass sie ihn auf der gegenüberliegenden Straßenseite sehen würde. Er wusste nicht, zu welcher Seite heraus ihr Fenster ging. Immer wieder bewegte er sich um das Hotel herum. Sie hatte eine durchaus romantische Ader, und dass ein Mann so sehr hinter ihr her war, würde sie bestimmt nicht kaltlassen.

Auf seine Anrufe reagierte sie nicht, und er hatte ihr schon mehrere Nachrichten geschickt, dass er sie dringend sprechen müsse. Damit spielte er dem Geier unwissend in die Hände, denn

Geier hatte den Plan, sie über ihre alte Liebe herauszulocken. So nah, wie Frederico ihr die ganze Zeit war, die klebten ja praktisch ständig aneinander, dann die Bodyguards drumherum, war es fast ein Ding der Unmöglichkeit, sie sich zu schnappen, ohne die anderen umzulegen. Da es aber darum ging, Frederico seelische Qualen zu bescheren, indem man Frauke körperliche Schmerzen zufügte, musste Frederico überleben.

Er sah ihren zukünftigen Ex-Ehemann vor dem Hotel herumlaufen und ahnte schon, dass der gute Vorarbeit geleistet hatte. Er folgte ihm zu seiner Wohnung nach Chorweiler. Der Mann war so harmlos, dass er einfach öffnete, als Geier klingelte.

Geier schlug zu, ohne irgendeine Frage zu stellen. Der Typ wehrte sich nicht einmal richtig, kassierte einen Kopf- und zwei Körpertreffer und klappte zusammen.

Geier schloss die Tür und sah sich erst mal die Wohnung in Ruhe an. Er kehrte Attila den Rücken zu und sah aus dem Fenster. Er hatte einen weiten Blick über die Stadt.

»Komisch«, sagte Geier, »wenn man so ein Hochhaus von außen sieht, denkt man immer, schade, dass Beton nicht brennt. Aber wenn man drin ist, das hat was, findest du nicht? So ein Blick von oben auf die Leute zeigt doch, wie klein und erbärmlich sie in Wirklichkeit sind.«

»Was wollen Sie von mir?«, raunte Attila und hielt sich die blutende Nase.

»Halt die Fresse«, antwortete Geier und warf ein paar Kochbücher aus dem Regal. »Koch uns was Anständiges«, forderte Geier. »Ich hab einen Mordshunger.«

Diese Aufgabe schien Attila so sehr zu überfordern, dass er aussah wie jemand, der kurz davor war, völlig durchzudrehen.

»Ich soll uns was kochen?!«

»Ja«, betonte Geier. »Das ist doch dein Hobby, oder nicht?« Er stieß den Fuß gegen ein chinesisches Kochbuch mit Wok-Gerichten.

»Ich … ich gehe eigentlich lieber essen oder bestelle was … Das sind die Kochbücher meiner Frau …«

Geier lachte. »Na, da hattest du ja ein süßes Schätzchen. Die hat nicht nur 'n knackigen Arsch, sondern kann auch noch gut kochen? Du Glücklicher! Warum hast du die laufenlassen? Was bist du eigentlich für ein Penner?«

Geier gab ihm einen Klaps. Es war kein Schlag, es tat auch nicht weh. Es stellte mehr eine Beziehung klar, wer hier wem was zu sagen hatte.

Geier schnippte mit den Fingern. »Dein Handy. Gib mir dein Handy.«

Attila tat es sofort.

»Und jetzt deine Geheimzahl.«

»Es ist ihr Geburtsdatum.«

»Ja, glaubst du Arsch, ich weiß, wann deine Torte geboren wurde?«

»17. 12.«

»Oh, fast ein Christkindchen. Leider schiefgelaufen«, lachte Geier und sah sich auf dem Handy die letzten WhatsApp-Nachrichten an, die Attila an seine Ex-Frau, die er immer noch *Schatz* nannte oder *meine süße Sahneschnitte*, geschickt hatte.

»Und du glaubst«, fragte Geier, »dass sie zu dir zurückkommt, wenn du sie so vollsülzt? Was bist du nur für ein Speichellecker … Meinst du, Frauen stehen auf Schoßhündchen? Weißt du, mit wem sie jetzt zusammen ist? Guck dir den Typen doch mal an. Gegen den willst du antreten? Mit so weichgespülten Sprechblasen, die einen in jedem Hollywoodfilm zum Gähnen bringen? Das sind doch die reinsten Kassenkiller. *Ich liebe dich! Ich brauche dich! Ich kann ohne dich nicht leben …*« Geier sprach die Sätze so spöttisch aus, dass es Attila weh tat. Er hätte lieber noch ein paar Fausthiebe kassiert, statt sich dem Spott auszusetzen. Er konnte es kaum ertragen, dass ein anderer Mann seine Liebesbotschaften las und sich darüber lustig machte.

»Wenn du nicht kochen kannst, dann bestell uns jetzt eine Pizza. Und hast du was Ordentliches zu trinken da? Sonst bestellen wir gleich noch zwei Flaschen Wein mit dazu.«

Attila folgerte aus den Worten des Eindringlings, dass er länger bleiben wollte, und das machte ihm Angst.

Geier betastete die Wand, als wollte er ihre Festigkeit überprüfen. »Ist das eine Eigentumswohnung, oder wohnst du hier zur Miete?«

Er sah Attila an, doch der antwortete nicht, sondern suchte den tieferen Sinn hinter dieser Frage.

Geier erläuterte: »Ich meine, hast du den Scheiß hier gekauft, oder zahlst du jeden Monat Miete? Vermutlich gar nicht billig, hier zu wohnen, oder? Die machen 'n schickes Viertel aus Chorweiler. Früher war das ja mal ziemlich runtergekommen. Aber jetzt … Mit dem Einkaufscenter vor der Nase wohnst du doch praktisch im Konsumparadies.«

»Was wollen Sie? Ich habe nicht viele Wertgegenstände im Haus. Meine Rolex ist nicht echt, aber Sie können sie gerne haben. Ich habe nicht viel Bargeld, aber früher habe ich Telefonkarten gesammelt. Ich habe sogar signierte von Hansrudi Wäscher.« Da Geier nicht begeistert reagierte, führte er aus: »Der Comiczeichner, der *Sigurd* erfunden hat, *Akim* und …«

»Ich brauch dein Geld und deine scheiß Telefonkarten nicht. Pass mal auf, jetzt kannst du etwas lernen. Ich werde dir zeigen, wie du deine«, er zitierte süffisant, »süße Sahneschnitte zurückbekommen kannst.« Geier tippte ins Handy: *Ich weiß, dass ich ein erbärmlicher Versager bin. Mein Leben hat ohne dich keinen Sinn.*

Ich weiß, dass ich dich verloren habe. Ich werde mich selbst suizidieren. Alles, was ich will, ist ein letztes Gespräch mit dir.

Er unterbrach das Tippen. »Setz einen Kaffee auf, du Arsch«, forderte er. »Wer weiß, wie lange wir warten müssen, bis deine süße Sahneschnitte hier ist.«

Geier öffnete die Fotodatei auf dem Handy und sah sich Fotos und Videos an. Er feixte. »Na bitte! Das ist es doch! Wie kann man nur bei einem so schönen Modell so schlechte Fotos machen? Du solltest mal einen Kurs an der Volkshochschule belegen. Man hält nicht nur auf Arsch und Titten, man muss die Gesamtkomposition betrachten! Aber die Videos hier sind ganz gut. Hast du die mit einem Kamerastativ aufgenommen, während sie dich verwöhnt hat?«

Geier sah sich ein paar Sequenzen an. Lautes Stöhnen erklang aus dem Handy. Geier grinste: »Im Bett bist du also auch 'ne Null. Na, wer hätte das gedacht? Sie spielt dir nur was vor, das siehst du doch hoffentlich, oder bist du auch dafür zu blöd? Sie langweilt sich dabei und denkt vermutlich über Kochrezepte nach. Aber für dich war es bestimmt eine heiße Nummer, was?«

»Bitte«, flehte Attila, konkretisierte aber nicht, was er erbitten wollte.

»Was ist jetzt mit dem Kaffee?«, fragte Geier und tippte an der WhatsApp-Nachricht weiter, während er laut vorlas, was er schrieb: »Wenn du nicht bald hier auftauchst, werde ich deinem Frederico Müller-Gonzáles die Fotos und Videos schicken, die wir miteinander gemacht haben. Und nicht nur ihm. Er wird bestimmt begeistert sein, zu sehen, wie toll du reiten kannst.«

»Bitte, tun Sie das nicht«, bat Attila.

»Ich glaube, das mit der Selbstmorddrohung können wir löschen. Die Filme und Fotos reichen als Motivation, zu kommen, bestimmt aus. Nicht dass sie noch denkt, wenn ich nur lange genug warte, erledigt sich die Sache schon von alleine und er befördert sich selbst ins Jenseits. Ach, die Hoffnung nehmen wir ihr doch lieber. Dafür füge ich vielleicht eins von diesen schmutzigen kleinen Filmchen bei, damit sie auch genau weiß, was ihr Frederico als Nächstes sehen wird.«

Attila rang sich dazu durch, noch einmal »Bitte nicht« zu sagen, aber während er die Worte aussprach, wusste er schon, dass sie keinerlei Einfluss auf den Mann hatten, der da so selbstbewusst in seiner Wohnung stand.

Stattdessen griff er zur letzten Hoffnung. Er ging in die Küche und ließ die Kaffeemühle rattern. Der Geruch frischgemahlener Bohnen machte ihm erst klar, dass das alles hier Realität war und kein Albtraum.

Er zog aus dem Messerblock nicht etwa das große Fleischmesser, auch nicht das geriffelte Brotmesser. Nein, er nahm das kleine Obstmesser, das er auch gern zum Zwiebelschneiden benutzte, so als würde es den Angriff weniger schlimm, ja verzeihbar machen. Damit ging er auf Geier los.

Der fing die Messerhand sofort ab, bog das Handgelenk nach hinten, hämmerte seinen rechten Ellbogen gegen Attilas Hals. Das Messer fiel zu Boden. Geier hob es nicht auf, sondern trat dagegen, so dass es unter einen Sessel rutschte.

»Mit so einem Obstmesserchen gehst du auf mich los? Bist du völlig bescheuert? Damit kommst du nicht mal tief genug, um innere Organe ernsthaft zu verletzen! So, jetzt haben wir die WhatsApp abgeschickt. Jetzt bin ich aber mal gespannt. Willst du auf die Uhr gucken, wie lange es dauert, bis sie reagiert? So geht man mit Frauen um, Alter. Mit deinem Gesülze erreichst du die heutzutage nicht mehr!«

Geier riss die Speisekarte eines Pizza-Lieferdienstes vom Kühlschrank ab, die mit einem Magneten daran befestigt war.

Geier tat so, als würde er einen Blick auf die Speisekarte werfen und ernsthaft überprüfen, was es dort zu essen gab, aber dann knüllte er das Papier zusammen, griff sich Attila und stopfte ihm die Speisekarte in den Mund. »Ich wette, das schmeckt besser als die Scheiße, die die ins Haus liefern. Iss das, Alter! Als Vorspeise. Ich koche uns was, während wir hier auf deine süße Sahneschnitte warten.«

Er zwängte Attila in die Sitzecke und schob den Tisch so nah ran, dass eine Tischkante wie eine Pfeilspitze in seinen Bauch drückte. »Muss ich dich fesseln, oder bleibst du auch so brav?«

Attila konnte nicht antworten. Aus seinem Mund ragte noch ein Stück der Speisekarte.

»Kauen«, forderte Geier, »kauen! Es wird gegessen, was auf den Tisch kommt. Kennst du doch bestimmt von deinen Eltern, oder haben sie dir gar nichts Vernünftiges beigebracht?«

Geier ging zum Kühlschrank und sah sich an, was der Inhalt zu bieten hatte. Eine angeschnittene Leberwurst warf er einfach nach hinten. Sie klatschte auf den Boden. »Solchen Müll esse ich nicht!« Er hielt eine Tüte hoch. »Was ist das Grüne? Frische Wurst oder alter Käse? Hast du nichts Eiweißhaltiges? Wir brauchen was für den Muskelaufbau, wenn wir schon nichts finden, das gut schmeckt.«

Geier hörte ein Geräusch, als sei noch jemand in der Wohnung. Er zog das Fleischermesser aus dem Messerblock und lief in die Richtung, aus der das Geräusch kam. Doch dann verstummte es.

Er riss die falsche Tür auf. Es war das Schlafzimmer, in dem ein Zweihundert-Liter-Aquarium stand. Die Zimmerdecke war mit phosphoreszierendem Material beklebt, so dass es aussah, als könnte man vom Bett aus in den Sternenhimmel gucken. Diese kitschigen Versuche, aus einer Wohnung etwas Besonderes zu machen, lösten in Geier geradezu Brechreiz aus und steigerten

seine Wut auf Menschen, die so wohnten und sich darin wohl-
fühlten.

Er riss die nächste Zimmertür auf. Es war ein Kinderzimmer.
Von der Decke hing sogar eine Schaukel. Alles war neu, ja unbe-
nutzt. In der Ecke auf einem Sideboard, in einem Käfig, jagten
sich zwei Meerschweinchen. Jemand hatte vor einiger Zeit eine
Möhre zwischen die Gitterstäbe gesteckt. Sie war schon ziemlich
abgenagt.

Geier kam in die Küche zurück. Er hatte den Käfig mitgenommen und eine Spieluhr.

Genau wie er erwartet hatte, saß Attila immer noch schlapp,
unentschlossen, ja unbeweglich in der Sitzecke. Er hatte sich keineswegs bewaffnet, zumindest glaubte Geier das.

Geier stieg auf einen Stuhl, reckte sich zur Decke und riss den
Rauchmelder herunter. »Mich nervt das immer, wenn diese Dinger losjaulen. Das beleidigt mein musikalisches Gehör.«

Dann zog er an der Spieluhr. Ein Kinderlied erklang. Die Melo-
die kam ihm bekannt vor, aber er hätte nicht mitsingen können.
Er kannte den Text nicht.

»Ist sie schwanger?«, fragte Geier. »Das passt doch so überhaupt nicht zu ihr und ihrem Beruf.«

»Sie hat sich ein Kind gewünscht«, stammelte Attila. »Ich doch
im Grunde auch. Ich habe das Zimmer eingerichtet … Ich dachte,
wenn ich ihr Fotos davon schicke, dann …«

Geier lachte: »Nun hat sie wohl andere Fotos gekriegt, was?«

»Und sie hat mir immer erzählt, dass sie Meerschweinchen gut
leiden kann und dass unser Kind später mal Meerschweinchen
bekommen soll, weil sie als kleines Mädchen auch eins hatte.«

»Siehst du, so hast du wenigstens dafür gesorgt, dass wir etwas
Anständiges zu essen haben. Wir werden die beiden jetzt schlachten, bevor du sie verhungern lässt. Das mit dem Kind und dem

Kinderzimmer wird ja sowieso nichts mehr, das ist dir hoffentlich klar, oder bist du wirklich so blöd, dass du glaubst, sie kommt deswegen zu dir zurück? Nee, Alter, sie kommt zurück, weil ich ihr das hier geschickt habe.« Er hielt das Display des Handys so nah vor Attilas Gesicht, dass der nicht mal erkennen konnte, welches von den vielen Videos Geier abgeschickt hatte.

Attila weinte fast. »Ich hatte ihr versprochen, alle Fotos und Videos zu löschen.«

Geier freute sich und schlug auf den Käfig, dass die Meerschweinchen vor Angst quiekten. »Na klar, und einer wie du hält natürlich sein Wort. Das weiß doch jeder.«

Nur Rupert hatte eine Bierflasche vor sich stehen. Die anderen tranken Mineralwasser, zum Teil aus ihren Prosecco-Kelchen, die sie vom Begrüßungsumtrunk mit reingenommen hatten.

Während Dr. Flickteppich eine einführende Rede hielt, schweiften Ruperts Gedanken ab. Er war hier, im Stadtzentrum Emdens, nicht weit von seinem Haus in Norden entfernt. Es reizte ihn durchaus, seine Frau Beate mal wieder zu besuchen. Sie würde sich bestimmt freuen und machte sich garantiert schon Sorgen. Im Gegensatz zur sportlich durchtrainierten, muskulösen Frauke war Beate weicher, kuscheliger.

Aber wie sollte er es Frauke erklären? Er konnte ihr schlecht verraten, dass er eine Ehefrau hatte, die eine Reiki-Gruppe leitete, vegan kochte und im Garten Gemüse anbaute. Sie glaubte doch, seine Ehefrau Madonna sei gerade in Frankfurt ums Leben gekommen.

Bei dem Gedanken, dass er heute Nacht seine Geliebte mit seiner Ehefrau betrügen könnte, musste er schmunzeln. Dr. Flickteppich und einige andere, die um den großen runden Tisch herumsaßen, an dem der Vorstand tagte, bezogen Ruperts Grinsen auf die Worte seines Stellvertreters, der gerade die Schwierigkeiten der Kompensan-Bank in diesen Zeiten schilderte und dabei ausführlich auf das Versagen einzelner Mitarbeiter in Dortmund einging.

Die Sitzung erinnerte Rupert an die Dienstbesprechungen der Kripo in Ostfriesland, nur waren da alle nicht so schnieke angezogen und auf dem Tisch stand immer ein Teller mit Sanddornkeksen. Die Hälfte mit Schoko. Meist gab es auch Marzipan von *ten Cate*. Die Kekse hier waren Industrieware aus einer Blechdose. Niemand rührte sie an. In Norden waren die Deichgrafkugeln immer als Erstes weg, und ein geschlachteter Marzipanseehund wurde auch nie alt. Man war in Norden und Aurich bei der Kripo zwar nicht so gut angezogen wie die Banker hier, aber dafür aß man bessere Süßigkeiten.

Der Vortrag von Dr. Flickteppich langweilte Frauke sehr. Sie machte sich aber neben ihrem Frederico so breit wie es nur ging, weil sie nicht wollte, dass diese Bumfidel direkt neben ihm saß. Frauke misstraute ihr. Diese Frau hatte etwas an sich, das Frauke tierisch eifersüchtig machte. Es war ihre Art, sich zu bewegen und zu gucken. Da schwang so eine Verachtung für den Rest der Welt mit, als wäre sie etwas Besseres. Frauke spürte, dass das Luder scharf auf ihren Frederico war.

Unterm Tisch googelte Frauke diese Bumfidel. Aber dann kam die schockierende WhatsApp-Nachricht an. Frauke war sich unsicher, ob sie laut *Scheiße* geschrien oder es nur gedacht hatte. So eine Bösartigkeit hätte sie Attila nicht zugetraut. Sie blickte sich in der Runde um. Nein, sie hatte zum Glück nicht laut geschrien. Alle sahen entweder Flickteppich oder Frederico an. Jeder versuchte, konzentriert zu gucken.

Fredericos Gesicht war für alle der Kommentar zu Flickteppichs

Worten. Der zeichnete ein düsteres Bild des Bankgeschäfts. Frauke verstand, dass die Kompensan-Bank eine Fusion zweier Online-banken war, die jede für sich in Schwierigkeiten geraten waren.

»Als ich noch bei der Deutschen Bank war – und die ein gesundes, gut aufgestelltes Unternehmen – da war unser Geschäft ganz anders.«

»Die gute alte Zeit«, seufzte ein Anzugträger neben ihm.

Flickteppich fuhr fort: »Wir haben fünfundzwanzig Prozent Gewinn angestrebt. Die Menschen haben sich bei uns Geld geliehen und dafür hohe Zinsen gezahlt. Wir konnten es uns bei der Zentralbank billig leihen. Unsere Guthaben konnten wir wiederum, wenn wir sie nicht an Kunden verleihen wollten, gegen gute Zinsen bei der Zentralbank deponieren. Ja! Unsere Liquiditätsreserven brachten Zinsen! Es gab eigentlich gar keinen Grund für uns, Geld zu verleihen. Heute sollen wir Minuszinsen zahlen. Nie war Geld so billig wie heute.« Flickteppich ballte die Faust und hielt sie über den Tisch, als wollte er etwas auspressen. »Es ist schwer, Geld gewinnbringend anzulegen, wenn es keine Zinsen mehr gibt, sondern Minuszinsen. Das ganze Wirtschaftssystem funktioniert so nicht mehr. Sparen ist selbst für Normalbürger zur Geldvernichtung geworden. Wir müssen, um auf unsere Kosten zu kommen, die Gebühren ständig erhöhen. Was früher kostenlos war, wird jetzt für den Kunden echt teuer. Es wird für uns immer schwieriger, diese Kosten zu verschleiern. Gleichzeitig müssen wir aber Neukunden gewinnen, um mit der Gebührenspirale Geld verdienen zu können …«

Der Punkt war gekommen, wo Rupert der Kragen platzte. Er schaltete sich ein: »Ich kann leider nicht abwarten, bis Sie fertig sind, Dr. Flickteppich. Ich habe Angst, bis dahin bin ich eingeschlafen«, tönte er.

Frau Bumfidel kicherte ostentativ, hielt sich dabei aber eine

Hand vor den Mund und beugte sich vor, um an Frauke vorbei auf Frederico schielen zu können. Sie wollte wissen, ob er mitbekommen hatte, wie originell sie ihn fand. Sie tat alles, um zu demonstrieren, dass sie auf Fredericos Seite stand, und das brachte Frauke nur noch mehr gegen diese Frau auf.

Rupert wählte, ohne lange darüber nachzudenken, eine Methode, die er sich von Ubbo Heide, dem ehemaligen ostfriesischen Kripochef, abgeguckt hatte. So etwas Ähnliches war er ja hier jetzt auch: der Boss.

Also musste er von den Bossen lernen, fand er. Er wiederholte erst einmal mit seinen Worten, was der andere gesagt hatte: »Wir sollen also bei der Zentralbank Geld dafür bezahlen, dass die unser Geld bekommen?«

Flickteppich nickte, korrigierte aber: »Verwahren! Unser Geld verwahren!«

Er staunte, dass der neue Vorstandsvorsitzende diese Banalität überhaupt erwähnte und dabei tat, als wüsste er davon noch gar nichts.

»Minuszinsen«, betonte Flickteppich.

Rupert hakte nach: »Und damit wir das hinkriegen, erhöhen wir für unsere Kunden die Gebühren?«

Wieder nickte Flickteppich diese Selbstverständlichkeit ab.

Rupert dachte daran, dass er bald schon Milliarden aus Italien und anderen Ländern hier unterbringen sollte, und er konnte seinen Leuten schlecht erzählen, dass ihr Geld, statt satte Gewinne zu machen, immer weniger werden würde. »Was soll der Scheiß? Sind wir für die Zentralbank da oder für unsere Kunden?«, insistierte er und blickte sich in der Runde um.

Bevor jemand diese verblüffend einfache Frage beantworten konnte, stellte Rupert klar: »Wir leihen dieser scheiß Zentralbank unser Geld nicht länger, ist das klar? Wir sind doch nicht blöd!«

»Aber«, warf Flickteppich ein, »wo sollen wir denn mit dem Geld hin? Wir können es schlecht unters Kopfkissen legen. Es muss doch arbeiten!«

Rupert lachte höhnisch: »Ich bin ziemlich weit rumgekommen im Leben. Ich habe schon Maurer arbeiten sehen. Köche. Kellner. Zahnärzte und Prostituierte. Aber nie sah ich irgendwo Geld arbeiten.«

Rupert sah sich um. Betretenes Schweigen.

»Und wohin dann mit unserem Geld?«, fragte Flickteppich und guckte, als wäre dies ein unlösbares Problem.

Rupert vergrößerte es noch, indem er ankündigte: »Vor dieser Sitzung habe ich bereits mit Freunden in Italien gesprochen. Die wollen zwölf Milliarden bei uns unterbringen. Soll ich denen sagen, dass dann ab sofort irgendeine Zentralbank an ihrem Geld knabbert?«

Die von Rupert genannte Summe beeindruckte alle Anwesenden. Einige hielten es für einen Bluff, andere rechneten sich bereits ihre Boni aus.

Rupert fuhr unbekümmert fort: »Ja, wohin denn mit unserem Geld? Nun … Wir deponieren es auf den Konten unserer Kunden.«

Der Mann neben Flickteppich, der aus seinem Wasserglas trank, weil er im Laufe der Sitzung Kreislaufprobleme bekommen hatte, verschluckte sich und bespuckte hustend seine rote Krawatte.

Rupert konkretisierte seinen Plan: »Nun, zunächst mal schlage ich vor, dass wir jedem unserer Kunden tausend Euro überweisen.«

Frau Dr. Bumfidel lachte: »Das wird denen gefallen!«

»Das geht nicht!«, empörte Flickteppich sich.

»Wieso nicht?«, wollte Rupert wissen.

»Ja, wieso eigentlich nicht?«, hakte Frauke nach.

Einer, der auf dem Namensschild keinen Doktortitel hatte – dort stand nur Manfred Bergmann –, zeigte auf wie in der Schule, und Rupert nahm ihn dran: »Wir haben ja Konzepte zur Neugewinnung von Kunden. Das würde natürlich für eine enorme Aufmerksamkeit sorgen. Für eine große Presse. Es wäre aus Marketingsicht ein geradezu genialer Werbe-Coup. Uns wird eine Welle von Anträgen auf Kontoneueröffnungen treffen. Ach, was sage ich, Welle? Es könnte ein Tsunami werden!«

Die junge Frau neben ihm, die die ganze Zeit Erdnüsse kaute und aussah, als würde sie täglich zwei Stunden auf dem Stepper verbringen und danach erst aufs Laufband gehen, hielt ihren Taschenrechner hoch: »Das würde uns knapp 5,4 Millionen kosten.«

»Das geht überhaupt nicht«, behauptete Flickteppich.

Rupert nahm einen Schluck Bier aus der Flasche und pflaumte Flickteppich an: »Was zahlen wir an Minuszinsen an diese scheiß Zentralbank?«

Flickteppich sagte es nicht, aber alle sahen ihm an, dass die Summe höher war oder er einfach keine Ahnung hatte, beides aber nicht zugeben wollte. Deshalb blieb sein Gesicht ein Rätsel, und er verzog den Mund.

Rupert legte jetzt, angestachelt von seinem Erfolg, richtig los: »Das wäre also geklärt. Und dann verlosen wir einmal pro Monat unter unseren Kunden ein ausgeglichenes Konto – oder sollten wir es einmal pro Woche machen?«

»Was soll das heißen?«, fragte Flickteppich, der langsam annahm, von *Vorsicht Kamera* hereingelegt zu werden. Er versuchte, zu lächeln, und blickte nicht mehr auf die Vorstandsmitglieder, sondern suchte die Kamera an der Wand. Früher hatte er die Sendung *Vorsicht Kamera* sehr gern gesehen. Bestimmt würde gleich Kurt Felix erscheinen und rufen: »Verstehen Sie Spaß?!« Aber wenn er sich recht erinnerte, war Kurt Felix schon tot.

Nun erklärte Rupert: »Wer kennt das nicht? Das Konto ist im Minus, und das Gehalt kommt mal wieder erst am nächsten Ersten … Folglich überzieht man das Konto. Jedes Mal, wenn man vor dem Bankautomaten steht, fragt man sich: Na, wird er noch Geld ausspucken, oder werden die Jungs von der Sparkasse genauso geizig und vorwurfsvoll wie meine Schwiegermutter? Und unsere Kunden können ab jetzt mit der Hoffnung hingehen, dass ihr Konto auf null gestellt wurde, weil sie automatisch an unserer Verlosung teilnehmen. So einen Neuanfang wünscht sich doch jeder!«

Manfred Bergmann freute sich: »Das hört sich absolut kundenfreundlich an und wird dazu führen, dass die Leute schneller den Kreditrahmen ausschöpfen, unbekümmerter Geld abheben … Da sind sie doch sonst immer viel zu vorsichtig und zögerlich.«

Frau Dr. Bumfidel beugte sich weit über den Tisch und bestätigte: »Das könnte die Kauflaune der Menschen steigern und so letztendlich Geld in den Wirtschaftskreislauf pumpen. Die größere Kaufkraft nutzt dem Einzelhandel, und somit stabilisiert sie die Immobilienpreise in den Innenstädten.«

Frauke fand das alles hoch spannend, und ihre Lust, Frederico zu heiraten, wuchs ins Unermessliche. Heute wurde er wirklich zu ihrem Helden. Er hatte auch als schwerreicher Gangsterboss die Probleme der kleinen Leute nicht aus den Augen verloren. Menschen wie ihn brauchte dieses Land. Im Grunde wünschte sie sich so einen Präsidenten.

Sie musste verhindern, dass Attila die Fotos und Videos an ihn schickte. Klar wusste Frederico, dass sie eine Miet-Ehefrau war, schließlich hatte er sie nicht von einer Klosterschule geholt. Eine ehemalige Miet-Ehefrau, dieser Ausdruck gefiel ihr besser. Sie beschloss, den in Zukunft für sich zu benutzen, bis sie endlich dieses Image komplett abgelegt hatte. Er würde ihr das nicht vorwerfen. Sie wusste doch auch, dass er ein Gangster war.

Doch so ein Film machte es schwerer, die Vergangenheit zu vergessen und zu verzeihen. Solche Bilder setzten sich im Kopf fest und bohrten sich an dunklen Tagen ins Gemüt.

Nein, sie musste nach Köln. Sofort. Sie musste das Schlimmste verhindern. Ihr hoffentlich sehr bald Ex-Ehemann, der ihr so viel im Leben versaut hatte, sollte ihr diesmal keinen Strich durch die Rechnung machen. Sie wollte Frederico. Dieser Mann war wie gemacht für sie.

Flickteppich gab zu bedenken: »Ich weiß nicht, ob das überhaupt legal ist …«

Rupert zeigte auf Flickteppich und lachte: »Der war gut! Legal?! Sie gefallen mir, Doktor Fickteppich!«

Spätestens in diesem Moment wurde auch dem Letzten klar, dass an dem Gerücht etwas dran war, die Anteile der in Schwierigkeiten geratenen Kompensan-Bank seien mit Mafiageldern gekauft worden.

Frauke schob Rupert einen Zettel rüber: *Meiner Mutter geht es nicht so gut, Liebster. Ich muss hin. Wir sehen uns morgen.*

Ihm passte das ganz gut. Er hatte ja Lust auf seine Beate. Alles fügte sich zum Guten, fand er und küsste Frauke vor aller Augen auf die Wange. »Mach's gut, Schönste. Kleebo und Marcellus sollen dich fahren. Ich übernachte bei Freunden in Ostfriesland und komme morgen nach.«

Frauke erhob sich: »Ich bitte um Entschuldigung.« Sie stöckelte zur Tür. Dort drehte sie sich noch einmal um und warf ihrem Frederico einen Handkuss zu. Bevor sie verschwand, fixierte sie Frau Dr. Bumfidel mit einem so bösen Blick, dass der ein Schauer über den Rücken lief. Ihre Oma, Gott hab sie selig, hatte ihr einst von einer Frau erzählt, die *die alte Hexe* genannt wurde und angeblich in der Lage gewesen war, Menschen mit ihrem Blick zu verfluchen, Krankheiten in sie zu pflanzen oder sie gar in den Wahnsinn zu treiben. So ähnlich, dachte Bumfidel, muss sich das angefühlt haben.

Nachdem sich die Tür geschlossen hatte, rückte sie trotzdem näher an diesen Frederico Müller-Gonzáles heran. Die Lücke, die Frauke hinterlassen hatte, schloss sich schnell wieder. Den leeren Stuhl schob sie nach hinten, wo noch drei Stühle an der Wand standen, die nicht benutzt worden waren. Ein bisschen sah es jetzt aus, als wäre Frauke nie da gewesen und als wäre Frau Dr. Bumfidel die Frau an Fredericos Seite.

»Können Sie«, fragte sie Rupert, »Ihren Vorschlag vielleicht noch einmal erläutern? Einige hier im Vorstand glauben, dass Sie Scherze machen.«

»Scherze?«, fragte Rupert. Dann bollerte er in die Runde: »Ich mache keine Scherze! Ihr seid die Witzfiguren. Ihr habt euch von dieser Zentralbank an der Nase durch den Ring führen lassen. Statt an unsere Kunden zu denken, wie es denen geht, wie die sich fühlen, habt ihr nur an euren Karrieren herumgeschraubt. Das wird sich ab jetzt ändern, denn wisst ihr was? Wir leben von unseren Kunden! Ja, verdammt, wir wollen, dass sie unsere Bank lieben! Dass sie hier ihre Konten haben und sich auf uns verlassen können.« Er zeigte zum Fenster: »Die rennen alle draußen in der freien Wildbahn herum. Und selbst wenn sie dreizehn Monats-gehälter haben, die pünktlich auf dem Konto sind, dann reicht es doch immer noch vorne und hinten nicht aus. Und die Selb-ständigen, die heute nicht wissen, ob sie morgen ihren Laden zu-machen müssen oder nicht, denen müssen wir die Hand geben, für die sind wir da!« Rupert schlug mit der Faust auf den Tisch: »Wir müssen ihnen in dem Wirtschaftskrieg, der da draußen tobt, den Rücken stärken und ihnen nicht mit versteckten Gebühren ein Bein stellen! Wir sind doch keine Betrüger! Wir wollen ehr-liche Partner sein! Und wenn es denen da draußen gut geht, dann, glaubt mir, geht es uns auch gut! Die Kompensan-Bank muss für ihre Kunden der Fels in der Brandung werden, auf den sie sich retten können, und nicht der Stein am Strick um ihren Hals, der sie runterzieht. Ihr seid doch alle studierte Leute. Hat euch das an der Uni keiner beigebracht? Was habt ihr Pfeifen denn studiert?«

Der Marketingmann sprang von seinem Stuhl. Sein Namensschild fiel um. Er klatschte Beifall. Bevor andere es ihm gleichtun konnten, zischte Flickteppich in seine Richtung: »Wir sind hier nicht bei einem Rockkonzert, Manfred!«

Der Pressesprecher des Vorstands, Oswald Esch, breitete verzweifelt die Arme aus. Er wirkte wie ein Ertrinkender. »Ja, aber ich muss das doch irgendwie den Medien verkaufen …«

»Ich schlage vor«, sagte Frau Dr. Bumfidel, »wir unterbrechen die Sitzung für einen kleinen Imbiss. Wir haben draußen etwas aufbauen lassen.«

Rupert nahm den letzten Schluck aus der Bierflasche und knallte sie auf den Tisch. Er stimmte Frau Dr. Bumfidel zu: »Prima. Die scheiß Kekse hier rührt ja eh keiner an. So was will ich in Zukunft auf keiner Vorstandssitzung mehr sehen. Das ist eine Beleidigung! Es gibt in Ostfriesland wirklich gute Bäcker und Konditoren, und die werden wir in Zukunft unterstützen!«

Jetzt wurde er ganz zu Ubbo Heide, stand auf und machte eine großzügige Geste quer über den Tisch: »Als Erstes werden wir mal all unseren Kunden ein Paket von *ten Cate* schicken lassen. Etwas Süßes in sauren Zeiten!«

Manfred Bergmann hatte zwar keine Ahnung, wer oder was *ten Cate* sein sollte, rief aber: »Ja, ja, ja!«

Frau Dr. Bumfidel übersetzte Ruperts Befehle in eine allgemeinverständliche Sprache: »Herr Müller-Gonzáles wollte damit sagen, dass wir ab jetzt das örtliche Handwerk unterstützen – schließlich sind das auch unsere Kunden.«

Rupert nickte. »So. Und wo gibt's jetzt was zu essen?«

Frau Dr. Bumfidel führte ihn zur Tür. Dabei berührte sie ihn auf eine Art, die man leicht hätte missverstehen können. Sie wusste, dass alle anderen ihn jetzt gleich umringen würden, dass jeder versuchen würde, privaten Kontakt zu ihm aufzubauen, um ihn zu beeinflussen. Bevor die anderen ihre Sachen zusammengepackt hatten, drängte sie Rupert in einen Nebenraum, wo moderne Kunst hing. Zwischen großen Bildern mit knalligen Farben drückte sie ihn in einer Ecke an die Wand. Er wusste nicht, ob sie es tat, damit sie nicht gesehen werden konnten, oder ob sie vorhatte, sich jetzt und hier die Klamotten herunterzureißen, um es direkt mit ihm zu tun.

Er vermutete, dass seine Wirkung auf Frauen in den letzten paar Tagen noch mal enorm gewachsen war und Frau Dr. Bumfidel jetzt ihrem Namen alle Ehre machen würde. Er wollte schon für eine schnelle Nummer seine Hose öffnen, da flüsterte sie in sein Ohr, so dass er ihren heißen Atem spüren konnte: »Ich bin von der Firma und wollte Ihnen sagen, Sie machen das ganz großartig. Aber bitte drehen Sie nicht zu sehr auf. Überziehen Sie nicht!«

Ruperts Stimmung kippte sofort. Also doch kein schneller Sex im Stehen, sondern eher eine Warnung. Er fragte sich, was sie mit der *Firma* meinte. Gehörte sie zum Gonzáles-Clan? Gleichzeitig wurde auch unter Polizeibeamten von der *Firma* gesprochen, wenn sie über ihre Dienststelle redeten.

»Wir haben«, fuhr sie fort, »einundfünfzig Prozent der Anteile. Das sind Staatsgelder, die wir hier reingesteckt haben, um Ihnen das zu ermöglichen, Rupert.«

Die Erkenntnis traf ihn wie ein Baseballschläger. Sie war also eine Polizistin.

»Sie verspielen hier mit Ihrer großzügigen Art gerade schwer verdiente Steuergroschen, ist Ihnen das klar? Bitte gehen Sie verantwortungsbewusst damit um! Ich weiß, dass Sie hier den Gangsterkönig spielen müssen, aber es geht auch um sehr viel Geld, und irgendwann werden wir Rechenschaft darüber ablegen müssen.«

Rupert tastete seinen Hosenschlitz ab. War der auch wirklich zu? Dann schüttelte er sie von sich ab und sagte: »Danke für Ihre Unterstützung, Frau Bumfidel. Ich werde Ihren Einwand berücksichtigen. Nach der Pause werde ich vorschlagen, dass wir die Gehälter sämtlicher Vorstandsmitglieder in Zukunft an der Zufriedenheit unserer Kunden orientieren werden. Ich denke, zunächst mal schlage ich eine Halbierung vor … «

Sie lächelte ihn an. Ihr Gesicht war jetzt so nah an seinem, dass er die Hautcreme riechen konnte, die sie aufgetragen hatte. Er kannte sie von Beate. Es war irgendein Biozeug, vegan hergestellt, von einer Firma, die bei der Forschung nach Kosmetikprodukten auf Tierversuche verzichtete.

»Das meinen Sie vermutlich sogar ernst. Ich traue Ihnen zu, dass Sie das gleich wirklich machen.«

»Verlassen Sie sich drauf«, bestätigte Rupert. »Darf ich Sie noch etwas fragen?«

»Ja.«

»Ist Bumfidel Ihr echter Name?«

»Heißen Sie Frederico Müller-Gonzáles?«, antwortete sie sibyllinisch.

Rupert grinste: »Hat Ihr Führungsoffizier Ihnen den Namen gegeben, weil er Ihnen eins reinwürgen wollte? Ist es eine Rache dafür, dass er Sie nicht flachlegen konnte?«

Sie strich ihr Kostüm glatt. »Nein, den Namen habe ich mir selbst ausgesucht.«

»Warum?«

»Weil niemand darauf kommt, dass es ein falscher, ein erfunde-ner Name ist. Erfundene Namen sind immer so«, sie machte eine abwertende Geste mit der Hand, »theatralisch. Bedeutsam. Groß. Oder zumindest normal.«

»Dann ist Flickteppich auch nicht echt? Ist er einer von uns?«

Sie schüttelte vehement den Kopf: »Oh nein. Der ist echt. Und ich würde ihn mit Vorsicht genießen. Für seine Karriere geht er über Leichen. Ich wette, er hat längst einen Plan, wie er Sie aus-schalten kann, Rupert.«

Rupert hob drohend den Zeigefinger: »Sagen Sie nie wieder Ru-pert zu mir. Ich heiße Frederico Müller-Gonzáles.«

Kleebowski und Marcellus stritten. Sie waren keineswegs bereit, Frauke jetzt nach Köln zu fahren, zumindest einer von ihnen wollte in der Nähe des Chefs bleiben, um auf ihn aufzupassen. Sie kämpften darum, wer das sein durfte.

Frauke kapierte: Die beiden waren in einem Konflikt. Jeder von ihnen hatte Angst, sie alleine nach Köln zu fahren und hinterher beim Boss Eifersucht auszulösen. Niemand wollte sich in so einer heiklen Frage mit ihm anlegen und seine Gunst verlieren. Gleich-zeitig fürchteten sie, ihren Boss im Stich zu lassen.

»Ihr glaubt doch nicht im Ernst, dass ich mit den beiden Klei-derschränken in der Corvette zurückfahre?«, gab Frauke zu be-denken.

»Dann lassen wir die zwei hier, um auf Frederico aufzupassen«, schlug Marcellus vor. Kleebowski war einverstanden, verlangte aber eine Rückversicherung vom Boss, dass die Sache so auch klarging.

»Es wird ihm tierisch auf den Keks gehen, wenn wir ihn jetzt belästigen«, stellte Frauke klar. »Akzeptiert endlich, dass ich seine neue Frau bin. Was ich euch sage, hat er euch gesagt. Sein Wort ist mein Wort und umgekehrt.«

Marcellus nickte. Für ihn war das eine Wiederholung des Familiensystems der Müller-Gonzáles, wie er es kannte. Es war völlig egal, ob Mama oder Papa den Befehl gaben. Er galt und durfte niemals hinterfragt werden.

Marcellus ging zum Chevy und staunte nicht schlecht, weil zwei Gymnasiastinnen, die sich bei ihrer Fahrradtour angeblich verfahren hatten, beim Auto standen und sich von den beiden Bodyguards beflirten ließen. Der mit dem Militärhaarschnitt hatte sich malerisch in die offene Autotür gehängt, als wollte er für ein Fotoshooting posieren, der mit der Minipli saß auf der Kühlerhaube wie ein Fotomodell, das Reizwäsche vorführt.

Sie sahen Marcellus auf sich zukommen und bekamen sofort ein schlechtes Gewissen. Sie versuchten, die Mädels loszuwerden, räusperten sich und wurden dienstbeflissen. Marcellus war schon beruhigt, dass sie nicht irgendwelche Cracknutten aufgegabelt hatten, sondern Gymnasiastinnen im Sportdress.

Die beiden jungen Frauen schauten irritiert, als sie mitkriegten, wie Marcellus mit den beiden sprach. Die mit dem roten Fahrradhelm raunte der anderen zu: »Das ist gar nicht deren Auto …«

»So, ihr schickt die Mädels jetzt nach Hause und begebt euch direkt vors Museum. Wenn der Boss rauskommt, begleitet ihr ihn. Und wenn ich irgendwelche Klagen höre oder irgendetwas schiefläuft, schneid ich euch die Ohren ab. Ist das klar?«

Beide nickten und sahen verängstigt aus, wie kleine Jungs, die noch an den Weihnachtsmann glaubten und eine Strafe für die schlimmen Taten des letzten Jahres erwarteten. Für die beiden Gymnasiastinnen wurden sie erstaunlich rasch uninteressant. Die beiden gaben an, jetzt sowieso weiterzumüssen.

»War das wirklich nötig?«, fragte der mit dem Militärhaarschnitt vorsichtig nach, als die Radfahrerinnen sich weit genug entfernt hatten.

»Haben wir euch als Playboys engagiert oder als Bodyguards?«, fragte Marcellus scharf zurück.

Sie schwiegen bis zur Autobahn. Frauke saß hinten und tippte eine WhatsApp-Nachricht nach der anderen in ihr Handy. An Attila schrieb sie: *Mach jetzt keinen Scheiß! Ich komme. Bin schon unterwegs. Wo kann ich dich treffen?*

An ihren Frederico schickte sie zunächst Herzchen- und Küsschen-Symbole, und es folgten Liebesschwüre. Dann schrieb sie ihm: *Bitte, schlaf nicht mit ihr. Sie wird versuchen, dich zu verführen. Sie ist eine Schlampe.*

Sie rutschte auf dem Rücksitz herum. Vor Nervosität waren ihre Hände feucht und kalt. Wenn er mir das kaputt macht, bringe ich ihn um, dachte sie.

Attila hatte schon geantwortet: *Ich bin zu Hause und warte auf dich.*

Sie schrieb noch einmal an Attila: *Laut Navi brauche ich noch drei Stunden vierundzwanzig. Dann bin ich bei dir.*

Sie beugte sich nach vorne zu Marcellus und Kleebowski. »Könnt ihr nicht ein bisschen Gas geben?«

»Können wir«, lächelte Marcellus, der ausnahmsweise mal gerne tat, was die Frau vom Boss verlangte.

»Wir haben im *Savoy* noch unsere Zimmer. Sollen wir dich dahin bringen, Süße?«, fragte Kleebowski und wusste sofort, dass er solche Anreden in Zukunft nicht mehr benutzen würde. Sie wies ihn trotzdem darauf hin: »Wenn du bei Mama und Papa

Gonzáles bist, redest du dann Valentina Gonzáles auch mit *Süße* an, Kleebo?«

»Nein«, lachte Marcellus, »das macht er nicht. Weil der alte Harm Müller ihn dann schneller einen Kopf kürzer machen würde, als du *Wochenendausflug* sagen kannst.«

Sie überlegte, wie sie die beiden loswerden könnte. Natürlich war es unmöglich, sie mit zu Attila zu nehmen. Was ist klüger?, fragte sie sich. Soll ich sie bitten, mich in Chorweiler abzusetzen, und ihnen vorlügen, ich hätte dort früher mal gewohnt und würde gerne noch mal alleine durch mein altes Viertel spazieren gehen, so ganz aus sentimentalen Gründen? Ist das glaubhaft? Oder lasse ich mich von ihnen ins *Savoy* fahren und versuche dann, von ihnen unbemerkt aus dem Hotel wieder rauszukommen? Was ist einfacher?

Sie stellte sich die Innenräume vor. Wenn sie mit dem Fahrstuhl aus der Suite runterkam, musste sie an der Rezeption vorbei, und es gab mehrere Sitze, von denen aus die Eingangstür einsehbar war. Garantiert würde einer von den beiden dort vor einem Glas Kölsch hocken, um den Überblick zu behalten, wer im Hotel ein und aus ging.

Sie wählte also die sentimentale Variante. »Ihr könnt mich in Chorweiler absetzen. Ich hab da früher mal gewohnt und …«

Weiter kam sie gar nicht, denn Kleebowski grummelte: »Wenn wir dich alleine in Köln herumlaufen lassen, wird der Boss zu Recht sauer.«

Sie schluckte: »Das kann ja unser Geheimnis bleiben. Ich muss ihm ja auch nicht verraten, dass du mich *Süße* nennst, wenn wir alleine sind, und dass er«, sie tippte von hinten Marcellus an, »mir ständig auf die Titten starrt.«

Marcellus schlug mit der Faust gegen das Lenkrad und biss sich in die Unterlippe. Frauen waren die schlimmeren Gegner für ihn. Er hatte immer wieder das Gefühl, dass sie ihm überlegen waren.

»Na bitte!«, lachte Geier und schob den Teller mit dem abgeknabberten Meerschweinchenskelett zur Seite. Er deutete auf Attilas Teller: »Schmeckt's dir nicht, oder was?«

»Doch«, sagte Attila. »Gut sogar. Ich hab nur keinen Appetit.«

»Red keinen Scheiß. Iss auf. Ich kann uns zum Nachtisch ja noch die Innereien braten. Ich hab schon als Kind immer meine Meerschweinchen gegessen. Ich hatte auch Hamster, da ist nicht so viel dran. Aber die kann man sehr zart zubereiten. Weißt du, was wirklich unterschätzt wird als Köstlichkeit?«

Attila schüttelte den Kopf. Sein Gesicht war schweißnass. Bei jedem Bissen krampften sich seine inneren Organe zusammen. Er hatte das Gefühl, zu einem unbeweglichen Betonklotz zu werden, gleichzeitig rumorte es in ihm.

»Ratten. Ich sag dir, Ratten sind eine Delikatesse! Ich meine jetzt nicht diese fetten Kanalratten oder dieses krankgemästete Viehzeug von den Müllkippen. Nein, ich meine die, die noch wirklich von der Jagd leben, die dem täglichen Überlebenskampf in den Straßen ausgesetzt sind. Da besteht der Körper aus reinem Muskelfleisch. Da lasse ich jedes degenerierte Rinderfilet liegen, sag ich dir.«

Geier goss Rotwein nach und wollte nun mit Attila die Frage diskutieren, ob Weißwein zu Meerschweinchen nicht eigentlich besser passe als Rotwein. Außerdem sei dieser Rotwein ihm eine Spur zu süß. Dies sei doch kein Kindergeburtstag, sondern eine Erwachsenenparty.

Immer wieder sah Geier auf Attilas Handy, das er vor sich auf dem Tisch liegen hatte. Geier war sehr zufrieden. »Sie kommt zu uns. Sie ist ein braves Mädchen. Wusste ich doch, dass das Video sie sofort überzeugt. Sie bittet dich, das Filmchen nicht abzuschicken. Ihr liegt wohl viel an diesem Frederico. Weißt du, er ist eine ganz große Nummer. Sie erhofft sich, durch ihn mit einem Schlag in eine ganz andere gesellschaftliche Kategorie zu kommen. Ab dann sind solche Bruchbuden wie deine hier passé, mein Lieber. Penthouse statt Mietwohnung. Schöne Datscha auf dem Land. Ferienhaus am Meer … Was schreiben wir ihr denn jetzt zur Beruhigung, damit sie nicht noch aus Versehen einen Unfall baut?«

»Bitte, tun Sie ihr nichts«, flehte Attila.

Geier schlug mit der Faust auf den Tisch. Das gebratene Meerschweinchen hüpfte vor Attila auf dem Teller rauf und runter. »Iss auf!«

Attila hob das Meerschweinchen mit spitzen Fingern hoch und grub seine Zähne in den Rücken. Er kaute und kämpfte gegen einen Würgereflex an.

»Sie fragt«, lachte Geier, »was du eigentlich von ihr willst. Und sie bittet dich, ihr Leben nicht zu zerstören. Nun, was willst du eigentlich von ihr?«

»Ich …«, Attila schob das, was er im Mund hatte, von der linken in die rechte Backe. Seine Zähne schienen sich zu weigern, dieses Fleisch zu kauen. »Ich wünsche mir eigentlich, dass sie zu mir zurückkommt, dass wir ein ganz normales Leben führen.«

»Und wovon wollt ihr dann leben?«, lachte Geier.

»Wir könnten vielleicht hier in einer Kneipe kellnern, irgendwo was in der Gastro oder so …«

»Du möchtest nicht, dass sie länger als Miet-Ehefrau arbeitet? Was hast du denn mit ihrem Geld gemacht? Hat sie das durchgebracht? Für Klamotten? Willst du mir das ernsthaft erzählen? Diese Bude hier ist doch nur eine Tarnung, oder nicht?«

»Wenn Sie Geld wollen«, sagte Attila, »dann kann Frauke Ihnen möglicherweise was beschaffen. Ich weiß, was Sie von mir halten, aber ich bin kein Zuhälter. Ich …«

»Nein«, lachte Geier, »du doch nicht! Als ich hier reinkam, dachte ich direkt, der ist bestimmt Lehrer für Deutsch und Mathe. Vermutlich an einer Gesamtschule.« Geier spielte mit dem Handy. »Sie braucht noch gut drei Stunden. Da haben wir beide ja Zeit, es uns gemütlich zu machen. Ich könnte deine Aquariumfische zum Nachtisch grillen, was meinst du? Stört dich das überhaupt nicht, so ein Blubberbecken im Schlafzimmer?«

Mit todesmutigem Blick biss Attila erneut in das Meerschweinchen und riss sich ein größeres Fleischstück heraus. Sofort nahm er das Weinglas und versuchte, das Fleisch mit dem Wein runterzuspülen.

»Wir müssen ihr ein Angebot machen«, grinste Geier. »Sie ist doch so sensibel. Sie fragt sich natürlich, warum sie kommen soll und was du von ihr möchtest.«

Geier tippte: *Ich wünsche mir noch ein schönes Abendessen mit dir. Noch einmal will ich mit dir schlafen. Ein letzter Abschiedsfick. Und dann kannst du tun und lassen, was du willst.*

»Na«, lachte Geier und las laut vor, »wie findest du das? Ist doch richtig poetisch, oder? Stehen Frauen auf so was? Du kennst dich doch mit Frauen aus …«

Weller hatte sämtliche Entwicklungen an Ann Kathrin weitergeleitet. Sie hielt ihn auf dem Laufenden über die Geschehnisse in Oldenburg. Inzwischen war der dritte Mitarbeiter tot in seiner Wohnung gefunden worden. Aufgesetzte Kopfschüsse. Profiarbeit, wie Ann Kathrin überflüssigerweise schrieb.

Wenn das keine Profis waren, dachte Weller, hatten wir es noch nie mit Profis zu tun.

Frauke war mit Kleebowski und Marcellus weggefahren. Die Sitzung war beendet, die Banker standen noch draußen, scherzten und lachten. Weller hielt genügend Abstand, um nicht aufzufallen. Er sah aus wie einer, der hier auf seine Verabredung wartete, die aber wohl etwas Besseres zu tun hatte. Er erregte mehr Mitleid als Misstrauen.

Rupert lehnte alle Angebote, noch mit ihnen ein wenig Zeit privat zu verbringen, einen trinken zu gehen oder jemanden in seinem Haus zu besuchen, dankend ab.

Flickteppich, der seine Felle davonschwimmen sah, lud »den lieben Frederico« sogar fürs Wochenende in sein Ferienhaus auf Norderney ein, wo er angeblich eine bestens sortierte Whiskybar hatte. Er bezeichnete sich selbst als Whiskykenner und erntete dafür vom Marketingleiter, den er dort mal schrecklich abgefüllt hatte, Bestätigung.

Rupert bat um Verständnis, dass er noch etwas anderes zu tun habe. Dem Marketingverantwortlichen zwinkerte er dabei zu. Zwischen ihnen wuchs so etwas wie Vertrauen oder Komplizenschaft.

Flickteppich versuchte noch einmal, das Ruder herumzureißen und seine Karriere zu retten. Er zog Rupert demonstrativ ins Vertrauen, machte es aber so, dass die Umstehenden es mitbekamen: »Wissen Sie, im ersten Moment habe ich wirklich gedacht, Sie machen Spaß mit uns. Aber im Grunde haben Sie uns ja ganz schön die Leviten gelesen. Vielleicht war das auch mal nötig. Natürlich kann man nicht alles, was Sie vorgeschlagen haben, eins zu eins umsetzen, aber im Grunde waren das gute Denkansätze.«

»Können Sie das nicht Ihrem Friseur erzählen? Ich habe jetzt nämlich leider keine Zeit, hier länger rumzulabern. Ein Mann wie ich wird halt von Terminen gejagt. Ich bin längst nicht so frei, wie Sie sich das vorstellen.«

Rupert nahm ein paar Schritte Abstand. Weller bekam alles mit und staunte nur. Rupert richtete seinen Zeigefinger auf jeden Einzelnen, als würde er sie noch einmal ermahnen, und rief: »Ich verlasse mich auf euch!« Dann lief er fast im Laufschritt, als wollte er zeigen, dass er mindestens genauso sportlich war wie sie alle, auf die gelbe Corvette zu.

Weller zögerte. Sollte er jetzt direkt hinterher? War das zu auffällig? Noch konnten sie beobachtet werden.

Er fühlte sich überfordert. Als Ermittler hatte er herausragende Ergebnisse und galt als hoch kompetent. Aber das unauffällige Verfolgen von Personen war einem Einzelnen praktisch unmöglich. Die Mindestzahl, um jemanden zu beschatten, bestand aus fünf unabhängig voneinander agierenden Personen, die sich gegenseitig abwechselten. Was er hier machte, war im Grunde schon längst am Rande der Professionalität. Aber was half ein Handbuch, in dem genau stand, wie es ging, wenn man dann nicht genügend Personal zur Verfügung hatte? Was er hier machte, tat er außerhalb der normalen Dienstzeit, war sozusagen sein Hobby. Morgen früh erst würde es wieder richtig losgehen.

Die beiden Bodyguards waren noch nie in ihrem Leben so ausgelacht worden wie jetzt, als sie Rupert vorschlugen, ihn zu fahren, wohin immer er wolle.

»Die schöne Kiste«, grinste er, »habt ihr lange genug misshandelt. Jetzt werde ich mich hinters Steuer setzen und damit abzischen. Während ihr eure müden Knochen ausruht und Feierabend macht, habe ich nämlich noch ein paar Geschäfte zu tätigen. Irgendwoher muss das Geld ja kommen, mit dem ihr bezahlt werdet, oder?«

Beide nickten synchron, kamen aber mit der Situation noch nicht klar. »Wir müssen aber auf Sie aufpassen«, sagte der mit dem Militärhaarschnitt.

»Ihr? Auf mich?«, lachte Rupert. Er zwinkerte dem mit der Minipli zu: »Pass mal auf. Ich geh mich jetzt ein bisschen amüsieren, und dabei brauche ich euch nicht. Nehmt euch ein Zimmer im Hotel *Upstalsboom*. Entweder hole ich euch morgen früh da wieder ab, oder ich sage euch, wo ihr hinkommen sollt. Klar?«

Beide nickten, aber der Stuntman machte einen belämmerten Gesichtsausdruck: »Ja, ich weiß nicht so recht …«

»Musst du auch nicht«, erklärte Rupert ihm. Er klatschte ihm mit der offenen Hand ins Gesicht und stieg ins Auto. Auf den ersten Blick waren ihm die Armaturen ein bisschen unheimlich. Er war so ein Auto noch nie gefahren. Aber er wäre sich blöd dabei vorgekommen, sich von den Lümmeln die Technik erklären zu lassen.

Er sah Weller noch im Rückspiegel und grinste: »Ja, Alter, da staunst du, was aus mir geworden ist, was?«

Kurz vor Georgsheil hätte Rupert fast einen Unfall gebaut. Aber schon in Marienhafe hatte er das Gefühl, dieser Wagen und er seien eine Einheit. Ja, sie gehörten zusammen. Dieses Fahrzeug war praktisch für ihn gebaut worden. Das Motorengeräusch sagte ihm: Endlich bist du da, Rupi! Endlich sitzt ein Mann von Welt hinterm Steuer, nicht immer nur diese Pappnasen.

Er war schneller bei seiner Beate als Frauke bei ihrem Mann. Zu gern wäre er zu Hause mit dem Schlitten vorgefahren, ja hätte vorher noch eine Ehrenrunde um die Polizeiinspektion gedreht, aber das alles war doch viel zu auffällig. Wenn er in seine Gefilde zurückkam, war er ja nicht mehr der Gangsterboss Frederico Müller-Gonzáles, sondern musste wieder zum unterbezahlten Hauptkommissar der ostfriesischen Kripo werden.

Er stellte den Wagen am Bahnhofsparkplatz ab, nicht beim Burger King, sondern vorher, dort, wo die Erste-Klasse-Abteile hielten. Da standen keine Autos. Von da aus ging er zu Fuß.

Auf dem Burger-King-Parkplatz wackelte ein Auto hin und her, weil das knutschende Pärchen darin sich ziemlich wild aufführte. Er gönnte ihnen den Spaß und stieg am Bahnhof in ein Taxi von Seeberg. Die Fahrerin kannte ihn und wunderte sich, wo er herkam, denn es war gar kein Zug angekommen.

»Wie hast du das denn geschafft, Rupert?«, fragte sie. »Es gibt doch große Probleme auf der Strecke. In Delmenhorst steht alles fest. Der nächste Zug soll erst in zwei, drei Stunden ankommen. Die überlegen sogar, ob sie Busse einsetzen. Ich dachte, ich komm schon mal hierhin, bevor das Chaos losgeht … Wo kommst du denn jetzt her?«

Rupert antwortete, während sie ihn nach Hause fuhr, ehrlich: »Aus Emden.«

»Wie hast du das denn gemacht?«

»Manchmal kann ich zaubern«, grinste er und reckte sich.

Er checkte während der Taxifahrt seine Nachrichten und wunderte sich über Fraukes Sätze: *Bitte, schlaf nicht mit ihr. Sie wird versuchen, dich zu verführen. Sie ist eine Schlampe.*

Weiß sie, dass ich zu Beate fahre?, dachte er. Habe ich mich irgendwie verraten? Warum nennt sie Beate *Schlampe*?

Auf die Idee, dass Frauke Frau Dr. Bumfidel meinte, kam er nicht.

Er war während der Fahrt nachdenklich und schweigsam.

Vor seinem Haus angekommen, gab er der Taxifahrerin ein ungewöhnlich hohes Trinkgeld. Er fand, dass er sich das leisten konnte.

Er versprach sich noch viel von dem Abend und erschien ohne Vorankündigung bei Beate. Die Fahrräder an der Garage fielen ihm nicht auf. Er blieb noch einen Moment vor der Tür stehen und atmete durch.

Habe ich irgendetwas an mir, das mich verraten könnte?, dachte er. Dieser komische Anzug war ja ein bisschen erklärungsbedürftig. Er zog die Jacke aus und warf sie sich locker über die Schulter, krempelte sich die Ärmel auf, aber als Beate die Tür öffnete, war ihr völlig egal, wie ihr Rupi aussah. Ein Freudenschrei entfuhr ihr. Sie warf sich ihm an den Hals, küsste ihn, und während er sich bereits auf eine tolle Liebesnacht mit ihr freute, sah er, dass sie nicht allein war.

»Wir sind auch gleich fertig«, lachte Beate. »Heute ist doch meine Reiki-Gruppe, das hast du hoffentlich nicht vergessen, oder? Komm rein, ich stell dich vor.«

Fünf Frauen und ein Mann saßen im Wohnzimmer. Rupert hätte sie am liebsten alle zum Teufel geschickt. Für heute war sein Bedarf an fremden Menschen gedeckt. Aber er zeigte sich charmant, begrüßte alle und goss sich einen doppelten Whisky ein. Damit er nicht in falschem Licht erschien, erklärte Beate ihren Reiki-Freunden, ihr Mann sei keineswegs Alkoholiker oder irgendwie von diesen stofflichen Substanzen abhängig. Das Ganze sei eine Art Ritual, mit dem er sich vor den schlimmen Energien da draußen schütze. »Ein sehr männliches Ritual«, fügte sie hinzu.

Rupert verbeugte sich mit dem Whiskyglas in der Hand, malte mit dem Zeigefinger Kreise und Spiralen in die Luft, wie er es bei Beate oft gesehen hatte, und sagte ein Wort, das er von ihr kannte: »Cho-Ku-Rei.« Damit kam er bei allen gut an.

Eine halbe Stunde später waren Beate und er allein. Er hatte die Füße auf den Tisch gelegt. Seine Beine wurden langsam schwer. Entweder war der Autositz doch nicht so bequem, wie er gedacht hatte, oder die Vorstandssitzung hatte ihn mehr Energien gekostet, als er sich eingestand. Er fühlte sich fertig und wusste gar nicht mehr, ob er zu so einer heißen Liebesnacht mit Beate fähig war, wie er sie sich vorher während der Fahrt im Auto noch vorgestellt hatte.

Sie sprach ihn darauf an: »Du wirkst energielos, Liebster. So als hättest du einiges durchgemacht und seist schlechten Energien ausgesetzt gewesen. Deine Aura ist geradezu zerfetzt. Lass mich dir Gutes tun.« Sie bot ihm eine Reiki-Behandlung an.

Manchmal begann so ihr Liebesspiel auf eine sehr zarte, ruhige Weise. Dann wieder schlief er einfach dabei ein. Beate nahm es hin, wie es eben kam. Sie war der unkomplizierteste Mensch, den er kannte. Ihr konnte er sich einfach überlassen, konnte so sein, wie er war, musste nicht versuchen, zu jemand anderem zu werden. Nicht zum Helden und auch nicht zum Klugscheißer.

Das Bedürfnis, ihr zu erzählen, was er erlebt hatte, keimte in ihm auf, verschwand dann aber auch schnell wieder, als sie ihn mit ihrer sanften Kraft berührte.

An der Theke hätte er lauthals über so einen Satz gelacht, und unter seinen Gangsterfreunden hätte man ihn schweinisch fehlinterpretiert, aber er gestand es sich ein: Er fühlte sich gerade von Liebe durchströmt. Es kribbelte auf der Haut bis in die Haarwurzeln hinein. Er stöhnte wohlig.

Beate sprach selten bei der Reiki-Behandlung. Jetzt tat sie es. »Du kannst«, sagte sie, »deine Ritterrüstung ablegen. Achte und ehre sie, denn du brauchst sie wirklich im Alltag. Sie schützt dich. Aber jetzt ist sie nicht nötig.«

»Genau«, grunzte Rupert und streckte sich aus.

»Manchmal habe ich das Gefühl, du bist ein anderer, wenn du reinkommst, und brauchst erst eine Weile, um wieder zu dem zu werden, der du wirklich bist.«

»Ja«, stöhnte Rupert, »wenn du wüsstest, wie recht du hast, Liebste.«

Kleebowski und Marcellus ließen Frauke am City-Center aussteigen. Sie fühlten sich nicht gut dabei und sahen ihr hinterher, wie sie in Richtung Pariser Platz schlenderte, bis sie um die Ecke verschwunden war.

Die bekannte Gegend kam ihr fremd vor. Sie spürte genau: Nicht der Ort hatte sich verändert, sondern sie war eine andere geworden. Sie schlenderte hier bereits als Gangsterbraut über die Straße und nicht mehr als Miet-Ehefrau.

Sie achtete darauf, nicht verfolgt zu werden. Sie traute Kleebowski und Marcellus jeden Trick zu. Kleebowskis Satz klang ihr im Ohr: »Wenn auch nur der Absatz deiner High Heels abbricht, wird Frederico uns dafür verantwortlich machen. Er möchte seine Frau ohne jeden Kratzer zurückhaben.«

Sie hatte ihm geantwortet, sie sei nicht Fredericos Auto, außerdem könne sie auf sich selbst aufpassen. Sie hatte ihm sogar ihre Arminius gezeigt, die sie in der Handtasche bei sich trug. Sie wusste nicht, dass sie schon wenige Minuten später sehr bereuen würde, den Jungs nicht gesagt zu haben, wo genau sie hinging. Zum ersten Mal in ihrem Leben brauchte sie wirklich Bodyguards, und jetzt hatte sie sie selber abgehängt.

Im Flur roch es nach gebratenem Fleisch. Sie hatte zwar einen Schlüssel für die Wohnung, klingelte aber, denn es fühlte sich nicht mehr richtig an, den eigenen Schlüssel zu benutzen.

Die Tür öffnete sich wie von Geisterhand. Attila war nicht zu sehen. Sie spürte seine Anwesenheit hinter der Tür und war sofort sauer. Wahrscheinlich stand er halb nackt dahinter und wollte sie überraschen. Sie rechnete damit, dass er ihr die Augen mit einem seidenen Tuch verbinden wollte. Sie kannte seine Vorlieben. Aber so würde das hier nicht laufen.

Sie war sich noch gar nicht darüber im Klaren, wie weit sie gehen würde, um die Bilder und Filme zu löschen. Jetzt, da sie ihn nicht sah, weil er sich ihrer Meinung nach hinter der Tür verbarg, wuchs ihre Wut auf ihn und diese versuchte Erpressung. Körperlich war er ihr nicht gewachsen. Er war ein starker, durchaus trainierter Mann, doch sie war sich sicher, wesentlich schneller zu sein als er.

Sollte sie ihn kreuz und quer durch die Wohnung prügeln und ihn dann zwingen, alles zu löschen? Hatte er irgendwo Sicherheitskopien für sich gemacht? War es besser, ihn zu überzeugen, statt ihn zu zwingen? Sollte sie wirklich noch einmal für eine letzte Nummer mit ihm ins Bett gehen? Würde er dann Wort halten oder sie nur noch einmal filmen? Machte er das, um sie zu erniedrigen? Oder nur, um sich selbst zu befriedigen? Was wollte er wirklich? Oft war es um Geld gegangen. Sie war bereit, einiges für die Filme und Fotos auf den Tisch zu legen.

Noch immer stand sie im Türrahmen und machte keinen Schritt in die Wohnung. Sie hätte ihn gerne vorher gesehen.

»Sei nicht albern«, sagte sie, »zeig dich.«

Und plötzlich fragte sie sich, ob es nicht klüger gewesen wäre, Kleebowski und Marcellus raufzuschicken, um Attila zu zeigen, mit wem er sich hier gerade anlegte. Die beiden hätten ihn ordentlich verprügeln können. Aber sie hatte sich den zweien nicht anvertrauen wollen. Im Zweifelsfall wären sie loyal zu Frederico und nicht zu ihr.

Sie ging in die Wohnung, um es endlich hinter sich zu bringen. Sie schaute hinter die Tür. Dort stand Geier und grinste sie schmierig an.

Er stieß die Tür zu. Sofort entstand eine Duellsituation zwischen den beiden. Frauke sprang zurück und nahm eine Kampfhaltung ein.

Er blieb ganz entspannt. »Na, du kleine Wildkatze? Schön, dass du mich besuchen kommst. Dein Attila wartet auf dich. Komm in die Küche, ich hab noch ein bisschen Fisch auf dem Herd.«

Sie war sich bewusst, dass in ihrer Tasche die Arminius steckte. Die Situation wirkte aber so, als könnte sie die Lage ohne Waffe kontrollieren. Aus der Küche drang nicht nur der Geruch von verbranntem Fisch, sondern es hingen auch Rauchschwaden im Raum. Sie wunderte sich, dass die Rauchmelder nicht angeschlagen hatten. Als sie reinkam, sah sie, dass sämtliche Rauchmelder an den Kabeln von der Decke herunterhingen.

»Was soll das?«, fragte sie. Dann erst entdeckte sie, eingeklemmt in der Tischecke, Attila.

Geier sprang sie von hinten an, und noch bevor sie die Hand an ihrer Waffe hatte, drang die Spitze einer Nadel in ihren Hals. Sie spürte eine Flüssigkeit in sich hineinschießen wie heißes Blei. Dann begann alles um sie herum zu trudeln. Die Wände kamen näher. Sie brach zusammen.

Sie konnte noch hören, wenn auch die Töne merkwürdig waberten.

»So, jetzt habe ich, was ich will. Sie werden dich schon bald finden, Attila. Ein Verrückter, der seine Meerschweinchen aufgegessen und seine Zierfische in die Pfanne gehauen hat, ist in seiner Wohnung verbrannt. Dumm gelaufen.«

Er nahm aus Fraukes Tasche die Arminius und lachte: »Das ist ja ein süßes Teil! Kann man damit überhaupt jemanden ins Jenseits befördern? Nun, gleich werden wir es wissen.« Er packte Attila und drückte ihm die Pistole an den Kopf.

Noch immer glaubte Attila, dass es irgendeine Chance für ihn gäbe, hier heil wieder rauszukommen, doch das war ein Irrtum. Die Kugel drang neben seiner Schläfe ein und tötete ihn augenblicklich.

Geier machte sich nicht mal die Mühe, ihm die Waffe in die Hand zu drücken. Er ließ sie auf dem Tisch liegen. Die Situation war so eindeutig, da würde sich kaum jemand Mühe geben, und wenn doch, dann sollten sie nur. Was bedeutete es schon, ob sich dieser Typ selbst ins Jenseits befördert hatte oder von einem seiner verrückten Kumpels im Streit erschossen worden war?

Er sah auf die Uhr. »So, meine Süße, jetzt bringe ich meine betrunkene Freundin nach Hause. Hak dich mal schön bei mir unter.«

In der Nähe des Buchregals deponierte er ein paar Brandbeschleuniger. Dann steckte er Zeitungen, die er im Papiermüll fand, in den Toaster. Er drehte den Regler auf fünf. Volle Bräunung.

»Du magst es doch auch gern knusprig, oder?«, grinste er und leerte den restlichen Papiermüll über dem Toaster aus. Einen Stapel Zeitungen schob er näher.

»Du liest also den *Express* … Ich mag Boulevardblätter. *Express* und *Bild*. Die wissen meine Arbeit zu schätzen.«

Es gefiel ihm, mit dem Toten zu sprechen. Er redete manchmal auch mit ohnmächtigen Menschen, die gefesselt in seinem Keller lagen. Er fand dabei irgendwie zu sich.

»Das war's«, sagte er zu sich selbst und zerrte Frauke zum Ausgang. Er legte ihren linken Arm um seine Schultern. Mit seinem rechten Arm umschlang er ihre Hüfte, und so bewegte er sich mit ihr nach draußen zum Fahrstuhl.

In der Tiefgarage parkte sein VW-Transporter regelwidrig auf einem vermieteten Platz. Nachdem er Frauke gut verstaut und angekettet hatte, wollte er das Parkhaus verlassen. Doch ein empörter Familienpapi stellte sich mit seinem Wagen quer. Er stieg aus, und da seine neun und elf Jahre alten Söhne ihn beobachteten, versuchte er, den Helden zu spielen, der sich nichts gefallen lässt.

»Das ist mein Parkplatz hier!«, schrie er. »Was bilden Sie sich ein? Glauben Sie, hier kann jeder machen, was er will? Ich zahle für diesen Platz hier! Ich wohne hier im Haus!«

Geier stieg noch einmal aus und ging langsam auf den Mann zu. Er sprach leise. Die Kinder mussten es ja nicht hören. Er wollte den Vater nicht vor seinen Söhnen blamieren. Ja, so viel Rücksicht nahm er gern: »Wollen Sie sich wirklich mit mir anlegen? Möchten Sie, dass Ihre Kinder zusehen, wie ihr Vater grün und blau geprügelt wird und anschließend auf Knien um Verzeihung bittet?«

Der Mann schluckte. Die Energie wich aus ihm. Er wirkte, als könne er jeden Moment ohnmächtig werden. Er schwankte sogar ein bisschen. Noch nie in seinem Leben war er einer solch tödlichen Kraft begegnet. Er spürte eine Erschütterung bis ins Mark hinein. Er galt in seinem Betrieb als recht durchsetzungsfähig, aber davon war gerade nichts mehr vorhanden.

»Sei vernünftig«, sagte Geier. »Geh zu deinen Kindern. Kauf ihnen ein Eis. Bei dem Wetter sollten Väter so etwas tun.«

»Ja«, sagte der Familienvater und ging zu seinen Kindern zurück. Es war, als hätte er gerade eine große Gefahr nur mit Mühe und Not lebendig überstanden.

Nein, er merkte sich nicht das Nummernschild des VW-Transporters. Er hatte nicht vor, irgendjemandem davon zu erzählen. Er hoffte einfach, diesem Menschen nie wieder zu begegnen.

Jetzt, da sein Parkplatz frei war, benutzte er ihn nicht. Stattdessen fragte er seine Söhne, ob sie Lust auf ein Eis hätten.

Sie wussten nur zu gut, wie man zu Fuß an ein Eis kommen konnte, doch er fühlte sich im Moment im Auto sicherer. Viel sicherer.

Rupert wachte auf, weil die Sonne ins Schlafzimmer schien und er niesen musste. Er hatte von Liane Brennecke geträumt. Es war ein Albtraum, in dem sie ihn verhörte und wegen Dingen anklagte, an die er sich zum Glück nicht mehr erinnern konnte. Es roch nach Erdbeeren.

Beate lag nicht mehr neben ihm. Sie stand gern schon um fünf Uhr auf, um in der Stille des Morgens im Garten zu meditieren. Sie saß dann im Morgentau da wie der erleuchtete Buddha, nur sah sie wesentlich besser aus als er. Buddha wirkte ja auf Rupert mit seinem dicken Bauch mehr nach Starkbier und Schweinefleisch. Jemanden, der grünen Tee trank und vegan lebte, stellte Rupert sich anders vor. Im Grunde genau wie Beate.

Während er sich reckte, konnte er sie bei den Rosen sitzen sehen. Sie trug ein T-Shirt und einen Slip. Genau so hatte sie auch geschlafen. Immerhin meditierte sie nicht mehr nackt. Eine Weile hatte sie das getan, bis wirklich jeder pubertierende Junge aus dem Viertel sich ein Fernglas gekauft und zum Frühaufsteher entwickelt hatte. Ihre Hecke wuchs einfach zu langsam.

Manchmal überflogen auch Drohnen ihren Garten, auf der Suche nach Beate oder ihrer Meditationsgruppe. Eines Tages würde Rupert den Typen oder seine Drohne erwischen, das hatte er sich vorgenommen.

Rupert war sich nicht sicher, ob Beate gerade mit den Rosen sprach oder nicht. Sie saß mit dem Rücken zu ihm. Er konnte ihr Gesicht nicht sehen. Manchmal redete sie mit den Rosen. Ja, da war sie wie Ann Kathrin Klaasen. Die Kommissarin war allerdings in Ruperts Augen noch verrückter. Sie redete auch mit ihrem Twingo, wenn er nicht ansprang, oder bedankte sich beim Geldautomaten der Sparkasse, wenn er tatsächlich ein paar Scheine ausgespuckt hatte.

Da hatte er es mit Beate noch gut. Die sprach nicht mit Sachen, sondern nur mit Blumen oder Bäumen. Obwohl … ganz sicher war er sich da auch nicht. Vielleicht sprach sie ja heimlich auch mit Gegenständen. Neulich hatte sie vor dem Herd in der Küche gekniet und dem Hefekuchen gut zugeredet, um ihn zum Aufgehen zu ermuntern.

So lächerlich das alles war, eins musste er zugeben: Der Kuchen schmeckte hinterher gigantisch gut. Kochen und backen konnte seine Beate sehr gut, wenn auch leider fleischlos. Aber er aß zu ihren veganen Gerichten gern eine Knackwurst oder ein paniertes Kotelett von Meister Pompe, und gleich wurde daraus ein richtiges, sättigendes Mahl für Männer wie ihn.

Er tapste in die Küche. Sie hatte einen Frischkornbrei vorbereitet. Darin ein paar Erdbeeren aus dem eigenen Garten. Deshalb duftete es, als wäre Liane Brennecke im Haus.

Die Erdbeeren mochte er und naschte davon. Den Brei ließ er stehen. Es war jetzt ein Gefühl, als würde er Liane Brennecke küssen. Er hatte ihr gegenüber ein schlechtes Gewissen, weil er nicht wirklich alles tat, um diesen Geier zu fassen, sondern stattdessen das Gangsterleben mit seiner Frauke genoss. Er wusste, wenn er den Geier erst am Haken an Land gezogen hätte, wäre die Jagd beendet. Keiner angelte weiter, wenn er den Fang seines Lebens vor sich zappelnd im Gras liegen hatte.

Vielleicht zögerte er auch deswegen. Er wusste, wie er Geier erreichen konnte. Schließlich hatte dieser Charlie, der in der Szene wie ein Notar oder Auktionator für Kriminelle fungierte, für ihn den Kontakt zu Geier hergestellt, so dass er Liane Brennecke freikaufen konnte. Der Weg zum Geier führte zweifellos über Charlie.

Er kannte Charlies Nummer. Aber Charlie würde Geiers Versteck niemals verraten. Lieber würde er seinen rechten Arm opfern. Als *Notar* war er neutral und verschwiegen. Über ihn wickelte George seine Geschäfte ab, aber auch die Düsseldorfer, die Russen und einige Clans.

Er musste über Charlie Geier ein Geschäft anbieten. Das Problem war, dass dann Charlie der Mittelsmann war und Geier niemals selbst auftauchen würde. Rupert musste eine Möglichkeit finden, sich an Charlie dranzuhängen, um Geier zu erwischen. Aber Charlie war nicht blöd genug. Einer wie der kannte alle Tricks. Verfolger abzuschütteln, war für ihn Alltag. Sozusagen Geschäftsgrundlage für alles, was er tat.

Rupert bezweifelte, dass Charlie Geier jemals direkt getroffen hatte. Vermutlich war alles über mehrere Mittelsmänner gelaufen.

Aber diesen Geier zu schnappen, hieß eben auch, die gesamte Aktion zu beenden. Nichts mehr mit dem schönen, wilden Leben des Frederico Müller-Gonzáles. Keine Frauke mehr, sondern wieder der unterbezahlte Hauptkommissar in Ostfriesland. Ehemann von Beate.

Jetzt hatte ihm niemand etwas zu sagen. Aber dann stünde er bei der Arbeit wieder unter Ann Kathrin Klaasens Fuchtel und zu Hause unter der seiner Schwiegermutter. Verglichen mit dem Drachen war Beate ein Friedensengel.

Er zog sich an und steckte seine Dienstwaffe ein. Er radelte zum Norddeicher Yachthafen.

Dort hatte die große Schießerei stattgefunden. Dort war irgendwie über sein Schicksal und das von Liane Brennecke entschieden worden. Dort hatte er den Kugelhagel überlebt. Dort waren Heiner und Carl gestorben. Frauke hatte sie kaltblütig erledigt. Nie würde er das vergessen. Nie. Er hatte sich von ihr beschützt gefühlt. Es hatte sie auf eine irre Art zusammengeschweißt.

Diese Morgenstimmung mit dem Nebel im Hafen würde ihn immer an die Küste binden. Frühmorgens oder nachts, wenn kein Mensch hier war, liebte er es, genau hier zu sein, wo er das Meer riechen konnte oder, noch besser, die Ausdünstungen des Watts. Dieser salzige, metallische Geruch, der sich sogar auf der Zunge schmecken ließ, als könne man die Luft kauen.

Ja, er wusste, dass manche Menschen behaupteten, man könne Salz nicht riechen. Aber die hatten eben keine Ahnung oder unterentwickelte Geruchsnerven. Vielleicht waren diese armen Menschen aber auch noch nie in Norddeich gewesen.

Um diese Zeit, wenn die Sonne gerade die Masten der Segelboote glänzen ließ und die vom Morgentau überzogenen Stoffe trocknete, gehörte der Hafen noch ganz den Tieren. Auf der Drachenwiese hoppelten Hasen, und Möwen hielten Rat. Sie teilten sich das Revier auf.

Er stellte sich vor, dass sie sich absprachen, wie die Ganoven, unter denen er jetzt lebte. Sie schlugen in kleinen, gut organisierten Gruppen zu. Meist arbeiteten drei Möwen zusammen. Eine lenkte den Touristen ab. Eine attackierte ihn von hinten, und eine dritte schnappte sich sein Matjesbrötchen, wenn er es vor Schreck fallen ließ. Wenn nicht, dann pickte sie es ihm mit ihrem scharfen Schnabel direkt aus der Hand.

Es waren eben Raubvögel, und Frederico Müller-Gonzáles fühlte sich ihnen auf merkwürdige Art und Weise verbunden. Dies war die Ruhe vor dem Sturm. Die Stunde, bevor die Jagd begann. Er setzte sich auf eine Bank, von der aus er auf die Schiffe blicken konnte. Sie schwankten im Takt, und der Wind musizierte mit ihren Seilen. Rupert schloss die Augen und lauschte. Hinter ihm schlugen Wellen an die Deichbefestigung. Hier wollte er sitzen und nachdenken, über sich, über Beate, über Frauke, über sein ganzes verrücktes Leben und über diesen Geier, den er früher oder später erledigen musste.

Wenn ich ihn nicht töte, dachte er, wird er mich umbringen. Ja, verdammt, darauf läuft es wohl hinaus.

Er atmete tief durch. Hab *ich* das jetzt gedacht oder Frederico Müller-Gonzáles?, fragte er sich. Er, der Polizist Rupert, plante doch nicht, jemanden zu töten. Das gehörte nicht zu seinen Aufgaben. Es war nicht einmal erlaubt. Für Frederico Müller-Gonzáles war es eine Selbstverständlichkeit.

Rupert spürte, dass dieser Frederico begann, von ihm Besitz zu ergreifen, ja, ihn zu beherrschen, so als hätte nicht er, Rupert, das Leben von Frederico gekapert, sondern als wäre Frederico in seins eingedrungen und hätte es grundlegend verändert.

Rupert wusste noch nicht so recht, wie alles ausgehen sollte. Er hatte keinen Plan. Würde sich am Ende herausstellen, dass Frederico in sein Leben geknallt war wie eine Abrissbirne in ein baufälliges Haus?

Die Möwen störten ihn nicht, aber dann war da links hinter ihm ein menschliches Geräusch. Rupert war vollständig in Gedanken über sein Leben versunken und fragte sich, ob er nicht vielleicht heute Abend an einer Theke über einem Bier weitermeditieren sollte, aber Fredericos Instinkte funktionierten. Die Waffe zu ziehen und sich umzudrehen, war eine einzige, fließende Bewegung. Jemand pirschte sich neben den Sträuchern gebückt heran. Frederico Müller-Gonzáles richtete die Mündung auf ihn und scannte gleichzeitig die Gegend. Ein Angreifer kam selten allein.

Wer wusste, dass er hier war? Jemand musste ihm gefolgt sein.

Der Mann kniete. Sein Gesicht war nicht zu erkennen. Er blickte durch ein langes schwarzes Objektiv. War das ein Monster-Fotoapparat zum Ausspionieren auf große Entfernung oder eine moderne Laserwaffe?

Der Frederico in Rupert beschloss, erst zu schießen und dann zu fragen, aber der Rupert in Rupert, der immer noch Polizist war, glaubte, den Fotografen zu erkennen. Vielleicht war Frederico stärker als Rupert oder schneller. Jedenfalls löste sich ein Schuss aus der Waffe.

Entweder hatte Frederico vorbeigeschossen, oder es war Rupert im letzten Moment geglückt, die Waffe zu senken. Die Kugel bohrte sich vor dem Störenfried in den Boden. Der Knall schreckte die Möwen auf. Sie flatterten wild durcheinander.

Der Fotograf sprang hoch und fluchte: »Hast du etwa auf mich geschossen, du Idiot?!«

Rupert entfuhr ein Schrei: »Scheiße, der Bloem!«

Holger Bloem machte mit der Kamera einen Schuss aus der Hüfte auf Rupert, als könnte er diesen denkwürdigen Moment noch festhalten.

»Ich … ich war das nicht, Holger«, stammelte Rupert und hatte das Gefühl, zwar Mist zu reden, aber eben doch irgendwie auch die Wahrheit zu sagen.

»Klar«, sagte Holger Bloem, »du doch nicht!«

Rupert schluckte schwer.

Holger Bloem tippte sich gegen die Stirn: »Dass du Journalisten nicht leiden kannst und schon Pickel kriegst, wenn du mich siehst, weiß ich. Aber dass du verrückt genug bist, auf mich zu schießen … Wie blöd kann man eigentlich sein?«

Rupert verteidigte sich: »Ich … ich dachte, du würdest auf mich schießen …«

»Oha! Ich auf dich schießen? Ganz so, wie das nun mal meine Art ist? Oder was?«

»Ja … Ich … Ach, scheiße … Ich bin im Moment ein bisschen nervös …«, stammelte Rupert.

»Ein bisschen?«, hakte Holger Bloem nach.

Rupert stierte die Heckler & Koch in seiner Hand an, als würde er sie zum ersten Mal sehen. »Das ist meine Dienstwaffe«, staunte er.

Holger verstand nicht, was Rupert damit sagen wollte. Es war ihm ziemlich gleichgültig, aus welcher Waffe die Kugel kam, die ihn töten sollte.

Rupert stöhnte: »Über den Verbleib jeder Patrone muss genau Rechenschaft abgelegt werden. Wie kann ich das denn erklären? Ich will nicht wieder mit dieser Psychoschnepfe reden … Die machen aus allem ein Problem, so als hätte man einen Knall oder wäre schizophren.«

»Aber du hast doch offensichtlich einen Knall«, diagnostizierte Holger Bloem.

Rupert ging zum Angriff über. Er wusste sich nicht anders zu helfen. Er war kurz davor, zu heulen. Er wurde wieder ganz Polizist und fragte, als wäre das eine Personenkontrolle: »Warum treiben Sie sich zu dieser Zeit im Yachthafen herum, Herr Bloem?«

Diese Frage musste Holger erst verdauen. Er fand sie mindestens so dreist wie den Schuss. »Ich mache«, erklärte er sachlich, »in dieser zauberhaften Morgendämmerung Fotos von den Schiffen im Yachthafen. Und von den Vögeln. Die Leserinnen und Leser unseres Magazins lieben solche Aufnahmen. Und wenn du willst, kannst du auch gerne weiter Sie zu mir sagen, Rupert.«

Rupert wurde weich. Es war, als würde von einer geschüttelten Sprudelwasserflasche der Deckel plötzlich abgeschraubt. Es schäumte nur so aus ihm heraus. Er wusste, dass es falsch war, aber mit irgendwem musste er doch reden, und Holger Bloem war zwar Journalist, aber immerhin auch Ostfriese. Und irgendwie gehörte er zu dieser ganzen Bande dazu.

»Ich hab echt nicht auf dich geschossen, Holger. Ich hätte dir zwar manchmal gerne eine reingesemmelt, aber nicht mal das habe ich getan.«

»Und wer war das dann gerade, wenn du das nicht warst?«, fragte Bloem.

»Der Gangsterboss Frederico Müller-Gonzáles«, gestand Rupert.

»Vielleicht«, gab Holger Bloem zu bedenken, »solltest du doch mit der Psychologin reden. Die Elke Sommer ist ganz in Ordnung.«

Eine frühe Joggerin, in knallrote und gelbe Signalfarben gekleidet, näherte sich auf der Deichkrone. Rupert steckte vorsichtshalber die Heckler & Koch weg. Fast hätte er sie Holger zum Aufbewahren gegeben, so als traue er sich selbst nicht mehr.

Holger Bloem setzte sich auf die Bank. Der Titel eines frühen Wolf-Wondratschek-Werkes kam ihm in den Sinn, und er sprach ihn aus: »Früher begann der Tag mit einer Schusswunde.«

Vorsichtig nahm Rupert neben ihm Platz.

»Also, was ist los, Alter?«, fragte Holger Bloem.

Rupert lehnte sich an ihn und erzählte all das, was niemand wissen durfte, vor allen Dingen nicht seine Frau oder seine Schwiegermutter. Aber auch seinen Chefs konnte er nicht alles erzählen. Die Welt war so kompliziert geworden, und Rupert hatte es doch so gerne einfach. Aber dem einen konnte er etwas nicht sagen, dem nächsten musste er genau das Gegenteil erzählen, und immer musste er wissen, wer was glauben sollte und bei wem die Lüge zur Wahrheit wurde. Er kam selbst ganz durcheinander dabei, und er brauchte jemanden, dem er all das erzählen konnte.

Normalerweise war er da bei seiner verständnisvollen Beate genau richtig, aber der konnte er schlecht von seiner Miet-Ehefrau erzählen und dass eine andere Ehefrau von ihm, bevor er sie überhaupt kennengelernt hatte, in Frankfurt überfahren worden war.

Holger Bloem war als Gesprächspartner im Grunde ideal. Rupert wusste, dass der ihn sowieso für einen Idioten und erbärmlichen Aufschneider hielt. Da hatte er also wenig zu verlieren und konnte ganz ehrlich sein. In Bloems Ansehen zu fallen, war kaum noch möglich.

Holger war als Journalist aktives Zuhören gewohnt. Er schrieb nicht mit. Er staunte, aber was Rupert ihm da anvertraute, war, wenn man ein paar der handelnden Figuren kannte, durchaus glaubwürdig, so haarsträubend sich auch alles anhörte. An einigen Stellen machte Bloem für sich selbst Abstriche, weil er heraushörte, dass Rupert seinen Part in der Geschichte besonders groß machte und seine Taten ausschmückte, um in besserem Licht dazustehen. Trotzdem bestätigte er immer wieder durch Nicken oder ein »Jo« Ruperts Aussagen. Das machte es Rupert leichter, weiterzusprechen.

Irgendwann fragte Holger Bloem nach, weil sein Journalistenherz nicht anders konnte: »Aber wenn Frederico Müller-Gonzáles von der Polizei gesucht wird, wie kann er dann unter seinem Namen Vorstandsvorsitzender einer Bank werden? Wie kann er sich überhaupt so frei im Land bewegen?«

»Ach, das sind kleine Fische«, antwortete Rupert. »Gar kein Problem. Die Jungs vom BKA haben ihn einfach aus der Fahndungsliste genommen. Das ist ein Mausklick, mehr nicht. Wenn jemand gefasst wird, verschwindet er ja auch von der Liste.«

»Verstehe ich das richtig? Der ist dadurch dann praktisch wieder zur unbescholtenen Person geworden?«

»Na ja«, erklärte Rupert, »es wäre ja doof, wenn ich in eine Polizeikontrolle gerate und die Kollegen mich verhaften. Sie könnten damit meine ganze Aktion gefährden, und mich natürlich auch. Ich bin schon einmal im Knast gelandet, weil das auf Wangerooge genau so gelaufen ist. Damals saß ich in Lingen ein. Das brauche ich echt nicht noch einmal.«

»Das heißt«, folgerte Bloem, »wenn man Frederico Müller-

Gonzáles in den Polizeicomputer eingibt, kommt da ein weißes Blatt?«

»Ich habe«, grinste Rupert, »als Frederico Müller-Gonzáles ein astreines polizeiliches Führungszeugnis. Ich habe nicht einmal Punkte in Flensburg.« Er überlegte kurz und fügte hinzu: »Damit steht Frederico deutlich besser da als ich. Ich habe eine miese Schufa-Auskunft, weil ich im Grunde überschuldet bin. Und wegen zu schnellen Fahrens habe ich auch noch ein paar Punkte in Flensburg …«

Bloem unterbrach ihn: »Als Rupert überschuldet, ist klar. Aber als Frederico bist du doch sogar Millionär, oder?«

Rupert schüttelte den Kopf und korrigierte ihn: »Nein, nein. Multimillionär!«

»Man kann also sagen«, fasste Holger Bloem zusammen, »dem Frederico Müller-Gonzáles geht es wesentlich besser als dem Rupert.«

Der Satz hing segelfluggleich im ostfriesischen Wind. Für Holger Bloem hatte sich der Morgen gelohnt. Bilder vom Erwachen des Yachthafens im Morgennebel konnte er auch ein anderes Mal machen. Er wusste, dass er hier gerade einer monströsen Geschichte auf der Spur war. Er konnte sie jetzt nicht schreiben, ohne Rupert zu gefährden. Aber irgendwann wäre das alles hier sicherlich Geschichte, und dieser denkwürdige Morgen würde dann im *Ostfriesland Magazin* mehrere Seiten füllen.

Er wollte ein Foto, um die Situation festzuhalten, aber Rupert winkte ab: »Wenn du darüber schreibst, Holger, bin ich erledigt.«

»Ich weiß«, sagte Bloem.

»Wenn du Geld brauchst«, schlug Rupert vor, »dann eröffne besser ein Konto bei der Kompensan-Bank.«

»Hast du da auch eins, Rupert?«

»Na klar.«

Ann Kathrin merkte den Schlafentzug deutlich. Sie ging schon wie auf Watte. Die Toten in Oldenburg ließen ihr keine Ruhe, und sobald sie einnickte, träumte sie von Rupert, der im Moor versank. Er reckte die Hände nach ihr aus, aber weder Weller noch sie selbst waren im Traum in der Lage, Rupert zu helfen. Sie sahen ihn versinken, konnten aber nichts tun, als wären sie gelähmt.

Der Traum fühlte sich sehr real an. Sie hatte das für Moore so typische Wollgras in den Haaren und an der Kleidung. Wie Wattebäuschchen auf grünen Stängeln bewegte sich das Wollgras in Wellen um sie herum. Sie glaubte im Traum sogar genau zu wissen, wo sie war. Im Saterländer Westermoor. Das zur Esterweger Dose gehörte.

Nicht weit von der Stelle entfernt, wo Rupert versank, tuckerte die Lok mit Touristen vorbei. Den Teilnehmern der beliebten Lorenfahrt durch die ehemaligen Torfabbaugebiete rief sie zu: »Helft uns! Wir schaffen es nicht alleine!«

Einige winkten fröhlich zurück. Sie verstanden nicht, wie dramatisch die Situation war. Sie, die das Mysterium Moor erkunden wollten und bei Geschichten von harter Arbeit und Moorleichen erschauerten, begriffen nicht, was da gerade geschah. Vielleicht hielten sie es gar für eine gespielte Touristenattraktion.

»Er wird sterben!«, rief Weller ihr zu. Da war sie aufgewacht.

Jetzt, da sie unter der Dusche stand und das Gesicht gegen den Duschstrahl hielt, schossen diese Bilder noch einmal durch ihren Kopf: der ertrinkende Rupert. Die winkenden Touristen. Das grünlich schimmernde Wasser. Ein großer Brachvogel beäugte sie und pickte dann mit seinem Schnabel im Gras herum, als wollte er nicht zugeben, dass er sie beobachtete.

Ann Kathrin spuckte aus, als hätte sie Wollgrasbüschel im

Mund, und sie drehte am Temperaturregler, bis das Wasser zu heiß wurde. Dämpfe stiegen von den nassen Fliesen auf.

Weller tapste ins Bad. Er hatte Ringe unter den Augen. Auch ihm fehlten deutlich ein paar Stunden Schlaf. Seine Bewegungen wirkten unkoordiniert. Er stand, als Ann Kathrin aus der Dusche kam, übers Waschbecken gebückt da, aber er wusch sich nicht wirklich. Er klatschte sich nur kaltes Wasser ins Gesicht, um fit zu werden.

»In Köln«, sagte er mit trockenem Mund, »haben sie die Leiche von Attila Wunstmann gefunden. Seine Wohnung wurde abgefackelt. Die Feuerwehr konnte zum Glück einen Hochhausbrand verhindern. Weißt du, wie viele Leute da wohnen? Das hätte in einer Katastrophe enden können.«

Für Ann Kathrin, die sich gerade mit dem Frotteetuch trocken rubbelte, waren das an diesem Morgen entschieden zu viele Informationen. Innerlich wehrte sie sich richtig dagegen. Stattdessen lockte die Kaffeemaschine. Sie hörte sie in der Küche arbeiten und hoffte, dass ein guter Becher Kaffee ihren Kreislauf wieder in Schwung bringen würde.

»Wer zum Teufel ist Attila Wunstmann? Und was haben wir mit einem Toten in Köln zu tun?«, fragte sie widerwillig.

Weller trocknete sich nicht ab. Er schüttelte das Wasser wie ein Hund, der aus dem Watt kam, einfach ab. Tropfen spritzten. Es machte ihm Spaß, oder er versuchte nur, gute Laune zu verbreiten, so genau wusste Ann Kathrin das nicht. Sie vermied es, in den Spiegel zu gucken. Sie befürchtete, schrecklich auszusehen.

»Es ist der Nochehemann von Ruperts Miet-Ehefrau, die er Frauke nennt, die sich selbst bis vor kurzem Chantal nannte und in Wirklichkeit Marie-Luise Wunstmann heißt. Sie ist eine geborene Popken, wenn ich den Informationen trauen darf.« Weller relativierte seine Sätze: »Ich bin mir nämlich nicht mehr sicher, ob alles stimmt, was in unseren Akten steht oder was das BKA uns so zuspielt.«

Ann Kathrin setzte sich auf den Wannenrand und guckte Weller an. »Ruperts Miet-Ehefrau?«

Weller zuckte mit den Schultern und nickte gleichzeitig.

Ann Kathrin nahm das erst mal als gegeben hin. »Dieser Attila Wunstmann oder wie er heißt hat bisher für uns überhaupt keine Rolle gespielt«, stellte sie fest.

Weller gab ihr recht: »Eine Randfigur. Im Grunde uninteressant. Aber jemand hat ihn getötet. Das alles ist mir viel zu nah an Rupert dran.«

»Mir auch. Haben wir Kontakt zu ihm?«

Weller verneinte.

»Lass uns nach Köln fahren«, schlug Ann Kathrin vor.

Einerseits war Weller der Meinung, das könnten die Kollegen vor Ort gut alleine regeln. Ihr Bericht hätte ihm gereicht. Aber andererseits war es ein guter Grund, nach Köln zu fahren, um dort Rupert im *Savoy* aufzusuchen. Dem Wahnsinn musste endlich ein Ende gesetzt werden!

Weder Weller noch Ann Kathrin ahnten, dass Rupert die Nacht bei Beate verbracht hatte und gar nicht weit entfernt von ihnen eine schreckliche Nachricht erhielt.

Holger Bloem war noch bei Rupert, als auf dessen Handy Geiers Botschaft eintraf: *Ich habe deine Süße und werde mir mit ihr ein schönes Wochenende machen.*

Rupert wusste sofort, dass es um Frauke und nicht um Beate ging. Er lief, mit den Armen fuchtelnd, im Yachthafen herum, als würde er von einem Hornissenschwarm angegriffen.

Kurze Zeit später – er hatte die erste Nachricht noch nicht verdaut – kam bereits die zweite: *Nun werde bloß nicht eifersüchtig, du Spießer! Ich werde sie nicht vögeln. Ich schneide sie lieber in Stücke.*

Holger Bloem beobachtete die Gegend und schoss in schneller Folge Fotos, während er sich drehte, so dass fast ein 360-Grad-Panorama vom Yachthafen entstand. Immerhin war es möglich, dass irgendjemand sie beobachtete und genau die Reaktion bei Rupert auslösen wollte, die es nun tatsächlich auch gegeben hatte.

Der ostfriesische Hauptkommissar drehte restlos durch. Er fluchte, schimpfte und drohte gegen den Himmel. Holger Bloem hielt Abstand, beobachtete ihn aber genau. Jetzt stand Rupert nicht weit vom *Skipperhuus* entfernt und brüllte in sein Handy. Er machte jemanden zur Sau, den er *Kleebo* nannte und von dem Rupert behauptete, er habe die Verantwortung für Frauke gehabt und vollständig versagt.

Ann Kathrin hatte schweren Herzens den Twingo stehen lassen und Weller zuliebe den Citroën Picasso genommen. Sie fuhr und aß dabei eine Banane. Weller tippte auf seinem Handy herum. Eigentlich hatte er vor, Martin Büscher über die Dienstreise nach Köln zu informieren. Sie wussten beide, dass Büscher nicht begeistert wäre und versuchen würde, sie davon abzuhalten. Deshalb schickte Weller lieber eine E-Mail an ihn, in der Hoffnung, dass er die nicht sofort las.

Aber bevor Weller an Büscher schrieb, checkte er noch kurz seinen Finanzstatus. In der letzten Woche des Monats, kurz vor dem Ersten, sah es bei ihm immer besonders düster aus. Nicht jeder Dauerauftrag wurde auch wirklich abgebucht. Aber jetzt staunte Weller nicht schlecht. Sein neues Konto bei der Kompensan-Bank war 1000 Euro im Plus, dabei hatte er dort gar nichts eingezahlt. Hinter der Summe stand: *monatliche Bonuszahlung*.

Weller staunte. Außerdem hatte er eine Nachricht von der Onlinebank erhalten: *Wir werden ab jetzt monatlich zehn Kunden auslosen, deren Konto restlos ausgeglichen wird, egal wie hoch es im Minus ist. Die Teilnahme an dieser Verlosung kostet Sie nichts. Wir wünschen Ihnen viel Glück. Kompensan! Die Bank, die für ihre Kunden da ist.*

Weller vergaß völlig, dass er Kripochef Martin Büscher hatte schreiben wollen. Stattdessen triumphierte er, schlug mit der erhobenen Faust unter das Autodach und jubelte: »Seit Rupert diese Bank führt, läuft es! Dieser Teufelskerl! Ich liebe ihn!«

Der Kaffee hatte ihn noch nicht wirklich wach gemacht, aber diese Nachricht euphorisierte ihn regelrecht.

»Was ist los?«, fragte Ann Kathrin. »Du bist ja völlig aus dem Häuschen.«

Bevor er Ann vorlas, sagte er, fast ein bisschen vorwurfsvoll: »Wir haben Rupert alle unterschätzt. Der wird noch Bundeskanzler, das sag ich dir.«

Ann Kathrin lachte. »Wer soll den denn wählen?«

»Ich«, rief Weller im Brustton der Überzeugung, »ich!«

Ann Kathrin drosselte das Tempo und guckte ihren Mann an. »Wie oft hast du mir gesagt, er sei ein Idiot. Ein Schwachkopf. Ein eitler Geck. Ein Depp. Ein Urzeitviech. Ein Einfaltspinsel. Soll ich die Aufzählung fortsetzen?«

Weller gab ihr sofort recht, stellte aber eine Gegenfrage: »Wurden wir nicht schon oft von solchen Leuten regiert?«

Ann Kathrin lachte. »Ja, viel zu oft.«

Frauke hatte schon viel erlebt. Die Poesie half ihr, innere Räume zu füllen, damit sich darin nicht all die schlimmen Erinnerungen breitmachten. Immer wieder las sie Gedichte. Neben ihrer Schusswaffe trug sie in der Handtasche oder Jacke immer auch einen Gedichtband mit sich herum. Einige Gedichte konnte sie auswendig. Lyrik gab ihr oft Halt. Aber keine Poesie der Welt hatte die Kraft, das hier zu verdrängen.

Sie wurde in einem Keller wach. Sie war mit Gaffer-Tape an einen Zahnarztstuhl gefesselt. Sie konnte sich selbst in einem großen Spiegel sehen, aber was noch viel schlimmer war: Sie sah auch die tote Madonna Rossi, die nackt auf einem Behandlungsstuhl lag, wie Frauke ihn von der Vorsorgeuntersuchung bei ihrer Frauenärztin kannte.

Geier sägte der Leiche den rechten Fuß ab. Er hatte Frauke den Rücken zugedreht. Im Spiegel sah sie sein Gesicht, wie er sich über Madonna beugte.

Das Geräusch der Säge war das Schlimmste, was sie in ihrem Leben bisher gehört hatte. Sie versuchte, sich stumm ein Gedicht aufzusagen, um nicht verrückt zu werden.

Er ist der Schwarze Milan und hat keine Feinde.
Mein Vogel, aber er kennt mich nicht.

Sie bekam den Text von Christoph Meckel nicht mehr wirklich zusammen. Etwas in ihr verweigerte die Zusammenarbeit, als hätte jemand Kabel in ihrem Kopf durchtrennt.

Sie versuchte es mit einem anderen Gedicht von Mascha Kaléko:

Komm, lass die Tür mich leise nach dir schließen.
Der Tag war schwer. Mag er nun draußen stehn.
Lass nur den Regen ruhig weiterfließen,
Wir sind zu zwein. Was kann uns schon geschehn?

Ja, das half gegen den übermächtigen Lärm. Sie schrie die Worte hinaus. Sie wollte es nicht, sie wollte sich das Gedicht ganz stumm aufsagen, nur die Kraft der Worte in sich spüren. Sie hatte Angst, auf sich aufmerksam zu machen. Sie wollte den Moment, in dem er sich ihr zuwandte, um sich mit ihr zu beschäftigen, so lange wie möglich hinauszögern, doch sie konnte nicht anders. Sie brüllte das Kaléko-Gedicht:

»Lass andre schwärmen von dem Glanz der Sterne.
Mich freut schon, wie das Licht der Lampe fällt.
– Glaubst du es endlich nun, dass keine Ferne
Versprochnes hält?«

Er drehte sich langsam zu ihr um und lächelte sie an. »Willkommen in meinem Hobbyraum«, sagte er und machte eine großzügige Geste. Die Säge in seiner Hand war blut- und fettverschmiert.

Piri Odendahl hatte Deutsch und Musik auf Lehramt studiert. Es war ziemlich gut für sie gelaufen. Sie spielte in einer Band und schrieb eigene Songtexte. Aber leider mochte niemand ihre Stimme wirklich, nicht einmal sie selbst. Sie traf zwar die Töne, aber es klang nur richtig. Nicht gut. Ihre Texte waren gefühlvoll, aber ihre Stimme brachte das nicht rüber.

Nach dem Ersten Staatsexamen scheiterte sie in der Praxis. Sie musste sich eingestehen, dass sie Jugendliche eigentlich nur theoretisch gut fand, in Wirklichkeit aber nur schwer ertragen konnte. Sie wusste nicht, warum, aber niemand tat, was sie wollte. Jede Klasse wurde zu einer schlimmen Klasse, sobald sie

sie betrat. Ihre Kurse wurden gern abgewählt. Bei ihr war es laut wie in einer Kneipe, wenn ein Länderspiel übertragen wurde.

Und dann lernte sie Sigurd kennen, zumindest nannte er sich so. Er hatte sein Soziologiestudium abgebrochen, es aber bei der Bundeswehr zum Stabsunteroffizier gebracht, und war nach einem Afghanistan-Einsatz psychisch stabil zurückgekehrt, was man nicht von all seinen Kameraden behaupten konnte. Er wurde trotzdem unter Verlust aller militärischen Ehren und ohne Ehrensold entlassen, weil er im Einsatz gedealt und selbst Drogen konsumiert hatte. Das kam einer unehrenhaften Entlassung gleich, was aber nicht so genannt wurde, weil es bei der Bundeswehr offiziell keine unehrenhaften Entlassungen gab.

Aber Sigurd hatte schießen gelernt, und zwar sehr gut. Auch im Umgang mit Sprengstoff kannte er sich aus. Eine Weile arbeitete er als junges Talent für Willi Klempmann, der sich selbst gern George nannte. Piri und Sigurd hatten sogar vor, zu heiraten und Kinder zu kriegen.

Sigurd war gebildet, trotzdem ein richtiger Kerl, was Piri zu schätzen wusste. Sie konnte mit ihm über Bücher und Filme diskutieren. Es war vielleicht nicht die große Leidenschaft, aber sexuell waren sie kompatibel.

Sigurd hatte viel Zeit für sie. Einerseits fand sie das gut, was sie aber störte, war, dass er mit seinem Leben nicht so recht etwas anzufangen wusste. Er schien keine Ziele mehr zu haben, außer dem, ein ruhiges Leben zu führen. Geld hatte er irgendwie immer, aber sie verstand nicht genau, woher es kam.

Sie vermutete, dass er eine Affäre hatte, und folgte ihm. So kam sie darauf, dass er ab und zu als Hitman arbeitete. Er nahm die kleinen, ungefährlichen Aufträge an, räumte für zehntausend Euro kleine Lichter aus dem Weg. Er ließ es gerne wie einen Unfall aussehen.

Als das hohe Preisgeld auf Frederico Müller-Gonzáles ausgesetzt wurde, liebäugelte er nicht einmal damit, den Abschuss zu tätigen. Nein, das war ihm zu gefährlich. »Wer den ausknipst«, sagte er, »kann sich danach gleich selbst umbringen. Seine rachsüchtige Familie wird seinen Mörder jagen, bis sie ihn haben und grillen können. Sein Vater und seine Mutter gelten als unerbittlich.«

Täglich wurde Frederico Müller-Gonzáles weniger wert. Ja, Sigurd behauptete sogar, das Ganze sei gar nicht ernst gemeint, sondern ein Gag. Klempmann wolle seinen Gegner damit verarschen.

Das war der Abend, an dem Piri Odendahl Sigurd in flagranti mit dieser Kurdin aus dem Iran erwischte. Sie machte an Ort und Stelle Schluss mit ihm, aber jemand sollte dafür leiden. Sie wusste kaum, wohin mit ihrer Wut, und entschied sich, alle Probleme gleichzeitig zu lösen.

Andere Frauen nehmen, wenn sie ausziehen, den Computer mit, ein paar Fitnessgeräte, einen bequemen Sessel und ihre Kleider. Sie ließ alles in der gemeinsamen Wohnung. Sie nahm nur das Gewehr mit Zielfernrohr. Einmal hatte er mit ihr Schießübungen gemacht. Sie waren dafür in den Westerwald gefahren. Zwischen Altenkirchen und Betzdorf hatte er ihr in einem Waldstück gezeigt, wie man richtig atmet, um die Waffe nicht zu verreißen.

Damals hatte sie sich gar nicht wirklich dafür interessiert. Sie tat es mehr, um ihm einen Gefallen zu tun, damit er sich als Held beweisen konnte, als ehemaliger Afghanistan-Kämpfer. Sie fand es sogar ein bisschen lächerlich, dachte aber, dass Männer so etwas vielleicht brauchten.

Jetzt war sie froh, dass sie mit der Waffe umgehen konnte.

Sie wusste, wo sie Frederico Müller-Gonzáles finden konnte. Mit einem seiner Leibwächter, einem ehemaligen Stuntman, war sie mal zusammen im Kino gewesen. Leider war die tolle Szene, von der er ihr berichtet hatte, aus dem Film herausgeschnitten worden. Er war überhaupt nicht zu sehen.

Sie war dann mehr aus Mitleid mit ihm ins Bett gegangen, aber seitdem folgte sie ihm auf Instagram. Dort hatte er Fotos hochgeladen, auf denen er mit der gelben Corvette zu sehen war.

Sie hatte das Bild geliked und Kontakt zu ihm aufgenommen. Er gab ihr gegenüber damit an, auf einen Gangsterboss aufzupassen.

Jetzt wartete sie im *Upstalsboom*-Hotel in Emden mit Blick auf den Parkplatz. Sie hatte ein freies Schussfeld. Sie glaubte, das Kopfgeld würde sie frei und unabhängig machen, um ein ganz neues Leben beginnen zu können. Vielleicht auf Mallorca oder Ibiza.

Wer sollte darauf kommen, dass sie geschossen hatte? Sie überlegte sogar, das Gewehr im Hotelzimmer stehen zu lassen oder es später in der Ems zu entsorgen. Sie war in der Szene ein unbeschriebenes Blatt. Niemals hatte sie eine kriminelle Handlung begangen, niemals war sie gebucht worden, um jemanden zu exen. Sie fühlte sich völlig sicher. Zwischen ihr und diesem Frederico Müller-Gonzáles gab es keinerlei Beziehungen. Sie würde ihn töten, ein Foto davon machen und dann hoffen, dass George Wort hielt.

Er hatte bis jetzt immer ohne Probleme bar bezahlt, wie sie von Sigurd wusste. Keine Fragen, keine Probleme.

Sie befürchtete schon, dass er gar nicht mehr kommen würde, da rollte die gelbe Corvette auf den Parkplatz.

Holger Bloem saß schon in der Redaktion und hackte geradezu lustvoll einen Artikel in den Computer. Nein, kein Wort über Rupert, und natürlich auch nicht über Frederico Müller-Gonzáles. Niemals würde er einen seiner Informanten verraten. Aber einen Bericht über die Kompensan-Bank, die mit ihren neuen *kundenfreundlichen Methoden* die Bankwelt geradezu revolutionierte, wollte er sich nicht entgehen lassen. Das Ganze würde Rupert nicht schaden, niemand würde es mit ihm in Verbindung bringen.

In Internetforen berichteten bereits erste Kunden begeistert über ihre Erfahrungen mit der Kompensan-Bank. Irgendwann, dachte Holger Bloem, wird das alles Legende sein. Er hoffte, dass Rupert das noch erleben würde.

Der war sehr aufgebracht losgefahren. Holger Bloem hätte ihn am liebsten begleitet. »In deinem Zustand, mit dem schnellen Auto baust du noch einen Unfall«, hatte Holger ihn gewarnt, aber Rupert hatte abgewinkt: »Das hier, Alter, muss ich ohne dich erledigen.«

»Was hast du denn vor?«

»Ich suche meine Armee zusammen. Und dann hole ich mir meine Frauke wieder. Der weiß ja nicht, mit wem er sich angelegt hat!!!«

Holger Bloem war sich ziemlich sicher, dass die letzten Worte nicht aus Ruperts Mund gekommen waren, sondern aus dem eines Gangsterbosses.

Aus reinen Recherchegründen hatte Holger Bloem, noch bevor er den Artikel schrieb, für sich selbst ein Konto bei der Kompensan-Bank eröffnet und wenige Sekunden später, sozusagen als Willkommensgeschenk, tausend Euro erhalten plus der Zusage, dass er in Zukunft am Gewinnspiel teilnehmen würde. Rupert hatte also nicht gelogen. Warum auch? Irgendwie war er eine ehrliche Haut, fand Holger Bloem. Nur würde ihm das im Moment kaum weiterhelfen.

Am liebsten hätte Rupert seine ostfriesischen Kollegen zu Hilfe geholt. Weller, Jessi Jaminski, Schrader und Martin Büscher. Ja, sogar Ann Kathrin Klaasen, Sylvia Hoppe und den Bratarsch Marion Wolters hätte er jetzt gern an seiner Seite gehabt. Liane Brennecke gehörte zwar nicht zu der ostfriesischen Truppe, war aber trotzdem seine Vertraute. Auch sie wäre ihm jetzt recht gewesen. Nur auf Dirk Klatt hätte er gern verzichtet, den konnte er nicht ab. Doch der Gangsterkönig in ihm hatte entschieden, dass dies kein Polizeijob war, sondern dass jetzt andere Saiten aufgezogen werden mussten. Härtere.

Mit seinen Kollegen aus der Polizeiinspektion hätte es sofort einen Konflikt gegeben. Er hätte sich wieder einordnen müssen in ein Team, ja, sich unterordnen müssen. Anweisungen von Vorgesetzten wären plötzlich da gewesen. Jedem Arsch hätte er erklären müssen, wieso er eine Zweitfrau hatte, und moralinsaure Weisheiten brauchte er nicht. Er befürchtete auch, dem Kriminalhauptkommissar Rupert hätte die Bürokratenbande sofort den Fall entzogen. Schließlich war er persönlich verstrickt, und das passte den Paragraphenreitern nie in den Kram.

Nein, mit all dem wollte er nichts zu tun haben, das zog er lieber als Frederico Müller-Gonzáles durch.

Er wollte die beiden Bodyguards in Emden abholen, ein Treffen mit Charlie vereinbaren und dann mit ein paar beherzten Männern aufräumen. Der Gedanke, dass jemand seiner Frauke etwas zuleide tun könnte, schnürte ihm den Hals zu. Er wusste nicht, ob das Liebe war oder Beschützerinstinkt, aber er hielt es kaum aus.

Vielleicht wäre es noch schlimmer für ihn gewesen, wenn sich jemand seiner Beate in böser Absicht genähert hätte. Das war so schlimm, darüber durfte er nicht einmal nachdenken.

Beate war so sensibel. So sanft. Frauke dagegen war eine harte Kämpferin. Wenn sie auch nur eine Hand frei bekäme, würde der Geier sehr schnell um Gnade winseln. Rupert stellte sich vor, wie sie diesen Frauenschänder kreuz und quer durch seine vermutlich verwahrloste Wohnung prügelte.

Das gönne ich dir, du Sauhund, dachte Rupert.

Er schielte auf sein Handy. War es wirklich noch an? Er hoffte, dass Frauke bald anrufen würde. Er stellte sich vor, dass sie sich mit einem Satz meldete wie: »Ich hab den Geier winselnd vor mir am Boden liegen. Komm mich bitte holen. Ich hab Hunger auf Spaghetti. Wenn du den Drecksack haben willst, kannst du ihn mitnehmen. Oder sollen wir ihn gleich hier verscharren?«

Ja, so war sie, seine Frauke!

Seine beiden Leibwächter standen vor dem Hotel *Upstalsboom* und warteten auf ihn. Der eine aß noch ein Käsesandwich, der andere rauchte. Schnell trat er die Zigarette aus, als dürfe sein Boss nicht wissen, dass er sein Leben einem Raucher anvertraute.

Rupert stieg aus und winkte die beiden zu sich. Er hatte keine Zeit für Smalltalk. Heute sollte es zur Sache gehen.

Endlich kam der Rückruf von Marcellus. Rupert hatte sofort sein Handy am Ohr. Er ging einmal um den Wagen herum, als müsste er kontrollieren, ob keine Kratzer im Lack waren. Später hätte er nicht sagen können, warum er das gemacht hatte.

Er gab Marcellus klare Anweisungen: »Wir werden nicht mit Geier verhandeln. Wir finden raus, wo er sich aufhält, und treten ihm die Tür ein.«

»Die Art zu verhandeln gefällt mir, Boss«, antwortete Marcellus, der froh war, wieder im Spiel zu sein. Er hatte schon Angst gehabt, gemeinsam mit Kleebowski auf der Abschussliste zu landen. »Du kannst auf uns zählen«, versprach er, »völlig egal, was passiert.«

»Mach mir einen Draht zu …« Weiter kam Rupert mit seiner Forderung nicht. Er hörte einen Schuss, aber er brachte den Knall nicht mit sich selbst in Verbindung. Er sah sogar zu seinen Leibwächtern, um sich zu vergewissern, ob jemand von ihnen geschossen hatte. Aber die zwei guckten nur belämmert.

Dann wurde es an seinem Oberschenkel sehr warm. Rupert griff hin und bekam feuchte Finger. Er wollte einen Schritt machen, aber seine Beine gehorchten ihm nicht mehr. Er stürzte.

Er versuchte, unters Auto zu kriechen, aber der scheiß Wagen war tiefergelegt worden. Darunter hatte kein Mann mehr Platz. Mistkarre! Wie sollte man sich denn darunter verstecken?

Nie wieder, dachte Rupert, werde ich ein tiefergelegtes Auto fahren. Dann ärgerte er sich darüber, dass dies vielleicht sein letzter Gedanke war. Würde er hier sterben? War es das jetzt? Hier, in Emden, wo er zum ersten Mal in seinem Leben als Vorstandsvorsitzender einer Bank einen Auftritt gehabt hatte, da sollte er auch sein Leben aushauchen?

Er dachte schon über eine Seebestattung nach, weil ihm bei dem Gedanken, er müsse in einem Holzsarg unter der Erde langsam verfaulen, übel wurde. Er konnte den Gestank praktisch riechen. Nein, er wollte lieber Teil der Nordsee werden, machtvoll in seiner Wut und bewundert in seiner Schönheit.

»Ich bin verletzt!«, schrie er. »Ich bin angeschossen worden, verdammt!« Er hatte das Handy verloren. Er sah es jetzt neben sich auf dem Boden liegen.

Ein zweiter Schuss fiel. Irgendjemand bugsierte Rupert auf den Beifahrersitz. Rupert brüllte: »Bring mich in ein Krankenhaus! Ich will ins Susemihl-Krankenhaus!«

Der Wagen heulte auf, der Fahrer sah gar nicht aus wie ein geschulter Bodyguard, der im Zweifelsfall die Nerven behielt und seinen Schützling cool in Sicherheit brachte. Nein, er wirkte wie jemand, der kurz vor einem Nervenzusammenbruch stand. Er lenkte mit einer Hand, mit der anderen telefonierte er. »Was soll ich machen?«, fragte er ins Handy.

Rupert brüllte ihn an: »Mich ins Krankenhaus bringen, du Idiot! Oder glaubst du, ich will in die Sauna?«

»Wir können nicht in ein Krankenhaus fahren!«, schrie der Mann, dessen Namen Rupert nicht einmal kannte, dem er aber gerade sein Leben anvertraute, das wurde ihm schockartig klar.

Rupert hatte den Eindruck, sein Versager von einem Leibwächter würde mit Kleebowski telefonieren. Er hätte nicht sagen können, wie er darauf kam. Er wusste es einfach.

Ein brennender Schmerz breitete sich in seinem Unterleib aus. Er fluchte: »Wo fährst du mich hin, du Arsch?« Dann fiel ihm das Handy zum zweiten Mal aus der Hand, und er wurde ohnmächtig.

Als Rupert wach wurde, lag er in einem sauberen Krankenhausbett. Eine Infusion lief in seinen linken Arm. Er hatte genügend Schmerzmittel im Körper, um sich wohlzufühlen. Das Fenster war gekippt. Er hörte Schafe blöken und den Wind, der durch die Bäume fuhr, als wollte er sie entwurzeln.

Es roch, wie es nur ganz nah am Wattenmeer riechen konnte. Hier war die Luft noch so voller Ausdünstungen des Meeresbodens, dass Rupert folgerte, keine hundert Meter vom Deich entfernt zu sein, und mit Sicherheit war gerade Niedrigwasser. Die Sonne trocknete die letzten verbliebenen Pfützen aus. Fische, die es nicht zurück ins Meer geschafft hatten, waren jetzt chancenlos. Falls die Möwen sie nicht aus dem Schlick pickten, erstickten sie. Luftlöcher ploppten im Boden auf. Rupert nannte es *das Atmen des Meeresbodens*. So roch es auch.

Ein heftiger Nordwestwind trieb die typischen Wattausdünstungen aufs Festland. Nordseefreunde liebten das. Schon knapp einen Kilometer weiter im Inland verlor sich der Geruch, vermischt mit vielen anderen Düften. Aber ganz nah am Deich, da gab es diesen Meeresgeruch, den man auf der Zunge schmecken konnte und den Rupert sehr mochte.

Rupert nahm dankbar zur Kenntnis, dass er ein Einzelzimmer hatte, fragte sich aber, was dies für ein Krankenhaus war. Die Wände waren nicht einfach weiß gestrichen, sondern in Erdfarben, wie Beate sie liebte. Es hing auch kein Kreuz da, sondern Ölbilder. Für Rupert war das alles moderne Malerei, von Nichtskönnern auf die Leinwand geschmiert, weil sie zu faul oder zu unbegabt waren, um richtig zeichnen zu lernen. Aber seitdem er Frederico Müller-Gonzáles kannte, ahnte er, dass einige dieser Werke das Jahresgehalt eines Hauptkommissars kosteten, wenn nicht mehr.

Noch bevor er sich seine Wunde ansah, suchte er nach seinem Handy und seiner Waffe. Doch ehe er beides gefunden hatte, betrat ein hochgewachsener Mann Mitte vierzig das Zimmer. Er war Bartträger, mit einer auffälligen schwarzen Brille, die an den Rändern golden schimmerte. Der Bart wirkte sehr gepflegt. Da war jemandem das Äußere wichtig, folgerte Rupert.

Da der Mann keinen weißen Kittel trug, rechnete Rupert damit, dass ein Killer seine Aufgabe zu Ende bringen wollte. Gleichzeitig schalt er sich dafür, dass er jemanden nach der Kleidung einschätzte. Jeder Profikiller wäre vermutlich mit einem weißen Kittel ins Krankenhaus gekommen.

Der Mann hatte saloppe Freizeitkleidung an. Edel, aber nicht ganz neu. Schon mehrfach gewaschen. Er hatte eine weiche, warme Stimme und sehr gute, weiße Zähne, fast zu schön, um echt zu sein.

Bevor der Mann Rupert ansprach, schloss er die Tür und lehnte sich dagegen. »Wer hätte gedacht, dass wir uns so wiedersehen, Rupi«, grinste der Mann.

Meine Waffe, dachte Rupert, verdammt, wo ist meine Waffe? Er rief nach seinen Leibwächtern: »Jungs? Wo seid ihr? Marcellus? Kleebo?«

Der Mann trat an Ruperts Bett und fühlte seinen Puls. »Reg dich nicht so sehr auf, Rupi. Ich hab die Kugel entfernt, aber du hast ziemlich viel Blut verloren.«

»Wer sind Sie«, fragte Rupert, »und wieso duzen Sie mich?«

»Du erkennst mich tatsächlich nicht, was?« Der Arzt lächelte und streichelte sich selber mit dem Handrücken übers Gesicht. »Wozu die moderne Schönheitschirurgie doch in der Lage ist … Und wie leicht Menschen sich täuschen lassen …«

Die Stimme kam Rupert bekannt vor, aber er war bereit, zu schwören, dass er den Mann noch nie zuvor gesehen hatte. Trotzdem fragte er: »Sommerfeldt?!«

Der Mann nickte erfreut. »Ja. Ich bin's.«

Rupert wurde schwindlig. Er griff sich an die Stirn und fühlte kalten Schweiß.

»Keine Angst«, sagte Dr. Sommerfeldt, »du bist hier in völliger Sicherheit. Praktisch in deinem eigenen Krankenhaus.«

»Wo?«, hörte Rupert sich sagen. Es klang für ihn aber nicht, als würde er selbst sprechen, sondern als käme die Frage von weit her, ja als würde sie draußen vom Deich gebrüllt werden. Deshalb schob er gleich eine zweite Frage hinterher: »Habt ihr mir Drogen gegeben?«

»Schmerzmittel«, lächelte Sommerfeldt. »Schön, dass ich dich hier in deiner eigenen Klinik begrüßen darf. Wir sind zwischen Norddeich und Greetsiel, an der Deichstraße.«

In die Stille hinein erklang ein Möwenschrei. Außerdem wurden die Schafe unruhig. Die ganze Herde begann zu blöken.

Sommerfeldt ging zum gekippten Fenster. Rupert glaubte, er würde es schließen, um Ruhe zu haben, doch er tat das Gegenteil. Er öffnete es jetzt ganz und ließ frischen Wind herein.

»Wenn meine Leute erfahren, wer du bist, Rupi, dann stirbst du hier an Ort und Stelle. Deswegen werde ich dich in Zukunft wohl besser Frederico nennen. Und wenn du deinen Leuten erzählst, wer ich bin, beginnt die Jagd von vorne. Lass uns einen Pakt schließen.«

Rupert starrte Sommerfeldt an. »Einen Pakt?«

»Ja. Ich bin praktisch so etwas wie der Gesundheitsminister der Familie geworden. Meine Aufgabe ist es, eine ganze Onkologie aufzubauen. Dies hier ist nur unsere Akutklinik für Norddeutschland. Aber viele aus der Führungsriege sind inzwischen alte Leute. Der Krebs ist eine größere Bedrohung geworden als die Polizei.« Er machte eine Handbewegung, als würde die sowieso keine Rolle spielen, und fügte hinzu: »Oder die Russen.«

»Und warum«, fragte Rupert, »kommst du ausgerechnet hierher zurück? Hierher, wo alles begann?«

Rupert war sich immer noch nicht im Klaren darüber, ob das Ganze eine Halluzination war oder echt.

»Ich liebe das Meer. Ich bin Norddeich-verrückt. Das weißt du doch. Von hier aus erreiche ich schnell sieben Inseln. Ich gehöre einfach hierher. Hier bin ich glücklich. Ich kann«, er zeigte nach links, »mit dem Rad in einer halben Stunde in Greetsiel sein«, er zeigte nach rechts, »oder in Norddeich. Stell dir vor, Alter, ich war schon wieder bei *ten Cate* Baumkuchen essen. Nicht einmal Monika Tapper hat mich erkannt. Abends sitze ich in Greetsiel am Hafen, schaue auf die Schiffe und, ach …«

»Das hier«, fragte Rupert, »ist also so eine Art Gangsterkrankenhaus?«

»Wir bauen das ganz groß«, erläuterte Sommerfeldt mit strahlenden Augen. »Ich meine, wo würdest du denn gerne gesund werden? Wo, wenn nicht hier? Die Luft! Die Ruhe! Praktisch keine Polizei. Hier lebt man ohne jeden Fahndungsdruck, zumindest, wenn man keinen Scheiß baut. Das ist hier nicht irgendeine Absteige, wo man Kugeln rausnimmt. Wir haben Anfragen aus ganz Europa. Der eine braucht eine Gesichtsoperation – siehst du ja an mir –, der andere hat Probleme mit der Prostata. Keiner will in irgendeiner Krankenakte auftauchen, keiner hat Interesse daran, dass seine Röntgenbilder und seine DNA später zu Ermittlungszwecken genutzt werden. Ich habe hier Leute operiert, die sind schon zweimal offiziell auf verschiedenen Kontinenten gestorben, bevor sie zum ersten Mal richtig krank wurden.«

»Hier gibt's einen echten Operationssaal?«, fragte Rupert kritisch.

Sommerfeldt lachte: »Jedes Krankenhaus muss eine Schussoder Stichverletzung bei der Polizei melden. Wer will denn so was?«

»Du hast mich operiert?«, schrie Rupert und griff dorthin, wo vor kurzem noch die Kugel gesessen hatte.

»Ja. Dazu waren keine Spezialisten notwendig. Ich denke mal, entweder hat ein völliger Amateur auf dich geschossen, so ein richtiger Stümper, der dich umbringen sollte und einfach zu blöd dazu war. Oder es war seine Aufgabe, dir Angst zu machen und dich zu entmannen … Das hätten die dann ja auch beinahe hingekriegt.« Er reichte Rupert die Kugel: »Sieh mal, das habe ich aus dir rausgeholt.«

Während Rupert die Kugel betrachtete, schwärmte Sommerfeldt: »Die Onkologie kommt nach Norderney. Schönheitschirurgie, Schusswunden, all den Kram machen wir hier, und in Wilhelmshaven will ich eine Kardiologie aufbauen.«

Da Rupert blöd guckte, erklärte Sommerfeldt: »So was für Herz und Kreislauf. Ich will dort eine richtige Innere hochziehen. Was uns fehlt, ist auch noch die Intensivmedizin. Zu Corona-Zeiten hatten wir hier mehr Beatmungsgeräte in Reserve als die umliegenden Krankenhäuser. Haben wir aber gar nicht gebraucht, vermutlich, weil unsere Leute meist sowieso mit Mundschutz arbeiten«, grinste Sommerfeldt.

»Und woher«, fragte Rupert, »kommen die Ärzte?«

»Wir nehmen natürlich nur die besten. Und ich sag dir, bei dem, was wir hier zahlen können, kann ich sie mir aussuchen. Längst nicht alle haben Dreck am Stecken. Einige wollen auch einfach die ganze Krankenhausbürokratie nicht mehr. Sie ersticken in ihren Kliniken im Formularscheiß und in den Antragsbergen. So etwas gibt es bei uns nicht. Unsere Krankenhäuser sind einfach dazu da, Leute gesund zu machen. Das gefällt einigen Ärzten. Die wollen ja hier in Ostfriesland ein paar Krankenhäuser schließen, zum Beispiel in Norden und Aurich. Ich glaube, auch in Emden. Und dann soll in Georgsheil ein großes neues Klinikum gebaut werden …«

»Habt ihr da etwa auch die Finger drin?«, fragte Rupert, der sich sehr für den Erhalt der Ubbo-Emmius-Klinik in Norden eingesetzt hatte.

»Nein«, grinste Sommerfeldt, »aber ich hatte die Hoffnung, das Norder Krankenhaus übernehmen zu können. Irgendwann werden die Räume ja leer stehen, und etwas muss dann daraus werden. Aber«, er winkte ab, »bis die in Georgsheil ihr Großklinikum gebaut haben, laufen unsere Häuser auf Norderney und in Wilhelmshaven bereits auf Hochtouren.«

Rupert erschien das alles auf verrückte Weise schlüssig. »Aber warum«, hakte er nach, »geben sie dann ausgerechnet dir die Leitung? Du bist doch nicht mal ein richtiger Arzt.«

Sommerfeldt lachte: »Na und? Unser Gesundheitsminister war früher Bankkaufmann. Aber du hast recht. Mir fehlt zwar die staatliche Anerkennung, aber ich stelle Ärzte und Chefärzte ein. Weißt du, die Familie vertraut mir einfach. Immerhin bin ich Serienkiller. Das schafft in diesen Kreisen Vertrauen. Sie haben mich versteckt. Sie haben mir einen Job gegeben und diese Gesichts-OP bezahlt. Nur das mit der Stimme war ein Problem. Ich musste lernen, nicht zu sprechen wie Sommerfeldt, denn ich will mich ja ganz frei in Ostfriesland bewegen können. Eine Frau, die behauptet, sie sei deine Tante Charlotte, ist übrigens auch hier. Willst du ihr lieber aus dem Weg gehen, oder möchtest du sie gerne treffen? Sie macht bei uns ihre Chemo, und sie hat einen der besten Spezialisten unseres Landes an ihrer Seite. So wie er sie anguckt, könntest du glauben, dass er sie heiraten will.«

Sommerfeldt schritt jetzt durchs Zimmer. »Sobald du wieder fit bist, zeige ich dir alles. Du wirst staunen, was wir aufgebaut haben. Als ich hierherkam, war das alles noch Flickwerk. Hier eine Zahnarztpraxis von einem Typen, den wir in der Hand hatten, da ein Chirurg, der uns verpflichtet war … Aber deine Mutter hat noch Visionen. Die ist weitsichtig. Sie hat mir die ersten sechzig Millionen als Anschubfinanzierung gegeben.«

Rupert schluckte: »Sechzig Millionen?«

»Ja, hundert, vielleicht hundertzwanzig werde ich noch brauchen. Dann steht die Sache so weit erst mal. Sie hat gesagt, ich solle mich damit an dich wenden, du würdest eine Bank aufbauen. Darüber soll alles laufen. Sie hieß so ähnlich wie ein Arzneimittel.«

Rupert nickte. »Kompensan.« Er versuchte, aufzustehen.

»Hey, hey, was hast du denn vor?«, fragte Sommerfeldt und drückte ihn ins Bett zurück.

»Ich muss hier raus. Ich habe etwas zu erledigen.«

»Ich weiß. Der Geier hat dein Liebchen. Aber ich kann dich jetzt unmöglich entlassen.«

Rupert brüllte Sommerfeldt an, so dass dieser einen Schritt rückwärtsging: »Ja, soll ich etwa hier rumliegen und mir die Eier schaukeln, während der Geier Frauke in Stücke hackt? Ich bin kein Beamter! Ich kann jetzt nicht einfach ein paar Wochen krankfeiern und danach zur Kur fahren!«

»Doch, du bist Beamter«, widersprach Sommerfeldt. »Hast du das schon vergessen?«

»Ja«, gab Rupert zu, »aber das ist nur ein Teil meines Lebens, der im Moment leider keine große Rolle mehr spielt. Wo sind meine Bodyguards?«

»Unten in der Kantine.«

»Kantine?«

»Wir nennen es Kantine. Es ist aber mehr ein Restaurant, ein Casino. Unsere Küche kann mit dem *Dock N° 8* mithalten.«

»Was soll ich jetzt machen, Sommerfeldt?«, fragte Rupert.

»Du kannst Bernhard zu mir sagen«, schlug Sommerfeldt vor. »Du bist jetzt mein Patient. Ich bin in deiner Hand und du in meiner.«

Fast hätte Rupert gesagt: *Ist es nicht schön, einen Freund zu haben?* Er tat es aber nicht und konnte sich gerade noch beherrschen.

Wenn ich noch der Polizist wäre, der ich einst war, dachte er, dann würde ich meine Kollegen jetzt sofort anrufen, damit ein Mobiles Einsatzkommando dieses Gangsterklinikum stürmen und Dr. Sommerfeldt festnehmen könnte.

Er sah es ihm an. Sommerfeldt hatte nicht die geringste Befürchtung. Im Gegenteil. Er fühlte sich wohl mit seinem neuen Gesicht und seinem neuen Job. Endlich konnte er wieder als Arzt am Meer praktizieren.

Rupert fragte sich nur kurz, was aus ihm selbst werden würde. Angesichts der Tatsache, dass der Geier Frauke hatte, erschien ihm seine eigene Zukunft eher unwichtig.

Ann Kathrin Klaasen und Frank Weller bewegten sich vorsichtig durch Attila Wunstmanns Wohnung. Sie trugen weiße Schutzkleidung und Gummihandschuhe. Ann Kathrin sah wie ein Schneemann aus, fand Weller.

Ein Kölner Kollege ohne Ganzkörperkondom, sondern in Straßenkleidung, erklärte ihnen die Situation. Er hieß Jens Hagen und gab sich ein bisschen pikiert, so als wäre das Auftauchen der ostfriesischen Kriminalbeamten ein Misstrauensvotum gegen die Kölner Polizei, ja gegen ihn persönlich.

»Sie hätten sich das echt sparen können. Es war ein klarer Suizid. Zum Glück waren die Nachbarn zu Hause. Von denen arbeitet im Grunde keiner. Die haben bei der Schwüle Türen und Fenster offen gehabt und deshalb den Rauch sofort gerochen. So ein Hochhausbrand ist kein Kindergeburtstag. Das hätte schlimm enden können. Aber ist ja noch mal gutgegangen ...«

In der Küche klebte öliger Ruß in einer dichten Schicht auf allen Möbeln. Weller ließ den Kollegen reden und sah sich das verkokelte Buchregal im Wohnzimmer an. Die Stelle, wo die Brandbeschleuniger gelegen hatten, fiel ihm sofort auf.

Ann Kathrin stand in der Küche und betrachtete die Teller auf dem Tisch. Sie fragte sich, was das für Knochen waren. Es sah ein bisschen aus, als hätte dort jemand eine Taube gegessen oder eine kleine Katze.

Die Rauchmelder hingen in den Zimmern von den Decken. Jemand hatte die Batterien herausgenommen und dabei im Wohnzimmer auch die Kabel abgerissen.

»Er hatte Beziehungsprobleme. Seine Frau ist eine Professionelle. Sie hat wohl einen festen Freier, den sie ganz ordentlich abkocht. Die Nachbarn sagen, sie sei praktisch gar nicht mehr nach Hause gekommen und wenn, dann in so Designerfummeln. Da hat sie einer mit seinem Geld zugeschissen. Die wollte ihren Mann verlassen, und der ist dann wohl durchgedreht. Selbstmord aus Eifersucht. So was ist unser Tagesgeschäft. Frauen bringen sich allerdings öfter um als Männer.«

Weller fragte: »Und Sie heißen wirklich Jens Hagen?«

»Ja, warum?«

»Das war ein prima Kölner Autor. Hat Gedichte geschrieben, Hörspiele und …«

Jens Hagen winkte ab: »Ich lese nicht.«

Weller hakte nach: »Haben Sie denn keine Angst, zu verblöden?«

Jens Hagen staunte über den Affront. Weller ergänzte: »Also, ich würde die Welt ohne Bücher gar nicht ertragen.« Da Jens Hagen nicht antwortete, fuhr Weller fort: »Ich habe durch Romane gelernt, mich in andere hineinzuversetzen. Das ist eine gute Übung für den Alltag. Man glaubt, die Welt so gut zu kennen, aber in Romanen lernt man sie aus einer anderen Perspektive kennen, und siehe da, alles verändert sich. Jetzt zum Beispiel versuche ich zu verstehen, wie der getickt hat, der hier wohnte …«

Weller kniete jetzt vor dem Buchregal. Ann Kathrin ging ins Schlafzimmer und von dort in den Raum, der als Kinderzimmer eingerichtet worden war.

Jens Hagen sah auf die Uhr und stöhnte: »Ist ja nicht so, als hätten wir sonst nichts zu tun ... Köln ist eine Großstadt. Hier steppt im Moment der Bär. Wenn es so schwülwarm wird, dann ...«

Ann Kathrin unterbrach ihn: »Was glauben Sie, wer hier mit Attila Wunstmann gegessen hat?«

Jens Hagen sah sie nur aus großen Augen an.

Sie deutete auf den Tisch: »Es ist für zwei gedeckt. Nicht besonders festlich, aber ganz klar für zwei. Sie haben sich gegenübergesessen.«

»Ja ... äh ... weiß ich nicht.«

Weller war schärfer im Ton als Ann Kathrin. Schlampige Ermittlungsarbeit ging ihm auf den Keks. Er sah seiner Frau an, dass sie auch langsam wütend wurde.

»Und nach dem Essen hat dieser Attila sich dann erschossen, die Wohnung angezündet und seinen Besuch zur Tür gebracht, oder was?«

Jens Hagen brach sofort der Rechtfertigungsschweiß aus. Er verteidigte sich patzig: »Vielleicht hat sie ja mit ihm gegessen. Sie haben sich gestritten, und sie hat Schluss gemacht. Dann ist sie gegangen. Er hat seine Bude angezündet und sich die Kugel gegeben. Der Klassiker.«

Ann Kathrin hob den Käfig auf und stellte ihn auf den Tisch. »Ich hätte an ihrer Stelle auch mit ihm Schluss gemacht, wenn er mir gebratene Meerschweinchen serviert hätte.«

Weller und Hagen guckten Ann Kathrin an, als hätten sie sie akustisch nicht verstanden. Sie deutete auf die Pfanne und sagte: »Dann haben sie seine Aquarienfische gemeinsam verspeist.« Sie hielt einen kleinen Fischschwanz hoch oder ein Stückchen von der Mittelflosse, das ließ sich so leicht nicht mehr verifizieren.

Während Jens Hagen Ann Kathrins Sätze noch verdauen musste, setzte sie schon nach: »Sie haben doch bestimmt mit seiner Nochehefrau gesprochen ... Hat die etwas davon erzählt, dass er gerne seine Haustiere aufgegessen hat? Wie hieß seine Ehefrau noch?«

Ann Kathrin schnippte mit den Fingern. Jeder im Raum wusste, dass sie den Namen kannte. Ihre Frage kam bei Jens Hagen an wie eine Prüfung, ob er seine Hausaufgaben auch erledigt hatte.

»Wir konnten sie noch nicht ausfindig machen.«

»Ach«, sagte Weller und tat erstaunt. »Sie weiß also noch gar nichts von ihrem Glück?«

»Oder sie befindet sich auf der Flucht«, schlug Ann Kathrin vor.

Jens Hagen betrachtete das Skelett auf dem Teller, als würde er es zum ersten Mal sehen. »Wer isst denn Meerschweinchen?«, fragte er.

Weller riet: »Ein ausgeflippter Gourmet? Es muss nicht unbedingt ein geisteskranker Drogensüchtiger gewesen sein. Ich habe mal ein Theaterstück gesehen über einen Zoo. Da verschwanden immer Tiere. Der Zoodirektor hat den Tapir verspeist und eine Giraffe ... Ich glaube, Nilpferd in Burgunder soll auch lecker sein ...« Weller schüttelte sich.

Jens Hagen wusste nicht, ob er es mit Verrückten zu tun hatte oder mit besonders cleveren Kollegen. Wie zu seiner Entschuldigung gestand er: »Ich gehe nicht ins Theater. Ich höre auch keine Hörspiele, und ja, verdammt, ich lese keine Bücher.«

Weller musterte ihn. Er tat ihm leid.

Ann Kathrin blieb am Ball. »Er hat sich mit einem Revolver erschossen?«

»Arminius. Lag neben ihm.« Jens Hagen war froh, endlich etwas Konkretes beisteuern zu können.

Es gab viele Arminius-Modelle. Gut für ihn, dass Ann Kathrin nicht nach der genaueren Bezeichnung der Waffe fragte.

»Und er hatte bestimmt eine Waffenbesitzkarte dafür«, vermu-

tete Ann Kathrin und klang dabei, als sei sie vom Gegenteil überzeugt.

Jens Hagen entfuhr ein Seufzer: »Nein, hatte er nicht.«

»Es wäre also auch denkbar«, folgerte Ann Kathrin, »dass Attila
Wunstmann erschossen wurde, nachdem ihn jemand gezwungen
hat, mit ihm zu speisen, und dann hat der Mörder«, Ann Kathrin
schränkte ein, »oder die Mörderin den Revolver auf den Tisch gelegt und versucht, die Wohnung anzuzünden.«

»Ja, so wird wohl auch ein Schuh draus«, sagte Weller, als wäre
er nicht längst selbst drauf gekommen.

»Und warum«, fragte Jens Hagen, »warum, verdammt nochmal,
isst jemand sein Meerschweinchen und seine Zierfische?«

»Weil er verrückt ist?«, schlug Weller vor.

Ann Kathrin verzog keine Miene. »Oder weil er will, dass wir ihn
für verrückt halten«, gab sie zu bedenken.

Noch bevor Kleebowski zu Rupert ins Krankenzimmer kam,
klopfte Charlotte an. Sie trug immer noch großgemusterte, bunte
Kleidung mit riesigen Blumen. Aber sie trat nicht mehr auf wie
ein Prachtweib, sondern sie hatte etwas Gebrechliches an sich.
Lediglich in ihren Augen funkelte noch die Suche nach Genuss
und Erfüllung.

Sie schien verletzlicher geworden zu sein seit ihrem letzten
Treffen. Ihr volles rotes Lockenhaar war jetzt deutlich als Perücke
zu erkennen. Ihr Gesicht war schmaler geworden. Ihr ausladen-
der Busen völlig verschwunden.

Sie bemühte sich, nicht besorgt zu gucken, aber es gelang ihr
nicht. »Du bist hier in besten Händen, Bübchen«, lachte sie. »Unsere Ärzte sind nicht von der gesetzlichen Krankenkasse. Die kön-

nen sich solche Koryphäen überhaupt nicht leisten.« Sie deutete auf ihre nicht vorhandenen Brüste. »Du hast sie für echt gehalten, stimmt's?«

Er nickte stumm und genierte sich, sie so angestarrt zu haben.

»Die neuen waren besser als meine echten. Aber ich trage sie hier nicht. Der scheiß Krebs frisst mich auf.«

»Das … das tut mir leid …«, stammelte Rupert. Er fragte sich, woher er jetzt die richtigen Worte nehmen sollte. So etwas hatte man nun wahrlich nicht in der Schule gelernt.

Sie tröstete ihn: »Ich bin eine Kämpferin. Wenn etwas Krieg gegen mich führt, dann nehme ich das Duell an und versuche, es zu vernichten. Leider steckt der Feind in dem Fall direkt in meinem eigenen Körper. Ich mache hier eine Hochleistungs-Chemo. Entweder, der Krebs stirbt vor mir oder ich vor ihm. Einer von uns wird dran glauben müssen. Sie lassen ständig dieses Gift in mich hineintropfen. Ich stelle mir das vor wie Bomber, die eine faschistische Stellung bombardieren.«

In ihren Augen waren in vielen Ländern die schlimmsten Verbrecher an der Regierung. Für sie war das organisierte Verbrechen, dem sie angehörte, nichts weiter als gesunder Widerstand. Gewachsen in den Favelas und Ghettos.

Er wusste, dass sie sich als Antifaschistin verstand. Sie war eine politisch denkende Frau. Um ihn aufzumuntern, scherzte sie: »Was brauchst du, mein Guter? Soll ich dir ein paar Stripperinnen kommen lassen? Darfst du schon ein Gläschen Wein trinken?«

Er lehnte dankend ab.

»Ich weiß«, sagte sie verständnisvoll, »du trauerst Madonna nicht wirklich nach. Unter uns: Sie war eine verzogene Schreckschraube. Eine richtige Rossi halt. Da gefällt mir deine Felizitas schon wesentlich besser.«

»Frauke«, verbesserte Rupert, und Charlotte machte eine Geste, als seien Namen für sie ohnehin nur Schall und Rauch. Sie wusste es also noch nicht, und Rupert zog sie ins Vertrauen: »Sie haben Frauke entführt und mir eine Botschaft geschickt …«

Charlotte verzog angewidert den Mund. »Kidnapping war nie unser Ding. Das ist ein antiquiertes, auslaufendes Geschäftsmodell. Geradezu barbarisch. Was für ärmliche Gestalten kidnappen denn heutzutage noch Ehefrauen?« Sie berührte sein Gesicht: »Zahl ihnen, was sie haben wollen, Frederico. Verhandle nicht. Und wenn du deine Felizitas zurückhast, dann leg die ganze Bande um, sonst verlieren sie noch den Respekt vor dir.«

»Frauke. Sie heißt Frauke.«

»Ja, meinetwegen.«

»Und sie wollen kein Geld. Der Geier hat sie.«

»Dann«, stellte Charlotte sachlich fest, »wirst du sie in Einzelstücken zurückbekommen.«

Rupert richtete sich mit schmerzverzerrtem Gesicht im Bett auf. »Ich hole sie mir zurück, und dann …« Er hob die Faust, als würde er etwas zerquetschen.

Charlotte lächelte milde. »Das wollen die nur.«

»Was?«

»Dass du unvernünftig wirst und in die Falle gehst. Wut ist kein guter Ratgeber, Frederico. Glaub mir, mein Kleiner.«

Sie hauchte einen kalten Kuss auf seine schweißnasse Stirn. Er sah aus dem Fenster. Die Schafe auf dem Deich beruhigten ihn. Ein kleines Schaf mit schwarzem Kopf und weißem Körperfell hätte er am liebsten adoptiert. Es blökte zu ihm hoch, so als wäre es einsam. Dabei stand es mitten in der Herde.

Kleebowski stürmte herein. Er sah aus, als wäre er operiert worden und nicht sein Chef Frederico. Seine Erschütterung war frischer. Etwas hatte ihn heftig erwischt. Es war keine Kugel gewesen, sondern eine Nachricht. Er hatte Mühe, nicht zu stottern.

Charlotte war empört über die ungehörige Störung. Sie funkelte Kleebowski an, und für einen Moment flammte wieder die alte Leidenschaft in ihr auf. Ja, sie war noch vor kurzem eine Frau gewesen, die beim Frühstück über den Start oder das Ende von Karrieren oder gar über Leben und Tod entschieden und dabei Prosecco getrunken hatte.

Kleebowski wagte es nicht einmal, sie anzusehen. Er platzte ungefragt mit der Ungeheuerlichkeit heraus: »Im *Savoy* ist ein Päckchen für dich abgegeben worden, Boss.« Er sprach nicht weiter, als wäre damit schon alles gesagt.

»Und?«, fragte Rupert.

Kleebowski trat von einem Bein aufs andere wie ein Schüler mitten in der mündlichen Prüfung, der dringend aufs Klo musste. »Unsere Sicherheitsleute haben es natürlich geöffnet und überprüft.«

»Natürlich«, gestand Rupert ihm großzügig zu, dachte aber: So richtig Privatsphäre gibt es für einen Gangsterboss wohl auch nicht.

»Es war keine Sprengladung drin oder so ...«

»Sondern?«, fragte Rupert.

Charlotte guckte genervt. Sie wurde nicht mehr gerne mit dem operativen Geschäft behelligt. Das überließ sie den Angestellten. Sie und Mai-Li leiteten die Geschicke der Familie aus einer anderen, abgehobeneren Sphäre. Sie dirigierten die Bosse. Sie äußerten einen Wunsch oder eine Bitte. Das reichte aus. Befehle zu geben, war beiden im Grunde schon viel zu ordinär. So etwas überließen sie lieber ihren Offizieren, den Abteilungsleitern oder Gebietsfürsten.

»Darin war ein Fuß.«

In das Erschrecken hinein zeigte Kleebo das Beweisfoto auf seinem Handybildschirm. Charlotte verdrehte die Augen. Sie wollte das gar nicht sehen und auch nicht mit solchen Bildern belästigt werden.

Rupert wurde schlecht. »Wenn dieses Tier Frauke den Fuß abgehackt hat, dann ...« Er befürchtete, es ohne Hilfe nicht schnell genug zur Toilette zu schaffen. Sein Magen presste den gesamten Inhalt hoch. Ruperts Wangen blähten sich auf.

Charlotte sah das Unglück kommen und griff sich einen Abfalleimer, der neben der Tür stand. Sie hielt ihn Rupert hin. Der übergab sich sofort.

Rupert war das irgendwie peinlich. Aus seiner Sicht reagierten so pubertierende Gymnasiastinnen oder Studenten, aber doch keine hartgesottenen Gangster wie er.

Charlotte ahnte Ruperts Sorge und fragte Kleebowski: »Ist es der Fuß von Madonna oder der von dieser Felizitas?«

»Ja, woher soll ich das denn wissen?«, antwortete Kleebowski eine Spur zu patzig.

Er wurde sofort wieder Luft für Charlotte, und das war noch sein Glück, denn etwas Böses in ihr wurde gerade geweckt. Etwas, das sich nach Rache sehnte. Es tat so gut, einen Schuldigen zu haben. Einen, der verantwortlich gemacht werden konnte. Einen, den man für die eigenen Schmerzen leiden lassen konnte. Jemand musste für ihren Krebs bezahlen. Warum nicht er?

Entstanden solche Tumore nicht durch zu viel Ärger? Wenn es ihr nicht gelang, den Krebs zu töten, dann vielleicht stellvertretend einen der nervigen Verursacher.

Säuerliche Bröckchen klebten noch an Ruperts Lippen, als er Kleebowski am Kragen packte und zu sich zog: »Ich will wissen, wo dieser Geier steckt! Alles andere ist jetzt Nebensache, kapiert?! Über Charlie können wir ihn kontakten.«

»Sie wollen dich in eine Falle locken, Boss«, gab Kleebowski zu bedenken, doch das ließ Rupert nicht gelten.

»Raus mit dir! Tu deine Arbeit, oder du kannst demnächst einen Fischstand am Markt aufmachen!«

Kleebowski trollte sich. Charlotte nickte. »So muss man mit ihnen reden, Bübchen.«

Manchmal ging er ins Kino. Das Lichtburg Center war nicht weit. Sie spielten nicht nur Hollywood-Großproduktionen, sondern auch Arthousefilme. Sie hatten zweifellos das weltbeste Popcorn. Er nahm jedes Mal die größte Tüte und dazu eine Cola. Kein Alkohol. Er wollte so lange wie möglich einen klaren Kopf behalten, um es zu genießen.

Nein, er sah sich die Filme nicht wirklich an. Geier schloss im Kino gern die Augen und lauschte nur. Heute lief *Guns Akimbo*. Das Beste war die Filmmusik von Enis Rotthoff.

Geier beanspruchte praktisch immer drei Sitze für sich, weil er seine Arme auf den Rückenlehnen der anderen ablegte und dann die Beine ausstreckte. Er nannte es, wenn er mit sich selbst sprach, und das tat er oft, *den Adler machen* oder *den gekreuzigten Jesus geben*.

Er liebte es, wenn aus Lautsprecherboxen Schreie ertönten. Schüsse. Das Klirren von Schwertern oder quietschenden Autoreifen und zerkrachendes Blech. Explosionen fand er nicht so gut. Sie beleidigten sein Gehör.

Aber das Knacken des Popcorns im eigenen Mund gefiel ihm. Dieses Geräusch hatte etwas von Machtausübung und Genuss. Das Krachen hörte sich an, als würden die gepufften Maiskörner zwischen seinen Zähnen um Gnade bitten. Dazu der süße Geschmack, wie eine unter Schmerzen aus dem Mais herausgepresste Belohnung.

Die Menschen spürten, dass mit ihm etwas nicht stimmte. Sie gingen ihm respektvoll aus dem Weg. Auch im dichtesten Gedränge wurde er nicht angerempelt. Man ließ ihn in Ruhe, und das war auch für alle Beteiligten besser so.

Nach dem Kino ging er traditionell zu *Zorbas*. Er hatte einen Stammplatz auf der beheizten Gartenterrasse. Er saß dort ein bisschen versteckt, konnte aber alle Gäste beim Kommen und Gehen beobachten.

Er trank alkoholfreies Bier, obwohl er den Retsina gern mochte. Er sah nie in die Speisekarte. Er bestellte immer Pimientos de Padrón, was eigentlich spanisch war, aber sie wussten genau, was er wollte, und brachten ihm die gebratenen Paprika. Dazu nahm er Tzatziki als Vorspeise.

Er brauchte eine große Portion Fleisch. Da war ein Ouzo-Teller gerade richtig.

Hier auf der Terrasse atmete er so richtig durch. Sein Keller war doch immer sehr stickig. Die schlimmsten Ausdünstungen kamen nicht von den hungrigen Ratten, sondern von den Menschen. Es war ihr Angstschweiß. Den Grad ihrer Panik konnte er riechen. Ja, wenn sie kurz davor waren, verrückt zu werden oder einfach nur ohnmächtig, dann stanken sie nach Angst und Wahnsinn.

Er stippte Weißbrot ins Tzatziki. Köstlich!

Gleich komme ich zu dir, Frauke-Chantal-Marie-Luise oder wie immer du heißt. Bald schon wirst du mir all deine Geheimnisse verraten. Du wirst sie mir aufdrängen. Betteln. Flehen. Und ich werde dich in Stücke schneiden.

Schon während er den Artikel über die neue, kundenfreundliche Geschäftspolitik der Kompensan-Bank schrieb, ahnte Holger Bloem, dass er ein Erdbeben in der Presse und der Bankenlandschaft auslösen könnte. Wie groß die Erschütterung wirklich werden würde, ahnte er nicht.

Er hatte mehrfach über spektakuläre Kriminalfälle geschrieben. Er galt als intimer Kenner von Dr. Sommerfeldts Taten und Ann Kathrin Klaasens Arbeit. Kollegen, die etwas über Ermittlungen in Ostfriesland wissen wollten, riefen ihn gern an. Bei in- und ausländischen Blättern galt er als bestens informiert und zuverlässig.

Sein Monatsmagazin – liebevoll *OMa* genannt – lebte von tollen Fotos und Reportagen über die Sehenswürdigkeiten und die Geschichte Ostfrieslands. Aber in der Tagespresse war er der Fachmann für Serienkiller und Schwerkriminelle. Meist erschienen seine Berichte zuerst im *Ostfriesischen Kurier*, einer Tageszeitung, die hauptsächlich in Norden und Aurich gelesen wurde. Allerdings druckten viele Zeitungen seine Artikel nach. Niemand erwartete einen Bericht über das Bankenwesen von ihm.

Als er nachts damit online ging, konnte Bloem jeden Versuch zu schlafen vergessen. Als Erstes rief Petra Rückerl von der *Neuen Presse Hannover* an. Sie, die Ostfriesland liebte und immer wieder Zeit auf Langeoog oder in Norddeich verbrachte, kannte Holger Bloem von einigen Treffen im Zusammenhang mit der Jagd nach Dr. Bernhard Sommerfeldt. Beim letzten Mal waren die zwei sich auf Wangerooge begegnet.

Sie fragte ihn freiheraus: »Bist du besoffen? Ist das ein Fake?«

»Das letzte Bier habe ich vor zwei Tagen im *Smutje* beim Abendessen getrunken«, antwortete Holger Bloem trocken.

»Dann ist die Geschichte wahr?«

»Jo.«

Petra Rückerl war als Journalistin einiges gewohnt. Sie hatte Wirtschaftswissenschaftler interviewt, Fraktionsvorsitzende und

Europaabgeordnete. Angefangen bei Heiner Geißler und Norbert Blüm bis hin zu Jürgen Trittin, Renate Künast, Cem Özdemir oder zuletzt Ministerpräsident Stephan Weil. Aber so eine Geschichte war ihr bisher noch nicht begegnet.

»Die haben wirklich gesagt: *Wir sind nicht für die Europäische Zentralbank da oder für die Aktionäre, sondern für unsere Kunden*?«

»Jo.«

»Und sie zahlen Gewinne an ihre Kontoinhaber aus, statt Gebühren oder Zinsen zu verlangen?«

»Jo.«

»Und dieses Gewinnspiel gibt es dann vermutlich auch wirklich?!«

»Jo.«

»Hast du mit dem Vorstandsvorsitzenden gesprochen?«

»Jo.«

»Wie ist der denn so?«

Holger griff in eine Erdnussflipstüte. Petra Rückerl hörte das Knistern.

Er kaute, um Zeit zu gewinnen. Dann sagte er: »Eine interessante Persönlichkeit. Eher publikumsscheu. Steht sonst für Interviews garantiert nicht zur Verfügung.«

»Na komm, raus mit der Sprache. Was ist das für einer? Und was soll diese Aktion? Meinen die das ernst, oder ist es ein Werbegag? Die stellen ja das ganze Bankenwesen auf den Kopf.«

»Jo.« Holger schluckte und antwortete ausführlicher: »Ich glaube, genau das haben die auch vor.«

Petra Rückerl, die den Kollegen Bloem sehr schätzte, hakte nach: »Bist du sicher, dass es keine Promotion-Story ist, um eine bisher eigentlich unbedeutende kleine Onlinebank ganz nach vorne zu bringen?«

»Hundert Prozent. Ich habe selbst ein Konto da und gerade tausend Euro Bonus bekommen.«

»Wofür?«

»Vermutlich zum Ausgeben.«

Petra verabschiedete sich: »Grüß deine Frau von mir, Holger.«

»Mach ich, wenn ich zu Wort komme«, antwortete Holger.

Petra versuchte, von Hannover aus ein paar Leute der Kompensan-Bank ans Telefon zu bekommen, aber um vierundzwanzig Uhr hatte sie da wenig Chancen, obwohl im Internet sogar die Handynummer des Pressesprechers Oswald Esch angegeben war. Dort meldete sich aber nur eine Mailbox.

Genauso ging es einer Vielzahl anderer Journalisten, und weil eine Nachricht eine Ware mit Verfallsdatum ist, versuchten alle, rasch an Informationen zu kommen und den Bericht vom *Ostfriesischen Kurier* zu verifizieren. Ihnen blieb nur Holger Bloem. Der saß inzwischen bei nachtblauem Himmel auf seiner Terrasse, hatte die Füße hochgelegt, aß Erdnussflips und Salzlakritze, dazu genehmigte er sich ein alkoholfreies Bier. Er beobachtete den sternklaren Nachthimmel. Der Kater Theo saß auf seinem Schoß und ließ sich, unbeeindruckt vom restlichen Weltgeschehen, kraulen.

Holger Bloem nahm geduldig Anrufe seiner Kolleginnen und Kollegen entgegen. Mit dem Chefredakteur des *Hamburger Abendblattes*, Lars Haider, sprach er fast eine halbe Stunde.

Holger gab bereitwillig Auskunft. Er kannte gar nicht alle Journalisten, die ihn anriefen. Er war plötzlich sehr begehrt. Er blieb freundlich, hielt aber Rupert völlig raus und schützte so nach bester Journalistensitte seine Quelle.

Gegen vier Uhr morgens, nach einundzwanzig Telefongesprächen, rief die dpa an. Jetzt, so wusste Holger Bloem, erschütterte das Erdbeben garantiert den Boden im ganzen Land. Das heimliche Epizentrum lag in Norden. Genauer gesagt im Norddeicher

Yachthafen. Nie würde Holger dieses denkwürdige Zusammentreffen mit Rupert vergessen.

Nach dem dpa-Gespräch erschien Holgers Frau Angela auf der Terrasse. Sie reckte sich. »Bist du schon auf oder noch?«

Kater Theo entschied sich, von Holger weg zu Angela zu tappen. So wie er sie ansah, nahm sie ihn gern auf den Arm.

Eigentlich wollte Holger jetzt ins Bett. Er gähnte. Da entdeckte er eine Blaumeise, die bei dem Licht kaum von einer Kohlmeise zu unterscheiden war. Sie betrachtete das Insektenhotel in Bloems Garten als ihre ureigene Futterstelle. Holger wusste noch nicht so recht, was er davon halten sollte. Er erhob sich, um hinzugehen. Allein seine Bewegung reichte aus, und der Sperlingsvogel floh, allerdings ohne seine zappelnde Beute loszulassen.

Ann Kathrin Klaasen wollte gern über den Mord in Köln reden und über die vermisste Ehefrau des Toten. Aber Klatt eröffnete die Dienstbesprechung brüllend. Martin Büscher schaute betreten vor sich. Er hatte, das sah Ann Kathrin ihm an, von ganz oben einen Einlauf erhalten. Er wirkte geknickt, ja gebrochen, so als hätte er alle Macht abgegeben.

Klatt stand hingegen voll im Saft und agierte wie unter Strom. Einer wie er brauchte Probleme, um glücklich zu sein, auch wenn er das niemals zugegeben hätte. Jetzt spürte er sich selbst.

Weller wünschte sich einen doppelten Espresso und ein Matjesbrötchen. Aber es gab nur schwarzen Tee und einen Rest alter Sanddornkekse. Die Luft kam Weller zum Schneiden dick vor. Einer wie er musste ständig den Wind spüren. Er öffnete ein Fenster. Dohlen flatterten auf.

Weller guckte in den blauen Himmel und atmete tief durch.

Hinter seinem Rücken keifte Klatt, als wäre dieser Raum ein Truppenübungsplatz: »Wir haben mit Mitteln des Innenministeriums einundfünfzig Prozent einer Bank gekauft und sie einer Verbrecherorganisation übergeben, damit die ihr Geld problemlos waschen kann, und als wäre das alles noch nicht genug, führt uns jetzt dieser wahnsinnige Clown vor, als wären wir ein Haufen dummer Schuljungen!«

Die Pressesprecherin der ostfriesischen Polizei, Rieke Gersema, rückte ihre Brille zurecht und meldete sich. Ihr war klar, dass eine Flutwelle auf sie zukam, die höher war als der Deich. »Wenn ich mal etwas sagen dürfte, dann …«, begann sie vorsichtig.

»Nein, dürfen Sie nicht«, zischte Klatt in ihre Richtung und fuhr fort: »Das macht der Typ doch absichtlich! Das ist keine Blödheit. Das ist eine bewusste Provokation! Der hat uns reingelegt! Der ist gar nicht der Dorftrottel, für den er sich ausgibt. Der hat uns alle nur benutzt. Der hat seine Position ausgenutzt, um jetzt unser Geld zu verteilen wie der Weihnachtsmann. Der macht hier einen auf Robin Hood, der die Sparer rettet!«

Ann Kathrin gab ihm contra: »Wer war denn von der Idee so begeistert, ihn zum Vorstandsvorsitzenden zu machen?«

Nur der Wind, der von draußen hereinpfiff, war noch zu hören. Für einen Moment schien es, als hätte Ann Kathrin die Luft aus dem aufgeblasenen Klatt gelassen.

Weller drehte sich jetzt um und sah Klatt an. Der wirkte, als wäre er von einem Giftpfeil getroffen worden. Er fing sich aber erstaunlich schnell wieder.

»In der Presse«, sagte Rieke Gersema, »ist bisher nur von dem merkwürdigen Verhalten der Kompensan-Bank die Rede. Die einen feiern es, die anderen haben große Bedenken für unser gesamtes Wirtschaftssystem. Aber kein Wort über Rupert. Kein Foto von ihm. Nichts. Wir könnten …«

Klatt pflaumte sie an: »Halten Sie den Mund, verdammt!«

Weller zog den Stuhl zu sich. Die Beine kratzten über den Boden. Er setzte sich. Er funkelte Klatt kampfeslustig an: »Das ist ein Hilfeschrei unseres Kollegen Rupert. Er macht diese unmöglichen Sachen, damit er für Sie unhaltbar wird. So will er uns zwingen, ihn endlich abzuziehen. Wir sollten sofort ein Zeugenschutzprogramm für ihn und seine Frau vorbereiten.«

Klatt kannte Weller inzwischen gut genug, um zu wissen, dass der nur darauf wartete, von ihm unterbrochen und angeschnauzt zu werden. Wellers ganze Körperhaltung sagte ihm: *Komm, Napoleon, versuch es doch mit mir. Bügel mich genauso ab wie gerade Rieke. Dann erlebst du hier und heute dein Waterloo.*

Klatt hatte durchaus Respekt vor Wellers Wut. Der Typ, der hier so gern den braven Frauenversteher gab, war in Wirklichkeit ein echtes Kampfschwein. Hartnäckig und bissig.

Rieke warf ihm bewundernde Blicke zu. Das war nicht echt, sondern gespielt, glaubte Klatt. Diese Pressesprecherin war sowieso hoch manipulativ und wickelte mit ihrer naiven Art die Männer nur so um den Finger. Vielleicht hatte der ehemalige Chef dieses Sauhaufens, Ubbo Heide, sie deshalb zur Pressesprecherin gemacht. Sie hatte etwas Unwiderstehliches. In ihrer Gegenwart versuchten Männer sofort, nett zu sein und ihr zu gefallen. Vermutlich hatte sie so manchmal die Kastanien aus dem Feuer geholt und Journalisten im Sinne der Firma beeinflusst. Aber er ließ sich von so einer nichts vormachen. Er doch nicht!

Ann Kathrin bemühte sich nicht, zu schlichten. Sie trat mit schneidender Schärfe auf: »Auf unseren Kollegen Rupert wurde geschossen. Wir haben keinen Kontakt zu ihm. Der Ehemann seiner Miet-Ehefrau wurde ermordet. Von ihr fehlt auch jede Spur. Und Sie …«, Ann Kathrin fixierte Klatt, »Sie toben hier rum und haben doch nur Angst um Ihre Karriere. Rupert sollte Ihren Aufstieg befeuern, und nun befürchten Sie, dass er zum Bremsklotz werden könnte, ja, dass er für Ihren jähen Absturz verantwortlich sein könnte, stimmt's?«

Weller und Rieke nickten. Büscher blickte auf seine Tasse, in der der Tee kalt wurde. Die Wölkchen lösten sich schon in einer schlierigen Masse auf. Einen Versuch wollte er wenigstens machen, die Wogen zu glätten: »Freunde«, sagte er, wohl wissend, dass er hier nicht nur Freunde hatte, »dies ist eine Undercoveraktion. So etwas wickelt man unauffällig ab, eben verdeckt, wie der Name schon sagt. Und jetzt haben wir die Pressemeute an den Hacken. Das ist ein Werbefeldzug. Was erwartet uns als Nächstes? Großplakate mit seinem Gesicht drauf? Spots im Werbefernsehen?«

Liane Brennecke riss die Tür auf. Sie war den Weg hierher mit dem Rad gefahren. Sie hatte rote Wangen und war ein bisschen außer Atem. Sie trug einen Fahrradhelm, unter dem ihre blonden Haare hervorguckten. Sie hatte mehrere Zeitungen bei sich und warf sie auf den Tisch. Dadurch fiel Büschers Teetasse um. Die klebrige, lauwarme Masse ergoss sich über den *Kurier* und die *NWZ*.

Liane Brennecke ignorierte das kleine Missgeschick. Sie hob die Arme und triumphierte: »Unser Rupert ist ein Fuchs! Ach, was sage ich, ein Genie ist er! Er hat seine Bank mit einem Schlag berühmt gemacht. So baut der gerissene Hund seine Machtposition in der Organisation aus.«

Sie sah in die erstaunten Gesichter. Da niemand etwas dazu sagte, fügte sie lachend hinzu: »Rupert, sage ich da nur, Respekt. Rupert!«

Weller grinste. »Supi, dupi, Rupi?«

Büscher drückte zwei Aspirin aus einem Plastikstreifen. Nachdem er sie im Mund hatte, sah er sich nach Wasser um. Es stand keins auf dem Tisch. Er ging zum Waschbecken und trank direkt aus dem Hahn. Als er sich bückte, spürte er seinen Rücken. Ich bin zu alt für diesen Scheiß, dachte er, aber das sagte er nicht.

Hinter sich hörte er Liane Brennecke immer noch mit Begeisterung über Rupert sprechen. »Der duckt sich nicht heimlich weg. Im Gegenteil, der zeigt sich. Eine bessere Art, sich zu verstecken, gibt es gar nicht. Der schwimmt in der Öffentlichkeit wie ein Fisch im Wasser. Dazu macht er eine geheimnisvolle Figur aus sich. Ein Mysterium. Der Vorstandsvorsitzende, der aus dem Nichts kam, alles durcheinanderbringt und der Presse keine Interviews gibt.«

»Es sei denn, Holger Bloem ruft an«, raunte Weller. Er schielte zu Ann Kathrin. »Darin ist er dir gleich …«

Ann Kathrin sah auf die Uhr. Sie war mit ihrer Freundin Monika Tapper zum Frühstück verabredet. In letzter Zeit hatten sie den Termin immer wieder verschieben müssen. Die aktuellen Ereignisse machten sinnvolle Freizeitplanung praktisch unmöglich. Für Freunde oder Familie blieb immer weniger Raum.

Ann Kathrin kam es vor, als hätte das organisierte Verbrechen ihr das Leben gestohlen. Sie wollte es sich nur zu gern zurückholen. Sie begann damit, diesmal nicht abzusagen, obwohl so viele brennende Probleme darauf warteten, von ihr gelöst zu werden.

Ann Kathrin erhob sich, nickte allen zu und verließ wortlos den Besprechungsraum. Nur Weller wusste, wohin seine Frau ging. Er ertrug die fragenden Blicke, tat aber, als hätte er selbst keine Ahnung.

»Ja, was soll ich denn jetzt davon halten?«, fragte Klatt und zeigte hinter Ann Kathrin her. Weller zuckte mit den Schultern. Am liebsten wäre er mit seiner Frau gemeinsam zu *ten Cate* gegangen.

Entweder waren das moderne Behandlungsmethoden, oder es war einfach nur typisch für Dr. Bernhard Sommerfeldt. Jedenfalls sollte der Patient so schnell wie möglich wieder mobilisiert werden. Das kam Rupert sehr entgegen. Er wollte nicht lange hierbleiben. Sein erstes Ziel sah er vom Krankenzimmer aus: die Deichkrone. Genau dorthin wollte er gehen, dort sitzen und den unverbaubaren Blick auf die Nordsee genießen. Dort, so stellte er sich vor, würde er rasch Kraft sammeln, um seine Frauke zu retten, falls es ihr nicht selbst gelang, sich zu befreien.

Eine Krankenschwester, deren Schönheit für eine Hollywoodkarriere voll ausgereicht hätte, war ganz für Fredericos Betreuung abgestellt worden. Sie überprüfte die Wunde, spritzte Schmerzmittel, schüttelte Ruperts Kissen auf und kontrollierte regelmäßig seine Vitalfunktionen. Stündlich maß sie seinen Blutdruck. Dabei ließ wahrscheinlich ihre reine Anwesenheit ihn schon steigen.

Rupert fragte sich, ob Sommerfeldt das Personal von einer Castingagentur für Spielfilme hatte oder ob die alle echt waren. Ein bisschen kam ihm diese ganze Klinik wie ein Fake vor. Wie eine Filmkulisse.

Die Krankenschwester hieß Ingrun und war in Wirklichkeit eine Medizinstudentin aus Oldenburg. Sie hatte in einer Kneipe gekellnert, um ihr Studium zu finanzieren. Dort war sie mit Sommerfeldt ins Gespräch gekommen, der sie vom Fleck weg engagiert hatte. Jetzt verdiente sie fünftausend im Monat. Steuerfrei. Sie war immer noch als Studentin versichert und wusste, dass Prüfungsergebnisse hier nicht zählten, sondern nur Verschwiegenheit und Loyalität. Das machte sie an der Uni zu einer freien Person. Sie würde schon bald das doppelte Gehalt beziehen, und wenn erst die Innere aufgebaut war, hatte sie Chancen, dort die Leitung zu übernehmen. Sie fühlte sich, als hätte sie im Lotto gewonnen, sechs Richtige mit Zusatzzahl.

»Darf ich«, fragte Ingrun, »ein Selfie mit Ihnen machen, Herr Müller-Gonzáles?«

Rupert fühlte sich gebauchpinselt. Seine Wirkung auf junge Frauen hatte er also nicht verloren, obwohl gerade eine Kugel aus ihm herausoperiert worden war. Oder war es genau das, was sie mochte? Manche Frauen standen auf Pflegefälle, die gingen dann gern in heilende, helfende Berufe.

Rupert wischte sich schnell übers Gesicht und nickte. »Klar können wir ein Selfie zusammen machen.«

Sie setzte sich zu ihm aufs Bett und legte einen Arm um ihn. Sie roch wie eine Blumenwiese im Sommerwind. Ihre Köpfe berührten sich leicht. Sie streckte den linken Arm aus und knipste routiniert das Selfie.

Auf dem Display sah Rupert sich selbst. Er fand, dass er gar nicht so schlecht aussah, wie er sich fühlte.

»Aber nicht, dass Ihr Freund noch eifersüchtig wird«, flötete Rupert.

Ingrun lachte: »Ich habe im Moment keinen Freund. Ich bin mit der Arbeit hier verheiratet …«

Mit ihr wollte Rupert das Abenteuer wagen, auf den Deich zu gehen. Aber es wurden nur ein paar Schritte auf dem Flur daraus, dann wurde ihm schwindlig. Er kam sich vor wie ein alter, kranker Mann, der am Arm seiner schönen Tochter durchs Seniorenheim geführt wird.

Als er wieder im Bett lag, trocknete sie seine schweißnasse Stirn. Da sich sein Handy mit *Born to be wild* meldete, verlangte er mit schwacher Stimme von ihr, sie solle es ihm geben. Sie tat es, schaute ihn dabei aber an, als könnte ein Gespräch schon ausreichen, um ihn umzubringen.

Er hoffte darauf, Fraukes Stimme zu hören. Vielleicht hatte dieses Teufelsweib dem Geier endlich gezeigt, wo der Hammer hing.

Ruperts Hoffnungen wurden enttäuscht. Der Pressesprecher der Kompensan-Bank meldete sich mit: »Oswald Esch.«

Rupert wusste bisher gar nicht, dass auch Männer so einen Job machen konnten. Er hatte in seiner Zeit als Polizist nur Pressesprecherinnen kennengelernt und glaubte, das sei im Grunde ein Frauenberuf. Ja, so einfach war sein Weltbild manchmal, und obwohl er immer wieder eines Besseren belehrt wurde, fiel er ständig in altes Denken zurück.

»Herr Müller-Gonzáles«, sagte Esch verzweifelt, »wir müssen eine gemeinsame Sprachregelung finden. Ich werde mit Presseanfragen überhäuft. Die stalken mich richtig. Selbstverständlich schotte ich Sie ab. Aber für ein paar der wichtigsten Fragen brauche ich Erklärungen.«

»Für welche?«, wollte Rupert wissen.

»Ein Redakteur vom *Handelsblatt* hat ausgerechnet, dass uns diese Aktion zehn bis fünfzehn Millionen kosten wird und wir sehr bald insolvent sein werden. Ähnlich hat auch der Chefredakteur vom *Hamburger Abendblatt* argumentiert. Er fragt, wie lange die Aktion geht oder ob sie zeitlich unbegrenzt ist.«

Ingrun fühlte Ruperts Puls und lächelte ihn an.

Während Rupert über eine Antwort nachdachte, mit der er auch Ingrun beeindrucken konnte, hakte Esch nach: »Im Grunde haben die recht. Ich weiß ja nicht, wie sie an die Zahlen kommen, aber die ganze Aktion wird uns gut hundert Millionen im Jahr kosten. Mindestens.«

»Hundert Millionen im Jahr«, wiederholte Rupert nachdenklich.

»Ja. Und das können wir uns nicht leisten.«

»Wie viel Kohle haben wir denn bei dieser scheiß EZB rumliegen?«

»4,5 Milliarden.«

Rupert überschlug die Zahlen kurz im Kopf und blaffte dann: »So, dann hör mal zu, du Arsch.«

»Ich heiße Esch«, korrigierte sein Pressesprecher.

»Mein ich ja.«

Rupert schluckte. Ingrun bot ihm ein Glas Wasser an. Rupert lehnte gestisch ab und schimpfte: »Dann sag der Pfeife vom *Handelsblatt*, dass ich in fünfundvierzig Jahren damit aufhöre. Solange reicht nämlich die Kohle.«

Esch fragte sich, ob er seinem Chef wirklich sagen sollte, dass das Geld nur für viereinhalb Jahre reichen würde statt für fünfundvierzig. Aber er wusste, dass Chefs, wenn man sie korrigierte und ins Unrecht setzte, manchmal sehr harsch reagieren konnten. Außerdem war er im Kopfrechnen keine Größe, und da er mit dem Handy telefonierte, konnte er seinen Taschenrechner jetzt nicht einsetzen. Er war sich plötzlich nicht mehr sicher, wie viel 4,5 Milliarden geteilt durch hundert Millionen ergab.

Er erinnerte sich nur zu gut daran, dass er bei der Strategiebesprechung in New York, die auf Englisch stattfand, lernen musste, dass eine Billion im internationalen Sprachgebrauch tausend Milliarden entsprach, aber für die Amerikaner eine Billion nur einer deutschen Milliarde entsprach. Am Ende der Sitzung war ihm nicht klar gewesen, ob er drei Nullen zu viel im Protokoll hatte oder nicht. Eigentlich hatte er sich auch als Pressesprecher in der Modebranche beworben, doch da hatten sie ihn wegen fachlicher Inkompetenz abgelehnt.

Aber das alles spielte jetzt keine Rolle. Das Ganze hier war doch ohnehin Wahnsinn. Er protestierte zaghaft, aber so gut er konnte: »Ich kann doch nicht ernsthaft …«

»Oh doch, Esch. Wir werden ja sehen, wer am längeren Hebel sitzt. Diese EZB oder wir. Ich will von denen nicht geliebt werden. Nie unseren Slogan vergessen: Wir sind für unsere Kunden da!«

Esch stöhnte. Er bedauerte es jetzt, nicht in Elternzeit gegangen zu sein. Seine Frau hatte es ihm geradezu mit Engelszungen vorgeschlagen. Aber er fürchtete, dabei beruflich ins Hintertreffen zu geraten. Nun, da er einmal diesen Job als Pressesprecher des Vorstands hatte, wollte er den Posten auf keinen Fall räumen. Tief in ihm drin kam es ihm immer noch lächerlich vor, dass Männer ein kleines Baby hüteten, während ihre Frauen arbeiten gingen. Aber plötzlich erschien ihm das Ganze wie eine sehr gute Alternative. Offensichtlich arbeitete er mit einem Verrückten zusammen. Oder mit einem Genie, darüber war er sich noch nicht ganz im Klaren.

Würde der neue Vorstandsvorsitzende bald schon verhaftet werden und in einer Geschlossenen landen oder zum Wirtschaftsmanager des Jahres gewählt werden? War das, wie einige im Vorstand vermuteten, Müller-Gonzáles' Versuch, sich als Politiker zu bewerben? Würde er versuchen, bei der nächsten Bundestagswahl als parteiloser Kandidat anzutreten? Geld genug für einen Wahlkampf hatte er ja offensichtlich.

»Unsere Website ist zusammengebrochen«, erklärte er. »Die Menge der Anfragen war einfach nicht mehr zu bewältigen. Jeder will bei uns ein Konto eröffnen. Gleichzeitig werden juristische Beschwerden angekündigt, wegen Verstoßes gegen das Wettbewerbsrecht und …«

»So eine Scheiße interessiert mich nicht«, lachte Rupert. »Sollen sie mich doch alle verklagen, die Pappnasen. Das wäre doch endlich mal eine Meldung: Vorstandsvorsitzender einer Sparkasse eingesperrt, weil er freundlich zu den Kunden war.«

»Wir sind keine Sparkasse, Herr Müller-Gonzáles. Wir sind …«

»Ach, hör doch auf, Esch! Sollen sie mich doch alle anzeigen. Vor dem Prozess habe ich keine Angst. Ich schlage aber vor, dass sie das nicht am Landgericht machen, sondern dafür besser die

Elbphilharmonie mieten. Es wird nämlich mit großem Publikums-
andrang gerechnet, und die sprechen doch Recht im Namen des
Volkes, oder?«

»Es geht hier nicht ums Strafrecht, sondern …«

Rupert lachte: »Was seid ihr nur alle für Bangbüxen?«

In ihrer Stammecke hatte Monika das Frühstück für drei aufgebaut und eine Etagere auf den Tisch gestellt, die Ann Kathrin an
einen Tannenbaum erinnerte, an dem statt Weihnachtskugeln
Käse, Wurst und selbstgemachte Marmeladen hingen. Ann Kathrin vermutete, dass Jörg sich später zu ihnen gesellen würde.
Sie selbst setzte sich gern mit dem Rücken zur Wand, so dass sie
von dort aus den ganzen Raum und vor allen Dingen die zwei
Eingangstüren beobachten konnte. Sie wollte immer wissen, wer
gleichzeitig mit ihr im Café war.

Monika lächelte über diesen Kontrolltick ihrer Freundin und
respektierte ihn.

Ann Kathrin aß gierig ein Brötchen mit einer großen Portion
Rührei. Monika nahm ein Croissant. Sie fragte: »Sag mal, Ann,
hast du schon mal etwas von dieser Kompensan-Bank gehört?«

Ann Kathrin sah ihre Freundin nur an und kaute.

Monika fuhr fort: »Ich kannte die gar nicht. Die haben bei uns
4600 Päckchen für ihre Kunden bestellt. Deichgrafkugeln. Baum-
kuchenspitzen. Marzipanseehunde … Heute Morgen wurden
noch mal 1200 nachgeordert.« Monika lachte. »Wir fertigen das
doch nicht industriell an! Bei uns ist das richtiges Handwerk. Solche Mengen können wir gar nicht herstellen. Erst dachte ich, es
sei ein Scherz, und wollte den Auftrag gar nicht annehmen, aber
die ließen sich nicht abwimmeln und haben sogar Vorkasse ange-

boten. Der neue Vorstand besteht wohl darauf, dass wir einbezogen werden. Dabei haben wir da gar kein Konto. Ich hab die mal gegoogelt. Die scheinen ja sehr kundenfreundlich zu sein …«

Ann Kathrin hatte Mühe, sich nicht zu verschlucken. Sie hielt sich eine Hand vor den Mund und hustete. Sie nahm einen Schluck Kaffee. Zu gern hätte sie ihrer Freundin Monika von Rupert und seiner Undercoveraktion als Vorstandsvorsitzender einer Gangsterbank erzählt. Aber das war mit das Schlimmste an ihrem Job: Auch Menschen, denen sie voll und ganz vertraute, durfte sie nicht einweihen.

Sie stellte sich vor, wie sie später einmal gemeinsam darüber lachen würden, wenn Monika erfuhr, dass sie Rupert diesen Großauftrag zu verdanken hatte.

»Die haben«, sagte Ann Kathrin, »wirklich einen erlesenen Geschmack. Süße Kundengeschenke in einer sauren Zeit …«

Jörg Tapper kam aus der Konditorei ins Café. Er winkte seiner Frau zu. Er sah aus, als hätte er eine Nachtschicht hinter sich und eine weitere vor sich. Trotzdem wich dieses Grinsen nicht aus seinem Gesicht. Keine Frage, der freie Platz war gar nicht für ihn. Er hatte viel zu viel um die Ohren.

Ann Kathrin fragte sich, ob Monika vielleicht an Frank gedacht hatte, und wollte gerade fragen, für wen denn noch gedeckt sei, da erschien Beate, ein bisschen abgehetzt, mit drei Papiertüten von einem Einkauf auf dem Markt. Zielstrebig ging sie quer durch das Café auf die beiden zu und setzte sich. Monika nahm ihr die Tüten ab und stellte sie auf die Bank. Lachsfarbene Rosen guckten oben raus.

Monika und Ann Kathrin dachten das Gleiche: Die gute Beate musste sich selbst Rosen kaufen, weil ihr Ehemann nicht daran dachte.

Beate konnte den Verdacht der beiden in ihren Gesichtern lesen und verteidigte ihren Rupert gleich, ohne ihn auch nur dabei zu erwähnen: »Die sind für eine Nachbarin. Zum Hochzeitstag.«

»Rosen! Wie schön«, sagte Ann Kathrin ein bisschen zu spitz. Monika hörte heraus, dass Ann Kathrin Beate nicht glaubte.

»Ja«, bestätigte Beate, »sie liebt Rosen.«

Monika lenkte gleich ein: »Ich auch.«

Ann Kathrin sagte es geradeheraus: »Du siehst schlecht aus, Beate. Ist etwas?« Sie ärgerte sich über ihre polternde Art und fragte sich, was mit ihr los war. Alles, was sie sagte, klang unfreiwillig wie ein Angriff oder eine Verteidigung.

»Entschuldige bitte«, bat Ann Kathrin, »ich bin gerade unmöglich. Meine Nerven liegen blank. Der Job macht mich einfach fertig.«

Beate griff sich ein Vollkornbrötchen und schnitt es auf, als würde sie jemanden köpfen. »Du hast ja recht, Ann. Es geht mir wirklich nicht gut. Ich habe kaum geschlafen. Ich mache mir Sorgen um meinen Rupert.« Sofort stiegen ihr die Tränen in die Augen. Es gelang ihr kaum, weiterzusprechen.

Monika goss ihr ungefragt Kaffee ein, einfach, um überhaupt etwas zu tun. Dabei hätte Beate viel lieber einen grünen Tee getrunken.

»Hat er …«, fragte Monika vorsichtig tastend, »wieder mal eine Affäre?«

Wenn ihr wüsstet, Mädels, dachte Ann. Er hat eine Miet-Ehefrau. Sie biss sich auf die Unterlippe und hielt den Mund. Jetzt war sie sogar froh, darüber Stillschweigen bewahren zu müssen.

»Ach, Affären hat er doch immer. Er braucht das, der Arme, als Selbstbestätigung«, behauptete Beate.

Ann Kathrin nahm sich ein Baguettebrötchen und bestrich es mit französischer Salzbutter aus der Normandie. Es krachte so herrlich zwischen ihren Zähnen. Sie mochte die knusprige Konsistenz.

»Also, ich könnte das nicht«, gestand sie. »Ich weiß nicht, wie du das machst, Beate. Als Hero mich damals betrogen hat, da bin ich ausgeflippt. Ich würde Frank sofort verlassen, wenn er …« Ann Kathrin wollte den Gedanken jetzt lieber nicht zu Ende denken. Sie schwieg und biss erneut in ihr Baguettebrötchen.

»Ich bin da anders. Ich weiß doch, dass er immer wieder zu mir zurückkommt und nur mich liebt. Der Rest ist für ihn eine Art Gymnastik.«

»Gymnastik?«, entfuhr es Monika.

»Ja, wie ein Hobby. Andere gehen angeln oder jagen oder spielen Fußball …«

»Und das ist sein Ausgleichssport? Ehebruch!?«, ergänzte Monika.

Ann Kathrin staunte über Beates Lebenseinstellung.

»Er gehört mir nicht«, offenbarte Beate, »aber er gehört zu mir.«

»Und warum«, fragte Ann Kathrin ungläubig, »geht es dir dann gerade so schlecht?«

»Weil ich Angst um ihn habe. Ich fühle mich ihm innerlich so verbunden. Ich spüre, wenn es ihm schlecht geht. Egal wie weit er von mir entfernt ist, ich spüre es einfach.« Sie griff sich an den Magen, um zu zeigen, wo das Gefühl saß. »Und es geht ihm gerade gar nicht gut.«

Damit konnte Monika etwas anfangen.

Ann Kathrin bekräftigte: »Manchmal geht mir das auch so. Bei meinem Sohn Eike oder bei Frank.« Sie dachte nach. »Bei meinem ersten Mann war das nie so.«

»Wo ist unser Rupert denn überhaupt?«, wollte Monika wissen.

Beate gab zu: »Keine Ahnung. Und er geht auch nicht ans Handy.«

Ann Kathrin fragte ehrlich nach: »Was findest du eigentlich an ihm, Beate? Warum hast du ihn nicht längst verlassen?«

Beate dachte echt nach. Allerdings nicht über die Frage, sondern darüber, ob sie ehrlich antworten sollte. Sie tat es nach kurzem Zögern. Sie blickte sich um, ob niemand im Café mithörte, den das alles nichts anging. Die Tische standen weit auseinander, und die Menschen waren mit sich selbst beschäftigt.

Beate beugte sich zu Monika und Ann Kathrin vor: »Er ist so anders als ich …«

»Ja, das kann man wohl sagen«, bestätigte Monika lachend.

Beate fuhr fort: »Ich fühle mich ständig verantwortlich … Ach, wenn es nur das wäre … Ich fühle mich immer gleich schuldig. Egal, was passiert, ich habe das Gefühl, ich bin daran schuld. Wenn der Gast da hinten bei der Tür, den ich überhaupt nicht kenne, sauer guckt, dann frage ich mich, was ich falsch gemacht habe. Spreche ich vielleicht zu laut? Stören wir ihn als Gruppe? Hätte ich ihn grüßen müssen, als ich reinkam? Kenne ich ihn vielleicht doch und habe mir nur das Gesicht nicht gemerkt, weil ich einfach zu schusselig bin?«

»Wer kennt das nicht?«, fragte Monika.

»Rupert«, antwortete Beate ehrlich. »Der fühlt sich nie schuldig. Für den sind immer die anderen die Doofen.«

»Ja«, bestätigte Ann, »in dieser Frage ist er ein unerreichbares Vorbild.«

»Das habe ich an ihm immer bewundert. Diese Unabhängigkeit von der Meinung anderer. Wenn er seinen Standardspruch raushaut: *Bin ich ein Barhocker? Muss ich mit jedem Arsch klarkommen?* Dann versteht man, warum er ist, wie er ist.« Beate sprach nicht weiter.

»Deshalb liebst du ihn?«, fragte Ann Kathrin.

»Deshalb habe ich mich in ihn verliebt, glaube ich. Er war wie der Gegenentwurf zu meiner Welt, voller Schuld, schwerer Gedanken und …« Sie suchte nach den richtigen Worten. »Ich habe immer versucht, alles richtig zu machen. Eine gute Tochter zu sein, eine gute Schülerin, eine gute Ehefrau …«

»Ja«, bestätigte Ann, »und mit solchen Problemen hat unser Rupert auch nichts zu tun. Dem geht das alles am Arsch vorbei.«

»Ganz so ist es auch nicht«, warf Beate ein. »Der ist nur nicht so abhängig von der Meinung anderer wie wir.«

»Solange er ab und zu eine flachlegen kann, geht es ihm also gut?«, spitzte Ann Kathrin die Diagnose zu.

Beate zuckte verlegen mit den Schultern: »Ja, aber es ist nicht, wie ihr denkt. Er ist nicht die Unmoral in Person. Er hat auch Werte – nur eben andere als wir. Eheliche Treue zählt für ihn nicht dazu. Wohl aber Loyalität. Nie würde er mich oder einen seiner Freunde im Stich lassen.«

Ann Kathrin reckte sich. Es war, als würde es ihr auf dem Stuhl zu heiß werden.

»Eigentlich«, erklärte Beate sich, »stehe ich auf ganz andere Männer. Mich ziehen kunstbeflissene Feingeister an, die sich mit Spiritualität beschäftigen und über ihr Leben nachdenken. Männer, die gesund leben und …«

»Und bei deinem Ehemann hast du dann eine Ausnahme gemacht, oder was?«, lachte Monika.

Beate fixierte Ann Kathrin. Sie ahnte, dass die mehr wusste, als sie sagte. Beate griff sogar Ann Kathrins Hand: »Bitte, sag es mir. Ist er in Not? Schwebt er in Gefahr? Ich spüre das doch! Da stimmt etwas nicht mit ihm.«

Ann Kathrin blickte sich um und flüsterte: »Er ist beruflich unterwegs. Und ja, es ist nicht ganz ungefährlich. Wir haben im Moment den Kontakt zu ihm verloren. Aber mach dir keine Sorgen, unsere ganze Abteilung kümmert sich darum, dass …«

Beate seufzte: »Ich wusste es. Er schwebt in Gefahr. Ich habe diesen Beruf oft verflucht. Warum bist du zur Kripo gegangen?, habe ich ihn so manches Mal gefragt. Du hättest doch auch was anderes werden können. Banker zum Beispiel. Wenn ich diese jungen Männer in der Sparkasse Aurich-Norden sehe, dann denke ich wehmütig, das wäre doch auch etwas für meinen Rupert gewesen. Finanzberater oder Vermögensberater oder wie das heißt.«

Wenn du wüsstest, dachte Ann. Wenn du wüsstest …

Rupert hatte Ingrun gebeten, ihn alleine zu lassen. Sie saß im Flur vor der Tür, um jederzeit für ihn da sein zu können. Stolz schickte sie das Selfie mit ihm per WhatsApp an ihre Freundin Anne, die kurz vor dem Ersten Staatsexamen stand und seit der Trennung von ihrem Freund von Prüfungsängsten geplagt wurde. Ingrun versuchte immer noch, Anne in die Klinik zu locken, für die es keinen Namen gab, ja, die offiziell nicht einmal existierte, dafür aber besonders gute Gehälter zahlte.

»Die Chance, hier einzusteigen, ist genau jetzt«, sagte sie ihr immer wieder. »Der Chef interessiert sich nicht für Noten oder bestandene Examensabschlüsse. Für ihn zählt nur der Mensch.«

Wir haben hier echt nette Patienten. Das hier ist der berühmte Bankier Müller-Gonzáles, schrieb Ingrun unter das Foto.

Anne verschickte das Selfie von den beiden an ein paar Kommilitoninnen. Eine, die mit Ingrun offensichtlich ein Problem hatte, stellte es auf Instagram ein, dazu den Satz, der genauso gehässig gemeint war, wie er da stand: *Sag ich doch: Ingrun steht auf alte Knacker! Besonders, wenn es reiche Banker sind.*

Kleebowski ging im Flur wie ein eingesperrtes Raubtier auf und ab und telefonierte die ganze Zeit. Er roch wie ein kaltgeräucherter Aal und schwitzte, als wäre diese wohltemperierte Klinik eine Sauna.

Ingrun, die es gewohnt war, von Männern angeglotzt zu werden, wunderte sich, wie wenig Beachtung er ihr schenkte. Es verunsicherte sie regelrecht, dass er nicht wenigstens mal auf ihre Beine schielte, wenn er an ihr vorbeistampfte. Er war so sehr damit beschäftigt, hinter irgendeinem Charlie herzutelefonieren, dass er alles andere ausblendete. Das Wort *Tunnelblick* bekam, wenn sie ihn ansah, eine sehr klare Bedeutung.

Wenn ich eine Topfpflanze wäre, dachte sie, würde er sich ähnlich verhalten. Er würde sich später wahrscheinlich nicht einmal mehr daran erinnern, ob hier ein stiernackiger Security-Mann oder sie gesessen hatte.

Sie beobachtete ihn und mochte ihn von Minute zu Minute weniger. Er fühlte sich hier zu Hause, obwohl er noch nie zuvor hier gewesen war. Er trug seinen großkalibrigen Revolver offen, wie ein Westernheld, der zum Duell schreitet. Dieser Mann würde augenblicklich schießen, wenn jemand ihm oder seinem Boss Frederico zu nahe käme.

Sie schätzte ihn als viel gefährlicher ein als ihren Chef Sommerfeldt, dessen wahre Identität sie nicht kannte. Sie hatte zwar die Sommerfeldt-Trilogie gelesen, aber sie ahnte nicht, dass deren Verfasser sie engagiert hatte.

Den ersten Teil, *Totenstille im Watt*, hatte ihre Kommilitonin Anne ihr zum Geburtstag geschenkt. Schon nach wenigen Sätzen hing sie daran. Das Buch hatte einen geradezu magischen Sog. Sie fühlte sich seitdem diesem Sommerfeldt sehr nah und hatte doch keine Ahnung, wie nah sie ihm wirklich war.

Es lief nicht gut für Kleebowski. Er hatte Mühe, nicht zu laut zu werden. Am liebsten hätte er rumgebrüllt, aber das ging hier nicht. Immerhin lebten hier Menschen mit gesundheitlichen Problemen.

Ingrun fragte sich, was mit ihr geschehen würde, wenn dieser Frederico Müller-Gonzáles sich etwas antat. Sie hatten schon einmal eine Kiezgröße durch Suizid verloren. Hatte ihr Chef ihr deswegen so sehr eingeschärft, sie solle bei ihrem Patienten bleiben? Sie schätzte diesen Frederico überhaupt nicht als suizidgefährdet ein. Im Gegenteil. Die meisten Patienten, mit denen sie hier zu tun hatte, neigten eher dazu, andere umzubringen als sich selbst.

Sie öffnete die Tür nur einen Spalt und lugte hinein.

Rupert lag auf dem Bett und sah aus dem Fenster. Aber er döste keineswegs entspannt vor sich hin, wie Ingrun vermutete, sondern sein Herz raste. Schon mehrfach war ihm ein Mann aufgefallen, der auf der Meerseite des Deiches spazieren ging, und zwar so, dass sein Körper von der Deichkrone geschützt war. Sein Kopf tauchte aber immer wieder auf. Eine ganze Weile hatte er bäuchlings zwischen den Schafen im Gras gelegen und durch ein Zielfernrohr oder ein langes Teleobjektiv, wie Rupert es von Holger Bloem kannte, die Klinik beobachtet. Das Aufblitzen der Sonne im Glas hatte ihn verraten. Manchmal verschwand er, dann tauchte er kurz wieder auf. Suchte er eine gute Schussposition? War dieses Fenster zum Deich für Rupert lebensgefährlich?

Er guckte immer wieder auf sein Handy und erhoffte sich ein Lebenszeichen von Frauke. Er kam sich schrecklich ohnmächtig vor. Er, der sich für einen Macher und Draufgänger hielt, befehligte jetzt eine ganze Söldnerarmee, die bereit war, für ihn sofort zuzuschlagen und skrupellos seine Todesurteile zu vollstrecken. Aber trotzdem konnte er im Grunde nichts tun, solange er nicht wusste, wo der Geier Frauke gefangen hielt.

Dieses Abwarten machte ihn fertig. Er versuchte, die Situation durch Nachdenken in den Griff zu bekommen. Es war nicht seine leichteste Übung.

Wenn ich jetzt etwas falsch mache, dachte er, werde ich mir das mein ganzes Leben lang vorwerfen. Wenn Frauke stirbt, weil ich etwas übersehen oder eine Chance nicht erkannt und folglich nicht wahrgenommen habe, dann werde ich mir das nie verzeihen.

Als kleiner Hauptkommissar, eingebunden in ein Team, hatte er zum Glück nie die volle Verantwortung tragen müssen. Aber jetzt … Es gab keine Ausreden mehr. Er hatte alles. Geld ohne Ende. Fast unbegrenzte Macht. Und das alles nutzte ihm gerade jetzt einen Scheiß.

Er wünschte sich Ann Kathrins Bauchgefühl. Ubbo Heides Rat. Und dazu noch eine gehörige Portion Glück. Bis dahin musste er es selbst in die Hand nehmen. Er rief Kleebowski zu sich rein.

Frauke stabilisierte sich nach wie vor durch Gedichte. Poesie war alles, was ihr noch geblieben war. Trakl und Celan waren ihr jetzt näher als Maiwald oder Eugen Roth. Ihr ureigener Optimismus löste sich in diesem feuchten Keller auf wie Meerwasser, das langsam verdunstete und nur einen salzigen weißen Fleck hinterließ. Eine Erinnerung daran, dass hier einst der Ursprung allen Lebens vergossen worden war.

Auch wenn sie die Augen fest geschlossen hielt, konnte sie die Tote in dem Frauenarztstuhl vor sich sehen. Das Bild hatte sich ihr eingebrannt und würde sie nie wieder verlassen. Dieser Geruch von kaltem Blut und verwesendem Fleisch, der die Ratten so doll machte …

Er will mich verrückt machen und anschließend in Stücke schneiden, dachte sie. Und ich soll sehen, was er dann mit mir machen wird.

Da Frauke zu den Menschen gehörte, die immer in allem einen Sinn suchten, kam sie jetzt an ihre Grenze. Plötzlich schien die Erde eine Scheibe zu sein, und sie segelte auf den Abgrund zu.

Sie, die immer ihrer eigenen Kraft vertraut hatte und sich nie von einem Mann abhängig machen wollte, hoffte, sofern man diesen winzigen Funken, der manchmal sternschnuppengleich durch den Keller huschte, Hoffnung nennen durfte, auf Frederico. Er würde alles tun, um sie hier rauszuholen. Er würde jede Summe zahlen. Für ihn, der alles tat, um viel Geld zu verdienen, war Geld in Wirklichkeit nicht wichtig.

Sie fühlte sich geliebt von ihm. Zum ersten Mal in ihrem Leben wirklich geliebt. Und jetzt, da sie so kurz davor war, ein glückliches Leben zu führen, sollte sie in diesem finsteren Keller enden? Sie ballte die Fäuste und spürte ihre Fingernägel in die Handballen stechen.

Kleebowski kniete fast vor Ruperts Bett. Er flehte ihn um Verständnis an, und es war ihm peinlich, dass Ingrun so viel von seiner Niederlage mitbekam. Jungen Frauen gegenüber spielte er gern den harten Kerl. Darin waren Rupert und er sich ähnlich.

»Ich habe Himmel und Hölle in Bewegung gesetzt, um Charlie ans Telefon zu bekommen … Aber er ist auf Tauchstation.«

»Wie soll ich das verstehen, Tauchstation?«, fragte Rupert kritisch nach.

»Blubb, blubb, weg war er«, sagte Kleebowski, und es hörte sich für Rupert nach einem Zitat an, das man vermutlich hätte kennen müssen, wenn man den Deutschunterricht nicht so oft in der Spielothek geschwänzt hätte.

Rupert wollte nicht unwissend dastehen beziehungsweise -liegen. Er staunte: »Du zitierst Shakespeare?«

Kleebowski verstand den Zusammenhang nicht. »Shakespeare? Wieso Shakespeare?«

»Sind nicht die meisten Zitate von Shakespeare oder Goethe oder diesem Typen, der Schillers *Die Räuber* geschrieben hat?«, fragte Rupert.

Kleebowski wollte dieses Minenfeld lieber nicht betreten. Er jammerte: »Ich habe sogar bei einigen Mittelsleuten durchscheinen lassen, dass du ein paar teure Gemälde kaufen willst, die jetzt noch in Museen hängen. Das ist normalerweise genau Charlies Ding. Ich hab auch Summen genannt. Zwanzig Millionen … Ich dachte, der ruft sofort zurück. Aber nix …«

»Warum weigert diese Krämerseele sich, mit uns Geschäfte zu machen?«, fauchte Rupert.

Darauf hatte Kleebowski eine Antwort: »Entweder, er will den Preis hochtreiben, oder er ist tot.«

»Lass durchscheinen, dass wir ihm zwölf Zentner Heroin und Koks liefern.«

Kleebowski verstand nicht: »Das Zeug, das man uns geklaut hat?«

»Genau. Damit kaufen wir Frauke frei.«

Fast wäre Kleebowski die Frage herausgerutscht: *Welche Frau ist denn zwölf Zentner Stoff wert, Boss?* Aber er schluckte den Satz ungesagt runter. Er wusste, dass die Worte ihm einen doppelten Kieferbruch eingehandelt hätten. Stattdessen sagte er: »Aber Boss, wir haben den Stoff doch gar nicht …«

»Noch nicht.« Rupert machte eine Handbewegung, als wären das kleine Fische für ihn.

Da blitzte auf der Deichkrone zwischen den Schafen wieder etwas auf. Rupert sprach ganz ruhig weiter: »Haben eure Pfeifen von Security-Leuten nur Augen für die hübschen Mädels hier, oder guckt ihr ab und zu auch mal nach, was der Typ da draußen von mir will?«

Kleebowski zuckte zusammen und war sofort beim Fenster, um die Vorhänge zu schließen.

»Lass das«, befahl Rupert, »das macht den Typen nur nervös. Wenn er mich hätte erschießen wollen, wäre ich längst tot.«

Rupert grinste hämisch: »Und du Genie auch.«

Kleebowski stand jetzt neben dem Fenster und schielte raus. »Niemand weiß, dass du hier bist, Frederico.«

»Genau das ist ja das Problem«, bestätigte Rupert. »Woher weiß der Typ, dass ich hier bin? Greif dir den Wichser und frag ihn drei Dinge.« Rupert zählte es mit den Fingern auf: »Wer hat meinen Aufenthaltsort verraten? Für wen arbeitet er? Und wo möchte er gerne beerdigt werden?«

Kleebowski verließ wortlos den Raum. Er griff dabei zu seinem Revolver und überprüfte zum zwölften Mal heute den Sitz der Waffe.

Frauke erinnerte sich, dass der Philosoph Ernst Bloch einst sinngemäß geschrieben hatte, der Mensch brauche einen kleinen Ausblick auf etwas Erfreuliches, zumindest durch eine halbgeöffnete Tür, um seelisch zu überleben. Frauke fand diese Tür höchstens noch in sich selbst, doch sie machte sich Sorgen, dass auch diese Tür bald zufallen könnte. Der Gedanke an Frederico hielt die Tür im Moment noch für sie offen.

Rechts oben hinter ihr knarrte die Luke. Licht fiel in dieses verdreckte Chaos. Sie reckte sich, um ihn sehen zu können, und jetzt loderte wilde Hoffnung in ihr auf wie ein Waldbrand im staubtrockenen Sommer. Da kam ein Polizist die Treppe runter! Vorsichtig, ja tastend. Der Uniformierte trug etwas.

Sie haben mich gefunden, jubilierte sie innerlich. Jetzt wird alles gut werden. Welch eine Überschrift: *Polizei befreit Gangsterbraut aus Folterkeller eines Irren!*

Vielleicht würde es Frederico gar nicht gefallen, wenn sie auf den Titelseiten einiger Tageszeitungen zu sehen wäre.

Doch dann erblickte sie sein Gesicht. Er legte die Schirmmütze auf dem Beistelltischchen ab, das garantiert in einem Krankenhaus entwendet worden war. Silbernes Klebeband warf er lässig, ja gut gelaunt auf die Mütze. Wie eine schief sitzende Krone sah es aus. Daneben positionierte er in sorgfältig gewähltem Abstand eine Schere, mehrere chirurgische Messer und Zangen.

Er korrigierte zweimal die Lage eines Messers. Es war ihm wohl sehr wichtig, ein bestimmtes Bild von Ordnung zu erzielen, zumindest mit dem Chirurgenbesteck. Erst als alles zu seiner Zufriedenheit geordnet war und der Abstand zwischen allen Instrumenten gleich, lächelte er Frauke an: »Es ist so leicht, die Menschen zu täuschen. Kleider machen Leute. Vom Hippie zum Polizeibeamten in wenigen Sekunden. Ich habe auch die beliebte Uniform der Freiwilligen Feuerwehr. Mit Atemmaske und Schutzhelm kommst du überall durch. Da fragt dich niemand nach deinem Ausweis. Genau wie mit einem weißen Kittel, wenn man den Doktor spielt. Mit einem Stethoskop um den Hals, das man in jedem Spielzeugladen kaufen kann, und einem weißen Kittel bin ich noch durch jede Polizeiabsperrung gekommen.«

Er griff ihr ins Gesicht und zog ihre Augenlider weit auseinander, so als müsste er für etwas Maß nehmen. Mit einer Schere schnitt er vom silbernen Klebeband Streifen ab. Sie ahnte, was er vorhatte.

»Wehr dich nicht«, mahnte er. »Ich könnte dir die Lider auch an die Stirn oder an die Backe tackern. Ich mache es aber sanft mit Klebeband. Oder ist es dir anders lieber?«

Er wollte sie zwingen, etwas zu sehen, sie daran hindern, die Augen zu schließen, und er erwartete noch Dankbarkeit von ihr, weil er für diesen Zweck den sanfteren, weniger schmerzhaften Weg wählte. Oder war es ihm nur wichtig, ihr zu zeigen, dass sich alles, was er ihr jetzt antat, noch mühelos steigern ließ?

Er baute den Spiegel so auf, dass sie sehen konnte, wie hilflos sie im Zahnarztstuhl klebte. Bereit für die Behandlung. Sie fand sich erschreckend hässlich. Ja, selbst jetzt, in diesem furchterregenden Moment, wollte sie noch gut aussehen.

Sie wusste, dass er vorhatte, alles zu dokumentieren. Vielleicht würde er Frederico Fotos schicken oder gar Filme. Vermutlich würde der Irre alles live streamen und im Internet allen Perverslingen der Welt anbieten.

Das Chirurgenbesteck lag nicht weit von ihrer linken Hand entfernt. Höchstens zwanzig Zentimeter. Aber eben doch unerreichbar.

Er baute jetzt die Kamera und zwei Lampen auf. Das gleißende Scheinwerferlicht tat sofort weh. Der Impuls, die Augen zu schließen, wurde unerträglich. Es geschah gegen ihren Willen. Die Augenlider strafften das Klebeband.

Sie versuchte, den Kopf zur Seite zu drehen und die Augen dabei aufgerissen zu halten. Sie hatte Angst, das Klebeband könnte nachgeben. Zweifellos würde er den Tacker benutzen, wenn das Band nicht hielt, und er würde ihr die Schuld dafür geben.

»So, jetzt lächle. Dein Geliebter sieht dich. Er liebt dich doch, oder meinst du, er bumst schon eine andere, weil du nicht da bist?« Er lachte laut. »Meine Uniform wird seinen Hass auf die Polizei ins Unermessliche steigern, was denkst du? Deshalb habe ich sie mir doch angezogen. Ich hoffe, er weiß das zu schätzen.«

»Nein, er weiß genau, dass du kein Polizist bist, Geier, sondern nur ein geisteskrankes Stück Dreck.«

Ihre Beleidigungen gefielen ihm. Sie waren wie Applaus für ihn. Er wollte ihre Stimme hören, voller Angst und Irrsinn, und er wollte George zeigen, dass er es immer noch draufhatte. Er ärgerte sich, dass George immer noch so wichtig für ihn war. Aber obwohl er sich immer wieder gegen ihn auflehnte, war er doch von Georges Meinung abhängig, als wäre er der Sohn, der um die Gunst des Vaters buhlt, ohne die geringste Chance, sie jemals zu erhaschen. Und wenn, dann höchstens als flüchtige Aufmerksamkeit. Mehr war nicht drin.

Kleebowski passte sich gern auch sprachlich an die Umgebung an. In der Schweiz grüßte er mit *Hoi zsämme* oder *Grüezi mitenand*, in Hessen mit *Ei Guude, wie?*, in Bayern mit *Griaß di Gott*, und an der Küste sagte er natürlich *Moin*. So wie er den Fotografen zwischen den Schafen auf dem Deichkamm begrüßte, hätte er statt *Moin* auch sagen können: *So, du Arsch, jetzt hab ich dich.* Sein *Moin* klang exakt so.

Der Fotograf hörte die Aggression in der Stimme und fuhr herum. Er sah den Revolver und begriff, dass er zu weit gegangen war. Selbst die Schafe, die sich inzwischen an die Anwesenheit des Fotografen gewöhnt hatten, flohen, als Kleebowskis Stimme ertönte.

Im Gras lag noch sein offener Fotoutensilienkoffer. Ein langes Objektiv ragte heraus. Kleebowski zeigte auf den Koffer. »Pack deinen Sperrmüll zusammen und komm mit!«, pflaumte er den verängstigten Mann an.

»Ich ... ich ... ich habe ... ich wollte ... ich bin Fotograf ... ich ...«

»Für wen arbeitest du?«, wollte Kleebowski wissen.

»Ich bin freier Journalist und Fotograf.«

Kleebowski deutete mit dem Lauf der Waffe an, dass der Mann sich umdrehen sollte. Kleebowski tastete ihn ab. Gemeinsam trotteten sie den Deich hinunter auf die Klinik zu. Drei Schafe folgten ihnen. Eins mit schwarzem Kopf und weißem Körperfell war auch dabei.

Der Nordwestwind fegte durch ihre Kleidung und brachte von einer nahen Muschelbank einen intensiven Meeresgeruch mit sich. Bei Ostfriesen wurde dadurch oft die Lust auf Matjes oder Krabbenbrötchen angeregt. Bei anderen Menschen passierte genau das Gegenteil.

»Nimm die Hände runter, du Idiot! Oder willst du hier irgendwen auf dich aufmerksam machen?«, schimpfte Kleebowski.

»Ich tu ja alles. Bitte stecken Sie die Waffe weg! Sie brauchen die Pistole nicht. Ich wollte nichts Böses, ich mache hier nur meinen Job.«

»Woher weißt du, wer dort liegt?«, schnauzte Kleebowski und stieß den angeblichen Freelancer in den Rücken.

»Ich habe das Foto gesehen, mit ihm und Ingrun, auf Instagram. Da dachte ich, das ist doch dieser Bankchef, von dem im Moment jeder spricht und der keine Interviews gibt ... Dieser Vorstandsvorsitzende, wissen Sie? Und ich wollte ...«

Diesmal stieß Kleebowski noch fester. Der Fotograf hätte fast das Gleichgewicht verloren.

»Instagram«, fluchte Kleebowski zähneknirschend, »wenn ich das schon höre!«

Er brachte den Fotografen hoch, bis in den Flur, wo Ingrun auf dem Stuhl vor Ruperts Tür saß. Kleebowski wusste noch nicht, was er mit den beiden anstellen sollte. Wenn es nach ihm gegangen wäre, hätte er sie an Ort und Stelle erledigt.

Ingrun sprang sofort auf, als sie die beiden Männer sah. Es lag eine ungute Aggression in der Luft. Das spürte sie, noch bevor sie den Revolver in Kleebowskis Faust sah.

Kleebowskis Blick war lauernd. Misstrauisch und wie jemand, der die Antwort längst kennt und eigentlich nur darauf wartet, eine Lüge zu hören, fragte er: »Hast du blöde Kuh ein Foto mit Frederico auf Instagram gepostet?«

»Nein«, rief sie empört, »habe ich nicht!«

»Lüg mich nicht an!«, brüllte Kleebowski.

Sie zuckte zurück und hatte gleich Tränen in den Augen. Sie war es nicht gewöhnt, angeschnauzt zu werden. Sie war zwar nicht antiautoritär, aber doch mit wenig Druck erzogen worden.

Sie zeigte ihre offenen Handflächen vor. »Bitte, stecken Sie die Waffe weg. Ich geb's ja zu. Ich habe ein Selfie mit ihm gemacht … Mein Gott, ein Selfie … Ja, es war ein Fehler, aber es ist doch nur ein harmloses Selfie …«

»Selfie?!«, brummte Kleebowski sauer und schüttelte verständnislos den Kopf. Er fragte sich, wie sein Boss so blöd sein konnte, sich darauf einzulassen. Es wäre besser gewesen, wenn sie ihn heimlich fotografiert hätte, fand Kleebowski. Eine Verräterin zu richten, war leichter, als eine Blödheit zu bestrafen, zu der der Boss selbst sich hatte hinreißen lassen. Doch als er mit den beiden ins Krankenzimmer polterte, um die Sache sofort an Ort und Stelle zu klären, hatte Rupert keinerlei Interesse an der Geschichte. Er saß wie zu Eis gefroren in seinem Bett und starrte sein Handy an.

»Ich hab ihn, Chef«, triumphierte Kleebowski, aber Rupert rea-

gierte auch nicht, als Kleebowski dem Fotografen die Beine weg-
trat und der hart auf den Boden vor das Krankenbett krachte.

»Kein Killer. Nur ein scheiß Fotograf«, bellte Kleebowski. »Aber
wenn er rausgekriegt hat, wo du bist, Boss, dann wird es nicht
lange dauern und …«

Kleebowski sprach nicht weiter. Er stupste den Fotografen mit
dem Fuß an und stieg über ihn hinweg, um näher ans Bett zu
kommen. Ein Blick auf das Display des Handys reichte aus, und
Kleebowski wusste, was mit Frederico los war. Fraukes weit auf-
gerissene Augen waren unerträglich. Ihre Lider wurden von Klebestreifen auseinandergezogen.

Rupert wollte etwas sagen. Er hatte von sich selbst geglaubt, ein
abgebrühter Hund zu sein, aber jetzt bekam er kein Wort heraus.
Ihm war schlecht, und ein Brummton, der aus seinem eigenen
Kopf zu kommen schien, wurde immer lauter.

»Das mit dem Selfie tut mir leid. Ich wollte doch nicht …«, flötete Ingrun.

»Schnauze!«, brüllte Kleebowski.

Ingrun flüchtete sich in die Kompetenz. Sie überprüfte den Puls
ihres Patienten. Er war eindeutig zu hoch. Viel zu hoch.

Rupert fing sich trotzdem. Es war, als würde er aus einer Ohnmacht erwachen. Vielleicht lag es an Ingruns Berührung.

Er gab widersprüchliche Befehle. »Raus! Alle raus!«, forderte er.
Dann bat er Ingrun freundlich: »Hilf mir bitte beim Anziehen. Ich
muss los. Ich kann hier nicht länger bleiben.«

Der Fotograf war Kleebowski jetzt nur noch lästig. Er zerrte ihn
hoch und bugsierte ihn in den Flur.

»Ich will Sommerfeldt sprechen!«, verlangte Rupert.

Ingrun bekam den Mund nicht mehr zu. »Sommerfeldt?
Dr. Bernhard Sommerfeldt?«

Rupert registrierte, dass er einen Fehler gemacht hatte. Sommerfeldt nannte sich hier natürlich anders. Rupert hatte seinen neuen Namen vergessen. Aber war das jetzt noch wichtig?

»Ich meine euren Chefarzt. Den Gesundheitsminister.«

»Den Gesundheitsminister? Spahn?«

»Nennt der sich jetzt echt Spahn?«, fragte Rupert irritiert.

»Ja, das ist unser Gesundheitsminister. Jens Spahn«, sagte Ingrun, die politisch interessiert war und nicht nur jeden Abend die Nachrichten schaute, sondern manchmal auch Sandra Maischberger oder Anne Will einschaltete.

Rupert machte eine wegwerfende Handbewegung. »Eure scheiß Medikamente machen mich ganz verrückt. Hol mir den Chef und gib mir verdammt nochmal meine Straßenklamotten wieder!«

Ingrun reichte ihm die Anziehsachen, war sich aber nicht sicher, ob sie ihm wirklich beim Anziehen helfen sollte. Die Angst, damit gleich den nächsten Fehler zu machen, hielt sie davon ab.

Kleebowski knöpfte sich im Flur den Fotografen unsanft vor. Er wollte alle Bilder, die der von Frederico gemacht hatte, um sie zu vernichten. Er fand es sehr freundlich von sich, dass er nur die Speicherkarten verlangte, statt dem Fotografen die gesamte Ausrüstung abzunehmen.

Ingrun war froh, dass Frederico sie rausschickte, um den Chef zu holen. Das hier drohte ihr zu entgleiten. Jetzt musste das Führungspersonal ran. Ganz klar.

Als sie an die Tür zum Büro klopfte, fragte sie sich, ob es tatsächlich möglich war, dass Dr. Bernhard Sommerfeldt nicht einfach irgendwo untergetaucht war, sondern in aller Öffentlichkeit ein Leben als Gesundheitsminister führte. Bewegte sich der Serienkiller inzwischen in Regierungskreisen und hatte gar Chancen, Kanzler zu werden? Nein, das konnte doch nicht sein! Die plastische Chirurgie machte zwar vieles möglich, aber Jens

Spahn und Dr. Bernhard Sommerfeldt? Das schien ihr doch nicht wirklich zusammenzupassen. Vermutlich hatte Frederico Müller-Gonzáles sich nicht verplappert, sondern war einfach nur von den starken Schmerzmitteln verwirrt. Auf die Idee, dass Dr. Sommerfeldt jetzt wirklich vor ihr saß und sich freundlich nach ihren Wünschen erkundigte, kam sie nicht.

Er hatte die Füße auf dem Schreibtisch liegen. Neben sich eine Karaffe mit Leitungswasser und ein paar Deichgrafkugeln in goldener Verpackung. Er las einen Roman. Das große Buchregal hinter ihm enthielt nur wenig medizinische Fachliteratur, dafür aber jede Menge Weltliteratur, wie er ihr schon einmal stolz erzählt hatte. Immer wieder empfahl er ihr Romane. Er lieh ihr welche, ja drängte sie ihr geradezu auf. Sie fürchtete danach immer seine bohrenden Fragen, wie ihr die Handlung gefallen habe, der Erzählstil oder die Figurenkonstellation. Er las viel russische Literatur. Tolstoi. Dostojewski. Aber er sammelte auch ostfriesische Kriminalschriftsteller. Gut ein Dutzend schätzte er als erstklassig ein.

Neulich hatte er ihr zwei Regale mit Romandebüts gezeigt. »Junge Talente«, sagte er, »haben es verdient, eine Chance zu bekommen. Wenn ich einen neuen Autor sehe, der sein erstes Buch herausgebracht hat, dann greife ich praktisch immer zu. So habe ich schon einige erstaunliche Entdeckungen gemacht. Andreas Edelhoff und Christian Jaschinski zum Beispiel.«

Von den beiden hatte er ihr gleich die Romane mitgegeben, und dann noch einen von Alexa Stein. Jetzt bestand kaum die Gefahr, dass er sie darauf ansprechen würde.

»Ich glaube, wir haben ein Problem mit Ihrem neuen Lieblingspatienten.«

»Frederico?«

»Ja, dem Bankmenschen. Er hat wohl eine Nachricht bekommen, die ihn zur Abreise nötigt. Er ist sehr aufgebracht. Er will Sie sofort sprechen.«

Sommerfeldt klappte seinen Dostojewski zu, legte ihn auf Kafka und wuchtete die Beine vom Schreibtisch.

Kripochef Martin Büscher vertrug das viele Aspirin nicht. Es schlug ihm tierisch auf den Magen. Dafür waren aber die Kopfschmerzen endlich weg.

In dieser angespannten, hochgefährlichen Situation konnte er sich nicht krankmelden, ohne auch den letzten Rest Respekt von allen zu verlieren. Er musste durchhalten, sagte er sich, gleichgültig, wie mies es ihm ging. Chefschicksal.

Er rülpste ständig, und wenn er in die Gesichter seiner Kollegen sah, bevor sie sich angewidert abwendeten, wusste er, dass er schrecklichen Mundgeruch verströmte.

Klatt zankte sich mit Weller in Büschers Beisein, was dessen Magenkrämpfe auch nicht gerade linderte.

»Bei Wirecard hätten wir einen V-Mann gebraucht!«, schimpfte Büscher. »Da fehlen 1,9 Milliarden in der Kasse. Nicht Millionen. Milliarden, Leute. 1,9 Milliarden! Keiner weiß, ob das Geld überhaupt je existiert hat, geschweige denn, wo es jetzt ist. Ich habe auf meinen Bankberater gehört und mein sauer Erspartes in dieses solide DAX-Unternehmen gesteckt, damit ich später nicht von der Pension leben muss. Und nun …« Er ballte sauer die Faust.

Weller lästerte: »Ja, da hättest du besser bei der Kompensan-Bank investiert. Da fehlt kein Geld. Die haben, wenn ich Rupert richtig verstehe, eher zu viel als zu wenig in der Kasse. Gut, das meiste stammt aus Drogengeschäften, aber immerhin … Pleite gehen die jedenfalls so bald nicht.«

»Wer den Schaden hat«, behauptete Klatt, »braucht nicht lange zu warten, bis die Spötter kommen.«

Bildeten sich gerade in diesem Büro mit Blick auf den Marktplatz ganz neue Allianzen? Klatt und Büscher gegen den Rest?

Weller provozierte weiter. Ihm war gerade danach. Am liebsten hätte er die Klamotten hingeschmissen und in den Sack gehauen. Die Fischbude in Norddeich wurde als Broterwerb für ihn immer attraktiver. »Rupert hat für uns Erkundigungen eingezogen, Martin. Ich sollte dir das eigentlich noch nicht sagen. Es soll eine Überraschung für dich werden.«

»Was denn? Nun hast du mich aber neugierig gemacht.«

»Mich auch«, gestand Klatt, der Weller am liebsten gefeuert hätte. Er konnte diesen Typen einfach nicht ausstehen.

»Unser Rupert kennt sich ja in Bankkreisen bestens aus und ist da gut vernetzt. Er hat ja geradezu intime Kontakte. Daher weiß er in der Wirecard-Sache einfach mehr, als in den Tageszeitungen steht.«

»Das Geld wurde gefunden?«, frohlockte Büscher.

»Die ganzen 1,9 Milliarden?«, freute sich Klatt, der offensichtlich auch Aktien von dem Laden besaß. Er lächelte: »Ich konnte mir auch nicht vorstellen, wie so viel Geld einfach wegkommen sollte. Das ist doch Blödsinn.«

»Eben«, lachte Weller. »Es ist ja auch wieder da. Aber pssst … Das ist noch geheim.«

»Wo war es denn?«, fragte Büscher echt erleichtert. Der Aktienkurs würde sich bestimmt rasch erholen, hoffte er und war froh, dass er nicht auf Tiefstand alles verkauft hatte. Die Aktie war von 160 Euro, bei denen Büscher gekauft hatte, auf 35 Cent abgestürzt.

Weller grinste: »Der Chef von Wirecard ist ein sehr honoriger Mann, wie Rupert mir versichert hat. Er hat das ganze Geld wiedergefunden.«

»Ein Fehler in der Buchhaltung?«, orakelte Büscher.

Weller schüttelte den Kopf. »Nein, der Chef hat gesagt, es war in der anderen Hose … Sein Anzug kam aus der Reinigung zurück und oh, welche Freude, in der Tasche 1,9 Milliarden … Und dann war das ganze dreckige Geld auch noch sauber gewaschen.«

Büschers Gesichtszüge entgleisten quietschend. Klatt schlug auf den Tisch und tat sich dabei verdammt weh.

»Das ist kein Scherz!«, brüllte Büscher.

»Doch, das war einer«, grinste Weller.

»Was würdest du an meiner Stelle tun, Bernhard?«, fragte Rupert.

Dr. Bernhard Sommerfeldt drehte sich um und sah aus dem Fenster. Er wippte auf den Zehen auf und ab, als könnte er es so schaffen, über den Deich aufs Meer zu schauen. Er hatte Lust, nackt ins Watt zu laufen, sich im feuchten Meeresboden zu suhlen und dabei eins zu werden mit dieser unfassbaren Energie, die die Menschen als Nordsee kannten.

Sommerfeldt sprach wirklich wie ein Arzt. Er versuchte, seinen Patienten zu beruhigen, doch er wusste, dass er keine Chance hatte. Er antwortete als Arzt, aber die Frage richtete sich eher an den Serienkiller in ihm. Das spürte er deutlich.

Er beschloss, offen mit Rupert zu reden. Zwei Männer in dieser Situation sollten sich nichts mehr vormachen, dachte er. Er atmete tief durch, dann drehte er sich zu Rupert um, sah ihm in die Augen und sagte: »Als Leiter dieser Klinik und als dein behandelnder Arzt kann ich das nicht gutheißen. Aber als Dr. Bernhard Sommerfeldt, der so manchen Strauß ausgefochten hat, sage ich dir: Pack den Teufel bei den Hörnern und hau ihm voll auf die Zwölf.«

»Heißt?«, fragte Rupert vorsichtig nach.

Sommerfeldt schaute, als würde er die Frage gar nicht verstehen. Schulterzuckend antwortete er: »Na, hol dir deine Frauke zurück. Und beeil dich, sonst wirst du sie nicht wiedererkennen, auch wenn du sie lebend zurückbekommst. Solche Dinge machen etwas mit Menschen. Sie sind danach nicht mehr dieselben.«

Rupert stand in der Kleidung vor Sommerfeldt, mit der er in die Klinik eingeliefert worden war. Doch beide wussten, dass er dieses Haus so nicht verlassen konnte. Die Hose war zerfetzt, Hemd und Hose waren voller Blut.

Sommerfeldt deutete auf die schlimmsten Flecken in Hüfthöhe: »Du kannst was von mir bekommen. Ich glaube kaum, dass du noch Zeit hast, zum Shoppen zu gehen.«

»Ich weiß ja nicht einmal, wo der Geier sie gefangen hält«, sagte Rupert, und es klang nach wütender Resignation.

»Siehst du, genau das wollen sie. Dass du dich darum kümmerst. Du sollst ihn jagen, und ich kann mir nicht vorstellen, dass es irgendeine Spur gibt, die in sein Versteck führt. Der ist ein Profi. In Holland haben die Drogengangs Schiffscontainer zu schalldichten Gefängnissen umgebaut. So ein Ding können sie von einem Ort zum anderen transportieren. Deine Frauke kann sich an Bord eines Schiffes auf dem Meer befinden oder in irgendeinem Verließ. Die Aufnahmen können überall gemacht worden sein.«

»Ich könnte«, schlug Rupert vor, »den gesamten Polizeiapparat einsetzen. Unsere Leute müssen doch Möglichkeiten haben, festzustellen, von wo aus gesendet wird.«

Sommerfeldt lächelte. »Das ist doch kein Piratensender, der GEMA-frei Musik ausstrahlt. Das sind echte Profis, da ist jede Liebesmüh umsonst. Wenn man die so leicht orten könnte, wäre das organisierte Verbrechen kurz nach Erfindung des Handys gescheitert. Stattdessen erreichte es aber eine ganz neue Blütezeit.«

Rupert stampfte auf. Es war eine unbewusste, fast jähzornige Reaktion. Jetzt jagte der Schmerz aus der Hüfte die Wirbelsäule hoch bis in sein Gehirn. »Es muss doch eine Möglichkeit geben! Sag mir, was du tun würdest.«

Als Sommerfeldt es aussprach, war es plötzlich so klar, dass Rupert sich fragte, warum er nicht schon längst selbst darauf gekommen war.

»Geier ist ein verrückter Sadist. Aber er agiert nicht auf eigene Rechnung. Du weißt genau, wer ihn losgeschickt hat.«

»George«, entfuhr es Rupert.

»Na bitte«, räumte Sommerfeldt ein. »Jeder weiß doch, was los ist. Du hast seine beiden Ziehsöhne Heiner und Carl umgebracht, oder zumindest macht er dich für ihren Tod verantwortlich. Er hat das Kopfgeld auf dich ausgesetzt. Es geht hier nicht um Heroin, Marktanteile oder Revierkämpfe. Nein, das ist etwas ganz Persönliches. Du hast ihm die Menschen genommen, die er geliebt hat. Und genau das will er jetzt mit dir tun. Geier ist nur sein Werkzeug.«

Rupert suchte einen Stand, der ihm möglichst wenig Schmerzen verursachte. Gleichzeitig wollte er nicht so krumm herumstehen, als wäre er gehbehindert und würde auf die Reparatur seines Rollators warten. Er wollte so gerne frisch, mutig, sportlich wirken.

»Nach allem, was ich über ihn weiß, heißt er mit richtigem Namen Wilhelm Klempmann und schippert die meiste Zeit auf einer hochseetauglichen Yacht außerhalb der Dreimeilenzone herum.«

Rupert nickte. »Ja, ich erinnere mich gut. Ich hab ihn dort mal besucht, bei einer Art Auktion. Geklaute Bilder wurden da verkauft. Ich habe mitgeboten.«

»Die Sache ist legendär«, grinste Sommerfeldt. »Du wolltest das ›Schwarze Quadrat‹ von Malewitsch kaufen.«

»Ist mir immer noch peinlich. Jetzt denkt die ganze Welt, dass ich für ein Gemälde von einem Typen, der nicht malen kann, zig Millionen geboten habe. Da ist echt einfach nur schwarze Farbe auf …«

»Es war eine Großtat der modernen Malerei«, korrigierte Sommerfeldt ihn, und sogleich erkannte Rupert wieder den Unterschied zwischen sich und Dr. Bernhard Sommerfeldt. Sommerfeldt hielt sich für einen der Kunst zugeneigten Feingeist, genau wie Frederico Müller-Gonzáles einer sein wollte, und merkte nicht, wie sehr er dabei reingelegt wurde und wie lächerlich er sich aus Ruperts Sicht machte.

»Jaja, schon gut«, räumte Rupert ein.

»Wenn er nicht auf seiner Yacht ist«, fuhr Sommerfeldt fort, »dann sitzt er gern im *Vier Jahreszeiten* auf Borkum. Aber Vorsicht. Er mietet immer drei Zimmer. Links und rechts neben ihm sind seine Bodyguards. Sie sehen aus wie Edelnutten vom Escortservice, das ist so gewollt. Er lässt sich gern von schönen Frauen beschützen, die den schwarzen Gürtel in Karate haben oder als Kickboxerinnen Karriere machen könnten. So wie du jetzt in Form bist, Rupert, kannst du es mit denen nicht aufnehmen.«

In Sommerfeldts Worten klang für Rupert fast so etwas wie ein Angebot mit, dass der Doktor die Aufgabe nur zu gern für ihn erledigen würde.

»Ich muss das selbst tun«, behauptete Rupert und versuchte, sich Mut zu machen. »Das ist etwas zwischen George und mir.«

»Stell dir das nicht so einfach vor. Selbst wenn du dir George greifst, wird er den Geier nicht einfach zurückpfeifen können.«

»Das ist auch nicht nötig«, behauptete Rupert. »Aber er kann mir sagen, wo dieser gottverfluchte Geier Frauke hingebracht hat. Und glaub mir, das wird er mir verraten.« Rupert zeigte seine geballte Faust und biss die Zähne zusammen, weil seine Wunde brannte.

»Ich kann dir ein paar Schmerzmittel mitgeben und ein bisschen *Hallo wach*. Du willst ja vermutlich nicht pennen«, scherzte Sommerfeldt. Er fasste Rupert bei der Schulter: »Ich gehe gerne mit dir, mein Freund. Es juckt mich richtig in den Fingern, endlich mal wieder …«

Rupert bremste ihn. »Es reicht mir, wenn du mir ein paar Klamotten gibst.«

Sommerfeldt verließ das Zimmer und lief in sein Büro zurück, wo er immer zwei Ersatzoberhemden, ein silbergraues Jackett und eine Jeans im Spind hängen hatte. Dazu bequeme Laufschuhe.

Rupert holte Kleebowski zu sich rein. Der behauptete, das Bild sei schon auf Instagram verschwunden und die Sache würde sich garantiert nicht wiederholen. Den Fotografen habe er so weit eingeschüchtert, dass der sich nicht mal mehr an den Namen seiner Schwiegermutter erinnere.

Ingrun stand schuldbewusst weinend hinter Kleebowski. Rupert verzieh ihr großzügig und bat sie, seinen Verband noch einmal zu wechseln, während er auf seine neuen Anziehsachen wartete.

Er gab Kleebowski eine klare Anweisung: »Ich will wissen, wo sich die Yacht von George befindet.«

Kleebowski lächelte: »Das ist kein Problem, Boss. Wenn sie noch irgendwo in der Nordsee ist, dann gibt es dafür eine App, mit der ich …«

»Laber nicht rum, tu, was ich dir gesagt habe!«

Kleebowski nickte. So witzig, freundlich und kumpelhaft, wie Frederico war, so hart konnte er auch sein.

Das Licht schmerzte. Die ungeschützte Netzhaut wurde mit dem heftigen Lichteinfall nicht fertig. Fraukes Augen tränten. Das Wasser lief ihr über die Wangen. Sie hatte ohnehin im Sommer mit einer gewissen Lichtempfindlichkeit zu kämpfen und trug gern große Sonnenbrillen.

Wusste er davon? Hatte er sie vorher studiert?

Nein, in solche Ideen wollte sie sich nicht hineinsteigern. Dadurch überhöhte sie ihren Peiniger nur. Er war ein Irrer und sie gesund. An diese simple Wahrheit klammerte sie sich, und an die Poesie.

Sie sagte sich ein Gedicht von Mascha Kaléko auf. Oder schrie sie es ihm entgegen?

»Zerreiß deine Pläne. Sei klug
Und halte dich an Wunder.
Sie sind lang schon verzeichnet
Im großen Plan.
Jage die Ängste fort
Und die Angst vor den Ängsten.«

Nein, sie brüllte das Gedicht nicht heraus. Sie betete es mehr, als würde sie die Göttin der Poesie um Hilfe bitten, in der Hoffnung, dass es so eine Göttin gab.

Er beugte sich über sie, und sein Körper warf dabei einen wohltuenden Schatten. Sie sah seinen hüpfenden Kehlkopf vor sich und stellte sich vor, den Daumen ihrer rechten Hand auszustrecken und ihm den Fingernagel wie ein Messer in die weiche Stelle zwischen Hals und Kinn zu rammen, die sich hob und senkte, wenn er schluckte oder sprach. Dort war er, wie jeder Mensch, sehr verletzlich.

Sie hatte gelernt, dahin zu schlagen, wo es richtig weh tat. Männer wollten Kinnhaken austeilen und brachen sich dabei selbst die Finger. Sie kannte Stellen am menschlichen Körper, da konnte ein Stich mit dem Finger oder oft schon ein kurzer Druck genug ausrichten, um den Gegner zu paralysieren. Dieses ungeschützte Stück dünner Haut zwischen Unterkiefer und Kehlkopf war genauso eine Stelle. Doch obwohl er ihr sehr nah kam und an ihren Haaren herummachte, blieb er doch für sie unerreichbar.

Er wollte ihr die Haare schneiden, ihren Kopf kahl rasieren oder zumindest eine Hälfte, wie er es bei Liane Brennecke gemacht hatte. Das musste eine Art Tick von ihm sein.

Sie baute darauf, ihm geistig überlegen zu sein. Nur so hatte sie eine Chance.

Er filmte alles, baute immer wieder das Kamerastativ um. Er war auf Wirkung bedacht. Das war seine Schwachstelle.

»Wenn die Leute die Bilder sehen, werden sie Mitleid mit dir bekommen«, sagte sie. Sie hatte ihn sofort erwischt. Sein Lachen klang gekünstelt. Für einen kurzen Moment spürte sie, dass sie ihn erreichen und verunsichern konnte.

»Wer das hier sieht, weiß sofort, mit wem er es zu tun hat«, behauptete sie.

Er stellte sich anders hin. »Was meinst du? Was willst du damit sagen, Schlampe?«

Sie versuchte, ihre Angst über ihre Atmung unter Kontrolle zu bringen. Jetzt bloß nicht hyperventilieren, sagte sie sich. Tief und ruhig atmen. Mit fester, furchtloser Stimme sprechen.

»Die gespaltene Persönlichkeit liegt offen zutage. Die Wohnung eines Menschen ist der Spiegel seiner Seele.«

Er guckte verblüfft, als hätte er das noch nie gehört und als würde diese neue wissenschaftliche Erkenntnis ihn und sein ganzes Leben in Frage stellen. Er wehrte sich innerlich dagegen und verzog den Mund.

»Warum sind die Zimmer von Pubertierenden immer so chaotisch?«, fragte sie. »Überall fliegen Klamotten herum. Es scheint unmöglich für sie zu sein, Ordnung zu schaffen, weil eben alles in ihnen selbst so durcheinander ist. Sie sind nicht Fisch und nicht Fleisch. Nicht mehr Kind und auch noch nicht Erwachsener. Es ist eine Achterbahnfahrt der Gefühle, und so sieht auch ihr Zimmer aus.«

Er nickte, als fühlte er sich erkannt und an seine Wohnung erinnert. Oder hatte er selbst Kinder? Sie fand es unwahrscheinlich, dass einer wie er stabil genug war, um eine Beziehung lange zu halten und Kinder aufwachsen zu sehen. War einer wie er überhaupt bindungsfähig? Er wirkte auf sie, als sei er nur sich selbst wichtig und gleichzeitig fremd.

»Wenn man sich hier umschaut, dann sieht man ein verdrecktes Loch. Wann wurde der Rattenkäfig da zum letzten Mal sauber gemacht? Abfälle liegen auf dem Boden. Spinnweben an den Decken. Schmieriger Staub überall. Der Raum sagt: Hier hat jemand sein Leben nicht im Griff, alles läuft ihm aus dem Ruder … und das vermutlich schon seit einer ganzen Weile.«

Ihre Worte gefielen ihm nicht. Er legte den Kopf schräg, um sie aus einer anderen Perspektive zu betrachten, und versicherte sich, dass ihre Aussagen nicht mitgefilmt und versehentlich übertragen worden waren. Er überprüfte die Kamera gleich zweimal.

Was ich sage, ist ihm unangenehm, dachte sie. So will er in der Öffentlichkeit nicht dastehen. Sie triumphierte innerlich über ihn. Sie hatte ihn an der Leine und wollte jetzt auf keinen Fall lockerlassen. Gleichzeitig bekam sie Angst, zu überziehen, einen Wutanfall auszulösen und ihn zu neuen Teufeleien anzustacheln.

Sie machte trotzdem weiter. Sie wollte sich nicht einfach so ihrem Schicksal ergeben. Es war riskant, aber sie machte ihn auf das Chirurgenbesteck aufmerksam: »Das Einzige, was hier sauber und ordentlich, ja geradezu penibel aus dem Müll heraussticht, sind die chirurgischen Werkzeuge.«

Jetzt hing seine Unterlippe spannungslos herab. Energie wich aus seinem Körper.

Frauke hakte gleich nach, denn noch hörte er ihr zu. Die Verbindung zu ihm drohte aber abzureißen. Er flüchtete in irgendeine innere Welt, zu der sie keinen Zugang hatte.

Sie sprach, als würde sie zu jemandem über ihn reden. So bekam sie selbst einen gewissen Abstand zur Situation, kam sich vor wie eine Kommentatorin: »Man merkt deutlich, da hat jemand Respekt vor diesen Dingen. Wahrscheinlich, weil er genau weiß, dass er in der Liga der Chirurgen nicht mitspielt. Dabei wäre er doch sooo gerne Arzt geworden, hat es aber wohl nicht geschafft. Das alles hier bietet in seiner Gesamtheit das Bild eines gescheiterten Lebens. Man kriegt auch ein bisschen Mitleid …«

Er schüttelte sich. »Ich … ich bin nicht gescheitert!«, rief er.

Sie glotzte ihn mit ihren festgeklebten Augenlidern aus den hervorquellenden Augäpfeln an. Er wich zurück und hielt sich an einem Scheinwerfer fest. Er wollte kein Mitleid. Er fand Mitleid zum Kotzen. Stattdessen wollte er andere leiden sehen!

»Ich bin reich«, behauptete er geradezu trotzig. »Ich habe Millionen gemacht.« Er brüstete sich stolz: »Das nennt man ein erfolgreiches Leben!«

Sie lachte spöttisch. Es gelang ihr, das gekünstelte Lachen fast wie einen echten Gefühlsausbruch klingen zu lassen. »Er hat angeblich Millionen, aber eine Putzkraft kann er sich nicht leisten. Das ist ja zum Schießen!«

Sie sprach bewusst über ihn in der dritten Person, wie über einen Fremden, der mit im Raum war. Die Verachtung in ihrer Stimme traf ihn mehr als ihre Worte. Sie jammerte nicht. Sie flehte nicht um Gnade.

Die anderen Opfer hatten ihn überhöht. Er war zu ihrem Gott geworden. Zu dem, der über Hunger, Durst, Kälte und Schmerzen die absolute Gewalt hatte.

Einige Frauen hatten hier sogar versucht, ihn anzugraben. Ja, sie hatten ihm vorgespielt, das Ganze mache sie an und sie würden dabei sexuelle Erfüllung finden. Es stellte sich nach und nach jeweils als Lüge heraus, mit der sie sich nur Privilegien wie Wasser oder Essen ergaunern wollten. Jede Frau hoffte wohl, dass er eine Gespielin nicht töten würde. Welch ein Irrtum!

Er war nicht auf Einverständnis aus. Ihn machten Liebesschwüre höchstens wütend. Er wollte nicht ihr Geliebter werden, der erste Mann, der sie durchschaute und ihnen wirklich das gab, was sie zu brauchen vorspielten. Nein. Er wollte keine Liebe. Er brauchte keine Bestätigung.

Diese Frauke attackierte ihn, als wäre ihr das eigene Leben nicht wichtig, ja als hätte sie nichts dagegen, von ihm umgebracht zu werden. Sie provozierte ihn sogar, dieses Luder, und er ärgerte sich, dass er ihr gegenüber in solchen Rechtfertigungsdruck geriet. Als müsste er ihr beweisen, dass er kein mieser Versager, kein verstörter Kranker war.

Er hörte sich selbst argumentieren. »Wenn ich eine Putzfrau hier reinlasse, dann wird sie sofort zur Mitwisserin. Ich müsste sie dann töten. Willst du das?«

Er begann unwillkürlich, aufzuräumen, hob einen verdreckten Lappen vom Boden auf und eine aufgehebelte Konservendose. Er wusste dann aber nicht, wohin damit, und pfefferte beides in die Ecke. Die Dose krachte gegen die Wand, prallte ab und landete auf dem Terrarium, in dem die große Spinne auf ihren Einsatz wartete.

Kleebowski stützte Rupert. Ingrun lief neben ihnen her. Sie hörte nicht auf zu beteuern, wie leid ihr das alles tue. Rupert hatte sich schon immer schwer damit getan, schönen Frauen etwas abzuschlagen. Er verzieh ihr die Blödheit – und damit auch gleichzeitig sich selbst.

Vor dem umgebauten Gulfhof wartete Marcellus im gepanzerten Mercedes.

Rupert warf einen kritischen Blick auf den Wagen: »Wer hat denn diese scheiß tiefergelegte Karre besorgt?«

Kleebowski schob das auf den Blutverlust. Offensichtlich war Frederico verwirrt. »Aber bitte, Boss, das ist ein gepanzerter Wagen. Kostet, wenn man ihn legal kauft, gut vierhunderttausend. Ministerpräsidenten hätten gerne so einen. Präsidenten fahren darin spazieren.«

»Der ist tiefergelegt«, schimpfte Rupert.

»Ja und?«

»Da kann man sich nicht drunterrollen.«

»Stimmt. Aber warum sollte man?«

»Wenn auf einen geschossen wird«, beharrte Rupert.

»Aber im Wagen ist man sicher, Boss.«

»Papperlapapp!«

Nicht weit entfernt stand der Fotograf. Nein, er wollte keine Bilder schießen, obwohl er wusste, dass sich damit im Moment viel Geld verdienen ließe. Aber er wollte dabei sein. Dies war ein historischer Moment, den er nicht verpassen wollte. Er hatte das Gefühl, später seinen Enkelkindern noch davon erzählen zu können. Ja, er begriff, dass der Vorstandsvorsitzende der Kompensan-Bank nicht nur ungewöhnliche Geschäftsmethoden hatte, sondern auch völlig abgeschottet von der Öffentlichkeit lebte und von Bodyguards beschützt wurde, die offensichtlich aus dem Milieu kamen.

Im Krankenzimmer hatte er noch geglaubt, dieser Müller-Gonzáles sei schwer krank. Inzwischen hatte er mitbekommen, dass es sich um eine Schussverletzung handelte. Er hätte seinen rechten Arm dafür gegeben, mehr zu erfahren. Na, sagen wir besser: den kleinen Finger der linken Hand.

Rupert musterte ihn. Ihm wurde ganz anders.

»Ich hab dir gesagt, du sollst verschwinden«, zischte Kleebowski. Aber Rupert winkte dem Mann müde zu. Er wusste, dass er vielleicht schon bald gute Presse dringend brauchen würde, und seit dem Gespräch mit Holger Bloem begann sich sein Verhältnis zu Journalisten zu verändern. Vielleicht waren sie ja gar nicht so schlimm wie die Nachrichten, die sie verbreiten mussten.

»Verzeihen Sie«, rief Rupert, »verzeihen Sie, dass er Sie so grob behandelt hat! Er meint das nicht so. Er ist ein bisschen milieugeschädigt. Man kann sich das Personal heutzutage ja nicht mehr aussuchen …«

»Was soll das heißen, ich meine das nicht so? Ich meine das genau so!«, fluchte Kleebowski. »Der soll froh sein, dass er noch lebt!«

»Für mich und für viele andere Menschen sind Sie ein Held, Doktor Gonzáles!«, rief der Fotograf.

»Der hat Doktor zu mir gesagt, Kleebo, hast du das gehört?«, sagte Rupert stolz.

»Ja, du bist aber keiner, Frederico. Du brauchst einen. Das ist Wahnsinn, hier einfach loszufahren und sich einem Duell zu stellen. Guck dich doch mal an! Du kannst nicht mal richtig laufen!«

»Ja, mecker doch«, pflaumte Rupert Kleebowski an. »Lass dir mal eine Kugel verpassen, dann hüpfst du auch nicht mehr wie ein Reh durch die Gegend.«

Sommerfeldt kam eilig aus dem Gebäude und lief auf die

Gruppe zu. Er umarmte Rupert zum Abschied, zog ihn von den anderen weg und flüsterte ihm ins Ohr: »Wir beide wissen, dass es mehr als eine Realität gibt.« Rupert nickte, guckte aber, als habe er keine Ahnung, wovon Sommerfeldt sprach.

Der drehte den anderen den Rücken zu und raunte: »In der einen Realität bist du ein mittelmäßiger ostfriesischer Bulle, und ich bin ein gejagter Serienkiller. In einer anderen Wirklichkeit bist du ein legendärer Gangsterboss und ich ein großer Schriftsteller. Und dann stolperst du gerade in eine neue Wirklichkeit hinein. Da bist du ein geradezu genialer Manager der Finanzwelt, und ich gebe da den seriösen Chef einer Privatklinik.«

»Ja«, bestätigte Rupert, »du hast es auf den Punkt gebracht.«

Kleebowski kam Sommerfeldt zu nah. Er stoppte ihn mit erhobener Hand. Sommerfeldt traute niemandem.

Kleebowski respektierte das ganz gegen seine Gewohnheiten und hielt Abstand.

»Aber«, schränkte Sommerfeldt ein, »in jeder Realität, Rupert, bist du im Moment schwer gehandicapt, weil ich eine Kugel aus dir rausoperieren musste. Du hast viel Blut verloren.«

»Was willst du mir damit sagen, Bernhard? Ich hab's verdammt eilig!«

»Lass mich das machen, Alter. Bleib lieber im Bett und erhol dich.«

Rupert schob Sommerfeldt von sich weg. »So läuft das nicht, Bernhard.«

Da Sommerfeldt mit dieser Antwort gerechnet hatte, drückte er Rupert ein Etui in die Hand. Darin Tabletten und zwei Einwegspritzen. »Hier, etwas gegen die Schmerzen.«

»Danke.«

»Noch etwas«, raunte Sommerfeldt. »Dein Heroin haben die Düsseldorfer.«

»Ich weiß.«

Sommerfeldt grinste und zog Rupert weg von Kleebowski, der hilflos dagegen protestierte und einen weiteren Schritt in ihre Richtung machte.

»Aber ich weiß auch, wo es ist«, behauptete Sommerfeldt.

Rupert staunte.

»In Oldenburg wurde einer von den Düsseldorfer Jungs verletzt. Ein Kollege von mir hat ihn behandelt.«

»Und«, fragte Rupert, »wo?«

»Im Oldenburger Hafen liegt ein Partyschiff. Es heißt *Halli Galli* oder so ähnlich. Und wenn es noch nicht ausgelaufen ist, dann … Die bauen da gerade drei neue Hochhäuser. Gute Wohnungen am Wasser, nahe der Innenstadt. Sichere Geldanlage …«

»Ja, willst du mir eine Immobilie verkaufen, oder was?«

»Nein«, grinste Sommerfeldt, »aber wo man Baumaterial anfährt, da achtet niemand auf ein paar Säcke mehr oder weniger … Das war alles von langer Hand geplant. Minuten, nachdem die den Stoff geklaut hatten, war er auch schon verladen.«

»Danke«, sagte Rupert. »Echt, danke Kumpel.«

»Da nicht für«, lachte Sommerfeldt. »Viel Glück. Hast du echt nötig, Alter.«

Eine Weile versank Geier, als würde er in sich selbst verschwinden und zur Statue werden. Zum Denkmal eines gequälten Menschen, der andere quälte, um den eigenen Schmerz nicht zu spüren.

Frauke reckte ihre Finger und schob den Arm immer tiefer. Scharf schnitt das Klebeband in ihre Haut. Aber sie kam nicht an das Chirurgenmesser heran. Sie biss die Zähne zusammen und legte alle Energie in diesen Versuch. Sie stellte sich vor, ihn mit dem Messer aufzuschlitzen. So steif, wie er jetzt dastand, mit vorgerecktem Bauch, wäre es ein Leichtes für sie gewesen. Aber er hatte sie fest an den Stuhl fixiert.

Das Teppichklebeband, mit dem er ihre Handgelenke an die Armlehnen gefesselt hatte, gab dem Druck ein wenig nach. Ihre Haut riss ein. Es fühlte sich an, als würde jemand eine brennende Zigarette auf ihrem Handgelenk ausdrücken. Doch die Freude war größer als der Schmerz. Sie konnte mit der Fingerkuppe das kalte Metall eines Skalpells ertasten.

Ein warmes Kribbeln durchlief ihren Körper. Dadurch spürte sie erst wieder, wie kalt ihre Füße waren. Wie abgestorben, als würden sie gar nicht mehr zu ihr gehören.

Sie versuchte, die Zehen zu bewegen und mehr Spannkraft in den gesamten Körper zu bekommen. Sie berührte das Skalpell, aber sie bekam es nicht zu fassen. Es klickte verdächtig auf dem Beistelltischchen, aber er, der Ohrenmensch, schien es nicht zu hören. Er stand immer noch da, als sei er zwar körperlich anwesend, aber sein Geist fehlte. Ein seelenloser Körper, wie eine Statue. Ganz Fleisch. Sonst nichts. In den einzustechen, schien ihr wenig problematisch. Einen Rollbraten zu tranchieren oder eine Gans musste schwieriger sein, sagte sie sich.

Sie wusste, dass Siege oder Niederlagen im Kopf entstanden. Sie musste ihn sich jetzt schon als erledigt vorstellen. Nur dann konnte sie auch gewinnen.

Gleich leg ich dich um, du mieses Stück Dreck, dachte sie grimmig und steigerte so ihre Kräfte. Sie gewann wenige Millimeter Spielraum. Genug, um den Fingernagel auf das silberne Messer zu legen.

Vorsichtig zog sie es zu sich heran. Es stieß gegen anderes Chirurgenbesteck. Das verräterische Geräusch war in ihrem Kopf lauter als in der Wirklichkeit. Er stand keine zwei Meter von ihr entfernt.

Wenn ich es zu fassen bekomme, schneide ich mir als Erstes den Arm frei. Aber was dann? Wenn ich mich zu doll bewege, wird er es sofort merken, dachte sie.

Einem Impuls folgend, würde sie als Erstes die Augenlider von den Klebestreifen befreien. Aber das wäre bestimmt sehr schmerzhaft, denn es gab nicht genug Zeit für eine sanfte, langsame Lösung. Sie befürchtete, vielleicht für einen Moment wie blind zu sein. Das war gefährlich. Bei dem Kampf, der ihr bevorstand, musste sie alles sehen können. Nichts durfte ihr entgehen. Also würde sie lieber versuchen, den anderen Arm loszuschneiden. Mit ein bisschen Glück, so hoffte sie, könnte ihr das gelingen.

Sie beschloss, die scharfe Chirurgenklinge mit einer einzigen schnellen Bewegung an der Stelle entlangzuziehen, wo ihr Arm durch das Klebeband an die Lehne gefesselt war. Sie konnte nicht ausschließen, sich selbst dabei zu verletzen, aber was war ein tiefer Schnitt am Arm gegen das, was sie auf diesem Stuhl sonst erwartete?

Die Füße würde sie nicht frei bekommen, das war ganz klar. Selbst wenn es ihr gelänge, sich so weit vorzubeugen, dass sie die Fesseln mit dem Messer erreichen könnte, wäre sie in einer hilflosen Situation. Er könnte ihren Kopf, ihren Rücken, ja, ihren ganzen schutzlosen Körper attackieren.

Sie spielte ihre Möglichkeiten durch. Sie musste ihn auf dem Zahnarztstuhl sitzend, mit gefesselten Beinen, empfangen. Im Idealfall hätte sie dann beide Hände frei und die scharfe Klinge. Was würde er tun? Zu welcher Waffe würde er greifen? Oder konnte sie ihn so provozieren, dass er sich einfach auf sie stürzte, um sie wieder am Stuhl zu fixieren?

Wenn er sich so in seinen Möglichkeiten überschätzte und dazu hinreißen ließ, würde sie die Chance nutzen und ihm das Skalpell in den Körper rammen. Am besten in den Hals.

Aber was, wenn er überlegter handelte? Die Kettensäge holte? Eins seiner Messer? Das Beil oder eine Schusswaffe?

Jetzt bewegte er sich wie ein Mensch, der aus einer tiefen Trance erwachte. Er seufzte und ging zur toten Madonna. Bei toten Frauen fühlte er sich am wohlsten. Tote trickst nicht rum, stellten keine Fallen, be- und verurteilten nicht.

Er streichelte die Leiche wie eine schlafende Geliebte. Er betrachtete die Stelle, an der er den Fuß abgetrennt hatte, mit einem gewissen Bedauern. Er suchte ein weiteres Körperteil, das er an Frederico verschicken wollte. Er flüsterte mit der Toten, brachte seinen Kopf ganz nah an ihren Körper, so dass sein rechtes Ohr ihre Haut berührte. Er fragte sie, wovon sie sich am liebsten trennen würde. Der Körper, so wusste er aus Erfahrung, war für die Seelen Gestorbener am Ende nicht mehr als alte Kleidung, die sie ablegten, ohne ihr lange nachzutrauern. Auch Madonnas Seele war vermutlich längst woanders und suchte einen Körper, in dem sie weiterleben konnte. Oder war da noch eine intelligente Kraft in ihr?

Er spürte dem Rest geistigen oder spirituellen Lebens nach. Manchmal, in den Leichenhallen, daran erinnerte er sich nur zu gut, blieb etwas noch lange im Körper der Aufgebahrten. Etwas, das vielleicht noch nicht wusste, wohin, aber nicht mitbeerdigt werden wollte. Die einen nannten es Seele. Andere Geist. Aber etwas war noch da. Eine Leiche, die verlassen worden war, lag ganz anders im Sarg als eine, die noch bewohnt wurde. Sie hatte eine andere Ausstrahlung. Er hatte es schon als Jugendlicher gespürt, wenn er an die Leichen herantrat. In einigen war noch etwas, in anderen nicht.

Er konnte manchmal zu dieser Kraft Kontakt aufnehmen. Nicht immer. Er hatte schon Energien erlebt, die hassten es, in dem Körper gefangen zu sein, und feierten ihn gelassen als Befreier. Das war bei Madonna anders. Da hatte er ja nur die Leiche geklaut, wie ein mieser Grabräuber.

Er drückte sein Ohr auf die Stelle unterhalb ihres Bauchnabels. Viele Menschen glaubten, die Seele sei eine Bewohnerin des Herzens. Doch das stimmte nicht. Sie wanderte durch den Körper und blieb, wo immer es ihr passte. Sie bewegte sich im Menschen wie Aale in einer löchrigen Schlammgrube. Einige Menschen wurden von mehreren solcher Aale, solcher Energien, bewohnt. Sie stritten oft miteinander, kämpften um Vorherrschaft und um den besten Platz im Körper.

Wer von widerstrebenden Kräften bewohnt wurde, den verließ bei plötzlichem Tod meist eine sofort. Immer die, die sich am unwohlsten gefühlt hatte. Eingesperrt. Eine andere blieb, fühlte sich dort heimisch und breitete sich zunächst genüsslich aus. Am Ende aber gingen sie alle. Keine blieb, wenn die Überreste verbrannt oder verscharrt wurden.

Manchmal hatte er sich gefragt, was aus diesen Energien wurde. Geisterten sie einfach nur so durch die Luft? Gab es einen Ort, an dem sie Zuflucht fanden?

In Madonna war noch etwas, das sich mit ihrem Tod nicht abfinden konnte. Er spürte dieser Energie nach. Ja, er konnte sie hören, wie ein leises Summen, wenn ein Elektrogerät im Stand-by-Modus war. Die Kraft hatte den Oberkörper verlassen und schlängelte sich tiefer, als wollte sie runter ins Bein.

Würde er gleich erleben können, wie diese Seele aus dem Beinstumpf herausfuhr? Ja, etwas in Madonna bewegte sich nach unten … Etwas wollte raus.

Frauke begriff nicht, was er da machte. Sie hatte ihn schon

mehrfach dabei beobachtet, wie er auf eine irre Art versucht hatte, mit der Toten Kontakt aufzunehmen.

Er war ein Ohrenmensch. Geräusche waren für ihn wichtige Informationsquellen. Er belauschte die Tote. Er hielt sich auch manchmal eine Messerklinge ans Ohr. Einmal hatte sie geglaubt, er wolle sich wie van Gogh ein Ohr abschneiden, aber der Irre hörte vermutlich nur ab, was der Stahl ihm zu sagen hatte.

Ihr konnte es gleich sein, Hauptsache, sie gewann Zeit. Ihr Körper versteifte sich durch das krampfhafte Recken so sehr, dass die ganze linke Seite schmerzte.

Hoffentlich hörte er etwas im Körper der Toten. Vielleicht blubberte da ja noch Luft, oder Verwesungsgase breiteten sich aus. Hauptsache, er war noch ein bisschen abgelenkt und sie hatte Zeit, sich zu bewaffnen und loszuschneiden.

So ähnlich musste es sich anfühlen, wenn der Arm einfach verbrannte. Das Klebeband riss nicht. Ihre Haut schon.

Zwischen Mittel- und Zeigefinger bekam sie die rettende Waffe zu fassen. Vorsichtig zog sie das Skalpell näher zu sich heran. Sie musste mit der an die Lehne gefesselten Hand eben diese befreien. Es würde ein fast akrobatischer Akt werden, und vor allen Dingen musste es lautlos geschehen. Lautlos! Wenn er weiter Madonnas Körper abhörte, dann hätte sie vielleicht genügend Zeit, auch ihre Füße zu befreien. Sie stellte sich vor, sie würde gleich aufrecht stehen können. Sie würde ihn dann nach allen Regeln der Kampfkunst fertigmachen. Dieser Keller sollte zu seinem ganz persönlichen Albtraum werden.

Sie versuchte, die Klinge zwischen ihre Haut und das Klebeband zu schieben. Das Zittern ihrer Finger war nicht gut. Gar nicht gut. Ihr Atem war zu flach. Sie schaffte es nicht, ruhig und tief zu atmen. Sie wusste, wie wichtig die richtige Atmung beim Kampf war.

Ihre Augen schmerzten, als hätte sie glühende Kohlen im Gesicht. Als würden ihre Augäpfel austrocknen. Die Lider wenigstens einmal kurz schließen zu können, das wünschte sie sich so sehr.

Den gefühlt endlosen Bruchteil einer Sekunde lang sah sie kommen, was geschah, konnte es aber nicht verhindern. Das Skalpell entglitt ihren Fingern.

Da sie zu viel Kraft darauf verwendete, das Klebeband zu zerschneiden, und der Hebel zu groß war, bog sich das silberne Messer und federte zurück. Sie sah es wie in Zeitlupe fallen, und sie konnte es nicht verhindern.

Das Klirren erregte seine Aufmerksamkeit. Immer noch das Ohr auf Madonnas Knie, drehte er sich zu Frauke, ohne sich aufzurichten.

»Du bist ein böses Mädchen«, sagte er grimmig, als wäre er enttäuscht von ihr. »Ein sehr böses und verlogenes Mädchen. Du schreist ja praktisch danach, bestraft zu werden.«

Marcellus fuhr. Kleebowski saß hinten bei Rupert. Der Beifahrersitz blieb unbesetzt.

Marcellus maulte: »Wir hätten wenigstens eine Krankenschwester mitnehmen sollen. Was, wenn der uns verblutet? Willst du das seinen Eltern erklären?«

»Ich verblute nicht«, schimpfte Rupert. »Guck lieber nach vorne und fahr uns nicht vor die Wand.«

Kleebowski versuchte noch einmal, Frederico umzustimmen. Er zeigte auf seine App. »Der George ist hier vor Borkum. Das ist ziemlich weit draußen. Lass uns das erledigen, Boss. Wir stellen eine Söldnertruppe zusammen und kidnappen ihn da. Dann bringen wir ihn zu dir.«

Marcellus sah eine gute Möglichkeit, sich in Szene zu setzen: »Söldnertruppe?!«, spottete er. »Das machen wir selbst. Zwei, drei beherzte Männer reichen aus.«

»Nein. Ich werde ihn persönlich besuchen. Damit rechnet der Sauhund nicht«, behauptete Rupert.

Marcellus und Kleebowski schwiegen betroffen. Jeder hoffte, dass der andere dem Boss widersprechen würde. Sie wussten beide, dass der Boss nur zu gern seiner Geliebten gegenüber den Helden spielen wollte. Das war lebensgefährlich für ihn, doch es ließ sich nur schwer kommunizieren. Er wachte geradezu eifersüchtig darüber, dass niemand anders seine Frauke herausholte. Er wollte es auf Biegen und Brechen selber machen.

Da beide schwiegen, hakte Rupert noch einmal nach: »Ist der Hubschrauber in Emden bereit?«

»Ja, Boss«, grummelte Marcellus.

Kleebowski winkte ab: »Es ist ein Fehler, Frederico. Genau das will er doch! Überleg mal … Charlie ist plötzlich nicht mehr zu erreichen … Für niemanden. George sowieso nicht. Alle sind auf Tauchstation. Sie bringen aber deine Frau um, schießen auf dich und schnappen sich deine Miet-Ehefrau. Das sind keine Gesprächsangebote, Frederico. Die wollen dich provozieren, einen Fehler zu machen. Und genau das tust du gerade. George will dich auf sein Schiff locken. Das ist alles Teil eines großen Plans.«

»Eines Rachefeldzugs«, ergänzte Marcellus.

Rupert konnte sich durchaus vorstellen, dass an den Überlegungen der beiden etwas dran war, aber er fühlte sich auf eine ihm bisher unbekannte Art heldenhaft. Getrieben davon, eine schier ausweglose Situation zum Guten zu wenden. Einen Husarenstreich wollte er hinlegen. Etwas, das alle verblüffte.

Eigentlich müsste Rupert jetzt als Hauptkommissar ein paar

Gespräche mit seiner Dienststelle führen. Aber er saß, bewacht von seinen Gangsterfreunden, im gepanzerten Mercedes. Er versuchte es trotzdem. Er wollte keine Zeit verlieren. Frauke brauchte seine Hilfe.

Er vermied es, irgendwo anhalten zu lassen, um dort ungestört sprechen zu können. Sollten sie doch hören, was er zu sagen hatte. Ungewöhnliche Situationen erforderten eben ungewöhnliche Maßnahmen.

Er wählte Liane Brennecke an und hoffte, dass alles gutgehen würde. Sie meldete sich sofort. Er versuchte, den Eindruck zu erwecken, er habe hier alles im Griff. »Hier Frederico Müller-Gonzáles. Ich weiß, wer den Stoff gestohlen hat.«

Sie unterbrach ihn missmutig: »Ich auch. Die Düsseldorfer. Das weiß inzwischen jeder. Meine Gewährsleute haben es mir sofort gesteckt. Mein Informationsnetz ist zwar löchrig geworden, aber immer noch vorhanden … Kümmere dich lieber um den Geier. Niemand weiß, wo er ist … Man hat den Eindruck, er habe sich in Luft aufgelöst. Er weiß genau, dass er gejagt wird. Er ist ein Meister der Verstellung und des Versteckens.«

Kleebowski guckte kritisch zu, während Rupert telefonierte.

»Aber weißt du auch, wo die Düsseldorfer den Stoff versteckt haben?«, fragte Rupert geradezu spitzbübisch.

»Nein.«

»Aber ich.«

»Ach, dann hast du uns allen etwas voraus. Wo denn, Schätzchen?«

Ja, sie sagte tatsächlich *Schätzchen* zu ihm.

»Auf einem Partyschiff. *Halli Galli* oder so. Das lag in Oldenburg vor Anker, als sie das Labor ausgeräumt haben.«

Liane pfiff anerkennend.

»Sie wollen alles über Rotterdam nach Amsterdam bringen und

von dort aus verteilen. Das ist immer der Weg. Es muss ja erst in kleine Tütchen portioniert werden. Das wird dort fabrikmäßig organisiert. Die Düsseldorfer machen das nie selbst, ist denen viel zu riskant. Da zieht ihre Holland-Connection.«

Kleebowski atmete schwer aus. Marcellus hatte Mühe, den Wagen in der Spur zu halten.

»Holt euch den Stoff und sperrt ein paar Typen ein«, verlangte Rupert.

»Worauf du dich verlassen kannst. Der Tipp dürfte dir eine Belobigung von ganz oben einbringen, Kollege.«

»Darauf pfeif ich«, blaffte Rupert und drückte das Gespräch weg.

Kleebowski rang nach Luft. »Wir wissen also, wo unser Stoff ist, und du verrätst das an die Bullen? Das war doch eine Torte von der Drogenfahndung, oder?«

Rupert nickte. »Genau, Kleebo.«

»Haben die dem Boss etwas gegeben? Irgendeinen Scheiß, der das Gehirn zu Mus macht?«, fragte Marcellus.

Rupert lachte, aber weil seine Wunde schmerzte, brach sein Lachen gequält ab. »Das war meine Mieze bei der Kripo. Meine Mieze! Unsereins braucht gute Kontakte in den Apparat hinein, und glaubt mir, Leute, die habe ich. Die holen sich jetzt das Heroin und den ganzen anderen Scheiß.«

»Unseren Stoff?!«, fauchte Marcellus.

»Ja, genau.« Rupert lächelte, so gut es ihm bei den Schmerzen gelang. »Und dann bringen sie alles in unsere Verbrennungsanlage, vermutlich nach Zürich.«

Kleebowski kapierte sofort und strahlte. »Du bist ein Genie, Boss. Die Bullen arbeiten also mal wieder für uns.«

»Ja«, lachte Rupert, »für wen denn sonst?«

Marcellus veränderte den Rückspiegel so, dass er die beiden

besser beobachten konnte. »Ich verstehe«, sagte er, verstand aber nichts.

»Nach Oldenburg«, orakelte Rupert, »werden sie den Stoff kaum bringen. Der Verbrennungsladen ist sozusagen durch die Schießerei dort selbst verbrannt … Aber zum Glück haben wir ja zwei geeignete Labore.«

Marcellus achtete zu wenig auf die Straße. Er dachte noch darüber nach, wie er Frederico von dem Versuch abhalten konnte, Georges Yacht zu kapern. Er fuhr zu schnell über eine Unebenheit in der an Schlaglöchern nicht gerade armen Straße. Rupert spürte es wie einen Tritt in die Gedärme. Er jaulte vor Schmerzen auf.

Kleebowski wollte ihm Schweiß von der Stirn tupfen, wie Ingrun es vorher mehrmals getan hatte. Aber was Rupert bei Ingrun recht war, gefiel ihm bei Kleebowski überhaupt nicht. Er fuhr ihn an: »Fummel mir nicht im Gesicht rum!«

Rupert nahm etwas von den Schmerzmitteln, die Sommerfeldt ihm mitgegeben hatte, und schlief kurz darauf, noch vor Hinte, ein.

»Ist der ohnmächtig geworden oder abgekratzt?«, fragte Marcellus nervös.

»Nein, der ist nur eingepennt.«

»Wir können nicht zulassen, dass er sich in seinem Zustand von einem Hubschrauber auf die Yacht abseilen lässt«, stellte Marcellus klar.

Kleebowski, der Marcellus nicht über den Weg traute, stimmte ihm ausnahmsweise zu. »George oder einer seiner Schergen wird ihn genüsslich abknallen, wenn er unter dem Heli am Seil hängt. Das ist für die wie Tontaubenschießen.«

»Die knallen uns auch ab, bevor wir an Bord sind«, bestätigte Marcellus. »Wir müssen ihm klarmachen, dass das so nicht läuft.«

Rupert rutschte tiefer in den Sitz. Er hatte seinen Kopf gegen die Scheibe gelehnt, als wäre sie ein Kissen. Jetzt bumste seine Schläfe bei jedem Schlagloch dagegen.

Es weckte ihn nicht. Er spürte nichts mehr. Sommerfeldts Mittel waren wirksam.

»Wir sollten seine Mutter anrufen«, schlug Marcellus vor.

»Seine Mutter?«

»Ja, Männer hören auf ihre Mütter.«

Kleebowski brummte zustimmend: »Klar.« Er wusste aus eigener Erfahrung, dass Marcellus recht hatte.

»Sie wird ihm ganz schön die Leviten lesen.«

»Was heißt das eigentlich?«, hakte Kleebowski nach.

»Was?«

»Na, die Leviten lesen.«

Jetzt glänzte Marcellus mit seinem Wissen, das er von seiner Mutter hatte: »Leviten, so hießen früher Priester oder Mönche, das weiß ich nicht mehr so genau. Und wenn die gesoffen und gehurt hatten, dann wurde ihnen so eine Art Strafpredigt gehalten und …«

Marcellus nahm eine Kurve recht scharf. Er wollte einen Traktor überholen, aber auf der Gegenseite kam ihm ein Golf entgegen. Es gab ein Hup- und Schimpfkonzert. Ruperts Kopf fiel auf seine Brust.

»Du bringst uns noch um!«, schimpfte Kleebowski.

»Das ist aber nicht meine Aufgabe«, verteidigte sich Marcellus, indem er versuchte, daraus einen Scherz zu machen.

»Kehr um«, befahl Kleebowski, und sein Ton machte klar, dass er glaubte, hier jetzt das Sagen zu haben.

»Wie?«, fragte Marcellus. »Der Boss will nach Emden, zu unserem Hubschrauber.«

»Ja, und ich sage dir jetzt, kehr um! Der kratzt uns im Auto noch ab. Der muss sofort zurück in die Klinik gebracht werden.«

Marcellus wendete auf einem Feldweg und maulte: »Rin in die Kartoffeln, raus aus den Kartoffeln. Shit, mit mir kann man's ja machen.« Aber im Grunde war er froh, dass jemand eine Entscheidung gefällt hatte.

Er stellte sich das Gespräch mit Fredericos Mutter nicht sehr witzig vor. Die konnte sehr hart, streng und katholisch sein. An einem Wort wie *Miet-Ehefrau* fand sie vermutlich nur wenig Gefallen. Fraukes Schicksal stand sie gleichgültig gegenüber. Ihr angeschossener Sohn aber würde sie zur Furie werden lassen.

Kleebowski ertastete Ruperts Halsschlagader. »Der geht hops. Gib Gas, Mensch!«, beschwor er Marcellus.

Da hob Rupert seinen Kopf, wischte Kleebowskis Hand weg und schimpfte: »Du sollst mir nicht ständig im Gesicht herumfummeln!«

Kurz danach nickte er wieder ein. Er träumte von seinem Garten in Ostfriesland. In seinem Traum leckten die Ausläufer der Wellen an seinen Rosen. In Wirklichkeit war das unmöglich. Im Traum sonnten sich auch seine Ehefrau Beate und seine Geliebte Frauke gemeinsam in farbgleichen Bikinis auf der Terrasse. Es gab Erdbeertorte, natürlich auf ostfriesische Art: schön saftig, die Erdbeeren schwammen im Pudding auf dem Mürbeteig. Während er im Liegestuhl einen Whisky trank, begannen Frauke und Beate gemeinsame Yoga-Übungen unter dem Kirschbaum.

Er sah zu. Das tat gut.

Im Traum wusste er, dass es nur ein Traum war. Sommerfeldt erschien plötzlich wie eine Holografie und sagte: »Genieß es, Rupert. Die AOK-Drogen sind doch gar nicht so schlecht, oder?«

»Bernhard«, flehte er, »mach mich wieder fit! Frauke ist in Not.«

Doch sein Wissen stimmte nicht mit den Traumbildern überein.

Sommerfeldt zeigte auf Frauke und Beate. Er nannte ihre Verrenkungen Yoga. »Das ist Halasana. Die Pflugstellung.«

»Ja, geil«, sagte Rupert, »aber das hier ist leider wohl nur ein Traum.«

Geiers Gesicht veränderte sich ständig. Jetzt hatte er ein Kindergesicht. Aber es war nicht schön und schon gar nicht süß, sondern das Gesicht eines Kindes, das einen gemeinen Streich ausheckte. Einen, der keineswegs lustig war. Das Kind wusste, dass man so etwas nicht tun durfte. Es würde es trotzdem machen, denn es glaubte, ungestraft davonzukommen. Es sah für Frauke so aus, als würde das Kind den Erwachsenen steuern oder zumindest vorschieben.

Geiers Stimme wurde krächzender. Er klang jetzt wie ein alter Mann, der schlecht Luft bekam, aber immer noch zu viel rauchte. Seine Bewegungen waren nicht mehr so zombiemäßig tölpelhaft, sondern eher spinnenartig.

Er hob das Chirurgenmesser auf und betrachtete es, als hätte er so etwas noch nie gesehen. »Zu unordentlich ist es dir hier, ja? Zu schmutzig? Hab ich mir die Prinzessin auf der Erbse ins Haus geholt?«

Sie sagte nichts. Sie kämpfte gegen die aufkeimende Panik an. Sie verbat ihrem Gehirn, sich vorzustellen, was er gleich mit ihr machen würde. Doch je krampfhafter sie versuchte, nicht daran zu denken, umso aufdringlicher wurden die Bilder in ihrem Kopf.

Nichts von dem, was er tun konnte, war so schlimm wie ihre phantasiegetriebene Angst. Irgendwann würden der reale Schmerz und der Blutverlust ihr eine Ohnmacht bescheren. Die Realität konnte, verglichen mit ihrer Phantasie, gnädig sein, und im Gegensatz zur Realität war Phantasie grenzenlos.

Er beugte sich über eine Kiste und holte eine abgesägte doppelläufige Schrotflinte hervor. Er zeigte sie ihr. »Das ist mein Meinungsverstärker.«

Ihre Augäpfel brannten so sehr, sie hätte alles dafür getan, die Augen einmal kurz schließen zu können. Die Dinge um sie herum verschwammen in gleißendem Nebel. Sie befürchtete, über kurz oder lang blind zu werden. Vielleicht war das ja seine Absicht.

Sein abgesägtes Schrotgewehr gab ihr neue Hoffnung. Hatte er vor, sie loszumachen? Brauchte er deshalb diese Waffe, oder wollte er ihr einfach eine Schrotladung verpassen und sie im Zahnarztstuhl verbluten lassen?

Nein, ganz sicher nicht. Da wählte er feinere Methoden. Das Schrotgewehr bedeutete, dass er sie losmachen wollte und etwas brauchte, um sie in Schach zu halten.

»Du wirst meine Putzfrau sein«, sagte er. Er trat hinter sie. Ein paar Dinge klapperten, dann legte er ihr einen schmutzigen Lappen, der nach Öl roch, aufs Gesicht. Er verband ihr die Augen. Obwohl ihre Lider noch getaped waren, tat die Dunkelheit zunächst gut. Doch er zog das Tuch so fest, dass es auf ihren Augäpfeln scheuerte.

»Damit du keine Dummheiten machst, wirst du mit verbundenen Augen putzen. Und ich richte dabei meinen Ballermann auf dich. Wenn du irgendwelche Tricks versuchst, feuere ich zwei Schrotladungen auf deinen Alabasterkörper, Süße.«

Er zerschnitt ihre Kleidung. Er führte die Klinge unter ihren BH, zog sie dann aber wieder zurück, so als wollte er eine letzte Schamgrenze nicht überschreiten. Frauke wusste, dass er nur mit der Möglichkeit spielte, ihr noch mehr zu nehmen.

»So«, sagte er, »du beginnst mit dem Rattenkäfig. Der hat dich doch besonders gestört. Ich werde dich mit meiner Stimme steuern. Du kennst doch das alte Spiel. Es ist wie Topfschlagen. Heiß. Kalt. Ganz kalt …« Er lachte schrill. »Ja, genau das spielen wir jetzt. Ich dirigiere dich mit meiner Stimme.«

Also doch, dachte sie. Wenn ich putzen soll, musst du mich losmachen. Riskier's nur, du kranker Drecksack. Du weißt nicht, mit wem du dich hier anlegst …

Er durchtrennte die Klebebänder. Sie atmete tief durch, ganz so, als wollte sie versuchen, Sauerstoff bis in ihre Fingerspitzen hineinzusaugen.

Es war windstill. Nicht einmal die Gräser der Salzwiesen bewegten sich. Dr. Bernhard Sommerfeldt hatte die Klinik, wie fast jeden Abend um diese Zeit, verlassen. Das liebte er besonders. Er ging einfach nur aus dem Haus, überquerte die Straße und lief den Deich hoch. Von hier aus konnte er alles überblicken. Die milde Abendsonne sorgte jetzt, bei Niedrigwasser, dafür, dass die abfließende Nordsee blau glänzte. Die Sonne spiegelte sich in den verbliebenen Pfützen. Lichtscheue Bewohner des Meeresbodens verkrochen sich.

Von der Deichkrone aus sah er nach Westen. Dort funkelten die letzten Wasserreste, als hätte jemand flüssiges Gold ins Watt gekippt.

Das Watt schien ein heruntergefallener Himmel zu sein. Dr. Sommerfeldt zog seine Schuhe und Strümpfe aus. Er ging barfuß vorsichtig über die dicken Steine, die zur Deichbefestigung gehörten, und stieg ins Watt. Hier wuchs jede Menge Queller. Von weitem sah es aus wie eine hoch wuchernde hellgrüne Wiese, aber es war kein Gras. Es war Queller.

Sommerfeldt pflückte ein paar der fleischigen Stängel. Für ihn hatte diese blattlose Pflanze etwas von einem Kaktus. Er aß sie um diese Jahreszeit fast täglich. Er hatte dem Koch schon zweimal einen Korb davon gebracht und ihn aufgefordert, einen Salat daraus zu machen. Der Koch hatte das salzhaltige Gewächs kurz angebraten und zu Matjes serviert.

Sommerfeldt mochte die knackige Konsistenz. Diese Pflanze, die zur Familie der Fuchsschwanzgewächse gehörte, beeindruckte ihn, weil sie so eine Überlebenskünstlerin war und sich dort entwickelte und gut gedieh, wo die meisten Pflanzen starben: auf salzhaltigem, feuchtem Boden, der immer wieder überflutet wurde.

Wenn er Queller aß, dann am liebsten so wie jetzt: aus der Hand, barfuß im Watt stehend. Dann hatte er das Gefühl, etwas von der unbändigen Überlebenskraft der Pflanze in sich aufzunehmen. Im Grunde war Queller wie er. Wildwuchs. Nicht gepflegt. Nicht gegossen. Einfach unverwüstlich da. Trotzig.

Es krachte herrlich zwischen den Zähnen. Das Salz machte ihn durstig. Später würde er ein großes Glas Leitungswasser trinken und dann einen kühlen Weißwein.

Er stand aufrecht, kaute und richtete den Blick ganz nach Westen. Das Farbspiel begeisterte ihn. Die Sonne schien Meer und Himmel zu einem Ganzen zu verschmelzen. Normalerweise war der Horizont hier immer eine gerade Linie, wie mit einem scharfen Messer in Stoff geritzt. Aber um diese Zeit, wenn die Sonne sich noch weigerte, unterzugehen, sich aber auch nicht mehr wirklich am Himmel halten konnte, dann verwischten die Konturen.

Langsam drehte er sich, den Blick immer auf den Horizont gerichtet. Schon in Richtung Norden wurden die Trennungslinien zwischen Wasser und Himmel wieder deutlich. Wolken schienen darauf zu tanzen oder hielten sich daran fest.

Es war ein sich ständig veränderndes Schauspiel. Nur das Ende des Stückes stand von vornherein fest. Die Sonne würde versinken und dem Nachthimmel die Herrschaft überlassen. Bis dahin blieben aber noch ein paar Stunden Zeit.

Es geschieht immer das Gleiche, dachte Sommerfeldt, und es ist doch jedes Mal völlig anders. So wie jedes Leben mit der Geburt beginnt und mit dem Tod endet, aber in der Zwischenzeit ist Platz für jede Menge Spaß, Irrtümer, Glück und Unglück. Kunst, dachte Sommerfeldt, ist eben kein *Was*, sondern ein *Wie*. Wer einmal den Sonnenuntergang am Meer erlebt hat und jetzt glaubt, ihn zu kennen, ist ein armer Wicht.

Er bestaunte noch eine Weile das Farbschauspiel im Osten, das sich von dem im Westen wesentlich unterschied. Hier malte die Natur mit ganz anderen Farben, ja, hier schien auch ein anderer Künstler am Werk zu sein, der mit dem abstrakten Verwischen von Blau und Weiß experimentierte.

Ein Krabbenkutter wurde von einem Möwenschwarm verfolgt.

Da die Fahrrinne nicht sichtbar war, schwebte die *Frisia V* wie ein Geisterschiff übers Watt. Ein beliebtes Fotoobjekt für Touristen, die ihre Aufnahmen mit Sätzen nach Hause schickten wie: *In Ostfriesland brauchen die Schiffe kein Wasser, um in den Hafen einzulaufen. Hier ist halt alles ein bisschen anders.*

Er atmete tief durch den Mund ein. Der salzige Quellergeschmack vermischte sich mit der metallischen Nordseeluft. Jetzt bekam er richtigen Durst. Er schritt über den Deich hoch. Die Schuhe hielt er in der Hand. Der Chef, so fand er, durfte die Klinik auch mal barfuß betreten.

Auf der Deichkrone angekommen, entdeckte er den Mercedes, der gerade vor der Privatklinik hielt. Er wusste gleich, was los war, und lief den Deich hinunter.

Kleebowski stieg als Erster aus. Er war blass, als hätte er selbst einen Arzt nötig. Er winkte Sommerfeldt und rief: »Schnell! Schnell! Es geht ihm nicht gut!«

Sommerfeldt stellte seine Schuhe auf dem Autodach ab und half Kleebowski, Rupert aus dem Wagen zu hieven.

Es sollte eine Bestrafung, eine Erniedrigung werden, aber für Frauke war es eine Befreiung. Eine Chance.

Ja, sie war fast nackt. Es spielte für sie keine Rolle mehr, ob er ihr auch die Unterwäsche nahm oder nicht. Sie versuchte, sich mit dem Gedanken bereits anzufreunden, um ihm die Macht zu nehmen, sie damit bestrafen zu können.

Ja, ihre Augen waren verbunden und brannten wie Feuer. Dieser Verrückte gab ihr Anweisungen wie in einem Kinderspiel, und zwischendurch lachte er irre auf, als hätte jemand einen Witz gerissen, dabei war sie gestolpert, oder eine Ratte war über ihre Finger gehuscht.

Sicherlich filmte er sie bei ihrer Arbeit genüsslich, würde diesen perversen Dreck ins Netz stellen und versuchen, Frederico damit um den Verstand zu bringen. All das wusste sie. Und doch empfand sie es als große Chance, ja war dem Universum oder wer immer dafür verantwortlich war, zutiefst dankbar. Endlich konnte sie wieder die Handlungsführung erreichen. Sie war noch weit davon entfernt, doch jede Bewegungsmöglichkeit verbesserte ihre Situation.

»Guck dir das an, George«, feixte Geier. »Sieh nur, was hier gerade läuft! Das wird unserem Frederico gefallen, was? Wenn sie den Rattenkäfig sauber hat, wird sie die Leiche seiner Frau waschen. Aber nicht mit irgendeinem Lappen. Wie findest du es, wenn sie sie ableckt? Na, gefällt dir das? Ist das ein Bild? Seine Angetraute und seine Miet-Ehefrau in meinem Keller vereint. Wenn du noch Ideen hast oder Wünsche, dann sag's nur. Das hier ist ja im Grunde deine Show.«

Frauke konzentrierte sich ganz darauf, wahrzunehmen, wo im Raum er sich befand. Die Entfernung war das Wichtigste. Natürlich hatte er dieses abgesägte Schrotgewehr, aber er würde nachlässig damit werden. Garantiert hielt er es nicht die ganze Zeit auf sie gerichtet. Er war viel zu beschäftigt damit, sie zu filmen, gleichzeitig zu telefonieren und sich neue Schweinereien auszudenken.

Sie reinigte den Rattenkäfig mit bloßen Händen. Sie bekam zusammengeknülltes Zeitungspapier und Stroh zwischen die Finger. Sie ertastete Kot. Die Ratten fiepten. Eine biss zu. Unwillkürlich zog Frauke ihre Hand weg und schrie. Sie sog an der Verletzung, um einer Blutvergiftung vorzubeugen. Sie schmeckte ihr süßliches Blut und spuckte aus.

»Die Ratten mögen dich nicht. Niemand mag dich hier«, philosophierte er.

Sie schrie ihn an: »Wenn ich hier sauber machen soll, dann brauche ich Putzsachen! Eimer! Wasser! Lappen! Desinfektionsmittel! Einen Schrubber oder wenigstens einen Besen!«

Wenn er dumm genug ist, mir einen Besen zu geben, dachte sie, dann benutze ich den als meinen Aikido-Kampfstab. Damit erreiche ich dich in jeder Ecke des Raums, du Mistkerl.

»Ach«, spottete er, »die Dame will sich bewaffnen! Die Dame glaubt immer noch, es gäbe eine Möglichkeit, mir zu entkommen. Trotzköpfchen, sag ich da nur ... Trotzköpfchen ...«

Er filmt mich, dachte sie. Er sagt das nicht zu mir, sondern vor allen Dingen zu seinem Publikum. Sie hoffte, dass es ihr gelingen könnte, ihn zu verhöhnen. »Unser tapferer Held hat Angst vor einer Putzfrau mit Eimer und Wischlappen?!«

Ihre Worte saßen. Er schaltete die Kamera oder die Übertragung ab. Sie hörte ihn an den Geräten herumfuhrwerken. Das Stativ wackelte klappernd.

Sie wusste jetzt, wo genau im Raum er sich befand. Sie hatte wieder beide Hände im Rattenkäfig. Er musste gut drei, vier Meter links hinter ihr beim Stativ stehen. Erneut attackierte eine Ratte ihre blutende Hand. Sie griff zu und hob das quiekende Tier aus dem Käfig. Sie schleuderte die Ratte in seine Richtung und riss sich das schreckliche Tuch vom Gesicht.

Aber jetzt war das Licht aus den zwei Scheinwerfern wieder zu grell. Sie sah fast nichts. Alles verschwand für sie in Helligkeit. Die Wirklichkeit wurde für sie zu einem überbelichteten Film.

Sie musste ihn mit der Ratte getroffen haben. Sie hörte, wie er versuchte, sie loszuwerden. Er stieß Laute des Ekels und des Erschreckens aus.

Sie versuchte einen Highkick in seine Richtung, wie sie ihn beim Karate und Thaiboxen gelernt hatte. Sie wusste, wenn sie ihn mit ihrem Fuß am Kopf erwischte, wäre er für Sekunden benommen, falls er nicht sofort k. o. ging.

Minuten später hing Rupert schon am Tropf. Sommerfeldt und Ingrun waren bei ihm im Zimmer. Kleebowski und Marcellus standen kampfbereit vor der Tür, als würden sie einen Angriff tollwütiger Wölfe erwarten.

»Das ist ja grad noch mal gut gegangen«, konstatierte Marcellus und kratzte sich im Gesicht, als wollte er die tätowierte Spinne an seiner Wange vertreiben. Er war für einen Profi unglaublich nervös. Seine Worte klangen für Kleebowski mehr wie eine Beschwörung, so als wisse er, dass es eigentlich anders war.

»Ein Scheiß ist gut gegangen«, stellte Kleebowski klar. »Wir haben das hier nicht im Griff. Wenn der uns bei so einer beknackten Aktion abkratzt, möchte ich nicht in unserer Haut stecken.«

»Wir können dem schlecht Vorschriften machen. Er ist unser Boss.«

»Ja, aber jetzt braucht er einen Stellvertreter. Er kann nicht mehr selbst entscheiden, wenn er im Koma liegt«, sagte Kleebowski, und für Marcellus schwang viel in dem Satz mit …

»Der liegt nicht im Koma, der pennt«, behauptete Marcellus.

»Trotzdem braucht er jetzt einen Stellvertreter. Selbst der amerikanische Präsident hat einen Stellvertreter. Geht doch gar nicht anders. Wenn der plötzlich einen Autounfall hat, kann es doch nicht erst Neuwahlen geben, bevor einer das Land regiert.«

»Stellvertreter?! Und … willst du das sein?«, fragte Marcellus kritisch. »Mach dich mal nicht größer, als du bist, Kleebo.«

Die beiden blickten sich an, als hätte jeder von ihnen Lust, das Ganze hier im Flur sofort auszuschießen. Nur einer konnte Fredericos Stellvertreter sein. Und der Boss war im Moment kaum in der Lage, das selbst zu bestimmen.

Ruperts Zustand stabilisierte sich rasch. Er lag im Bett wie ein Baby, als hätte er jeden Moment vor, den Daumen in den Mund zu stecken, was er natürlich nicht tat. Ingrun wischte sein Gesicht mit einem kühlen Tuch ab. Er hatte eine Temperatur von 39,1.

Rupert öffnete die Augen und sprach sie mit *Frauke* an. Ingrun verbesserte ihn nicht, weil er den Namen so liebevoll ausgesprochen hatte.

Sommerfeldt bat Ingrun, ihn mit dem Patienten alleine zu lassen. Er habe ein ernstes Wörtchen mit ihm zu reden.

Als sie rausging, musste sie an Marcellus und Kleebowski vorbei. Sie wollte freundlich sein und bot den beiden Kaffee an. Sie stimmten zu, gingen aber nicht mit ihr in den Sozialraum, wo die

Kaffeemaschine stand, sondern blieben stur neben der Tür stehen. Sie würde also über ihren eigenen Schatten springen müssen und ihnen den Kaffee bringen.

»Wenn du das hier überleben willst, dann brauchst du jetzt ein bisschen Ruhe, Rupi. Du bist keine zwanzig mehr. Das steckt der Körper nicht so leicht weg. Leider konnten wir noch keine eigene Blutbank aufbauen, sonst hätte ich ein bisschen in dich reingepumpt. Aber«, Sommerfeldt tippte gegen den Plastikbeutel, aus dem eine Kochsalzlösung in Ruperts Vene lief, »das hier tut es auch. Weißt du, mein Traum ist es, dass jeder von unseren Leuten Eigenblut spendet. So könnten wir eine eigene Blutbank aufbauen, und gleichzeitig gäbe es einen gesundheitlichen Kontrollcheck. Unsere Leute gehen nicht gern zum Arzt. Sie meiden Vorsorgeuntersuchungen, als wären die ein Verhör bei der Kripo … Weißt du, wie viele Kranke wir in der Organisation haben? All die kleinen Straßendealer und Cracknutten jetzt nicht mitgezählt. Bluthochdruck, Diabetes und Lungenkrebs bringen mehr Leute von uns um als die Clans. Wir brauchen konsequente Verpflichtungen zur Vorsorge. Und außerdem …«

»Ist ja gut … ist ja gut«, stoppte Rupert Sommerfeldt.

»Nein, es ist eben nicht gut! Du brauchst eine fitte Truppe, nicht solche wandelnden Pflegefälle. Sprich ein Machtwort, Alter!«

Rupert hob, ganz gegen seine Gewohnheit, eine Hand zum militärischen Gruß an den Kopf. »Jawohl, Herr Gesundheitsminister!«

Sommerfeldt verstand, dass er seinen Patienten gerade überfordert hatte. »Entschuldige, dass ich mich so aufrege, aber ist doch wahr!«

»Darf ich dich etwas fragen, Bernhard?«, fragte Rupert leise und winkte den falschen Doktor näher zu sich. Er wollte vermeiden, dass Kleebowski oder Marcellus etwas mitbekamen, und die lauschten bestimmt draußen vor der Tür.

»Klar«, sagte Sommerfeldt und setzte sich auf die Bettkante.

»Ich weiß nicht, wen ich sonst fragen soll. Also, du müsstest dich doch da auskennen …«

»Ist es etwas Medizinisches? Potenzprobleme?«

»Nein, Gott bewahre! Aber weißt du immer so genau, wer du bist, Bernhard? Ich meine, gerät dir das nicht manchmal durcheinander?«

Dr. Bernhard Sommerfeldt verstand, und er begriff, dass Rupert in Schwierigkeiten war, mit sich selbst zurechtzukommen. Das kannte Sommerfeldt in der Tat nur zu gut.

»Am Anfang, als ich mir in Norddeich als Hausarzt eine neue Identität aufgebaut habe, da war das wie ein Spiel für mich. Ein Rollenspiel. Ich habe mich wie ein Schauspieler gefühlt, der in einem Stück auftritt.«

Rupert nickte. »Ja, das war bei mir auch so. Ich habe mich mal mit einem Schauspieler darüber unterhalten. Mit diesem Barnaby Metschurat. Kennst du den?«

»Klar, der spielt so einen Kotzbrocken im ZDF.«

»Ja, manchmal ist er Polizist und dann wieder Gangster, Liebhaber oder betrogener Ehemann. Aber der weiß wenigstens immer, wann er Drehschluss hat und wann Feierabend ist.«

»Und du«, fragte Sommerfeldt, »du weißt jetzt nicht mehr, wer du bist?«

Rupert antwortete nicht gleich. Er sah Sommerfeldt an und fühlte sich verstanden. Eine Weile schwiegen beide gemeinsam, und nur ein paar Möwenschreie waren durch das offene Fenster zu hören.

Dann schüttete Rupert sein Herz aus: »Ein Teil von mir ist immer noch mit Beate verheiratet und mit Leib und Seele ostfriesischer Polizist. Aber ein anderer ist Gangsterkönig und mit Frauke zusammen, und wenn ich bei Beate bin, dann fühlt sich das richtig an, und wenn ich bei Frauke bin, dann ist es da genauso … Dann kommt mir der andere vor wie ein Fremder. Und zwar wie einer, den ich nicht mal gut leiden kann. Ich frage mich auch: Spioniere ich als Bulle das organisierte Verbrechen aus oder als Gangsterkönig die Polizei?«

»Das ist«, behauptete Sommerfeldt, »alles ganz normal. War bei mir genauso. Am Ende habe ich mich für einen richtigen Arzt gehalten. Ja, ich war vermutlich sogar besser als viele meiner Kollegen.«

»Da sagst du etwas! Ich habe auch das Gefühl, dass ich als Gangsterboss einen verdammt guten Job mache.«

»Machst du«, bestätigte Sommerfeldt, »machst du. Im Grunde bist du besser als der richtige.« Sommerfeldt grinste.

»Und fragst du dich nicht auch manchmal, wer du wirklich bist, Bernhard?«

»Ja, welches Leben ist das richtige, frage ich mich oft, wenn ich auf dem Deich sitze oder im Watt bin. Dann erst komme ich mir wieder echt vor. Sonst habe ich oft das Gefühl, nur eine schlechte Kopie meiner selbst zu sein. Eine Rolle zu spielen. Ich bin wie eine literarische Figur, die aus dem Text ins wirkliche Leben geflohen ist«, sagte Sommerfeldt nachdenklich.

Rupert kämpfte mit sich. Einerseits tat ihm dieses Gespräch mit dem Serienkiller, der sich mehr und mehr zum Freund entwickelte, gut. So wie das im Yachthafen mit Holger Bloem. Andererseits war er unfassbar müde und doch gleichzeitig aufgekratzt. Er musste Frauke rausholen, egal wie.

Er sagte es freiheraus: »Ich glaube, als Frederico Müller-Gonzáles habe ich größere Chancen, Frauke zu retten …«

Sommerfeldt sah sich während des Gesprächs noch einmal die

Wunde an. Die Blutung war gestoppt. Sommerfeldt wirkte zufrieden.

»Sicher«, sagte er, »als Polizist musst du dich an die Regeln halten. Du musst George zum Verhör laden. Der kommt, wenn überhaupt, mit Anwalt und sagt erst mal nichts.«

Rupert sah das genauso. »Aber als Gangsterboss, da habe ich ganz andere Möglichkeiten ...«

»Und die solltest du jetzt auch nutzen, mein Freund.«

Rupert wollte in scharfem Befehlston seine zwei Kleiderschränke hereinrufen. Aber seine Stimme klang heiser und brüchig.

»Du hörst dich an wie ein pubertierendes Mädchen«, lästerte Sommerfeldt.

Kleebowski und Marcellus wollten gleichzeitig ins Zimmer stürmen. Im Türrahmen behinderten sie sich gegenseitig. Kleebowski griff sogar zu seiner Waffe. Grinsend hob Sommerfeldt demonstrativ die Hände: »Ich bin sein Arzt.«

»Und zwar der beste, den ich je hatte«, krächzte Rupert.

Kleebowski verbarg jetzt seinen Revolver, als würde er sich dafür schämen, ihn zu tragen.

»Holt mir diesen George hierher«, verlangte Rupert.

Die beiden nickten simultan. »Lebendig!«, ermahnte er seine Leute.

»Er kennt diesen Ort«, verriet Sommerfeldt. »Er mag diese Privatklinik. Ich habe ihn am Anfang hier mal wegen seiner Leberprobleme behandelt und seine Gallenblase laparoskopisch entfernt.«

Rupert staunte: »Ihr seid also praktisch Freunde?«

Sommerfeldt schüttelte den Kopf: »Nein, das würde ich nicht sagen. Er hat sich um die Nachuntersuchung gedrückt. Da ist er wie alle. Wenn's nicht mehr richtig weh tut, melden sie sich nicht mehr. Er mag keine Ärzte. Aber er musste zu uns kommen. Er hatte schlimme Koliken.«

Marcellus kratzte sich wieder. »Die Untersuchung kann ja jetzt nachgeholt werden …«, feixte er.

»Beeilt euch, Jungs!« Es klang nicht so sehr nach einem Befehl, sondern mehr wie ein Anfeuerungsruf.

»Diese Privatklinik ist neutrales Gelände. Hier wird niemand zusammengeschlagen oder fertiggemacht, ist das klar?«

Kleebowski blieb stehen und sah Sommerfeldt ratlos an: »Ja, wo sollen wir das denn dann machen?«

Sommerfeldt zeigte zum Fenster hinaus auf den Deich.

Frauke hatte den Geier nur an der Schulter erwischt, doch jetzt wusste er, dass sie eine gefährliche Gegnerin war, die hart austeilen konnte. Aber er würde sie schon in den Griff kriegen und dann weichkochen.

Mit der Rechten richtete er die abgesägte Schrotflinte auf sie. Er sprang hinter den Scheinwerfer. Hier konnte sie ihn garantiert nicht sehen. Das gleißende Licht blendete sie viel zu sehr.

Sie nahm eine gebückte Kampfhaltung ein. Die Hände wie Klauen in Kopfhöhe, suchte sie nach ihm. Jetzt hatte sie etwas Raubtierhaftes an sich.

Sie vermutete ihn hinter dem Licht, aber sie scheute die Helligkeit wie Tiere das Feuer. Sie riss sich die Klebestreifen von den Augenlidern. Für ihn sah es aus, als müssten ihre Augäpfel jetzt herausfallen. Er staunte, wie lang man Augenlider ziehen konnte.

Das rechte Auge schloss sich kurz reflexhaft, aber dann, als hätten sie ihre Funktion verloren, hingen die Lider schlaff herab. Das obere nahm ihr viel von der Sicht, das untere Augenlid baumelte wie ein abgerissener Hautfetzen auf ihrer Wange. Das linke Auge blieb einfach offen, als wären die Klebestreifen noch da.

Mit offenen Augen bewegte sie sich blind durch den Raum. Sie stieß Gegenstände um und schlug Löcher in die Luft, wo sie ihn vermutete.

Er hätte sie einfach niederschießen können, doch er war kein simpler Killer. Kein Hitman, wie es ihn für ein paar Scheine in jeder heruntergekommenen Metropole gab. Nein. Er war der Geier. Er empfand sich als Künstler. Einer, der Menschen zum Sprechen brachte und erschreckende Videos liefern konnte, die alles übertrafen, was man aus Horror- oder Splatterfilmen kannte. Er war in der Lage, Leute durch seine Filme oder Livestreams verrückt zu machen, und für Frederico hatte er sich ein paar ganz besondere Teufeleien ausgedacht.

Frauke versuchte, seitlich an dem Scheinwerfer vorbei an ihn heranzukommen, ohne direkt ins Licht gucken zu müssen. Es war ganz klar: Sie wollte ihn angreifen.

Sie ignorierte die Schrotflinte. Sie wusste, dass er sie lebendig brauchte, um sie publikumswirksam quälen zu können. Die Leiche von Madonna reichte aus. Eine zweite Leiche würde das Erschrecken nicht vergrößern. Zu viele Tote ließen einen eher abstumpfen.

»So«, sagte er und suchte noch hinter dem Scheinwerfer Deckung. Er hielt das Licht konsequent auf ihr Gesicht gerichtet. Der Lichtkegel war seine stärkste Waffe. Wichtiger als die Schrotflinte. Es kam ihm so vor, als könne er sie damit dirigieren.

Sein Handy meldete sich. Er hatte für alle Kontakte andere Klingeltöne eingerichtet. George meldete sich wie ein quiekendes Schwein auf dem Schlachthof. Unwillkürlich ließ der Geier den Ständer des Scheinwerfers los und griff zum Handy. Doch das Schweinegequieke hatte ihn verraten. Frauke griff an. Sie führte drei Highkicks in die Richtung aus, aus der der Ton gekommen war. Mit jedem kam sie ihm näher.

Der erste Tritt ging ins Leere. Der zweite stürzte den Scheinwerfer um. Der dritte erwischte ihn an der Hand, mit der er die abgesägte Schrotflinte hielt. Die Waffe ging los. Der Knall war ohrenbetäubend. Zwei Schrotladungen prasselten gegen die Wand. Kleine Metallkügelchen aus Hartblei prallten ab und flogen als Querschläger durch den Raum. Eine Kugel streifte seine Stirn.

Frauke wurde am rechten Fußknöchel getroffen, was sie aber nicht daran hinderte, ihre Chance zu nutzen und zwei Körpertreffer bei ihm zu landen.

Ihm blieb die Luft weg.

Die abgesägte Flinte lag auf dem Boden bei den alten Zeitungen und Katzenfutterdosen.

Er floh vor Frauke und stolperte über den Scheinwerfer. Er stöhnte. Jeder Ton, den er von sich gab, war ein Punkt für sie. Sie folgte ganz ihrem Gehör.

Er packte eine Werkzeugkiste und warf sie in die Ecke hinter ihr. Der Lärm sollte sie von ihm weglocken, doch sie fiel auf die Finte nicht herein und führte mehrere linke und rechte Haken in seine Richtung aus.

Er brachte die tote Madonna zwischen sich und Frauke. Er hatte drei verschiedene Elektroschocker. Zwei kurze, die Rasierapparaten ähnelten, und einen langen Schlagstock, an dessen Ende die zwei Metallkontakte glänzten.

Er nahm den Schlagstock und drückte einmal den Auslöseknopf, um zu kontrollieren, ob die Batterien noch ausreichten. Ein knisternder Lichtbogen zwischen den beiden Kontakten entstand.

Obwohl der Knall der Schrotflinte Frauke fast taub gemacht hatte, vernahm sie das Knistern wie eine ferne Bedrohung. Sie wusste genau, was solche Geräusche machte: ein Elektroschocker.

Sie wusste, was sie erwartete, doch sie konnte es nicht verhindern. Er stieß den schwarzen Stab geradeaus gegen ihren Hals und drückte ab.

Sie zuckte ein paarmal und stürzte. Sie verlor das Bewusstsein, bevor ihr Körper den Boden berührte.

Ann Kathrin Klaasen hatte immer noch ein recht angespanntes Verhältnis zu Liane Brennecke. Ann Kathrin war völlig klar, dass sie Rupert für ihren privaten Rachefeldzug gegen den Geier benutzte. Umso mehr ärgerte es sie, dass die Information von Liane Brennecke kam. Warum, fragte Ann Kathrin sich zerknirscht, hatte Rupert nicht sie oder Weller oder wenigstens Büscher unterrichtet? Warum ausgerechnet die Brennecke?

Klar waren seine ostfriesischen Kollegen dafür nicht zuständig. Das war kein Ding der Mordkommission, sondern etwas für die Drogenfahndung und den Zoll. Trotzdem gönnte sie Liane den Triumph nicht.

Es war ohnehin nicht deutlich, in welcher Funktion Liane Brennecke in Norden war. Einerseits war sie nach den traumatischen Erlebnissen in Geiers Folterkammer erst einmal krankgeschrieben. Jeder gönnte ihr die Auszeit. Andererseits hatten Kollegen, die mit V-Leuten im organisierten Verbrechen arbeiteten, eigentlich nie frei. Ihr Dienst ging sieben Tage, vierundzwanzig Stunden. Urlaub oder Krankschreibungen torpedierten die Arbeit sofort. Kontaktleute mussten ständig erreichbar sein. Da gab es keinen Dienstschluss und keine Urlaubsvertretung. Spitzel, Verräter, Spione waren scheue Wesen. Sie hielten zu einer Person

Kontakt, nicht zu einer Behörde. Niemand vertraute einer Institution, wenn überhaupt, dann höchstens einem Menschen. Sie bekamen auch kein Gehalt vom BKA oder vom Verfassungsschutz. Sie erhielten Bargeld in Briefumschlägen. Manche bekamen ein Auto geschenkt oder ihre Freiheit. Einmal hatte jemand für seine Spitzeldienste einen Studienplatz in einem Fach mit hohem Numerus clausus erhalten. Verrat der Komplizen gegen ein Medizinstudium. Kein schlechter Deal, fand Ann Kathrin.

Niemand anders war in der Drogenszene so gut vernetzt wie Liane Brennecke. Sie hielt selbst Vorgesetzten gegenüber dicht. Niemand kannte die Namen ihrer Informanten. Nur sie selbst. Das gab ihr Macht, auch innerhalb des BKA. Sie wusste diese Stellung für ihre eigenen Interessen gut zu nutzen.

Ann Kathrin war mit dem Rad aus Grendels Ferienwohnung vom Distelkamp in die Norddeicher Straße zum Restaurant *Möwchen* gefahren. Büscher hatte dorthin eingeladen, um die aufgeheizte Stimmung ein bisschen abzukühlen. Er hoffte, bei einem guten Essen sei das am einfachsten. Er hatte Ann Kathrin, Frank Weller und Klatt zum Steakessen eingeladen. Er behauptete, bessere Steaks seien kaum irgendwo zu bekommen. »Im *Möwchen*«, so sagte er, »verstehen sie es, mit Fleisch umzugehen.«

Mit Liane Brennecke rechnete beim Bestellen noch niemand.

Ann Kathrin wollte dann aber gar kein Steak, sondern wählte für sich einen Erdbeer-Spargel-Salat und ein Ditzumer Rotbarschfilet mit Nordseekrabben. Frank Weller war Fisch sowieso immer lieber als Fleisch. Er entschied sich für eine gebratene Kutterscholle Müllerinart mit Salzkartoffeln und Krabben.

Büscher und Klatt blieben beim Steak. Büscher nahm ein 200-Gramm-Filetsteak, Klatt ein 500-Gramm-Färsen-Rumpsteak. Klatt erklärte gerade ungefragt allen, dass Färse keineswegs mit Fleisch von der Ferse verwechselt werden dürfe.

Alle am Tisch wussten, was Färsenfleisch war, ließen ihn aber weiterreden. Dieser Abend sollte ja so etwas werden wie das Rauchen einer Friedenspfeife, nur eben ohne Qualm.

Zum Glück klingelte jetzt Klatts Telefon, so dass sie sich seinen Vortrag nicht länger anhören mussten. Er ging ran. Liane Brennecke wollte ihn sprechen. Er machte den Fehler, zu sagen: »Wir sind im *Möwchen* und haben gerade bestellt.«

Er verstand das als klare Abgrenzung. Sie aber als Einladung.

»Ich bin gleich da«, sagte sie erfreut und fügte hinzu: »Bestell mir Champignongulasch und dazu einen Salat.«

Sie beendete das Gespräch, bevor er antworten konnte. Er legte das Handy neben sein Bierglas und brummte: »Klar. Sie natürlich fleischlos.«

Sie kam zeitgleich mit dem Essen an. Weller bestellte sich rasch noch einen Rotwein. Er war keineswegs der Meinung, dass man zu Meeresfisch immer Weißwein trinken musste. Er ließ sich kulinarisch nicht gerne gängeln. Er und Ann Kathrin waren mit dem Rad gekommen, um heute Abend ein Gläschen trinken zu können.

»Wenn man bei uns Fahrrad fährt und zu viel Promille im Blut hat«, grinste Weller, »dann nehmen die Kollegen einem den Autoführerschein weg – vermutlich, damit man noch mehr Fahrrad fährt –, das ist die Logik unseres Rechtssystems.«

Klatt fand das nicht lustig. Ann Kathrin kannte Franks Witze inzwischen auswendig, und Liane Brennecke hörte ihm sowieso nicht zu, sondern brannte darauf, selbst etwas zu berichten. Büscher lachte aus Höflichkeit über Wellers Worte. Der prostete sich ein bisschen gefrustet selbst zu und nahm einen guten Schluck.

Während serviert wurde, erzählte Liane Brennecke noch nichts. Der freundliche Kellner sollte nicht mitbekommen, was geheimer war als die Lottozahlen der nächsten Ziehung. Niemand durfte vorher gewarnt werden. Solch große Mengen Heroin und Kokain zu beschlagnahmen, war immer als Publikumserfolg zu werten. So bekam die Bevölkerung das Gefühl, die Polizei hätte die Sache noch einigermaßen im Griff oder sei wenigstens ein ernst zu nehmender Gegenspieler der Drogenmafia. Für viele Menschen hatte der Staat in den USA und in den Niederlanden diesen Kampf längst verloren. Die Situation in ganz Europa drohte zu kippen. Drogenbarone übernahmen die Macht auf den Straßen und kauften sich in die Realwirtschaft ein.

Liane Brennecke und ihre Abteilung stemmten sich dem entgegen. Rupert war im Moment ihr wichtigster Trumpf.

Das Färsen-Steak war für Klatt gerade wichtiger als alles andere. Er hatte es medium rare gewählt. Er mochte es, wenn beim Reinschneiden noch Blut herauslief. Weller flüsterte Ann Kathrin zu: »Ob er jemals eine Frau so verliebt angeguckt hat wie sein Steak?«

Klatt hatte eine Menge körperlicher Probleme, aber immer noch gute Ohren. Er zischte über den Tisch: »So ein Steak bringt Tinte in den Füller, Weller!«

Büscher befürchtete schon, seine Einladung könne das Gegenteil dessen bewirken, was er vorgehabt hatte. Aus einer Wiederbefreundung oder Rekollegialisierung, wie er es nannte, konnte rasch eine Neuverfeindung werden.

Nach ostfriesischer Sitte hätte eigentlich der Gastgeber Martin Büscher zuerst allen einen guten Appetit wünschen müssen. Auch hätte es sich gehört, zunächst auf einen schönen Abend anzustoßen. Doch Klatt begann einfach, sein Färsen-Steak zu zerschneiden, und schob sich zufrieden lächelnd das erste große Stück in den Mund. Für ihn war es jetzt schon ein gelungener Abend.

Da Klatt nicht ganz lautlos aß und auch schlang, als hätte er

Angst, jemand könne ihm das Fleisch vom Teller zerren, benahmen sich die anderen jetzt besonders vornehm. Es war ihre Art, sich von ihm abzugrenzen.

Liane Brennecke war begeistert von ihrem Pilzgulasch und beugte sich jetzt über den runden Tisch vor. Sie flüsterte: »Unser Rupert ist großartig, Leute!«

Klatt guckte hoch und verschluckte sich fast. Er hustete. Büscher klopfte ihm auf den Rücken, was Klatt gar nicht gefiel.

»Er hat«, fuhr Liane Brennecke leise fort, »herausgefunden, wo wir zwölf Zentner Rauschgift beschlagnahmen können.«

»Kilo oder Zentner?«, wollte Büscher staunend wissen.

»Zentner«, stellte Liane Brennecke klar.

Weller filetierte seine Scholle und nahm die erste Gabel voll mit weißem Fleisch und obendrauf einer Nordseekrabbe. Gern erzählte Weller bei der ersten Krabbe, die er aß, dass die Krabben eigentlich Langschwanzkrebse seien. Aber heute klemmte er sich das, wofür Ann Kathrin ihm dankbar war. Sie wusste, dass Weller mühelos eine Stunde lang über Krabben, das richtige Krabbenbrötchen, Krabbenkutter, Krabbenfang und das Pulen von Krabben reden konnte. Bei einem abendfüllenden Programm sprach er gern über Krabbenpulmaschinen, die allesamt nicht funktionierten und für die es sogar ein Museum gab. Frische Krabbenfänge, die zum Pulen nach Marokko geflogen wurden, weil das billiger war, als Arbeitskräfte hier ordentlich zu bezahlen, stachelten Weller zur Höchstform an. Ja, er wurde dann geradezu politisch.

»Was bedeutet das für unsere Abteilung?«, fragte Büscher.

Liane Brennecke antwortete: »Zunächst nur, dass ihr noch etwas länger auf Rupert verzichten müsst. Er ist tatsächlich zum wichtigsten Mann der europäischen Drogenfahndung geworden.«

»Ach«, grinste Weller, »ich dachte, der leitet jetzt die Geschicke einer Bank.«

»Ja, spottet nur alle«, lächelte Liane Brennecke. »Er ist ein großartiger Polizist. Wir können es uns gar nicht leisten, ihn abzuziehen.«

Damit war klar, wie dieser Abend weiterlaufen würde. Büscher rechnete mit großem Streit. Er wollte noch einen Versuch starten, um abzulenken, aber er war zu langsam. Ann Kathrin fauchte angriffslustig quer über den Tisch: »Und wenn rauskommt, von wem der Tipp ist, dann sammeln wir gemeinsam für einen Kranz, oder was?«

Liane Brennecke parierte die Attacke ruhig, obwohl Ann Kathrin aussah, als würde sie gleich ihr Ditzumer Rotbarschfilet in ihre Richtung werfen. »Das wird nicht passieren«, behauptete Liane.

Weller regte sich auf: »Zu solchen Informationen haben immer nur sehr wenige Leute Zugang. Wenn jemand etwas verrät, dann legen die vorsichtshalber jeden um. Wir kennen diese Strategie …«

Liane Brennecke ließ ihn nicht ausreden. »Ja, ja, ich weiß. Ich kenne die Statistik. Aber wir werden ihnen einen Tipp geben, wer sie verraten hat.«

Alle am Tisch gafften sie an. Aus Klatts offenem Mund wäre fast ein blutiges Stück Fleisch gefallen, doch im letzten Moment saugte er es wieder ein.

»Wir werden«, erläuterte Liane Brennecke, »durchscheinen lassen, dass ein Mensch, der Geier genannt wird, dahintersteckt. Natürlich kennen wir seinen richtigen Namen nicht und auch nicht seinen Aufenthaltsort. Das geht ganz leicht, wenn man am Rande der offiziellen Pressekonferenz ein, zwei Journalisten ins Vertrauen zieht und ihnen sagt, dass sie das auf keinen Fall schreiben dürfen. Ich habe da auch schon welche ins Auge gefasst. Man kennt seine Pappenheimer ja …«

Ann Kathrin legte empört ihre Gabel weg und sprach zu Weller absichtlich so, dass jeder es hörte: »Der ist echt jedes Mittel recht, um sich an Geier zu rächen.«

Weller protestierte in Richtung Liane Brennecke: »Die wissen doch vermutlich, dass der Typ gar keine Ahnung hat. Die legen doch keinen um, der es überhaupt nicht wissen kann.«

Liane Brennecke tat, als hätte sie Ann Kathrins Worte nicht gehört, und unterstrich ihre Aussage mit dem Suppenlöffel: »Natürlich ist das glaubwürdig. Er wird eingesetzt, um Menschen zum Sprechen zu bringen. Ich denke, dass er mehr weiß als so mancher Boss. Zumindest ist das die Legende in der Szene. Und wenn der Verdacht erst einmal gestreut ist, wird die gesamte Unterwelt ihn jagen. Die, von denen er bisher seine Aufträge bekommen hat, werden jetzt seine erbitterten Gegner werden.«

Ann Kathrin sagte es freiheraus: »Sie ist skrupellos.«

»Nein«, entgegnete Liane Brennecke, »ich bin Realistin.« Sie breitete die Arme aus, als wollte sie alle umarmen. »Was wollt ihr? Wir bekommen den Stoff und eine gute Presse. Rupert ist fein raus, und ja, stimmt, ich bekomme meine Rache. Machen wir uns doch nichts vor. Dieser Geier fliegt unterhalb unseres Radars. Mit unseren Mitteln kriegen wir den nicht. Vielleicht ist er sogar ein ehemaliger Kollege von uns. Er versteht viel von unserer Arbeit, und er unterläuft sie spielend. Aber ab jetzt werden seine eigenen Leute ihn jagen, und denen entkommt er nicht. Er kann bei keinem neuen Auftrag wissen, ob sie ihn wirklich bezahlen oder einfach nur ausknipsen wollen.«

»Mir gefällt das nicht«, sagte Büscher leise.

»Morgen früh wird eine Sondereinheit die *Halli Galli* auf hoher See hoppnehmen. Zwei Stunden später, nachdem alle offiziellen

Stellen von uns unterrichtet wurden, geben wir eine Pressekonferenz.«

Wellers Weinglas war schon wieder leer. Büscher fragte: »Noch ein Viertel, Frank?«

»Nein«, antwortete Weller, »ich glaube, ich brauche jetzt einen Schnaps.« Er winkte den Kellner herbei.

Weller und Ann Kathrin verzichteten auf ein Dessert. Sie fuhren mit den Rädern nicht direkt in den Distelkamp zurück, sondern noch zum Deich. Sie radelten vom *Möwchen* geradeaus in Richtung Hafen auf das *Utkiek* zu. Auf der dem Meer zugewandten Seite des Deiches radelten sie den asphaltierten Weg in Richtung Westen. Weller wäre am liebsten bis Greetsiel durchgefahren. Es war windstill, und die Abendstimmung mit den Schiffslichtern auf dem Meer beruhigte ihn.

Ann Kathrin war das zu viel. Weller musste sich entscheiden, alleine weiterzufahren oder mit Ann umzukehren. Er wählte die Zweisamkeit.

Sie radelten an der Privatklinik, in der Rupert lag, vorbei und machten sich Sorgen um ihn, ohne zu ahnen, wie nahe sie ihm waren.

Zu Hause duschte Ann sofort. Weller öffnete eine Rotweinflasche und schichtete auf der Terrasse noch Holz für ein Feuerchen aufeinander. Dies war, so fühlte er, eine besondere Nacht. Die wollte er nicht verschlafen, sondern entweder am Deich sitzen und aufs Meer schauen oder auf der Terrasse und ins Feuer gucken.

Die Flammen loderten schon und spendeten heimeliges Licht, als Ann Kathrin aus der Dusche kam. Sie setzte sich mit nassen Haaren zu Weller.

»Die Brennecke ist so euphorisch«, sagte sie, »aber ich habe ein ungutes Gefühl, als würde gerade etwas Schreckliches geschehen. Und wir können es nicht verhindern.«

Als sie aufwachte, weil eiskaltes Wasser auf sie geschüttet wurde, wusste Frauke sofort wieder, wo sie war. Ihre Arme klebten an den Stuhllehnen fest. Ihre Füße spürte sie nicht mehr, weil er das Gaffer-Tape so stramm gewickelt hatte, dass die Durchblutung abgeklemmt wurde.

Aber das Schlimmste war: Sie hatte die Augen weit offen, die Klebestreifen juckten auf Wange und Kinn, doch sie sah nichts mehr. Er hatte, während sie ohnmächtig im Zahnarztstuhl saß, den grellen Lichtstrahl des Scheinwerfers weiterhin auf ihr Gesicht gerichtet. Ein Scheinwerfer war bei ihrer Rangelei zu Bruch gegangen. Der andere funktionierte noch.

Sie hörte ihn reden. Keine Frage, er sprach mit dem Mann, in dessen Auftrag er hier handelte.

»Sie ist ein zähes, selbstbewusstes Luder. Stolz und hart im Nehmen. Aber Stromstöße mag sie ganz und gar nicht. Ich habe sie jetzt gut verkabelt, um ihr jederzeit ein paar Volt verpassen zu können.« Er kicherte, als wäre das ein guter Gag. »Damit kann ich sie nicht nur unter Kontrolle halten, damit kann ich sie auch Cha-Cha-Cha tanzen lassen.« Wieder stieß er dieses eklige, dümmliche Gelächter aus.

Sie erschrak über den kranken Humor und die Pläne, die er mit ihr hatte, aber darin lag für sie auch eine Chance. Darauf versuchte sie sich zu konzentrieren. Da sie praktisch blind war, brauchte sie eine andere Verbindung zu ihm, um ihn zu erwischen.

Die Kabel, die jetzt an ihrem Körper hingen, waren so eine Verbindung. Da sie nichts sehen konnte, versuchte sie, sich über andere Sinnesorgane in die Situation hineinzufühlen. In diesem ganzen Gestank des Kellers konnte sie trotzdem riechen, wo er war. Er benutzte ein Haarshampoo, das nach frischen Früchten roch, nach Äpfeln und einem Hauch von Kokos.

Sie konnte seinen Atem hören.

Jetzt widmete sie sich ganz ihrem größten Sinnesorgan: ihrer Haut. Sie wollte fühlen, wo sie verkabelt war. Irgendwo musste etwas an ihr kleben oder auf eine andere Art befestigt worden sein. Es war schwerer, die Dinge auf der Haut zu erspüren, als sie dachte, denn einerseits versuchte sie, die Schmerzen zu ignorieren, aber leider schmerzte ihr ganzer Körper, mit brennenden Zentren an den Handgelenken, im Gesicht und am rechten Knie. Dazu das Stechen in den Augen. Andererseits wollte sie trotzdem erfühlen, wo die Kabel waren.

Sie bewegte sich, so gut es ging. Sie hob die Hüften kurz an. Sie musste es vorsichtig tun. Er sollte nicht bemerken, dass sie wach war. Noch nicht. Sie musste erst mehr Informationen über ihre Situation sammeln.

Es lag etwas auf ihrem Bauch. Wenn sie sich bewegte, rutschte es auf ihr herum wie eine dünne Schlange. Etwas klebte über ihrem Bauchnabel fest. Daran hing die Schlange, als hätte sie sich dort festgebissen.

Jetzt, da sie ein erstes Kabel ausfindig gemacht hatte, wurde die Suche leichter. Ein zweites Kabel war hinter ihrem linken Ohr befestigt. Wenn sie den Kopf leicht drehte, spürte sie die Schlangenbewegungen auf der Schulter und am Hals.

Wenn er mir die Hände losmacht, dachte sie, packe ich die Kabel und reiße ihm nicht einfach aus der Hand, was er da festhält, sondern ich muss sie straffen. Eine gerade Linie ist die kürzeste Verbindung zwischen zwei Punkten. Wenn ich auch nur ein Kabel kurz geradeziehen kann, weiß ich, wo er steht. Falls er zur Seite springt, werde ich es hören.

Sie stellte sich eine schnelle Schlagkombination vor. Zuerst einen Tritt, vielleicht zwei, dann Boxhiebe. Sie konnte die Schläge, blind, wie sie war, nicht genau platzieren. Sie musste nach Gehör schlagen.

Schon nach dem ersten Treffer würde es einfach werden. Jeder, selbst der härteste Kämpfer, machte Geräusche, wenn er einen Schlag einstecken musste. Die Atmung würde ihn verraten, vielleicht sogar ein Stöhnen. Das könnte ihr helfen, seinen Hals zu erwischen. Ein Schlag oder Tritt gegen den Hals würde ihn ausknocken.

Sie hörte ihn weiter schwätzen. Er schien gut gelaunt zu sein und sich von diesem Abend noch viel zu versprechen. Oder war es morgens? Nachts? Sie hatte jedes Zeitgefühl verloren.

Sie fragte sich, wie der Elektroschocker aussah, mit dem er sie verkabelt hatte. Hielt er eine Art Kasten in der Hand, mit einer Steuerung? War es eine Pistole? Was spielte es noch für eine Rolle, wie das Ding aussah? Sie kannte seine Funktion, und nur das war wichtig.

Sie traute ihm zu, sogar etwas selbst gebastelt zu haben. Wenn andere Krippenfiguren für Weihnachten schnitzten, dann, so stellte sie sich vor, bastelte sein krankes Hirn neue Folterinstrumente zusammen.

So sehr sie darauf hoffte, dass ihr Frederico endlich auftauchen würde, um sie zu retten, so sehr musste sie doch auf ihre eigene Kraft und ihr Durchsetzungsvermögen vertrauen. Das schien ihr realistischer.

Du schaffst mich nicht, Geier, dachte sie, du nicht. Jetzt, da ich endlich einen guten Mann gefunden habe, einen, den ich aufrichtig lieben kann, statt nur so zu tun als ob, jetzt will ich nicht in diesem Drecksloch sterben.

Kerle, die sich in sie verknallt hatten, hatte es immer genug gegeben. Doch sie selbst wusste nicht, wohin mit ihren Gefühlen.

Mit diesem Attila Wunstmann hatte sie sich eine Weile selbst betrügen können. Er war einfach ein Irrtum gewesen, wie so vieles in ihrem Leben. Doch jetzt hatte sie Frederico. Seine Frau war tot und er frei. Ein glückliches Leben erwartete sie. Ein Leben in Wohlstand und voller Abenteuer. Endlich eine erfüllte Liebe …

Sie zwang sich, Geier zuzuhören und sich nicht in Liebesträumen zu verlieren, obwohl sie genau das jetzt brauchte, um nicht im Sumpf der Hoffnungslosigkeit zu versinken.

Vielleicht brauchte der Mensch gar kein offenes Fenster oder eine Tür, wie der Philosoph Bloch gedacht hatte. Vielleicht reichte es, zu wissen, wofür es sich lohnte, weiterzuleben. Oder war das schon das Fenster?

Sie war jedenfalls bereit, sich dem Kampf zu stellen und Entbehrungen auf sich zu nehmen.

»Nicht einmal das kalte Wasser hat sie geweckt. Ich werde sie mal ein bisschen pieksen. Dann mache ich sie los, und sie wäscht Madonna Rossi.« Der Geier machte eine kurze Pause. »Was soll schiefgehen? Ja, ja, okay, okay, ist ja schon gut … Ich übertrage nicht direkt. Nein, das soll nicht peinlich werden. Ich schicke ihm erst hinterher den Film oder die Fotos … Ja, klar, ganz wie du willst … Wir gehen auf Nummer sicher. Ich hab ja eigentlich lieber ungeschnittenes Material gesendet, so hundert Prozent live. Ganz roh. Brutal wie das Leben. Aber wenn du auf Nummer sicher gehen willst, George, dann senden wir eben live on tape, wie man so schön sagt, hahaha … Mir doch egal. Meinetwegen schneide ich es auch noch, oder du kannst das deine Leute machen lassen. Also, jetzt fangen wir an, und bitte sag nicht noch mal, ich solle dich nicht blamieren!«

Einerseits hatte sie schreckliche Angst, andererseits dachte sie: Das ist gut, das ist sehr gut. Ich habe ihm die Aufnahmen versaut. Er braucht das arme, wimmernde Weibchen. Er braucht die Unterwerfung. George hat Angst, ich könne ihn in einer Livesendung vorführen. Es läuft nicht so, wie sie es sich gedacht haben. Ich versaue ihnen die Geschäfte.

Sie war durchaus stolz auf sich und dachte: Komm nur … Wenn du eine suchst, die sich unterwirft und klein beigibt, dann bist du bei mir an der falschen Adresse, Junge!

Kleebowski konnte Marcellus nicht daran hindern, das Motorboot selbst zu fahren. Marcellus hatte jahrelang am Gardasee ein Boot besessen und gern auf Wasserskiern Touristinnen beeindruckt. Er hatte in jungen Jahren auf einem Ski fahren können und dabei gern mit Sprüngen, ja Saltos geglänzt. Auch wenn das oft schiefging, hatte er immer ein paar langbeinige Bikinischönheiten um sich gehabt, die sich nur zu gern auf seinem Motorboot bräunten.

»Dies hier ist die Nordsee. Heißt zwar See, ist aber ein richtiges Meer«, stellte Kleebowski mit kritischem Unterton klar. Damit beeindruckte er Marcellus nicht.

Der Kapitän hätte sie zu gern mit seiner *Annabelle* rübergebracht, doch Marcellus schob vor, ihm nicht zu trauen, um selbst das Steuer übernehmen zu können.

Sie standen im Emder Außenhafen viel zu sehr unter Zeitdruck, um lange verhandeln zu können. Die *Annabelle* war zwölf Meter lang, hatte zwei Steuerstände und war ganzjährig bewohnbar. Weder Marcellus noch Kleebowski hatten Interesse daran, davon Gebrauch zu machen, aber an Bord gab es ein Beiboot. Es war eigentlich fürs Angeln gedacht, aber damit wollten sie sich leise an Georges Yacht herantreiben lassen. Das Motorboot war zu groß und laut, um unbemerkt zur Yacht zu kommen.

Als sie den Hafen verlassen hatten, löschten sie die Lichter.

Nachdem ihre Augen sich daran gewöhnt hatten, war es erstaunlich hell auf dem Wasser. Fast Vollmond. Das Meer war schwarz, umso deutlicher setzte sich die Gischt der Wellen ab. Nicht weiß, sondern eher silbern. Eine dunkle Wolke über Borkum schien von unten zu brennen. Sie erglühte von den Lichtern der Insel. Dort tobte das Nachtleben.

Es war, als könne man die Musik von der Promenadenfete bis hierher hören, aber vielleicht bildeten sie sich das auch nur ein, oder es war eine Erinnerung.

»Bestimmt steppt bei *Ria's* der Seebär«, grummelte Kleebowski.

Sie suchten lange nach der Yacht. Es gab einige große Schiffe mit Farbbeleuchtung, die Marcellus zunächst irritierten. Er ließ sich im Auto gern von der säuselnden Stimme seines Navis leiten. Ganz so problemlos, wie er gehofft hatte, war das auf hoher See aber nicht. Ja, er konnte das Motorboot fahren und hatte sogar einen echten Sportbootführerschein. Bei einer neunzigminütigen Nachtfahrt auf der Elbe hatte er einiges über Leuchtfeuersysteme und Lichtführung von Seeschiffen gelernt. Aber das alles war lange her. Es nutzte ihm jetzt auch wenig, dass er seinen Sportbootführerschein Binnen und See bei sich trug. Bei Navigationsproblemen auf dem Meer konnte man den Schein schlecht vorzeigen, das wurde ihm jetzt klar.

Schließlich fanden sie Georges Yacht. Die Wellen plätscherten gegen das Schiff. Es roch nach dem Qualm guter kubanischer Zigarren. Kleebowski wunderte sich, wie intensiv dieser Geruch war.

Sie hatten den Motor des Bootes ausgestellt und ruderten mit dem Beiboot schweigend heran. Es herrschte nur leichter Wellengang. Doch die Wellen kamen von vorn. Die Nordsee war gegen sie. Sie mussten beide hart um jeden Meter kämpfen, den sie näher an die Yacht herankommen wollten.

Obwohl sie sich versprochen hatten, zu schweigen und so wenig Geräusche wie möglich zu machen, maulte Kleebowski: »Wir hätten andersrum fahren müssen, Mensch! Wenn wir von dahinten gekommen wären, könnten wir uns jetzt von den Wellen rantreiben lassen, statt hier wie die Ochsen zu arbeiten!«

Marcellus antwortete zunächst nicht. Er sparte seinen Atem fürs Rudern. Doch dann plötzlich hielt es ihn nicht mehr, und er zischte sauer: »Ja, du Intelligenzbestie! Aber wenn wir dann von Bord abhauen und zu unserem Kahn zurückmüssen, vielleicht unter Zeitdruck stehen oder es schießt sogar jemand auf uns – man muss ja heutzutage mit allem rechnen –, dann müssten wir gegen die Wellen zurück, kapiert?«

Kleebowski verstand, dass Marcellus seine Blödheit als klugen Plan verkaufen wollte.

Als müsste er es noch deutlicher erklären, holte Marcellus weit aus: »Aber wir werden stattdessen einen leichten Fluchtweg haben. Die Naturgewalten, die jetzt gegen uns sind, spielen dann unser Spiel.«

Für Kleebowski waren Marcellus' Erklärungen nur ein Haufen gequirlter Scheiße. Er rieb sich den Bauch und pflaumte zurück: »Wenn wir zu unserem Boot zurückfahren, können wir so viel Lärm machen, wie wir wollen!« Er redete sich jetzt richtig in Rage: »Auf dem scheiß Luxusteil da sind dann nämlich alle tot. Und dieser verdammte George gibt für uns den Galeerensklaven und rudert, darauf kannst du dich aber verlassen! Glaub ja nicht, dass ich das noch einmal mache. Ich hasse es, meine Klamotten durchzuschwitzen! Wir werden da oben an Bord ganze Arbeit leisten und keineswegs von da fliehen oder uns wieder zurückschleichen!«

Wir werden keine Freunde mehr werden, dachte Marcellus und schwieg jetzt eisern.

Für Kleebowski wäre es völlig okay gewesen, wenn Marcellus sich bei einer möglichen Schießerei an Bord eine Kugel gefangen hätte. Allein mit George im Kofferraum zurück zur Klinik zu kommen, erschien ihm erstrebenswert. Er stellte sich vor, ein paar bewegende Worte über Marcellus zu sprechen, und zwar so, dass für jeden in der Organisation klar war: Der erste General heißt jetzt Karl-Heinz Kleebowski. Er wird aber ab jetzt Alexander von Bergen genannt.

Er würde sich um den schmutzigen Teil des Geschäfts kümmern und für Frederico eine Leibgarde aufbauen, die über jede Kritik erhaben war. Da konnte dieser fette George durchaus ein Vorbild sein.

Kleebowski träumte davon, junge Männer und Frauen zu rekrutieren, Waisenkinder oder unbegleitete Flüchtlinge. Sie brauchten entwurzelte Menschen. Die Familie würde ihnen Halt geben und natürlich eine gute Ausbildung. Nicht nur im Nahkampf. Sie sollten für ihn und Frederico empfinden wie Kinder für ihre Eltern. Sie würden gut zu ihnen sein und gleichzeitig streng und sich damit absolut loyale Kämpfer großziehen. So wie Heiner und Carl es für George gewesen waren.

Seit Frederico in der Klinik hatte operiert werden müssen, litt Kleebowski unter einem Blähbauch und heftigen Flatulenzen. Immer wieder hatte er sich deswegen kurz auf eine Toilette zurückgezogen. Doch auf diesem Paddelboot gab es keine Rückzugsmöglichkeit. Er bekam schon Magenkrämpfe. Lange konnte er die Situation nicht mehr halten.

Um sich zu erleichtern, ließ er einen fahren. Besser jetzt, als wenn wir an Bord sind, dachte er. Es wurde nicht gerade ein leiser Schleicher, sondern eher ein Böllerschuss.

»Wenn sie uns nicht hören, dann riechen sie uns jetzt«, feixte Marcellus. »Du solltest weniger Fleisch essen und mehr Gemüse.«

Das einzig Gute an dem erschreckenden Film, den Rupert von Geier erhielt, war, dass jetzt für Rupert ganz klar war: Frauke hatte noch beide Füße!

Geier war einmal ganz um sie herumgegangen, hatte sie von allen Seiten auf dem Zahnarztstuhl abgelichtet. Sie war kaum wiederzuerkennen, mit den getapeten Augenlidern. Einen kurzen Moment lang redete Rupert sich sogar ein, das sei gar nicht seine Frauke, sondern eine andere bedauernswerte Frau.

Frauke hatte ein winziges Tattoo auf dem Po. Einen kleinen Clown, der war natürlich in ihrer Sitzposition nicht zu sehen. Der kleine Leberfleck dort, nah am Bauchnabel, konnte echt sein oder auch ein Blutfleck oder einfach Dreck, zufällig genau an dieser Stelle.

Ihre wunderschönen vollen Lippen, die den Unterschied zwischen aufgeblasenen Botox-Luftballons und wirklicher Schönheit auf beeindruckende Weise klarmachten, waren aufgeplatzt. Trocken und gesprungen.

Trotzdem musste seine Hoffnung, der Geier hätte sich die falsche Frau geholt, der schlimmen Wahrheit weichen: Das da war wirklich Frauke oder Chantal oder Marie-Luise oder wie immer sie wirklich hieß.

Seit er von Rupert zu Frederico geworden war, spielten Namen für ihn keine große Rolle mehr, und er nahm Kleidung und Aussehen von Menschen als reine Verwandlungskunst wahr. Trotzdem blieb eine Frage für ihn offen: Wer war man wirklich, wenn all das wegfiel, wovon man dachte, es mache einen aus? Name, Familienstand. Beruf. Zeugnisnoten. Studienabschlüsse. Versicherungsnummern. Steuernummer. Wer war man jenseits von all dem? Gab es einen dann überhaupt noch?

Mit Sommerfeldt konnte er solche Fragen besprechen, und mit Frauke bestimmt auch, wenn sie – hoffentlich bald – diesen Wahnsinn überleben würde.

Wie wäre es wohl, wenn er ihr gegenüber reinen Tisch machte? Komischerweise glaubte er, ihr leichter die Wahrheit erzählen zu können als seiner Ehefrau Beate. Frauke, so dachte er, würde das alles eher verstehen. Beate wäre vermutlich sehr verletzt. Sie würde ihm zwar verzeihen, aber sich dann bei ihrer Mutter ausheulen.

Dieser Drache nahm ja ohnehin jede Chance wahr, ihm das Leben schwer zu machen. So eine Geschichte war Kraftfutter für sie. Sie konnte eine Heldentat in eine Blamage umlügen. Ja, sie war geradezu eine Spezialistin in dieser Frage.

Diese Undercovernummer war nicht nur eine Heldengeschichte. Er wollte sie seiner Schwiegermutter auf keinen Fall zum Fraß vorwerfen.

Noch einmal schaute er sich den Film an und ließ Sommerfeldt zu sich rufen. Rupert begann, unglaublichen Hass auf Geier und George zu entwickeln. Ja, Tötungsphantasien schossen in ihm auf wie Unkraut in einem lange nicht gepflegten Garten.

Sommerfeldt erschien rasch, wenn man bedachte, dass es inzwischen kurz vor ein Uhr morgens war.

»Wenn du hier nach mir fragst, dann lass bitte nie wieder Dr. Sommerfeldt rufen.«

»Wie heißt du denn hier eigentlich, Bernhard? Ich kann doch schlecht sagen, ich will den Gesundheitsminister sprechen.«

»Ernest Simmel.«

»Ernst Simmel?«

»Nicht Ernst. Sondern Ernest.«

»Ernest Simmel?«

»Ja. Nach Ernest Hemingway und Johannes Mario Simmel.«

Typisch Sommerfeldt, dachte Rupert und zeigte ihm sein Handy. »Dann guck dir das mal an, Simmel.«

Sommerfeldt hatte ein Taschenbuch in der Jackentasche. Als er sich vorbeugte, fiel es in Ruperts Bett.

Er sah sich gemeinsam mit Rupert den Film noch einmal an. Er entdeckte dabei Dinge, auf die Rupert gar nicht geachtet hatte.

»Siehst du die Kabel da?«, fragte er.

»Ja, klar«, sagte Rupert. »Das Schwein hat sie verkabelt. Er will sie mit Stromschlägen quälen, schätze ich.«

»Nein, das meine ich nicht«, entgegnete Sommerfeldt.

Rupert sah ihn zornig an. Was sollte es denn Wichtigeres geben?

Sommerfeldt steckte das Taschenbuch wieder ein. »Siehst du hier?«, er deutete auf einen Teil der Wand, die vom Scheinwerferlicht beleuchtet wurde. »Hier, hinter dem Terrarium mit der Schlange drin – keine Ahnung, was das für ein Vieh ist, kennst du dich mit Schlangen aus? Da sind jedenfalls Kabel drin und so merkwürdige Vorrichtungen.«

»Ja klar sehe ich das«, sagte Rupert, ohne zu begreifen, worum es ging.

»Schau mal, da geht es weiter, und da und da. Es ist alles ganz offen. Der hat es nicht nötig, die Dinge zu verstecken. Das sind …«

Rupert wurde heiß. »Sprengladungen und Brandbeschleuniger!«, rief er.

Sommerfeldt fühlte Ruperts Puls, während er sich mit ihm unterhielt. Er hatte Angst, sein Patient könne kollabieren.

»Warum tut der das? Will der sein eigenes Versteck in die Luft jagen? Ist der völlig irre?«

»Ja«, sagte Sommerfeldt, »ich denke, irre ist er zweifellos. Aber dabei sehr klug und vorausschauend. Es gibt garantiert eine Tür dort irgendwo, einen Geheimgang nach draußen. Aber den können wir so nicht sehen. Wenn die Polizei sein Haus findet und stürmt, dann hat er vor, durch diesen Gang zu fliehen und alles in die Luft zu jagen.«

Nachdenklich ergänzte Rupert: »Oder er hat vor, mit draufzugehen. Auf jeden Fall will er sich nicht lebendig fassen lassen.«

Sommerfeldt kämmte sich mit den Fingern durch die Haare: »Ich habe im Knast praktisch Starbonus genossen. So etwas erwartet den nicht, das weiß der ganz genau.«

»Aber egal, was der vorhat«, seufzte Rupert, »Frauke soll es nicht überleben.«

»Wenn es einen Geheimgang hinaus gibt«, kombinierte Sommerfeldt, »dann gibt es aber auch einen Geheimgang hinein.«

Es gelang ihm nicht, Rupert damit aufzumuntern.

»Haben Kleebowski und Marcellus sich gemeldet?«, wollte Sommerfeldt wissen.

»Noch nicht«, antwortete Rupert.

»Werden sie aber«, tröstete Sommerfeldt ihn. »Noch kann alles gut werden.«

Rupert guckte ihn skeptisch an.

Sommerfeldt fuhr fort: »Kurz bevor die Sonne aufgeht, ist die Nacht am dunkelsten, sagte einst Selma Lagerlöf.«

»Selma Lagerlöf? Ist das eine Ex von dir, Bernhard?«

»Nein, sie war eine große schwedische Autorin. Erhielt als erste Frau den Literaturnobelpreis. *Nils Holgersson* kennt heute jeder. Gut, du vielleicht nicht. Aber sonst jeder. Sie war eine tolle Frau! Sie hat schon vor mehr als hundert Jahren Themen aufgegriffen, an denen wir uns heute noch abarbeiten. Sie kämpfte schon für die Emanzipation, als Frauen das Wahlrecht noch gar nicht hatten.«

Rupert stoppte Sommerfeldt, weil er befürchtete, jetzt einen literaturhistorischen Vortrag hören zu müssen. »Du hattest also nichts mit dieser Selma«, stellte er klar, und damit war das für ihn erledigt.

»Nein, hatte ich nicht. Als sie starb, war ich noch gar nicht geboren.«

Rupert starrte auf das Display seines Handys. Er befürchtete und er hoffte gleichzeitig, etwas Neues zu erfahren. Hauptsache, seine Frauke lebte noch.

Ein Foto sprang ihn plötzlich an wie ein wildes Tier. Rupert zuckte zurück. Das Bild bewegte sich. Es war eine kurze Filmsequenz. Nur Sekunden, doch erschütternd.

Der Beinstumpf war ganz vorn im Bild. Geier setzte bewusst auf die Schockwirkung. Im Hintergrund wusch Frauke den Oberkörper der Toten. An Frauke baumelten Fäden, die in Richtung Kamera liefen. Aber am schlimmsten fand Rupert ihre getapeten Augen.

Tränen schossen dem sonst nicht gerade sensiblen Rupert in die Augen. Er spielte den Film zweimal ab und wischte sich übers Gesicht.

»Weißt du, Bernhard«, gestand Rupert, »manchmal verstehe ich dich nur zu gut. Dann …« Rupert verschluckte, was er sagen wollte.

»Du sprichst vermutlich nicht von meiner Liebe zur Literatur, oder?«, fragte Sommerfeldt.

»Nein, höchstens von deiner Liebe zu Messern. Ich spreche davon, dass ich diesen Geier gerne ausschalten würde. Und zwar ein für alle Mal. Am liebsten mit einem stumpfen Messer.«

»Sagt mir das jetzt der Polizist, oder spricht jetzt der Gangsterboss?«, wollte Sommerfeldt wissen.

»Ich glaube«, antwortete Rupert, »in dem Fall sind die beiden sich ausnahmsweise mal einig.«

Sommerfeldt schüttelte den Kopf. »Nee. Die werden sich nie einig werden, glaub mir. Davon verstehe ich etwas.« Er klopfte Rupert auf die Brust: »Aber da ist noch einer in dir drin, Alter, der ist weder Polizist noch Gangster.«

»Noch einer? Wer denn?«

»Einfach nur Rupert. Und der liebt seine Frauke so sehr, dass er bereit wäre, für sie zu töten. Und gleichzeitig schämt er sich dafür, einen solchen Hass zu entwickeln.«

Rupert wandte seinen Kopf ab und guckte aus dem Fenster. Er sah, dass eine Wolke sich vor den Mond schob. »Ich schäme mich für gar nichts«, behauptete er. Es klang sehr männlich. Aber irgendwie auch gelogen.

Geier hatte den Schwamm, mit dem Frauke die Tote waschen sollte, mit Schmutzwasser getränkt. Auch in dem Eimer war mehr Jauche als Wasser. Frauke roch den Gestank. So säuberte sie die Tote nicht, sondern beschmutzte sie bei jeder Berührung. Seife oder Desinfektionsmittel hatte sie nicht zur Verfügung. Geier fand das witzig.

Frauke ahnte, dass er noch Schlimmeres im Schilde führte. Diese Szenarien entsprangen seiner kranken Phantasie. Er hatte George gegenüber damit geprahlt, er könne sie die Leiche ablecken lassen. Davon war jetzt zum Glück nicht mehr die Rede. Aber vergessen hatte er es ganz sicher nicht. Diese Arbeit mit dem Dreckwasser war nur ein Vorspiel dafür. Die Leiche war Geier einfach noch zu sauber. Bald würde er mit Frauke schimpfen, sie habe Madonna dreckig gemacht statt sauber, und deswegen müsse sie jetzt zur Strafe ihre Zunge einsetzen … Ja, genau damit rechnete Frauke.

Vielleicht kommt er dann näher, dachte sie, und ich kann ihn packen. Im Moment stand er hinter dem Licht. Sie hörte ihn nur, aber sie sah nichts. Das erleichterte ihr die Arbeit an der Toten.

Die Elektroden hinter ihrem Ohr, oder was immer er dorthin geklebt hatte, lockerten sich. Das Kabel baumelte ihr ständig bei der Arbeit im Weg herum und behinderte die Leichenwäsche.

Wenn es abfällt, und er kommt und berührt mich, um es mir wieder hinters Ohr zu kleben, wird er vermutlich damit drohen, es jetzt anzutackern, dachte Frauke. Dass die Dinger abfallen, gehört auch zu seinem Plan. Er will es immer noch ein bisschen schlimmer machen können. Aber wenn er es versucht, muss er mich berühren, und wenn ich auch nur eine Hand frei habe, wird er rasch begreifen, mit wem er sich angelegt hat … Du denkst, du hast gewonnen. Aber glaub das nicht. Es ist erst vorbei, wenn es vorbei ist.

Sie hörte ihn ein paar Meter weit weg mit dem Stativ hantieren. Sie versuchte, mit fester Stimme selbstbewusst zu sprechen: »Er geniert sich, alles live zu übertragen. Es könnte peinlich für ihn werden, weil ich nicht so ein folgsames Opfer bin, wie er gehofft hat.«

»Halt den Mund! Arbeite!«, schrie er.

Sie stellte fest, wie leicht es war, ihn aus der Reserve zu locken. »Oh, muss er das jetzt wieder löschen? Peinlich, peinlich! Wenn ich hier das verängstigte Opferlamm spielen soll, dann verlange ich dafür anständige Kleidung, eine große Flasche Mineralwasser und menschenwürdige Nahrung. Hat er das kapiert?«

»Du sollst nicht so sprechen!«

»Wie hätte er es denn gerne? Englisch? Französisch?«

»Du sollst nicht immer *er* sagen! Du sprichst, als wäre ich ein Idiot!«

»Oh, er weiß das gar nicht? Er glaubt vielleicht gar, er sei intelligent? Aber das stimmt nicht! Er ist ein Idiot mit Mundgeruch. Und was für einer!«

Etwas flog in die Ecke. Es schepperte blechern. Er warf mit Gegenständen. Aber er war zu zornig, um sie zu treffen.

»In der Weltliteratur«, sagte sie sachlich, »mussten aufmüpfige Frauen früher immer scheitern. Flaubert musste seine Madame Bovary aus Angst vor der Zensurbehörde Selbstmord begehen lassen. Eine ehebrecherische Frau, die glücklich wird, das ging nämlich gar nicht. Oder Anna Karenina … Tolstoi ließ sie am Ende alles verlieren … Von Effi Briest ganz zu schweigen … Fontane nimmt ihr am Schluss als Strafe für ihr junges Glück einfach alles …«

»Halt die Fresse«, brüllte er, »ich bin nicht Dr. Sommerfeldt! Herrgott, seitdem diese verfluchten Bücher von dem Schwachkopf erschienen sind, hat den Dreck wohl jede Frau gelesen! Glaubst du, du bist die erste, die mich hier mit ihren Zitaten aus der Literatur beeindrucken will? Denkt ihr blöden Weiber seit Sommerfeldt, dass alle Serienkiller Büchernarren sind, so wie er? Ja, dass sie selbst am liebsten schreiben wollen?«

Geier kam näher. Sie hörte die schlurfenden Schritte und seinen Atem. Er japste nach Luft. Es war, als könne sie seine feuchte Aussprache auf ihrer nackten Haut spüren wie einen Sprühregen.

»Mich kriegst du damit nicht! Ich interessiere mich einen Scheiß für Weltliteratur. Ich habe ein Netflix-Abo. Ich gucke richtige Filme. Wir leben doch nicht mehr im 19. Jahrhundert!«

»Ah«, lachte sie, »er ist nicht belesen. Er ist mehr … beguckt!«

Fast hätte er ihr gesagt, dass er gern ins Kino ging und dort im großen dunklen Saal die Augen schloss. Aber so viel sollte sie nicht von ihm wissen. Er hatte eh schon viel zu viel von sich preisgegeben, dachte er. Sie benutzte alles gegen ihn, da konnte er sicher sein. Sie war ein gerissenes Luder.

Er würde sie bald schon töten müssen. Sehr bald.

Er spürte, dass die verbleibende Zeit knapper wurde. Dieses Gefühl war für ihn neu. Bisher hatte er immer alles in seinem Rhythmus erledigt.

Als sie nah genug an der Yacht waren, funktionierte das Schiff wie ein Wellenbrecher. Aber Marcellus und Kleebowski mussten erkennen, dass es kaum eine Möglichkeit gab, an Bord zu kommen. Kleebowski hatte als Kind viele Piratenfilme gesehen. Da sah es immer so cool aus, wenn die Piraten Enterhaken warfen und sich mit Tauen an Bord schwangen wie Tarzan an einer Liane im Dschungel von Baum zu Baum.

Ja, Heldenträume aus der Kindheit, die er jetzt gern ausgelebt hätte, scheiterten oft an der schnöden Realität.

Was nutzte ihm jetzt sein großer Revolver? Er kam sich vor wie ein Westernheld, der sich in einen Piratenfilm verirrt hatte. Überhaupt tat ihm das ganze Geschaukele nicht gut. Sein Magen spielte verrückt.

Seine Smith & Wesson Model 500 kam ihm jetzt viel zu schwer vor. Sie wog mehr als zwei Kilo und zwang ihn ständig, die Hose wieder hochzuziehen, dabei hatte er seinen Gürtel schon extrem fest geschnallt. Trotzdem zog die Waffe ihm, wenn er nicht aufpasste, die Hose aus. Es war ein beeindruckender Double-Action-Revolver. Die großkalibrige Handfeuerwaffe musste er meist nur vorzeigen, und die Probleme waren gelöst. Oder, wie Al Capone einst sagte: »Mit einem freundlichen Wort und einer Waffe erreicht man mehr als mit einem freundlichen Wort allein.«

Aber wenn dieser große Ballermann in seiner Faust einmal nicht genügend Eindruck machte, dann hatte er fünf Patronen in der Trommel, um die Probleme zu lösen. Die hohe Mündungsgeschwindigkeit der Projektile und die speziell angefertigte Munition reichten dann aus, um angeblich kugelsichere Schutzwesten zu durchschlagen. Allerdings feuerte er damit höchst ungern. Der Rückstoß war so kräftig, dass er davon Schmerzen im Handgelenk und in den Ellbogen bekam. Außerdem führte der Rückstoß, wenn er keine Schießhandschuhe trug – und wer schleppte so etwas schon mit –, bei mehrmaligem Feuern zu Hautabschürfungen. Es gab unter Experten sogar ein Wort dafür: Magnum-Male.

Am schlimmsten aber war der große Gasdruck, der dem Schützen Schmauchpartikel ins Gesicht spritzte. Man sah danach aus wie früher die Schornsteinfeger am Ende eines Arbeitstages.

Er hatte einmal einen Kollegen erlebt, der die Smith & Wesson 500 einhändig abfeuerte. Der Rückschlag ließ die Waffe nicht nur aus seiner Hand fliegen, sondern auch noch direkt in sein Gesicht. Kleebowski benutzte den Revolver nur mit beiden Händen und lang ausgestreckten Armen. Im Moment des Abdrückens schloss er die Augen, was bescheuert aussah, aber ganz hilfreich war.

Seit er diese Waffe besaß, wusste er erst, wie lächerlich es war, wenn Actionhelden in Hollywoodfilmen ähnlich beeindruckende Modelle abfeuerten, als wären es die bunten Wasserpistolen aus Plastik, mit denen sie als Kinder so gern gespielt hatten. Die großkalibrige Waffe gehörte in starke Hände, und zwar in beide. Der Schütze brauchte einen festen Stand. Die Waffe machte einen solchen Lärm, dass er – nachdem er sie zweimal ohne Ohrenschutz abgefeuert hatte – tagelang praktisch taub war und Gleichgewichtsprobleme bekam. Aber wer ging schon mit Schießhandschuhen, Gesichts- und Ohrenschutz los, wenn er jemanden zu einem Gespräch abholen wollte?

Kleebowski setzte immer noch auf die abschreckende Wirkung

des martialischen Revolvers und hoffte, ihn nicht abfeuern zu müssen.

Marcellus riss Kleebowski aus seinen Gedanken: »Wie sollen wir da hochkommen?«, fragte er und klang schon, als würde er als Nächstes vorschlagen, die Aktion abzubrechen. Das tat er aber nicht. Er hielt sich bedeckt. Eine Entschuldigung, die so oder so viel Stress auslösen würde, überließ er lieber Kleebowski. Er stellte an sich selbst fest, dass er sich gern wegduckte und hinter Kleebowski versteckte, ihn gleichzeitig aber nur zu gern losgeworden wäre.

Im wackeligen Anglerboot stellte er sich aufrecht auf Zehenspitzen hin und reckte sich zur Einstiegsleiter, die über ihnen außen an der Reling der Yacht hing. Leider war sie zur Hälfte eingezogen. Es sah aus, als würde er versuchen, den Vollmond zu greifen, aber er bekam weder den Mond zu fassen, noch erreichte er die erste Sprosse der Leiter. Ihm fehlte gut ein halber Meter. Das Ding war schier unerreichbar für ihn. Aber er wollte nicht klein beigeben. Wie sollte er das denn später erklären? *Wir sind leider nicht an Bord gekommen. Die hatten die Leiter eingezogen …*

Da sprang er lieber. Das Boot wackelte. Kleebowski hielt sich an der Sitzbank fest.

Als Marcellus ins Boot zurückkrachte, wäre er fast rausgefallen. Fast. Er packte Kleebowskis Jackett und hielt sich daran fest. Statt seine Hand zu nehmen, schlug Kleebowski sie reflexartig weg, als sei Marcellus ihm zu nahe gekommen.

»Ey, du blöder Sack!«, fluchte Marcellus und ruderte mit den Armen. Er drohte, in dem schwankenden Boot das Gleichgewicht zu verlieren.

Jetzt griff Kleebowski zu und hielt ihn. Einen kurzen Moment saßen sie sich schnaufend gegenüber. Sie starrten sich an, als wollten sie übereinander herfallen und sich zerfleischen.

Das Boot knallte immer wieder gegen die Yacht. Es machte dabei einen metallischen Ton. Ein Ruder war bei Marcellus' Aktion ins Wasser gefallen und verschwand in der Dunkelheit.

»Wenn wir jetzt nicht zusammenhalten, sind wir beide am Arsch«, stellte Kleebowski mit zusammengepressten Zähnen fest. Marcellus verstand ihn kaum.

An Bord guckte George einen Actionfilm. Das Geballere drang zu ihnen nach draußen, weil eine Leibwächterin, die aussah wie eine sonnenbankgebräunte Edelnutte, die einen auf Prinzessin aus verarmtem Adel machte, nach draußen kam und frische Luft schnappte. In Wirklichkeit war sie Steuerfachwirtin in der Finanzbuchhaltung einer großen Firma, die Strom erzeugte. Sie hätte dort, wie man ihr versicherte, eine Zukunft gehabt, aber weil sie ihren Abteilungsleiter, der sie ständig mit zotigen Anmachsprüchen belästigte, zu gern verhauen hätte, ging sie in ein Bremer Kickboxstudio, um dort ihre Aggressionen gegen ihn loszuwerden. Dabei entdeckte sie ihr eigentliches Talent: Sie war unglaublich schnell. Sie sah die Angriffe wie in Zeitlupe auf sich zukommen. So parierte sie locker mit raffinierten Kontern. Sie verlor nicht einen Kampf.

Eine Security-Firma wurde auf sie aufmerksam und machte ihr ein Angebot. George holte sie von dort weg und zahlte ihr das Doppelte.

Nein, er baggerte sie nicht an. Sie musste sich nicht vor seinen Zudringlichkeiten schützen. Sie war dazu da, ihn zu schützen.

Sie spielte seine Geliebte oder seine Tochter, je nach Anlass. Sie nannte sich Christine, nach der Kickboxweltmeisterin Christine Theiss, die nicht nur ewig unbesiegt geblieben war, sondern auch noch gut aussah und einen Doktortitel in Medizin gemacht hatte.

Die Actionfilme langweilten Christine. Da stand sie lieber an Deck und guckte in den Sternenhimmel. Dabei führte sie ein paar

Schlagkombinationen gegen imaginäre Gegner aus. Sie liebte den Kampf.

Sie und ihre Freundin Annika bewachten George, seit er seine Ziehsöhne verloren hatte.

Für sie war er der beste Arbeitgeber, den sie je gehabt hatte. Höflich, unkompliziert und großzügig. Für Annika sogar eine Art Vaterersatz. Sie versuchte ständig, ihm zu gefallen, lachte viel zu laut über seine schalen Witze und gab ihm recht, sooft sie nur konnte.

Einmal pro Woche, meist donnerstags, wurde eine Frau an Bord gebracht, die nicht nur wie eine Diva aussah, sondern sich auch genauso benahm. Bevor sie kam, wurde alles an Bord auf Hochglanz poliert. Selbst der Kapitän, der Koch und das gesamte Personal zogen frische weiße Phantasieuniformen an.

Annika und Christine mussten sich züchtig kleiden und durften sich auf keinen Fall zu Madame in Konkurrenz setzen.

Sie selbst nannte sich Silvia und sprach den Namen aus, als hätte sie das Wort *Königin* davor nur dezent verschluckt. Sie war Anfang fünfzig, und George fand, dass sie mit jedem Jahr schöner wurde.

In ihrer Abwesenheit bezeichnete sie jemand als *Georges-ein-mal-die-Woche-Hure*. Das bereute der junge Ganove sehr. Er lernte die Schlagkraft des fetten Mannes kennen und wie erstaunlich behände er war.

Weder Christine noch Annika mussten einschreiten. Sie waren beide dabei gewesen und staunten. George prügelte den Typen eigenhändig grün und blau. Er sah zwar nicht mehr aus wie ein Boxer, aber er konnte immer noch präzise Treffer anbringen.

Seine Silvia hatte er, so ging die Legende, vor mehr als zwanzig Jahren in seinem ersten Stripclub in Hamburg kennengelernt. Kurze Zeit später wurde sie dort Geschäftsführerin. Der Laden wich einem Pornokino, das schon wenige Monate später wieder geschlossen wurde.

George holte Silvia zu sich. Es sah sogar so aus, als könne bald Hochzeit gefeiert werden, aber zusammen leben konnten die beiden einfach nicht. Es gab monströse Streitereien. Schließlich trennten sie sich, aber, wie man sich erzählte, kam George nicht von ihr los. Sie wohnte inzwischen in einem Penthouse in Hafennähe in Wilhelmshaven. Auf Borkum besaß sie eine Ferienwohnung mit Meerblick. Vielleicht lag deshalb seine Yacht so oft vor Borkum. Er suchte ihre Nähe und brauchte doch den Abstand.

Silvia arbeitete nicht mehr. Warum auch? George finanzierte sie gern. Es fiel ihm nicht schwer.

Sie verbrachte viel Zeit in Fitnessstudios und auf Wellnessfarmen. Einmal pro Woche aß sie mit George. Meist Meeresfrüchte. Austern. Muscheln. Hummer. Langusten.

Sie saßen sich gegenüber und sahen sich dabei in die Augen. Sie zerkrachten Schalen und machten lustvolle Kau- und Lutschgeräusche. Ihre Art zu essen hatte etwas Obszönes an sich, besonders, wenn sie Austern ausschlürften.

Das irritierte Christine. Sie hatte sogar einmal davon geträumt.

Zum Dessert gab es immer rohe Eier, die die beiden direkt aus der Schale schlürften. Wie viele Eiersorten es gab! Blaue, weiße und braune Hühnereier. Enteneier. Die kleinen Wachteleier. Straußeneier, die George für vierzig Euro das Stück aus Rheinland-Pfalz geliefert bekam.

Wenn es, was nicht oft vorkam, Emu-Eier gab, war George geradezu euphorisch. Die türkisgrünen oder pastellfarbenen Rieseneier machten schnell satt. Dazu trank George Rum oder Brandy aus einem Cognacschwenker.

Silvia nahm immer einen Champagner Ruinart Rosé aus einer Magnumflasche. George schenkte ihr jedes Glas persönlich ein.

Geradezu eifersüchtig wachte er darüber, dass das kein Kellner tat. Der schwere Mann federte jedes Mal vom Stuhl, sobald Silvia ihren Kristallkelch geleert hatte.

Silvia und George konnten beim Essen die Blicke nicht voneinander lassen. Es wirkte auf Außenstehende so, als würde jeder gar nicht für sich selbst, sondern für den jeweils anderen essen.

Auf ihre Weise waren die zwei bestimmt ein glückliches Paar, dachte Christine. Vielleicht gar ein beneidenswertes Paar. Sie wünschte sich auch einen Mann, der sie so vergötterte.

Sie beugte sich über die Reling und schaute auf die Schiffe, die vor Borkum lagen. Sie mochte diese Nächte am Meer, über sich den Himmel und unter sich das Wasser. Da waren der Wind und das Plätschern der Wellen gegen das Schiff. Der Mond schien zum Greifen nahe.

Sie konnte Georges Zigarre riechen. Er rauchte nur Handgedrehte aus Kuba oder der Dominikanischen Republik. Sie hatte einmal – um ihm einen Gefallen zu tun – ein paar Züge probiert. Es schmeckte nach Sand und verbranntem altem Holz, fand sie, die überzeugte Nichtraucherin, die es tapfer ertrug, in Räumen passiv mitzurauchen, weil George gerade mal wieder eine lange Zigarre paffen wollte.

Sie hörte männliche Stimmen. Sie glaubte zunächst, das sei aus dem Actionfilm und jemand habe die Tür geöffnet. Aber dann war es, als kämen die Stimmen von unten.

»Steig auf meine Schultern!«

»Ja, willst du mir jetzt die Räuberleiter machen, oder was?«

»Laber nicht! Mach einfach!«

Sie holte die Hochleistungstaschenlampe und ihre Beretta.

Sie schlug keinen Alarm. Noch nicht. Sie fand die Idee ganz amüsant, irgendwelche Möchtegernpiraten allein zu überführen. Nachts kletterten besoffene Urlauber, erfolglose Nachtangler oder durstige Jugendliche, die man überall rausgeschmissen hatte, gern auf teuer wirkende Yachten, um dort Alkohol oder Zigaretten zu erbeuten. In Christines Augen waren das harmlose Streiche. Die würden ihr blaues Wunder erleben! Sie freute sich schon richtig auf den Besuch.

Sie schlich zu der Stelle, wo sie die Stimmen vermutete, die inzwischen verstummt waren. Aber dort, wo sie sie gerade noch gehört hatte, war jetzt niemand zu sehen.

Das Anglerboot war ein Stückchen abgetrieben, vom Heck zum Bug. Hier hing nur leider keine Leiter. Marcellus saß schon auf Kleebowskis Rücken und hielt sich an seinem Kopf fest, als wäre er der Höcker eines Dromedars. An den Ritt auf so einem Tier bei einem Urlaub in Tunesien erinnerte Marcellus sich jetzt. Damals war es genauso wacklig gewesen.

»Nimm die Flossen weg, ich seh nichts mehr!«, zischte Kleebowski. Er war kurz davor, Marcellus in die Finger zu beißen. Wenn er etwas hasste, dann die Wurstfinger von Männern in seinem Gesicht. Überhaupt ließ er sich nicht gern von Männern anfassen.

»Jetzt bin ich hoch genug, aber die Leiter ist da hinten«, meckerte Marcellus.

Musste diese protzige Yacht auch so verflucht lang sein? Es war gar nicht so einfach, wieder zurückzukommen. Marcellus und Kleebowski versuchten, sich am Schiff abzustützen.

In dem Moment huschte ein Lichtkegel suchend über das Nordseewasser und fand die beiden, als würden sie das Licht magisch anziehen.

In Deckung konnten sie schlecht gehen. Kleebowski riss eine Hand hoch, um nicht geblendet zu werden, und griff mit der anderen seine Smith & Wesson. Marcellus fiel hintenüber. Er platschte ins Wasser.

Eine weibliche Stimme, die eher nach Erzieherin als nach Barfrau klang, kicherte: »Ja, wen haben wir denn da? Was sind das denn für Spaßvögel?«

Allein vom Ton ihrer Stimme fühlte Kleebowski sich schon verspottet. Er zog seinen Revolver und wollte auf das Licht schießen, doch Marcellus zog sich am Boot hoch und wollte wieder einsteigen. Dadurch neigte sich der leichte Kahn zur Seite.

Bei der Wackelei konnte Kleebowski nicht zielen. Er feuerte trotzdem. Um Christine zu treffen, hätte er allerdings statt einer .50-Action-Express-Patrone, Kaliber 12,7, eine weit streuende Schrotladung gebraucht.

Die Kugel flog gegen den Wind. Die Schmauchpartikel nicht. Kleebowski bekam die volle Ladung ab. Der Rückschlag kam ihm noch heftiger vor als sonst. Er schmeckte Schwefel.

Falls ich das hier überlebe, dachte er, als er rückwärtsstürzte und hart gegen die Ruderbank krachte, werde ich diesen scheiß Ballermann gegen eine Glock eintauschen. Auf dem Rücken liegend, ärgerte er sich. Für einen letzten Gedanken, bevor man durchsiebt wird, war es ein echter Mistgedanke. Er fand, so kurz vor dem Tod sollte man etwas Erhabeneres denken oder zumindest an eine schöne Frau. Aber doch nicht an ein unpraktisches Schießeisen, das man loswerden wollte.

Gleichzeitig spürte er, dass es ein Fehler gewesen war, zu schießen. Er rechnete fest damit, jetzt von einer Salve durchlöchert zu werden. Dieses Anglerboot bot nicht die geringste Deckung.

»Hey, Leute, wir haben Besuch!«, rief Christine, aber das hörten weder Kleebowski noch Marcellus. Der Knall hatte sie für einen Moment taub gemacht.

Christine hätte nicht rufen müssen. Der Schuss lockte eh alle an Deck. Als Erstes war der Bootsmann bei ihr, dann der Kapitän in seiner Operettenuniform. Als Nächstes trudelte Annika mit einem Steyr-Präzisionsgewehr ein. Die Waffe hatte einen sehr effektiven Mündungsfeuerdämpfer und ein aufgestecktes Nachtsichtgerät. Annika hätte damit von hier aus auf Borkum dem Kellner bei *Ria's* die Zitrone vom Tequila schießen können, ohne das Glas zu beschädigen, aber auf die kurze Entfernung war die Waffe unnütz. Sie wedelte damit herum, als wäre das Gewehr ein Baseballschläger, mit dem sie auf die Eindringlinge einprügeln wollte.

Hinter ihr stand jetzt George und verzog angewidert den Mund, als er Kleebowski und den nassen Marcellus im Boot sah.

»Was für eine jämmerliche Aktion!«, beschwerte er sich. Er war fast ein bisschen enttäuscht. Er hatte mit mehr gerechnet. Mit einer gut ausgerüsteten Söldnertruppe, die versuchen würde, ihn zu entführen. Wenn sie schon einen Schlag gegen ihn wagten, dann doch bitte nicht so stümperhaft.

Christine hatte Spaß daran, dass die Wachmannschaft immer noch nicht da war. Für sie bestand die ohnehin nur aus Idioten, mit denen sie nichts zu tun haben wollte. Wenn sie sich an Bord sonnte, starrten sie ihr ständig auf den Arsch. Sie hatte jedem einzelnen schon mehrfach den Stinkefinger gezeigt.

Die drei Bodybuilding-gestählten Testosteronmonster, denen George die Sicherheit der Yacht anvertraut hatte, kamen zuletzt. Einer von ihnen im Unterhemd. George würde sie feuern, das war damit wohl unausgesprochen klar. Seine persönliche Sicherheit hatte er ihnen ohnehin nicht anvertraut. Dafür waren Annika und Christine da. In seiner direkten Nähe wollte er keine muskelbepackten Männer haben. Ihre Körper erinnerten ihn zu sehr daran, wie sehr er aus dem Leim gegangen war. In der Anwesenheit schöner Frauen dagegen fühlte er sich jung und stark wie früher.

Er rieb sich die Hände und spottete: »Ja, was machen wir denn jetzt mit den Herrschaften?« Er beantwortete seine Frage gleich selbst: »Wir könnten zum Beispiel russisches Roulette spielen, mit vollen Magazinen, und ihr dürft wählen, wer von euch beiden anfängt. Na, wie findet ihr das, hahaha?«

Die drei von der Wachmannschaft lachten demonstrativ, aber damit konnten sie ihre Jobs auch nicht retten.

Annika hatte den Laserstrahl ihrer aufmontierten Zielhilfe auf Kleebowski gerichtet. Der rote Punkt, der anzeigte, wo die Kugel treffen würde, tanzte auf seiner Stirn im Rhythmus der Wellen.

»Sollen wir ins Wasser springen und an Land schwimmen?«, fragte Marcellus leise.

»Nee, dann werden wir Fischfutter. Die veranstalten ein Zielschießen auf uns. Bei dem Partyspaß möchte ich nicht gerne dabei sein«, antwortete Kleebowski und hob langsam beide Arme.

»Ja, bevor ich Fischfutter in der Nordsee werde, lasse ich mich natürlich lieber auf dem Festland von Würmern fressen … Mann, das sind vielleicht Alternativen …«, maulte Marcellus.

»Lass die scheiß Kaugummikanone fallen«, forderte George.

Kleebowski tat es, ohne dabei auch nur den Hauch einer verdächtigen Bewegung zu machen. Er wollte das schwere Teil in der Nordsee versenken, aber der Lauf des Revolvers krachte gegen ein Ruder und rutschte ins Boot. Dabei löste sich ein Schuss, der neben Marcellus ein Loch in den Kahn schlug.

George feixte. Marcellus stieß Kleebowski in den Rücken. »Bist du bescheuert? Du hättest mir fast in den Fuß geschossen!«

Christine ließ die Leiter herunter. George machte eine höhnische Geste: »Darf ich die Herrschaften an Bord bitten?«

Kleebowski setzte als Erster einen Fuß auf die Leiter. Unter ihm überlegte Marcellus, ob er seine Waffe ziehen und das Feuer eröffnen sollte.

Kleebowski raunte: »Denk nicht einmal daran. Wenn die uns umlegen wollten, dann wären wir doch schon längst tot.«

Sommerfeldt stand in Ruperts Zimmer, mit dem Rücken an die Wand gelehnt. Er wollte seinen neuen Freund in dieser schwierigen Situation nicht alleine lassen. Die nächsten Stunden, so glaubte Sommerfeldt, würden eine Entscheidung bringen.

Er hielt ein Weißweinglas in der Hand, an dem er ab und zu nippte. Das kühle Glas beschlug in dem warmen Zimmer.

Ruperts Handy zeigte eine E-Mail von Frau Dr. Bumfidel: *Vor unserer Hauptstelle in Dortmund parkt ein Lkw aus Italien. Er ist voll mit Geldscheinen. Der Fahrer will Sie sprechen und eine Einzahlung machen. Es sind zig Millionen. Er selbst spricht von Milliarden. Aber das kann ja kein Mensch zählen. Ein zweiter Lkw ist unterwegs. Was sollen wir machen? Wie stellen Sie sich das vor? Solche Bargeldbeträge müssen gemeldet werden. Bitte rufen Sie mich an. Wir sind völlig verzweifelt.*

Rupert wählte ungehalten ihre Nummer. »Was soll der Scheiß? Eine Bank, die sich aufregt, weil einer Geld einzahlt?«

»Ja, Ihnen wünsche ich auch einen schönen guten Tag«, sagte sie pikiert.

Rupert wollte sich nicht lange mit dem Quatsch aufhalten. Er hatte Wichtigeres zu tun. »Verteilt das Geld einfach auf viele verschiedene Konten. Notfalls parkt es bei unseren Kunden. Läuft doch prima. Es wird wohl noch mehr Geld kommen.«

Sommerfeldt zeigte Rupert den erhobenen Daumen und nahm einen Schluck Weißwein.

Frau Dr. Bumfidel rief empört: »Das sind Drogengelder! Das kommt garantiert auch aus der Prostitution!«

»Ja«, spottete Rupert und wurde ganz zum Gangsterkönig, »irgendwoher muss es ja kommen. Unsere Grundschullehrerinnen und Oberstudienräte, die Philosophie unterrichten, werden auch nicht alle nur aus den Steuereinnahmen bezahlt, die von Friseurgeschäften, Eisdielen und Imbissstuben kommen.« Er führte aufgeregt weiter aus: »*Gittis Grill*, das *Café ten Cate* und die *Alte Backstube* finanzieren nicht alle Ausgaben bei uns im Land. Die riesigen Waffendeals mit der Türkei bringen die Kohle. Deutschland ist der drittgrößte Waffenexporteur der Welt. Wir kommen direkt nach den Vereinigten Staaten und Russland. Dicht gefolgt von Frankreich und England. Die Chinesen sind da ganz weit hinter uns auf Platz sechs oder sieben.«

Rupert beeindruckte Sommerfeldt. Erneut hob der anerkennend den Daumen in Ruperts Richtung.

»Ja, was wollen Sie mir jetzt damit sagen?«, fragte Frau Dr. Bumfidel.

»Dass Geld keine Moral kennt … So, und jetzt kommen Sie mir bitte nicht mit irgendwelchen Bedenken. Wir fügen das Geld wieder dem normalen Wirtschaftskreislauf zu. Wir beteiligen uns damit an Unternehmen, die sonst in Schwierigkeiten geraten würden. Restaurants. Hotels. Cafés. Kleine Handwerksbetriebe. Wir sorgen dafür, dass Omis kleines Häuschen nicht versteigert wird, sondern sie weiterhin drin wohnen kann.«

»Sie wollen das Geld an kleine Selbständige verleihen? Ist das nicht riskant? Die Möglichkeit einer Pleite schwebt doch heutzutage ständig über jedem Geschäft in der Innenstadt.«

»Quatsch, verleihen. Ich sehe es mehr als Zuschuss. Wir pusten denen ein bisschen Wind unter die Flügel. Das brauchen die Menschen, damit es dem Land wieder besser geht.«

»Ja, aber …«

»Kein Ja-Aber! Die Leute sind es gewöhnt, mit Krediten versklavt zu werden. Das ist vorbei. Nicht mit mir! Geld soll wieder Freiheit geben, statt unfrei zu machen. Ist das denn so schwer zu kapieren?«

Frau Dr. Bumfidel seufzte. »Sie blasen sich auf, als hätten Sie Ahnung von der Finanzwirtschaft, ja als wären Sie der Finanzminister persönlich«, schimpfte sie.

»Hab ich auch«, grinste Rupert. »Immerhin bin ich der Vorstandsvorsitzende.«

»Sie sind Polizist«, protestierte Bumfidel. »Sie können nicht die gesamte Weltwirtschaftsordnung auf den Kopf stellen und Geld verschenken wie Freibier.«

»Das sagt mir eine Frau, die gerade einen Lastwagen mit Geld vor der Tür stehen hat und nicht weiß, wohin damit …«, flötete Rupert amüsiert. »So, und jetzt habe ich wirklich Wichtigeres zu tun …« Rupert drückte das Gespräch weg.

Sommerfeldt grinste: »Läuft bei dir, würde ich sagen.«

»Warum«, fragte Rupert mehr sich selbst als Sommerfeldt, »rufen die Wichser mich nicht endlich an?«

»Werden sie«, beruhigte Sommerfeldt ihn, »werden sie. Bestimmt sacken sie George gerade ein, um ihn zu dir zu bringen. Alles wird gut. Du machst das prima. Ich bin richtig stolz auf dich.«

Mit Kleebowskis Handy rief George zum zweiten Mal bei Frederico Müller-Gonzáles an. Er fand die Idee besonders witzig, über Kleebowskis Handy mit seinem Gegner zu sprechen. So machte er doch gleich klar, dass sich Kleebowski in seiner Gewalt befand. Wieder meldete sich nur die Mailbox, weil bei Frederico immer noch besetzt war.

Kleebowski und Marcellus knieten, die Hände auf dem Rücken. Die Kabelbinder schnitten tief in ihre Handgelenke. Marcellus' Waffe hielt George zwischen den Fingern, als wäre sie von einem gefährlichen Virus befallen und er habe Angst, sich daran anzustecken.

Annika richtete ihr Gewehr abwechselnd auf Kleebowski, dann wieder auf Marcellus. Der Laserstrahl zeigte immer noch völlig sinnfrei das Ziel an.

Christine stieß Annika an: »Auf die Entfernung wirst du keine Zielhilfe brauchen.«

George grinste. Er fühlte sich großartig. Er hatte die Wachmannschaft wieder rausgeschickt mit den freundlichen Worten, dass er hoffe, dies sei die letzte Überraschung für heute. Sie beobachteten nun nervös die Nordsee. Ihre Waffen fest im Anschlag, bereit, das Schiff zu verteidigen, um ihren Job endlich zu rechtfertigen. Fast hofften sie auf einen Angriff. Dabei wussten sie doch im Grunde genau, dass sie für George und dessen gesamte Organisation erledigt waren.

Kündigungen in dieser Branche verliefen anders als bei VW oder der Meyer Werft. Hier wurden keine Sozialpläne aufgestellt und auch keine Abfindungen gezahlt. Hier beseitigte man höchstens Mitwisser oder Zeugen. Es gab nur wenige Beispiele von Leuten, die den Wechsel von einer Organisation in eine andere überlebt hatten.

Jetzt war George mit seinen zwei Personenschützerinnen bei Kleebowski und Marcellus. Er lehnte sich an die Theke seiner Bar, die der *Floridita* auf Havanna nachempfunden war. Einer Bar, in der Hemingway gern Daiquiri getrunken hatte. Sein Bild hing gerahmt an der Wand.

Silvia, Georges große Liebe, schwärmte für Hemingway. Auf den Spuren des Meisters hatte George mit ihr Kuba besucht und war sogar mit ihr auf Schwertfischfang gegangen, weil sie den Roman *Der alte Mann und das Meer* so liebte. Er hatte einige Thunfische und einen großen Blue Marlin gefangen, den er Hemingway-like im Kampfstuhl besiegt hatte. Silvia hatte das Foto neben dem von Hemingway aufgehängt.

Jetzt zeigte George stolz darauf und feixte: »Der Marlin hat härter gekämpft als ihr zwei. Ich habe ihn aber trotzdem an Bord geholt.«

Er ging zu der Trophäe links neben der Theke. Da war der mit Lack haltbar gemachte Schwanz des Blue Marlin auf ein Podest geschraubt ans Holz befestigt. Auf der anderen Seite des Tresens sein Schwert. Geschliffen sah es aus wie aus Ebenholz geschnitzt. Kleebowski und Marcellus sollten sich fühlen, als würden ihre Köpfe bald ebenfalls die Trophäensammlung hier schmücken.

»Der wog 221 Kilo, und jedes Gramm davon war eine Köstlichkeit …« George küsste seine Fingerspitzen und blickte zu Christine, die Kleebowskis Handy in der Hand hielt und erneut die Nummer von Frederico Müller-Gonzáles gedrückt hatte.

»Es klingelt bei ihm …« Sie reichte George das Handy. Er begrüßte Frederico fröhlich: »Na, du mieser Hund, wie geht's dir? Was macht das Gehänge? Haben sie dir in Emden die Eier weggeschossen?«

Rupert bekam feuchte Hände. Seine Gesichtsmuskulatur zuckte. Hätte Dr. Sommerfeldt jetzt seinen Puls gemessen, wäre er besorgt gewesen.

Rupert setzte sich im Bett auf. Er hatte gelernt, dass eine aufrechte Haltung ihm eine festere Stimme verlieh: »Wenn jemand meiner Frauke etwas antut, erkläre ich dir und deiner ganzen miesen Bande den Krieg. Ich werde jeden töten, der mit dir zusammenarbeitet, selbst wenn er nur Schutzgeld an dich zahlt. Ich werde dir alles nehmen, was du zu besitzen glaubst. Und dann, zuallerletzt, bringe ich dich um.«

Rupert war sich nicht sicher, ob er den richtigen Ton getroffen hatte. Er sah Sommerfeldt fragend an. Redete man als Gangsterboss so mit einem Kidnapper, der die Miet-Ehefrau als Geisel hielt?

Sommerfeldt schien ganz zufrieden, ja geradezu beeindruckt zu sein.

George lachte höhnisch. Er wirkte nicht gerade eingeschüchtert. »Und das werden dann die zwei Clowns hier für dich erledigen, die meine Mädels gerade aus dem Wasser gefischt haben, ja?«

»Chef«, schrie Marcellus, »wir sind vor Borkum auf seiner Yacht!«

Annika drehte ihr Gewehr um und schlug damit in Marcellus' Gesicht. Für einen Moment sah es aus, als würde sie die tätowierte Spinne auf seiner Wange töten wollen.

»Hey, das ist ein Präzisionsgewehr, kein Nudelholz«, schalt Christine ihre Kollegin.

»Das Gewehr ist härter als sein Bumskopf«, konterte Annika.

George machte eine schneidende Bewegung. Sofort schwiegen sie. Er schaltete das Handy auf laut und legte es neben dem Blue-Marlin-Schwanz auf den Tresen, ohne sich dabei von der Stelle zu bewegen. Er zog ein silbernes Tablett zu sich heran, auf dem ein Cognacschwenker stand und ein nummerierter Jahrgangsbrandy aus dem Jahr 1947. Zwanzig Jahre im Fass gereift und seitdem in der Flasche.

George löste sich von der Theke. Es schien ihm schwerzufallen, als würden ihn dort magische Kräfte festhalten. Er goss sich einen Cognac ein und ging einmal mit dem Glas in der Hand um die am Boden Knienden herum. Er roch am Brandy. Er sprach laut, aber ohne zu schreien. Frederico Müller-Gonzáles sollte ihn gut verstehen: »Alles, was du mir da androhst, du Kronprinz, du, werde ich dir antun. Kapiert?! Ich werde dir deine Hure Stück für Stück zuschicken lassen. Oder magst du die Filmchen lieber? Da zahlen einige Leute sogar Geld für, um zuzugucken, Frederico! Und König wirst du nie … Vorher stirbst du nämlich … Das bin ich Heiner und Carl schuldig!«

»Was muss ich tun«, fragte Rupert mit zitternder Stimme, »damit du Frauke verschonst?«

Sommerfeldt schüttelte den Kopf und deutete gestisch an, dass dies die falsche Verhandlungstaktik war. Er musste Stärke zeigen. Stärke!

Sommerfeldt spannte seinen Bizeps rechts an und tippte dagegen. Rupert verstand ihn beinahe richtig.

»Das ist eine Sache nur zwischen uns beiden«, sagte Rupert. »Wir sollten uns treffen und es auskämpfen. Wähle du die Waffen. Meinetwegen auch gern ein Faustkampf. Du bist doch so ein Boxchampion, Fettsack!«

George konnte es nicht glauben. »Willst du mich verarschen, Muttersöhnchen? Wir beide sollen gegeneinander kämpfen?«

Sommerfeldt zeigte Rupert einen Vogel und erinnerte ihn an seine Verletzung, indem er seine Hand auf den Verband legte. Sommerfeldt flüsterte: »Du kannst nicht mal richtig laufen …«

Aber Rupert ließ sich nicht beirren: »Warum müssen immer Unschuldige leiden? Frauke hat doch gar nichts damit zu tun! Ich fand das schon immer blöd. Warum kämpfen nicht die, die den Ärger miteinander haben? Jeder Krieg könnte so vermieden werden. Nicht nur Bandenkriege! Auch die zwischen Staaten! Müssen erst Städte zerbombt werden und Armeen aufeinander losgehen? Können sich nicht die Staatspräsidenten zu einem fairen Boxkampf treffen? Natürlich mit einem neutralen Schiedsrichter, meinetwegen aus der Schweiz. Und dann wird alles live in die ganze Welt übertragen. Einschaltquote hundert Prozent! Es würden viele Menschenleben geschont, und man könnte in den Kampfpausen sogar Werbung schalten und damit eine Menge Kohle machen.«

Sommerfeldt trat einen Schritt vom Bett zurück. »Das ist eine tolle Idee, Rupert«, brummte er, »aber dass du deine Frauke jetzt damit rettest, wage ich zu bezweifeln.«

»Wenn die Bosse und Staatspräsidenten, die Kanzler und Könige, selbst in den Ring steigen müssten und Gefahr liefen, etwas auf die Fresse zu kriegen, dann würden sie sich vielleicht vorher schneller einig. Wer weiß … Natürlich könnte es auch das Wahlverhalten in den demokratischen Staaten verändern. Wer würde noch so einen greisen Sesselpupser wählen? Auf körperliche Fitness käme es an …«

George schluckte den teuren Brandy wie eine grauslich schmeckende Medizin. »Laber nicht rum! Halt's Maul! Willst du mich verrückt machen mit deinem Gequassele? Glaubst du, du kannst mich doof quatschen?«

»Nein. Ich will kein Rededuell, George. Ich will einen Kampf, Mann gegen Mann. Hast du das kapiert, du Memme? Traust du dich nicht? Bist du zu feige? Statt die Leiden von Frauke zu streamen, könnten wir unseren Fight live senden. Jeder, der einschalten will, stiftet hundert Euro. Oder meinst du, die könnten mehr spenden?«

George wischte sich übers Gesicht, als müsste er einen Schleier wegputzen. »Wofür soll wer was spenden? Bist du bescheuert?«

»Na ja, zum Beispiel für das Hospiz in Norden, das jetzt endlich in Hage gebaut wird …«

George hatte das Gefühl, vor seinen Leibwächterinnen jetzt nicht sehr gut dazustehen. Er wollte von ihnen ganz gern bewundert werden. Frederico Müller-Gonzáles kratzte an seinem Bild als harter Mann. Er wollte nicht verweichlicht oder gar feige dastehen. So einen Redeschwall, wie er ihn von Frederico gerade gehört hatte, war er nicht gewohnt. Normalerweise hörten die Menschen ihm zu und warteten auf seine Wünsche oder Anweisungen, denen sie dann beflissen nachkamen. Dieses Geschwätz machte ihn nervös. Er bekam das Gefühl, er solle manipuliert, ja reingelegt werden.

Er brüllte: »Du weißt nicht, mit wem du dich angelegt hast, Frederico! Du willst aus mir eine Witzfigur machen?! Ich werde dich lächerlich machen! Demütigen! So wie deine Generäle hier.«

Er schoss ein Foto von Kleebowski und Marcellus und schickte es genießerisch ab. Er beendete das Gespräch mit einem: »Du mich auch!«

Kleebowski hatte mal in einem Fortbildungskurs für junge Kriminelle gelernt, wie man sich mit einer geschickten Handbewegung von Kabelbindern befreien konnte. Damals war das alles ganz einfach gewesen, aber der Kursleiter, so eine Art Entfesselungskünstler, hatte ihnen die Hände vor der Brust zusammengebunden. Jetzt war er aber hinter dem Rücken gefesselt.

Kleebowski fürchtete, dass er in dem Kurs nur alltagsuntauglichen Mist gelernt hatte, genau wie damals auf dem Gymnasium. Wie viele Sprachen wurden auf der Welt gesprochen? Und er hatte das große Latinum. Ja, klasse. Er hatte in seinem ganzen Leben nie jemanden getroffen, der sich mit ihm auf Latein unterhalten wollte. Russisch. Vietnamesisch. Ukrainisch. Tschechisch. Schwedisch. Italienisch. Ja klar. Aber keiner wollte Lateinisch reden.

Das dünne Plastikkabel war inzwischen nass von seinem Blut. Es war zum Heulen. Ja, wenn er wenigstens an richtigen Eisenhandschellen gescheitert wäre … Aber so, mit diesen Dingern, die aus ehemaligen Plastiktüten gemacht worden waren … Er empfand es als so demütigend …

George hatte schon wieder das Handy am Ohr. Diesmal benutzte er sein eigenes. Er stand breitbeinig da und drückte den Bauch heraus. Er wollte jetzt Befehle geben. Damit konnte er sich immer wieder selbst aufbauen.

Es dauerte ihm aber viel zu lange, bis er Geier am Telefon hatte. Zu Christine und Annika sagte er grinsend: »Ich will einen schönen Filmdreh, wie ihr die Herren auszieht.« Er stieß Marcellus mit dem Fuß an. »Genieß es, du Wichser. Es ist sozusagen deine Henkersmahlzeit.«

Endlich meldete Geier sich mit einem verhaltenen »Ja?«

George hatte nicht vor, Diskussionen zuzulassen. Das Gespräch mit Frederico war schon nervig genug gewesen. Er wollte, dass seine Befehle ohne weitere Nachfragen ausgeführt wurden.

»Schluss mit dieser Putzfrauenarie! Sie soll die Ratten kochen und essen. Entweder frisst sie die Ratten, oder die Ratten fressen sie!«

Er lachte und schielte zu Christine und Annika. Er hoffte, sie mit seinem Lachen anzustecken, doch die beiden taten erst einmal gar nichts. Sie hatten die Männer noch nicht ausgezogen.

Irgendwie bekam George das Gefühl, dass hier gerade alle Untergebenen machten, wozu sie Lust hatten. Diese Yacht, ja seine ganze Organisation kam ihm vor wie ein antiautoritärer Kinderladen. Es musste hier einer für Ordnung sorgen. Er würde sich wieder durchsetzen und am Ende den ganzen Gonzáles-Laden übernehmen. Aber zunächst wollte er seine eigenen Leute wieder zur Räson bringen.

»Ob sie die Ratten kocht oder grillt, ist mir egal! Ich will sehen, wie sie sich das Zeug selbst zubereitet und dann verspeist. Das wird ein Film für alle Gourmets dieser Welt!«

So angewidert, wie Christine und Annika guckten, so erfreut war der Geier. Das war genau nach seinem Geschmack.

Viele andere hätten sich schon längst aufgegeben, doch Frauke war ein unerschütterlicher Mensch. Sie kramte in sich selbst nach einem Rettungsanker, nach Hoffnung. Ein Buchtitel fiel ihr ein: *Gott schützt die Liebenden.* Ja, vielleicht war es die Liebe, die ihr jetzt helfen konnte, nicht verrückt zu werden. Die Liebe zu Frederico und die Liebe zu sich selbst.

Gab es hier unten in diesem Loch überhaupt einen Herd? Musste er sie nicht nach oben ins Haus lassen? In seine Küche? An seinen Herd?

Wenn ich die Ratten zubereiten soll, dachte sie, dann brauche ich Zugang zu Feuer. Oder zumindest zu heißem Wasser. Er muss mir ein Werkzeug geben, damit ich sie schlachten und ausweiden kann. Was auch immer … Ich werde eine Waffe erhalten und sie gegen ihn richten.

Sie stellte sich vor, ihn mit heißem Wasser oder siedendem Öl zu verbrühen. Aber noch besser wäre ein scharfes Messer.

Der Gedanke, eine Ratte zuzubereiten, hatte plötzlich nichts Ekelhaftes mehr an sich, sondern roch nach Freiheit.

Noch nie hatten sich Marcellus und Kleebowski so sehr geschämt. Im Allgemeinen galten die beiden als sehr resilient. Sie genierten sich nicht, andere abzukassieren, zu drohen, zu rauben oder zu betrügen. Von beiden wusste man, dass sie, ohne lange zu zögern, von der Schusswaffe Gebrauch machten. Große Gewissensbisse oder Scham waren ihnen fremd. Sie standen zu ihren Schandtaten, ja waren oft sogar stolz darauf und gaben damit an. Aber das hier war einfach zu viel.

Sie saßen nackt bis auf ihre Socken in dem Anglerboot, mit dem sie gekommen waren. Die Paddel schwammen irgendwo vor

Borkum in der Nordsee. Ihre auf dem Rücken gefesselten Hände wurden durch den Blutstau immer dicker.

Das Boot lief langsam voll Salzwasser, denn der Schuss aus der großkalibrigen Smith & Wesson hatte ein fingerdickes Loch in den Schiffsrumpf geschlagen, durch das jetzt Wasser hineinblubberte.

Marcellus drückte seinen rechten Fuß darauf und verlangsamte so den Wasseranstieg. Völlig stoppen konnte er ihn nicht.

An Bord der Yacht standen johlend die Jungs der Wachmannschaft. Sie filmten das kleine Anglerboot, das im Scheinwerferlicht von den Wellen hin und her geworfen wurde. Die beiden Insassen waren klatschnass, und der Nordwestwind ließ sie vor Kälte zittern.

»Verdammt nochmal, so will ich nicht verrecken!«, fluchte Marcellus.

»Wie wolltest du denn sterben?«, fragte Kleebowski zynisch. »Mit einem Messer im Bauch auf dem OP-Tisch während einer Notoperation?«

»Offen gestanden hatte ich gehofft, in den Armen einer schönen Frau nach einer durchzechten Nacht einfach einzuschlafen«, gab Marcellus zu. Kleebowski lachte bitter: »Na, das nenne ich mal einen Plan B ...«

»Winkt mal!«, rief jemand von der Yacht, und ein anderer: »Lächeln, Leute! Ihr seid online! The show must go on!«

»Die werden Fotos und Filme von uns in der ganzen Szene verbreiten. Schlimmer geht's echt nicht«, jammerte Kleebowski. Insgeheim hatte er gehofft, sich irgendwann im hohen Alter eine Kugel zu fangen und Schluss, aus.

»Wenn wir wenigstens die Hände frei hätten, könnten wir versuchen, zu dem Passagierschiff da hinten zu kommen. Aber so ...«

»Willst du denen da oben auch noch eine Show liefern? Wir

paddeln hier nicht mit den Pfötchen wie die jungen Hunde im Wasser, ist das klar?«

»Sondern?«, fragte Marcellus.

»Das war's«, stellte Kleebowski ruhig fest. »Man muss wissen, wann man verloren hat. Hier endet unsere Karriere.«

Ann Kathrin Klaasen konnte nicht schlafen. Sie tigerte zunächst durchs Haus, dann über die Terrasse und in den Garten. Etwas Schlimmes geschah, und sie fühlte sich bei jeder Maßnahme, Rupert zurückzuholen, ausgebremst, behindert, ja sabotiert.

Weller gesellte sich gähnend zu ihr. Barfuß stand er auf der Terrasse. Zunächst beobachtete er sie nur. Er glaubte, sie würde mit ihrem toten Vater reden. Doch dann registrierte er, dass er gemeint war, obwohl sie nicht in seine Richtung sprach. Eine Amsel stolzierte über den Holztisch und pickte Krümel auf.

Ann Kathrin äußerte einen Verdacht: »Warum sind wir nicht mehr in der Lage, Kontakt zu Rupert aufzunehmen?«

»Weil der Blödmann es nicht will. Wenn wir es mal positiv sehen«, sagte Weller, »dann genießt der Hallodri sein neues Leben und will nicht, dass wir uns einmischen. Er hat alle Abhöranlagen weggeschmissen. Hätte ich an seiner Stelle vermutlich auch.«

»Okay«, gab Ann Kathrin zu, »das kann ja sein. Aber warum können wir sein Handy nicht orten?«

Weller zuckte fast unmerklich mit den Schultern.

»Ich habe es zweimal über den ganz normalen Dienstweg versucht. Ich bekomme vom Mobilfunkanbieter die Nachricht, dass es nicht geht.«

»Ja«, gähnte Weller, »weil du keinen richterlichen Beschluss hast.«

»Ach, Frank, ich habe es über die kurzen Wege versucht.«

»Ostfriesisch?«

»Hm. Und keiner kann mir helfen. Angeblich technische Probleme.«

»Technische Probleme«, spottete Weller. Er sprach es genauso aus, wie Ann Kathrin es empfand: ungläubig.

»Die haben«, orakelte sie, »eine klare Anweisung, mir nichts zu sagen.«

»Dir und mir nicht«, ergänzte Weller. »Die booten uns aus, die Klatts und Brenneckes dieser Welt. Diese ganze BKA-Blase mit ihren wichtigen Geheimaufträgen, ihren Intrigen, ihren verdeckten Einsätzen, die gehen mir so was von auf den Sack …«

Auch Holger Bloem schlief noch nicht. Er hatte ein Paket von *ten Cate* bekommen, mit lieben Grüßen der Kompensan-Bank. Holger zerknackte mit den Zähnen die Kuvertüre der dritten Deichgrafkugel. Er saß am Computer und schrieb einen Artikel über eine Umfrage, die das *Ostfriesland Magazin* zusammen mit dem *Kurier* in der Norder Innenstadt gemacht hatte. Sie hatten Touristen um Verbesserungsvorschläge gebeten. 361 Fragebögen waren ausgewertet. Das Ergebnis war eindeutig.

Eins: Die Osterstraße sollte eine Fußgängerzone werden, mit mehr Platz draußen für Cafés, Eisdielen und Restaurants.

Zwei: Der konsequente Ausbau der Fahrradwege.

Drei: Freier Zugang zum Meer, keine Strandnutzungsgebühren.

Holger hatte gerade beschlossen, nun aber endgültig Feierabend zu machen, als Rupert ihn anrief.

»Moin«, sagte Holger verhalten.

»Du musst mir helfen, alter Freund«, forderte Rupert, und er klang wie jemand, der echt nicht weiterwusste.

Bis vor kurzem hätte die Bezeichnung *alter Freund* aus Ruperts Mund für Holger Bloem nur Spott bedeutet, waren doch für Rupert Journalisten faule Herumtreiber, die von nichts eine Ahnung hatten, aber überall ihren Senf dazugaben.

Diese Einstellung hatte sich grundlegend geändert. Er erkannte inzwischen an, dass die Presse die vierte Macht im Staat war. Die drei anderen Mächte waren für Rupert aber nicht das Parlament, die Regierung und die Gerichte. Worte wie *Legislative*, *Exekutive* und *Judikative* waren für ihn eh Fremdwörter, die er lieber nicht benutzte. Für ihn sah die Gewaltenteilung so aus: Die erste Macht im Staat war die Mafia, stellvertretend für das gesamte organisierte Verbrechen. Dann kamen die Banken, die Großkonzerne und die Presse. So an fünfter bis zehnter Stelle der Rangordnung das Parlament und ganz am Schluss die Polizei.

»Ich suche einen Mann. Er nennt sich Geier. Ich will ihn haben.«

»Du suchst einen Mann und fragst mich? Das ehrt mich, Rupert, aber ich bin kein Headhunter für Aufsichtsratsposten.«

»Das ist ein Missverständnis, Holger. Ich suche keinen Mitarbeiter für die Bank, sondern einen Verbrecher. Er ist ein Phantom. Vielleicht wird er von ganz oben gedeckt.«

Holger schluckte. »Ja, aber ich …«

»Komm, du hast uns schon so oft geholfen. Du hast doch ganz andere Recherchemethoden als wir.«

»Meinst du mit *wir* die Polizei oder die Gonzáles- und die Rossi-Familie?«

Rupert stöhnte. »Keiner findet ihn, Holger. Die Guten nicht und auch nicht die Bösen.«

»Aber ich soll …«

»Ja, du sollst. Und, Holger …« Rupert sprach etwas nicht aus. Das spürte der Journalist sofort.

»Ja?«

»Wenn du einen Job suchst, ich könnte einen guten Pressesprecher gebrauchen.«

Holger Bloem lachte: »Willst du mich anwerben? Als Pressesprecher fürs organisierte Verbrechen? Oder für die Kompensan-Bank? Nein, danke, ich bin als Chefredakteur des *OMa* recht zufrieden.«

»Du könntest es halbtags machen, praktisch nebenbei. Ich brauche jemanden, dem ich vertrauen kann. Und … Geld spielt dabei keine Rolle.«

»Ja, das dachte ich mir wohl«, lachte Holger.

»Ich muss auflegen – ich bekomme hier gerade eine Nachricht rein!«, rief Rupert aufgeregt und drückte das Gespräch weg. Er hatte einen Link zu einem Video erhalten. Es kursierte bereits im Netz und erfreute sich auf Instagram großer Beliebtheit. Zwei nackte Männer in einem Anglerboot auf dem Meer, angestrahlt von Schiffsscheinwerfern. Noch einmal bat Rupert Dr. Sommerfeldt zu sich. Er zeigte ihm die Bilder.

»Wenn man nicht alles selber macht«, grummelte Rupert.

Sommerfeldt war sofort bereit, einzugreifen, ja er brannte richtig darauf und hatte Mühe, seine Begeisterung zu zügeln. Er tat zwar so, als sei es ihm lästig, aber als gäbe es auch keine Alternative. Er versteckte seine Freude daran, endlich wieder richtig mitmischen zu können.

»Wir müssen ihnen helfen. Noch sieht es niedlich aus, aber das kann sich schnell ändern, wenn sie kentern.«

»Ich habe«, sagte Rupert, und es klang überhaupt nicht angeberisch, »einen Heli in Emden stehen. Kannst du die Versager für mich aus dem Wasser fischen?«

Sommerfeldt lächelte: »Wir haben selber einen Heli. In Norddeich auf dem Flugplatz. Kann ich praktisch mit dem Fahrrad hin.«

Rupert staunte.

»Eine gute Klinik braucht einen Hubschrauber. Wir können schließlich nicht aufs Rote Kreuz zurückgreifen. Wir haben Krankentransporte kreuz und quer durchs Land, und manchmal muss es eben schnell gehen.« Er zeigte auf den Bildschirm. »Guck mal, das hier hinten sind ganz eindeutig die Lichter von Borkum. Ich bringe sie dir zurück, keine Sorge.«

Rupert fühlte sich alt, krank und erschöpft. Er sehnte sich nach Beates Fürsorge und einem ihrer veganen Eintöpfe. Am besten noch mit einer Knackwurst drin.

Er hatte ihr tatsächlich eine Wasserflasche gegeben. Leider aus Plastik. Sonst hätte Frauke sofort damit zugeschlagen. Wenn er sich ihr näherte, konnte sie seinen Atem hören. Da war ein Rasseln, als hätte er Lungenprobleme. Asthma oder Heuschnupfen.

Ihre Ungeduld machte ihr am meisten zu schaffen. Sie wollte das alles keine Sekunde länger ertragen. Sie war eine gut trainierte Nahkämpferin. Sie wusste, welchen Unterschied es machte, im richtigen Moment anzugreifen, wenn der Gegner gerade eine Lücke in der Deckung bot oder wenn man eine überhastete Attacke landete. Deswegen provozierten gute Kämpferinnen wie sie ihre Gegner gern, um sie zu unüberlegten Handlungen zu treiben.

Ich muss abwarten, bis ich genau weiß, wo er steht, und bis ich eine Waffe habe, mit der ich ihn schwer genug verletzen kann, dachte sie.

Sie hatte mit mehreren Handicaps zu kämpfen. Sie sah nichts. Sie war fast nackt und unbewaffnet, und ihre Muskeln fühlten sich steif und verkrampft an. Diese Elektroden waren immer noch an ihr befestigt. Er konnte ihr jederzeit Stromstöße durch den Körper jagen. Immer wieder erinnerte er sie daran, indem er ein leises Kribbeln auslöste, das ihr sagen sollte: *Du bist vollständig meiner Willkür unterworfen.*

Aber sie konzentrierte sich auf ihre Fähigkeiten und Möglichkeiten. Sie hörte sehr gut, und sie hatte nicht verlernt, einem Highkick eine Schlagkombination folgen zu lassen.

Er gab ihr kein Messer. Das war ihm dann doch zu gefährlich. Er tötete zwei Ratten selbst. Sie hörte das Fiepen und dann den Schlag mit dem Hackmesser oder Beil.

»So«, sagte er laut, »die Übertragung läuft. Ich habe hier eine Pfanne für dich und einen Campinggaskocher. Ausgenommen habe ich die Tierchen schon für dich. Ich liebe es, gemeinsam zu kochen. Ich hacke uns ein paar Zwiebeln aus dem eigenen Garten. Findest du nicht auch, Zwiebeln und Knoblauch gehören in eine gute Rattenpfanne?«

Er zündete das Feuer an. Sie hörte die Gasflamme lodern. Jetzt würfelte er Zwiebeln.

»Er will der gefürchtete Geier sein?«, fragte sie höhnisch und beantwortete ihre Frage gleich selbst: »Eine jämmerliche Gestalt ist er, voller Angst und Neurosen. Ich bin blind und mit diesem ganzen Mist hier verkabelt. Aber er hat immer noch Angst vor mir. Richtig Schiss.«

Sein Atem wurde heftiger, als würden ihre Worte ihm die Luft nehmen. Sie spürte, wie sehr sie ihn traf. Sie musste jetzt verhindern, dass er die Übertragung abschaltete. So schlimm die Bilder auch waren, die von ihr ins Netz übertragen wurden, vielleicht gab es dadurch eine Chance, geortet und gefunden zu werden.

»Ja«, rief sie, »jetzt schaltet er die Übertragung natürlich ab! Wie steht er denn sonst auch da? Ein Feigling, der lieber Ratten selbst tranchiert, als einer gefangenen Frau ein Messer zu geben. Eine Witzfigur von einem Serienkiller!«

Jetzt konnte er den Livestream nicht mehr beenden, ohne ihr damit recht zu geben. Er wollte nicht als Verlierer dastehen. Er versuchte, die Situation zu seinen Gunsten zu verändern.

Es war, als würde sie Fredericos Stimme hören, die ihr zuflüsterte: *Das machst du gut, Liebste. Ganz hervorragend. Nutz seine Waffen gegen ihn. Dreh den Spieß einfach um.*

Geier hielt die Beleidigungen nicht aus. Er lebte von der Angst, die er verbreitete. Von dem Horror, der mit seinem Namen verknüpft wurde, ja ein Synonym für Horror geworden war, wie Freddy Krueger in der *Nightmare*-Filmreihe oder Michael Myers in *Halloween*. Aber im Gegensatz zu den Filmfiguren war er echt. Er hatte einen Ruf zu verlieren, und dieses renitente Weib war dabei, seinen schwarzen Ruhm zu ruinieren.

Er stürzte sich auf sie. Er wollte sie schlagen, würgen und zum Schweigen bringen. Seine Faust klatschte in ihr Gesicht. Sie spuckte Blut aus und rief: »Mehr hat er nicht drauf?«

Sie machte einen Schritt zurück und riss sich die Kabel vom Leib. Jetzt gab es kein Zurück mehr. Alles oder nichts.

Sie stieß mit der Hüfte gegen etwas wie eine Tischkante. Er packte sie bei der Gurgel und würgte sie mit beiden Händen. Ein schwerer Fehler. Seine kurzen Rippen lagen ungeschützt völlig frei. Sie hob ihre Arme, um mehr Schwung zu holen. Sie erwischte links die kurze Rippe und rechts die Leber mit voller Kraft. Sein Würgegriff verlor sofort an Intensität. Er blies vor Schmerzen Luft aus. Sein Atem umnebelte sie.

Sie trieb den Daumen ihrer rechten Hand wie ein Messer in die weiche Stelle zwischen seinem Kinn und dem Hals. Ihr Daumen drang tief in seine Mundhöhle ein, und sie spürte, wie ihr Fingernagel seine Zunge anhob. Das war es. Er ließ sie los und taumelte durch den Kellerraum. Etwas fiel um.

Er schrie: »Scheiße!« Es klang, als würde er dabei gurgeln. Immer wieder stieß er das gleiche Wort aus. »Scheiße, scheiße, scheiße!«

Sie bewegte sich tastend durch den Raum. Sie war bei dem Tisch. Hier drauf musste irgendwo das Messer liegen oder das Beil. Sie suchte eine Waffe. Das Gewehr … Mit einer Schrotflinte hätte sie vielleicht sogar die Möglichkeit, ihn zu treffen.

Doch dann wurde etwas anderes wichtiger. Links von ihr entstand Hitze. Sie erlebte es wie einen Blitzeinschlag. Plötzlich wurde es so hell, dass sie sogar ein heftiges Flackern wahrnahm. Hitze breitete sich knisternd aus.

Ihr Gehirn setzte alle Informationen zu einem Bild zusammen, das sie, obwohl sie blind war, räumlich sehen konnte. Dieser Keller brannte lichterloh! Die Flammen schienen aus den Wänden zu kommen, und zwar aus allen.

Rupert saß im Bett und sah alles. Es kam ihm vor, als ob die Flammen auch unter und neben seinem Bett hochflackern würden, so heiß wurde ihm.

Seine Frauke suchte mit ausgestreckten Armen den Weg ins Freie. Er wollte ihr zurufen. Er hatte die Falltür gesehen, durch die Geier sich in Sicherheit gebracht hatte.

Die Holztreppe nach oben brannte. Das Feuer war zufällig durch den umgestürzten Campinggaskocher ausgelöst worden, doch seine Ausbreitung hatte Geier vorher genau geplant. Im Zweifelsfall konnte er hier alles abfackeln. Brandbeschleuniger überall. Ganze Pakete davon auf der Holztreppe. Hier kam niemand rein oder raus, der den Geheimgang nicht kannte. Und über die Treppe gab es keinen Zugang mehr in den Keller.

Frauke tapste blind zwischen den Flammen herum. Rupert schrie, als könnte er sie über viele Kilometer hinweg allein durch seinen Willen und seine kräftige Stimme erreichen. »Da muss ein Handy sein, Frauke! Es filmt immer noch! Hol es dir!«

Rupert griff sich ans Herz. Sie kam tatsächlich näher auf den Bildschirm zu, als würde sie sich von seinen Worten leiten lassen, was aber nicht möglich war. Ihre Hände waren schon ganz groß für ihn zu sehen. Hinter ihr nur Flammen.

Rupert fragte sich, wie viel Sauerstoff so ein Raum hatte. Das Feuer schluckte bestimmt eine Menge.

Frauke ertastete das Handy. Sie versuchte, es aus dem Stativ zu nehmen. Es gelang ihr nicht.

Rupert sah ihre Fingerkuppen, die gegen das Display drückten. »Frauke«, rief er, »Frauke!«

Ingrun hatte seine Rufe gehört und stürmte ins Zimmer. Sie erfasste die Situation, soweit überhaupt möglich, mit einem Blick. Sie stand jetzt neben Ruperts Bett und beobachtete mit ihm den Bildschirm. Die Übertragung brach ab.

Frauke hatte nicht vor, die Polizei anzurufen oder die Feuerwehr. Sie war eine Gangsterbraut und tat intuitiv das Richtige. Da sie viel zu wenig sah, um eine Nummer eintippen zu können, versuchte sie es über die Sprachassistentin Siri. Frauke rief: »Hey, Siri!«

»Ja, was kann ich für dich tun?«

»Wähle Frederico Müller-Gonzáles!«

»Frederico Müller-Gonzáles wird angerufen«, antwortete Siri.

So musste es sich anfühlen, wenn einem das Herz stehen blieb. Es war wie ein Wunder, obwohl Rupert genau wusste, wie es funktionierte. Frauke rief an. Fast hätte er sich mit »Rupert« gemeldet.

»Liebster«, schrie Frauke, »Liebster, ich sterbe hier! Ich verbrenne!«

Rupert und Ingrun schossen Tränen in die Augen. Beiden wurde klar, dass Frauke anrief, um sich zu verabschieden.

»Ich wollte dir sagen, dass du die große Liebe meines Lebens bist, Frederico. Vergiss mich nicht! Ich wünsche dir alles Glück der Welt. Einen Mann wie dich habe ich noch nie zuvor getroffen … Du hast mich behandelt wie eine Königin. Du hast mir in den letzten Tagen so viel gegeben, ich fühlte mich bei dir …«

»Hinter dir ist eine Falltür im Boden, Frauke!«

»Wo?«

»Praktisch zwei, drei Schritte hinter dem Zahnarztstuhl!«

Sie drehte sich um. Mit links hielt sie sich das Handy ans Ohr, mit rechts tastete sie sich durch den Raum. Etwas Brennendes fiel von der Decke.

Frauke war jetzt beim Zahnarztstuhl. Von dort aus kroch sie auf dem Boden weiter. Sie erreichte die Falltür. In der Eile hatte Geier sie bei seiner Flucht nicht richtig verriegelt.

Frauke stieg hinab in ein dunkles, feuchtes Gewölbe. Aber ihr kam es vor wie der direkte Weg ins Paradies. Hier hausten Fledermäuse. Sie lief gut fünfzig Schritte geradeaus. Sie spürte den Luftzug. Sie roch die Freiheit!

Sie schrie: »Ich schaffe es! Ich schaffe es!«

Sie schlug irgendwo mit dem Kopf an, aber sie lief einfach weiter.

Als sie draußen ankam, fuhr der schwarze VW-Transporter aus der Garage. Sie hörte den Motor aufheulen.

»Hey, Siri!«, rief Frauke. »Wo bin ich?«

Siri gab augenblicklich die volle Adresse durch.

»Hast du gehört, Liebster? Ich bin in Dinslaken! Ich kann die Nähe des Flusses spüren.«

Eine Weile weinten sie zu dritt, Frauke, Rupert und Ingrun.

Nachdem einige Zeit verstrichen war, sagte Frauke: »Ich will zu dir.«

»Ich komme dich holen.«

»Ich bin nackt«, sagte sie, als müsste er vorgewarnt werden.

»Stell dir vor, das habe ich schon mal gesehen«, lachte Rupert.

»Bitte beeil dich, Liebster. Mir ist kalt.«

Die Flammen schlugen aus dem Haus. Sie konnte den Qualm riechen. »Vermutlich wird mir gleich wärmer«, lächelte sie. Sie konnte noch nicht begreifen, dass es wirklich vorbei war. Sie setzte sich ins Gras. Ihre Knie zitterten. Sie legte einen Arm um ihre Beine. Mit der anderen Hand hielt sie das Handy.

»Verzieh dich da!«, rief Rupert. »Über kurz oder lang werden da Polizei und Feuerwehr aufkreuzen und blöde Fragen stellen.«

»Ich … ich glaube, ich muss in ein Krankenhaus. Zumindest zu einem Arzt … Es geht mir nicht ganz so gut.«

»Ich habe einen Hubschrauber in Emden. Ich komme dich sofort holen, Liebste.«

»Ich weiß. Du bist mein Traummann! Wenn es sein muss, dann kannst du sogar fliegen …«

»Und ich bringe dich in eine Privatklinik. Bis gleich.«

Rupert nickte Ingrun zu. »Auf nach Emden.« Aber dann stoppte er. Er wollte keine Zeit mit einer Autofahrt verlieren. »Stehen hinterm Haus auf der Wiese Kühe?«, fragte er.

»Nein, warum?«, fragte Ingrun zurück.

»Weil ich meinen Heli dahin beordern will. Das geht schneller. Er kann doch da landen, oder?«

Sie lächelte. »Es wäre nicht das erste Mal, dass dort ein Heli landet.«

Als Frederico Müller-Gonzáles' Hubschrauber in der Auenlandschaft landete, nicht weit von der Stelle entfernt, wo die Emscher in den Rhein mündete, stand Frauke unten im Scheinwerferlicht bei einer Birke und winkte. Das Haus mit dem Folterkeller brannte trotz der begonnenen Löscharbeiten lichterloh. Eine Rußwolke stieg in den Himmel hoch.

Zur gleichen Zeit brach Dr. Sommerfeldt die Suche ab. George steuerte mit seiner Yacht, ohne Lichter zu setzen, aufs offene Meer hinaus. Er hatte Angst vor einem weiteren Angriff. Der würde dann besser, ja vermutlich militärisch organisiert ausfallen, fürchtete er.

Das Anglerboot war in der Dunkelheit nicht mehr aufzufinden. Da hätte Sommerfeldt schon die Seenotrettung anrufen müssen. Ein Seenotrettungskreuzer war Tag und Nacht einsatzbereit. Doch Menschen wie Dr. Bernhard Sommerfeldt oder auch Kleebowski und Marcellus hielten sich gern fern von allem, was einen seriösen Anstrich hatte.

Die Deutsche Gesellschaft zur Rettung Schiffbrüchiger war zwar eine private und keine staatliche Organisation, aber trotzdem befürchtete Sommerfeldt unbequeme Fragen.

Mit der aufgehenden Sonne wurde vor Borkum, direkt bei der Seehundbank, die von der Strandpromenade aus zu sehen war, ein Anglerboot mit zwei völlig erschöpften nackten Gangstern angespült. Das Seehundgebrüll weckte die beiden.

An diesem Morgen stahlen sie den Seehunden die Show. Kleebowski und Marcellus waren *die* Touristenattraktion und wurden fotografiert, als wären sie Popstars. Susanne Kaminski, eine Touristin, die mit ihrem Mann einen frühen Strandspaziergang machte, erbarmte sich und brachte den beiden Decken. Ihr Mann Martin befreite sie von den Kabelbindern. Er stellte keine Fragen.

»Ich würde Ihnen gerne einen Kaffee ausgeben«, sagte Kleebowski ehrlich. Er hatte das Gefühl, sich bedanken zu müssen. Aber Marcellus fügte hinzu: »Hast du schon mal einem nackten Mann in die Tasche gefasst?«

Martin zog seine Jacke und sein Oberhemd aus. Er reichte die Kleidungsstücke den beiden. »Wir haben hier in der Nähe eine Ferienwohnung. Und den Kaffee mache ich uns«, schlug Susanne vor.

»Das alles«, sagte Kleebowski, »darf niemand jemals erfahren.«

Marcellus zeigte zu den Touristen auf der Strandpromenade: »Ich fürchte, das wird wohl ein Wunschtraum bleiben.«

ENDE

Das Abenteuer geht weiter!
Auch im nächsten Band ermittelt Rupert
wieder undercover!

RUPERT UNDERCOVER
Ostfriesisches Finale

Das Buch erscheint im Juni 2022

Klar wollten ihm viele reinreden. Aber zu dem Spiel gehörte immer auch einer, der sich reinreden ließ. Und so einer war Rupert nun mal gar nicht. Noch glaubte er, die ganze Sache im Griff zu haben.

Er führte zwei Existenzen. Eine als ostfriesischer Hauptkommissar, der mit dem Fahrrad zur Dienststelle fuhr, und eine als Gangsterkönig mit Bodyguards, Chauffeur und gepanzerter Luxuslimousine.

Er war Undercoverpolizist bei freier Zeiteinteilung.

Das Leben zwischen zwei Frauen gefiel ihm besonders. Da war die Geliebte, dort die Ehefrau. Jede auf ihre Art faszinierend und schön.

Frauke, die zwar immer noch großzügige monatliche Zuwendungen erhielt, fühlte sich nicht mehr als Miet-Ehefrau, sondern als Geliebte, und genau das war sie auch für ihn. In der Privatklinik hinterm Deich, zwischen Greetsiel und Norddeich, erholte sie sich von den Strapazen ihrer Entführung. So konnte Rupert, wenn er mal wieder eine Nacht bei seiner Ehefrau Beate in Norden verbracht hatte, zehn Minuten später bei seiner Geliebten sein oder auch – wenn er in die entgegengesetzte Richtung fuhr – in der Polizeiinspektion am Markt, was allerdings nicht oft vorkam.

Frauke übte einfach einen größeren Reiz auf ihn aus als sein Büro. Wenn er sich entscheiden musste, Berichte zu schreiben oder mit Frauke zu knutschen, musste er nicht lange grübeln.

Überhaupt war Grübeln nicht so sein Ding. Dafür hatte er gutes Heilfleisch. Die Kugel, die er sich in Emden gefangen hatte, hing jetzt an einer goldenen Kette um seinen Hals. Er humpelte mehr als nötig. Was waren Helden ohne ihre Verletzungen?

Seine Frau Beate bemutterte ihn jetzt noch mehr. Sie kochte seine Lieblingsspeisen und verwöhnte ihn im Bett. Ihr war durch die Kugel auf erschreckende Weise klargeworden, wie sehr sie ihren Mann liebte und dass sie Angst hatte, ihn zu verlieren.

All seine Fehler, über die sie sich früher so sehr aufgeregt hatte, waren belanglos geworden. Sein ständiges Zuspätkommen. Seine Affären. Dieses ganze Macho-Gehabe. Seine Prahlerei, die manchmal Hemingway'sche Ausmaße annahm – was bedeutete das alles? Hauptsache, er lebte und kam immer wieder zu ihr zurück. Die Beziehungen zu ihren Reiki-Freunden waren ja auch nicht immer ganz platonisch.

Rupert hatte sich nie im Leben besser gefühlt als jetzt. Irgendwie war er angekommen. Ja, glücklich! Er wechselte problemlos zwischen Rupert und Frederico Müller-Gonzáles hin und her. Beide Persönlichkeiten gehörten inzwischen zu ihm. Als Frederico managte er die Kompensan-Bank. Er betrieb das wie ein Spiel, eine Mischung aus Monopoly und Poker. Wenn er etwas konnte, dann bluffen. Da waren ihm alle ausgebildeten Bankfachleute unterlegen. Die trauten sich viel zu wenig. Während sie noch nach Sicherheiten suchten, machte er schon Kasse und verteilte die Beute. Er fühlte sich dabei ein bisschen wie Robin Hood.

Seine Onlinebank verfügte über gewaltige Geldmengen. Der europäische Drogenhandel wurde praktisch über seine Bank abgewickelt. So bekam das BKA Einblick in alle großen Geschäftstransaktionen des organisierten Verbrechens.

Rupert schlenderte über den Deich in Richtung *Regina Maris*. Da seine Chefs seine Abneigung gegen Dienstbesprechungen kannten, beraumten sie die Treffen gern in Restaurants oder Hotelsuiten an. Heute im *Regina Maris*, beim letzten Mal im *Möwchen*.

Dirk Klatt bestimmte immer den Ort. Hauptsache, es gab dort große Fleischportionen. Der Rest war dem Spesenritter egal. Die fehlende Anerkennung durchs weibliche Geschlecht kompensierte Klatt, indem er sich auf BKA-Kosten mächtige Steaks einverleibte und dazu Bier und edle Schnäpse trank. Wenn Rupert ihm beim Essen zusah, bekam er immer mehr Verständnis für Vegetarier.

Im *Regina Maris* warteten Klatt und die Leitende Kriminaldirektorin Liane Brennecke bereits seit einer halben Stunde auf Rupert. Polizeichef Martin Büscher war schon wieder gegangen, weil er es am Magen hatte und ständig aufstoßen musste. Er wollte den anderen nicht den Abend verderben.

Rupert ließ gern auf sich warten. So unterstrich er die Bedeutung seiner Person.

Jetzt, bei Niedrigwasser, schmeckte die Luft besonders jod- und salzhaltig. Rupert schluckte, als könnte er den Nordwestwind kauen. Der Wattboden dünstete in der Abendsonne die abgestorbenen Tier- und Pflanzenreste aus. Im Schlickwatt kämpften Muscheln und Krebse ums Überleben. Eine Möwenarmee, die bis vor kurzem einen Krabbenkutter verfolgt hatte, suchte jetzt im tonigen Schlick nach leichter Beute. Der Tisch für die Raubvögel war reichlich gedeckt. Auch für einige Austernfischer blieb noch genug übrig. Sie bohrten mit ihren langen roten Schnäbeln im Matsch herum.

Rupert blieb stehen, atmete tief durch und sah ihnen zu. Der Meeresboden war jetzt, je nach Perspektive, entweder ein Schlachtfeld oder ein köstliches Büfett. Das Watt war für ihn ein Sinnbild des Lebens. Er konnte sich gar nicht sattsehen. Der Himmel über Juist vibrierte glutrot. Es war, als würde die Sonne sich weigern, unterzugehen.

Rupert sah den Tierfotografen Uwe Hartmann mit großem Teleobjektiv im Deichgras sitzen. Er hatte neulich Fotos von Flamingos in einer Salzwiese in Harlesiel veröffentlicht. Rupert wollte ihn gerne fragen, ob die Tiere aus einem Zoo geflohen waren oder einfach auf dem Weg nach Süden in Ostfriesland Rast machten. Rupert mochte gute Fotos und konnte sich das auch als Hobby für sich vorstellen. Allerdings wollte er keine Vögel oder Sonnenuntergänge fotografieren, sondern lieber schöne Frauen in scharfen Dessous.

Er ging auf Uwe zu, da spielte sein Handy *Born to be wild*. Rupert zog es aus der Jacke. Auf dem Display stand: *Anonym*. Er meldete sich vorsichtshalber mit: »Jo?«

Er würde diesen Moment, als er die Stimme zum ersten Mal hörte, nie wieder vergessen. Dieser Anruf veränderte alles.

»Wir müssen uns treffen. Wir beide haben einiges zu besprechen.«

Es passierte Rupert nicht oft, wenn er mit einem Mann sprach, dass ihm ein Schauer über den Rücken lief. Diesmal war es so.

»Wer sind Sie?«, fragte er und bewegte sich von dem Vogelfotografen Hartmann weg, als hätte er Angst, ihn zu stören. Dabei wollte er nur selbst unbeobachtet und unbelauscht sein.

»Ich bin Frederico Müller-Gonzáles«, sagte die unheimliche Stimme. Ruperts Herz schlug heftig. Er machte ein paar schnelle Schritte, wie jemand, der vor etwas wegläuft. Uwe Hartmann fotografierte zwei Möwen, die sich in der Luft um einen Krebs stritten.

»*Ich* bin Frederico Müller-Gonzáles«, sagte Rupert tapfer. Er klang nicht ganz so überzeugend wie sonst und erntete für seine Aussage eine klare Entgegnung: »Nein. Sie spielen ihn nur. Aber ich muss zugeben, Sie spielen ihn verdammt gut.«

»Was wollen Sie von mir?«, hakte Rupert nach.

»Ich will Sie treffen.«

Irgendjemand hat geplaudert, dachte Rupert grimmig, und jetzt kennt so ein Spinner mein Geheimnis und will mich erpressen. Er verdächtigte Klatt, dem er noch nie über den Weg getraut hatte. Während Rupert sich vorstellte, Klatts Gesicht in das blutige Steak zu drücken, das er sich vermutlich gerade bestellte, weil er es nicht länger aushielt, zu warten, fragte er: »Wollen Sie mich erpressen? Geht es um Geld?«

»Es geht um viel mehr. Ich will den Mann kennenlernen, der sich so perfekt als Frederico Müller-Gonzáles ausgibt, dass alle darauf hereinfallen. Selbst Tante Mai-Li und Charlotte. Das enttäuscht mich fast ein wenig. Ich … ich hätte ihnen mehr zugetraut …«

Der Mann, der mit Rupert sprach, wurde eindeutig abgelenkt. Er stotterte unkonzentriert: »Ich … ich … rufe später wieder an.«

Das Gespräch brach abrupt ab.

Rupert sah zum *Regina Maris*. Er wäre fast hingerannt. Er wollte sich Klatt greifen und ihn konfrontieren. Dieses eitle Wrack von einem Mann drohte mit seinem angeberischen Geschwätz Ruperts Sicherheit zu ruinieren. Er würde sich das nicht gefallen lassen, sondern ein paar Dinge klarstellen und mal so richtig auf den Putz hauen.

Im Restaurant *Regina Maris* warteten sie im Wintergarten auf Rupert. Sie hatten diesen Raum für sich allein. Es roch nach Grillfleisch.

Klatt hatte, wie er es ausdrückte, einen *Mordshunger*. Er war nicht bereit, noch länger mit knurrendem Magen auf einen Untergebenen zu warten, der auch nach offizieller Einschätzung kurz davor stand, größenwahnsinnig zu werden.

Klatt hatte sich einen halben Liter Pils und das größte Steak bestellt. Er säbelte das erste blutige Stück ab. Er lächelte, als wäre er nun mit der Welt versöhnt. So mochte er es am liebsten. Kurz angebraten. Saftig. Irgendetwas in ihm, das sich weigerte, komplett zum Büromenschen zu werden, wurde beim Genuss solcher Fleischbrocken wach. Etwas, das wild war und ausbrechen wollte aus dem Käfig, in dem es gefangen gehalten wurde, tobte in ihm. Nach dem Verzehr legte sich das Raubtier in ihm gern wieder satt schlafen und genoss die Annehmlichkeiten hinter den Gitterstäben an einem schattigen Plätzchen.

Aber jetzt schnitt er das Steak an, roch das gebratene Fleisch, das Blut und fühlte sich für einen Moment stark. Frei. Ja, unzivilisiert. Er hatte nur noch Augen für sein Fleisch.

Ann Kathrin Klaasen, Kriminaldirektorin Brennecke und Frank Weller vermieden es, Klatt beim Essen zuzusehen. Sie schauten weg, als würden sie sich genieren. Liane Brennecke aß einen Salat. Weller hatte sich Matjes Hausfrauenart bestellt, und Ann Kathrin, die gerade irgendeine Diät machte, die angeblich keine Diät war, sondern *Intuitives Essen* hieß, hatte nur eine Krabbensuppe vor sich stehen, auf der ein Sahnehäubchen schwamm. Sie hob es mit dem Löffel ab und ließ die Sahne auf den Unterteller tropfen.

Ann Kathrin spürte Ruperts Wut in ihrem Rücken, bevor sie ihn sah. Liane Brennecke stand auf. Sie hatte als Polizistin viel Erfahrung mit aufbrausenden Menschen gesammelt. Ein Blick in Ruperts Gesicht sagte ihr: *Da tobt einer vor Wut.* Seine Körperhaltung verriet ihr zudem, dass es nicht mit einem verbalen Ausbruch getan war.

Während der schrecklichen Zeit in Geiers Folterkeller in Dinslaken hatte sie eins gelernt: Sie wollte nie wieder einem gewaltbereiten Menschen sitzend oder liegend begegnen. Sie stand auf und hielt die Salatgabel wie eine Waffe in der Faust.

Weller bekam genau mit, was geschah. Er berührte Liane Brennecke sanft am Arm und sagte: »Das ist nur Rupert. Nicht dieser Folterknecht …«

Sie erwachte wie aus einem Albtraum. Sie legte die Gabel auf den Tisch und setzte sich wieder.

Rupert packte wortlos Klatts Kopf und drückte ihn auf das blutige Steak.

Klatt presste seine Hände neben dem Teller auf den Tisch. Er versuchte, sich hochzustemmen. Als Rupert ihn losließ, schnellte Klatts Kopf nach oben. Das Steak klebte an seiner linken Wange, verdeckte sein Auge und reichte bis zur Stirn. Es fiel ab und landete wieder auf dem Teller.

Rupert holte zu einem Faustschlag aus. Ann Kathrin ging dazwischen: »Rupert, es reicht!«

Er ging sofort einen Schritt zurück und senkte die Faust.

»Das wird ein dienstliches Nachspiel haben!«, zischte Klatt.

Weller sprang seinem Kumpel Rupert bei: »Das hat er nicht als Polizist getan, sondern als Gangster. Wir können ihm das dienstlich nicht anlasten …«

Rupert schnaufte und zeigte auf Klatt: »Der hat mich verraten!«

Ann Kathrin guckte sich um. Sie war froh, dass im Wintergarten keine anderen Gäste saßen. Sie vermutete, Rupert hätte wenig Rücksicht darauf genommen.

»Wie, verraten?«, fragte Weller.

»Wer«, schimpfte Rupert, »soll es denn sonst gewesen sein?! Wir haben eine undichte Stelle!«

»Und da verdächtigst du gleich ihn?«, fragte Ann Kathrin.

»Ja! Wen denn sonst?«, antwortete Rupert angriffslustig.

Klatt wischte sich das Gesicht mit einer Serviette ab. Fett, Blut und ein paar braune Fleischfasern verschmierten zu einer Masse.

»Was ist denn passiert?«, wollte Ann Kathrin wissen und hoffte, Ruperts Wut mit dieser Frage nicht noch weiter anzustacheln.

Rupert platzte damit heraus: »Ein Typ hat mich gerade angerufen und behauptet, er sei Frederico Müller-Gonzáles ... Ich würde ihn gut nachmachen ...«

Für einen Moment waren alle still. Diese Nachricht musste erst jeder für sich verarbeiten.

Weller brach das Schweigen: »Und was glaubst du, wer das war?«

»Entweder Frederico Müller-Gonzáles oder jemand, der alles weiß und uns jetzt an den Eiern hat ...«, sagte Rupert. Er klang heiser.

»Frederico Müller-Gonzáles, nein, nein, das kann gar nicht sein«, behauptete Liane Brennecke. »Er ist in Lingen im Gefängnis ermordet worden. Sozusagen unter Staatsaufsicht. Seine Leiche wurde verbrannt, und er ...« Sie sprach nicht weiter.

Rupert trat näher an den Tisch. Klatt wich ängstlich zurück.

Weller hatte den Impuls, Rupert von seinem Wein anzubieten, aber er kannte Ruperts Vorliebe für Bier. Er nahm Klatts halben Liter und hielt Rupert das Glas hin.

»Willz 'n Pils?«, scherzte Weller und spielte damit bewusst auf Ruperts Mutter an, die aus Dortmund war. Rupert trank gierig. So ein halber Liter war für ihn genau die richtige Portion. Er machte das Glas leer, schnalzte und stöhnte laut. Hart stellte er es wieder auf dem Tisch ab.

»Niemand«, behauptete Ann Kathrin, »hat die wahre Identität der Leiche überprüft. Darf ich euch daran erinnern? Ihr«, sie fixierte Klatt vorwurfsvoll, »konntet die Leiche doch gar nicht schnell genug loswerden.«

»Sein Gesicht war Mus. Ein einziger Brei«, gestand Klatt kleinlaut.

Ann Kathrin erinnerte die Runde daran: »Und es gab keine DNA-Überprüfung. Er wurde verbrannt und auf Staatskosten beerdigt. Unbekannter Junkie ...«

»Ihr glaubt«, fragte Rupert, »es kann echt sein, dass mich der Tote angerufen hat?« Rupert ließ sich mehr auf einen Stuhl fallen, als dass er sich setzte.

Weller betonte: »Nein! Tote telefonieren nicht. Wenn schon, dann hat dich der lebende Frederico Müller-Gonzáles angerufen.«

»Klugscheißer!«, zischte Rupert.

»Oder jemand verarscht uns ganz gewaltig«, gab Liane Brennecke zu bedenken.

»Wir wissen es nicht«, sagte Ann Kathrin, »aber völlig egal, was passiert ist – eins ist jetzt auf jeden Fall klar: Wir müssen Rupert sofort abziehen und irgendwo in Sicherheit bringen. Er braucht jetzt unseren Schutz.«

»Am besten in einer anonymisierten Wohnung«, ergänzte Weller.

Rupert tippte sich gegen die Stirn: »Leute, ich bin für euch zum Gangsterkönig geworden und habe die Leitung einer Bank für Schwarzgeld übernommen. Ich habe echt jeden Scheiß mitgemacht. Aber ihr glaubt doch nicht im Ernst, dass ich in ein Zeugenschutzprogramm gehe! Nee! Nicht mit mir, Leute.«

»Was hast du stattdessen vor?«, erkundigte sich Ann Kathrin.

»Ich werde den Typen treffen«, erklärte Rupert, »und dann

fühle ich ihm auf den Zahn. Und außerdem …« Er sah sich auf dem Tisch nach etwas Trinkbarem um, aber Ann Kathrin, Liane und Weller hatten Weingläser vor sich stehen. Weller erkannte das Problem und winkte dem Kellner.

Rupert zeigte auf Klatts Teller: »Und außerdem will ich auch so ein Steak. Und zwar mit Pommes. Und ein großes Bier vom Fass. Aber kalt.«

Der Kellner eilte zum Tisch.

Klaus-Peter Wolf
Ostfriesensturm

Der neue Fall für
Ann Kathrin Klaasen

Das Buch erscheint am 23. 02 2022

Es war ein triumphales Gefühl, als ihre schlimmsten Albträume Wirklichkeit wurden. Jetzt war sie nicht mehr die Gestörte. Die lebensuntüchtige Angstpatientin. Nun waren ihre Therapeuten die Dummen, denn sie hatte recht behalten.

Stolz betrachtete Anke Reithke ihre rissigen Finger. Nie wieder würde sie sich dafür schämen müssen. Vorbei das klammheimliche Verstecken der Hände. Von wegen Zwangsstörung! Darüber konnte sie nur noch lachen.

Ihr Ehemann, ihre Eltern, ihre Schwester Sabine und drei Therapeuten hatten versucht, ihr einzureden, sie lebe in einer Welt, die es gar nicht gäbe.

Sie hatten sich so viel Mühe gegeben und ihr Brücken gebaut, in die sorglose Spaßgesellschaft überzuwechseln, in der sie alle zu leben glaubten.

Ihr Mann verkaufte Versicherungen gegen jede Gefahr des Lebens. Als könnte man sich mit Geld freikaufen! Für sie war das alles Lug und Trug.

Jetzt befanden sie sich endlich alle in ihrer Welt.

Herzlich willkommen!

Jetzt war sie nicht mehr verrückt, sondern, im Nachhinein betrachtet, nur klug und vorausschauend. Jede *Tagesschau* gab ihr recht. Plötzlich war nicht mehr sie krank, sondern die Gesellschaft.

Ihre schlimmsten Befürchtungen waren inzwischen wissenschaftlich bewiesen worden. Es war wie eine Erlösung für sie, als hätte sie die Angst für alle anderen spüren müssen, so wie der einzig Sehende in einer Gruppe Blinder auf die Gefahren des Weges aufmerksam machen musste.

Die Panikattacken, die Angst vor der Angst, das alles war wie verflogen. Jetzt waren die anderen dran, Schiss zu haben. Ihr ging es zunehmend besser.

Sie fühlte sich innerlich stark genug, das Haus zu verlassen, Auto zu fahren, ja, eine Fähre zu betreten, ohne vorher Tabletten einzuwerfen.

Neuerdings war sie, Anke Reithke, die Starke! Die Visionärin! Nie wieder würde ihr Mann sie blöd anmachen, weil sie Vorräte angelegt, Seife, Klopapier, Nudeln und Konserven gebunkert hatte.

Sie hatte den Keller ganz allein umgebaut. Sven fand die Regale überproportioniert. »Das alles ist viel zu groß«, sagte er immer wieder kopfschüttelnd. »Das ist kein Vorratsraum, das ist ein Katastrophenschutzprogramm.«

Die Tage, an denen sie einfach so, ohne große Probleme, einkaufen gehen konnte, waren mit den Jahren immer seltener geworden. Das machte die Bevorratung schwierig. Vieles hatte sie online bestellt und Svens milden Spott ertragen. Jetzt wäre er froh gewesen, wenn sie jederzeit Zugang zu dem Keller gehabt hätten, den er mit zynischem Gesichtsausdruck »deinen eigenen Supermarkt« genannt hatte. Doch nun saßen sie hier in Norddeich fest, als Gefangene in ihrer eigenen Ferienwohnung. Nun, da sie das Gefühl hatte, endlich frei zu sein und überall hingehen zu können, fürchtete er, rauszugehen. »Um Himmels willen!«, hatte er gerufen und, statt aus dem Fenster zu sehen, nur auf sein Handy gestarrt. Es war neuerdings zu einer Art Gebetbuch geworden. Zu einem Orakel, das in unsicherer Zeit die Zukunft weissagen sollte, wobei niemand sagen konnte, wie es wirklich weitergehen sollte.

Wissenschaftler, die nichts wussten, hatten die Regierung übernommen. Blasse, übermüdete Menschen, die ihre Ahnungslosigkeit zum Prinzip erhoben, äußerten Mutmaßungen wie mathematische Gleichungen.

Ironischerweise war der Himmel wolkenlos und lud zu Spaziergängen am Deich ein. Die Nordsee hatte alles Wilde, Ungestüme verloren, ja war fast zu einem Teich geworden. Dabei hatte das Jahr stürmisch begonnen. Ein Orkantief namens Sabine hatte den Kindern schulfrei beschert und den gesamten Bahnverkehr lahmgelegt. Es hieß ausgerechnet Sabine!

Auf Wangerooge war der Strand komplett weggespült worden. Svens Lieblingsinsel so schwer geschlagen. Er hatte sogar hundert Euro gespendet, weil die kleine Inselgemeinde nicht in der Lage war, die gewaltigen Kosten allein zu stemmen.

Sie erkannte im Sturmtief Sabine das erste Zeichen. Ihre Ängste wurden Wirklichkeit. Sie hatte sich geweigert, Zug zu fahren. Immer schon! Sie misstraute Menschenmassen und wollte sich nicht in die Abhängigkeit von einem anonymen Fahrplan begeben. Im Zug, im Flugzeug oder auf einem Schiff hatte sie nichts mehr in der Hand, war abhängig von dem, was andere taten. Sie ertrug es nicht, so ausgeliefert zu sein. Da war ihr das Auto schon lieber.

Sie stellte sich ihren Wagen vor wie ein Teil ihrer Wohnung, wie ein Zimmer mit Fenstern und Türen. Dort roch es auch nach ihr. Es kamen nicht plötzlich fremde Menschen herein wie in ein Zugabteil. Nur so war es ihr überhaupt möglich gewesen, mit Sven zusammen die Ferienwohnung zu kaufen.

Ein Hotel ging für sie gar nicht. Urlaub auf Balkonien war für sie jahrelang die einzige Möglichkeit. Aber dann hatte sie es geschafft, eine Ferienwohnung in Norddeich als Teil ihres Zuhauses anzuerkennen. Dort musste die gleiche Bettwäsche sein wie in Gelsenkirchen. Selbst das Geschirr war von zu Hause. Die Gardinen ebenfalls. Von ein paar vertrauten Möbelstücken hatte Sven Dubletten organisiert. Das war nicht schwer. Das meiste hatten sie ja bei IKEA gekauft. Das Wohnzimmer in Norddeich unterschied sich kaum von dem in Gelsenkirchen, nur dass sie hier eben näher am Meer waren und manchmal Möwen auf der Fensterbank saßen.

Die Autobahnfahrt war trotzdem jedes Mal ein großes Problem für sie. Sven tankte den Wagen zu Hause voll und fuhr dann, ohne anzuhalten, bis vor die Tür der Ferienwohnung. Einmal – vor gut einem Jahr – hatte er auf einem Autobahnrastplatz gestoppt, um zum WC zu gehen. Sie hatte fast einen Schreikrampf bekommen. Es war ganz fürchterlich für sie gewesen. Das sollte nicht noch einmal vorkommen!

Sie tranken während der Fahrt nichts. Niemals. Obwohl sie natürlich zu ihrer eigenen Sicherheit immer mindestens drei Liter Wasser dabeihatte. Doch der Vorrat wurde nicht angetastet.

Sie redeten kaum. Das Radio lief, und sie brachten es einfach so schnell wie möglich hinter sich. Während der Fahrt bekam sie mehrmals Hitzewallungen und schwitzte zwei-, dreimal alles durch.

Sie wusste, dass Sven es nicht leicht hatte mit ihr, aber er ertrug alles. Er versorgte sie, wenn sie es nicht schaffte, einzukaufen, und freute sich wie ein Schneekönig, wenn sie an einem guten Tag mit ihm über den Dörper Weg bummelte und sie ein Eis bei *Riva* aßen. Sie konnten dort im Strandkorb sitzen. Das gab ihr Sicherheit. Strandkörbe halfen ihr, innere Ruhe zu finden.

Sie wusste, was sie an Sven hatte. Ohne ihn hätte sie gar nicht so leben können. Sie belohnte ihn dafür mit sexuellen Dienstleistungen, die bei ihm keine Wünsche offenließen. Er glaubte, er habe eine leidenschaftliche Frau, aber manchmal kam es ihr so vor, als spiele sie alles nur. Was sie wirklich empfand, hielt sie geschickt zurück. Manchmal war es Widerwillen. Nicht selten sogar Ekel. Dann wieder kam ihr alles echt vor, toll und genau richtig. Plötzlich, aus heiterem Himmel, kamen dann die Attacken zurück. Nackte Panik sperrte sie ins Haus ein. Unmöglich, die Wohnung zu verlassen. Allein beim Gedanken daran wurde ihr schwindlig.

Mit ihren Kochkünsten hätte sie mühelos alle Kandidaten beim *Perfekten Dinner* überflügeln können. Sie sah die Sendung oft und wusste, dass sie besser war, aber sie hätte es nicht ausgehalten, ein Kamerateam in ihre Küche zu lassen und dazu noch Gäste ins Wohnzimmer. Und noch schlimmer – sie wäre niemals in eine fremde Wohnung gegangen, um dort mit fremden Leuten zu essen. Nein. Das konnte niemand von ihr verlangen.

Sven hatte immer wieder lange Radtouren nach Lütetsburg, Greetsiel oder Neßmersiel gemacht, während sie in der Wohnung saß und dicke Romane las, Socken strickte oder Kochrezepte ausprobierte.

Das mit den Radtouren war nun vorbei. Ihr Aufenthalt in ihrer Ferienwohnung war inzwischen illegal geworden. Sie hatten die letzte Aufforderung, alle Zweitwohnungsbesitzer und Feriengäste hätten die ostfriesischen Inseln und das Festland zu verlassen und nach Hause zu fahren, ignoriert. Nein, sie wollte nicht zurück nach Gelsenkirchen. In ihrem Haus in der Bochumer Straße gab es acht Mietparteien. Zwei standen unter Quarantäne. Sie wollte nicht in das Haus zurück. Wollte die Türklinken nicht anfassen, die Luft nicht einatmen. Nein, sie würde hier bleiben, ganz klar. Hier fühlte sie sich sicher.

Lange Zeit, viele Jahre, war die Wohnung im dritten Stock in der

Bochumer Straße ihre feste Burg gewesen. Ihr letzter Schutzort. Jetzt hatte dieses scheiß Virus ihr auch das kaputt gemacht.

Von der Idee der niedersächsischen Landesregierung, die Touristen aus Ostfriesland zu verbannen, fühlte sie sich zunächst gar nicht betroffen. Aber plötzlich ging es nicht nur um Touristen, Hotel- und Pensionsgäste, sondern auch um Zweitwohnungsbesitzer.

Sie hatte ein hartes Nein dazu. Sie wollte sich von hier nicht vertreiben lassen. Irgendeinen sicheren Ort brauchte doch jeder Mensch, und sie ganz besonders.

Mit Clemens und Christa Wewe, den Hausbesitzern, von denen sie die Ferienwohnung vor zwei Jahren gekauft hatten, waren sie praktisch befreundet. Die zwei waren sofort hilfsbereit gewesen und hatten die Garage geräumt, damit Sven ihren Wagen darin parken konnte. Sonst stand der immer auf einem der zwei Parkplätze direkt vor dem Haus. Doch ein Auto mit Gelsenkirchener Kennzeichen kam in diesen Zeiten in Ostfriesland nicht gut an. Es wäre nur eine Frage der Zeit gewesen, bis die Polizei geklingelt hätte.

Der *Ostfriesische Kurier* mit der Überschrift *Inseln greifen durch* lag auf dem Tisch.

»Touristen und Vermieter machen sich ab Montag strafbar, wenn sie weiter in ihrem Urlaubsgebiet bleiben oder Urlauber beherbergen«, hatte sie ihrem staunenden Sven vorgelesen.

Es gab noch mehr Informationen in der Zeitung, die sie vor kurzem für völlig undenkbar gehalten hätte. Die Sparkasse hatte ihre Filialen geschlossen. Restaurants und Cafés mussten dichtmachen. Dabei stand in derselben Zeitung, in der die verschärften Maßnahmen angekündigt wurden, dass es keine Neuerkrankungen gebe. 27 Personen im Landkreis Aurich waren positiv getestet worden. 187 weitere standen unter häuslicher Quarantäne.

Der Sohn der Wewes, Niklas, hatte sich sogar angeboten, für sie einkaufen zu gehen, weil Fremde in diesen Zeiten rasch auffielen. Einerseits dachte Anke: Ja, so nett sind die Ostfriesen, bieten gleich ihre Hilfe an. Andererseits gefiel ihr das Wort *Fremde* nicht. Sie wollte keine *Fremde* sein. Nicht hier, wo sie gerade begann, sich heimisch zu fühlen. Sie hatte so sehr darum gerungen, sich diesen Ort zu eigen zu machen.

Sie hatte Kaffee aufgebrüht und aus gefrorenen Beeren mit ihrem Pürierstab ein Eis gemacht. Sven mochte Eis. Ihr selbstgemachtes besonders gern. Er schlürfte seinen Kaffee und sagte: »In Gelsenkirchen haben wir den Keller voll, und hier muss einer für uns heimlich einkaufen gehen …«

Sie hatte ihn lächelnd beruhigt: »Nur frische Sachen. Alles andere habe ich …«

Er winkte ab: »Ich weiß.«

Natürlich gab es hier nicht halb so viele Lebensmittel wie im Keller in Gelsenkirchen-Ückendorf, aber trotzdem immer noch genug. Zwölf Stücke Seife hatte er allein gestern gezählt. Nirgendwo gab es noch Desinfektionsmittel zu kaufen. Die Regale waren leer geräubert. Aber seine Frau hatte noch zwei Dutzend 500-ml-Flaschen in der Bochumer Straße und sechs hier.

Er hatte ihr etwas zu sagen, das spürte sie wie einen heraufziehenden Ehekrach. Er bewegte dann immer den Kopf so komisch, als hätte er sich den Hals verrenkt. »Ich muss«, sagte er mit Bedauern in der Stimme, »nach Gelsenkirchen zurück. Ins Büro.«

»Aber«, wendete sie ein, »du kannst doch Home-Office machen, wie alle …«

Er schüttelte den Kopf. Er hatte weiße Haare, die ihn nicht alt aussehen ließen, sondern reif und attraktiv.

»Es gibt ein paar Dinge, die ich nur im Büro regeln kann. Als Selbständiger …«

Sie vollendete den oft gehörten Satz für ihn: »... arbeitet man selbst und ständig.«

Er lachte, als hätte er den Spruch gerade zum ersten Mal gehört. Das hatte aus ihm einen erfolgreichen Versicherungsmakler gemacht. Er konnte zuhören, über Witze lachen, die er schon rückwärts furzen konnte, und wenn er eine dumme Frage zum tausendsten Mal beantwortete, dann tat er es so, als wäre ihm selten eine intelligentere Frage gestellt worden und als müsste er über die Antwort tatsächlich noch nachdenken.

Er breitete die Arme großzügig aus und machte ihr ein Angebot, von dem er wusste, dass sie es ablehnen würde: »Du kannst natürlich mitkommen ...«

»Nein«, wehrte sie ab, »nein, ganz sicher nicht.«

Ihr war mulmig zumute bei dem Gedanken, alleine hier in der Ferienwohnung zu bleiben, als unerwünschte Person in Ostfriesland. Aber wenn jemand sich darauf verstand, sich einzuigeln und wie tot zu stellen, dann sie.

»Clemens und Christa sind ja da«, sagte er.

»Mach dir um mich keine Sorgen. Ich komme schon klar. Ich mache niemandem auf und rede mit niemandem. Ich treffe keine Leute und gehe nicht raus ... Ich tue im Grunde alles, was unsere Regierung gerade von uns verlangt ...«

Er gab ihr nicht ganz recht: »Ja«, sagte er vorsichtig, »außer dass du hierbleibst, was du nicht darfst, machst du wirklich alles richtig.«

Sie widersprach: »Die Wohnung gehört uns. Wir haben sie gekauft, und wir zahlen hier Zweitwohnungssteuer. In diesem Staat ist die Freizügigkeit ein hohes Gut. Jeder darf gehen, wohin er will, und sich gewaltfrei überall versammeln.«

Er lachte: »Das musst du gerade sagen!«

»Ach, ist doch wahr«, schimpfte sie. »Das ist der Weg zurück in die Kleinstaaterei. Wo kommen wir denn hin, wenn jeder Landrat das Grundgesetz außer Kraft setzen darf?«

Sie hörte sich selbst gern so reden. Sie klang dann angstfrei. Mehr noch: mutig.

»Es gibt Tote«, sagte er trocken. »Der Kampf gegen dieses Virus ist wie Krieg führen.«

Sie schüttelte sich. »Ich will nichts davon hören.«

Er trank den Kaffee aus und bat sie noch um ein weiteres Eis. Er tat es mehr, um ihr einen Gefallen zu tun. Er wusste, wie gut es ihr tat, wenn er mochte, was sie zubereitet hatte.

»Ich werde in zwei, höchstens drei Tagen zurück sein, Schatz.«

»Ich komme schon klar«, erwiderte sie, und es hörte sich für ihn ein bisschen so an, als würde sie genau das Gegenteil davon glauben. Trotzdem war er erleichtert. Er hatte befürchtet, sie könnte ein großes Drama daraus machen. Das war zum Glück nicht geschehen.

Er hatte nicht vor, ins Büro zu fahren, aber das würde sie nicht herausfinden, denn, da war er ganz sicher, sie würde diese Ferienwohnung nicht verlassen.

Dieser Märzmorgen war erfrischend kalt und wolkenlos. Ann Kathrin Klaasen und ihr Mann Frank Weller gingen auf der Deichkrone spazieren. Ann Kathrin genoss den Blick rüber zu den Inseln Juist und Norderney. Die Luft war so klar, dass die Inseln scheinbar näher ans Festland rückten. Es sah aus, als könnte man ganz einfach dort hinschwimmen oder bei Ebbe hinlaufen. Die tödlichen Gefahren verbarg die stille Nordsee.

Weil es so menschenleer war, beschlich Weller das kindliche Gefühl, alles würde ihm gehören. So, dachte er, müssen Könige empfinden oder Gutsbesitzer, wenn sie auf ihre Ländereien blicken.

Die Windstille machte die Vogelstimmen umso erlebbarer. Die Vögel hatten sich viel zu erzählen, und es lag auch Streit in der Luft, das hörte er deutlich heraus. Weller fragte seine Frau: »Was fressen unsere an Pommes und Eiswaffeln gewöhnten Möwen eigentlich, wenn keine Touristen da sind und alle Fisch- und Bratwurstbuden geschlossen haben?« Er deutete nach Norddeich in die Stadt.

Aber Ann Kathrin sah aufs Meer und antwortete ihm nicht. Sie war in sich versunken und genoss diese merkwürdige touristenfreie Zeit. Gleichzeitig schämte sie sich aber auch deswegen. Wie konnte sie etwas genießen, das für so viele Menschen eine Katastrophe war? Für die Feriengäste, die die Inseln verlassen mussten, für die Cafébesitzer, für die Restaurantmitarbeiter – halt für alle, die vom Tourismus lebten. Viele standen plötzlich vor dem Nichts. Sie ahnte, dass nun eine Zeit begann, in der Existenzängste die Menschen fluten würden. Die Aggressivität würde steigen, aber gleichzeitig – so hoffte sie – würden auch Edelmut und Barmherzigkeit zunehmen. Diese fundamentale Krise, da war sie sich sicher, würde das Beste und das Schlechteste in den Menschen zutage fördern.

Weller hätte zu gern ein Gespräch begonnen. Er mochte Anns Stimme. Sie erreichte ihn auf eine wohltuende Weise, wie Musik, die der Seele guttat. Er zeigte auf die Windräder: »Guck mal, Ann. Wieso drehen die sich, wenn hier kein Lüftchen weht?«

Ann Kathrin betrachtete versonnen die Ausläufer sanfter Wellen, die vorsichtig an den Deichbefestigungen leckten, als wollte das Meer prüfen, ob der Boden auch fest genug war.

Die Nordsee war für Ann Kathrin eine erschreckend lebendige Kraft, und wie beim Menschen konnte die Stimmung des Meeres rasch umschlagen. Was gerade noch nach Badespaß und Erholung aussah, konnte schnell zu einer tödlichen Bedrohung werden.

Wellers Handy spielte *Piraten ahoi!* Er sah aufs Display und stöhnte: »Rupert.«

Ann Kathrin ging weiter zu den Schafen. Es waren Hunderte, die jetzt den Deich bevölkerten. Ihr Rupfen lag wie ein Grundgeräusch unter allem. Ein Schäfer war nicht zu sehen, nicht mal sein Hund.

Sie stellte fest, dass es erstaunlich viele schwarze Schafe gab. Sie waren jung und standen in einer Gruppe zusammen. So etwas hatte sie noch nie gesehen. Um die Tiere nicht zu erschrecken, bewegte sie sich vorsichtig. Sie ging ganz langsam auf sie zu. Obwohl sie jede schnelle Bewegung vermied, wichen die Schafe ihr aus. Sie hielten immer den gleichen Abstand zu ihr. Die jungen Tiere einen größeren als die ausgewachsenen.

Ruperts Nachricht brachte Weller sofort auf Trab. Er lief mit dem auf laut geschalteten Handy auf Ann Kathrin zu. Die Schafe stoben in alle Richtungen auseinander.

Ann Kathrin verzog den Mund und drehte sich zu Weller um. Die Sonne gab ihren Haaren dabei einen wundersamen Glanz, als hätten ihre Haarspitzen zu glühen begonnen.

»Auf Wangerooge kontrollieren die Kollegen gerade die Ferienwohnungen!«, rief Weller.

Ann Kathrin hob abwehrend die Hände. Ob alle Touristen vorschriftsmäßig abgereist waren, interessierte sie nicht. »Wir sind«, sagte sie leicht verärgert über die Störung, »die Mordkommission, nicht das Ordnungsamt und auch nicht der Tourismus-Service.«

Weller blieb stehen. Er atmete schwer. War er kurzatmig geworden? Ein schlechtes Zeichen in dieser Zeit. Er japste: »Ja, aber in einer nicht geräumten Ferienwohnung haben sie einen Toten gefunden.«

Ann Kathrin wurde hellhörig und guckte, als müsste sie sich für ihr Verhalten entschuldigen. Weller sah das nicht so. Sie hatte völlig recht. Sie waren nicht für jeden Mist zuständig.

Ann Kathrin war immer noch nicht vollständig von der Zuständigkeit überzeugt. »Ist er am Virus gestorben?«

»Keine Ahnung, ob er infiziert war, aber Rupert sagt, ihm wurde der Schwanz abgeschnitten.«

Ann Kathrin hielt Weller die ausgestreckte Hand hin. Er gab ihr das Handy, froh, es loszuwerden. Er guckte in seine Handflächen, als müsste er sich jetzt dringend die Hände waschen.

Wie für Ann Kathrin typisch, hielt sie sich nicht mit langen Vorreden auf. Sie wies Rupert sofort zurecht: »Ich bevorzuge den Ausdruck *entmannt*.«

»Ja, sag ich doch. Sie hat ihm sein Ding abgeschnitten.«

»Sie? Du gehst von einer Frau aus?«

»Klar, Prinzessin. Kein Mann würde so etwas machen. Also, wenn du mich fragst, sie haben Stress bekommen. Sie ist durchgedreht, hat ihm sein bestes Stück abgesäbelt und ist dann mit den letzten Touristen von der Insel … Die hatten die Wohnung noch bis nach Ostern gemietet. Das wäre also normalerweise noch gar nicht aufgefallen, wenn nicht …«

Ann unterbrach ihn: »Bitte nenn mich nicht Prinzessin.«

»Ja, ist ja gut, Prinzessin.«

»Was machst du überhaupt auf Wangerooge, Rupert?«

Vor Weller wichen die Schafe nicht aus. Jetzt, da er ruhig dastand, näherten sie sich ihm. Zwei kuschelten sich geradezu an ihn. Ihm gefiel das. Er bückte sich. Weller kniete zwischen einem weißen und einem schwarzen Schaf. Sie rieben ihre Köpfe an seinem Kopf. Welch ein Bild, dachte Ann Kathrin und zwinkerte ihm zu. Weller kraulte die Schafe.

»Ich hatte hier sowieso zu tun«, rechtfertigte Rupert sich, »und dann habe ich die Kollegen hier bei der Überwachung der Abreisen unterstützt. Einige Touristen sind ganz schön sauer gewesen …«

So wie Rupert *Ich hatte hier sowieso zu tun* sagte, ahnte Ann Kathrin, dass es um eine Affäre ging. Er hatte immer irgendwo eine Liebschaft laufen.

»Wo«, fragte Ann Kathrin, »befindet sich der abgeschnittene Penis jetzt?«

»Ja, das weiß ich doch nicht. Jedenfalls nicht mehr da, wo er hingehört.«

»Guck in seinem Mund nach«, forderte Ann Kathrin.

Rupert empörte sich: »Ich soll was? Ich bin doch kein Gerichtsmediziner!«

»Hat er Blut im Gesicht?«, fragte Ann Kathrin.

»Ja. Alles voll. Besonders Kinn und Lippen. Ich dachte, sie hat ihm vielleicht eine reingehauen …«

»Guck nach«, wiederholte Ann Kathrin knapp.

Weller streichelte die Schafe und sprach mit ihnen: »Das Schaf, weil's brav, gilt drum als dumm …«, reimte er.

Ann Kathrin hörte Rupert herumwuseln und laut atmen. Dann fluchte er: »Scheiße! So eine Scheiße!«

Er hätte es jetzt gar nicht mehr melden müssen, sie wusste auch so, was er gefunden hatte. Es dauerte eine Weile, bis er sich beruhigt hatte. Es war nicht leicht für ihn, zuzugeben, dass sie recht gehabt hatte. Sie ersparte ihm auch das.

»Es muss nicht die eifersüchtige Ehefrau gewesen sein«, folgerte sie.

Weller, der alles mitgehört hatte, erhob sich und kam zu ihr. Ann sagte: »Es ist eine alte Methode des organisierten Verbrechens, jemanden zu bestrafen, der …«

»Die Frau vom Boss gevögelt hat?«, riet Rupert.

»Nein. Den zu richten, der zu viel redet«, ergänzte Ann Kathrin.

»Du meinst«, fragte Rupert, »es könnte ein Informant von uns sein?«

»Zum Beispiel«, bestätigte Ann. Sie zupfte mit rechts Schafwolle von Wellers Pullover und hielt mit links sein Handy nah vor sein Gesicht, weil sie sah, dass Weller etwas sagen wollte.

»Wo ist die Frau?«, fragte Weller.

Ann Kathrin reichte ihrem Mann das Handy. Schafwolle hing in seinen Haaren. Sie zupfte die Flusen heraus.

Rupert hatte Weller verstanden. »Sie kann nicht weit sein. In ihrer Wohnung, nehme ich mal an. Corona macht uns doch jetzt jede Personenfahndung leicht. Einfacher war es nie. Wo sollen die Leute denn hin, wenn alles geschlossen ist? Sie wird zu Hause sein. Wo sonst? Sie wohnt in Oldenburg, in der Maastrichter Straße. Das ist nicht weit vom alten Stadion Donnerschwee, wo jetzt die EWE-Arena ist.«

Weller sah Ann Kathrin an. Eigentlich hatten sie nach dem Deichspaziergang in Norden im *Café ten Cate* gemeinsam mit Monika und Jörg Tapper frühstücken wollen, aber alle Cafés waren geschlossen worden und durften nur Außer-Haus-Verkauf anbieten. Weller wollte wenigstens Brötchen und ein paar Stückchen Kuchen holen, aber in Ann Kathrins Blick sah Weller, dass auch daraus nichts werden würde.

*Seit September 2020 schreibt Bestsellerautor Klaus-Peter Wolf ein-
mal wöchentlich eine Kolumne für die NWZ und die Emder Zeitung. Darin geht es um Land und Leute, sein Leben am Deich und
die Entstehung seiner Romane. Die Kolumne Nr. 25 vom 20.02.2021
handelt von Dr. Bernhardt Sommerfeldts erstem Auftritt in »Totenstille im Watt«.*

Wie der Schriftsteller die Marktforschung vorantrieb

Nie war ich so nervös wie bei Erscheinen des Romans *Totenstille
im Watt*. Ich hatte das Buch aus der Perspektive des Serienkillers
Dr. Bernhard Sommerfeldt geschrieben. Ich fragte mich, ist das
okay, darf man das überhaupt, aus der Sicht eines Serienkillers
erzählen? Dazu wurde er mir zwar unheimlich, aber auch immer
sympathischer.

Er praktizierte als Arzt in Norddeich. Ihm fehlten dazu zwar ein
paar Semester Medizinstudium, aber er war als Arzt sehr beliebt,
denn er behandelte ganzheitlich.

Wenn zu Dr. Sommerfeldt eine Mutter mit Kind kam, weil das
Kind zum dritten Mal »die Treppe runtergefallen« war und die
Mutter auch wieder ein blaues Auge hatte, behandelte Sommer-
feldt zuerst das Kind. Dann die Mutter und später den Mann.

Dr. Sommerfeldt zählte zu den ganz wenigen Ärzten, die nachts
unangekündigte Hausbesuche machten. Obwohl es dabei wenig spirituell herging, hatten manche Männer das Erlebnis einer
Spontanheilung. Anderen hat er zu einem Gespräch mit ihrem
Schöpfer verholfen.

Wie bei neuen Heilmethoden üblich, wird das so noch nicht
überall von den Krankenkassen übernommen.

Was mal – nach einem Deichspaziergang – beim Schreiben im Café ten Cate als Erzählung geplant war, wurde zum Roman. Der wuchs sich zur Trilogie aus.

Normalerweise ist der Tag der Erstveröffentlichung bei mir ein Donnerstag. Viele Fans nehmen sich freitags frei und machen sich ein schönes Wochenende mit dem neuen Buch. Das heißt: Spätestens samstags um die Mittagszeit bekomme ich die ersten Leserbriefe. Einige brauchen auch bis sonntags. Man kann mich über meine Homepage oder über Facebook sehr leicht erreichen. In den ersten Wochen sind es 250 bis 350 Leserbriefe am Tag. Ich lese sie alle. Sie sind mir wichtig.

An dem entscheidenden Samstag traute ich mich gar nicht, den Computer anzumachen. Ich hatte echt Schiss, meine Fans enttäuscht zu haben. Ich beschloss, eine Fischsuppe zu kochen. Das beruhigt mich, und die Wohnung riecht gut. Ich fuhr mit dem Fahrrad zum Combi, um dafür einzukaufen.

Eine Dame um die siebzig sah mich. Sie stellte beide Einkaufstaschen ab und rief quer über den Parkplatz: »So einen Hausarzt hätte ich auch gebraucht! Zwanzig Jahre hat mir kein Mensch geholfen!«

Da ahnte ich: Das wird ein großer Erfolg. Beschwingt fuhr ich nach Hause. Ich umarmte Bettina und tanzte durch die Wohnung. »Ich habe ins Schwarze getroffen!«, freute ich mich.

»Herzlichen Glückwunsch«, sagte Bettina. »Und wo ist der Einkauf?«

Den hatte ich vor Freude vergessen. Ich fuhr noch einmal los.

Klaus-Peter Wolf
Rupert undercover – Ostfriesische Mission

Schon immer wollte Rupert zum BKA. Doch die haben ihn nie genommen. Jetzt aber brauchen sie ihn, denn er sieht einem internationalen Drogenboss zum Verwechseln ähnlich. Für Rupert ist das die Chance seines Lebens: Endlich kann er beweisen, was in ihm steckt. Eine gefährliche Undercover-Mission beginnt: Ganz auf sich allein gestellt, taucht er ein in die Kölner Unterwelt und merkt schnell, dass nichts so ist, wie es scheint und die Sache gefährlicher als gedacht. Kann er ohne seine ostfriesischen Kollegen überhaupt überleben?

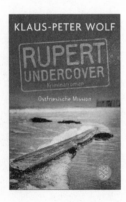

384 Seiten, broschiert

Weitere Informationen finden Sie auf
www.fischerverlage.de

AZ 596-70006/1